BASTARDS

Né en 1959, salué en 2011 par le prix Cyrano pour l'ensemble de son œuvre, Ayerdhal est un auteur qui se joue des frontières littéraires avec la maestria de ses homologues anglo-saxons. Après avoir renouvelé la science-fiction française dans les années 1990, grâce notamment à un rythme soutenu et un style exigeant qui lui ont valu de nombreuses récompenses, il réitère dans le domaine du thriller dès 2004 avec *Transparences*, best-seller lauréat du prix Michel Lebrun et du Grand Prix de l'Imaginaire, puis *Résurgences*, *Rainbow Warriors* (prix Rosny Aîné 2014 et prix Bob Morane 2014) et plus récemment *Bastards* (prix Rosny Aîné 2015), autant d'ouvrages qui n'en finissent pas de surprendre par leur richesse narrative et une acuité remarquable de la situation géopolitique. Ayerdhal est décédé le 27 octobre 2015.

Paru dans le livre de Poche :

RAINBOW WARRIORS
RÉSURGENCES
TRANSPARENCES

AYERDHAL

Bastards

AU DIABLE VAUVERT

ISBN : 978-2-253-16386-2 – 1re publication LGF

Pour Micheline,
Parce que.

Acte I, prologue

Bien qu'elles se diluent dans notre amnésie collective, les personnes âgées n'ont pas toujours été des personnes âgées.

Avant que la succession des ans ne les courbe, les plisse, les fripe, les ralentisse, avant que le fil des saisons ne leur entaille les chairs, le souffle et la mémoire, avant qu'elles ne soient plus aux yeux du monde que des vieillards friables à demi transparents, elles ont traversé des âges que beaucoup d'entre nous ne connaîtront pas, construit des existences que nous sommes incapables de soupçonner, riches d'expériences dont nous ne savons rien.

Qui peut dire de quoi s'est constituée la vie de cette vieille qui escalade littéralement la bouche de métro, une jambe hésitante après l'autre, une main tout en os crochetée à la rampe au bout d'un bras qui peine à la tracter, l'autre qui serre les anses d'un cabas passées à une épaule qu'on devine décharnée ? Qui peut dire de quoi cette vie se constitue encore ? Qui peut même donner un âge à ses rides, au bleu vitreux de son regard presque opaque, aux pommettes qui saillent sous la peau trop fine de son visage jauni, à ses lèvres qui ne forment plus qu'un trait mal soudé ? Plus de 80 ans, c'est sûr, mais combien d'années avant ou après le siècle ?

Qu'importe. Si sa longévité et son histoire sont indéfinissables, sa situation sociale et son pendant pécuniaire le sont moins. Pour qui s'intéresserait aux détails, pour qui s'efforcerait de les décrypter, elle est aussi loin de la richesse que de la misère. Ses chaussures, son manteau, le cabas qu'elle presse contre elle ne sont ni onéreux ni neufs, seulement de bonne facture et peu sinon pas élimés. Ses cheveux sont entretenus par un coiffeur, ses ongles vernis, son visage discrètement poudré, son maintien plutôt droit, et la chaîne très fine qui orne son cou retient probablement une petite croix plaquée or. Elle vieillit pensionnée, avec peut-être la réversion d'un lointain défunt que doivent engloutir les chats qui peuplent une maison de ce Queens quelle n'a plus quitté depuis son veuvage.

Du Queens ou d'ailleurs. Qu'importe une fois de plus. Elle est là qui atteint enfin le sommet de l'escalier, qui décrispe sa main sur la rampe et la glisse dans la poche de son manteau, rajuste le cabas contre son flanc, redresse les épaules comme pour aider l'air à pénétrer ses poumons, se lance à petits pas sur le trottoir, la tête haute, le regard braqué vers un horizon qui ne doit pas excéder quelques mètres. Les ombres s'atténuent, les perspectives s'estompent, le quartier grisonne doucement entre chien et loup. Ce n'est pas précisément l'heure des braves.

Ils sont trois, assis sur un perron, qui la repèrent à la sortie du métro. Trois à se demander ce que contient le cabas, où se cache le porte-monnaie, si une poche du manteau ne recèlerait pas une carte de crédit, combien vaut ce que retient le collier. Trois à s'entreregarder sans s'interroger vraiment, à la laisser s'éloigner un peu, à hausser les épaules avec une moue dubitative, à évaluer la rue presque déserte, à se lever finalement. Qui ne risque rien n'a rien, et ils ne risquent rien.

Plusieurs fois, ils doivent s'arrêter pour ne pas la rattraper trop vite. Plus loin, il y a une allée entre deux bâtiments, avec son lot de poubelles et d'escaliers de secours. La nuit, on y trouve souvent un camé, un poivrot ou un SDF. Au matin, parfois, les éboueurs y découvrent un cadavre, dans son vomi ou dans la pelure qui ne l'a pas protégé du gel. C'est rare, mais cela arrive. Au crépuscule, c'est tellement tranquille qu'on peut y pousser une vieille, la rouer de coups et prendre le temps de la dépouiller sans qu'une seule fenêtre s'ouvre.

Ce soir, presque en face, deux gosses font le pied de grue sur le trottoir pendant que leur mère gagne le loyer de la famille avec un micheton deux étages au-dessus. Ces deux gosses ne moufteront pas. Ils en ont vu d'autres. Ils connaissent le prix du caftage. Il y a même fort à parier qu'ils ont déjà compris ce qui se trame et qu'ils viendront chercher une babiole à grappiller quand leurs aînés se seront enfuis.

La vieille dodeline toujours de sa foulée tranquille mais minuscule. Le trio la rejoint simplement en allongeant le pas. Deux l'attrapent, chacun sous un bras, le troisième s'enquille derrière eux dans l'allée. Ils ne font pas un mètre.

Une heure plus tard, les enfants racontent aux policiers que la vieille a sorti la main de sa poche, que cette main tenait quelque chose et qu'elle a plié le bras vers le haut pour enfoncer cette chose dans la gorge d'un des types. Il s'est effondré sur ses jambes et la vieille est tombée avec lui, presque au ralenti. Les enfants ne peuvent pas en jurer, mais ils sont presque sûrs qu'elle a profité du mouvement pour lancer son genou vers le visage de celui qui la retenait encore. Enfin… relever plutôt que lancer. N'empêche que le gars a dû avoir très mal, parce qu'il l'a lâchée en reculant. Alors, pendant que la vieille s'écrasait sur le premier type, le cabas a glissé de son épaule.

Dans le sac, il y avait le plus gros chat que les enfants aient jamais vu. Pas gros, non, plutôt fin même, mais grand, le poil long et tigré. Aussitôt libéré, le chat s'est jeté au visage du troisième type. Celui-ci s'est mis à hurler et à se débattre en faisant des gestes dans tous les sens. La vieille, elle, a pivoté sur une épaule, un peu comme le font les break dancers, et elle a fauché d'une jambe les jambes de celui qu'elle avait sonné du coude. Ce n'était pas très rapide ni très puissant, mais on sentait bien qu'elle avait été championne d'arts martiaux. Elle s'est retrouvée sur pied en même temps que le type s'affalait sur le dos et elle lui a planté son arme dans la gorge, puis elle a tiré d'un coup sec et le sang a giclé. Ensuite, elle s'est agenouillée, a ramassé le cabas, l'a ouvert et a appelé le chat. C'était presque amusant parce qu'elle a dit : « Viens, petit, viens ! » et que le chat géant est gentiment rentré dans le sac. Ensuite, elle s'est relevée, a souri aux enfants en chargeant le sac sur son épaule et elle est partie à tout petits pas en boitant légèrement. Après qu'elle a disparu au coin de la rue, les enfants ont vu que le troisième homme aussi était à terre.

Les légistes déduiront des lacérations à la gorge que la vieille dame a utilisé un sarcloir de jardinage pour se débarrasser de deux de ses agresseurs et découvriront, grâce aux poils trouvés sur le dernier cadavre, que le troisième est mort des blessures infligées aux yeux et aux carotides par un maine coon.

Bien qu'elles se diluent dans notre amnésie collective, les personnes âgées n'ont pas toujours été des personnes âgées. L'ignorer est inconséquent.

Acte I, scène I

Les yeux fermés, il suffit de tendre l'oreille pour savoir où l'on se trouve dans Central Park. Où et quand. À quelques dizaines de mètres près, parfois moins. Avec une résolution de quelques minutes à certaines heures, au pire d'une heure certains jours. Il faut une longue pratique, évidemment, et cela nécessite de l'entretenir, ne serait-ce que parce que les effets de mode modifient les habitudes au fil des années, voire d'une année sur l'autre, mais un esprit déductif armé de connaissances sociologiques et ornithologiques suffit à combler les déficits de fréquentation avec une faible marge d'erreur. Lorsque le bruit des activités humaines ne couvre pas celui des leurs, les deux cent soixante-dix espèces d'oiseaux qui se partagent le parc, niche par niche, et s'y succèdent heure après heure et saison après saison, suffisent presque à se localiser dans le temps et dans l'espace. Néanmoins, dans ses occupations et comportements, l'animal humain est encore plus fiable que la faune aviaire.

Suivant son âge, son sexe et sa situation sociale, le singe nu, comme l'appelle Desmond Morris, s'adonne au jogging de telle heure à telle heure en empruntant tel ou tel parcours, ne s'octroyant pour variable que la nature ouvrable ou fériée du jour de la semaine. Il pratique l'embouteillage automobile de manière assez grégaire, mange systématiquement aux mêmes heures, répugne à se bécoter dans l'herbe quand il pleut, promène son chien ou sa poussette selon des rituels que seules les saisons font varier, nourrit les animaux qu'il est interdit de nourrir avec la même constance, rit bruyamment ou révise assidûment en fonction d'échéances cycliques, patine à roulettes ou à glace, pédale, marathonne, équitationne, mégaphone suivant des règles bien établies. Bref, accomplit toujours peu ou prou les mêmes choses, aux mêmes moments, aux mêmes endroits, et fait bruisser l'air de signaux qu'une oreille avertie peut traduire en coordonnées spatiotemporelles d'une précision remarquable. Et Alexander Byrd a l'oreille très avertie.

Son acuité auditive se forme aux bruits de Central Park dès sa première année à Columbia University, quand il choisit le journalisme pour ne pas avoir à se demander ce qu'il a envie d'apprendre et encore moins ce qu'il souhaite devenir – de toute manière, il veut tout apprendre et rien ne l'intéresse moins que devenir. Pour déjeuner ou pour d'autres activités ne s'apparentant pas nécessairement au cursus universitaire, certains étudiants restent dans l'enceinte de Columbia, d'autres choisissent Riverside Park, beaucoup le Morningside. Alexander préfère s'éloigner, s'isoler – se démarquer, en tout cas – et ses rollers le propulsent facilement jusqu'à Cathedral, puis n'importe où dans Central Park. Avec un brin de dérision, il peut même prétendre que Central Park est le facteur qui lui a permis de poursuivre ses études au-delà du master et de réaliser un doctorat en communications.

Alexander considère la dérision avec beaucoup de déférence, mais il n'en fait ni un art de vivre, ni une fin en soi. Il accepte simplement d'en être le jouet au même titre que le monde entier. C'est plus facile ainsi. D'ailleurs, s'il ne l'acceptait pas, il ne serait pas là, depuis 9 heures du matin, sur un banc entre Bethesda Fountain et The Lake, alors que, même s'il fait chaud pour la saison, le printemps n'a pas encore deux semaines.

L'Eee PC ouvert sur ses genoux s'est mis en veille depuis longtemps, bien que ses mains restent en appui autour du pad, les doigts au-dessus des touches. Alexander offre son visage au soleil, les paupières closes. Il écoute le temps qui passe au rythme des sons qui l'atteignent et il vérifie que, même s'il venait de s'éveiller aveugle après des mois de sommeil, ces sons lui permettraient d'affirmer que le Boathouse est à moins de deux cents mètres sur sa gauche, le Bow Bridge une centaine dans son dos, la fontaine trente face à lui, qu'on est le premier lundi d'avril (il y a, dans l'air, l'approche des vacances de printemps) et que 11 heures s'avance à grands pas. Son Montana natal doit encore être en grande partie sous la neige.

Alexander n'est pas certain qu'il existe un rapport entre les grandes étendues naturelles au milieu desquelles il a grandi et sa passion pour Central Park. En tout cas aucun effet de nostalgie. Il s'est senti instantanément à l'aise à New York et « comme chez lui » à Brooklyn, où il vit depuis qu'il est arrivé dans la Grande Pomme, avec son énorme sac à dos plein à craquer et beaucoup moins d'innocence que son statut de fils de paysans du bout du monde ne le laissait supposer. Quoique, dans l'esprit des New-Yorkais, du moins ceux qui lisent le *New York Times*[1], Missoula passe plutôt pour une réserve plus ou moins naturelle d'artistes en tous genres, et surtout d'écrivains. Ce que les lecteurs du *New York Times* savent moins, c'est que Missoula n'est que le chef-lieu d'un comté de presque 6 800 km² et que l'agriculture et l'élevage en sont les principales activités. Alors, certes, les parents d'Alexander ne sont ni des bouseux, ni des cow-boys de caricature, mais ils sont aussi éloignés des citadins de l'East Coast que l'ambiance de la ferme familiale l'est de la frénésie de Manhattan. Pourtant, ce sont la littérature et les ateliers d'écriture qui ont déniaisé Alexander, et qui l'ont poussé à préférer Columbia à l'école de journalisme de l'université de Missoula.

Avec le recul, il n'est pas persuadé d'avoir jamais eu l'intention d'exercer, sous une forme ou sous une autre, le métier de journaliste, ni d'ailleurs aucun autre métier. Durant ses études, le rédacteur en chef d'un journal dans lequel il effectue un stage lui reproche un jour d'avoir une mentalité et des ambitions de pigiste. Beaucoup auraient été vexés, Alexander s'en réjouit : travailler et être rémunéré à la tâche sont pour lui les gages d'une indépendance dont il n'entend pas se priver. Il s'aperçoit très vite que définir soi-même la tâche est une condition sine qua non à la liberté à laquelle il aspire, mais il n'aura pas vraiment l'occasion de s'installer en freelance.

Au fil des ans, pour ses besoins universitaires, il collecte des gigaoctets d'informations sur les casinos

---

1. Le *New York Times* a qualifié Missoula de Nouvelle Montparnasse.

dans les réserves indiennes, auxquels s'ajoutent son expérience personnelle des réserves du Montana et ses relations avec la famille de sa grand-mère, native de la tribu Flathead. C'est un travail d'investigation honnête qui pourrait déboucher sur une série d'articles de fond bien documentés… qu'un rédacteur en chef publierait éventuellement pour combler le vide estival d'un journal aux abois. Alexander s'en sert de toile de fond pour écrire un roman caustique dans lequel s'enchevêtrent des intrigues policière, politique, sociale et économique.

Il est en vacances chez ses parents quand il l'achève, alors il le donne à lire à quelques auteurs de Missoula et s'en retourne à Brooklyn. Deux semaines plus tard, l'agent de deux de ces auteurs le contacte. *The one-armed indian, the hitman and the joker* est publié le trimestre suivant chez HarperCollins et, propulsé par un blurb de Michael Chabon, connaît un succès immédiat, raflant au passage plusieurs prix dans la catégorie « premier roman ». On lui a offert un inhabituel 50 000 $ d'à-valoir pour celui-ci, on lui en propose le quintuple pour le suivant, *Rodeo killed the cheerio star*, dont l'humour décalé fait à nouveau mouche en épinglant le lobbying pratiqué contre le programme spatial civil au profit de l'industrie de l'armement. Les personnages d'Alexander sont truculents, ses intrigues s'entrecroisent avec aisance, sa plume coule toute seule autour de métaphores improbables et le monde qu'il met en scène oscille entre le burlesque et le pathétique.

Pendant que les traductions de ses deux premiers ouvrages distillent sa fantaisie iconoclaste dans le monde entier, la mise double encore pour le troisième, *The last*

4th of July, dans lequel il imagine la bataille pour la Maison Blanche entre un candidat démocrate noir et une candidate républicaine ex-miss Wyoming, tandis que le pays s'enlise dans une guerre pour « libérer » le peuple vénézuélien du tyran que ledit peuple s'entête à réélire. Publié juste après la première investiture de George W. Bush, ce roman grinçant et visionnaire à plusieurs titres connaît de brèves périodes de commercialisation intensive entre de longues disparitions des réseaux de distribution liées aux engagements militaires américains en Afghanistan et en Irak.

Après *The last 4th of July*, Alexander publie çà et là quelques nouvelles gentiment sarcastiques, coécrit une pièce de théâtre, collabore au scénario d'un film et aux dialogues d'un autre, tâte de la littérature jeunesse et de la bande dessinée, signe les textes d'une comédie musicale, participe à l'adaptation de *The one-armed indian, the hitman and the joker* sous forme de série télévisée, voyage et relate ses impressions, ses rencontres, ses expériences dans des chroniques désopilantes glissées en encart dans plusieurs journaux. Bref, Alexander prend le temps de peaufiner son quatrième roman en s'essayant à différents modes d'écriture. C'est une période riche, insouciante, bohème.

Puis paraît *The man who ate the biggest apple*, qui lui vaut le prix Pulitzer et, deux ans plus tard, d'avoir rendez-vous devant Bethesda Fountain.

— Alexander ?

Alexander ouvre les yeux sur le visage pétillant et définitivement rasé d'une semaine de Colum McCann. Il écarte le portable, se lève, tend la main.

— Colum, salue-t-il.

Colum serre la main d'Alexander, l'invite à se rasseoir et prend place à sa gauche. Ils ne se sont jamais rencontrés. Ils ont seulement discuté deux heures au téléphone vendredi soir. C'est Colum qui a appelé, à la suite d'un mail d'Alexander posté le matin même sur sa boîte du Hunter College. Alexander écrivait en substance qu'il envisageait de s'inscrire à la prochaine session d'écriture créative que Colum anime à l'université. Intention que Colum a balayée en deux phrases aussi réalistes que lapidaires avant de lancer la discussion sur le syndrome de la page blanche, dont Alexander souffre depuis la remise du prix Pulitzer et qu'il impute à un effet pervers de celui-ci. Ce n'est pas qu'il est incapable d'écrire, c'est que tout ce qu'il écrit lui paraît mauvais après quelques pages, que les idées qu'il ne parvient de toute façon pas à développer lui semblent d'un classicisme écœurant et qu'aucun personnage qu'il tente de mettre en scène ne l'intéresse. Il se sent creux, redoute le quelconque et, quand il ne déprime pas, s'agace d'être aussi peu original dans son blocage.

— J'ai réfléchi à ce que tu m'as dit et relu quelques-uns de tes textes, dont certains passages de tes romans, attaque Colum. Je ne pense pas que le Pulitzer soit l'origine de ton problème. Je dirais plutôt qu'il en est la sanction.

Alexander lève un sourcil.

— Si je suis ton raisonnement, c'est *The man who ate the biggest apple* qui est le problème.

— Ou l'homme qui l'a écrit et qui n'est plus celui qui a écrit les romans précédents. Ce sont justement les différences entre cet ouvrage et les autres qui lui ont valu d'être récompensé. Pas seulement parce qu'il est profondément bouleversant, ni parce qu'il est dérangeant d'une tout autre manière que celle à laquelle tu nous avais habitués, mais parce que tu finis par faire payer chaque rire qu'il provoque en entraînant le lecteur dans une catharsis collective. On ne sort pas indemne d'une catharsis, Alexander.

— C'est le seul véritable propos du bouquin.

— Et le jury ne s'est pas trompé sur la qualité de la démonstration. Il n'empêche qu'elle t'a vidé.

Alexander attrape l'ordinateur, le pose sur ses genoux et tapote dessus.

— Il y a là-dedans un dossier « bouquins » qui compte une vingtaine de sous-dossiers pour autant de romans commencés ces deux dernières années, explique-t-il. Dans chaque sous-dossier, il y a un fichier « synopsis », un autre « notes », un troisième « documentation » et un dernier « version 1.0 ». Les fichiers « synopsis, notes et documentation » sont plus ou moins fournis, aucun des « version 1.0 » ne pèse plus de dix mille mots, la plupart en comptent moins de trois mille. Stérile décrit mieux que vide l'état dans lequel je me sens.

— Y a-t-il dans tes dossiers un synopsis que tu veuilles développer ?

— Non, ni d'ailleurs aucun personnage. Tout est forcé, artificiel, sans intérêt.

— Alors, si ça ne t'ennuie pas, nous continuerons à parler de vide et nous nous efforcerons de chercher à le combler.

Alexander ouvre les bras, paumes vers le ciel.

— Je ne demande que ça.

— C'est ce que j'ai cru comprendre. Tu vois les jeunes là-bas ? (Colum désigne un groupe en train de s'asseoir sur les marches de l'escalier descendant du Mall vers Bethesda Terrace.) Ce sont quelques-uns de mes étudiants. À une exception près, tous ambitionnent de devenir écrivain professionnel. Sans préjuger de rien, car chacun peut y parvenir, je miserais sur un seul d'entre eux.

— Celui dont ce n'est pas l'ambition ?

— Non, lui se destine à la politique et mon cours ne lui sert qu'à se forger un carnet d'adresses. Celui sur lequel je parierais se tient entre le futur politicien et la rousse. Il s'intéresse à tout, il est doté d'un excellent sens de l'observation, il va au contact des autres sans inhibition ni a priori, il s'immerge dans des situations que les autres évitent et il les réinvente pour les écrire avec recul mais sans fioriture, ça ne t'évoque rien ?

Alexander sourit.

— Un certain Colum McCann.

— Ou un Alexander Byrd.

— Alors, ce ne doit pas être un hasard si c'est vers toi que je me suis tourné.

Il y a beaucoup de malice dans le regard de Colum.

— J'ai cru remarquer certaines concordances, en effet, mais ça ne m'inquiète pas.

— Pardon ?

— Ton blocage depuis le Pulitzer pourrait me rappeler que mon dernier bouquin a écopé du National ici et de l'International IMPAC à Dublin. Ce n'est pas rien pour un New-Yorkais né dans la banlieue de Dublin, tu sais.

Alexander se sent tout à coup un peu morveux.

— Tu coinces aussi ?

— Non. Mes cours, ma famille, les conférences un peu partout, je manque de temps mais je m'amuse beaucoup. En réfléchissant à ton problème, je me suis d'ailleurs dit que ce ne serait pas une mauvaise idée de t'inviter au Hunter pour une série d'interventions… que ça te serait plus utile, en tout cas, que d'écouter un pitre pérorer devant un parterre d'étudiants.

— Déjà essayé à Missoula l'année dernière.

— Et ?

— Je ne suis pas un mauvais pitre, mais je ne remettrai pas ça avant d'être sorti du tunnel. Trop démoralisant.

Colum fait la moue.

— D'accord. On va essayer autre chose. Tu as du temps devant toi ? Je veux dire : tu es marié, tu as des enfants, un métier à côté ? Tes biographies sur le web sont plutôt faméliques…

Alexander pince les lèvres. Si la biographie que diffuse son agent est aussi creuse, c'est à sa demande expresse. Alexander Byrd, né en 1972 à Missoula, est diplômé de Columbia et vit à New York, point. Ceux qui en savent davantage ont la décence de ne pas l'étaler sur Wikipédia ni ailleurs.

— Ma femme est morte.

— Oh ! Navré, je…

— Ne t'excuse pas. C'était il y a plus de dix ans. Elle avait rendez-vous au département de la fiscalité et des finances, Tour Sud.

D'instinct, Colum tourne la tête vers ces tours qui n'existent plus – où qu'ils soient dans Manhattan, c'est ce que font la plupart des New-Yorkais quand on les évoque – puis il ramène son regard vers Alexander, les sourcils légèrement froncés. Alexander sait exactement à quoi il pense, alors il répond à la question avant qu'elle ne soit posée :

— Oui, c'est elle. Nous étions mariés depuis moins de trois mois, nous nous fréquentions depuis un an. Nous n'avons pas vraiment eu le temps de vivre ensemble ni, probablement, de nous connaître, alors j'en ai fait le fantôme de *The man who ate the biggest apple.*

Colum se passe la main sur le front.

— Bon sang ! Je ne m'attendais pas à ça. Il y a d'autres aspects biographiques dans le roman ?

— Non. Il est imprégné de ce que je ressens, pas de ce que je suis ni de ce que j'ai vécu.

— Excepté Sandra.

— Elle ne s'appelait pas Sandra. Sandra, c'est une féminisation de ce qui a longtemps été mon diminutif préféré.

— Xander.

— Qu'elle raccourcissait en Xand.

— Xander, Xand. Sandra, Sand. *Maintenant, elle s'en va ; elle est le sable que nos poings fermés ne peuvent pas retenir, alors elle s'écoule entre nos doigts pour se diluer dans le désert que nous nous façonnons.*

C'est la dernière phrase du roman. Alexander l'entend prononcée pour la première fois et il la trouve désespérée.

— Il m'est arrivé d'être moins sentencieux,commente-t-il.

— La sentence est terrible, en effet. Sandra observe l'humanité à travers ceux qui constituent New York et, sans l'absoudre, s'efforce de l'ouvrir à une forme de rédemption, à laquelle, dépitée, elle finit elle-même par renoncer. En liant Sandra à Xander, tu fais de ce renoncement le tien et tu t'exclus de la catharsis collective, mais pas de ses conséquences.

— Mouais.

Les yeux de Colum s'illuminent.

— J'aurais dit bla-bla, ça ne sert pas à grand-chose. En fait, si je demandais si tu disposes de tout ton temps, c'était pour t'engager à reprendre ton bâton de pèlerin et à parcourir le monde dans ce qu'il a de plus étranger pour toi. Avec ce que tu m'as appris sur Sandra, je pense finalement que c'est New York qu'il te faut arpenter. Oublie la connaissance que tu as de la ville et de ses habitants, joue à inventer des vies pour chaque inconnu que tu croises, choisis ceux qui t'inspirent le moins et imagine-les dans des situations qui ne ressemblent pas à ce qu'ils dégagent. Décale-les, décale-toi. Prends *The man who ate the biggest apple* à contre-pied. Noue toutes ces vies ensemble par un lien arbitraire, un fait divers quelconque, absurde... Tiens, tu as entendu parler de cette vieille qui a occis trois voyous avec un outil de jardin ?

— Et un chat, oui, comme tout le monde.

— Retrouve-la.

Alexander est sidéré.

— En six mois, les flics n'ont pas réussi à l'identifier !

— Une vieille en état de légitime défense ? Ils n'ont sûrement pas fait beaucoup d'effort. C'est bien le journalisme que tu as étudié à Columbia, non ? (Colum n'attend pas la réponse.) Et je suis sûr que tu as suivi l'option « investigation ».

— Je les ai toutes suivies, mais je n'ai jamais pratiqué.

— À part pour consolider le propos de tes bouquins. De toute façon, tu dois connaître du monde dans le métier et tu as un nom qui ouvre les portes. Si tu t'en donnes la peine…

La phrase reste en suspens. Colum a raison : Alexander n'a jamais éprouvé de difficulté à obtenir les informations dont il avait besoin.

— Le défi est intéressant, dit-il.

— Prends plutôt ça comme un exercice grandeur nature d'un atelier d'écriture privatif. (Colum se lève.) Tu as mon mail et mon téléphone.

Acte I, scène II

Alexander connaît Maria Minuit depuis sa première année à Columbia. À plusieurs reprises, ils se sont réfugiés dans le lit de l'un ou de l'autre pour s'épauler ou se réconforter au-delà des mots, pendant leurs études et après, surtout dans les mois ayant suivi le veuvage de l'un puis de l'autre. Ils ne se sont jamais vus, ni même appelés, pendant qu'ils étaient mariés, essentiellement parce que leurs mariages ont été de la même trop courte durée. Le conjoint de Maria était un jeune lieutenant du NYPD quand il s'est fait abattre, trois mois après leur mariage, trois ans après les attentats du 11 septembre. Maria travaillait déjà dans le service Relations publiques de la police de New York. Elle y travaille encore, au plus haut poste qu'un civil puisse occuper, en lien avec toute la presse de la cité, à la rédaction de tous les communiqués sensibles. Elle le doit à son doctorat en communication – le même que celui d'Alexander – et à ses qualités personnelles, mais le maire aime à rappeler qu'elle est la descendante de l'homme qui a acheté l'île de Manhattan aux Indiens Manhattes pour l'équivalent de 24 $ – il s'étend moins sur ses origines du côté maternel, remontant jusqu'au Five Points Gang d'Antonio Vaccarelli.

Si l'on excepte son agent, Maria est l'unique bêta-lectrice d'Alexander depuis son deuxième roman. Elle les a tous aimés, sauf *The man who ate the biggest apple*, qu'elle a viscéralement détesté, alors il le lui a dédié. Quand elle le reçoit par le service de presse de l'éditeur, elle se précipite chez Alexander, le lui jette à la figure et le gifle.

La dédicace dit simplement : « Pour que Maria se laisse pleurer. »

Elle pleure beaucoup après l'avoir giflé. Toute la soirée, toute la nuit et pendant plusieurs jours, elle déverse les larmes qu'elle retient depuis cinq ans et elle vomit sa bile, sur Alexander, sur l'assassin de son mari, sur New York, sur le monde entier, sur le chat auquel elle est persuadée d'être allergique. Et tout le temps que, enfin, elle fait son deuil, elle reste chez Alexander, pratiquement sans manger, sans quitter le canapé du salon, sans dessoûler et sans dormir. Quand l'épuisement a raison d'elle, elle dort dix-neuf heures d'affilée et elle se réveille libre de toute colère en fin d'après-midi, le temps d'un petit-déjeuner, d'un bain, de quelques coups de fil, de se rendormir, cette fois dans le lit d'une des chambres d'ami. Elle rentre chez elle le lendemain, ne lui laissant qu'un mot : « C'est moi qui reprends contact. » Alexander ne la revoit pas de plusieurs mois. Elle réapparaît un soir avec un magnum de champagne ; la veille, il a reçu le Pulitzer.

Depuis, leur relation a repris le cours normal de leur amitié, à la fois sporadique et implicite. Par exemple, lorsqu'il l'appelle pour lui demander des renseignements, des résultats d'investigation, des rapports de légistes, des sources policières ou des contacts extérieurs concernant le fait divers sur lequel McCann lui a suggéré de se pencher, elle répond simplement :

— Cat-Oldie ? Laisse-moi deux ou trois jours, je te rassemble ça.

Et le surlendemain matin, elle rappelle :

— Tu es pris, ce soir ?

— Chez toi ou chez moi ?

— Chez un assistant du procureur fédéral d'Eastern District.

— Fédéral ?

— Et il bossait pour le proc du Southern District jusqu'à l'année dernière. En fait, c'est lui qui m'a contactée quand il s'est aperçu que je collectais des infos sur Cat-Oldie. Plutôt inquisiteur au début alors qu'on a toujours eu de bons rapports, il a changé de ton lorsque j'ai lâché ton nom et il est pratiquement devenu mielleux quand je lui ai dit que je te connaissais depuis vingt-deux ans. C'est un de tes fans.

— Je vais devoir me tartiner une séance de dédicaces. J'espère que ça vaudra le coup.

— Tel que je le connais, il y a des chances.

— Tu le connais bien ?

— Assez pour te recommander de ne pas t'asseoir sur le même canapé que lui.

— Ah.

— J'en rajoute, ce n'est pas le genre dragueur. Je voulais juste te prévenir pour que tu ne tombes pas des nues, au cas où.

Maria et Alexander se sont donné rendez-vous au pied de l'immeuble qu'habite Kyle Kentrick, sur la 21e, près de Gramercy Park. L'ascenseur les conduit au dernier étage. Il n'y a que deux portes sur le palier, une seule est ouverte, un Métis aux origines indéfinissables se tient dans l'encadrement. Il embrasse Maria, serre la main d'Alexander et les fait entrer dans une pièce d'au moins cent mètres carrés dont un mur ne se constitue que de baies vitrées ouvrant sur une véranda verdoyante.

— Impressionnant, commente Maria pendant que Kentrick les débarrasse de leurs manteaux et blouson qu'il range dans une penderie. Vous êtes si bien payés au district fédéral ?

— Pots-de-vin, répond Kentrick en adressant un clin d'œil à Alexander. Et tu n'as rien vu, je possède tout l'étage. Mon père m'a renié trois fois. À la mort de ma mère, quand j'ai intégré le Project Innocence et quand je lui ai annoncé mon homosexualité. Mais il se croyait immortel et il n'a pas eu le temps de me déshériter avant de prouver le contraire, lui qui ne supportait pas qu'on remette en cause son jugement.

— Vous êtes le fils du juge Kentrick ? demande Alexander.

— Et je milite toujours contre la peine de mort dont il s'acharnait à vanter les mérites. Bien que nous n'ayons pas eu d'autre famille, ma mère s'étant suicidée avant que j'entre à l'école, mon père et moi n'avons jamais été très proches.

Maria est interdite.

— Nom de Dieu ! Tu es le fils de Robert Kentrick ?

Kyle Kentrick sourit.

— Je ne risque pas de m'en vanter et personne ne fait jamais le lien. (Il passe la main devant son visage, qui affiche les gènes d'au moins trois continents, et les entraîne dans le séjour proprement dit.) À part notre ami

Alexander qui soit ne connaissait pas l'apparence typiquement anglo-saxonne de mon père, soit se contrefiche tellement des apparences qu'il n'a pas besoin de passer au-dessus.

— J'ai assisté à un procès que présidait votre père, dit Alexander. Il est en effet difficile, en se fiant aux apparences, d'imaginer que vous avez un lien de famille. Ce sont les mots que vous avez choisis pour parler de ce qui vous opposait qui m'ont mis la puce à l'oreille.

Kentrick hoche la tête.

— Par crainte de se montrer racistes, les gens ne posent pas de questions sur mes origines et je me garde bien de laisser transparaître plus que ce qu'ils voient, explique-t-il. Ici, chez moi, mes barrières tombent.

Il les invite à prendre place dans l'un des sièges hétéroclites et bigarrés qui entourent une pirogue amazonienne transformée en table basse près de la baie vitrée. Lui s'installe sur une pile de coussins, Maria dans un fauteuil, Alexander sur un billot de bois verni.

— Excusez-moi, dit Kyle. (Il sort un téléphone d'une poche, appuie deux secondes sur une touche et dit :) Ils sont là, tu peux venir ?

Après avoir rangé le téléphone, il explique :

— Laurence nous rejoint avec la margarita. Pas de contre-indication ?

— Laurence ? relève Maria. Celui qui travaille avec toi chez le proc d'Eastern District ?

— Larry Berndt ? S'il te plaît, Maria ! Tu me vois avec cet illettré ?

Maria incline la tête, malicieuse.

— Avec ? demande-t-elle.

Kyle est très satisfait de son petit effet.

— Officiellement, Laurence est mon locataire et habite l'appartement à côté, mais c'est uniquement pour donner le change : les deux appartements communiquent par leurs celliers respectifs et la véranda. Cela ne te surprendra pas, certaines administrations fédérales sont encore un peu rétives à l'idée que des fonctionnaires du même sexe vivent en couple.

— Et ton Laurence travaille aussi pour l'administration fédérale…

— FBI, lance une voix depuis la cuisine que seul un bar sépare du séjour.

Gêné par l'énorme plateau qu'il tient à deux mains, l'homme referme d'une épaule la porte qui doit donner sur les celliers communicants et les rejoint. Il est pieds nus, vêtu d'un boubou multicolore, les cheveux plus jaunes que châtains, les yeux d'un bleu presque blanc, la peau café au lait parsemée de taches de vieillesse, mais il ne doit pas avoir atteint la cinquantaine. Albinos.

— Laurence McNair, se présente-t-il après avoir posé le plateau débordant d'amuse-bouches sur la pirogue.

Il serre la main de Maria puis d'Alexander avant qu'ils n'aient le temps de se lever. Il se déplace avec grâce et si vite qu'il est déjà assis à côté de Kyle, à même le sol, quand Alexander achève de se nommer.

— Laurence est agent spécial, explique Kyle en remplissant de margarita les verres givrés sur le plateau, même si on ne l'envoie plus sur le terrain que pour des enquêtes de routine.

— Ségrégation ? s'enquiert Maria.

— Non. Personne ne sait que je suis gay, répond Laurence. On m'a mis sur la touche par réflexe, quand je me suis étonné que certaines expertises ne figurent pas dans le rapport de la Commission nationale sur les attaques terroristes contre les États-Unis et que d'autres aient été vidées de leur sens, à défaut de leur contenu. On est pourtant très loin des théories complotistes, mais le FBI n'aime pas que son personnel remue le couteau dans la plaie.

Il intercepte le regard de Maria vers Alexander et le sourire rassurant que celui-ci lui retourne. Il se mord néanmoins la lèvre inférieure et s'excuse :

— Désolé, Alexander. Je ne voulais pas raviver des douleurs qui…

Alexander l'arrête :

— Pas de mal. Il m'a fallu six cents pages pour me détacher de mon fantôme, mais j'y suis parvenu. Par contre, comme je doute que tu vérifies les antécédents de tous les auteurs que lit Kyle et que celui-ci a spontanément pris contact avec Maria lorsqu'elle a cherché à s'informer sur Cat-Oldie, tu soulèves ma curiosité. J'ai mis le doigt sur un sujet sensible ?

La margarita est parfaite. Les amuse-bouches sont stupéfiants. Ainsi, Alexander aurait juré qu'il étalait de la tapenade sur le mini-blinis qu'il vient d'engouffrer, mais ses papilles sont formelles : il n'entre ni olive, ni ail, ni anchois, ni câpre dans le mélange qu'il déguste.

— Lentilles mi-cuites écrasées à la fourchette, encre de seiche, raifort, répond Laurence à sa question muette. (Puis il se tourne vers Maria :) Ton caviar se constitue en fait d'œufs d'escargot arrosés d'un jus de truffe réduit avec des feuilles de bois d'Inde pilées.

— Délicieux, commente Maria.

— Ce qui ressemble à du guacamole est une purée de combo relevée à l'ail des ours, au gingembre et au jalapeño. Le reste est plus classique.

Il avale une gorgée de margarita, sourit et repose son verre.

— Cat-Oldie n'est un sujet sensible que dans la mesure où personne n'a jamais rien fait pour l'identifier. (Le froncement de sourcils d'Alexander n'échappe pas à Laurence.) Il vaut mieux surveiller ses mots avec toi, n'est-ce pas ?

— Je vis des mots, évacue Alexander. Il y a plusieurs affaires Cat-Oldie ?

Laurence dodeline du chef, mais c'est Kyle qui répond :

— Oui et non. Non, parce que, justement, il n'y a jamais eu d'affaire, dans le sens où personne n'a mené de réelle enquête. Oui, parce que ce n'était pas la première fois qu'une vieille dame, accompagnée d'un chat, se débarrassait ou mettait en déroute des agresseurs ayant préjugé de leurs forces ou de sa supposée faiblesse.

— Oh, oh ! fait Maria.

— Combien de fois ? demande Alexander.

En signe d'ignorance, Kyle écarte les mains, pince les lèvres, lève les yeux vers le plafond.

— Trop, reprend Laurence. Mais c'est moins la quantité de faits divers impliquant une Cat-Oldie qui est aberrante, que le nombre de procs et de flics qui semblent s'être donné le mot pour renoncer à toute investigation sérieuse la ou les concernant. À croire qu'il suffit de passer un certain âge pour ne plus avoir de comptes à rendre à la justice.

— La ou les ? réagit Maria.

Laurence jette un œil amusé vers Kyle, qui hausse les épaules.

— Sans démonstration probante, nous n'affirmons rien, et nous ne disposons d'aucun élément pour prétendre que tous les procès-verbaux mentionnant l'intervention d'une vieille et la présence d'un ou plusieurs chats lors d'une agression se réfèrent à une seule et même personne.

— Combien de procès-verbaux ? demande Alexander.

— Cinq pour la ville de New York, un à Albany, deux dans le New Jersey,

— Et les médias sont passés à côté de ça ? intervient Maria, incrédule.

Kyle la regarde d'abord comme si elle était une extraterrestre, puis il sourit et tend la main vers Laurence.

— Tout le monde est passé à côté, Maria, dit celui-ci, pour la simple raison que personne n'a cherché à découvrir plus que ce qu'il avait sous le nez. Trois macchabées imputables à une octo ou une nonagénaire qui planque un maine coon dans son sac et qui pratique le kung fu, ça fait un quart de première page et une minute de journal télévisé. Deux junkies fuyant devant la canne d'une mémère à chat dans une station de métro, ça fait un huitième de colonne en page faits divers et une bonne blague à la radio. Il s'est écoulé trois ans entre les deux événements, qui va faire le rapprochement ? Ce n'est qu'un exemple, les autres sont à peine moins anecdotiques que celui du métro et s'étalent sur une décennie. Mais la vraie question est pourquoi souhaiterait-on rapprocher quoi que ce soit ? Les victimes sont des délinquants récidivistes, les témoignages concordent avec les faits constatés et l'examen médicolégal confirme le tout, la police démontre la légitime défense, le procureur déclare l'enquête bouclée. Tout le monde se fout de savoir qui est Cat-Oldie.

— Sauf Kyle et toi, corrige Maria. Pourquoi ?

Laurence porte son verre à ses lèvres – il est le seul à ne pas user de paille. Kyle se tartine un toast de caviar d'œufs d'escargot. Alexander essaie le guacamole de combo. Il est plus intéressé par le personnage de Laurence et le couple que Kyle et lui forment que par le mystère qu'ils instaurent autour de Cat-Oldie. Il ressent une forte synergie entre eux.

— Les statistiques, Maria, se lance Kyle. Après que les médias ont relayé le communiqué du procureur qui mettait un terme à l'enquête, les agressions de personnes âgées ont augmenté, particulièrement dans le Queens. Nous nous y attendions. Cela a même fait l'objet de discussions extrêmement virulentes dans le bureau du procureur fédéral, à la direction du NYPD et dans le cabinet du maire. Malheureusement, personne n'était pressé d'entacher sa cote de popularité en recherchant Cat-Oldie pour l'envoyer devant un jury, même s'il était certain qu'aucun jury n'aurait osé lui infliger ne serait-ce qu'une réprimande.

— Kyle était l'unique promoteur d'une action judiciaire en règle, pour calmer la gérontophobie que le laxisme affiché des institutions ferait naître dans la jeunesse des quartiers défavorisés, intervient Laurence. Comble d'ironie ou calcul politique tortueux, c'est à lui que le proc-fed a confié le soin de traquer, du moins de tracer toute investigation portant sur Cat-Oldie. C'est comme ça que nous avons su que tu posais des questions.

Maria sirote sa margarita. Elle se contente de hocher la tête.

— Entre novembre et décembre, reprend Kyle, le nombre d'agressions de personnes âgées a été équivalent à celui du reste de l'année, avant de réduire progressivement entre janvier et mars et de revenir à un taux normal en avril. Cette recrudescence est passée relativement inaperçue. En partie, parce que les services de police ont tout fait pour la masquer et que les hôpitaux ont reçu des consignes. En partie, parce que les médias étaient focalisés sur Occupy Wall Street et le mouvement des 99 %. Un autre facteur a joué : bien que molestées, la plupart des victimes s'en sont sorties avec des blessures ne mettant pas leur vie en péril. Elles ont donc été comptabilisées dans les statistiques relevant du vol à l'arraché ou du cambriolage.

Alexander achève son cocktail, repose le verre sur la table-pirogue. Laurence le remplit et complète les trois autres.

— Donc on t'a demandé de surveiller qui s'intéresse à Cat-Oldie pour anticiper les conséquences d'une médiatisation sensationnaliste, résume Alexander. Pourquoi te maintenir en état de vigilance après le retour à la normale ?

Kyle et Laurence haussent tous deux les sourcils et font pratiquement la même moue.

— Parce que j'ai trop de temps libre, répond Laurence.

— Personne n'est au courant que Laurence et moi continuons à nous intéresser à Cat-Oldie, dit Kyle. Plus exactement, Laurence poursuit l'enquête et je m'assure que personne ne s'en aperçoive. Donc ce qui se dit ici…

— Ne sort pas d'ici, complète Maria. Aucun problème.

Tous les regards se tournent vers Alexander.

— Oh ! s'exclame-t-il. Même si mes romans s'ancrent dans la réalité, je n'écris que des fictions. Et c'est surtout parce que je sèche, en ce moment, que je cherche à nourrir mon imaginaire de… en fait, je ne sais même pas de quoi. Cat-Oldie est en quelque sorte un exercice pour contourner le syndrome de la page blanche. Je n'en ferai probablement rien, mais j'aimerais assez la rencontrer.

Laurence lance un coup d'œil vers Kyle. Celui-ci l'encourage d'un hochement de tête.

— Vu qu'on m'occupe à des tâches qu'un bonobo amnésique remplirait sans se fouler un neurone, l'affaire Cat-Oldie me sert aussi de gymnastique intellectuelle. Pas très passionnant au début, puisqu'il s'agissait essentiellement de trier des données, mais c'est devenu un peu plus intéressant quand les faisceaux ont commencé à se croiser. L'avantage, c'est que je dispose de fichiers plutôt bien documentés qui permettent de répondre à de nombreuses questions. Par exemple, parmi les femmes de plus de 70 ans, combien possèdent un maine coon, ont pratiqué un sport de combat et vivent dans le Queens ? Tu as une idée ?

Alexander secoue la tête.

— Zéro ? suggère Maria.

— Ç'aurait en effet été trop facile, confirme Laurence. D'autant que de nombreux maine coons ne sont enregistrés nulle part, etc. Élargissons la question.

Combien de femmes de plus de 70 ans ayant un rapport, par exemple familial, avec le Queens, possèdent un chat, ont pratiqué sportivement ou ont pu être amenées à pratiquer dans le cadre de leur activité professionnelle un art martial et ne sont pas impotentes ? En se restreignant à l'État de New York pour commencer… Maria ?

Maria soupire :

— OK, je vois l'étendue du problème. Même s'il n'y a pas toujours eu beaucoup de fonctionnaires femmes sur le terrain, rien qu'avec les retraitées de la police, de l'une ou l'autre agence de renseignements et des différents corps d'armée, cela doit représenter plusieurs centaines de personnes.

— Milliers. Et il faut multiplier par dix si l'on prend en compte tout le BosWash. Megalopolis regorge de Cat-Oldies potentielles ! J'ai resserré en testant et en croisant des critères supplémentaires, logiques mais plus ou moins arbitraires. Incidents de voisinage, nuisances félines, niveau de revenus, personnes vivant seules, soins médicaux et interventions hospitalières typiques, clubs thématiques de retraités, anecdotes locales… Bref, j'ai vérifié plusieurs fois que l'augmentation des spécificités dans l'analyse d'une population finit toujours par réduire celle-ci à néant. Alors je suis reparti de chacun de mes résultats nuls en cherchant quelle donnée ou quel assemblage de données invalidait l'équation.

L'attention d'Alexander est en train de s'effriter. Toute proportion gardée, s'il adore déduire le cheminement qui mène à un raisonnement, il supporte mal qu'on lui détaille l'histoire de l'univers depuis le big-bang pour lui raconter une anecdote datant de la veille. Cela doit se lire dans son attitude car Kyle prend sur lui d'accélérer radicalement le récit de son compagnon :

— Pour résumer des mois de recherche, soit Cat-Oldie est dans les fichiers fédéraux à un niveau auquel nous n'avons pas accès, soit elle n'y figure pas. Elle est impliquée dans huit faits divers, dont le dernier est un triple homicide, mais elle est intraçable.

Alexander se réveille :

— Contrairement à ce que tu as dit en préambule, tu es cette fois très affirmatif. Il n'y a qu'une Cat-Oldie.

— Je suis un analyste trop sérieux pour être sûr d'avoir été exhaustif dans ma façon de procéder, intervient Laurence. Mais, avec les moyens dont je dispose, il est déjà bien assez difficile de me cacher l'existence d'une Cat-Oldie. Alors deux ou plus…

Alexander remercierait volontiers Kyle d'avoir abrégé les explications de son compagnon, mais il lui paraît plus sociable de relancer celui-ci :

— Avec les moyens dont tu disposes, Laurence, qui pourrait te cacher l'existence de Cat-Oldie ?

— CIA, NSA, DIA[1], USSS[2], USMS[3] et, bien évidemment, ma propre hiérarchie. Cat-Oldie peut avoir travaillé pour n'importe laquelle des agences, être une transfuge d'un service étranger ou avoir bénéficié du programme de protection des témoins. Elle peut aussi avoir été un agent dormant, une taupe, un sous-marin, voire même l'être encore ou avoir été oubliée. Et, pour finir, elle peut s'être

1. Defense Intelligence Agency.
2. United States Secret Service.
3. United States Marshals Service.

cachée elle-même pour effacer un passé embarrassant, dangereux ou simplement douloureux.

Alexander se demande s'il serait capable d'effacer son existence. Probablement. Tout s'achète, à commencer par des papiers, et il existe beaucoup d'endroits dans le monde où il serait parfaitement anonyme. Tant qu'un agent spécial du FBI ou son équivalent ne s'intéresserait pas à lui.

Mais pourquoi un agent du FBI s'intéresserait-il précisément à lui sans savoir ce qu'il cherche ?

Alexander regarde successivement Kyle puis Laurence.

— Vous avez un lapin dans votre chapeau, laisse-t-il tomber.

Maria lui adresse un clin d'œil, elle est arrivée à la même conclusion. D'un signe de la tête, Kyle invite Laurence à réagir. Laurence vide son verre, les yeux dans le vague.

— J'ai une candidate idéale, lâche-t-il. Mon problème, c'est que je suis tombé dessus par hasard, à la suite d'une association d'idées complètement improbable, et que, après vérifications, elle n'apparaît nulle part.

Acte I, scène III

S'installer à Park Slope n'a jamais fait partie des priorités ni des rêves d'Alexander, mais, quand l'occasion se présente d'acheter pour un raisonnable million de dollars une maison en piteux état pas trop loin de Prospect Park, il la saisit. La maison est petite, le jardin minuscule, mais il est contigu à ceux des maisons mitoyennes, beaucoup plus grands, et aucun d'eux ne donne sur les rues : c'est un véritable petit bout de paradis pour chats.

À l'en croire et suivant son humeur, le chat se nomme tantôt Meow, tantôt Miaow, Mew ou Purr. Alexander préfère l'appeler Folksy, quoique Sans-Gêne lui conviendrait mieux. Comme dit le vétérinaire, c'est un stray cat pur race, garanti cent pour cent gouttière. Plus noir que la nuit, ne serait son masque tellement blanc qu'une taupe le repère à cinquante mètres – ce qui ne l'empêche pas d'être un excellent chasseur de croquettes –, il raffole des jardins et, particulièrement, des fleurs, dont il adore se couvrir le museau de pollen et de presque tout ce qui vole, depuis le flocon de neige jusqu'au mouchoir en papier, en passant par les papillons et les mouches. Les oiseaux ne l'intéressent pas. Les rongeurs, si. Tous les rongeurs. Surtout ceux que les voisins élèvent dans des cages qu'ils sortent à la belle saison. Ce ne serait pas un problème s'il ne savait pas ouvrir les portes dépourvues de verrou.

Pourtant, c'est bien grâce à Folksy si Alexander est en excellents termes avec les voisins concernés. Ne serait-ce que parce qu'il a été obligé de faire leur connaissance un peu moins formellement qu'il ne l'aurait souhaité. Il est difficile de ne pas nouer un lien quand on ramène régulièrement à leurs propriétaires un cochon d'Inde, un hamster, une gerbille, un chinchilla, un écureuil de Corée, voire même un rat norvégien. Du moins quand on ramène l'animal vivant. Or, si Folksy est un voleur compulsif, il n'a aucun penchant meurtrier. Il promène les rongeurs comme une chatte transporterait un chaton, du bout des crocs, délicatement, et il joue avec eux sans sortir les griffes.

La seule souris que Folksy met à mal est celle du desktop d'Alexander. Folksy est un geek d'un genre très particulier. Il couve le clavier, mastique les câbles, démonte la molette de la souris, crache après le ventilateur de la tour, considère que tout ce qui bouge sur le monitor est un jeu vidéo et se comporte comme si l'écran était tactile.

Il collectionne aussi les TOC : il déteste les portes fermées et sait abaisser les poignées comme tourner les boutons, ne s'aventure pas dehors la nuit sans être accompagné, refuse les viandes crues, les produits laitiers et les poissons, lèche les sacs plastique, adore voyager sur les épaules d'Alexander dans la rue même lorsqu'il s'agit de se rendre chez le vétérinaire, se baigne dans les flaques, lavabos, éviers, gouttières, se sèche bien évidemment sur Alexander, et raconte sa vie à grand renfort de mew très modulés mais incompréhensibles chaque fois qu'il rentre des jardins ou qu'Alexander a été absent plus d'une heure.

Son empathie féline est indiscutable – il sait parfaitement ce que ressent un être humain – mais il en use d'une façon qui est, elle, très discutable : il fait toujours le contraire de ce qui est espéré. Par exemple, quand elle passe le voir, s'installer systématiquement sur les genoux de Maria, dont l'allergie, pour imaginaire qu'elle soit, n'en cache pas moins une réelle défiance à l'égard des chats. Autre exemple, se planter entre l'écran et Alexander pour essayer d'attraper le pointeur de la souris pendant qu'il fait défiler les documents fournis par Laurence.

— Folksy, va plutôt chercher un de tes copains.

Alexander est un esclave parfait. N'importe qui accompagnerait la remarque d'au moins un mouvement pour écarter le chat, voire l'expulser du bureau, lui se contente de le prendre sur les genoux et de le caresser. Certes, les caresses n'ont pour vocation que d'empêcher Folksy de se repositionner entre l'écran et lui, mais le chat se met à ronronner.

Le dossier que Laurence lui a confié est un fouillis inextricable de données en tout genre et de rapprochements, plutôt que de corrélations, alambiqués, mais sa démarche procède d'une exhaustivité qui confine à la maniaquerie. Il a étendu ses recherches bien au-delà de BosWash, et même en dehors des frontières : Canada et Mexique, essentiellement. Il a aussi fouillé les fichiers et les archives d'institutions publiques et privées sans rapport avec les services de police, de justice, d'armée ou de renseignement. Les entreprises financières délivrant des cartes de crédit, les fonds de pension, les services de protection sociale, les hôpitaux, les fournisseurs d'énergie, d'eau, de téléphonie, de télévision, de réseau d'accès Internet, les fédérations sportives, les éleveurs félins, les clubs de toutes sortes, jusqu'aux sociétés de désinsectisation et de dératisation. Tout et n'importe quoi avec une logique parfois tellement difficile à saisir que Laurence donne l'impression de faire des choix où l'arbitraire le dispute à l'intuition.

Les mécanismes intuitifs de l'agent spécial intéressent beaucoup plus Alexander que les éléments de l'investigation. Particulièrement celui qu'il a qualifié d'association d'idées improbable. Il a utilisé toutes les ressources du FBI, dressé des dizaines de profils, analysé une kyrielle de critères et il n'a lâché son ordinateur que sur une intuition loufoque, pour visiter un cimetière. Celui de Machpelah, dans le Queens.

Depuis qu'on y a enterré Harry Houdini en 1926, Machpelah est épisodiquement l'objet de légendes urbaines, ranimées par des faits divers, dont le dernier est la médiatisation, en 2007, d'une supposée demande d'exhumation du prestidigitateur pour autopsie. L'annonce semble n'avoir pour vertu que de favoriser la vente d'un ouvrage sur les causes du décès d'Houdini, mais elle ravive les rumeurs nées en 1995 lorsque des amateurs de mystère, équipés de détecteurs aussi sophistiqués qu'inutiles, affirment que la tombe est vide et que le roi de l'évasion s'est échappé de sa propre sépulture.

Comme chaque fois que court un bruit dans un quartier, le commissariat le plus proche – en l'occurrence celui de Ridgewood sur Catalpa Avenue – récolte une quantité considérable de témoignages, plaintes et dénonciations plus ou moins délirants que personne ne traite vraiment. On augmente vaguement les patrouilles, on rassure les plus inquiets, on vérifie que certaines dépositions ne seraient pas en rapport avec de réelles affaires de police et on se raconte la dernière en soupirant. On en profite aussi pour bizuter les bleus en les envoyant « enquêter » sur les cas les plus farfelus.

Les bizuts sont consciencieux et rédigent des rapports. Les plus drôles font quelquefois le tour du NYPD. L'un d'entre eux relate la disparition de la gent murine aux alentours du cimetière depuis la résurrection d'Houdini.

Alexander rit tellement en lisant les détails de la pseudo-enquête menée par le rapporteur que Folksy abandonne ses genoux et se réfugie dans l'espace qu'il s'est aménagé dans la bibliothèque, au prix d'une petite avalanche littéraire. Pourtant, aussi doué dans le maniement de l'humour soit le narrateur, jusque dans les dialogues entre son témoin et lui, Laurence réagit. Le rapport est malicieusement intitulé *Houdini, le Joueur de flûte de Machpelah*, Laurence le renomme avec le titre original des frères Grimm *Der Rattenfänger von Hameln* et surligne *Der Rattenfänger.* Le dératiseur.

Pour autant qu'Alexander puisse le reconstruire, plus ou moins dans l'ordre, le raisonnement de l'agent spécial Laurence McNair est encore plus scabreux qu'improbable.

Le chat a été domestiqué en Mésopotamie pour lutter contre les nuisances murines peu après la naissance de l'agriculture. Les vieux cimetières, particulièrement en Europe, sont de véritables refuges félins. Si les chats de cimetière sont aujourd'hui nourris par les habitants du voisinage, ils se sont longtemps alimentés des rats dont le régime omnivore est volontiers charognard. Les femmes âgées qui vivent seules s'entourent parfois d'une tripotée de compagnons à pattes de velours et/ou nourrissent tous les matous du quartier. Les huit procès-verbaux pouvant être rattachés à Cat-Oldie mentionnent des chats de différentes apparences. Les lignes de métro J et Z, dont une station est proche de Machpelah, desservent toutes deux le quartier où Cat-Oldie a occis ses trois agresseurs et la station où elle aurait mis deux junkies en déroute trois ans auparavant.

— T'en penses quoi, Folksy ?

Sur son étagère, le chat ouvre des yeux pas le moins du monde ensommeillés et Alexander regrette aussitôt de l'avoir interpellé. Généralement, Folksy considère la simple mention de son nom comme une invite à investir celui qui le prononce.

Folksy referme les yeux sans même un miaulement. Il est vexé. Alexander, lui, est soulagé de pouvoir reprendre la lecture du dossier sans ronronnement parasite.

Fort de sa loufoquerie intellectuelle, Laurence rencontre le témoin et le flic qui en sont à l'origine. Puis les gardiens et l'équipe d'entretien du cimetière, les égoutiers, le personnel de maintenance de la ligne de métro. Ensuite, il passe coup de téléphone sur coup de téléphone aux entreprises de dératisation. Son extravagance se révèle une intuition.

Les rats semblent avoir déserté une partie du Queens et des quartiers limitrophes de Brooklyn. En fait, toute une bande qui va de Woodhaven à East-Williamsburgh. Depuis au moins une décennie. Ils n'ont pas disparu. Les égoutiers en aperçoivent encore, trouvent des déjections et quelques cadavres, mais en quantité insignifiante. Les inspecteurs des services d'hygiène font le même constat. Les dératiseurs n'interviennent qu'exceptionnellement et reconnaissent à demi-mot que seule la phobie de leurs clients justifie le déplacement.

Professionnel méticuleux, même si son flair lui souffle qu'il se rapproche de Cat-Oldie, Laurence lance une recherche sur une éventuelle pollution industrielle, vérifie les connexions entre réseaux souterrains, cible principalement ceux d'évacuation des eaux usagées et met le doigt sur une contamination qui aurait dû sauter aux yeux du Département Santé de la ville de New York. Une fuite de dérivés de l'indane dans un laboratoire pharmaceutique. L'entreprise fabrique des médicaments utilisés en cardiologie et en chirurgie humaine. Les dérivés qui se déversent dans les égouts constituent un puissant rodenticide. Exit la cohorte de dératiseurs félins dressés par une vieille dame.

Mais pas la vieille dame.

Pendant que le labo du FBI effectue les prélèvements et les analyses, l'agent spécial McNair s'arrache les yeux à faire défiler en accéléré des centaines d'enregistrements vidéo. Ceux des caméras de Machpelah qui s'assurent que personne ne profane la sépulture d'Houdini, des stations de métro, des guichets bancaires automatiques, de surveillance des parcs et des axes routiers, de certains commerçants. Et il y découvre plein de vieilles dames, dont une à la prestance tranquille, au pas menu mais assuré, au sac un rien trop grand pour ses épaules, ses bras, sa fragilité, un sac comme celui qu'ont décrit deux enfants un soir d'automne pas comme les autres, un cabas d'où par trois fois, malgré la mauvaise définition de l'enregistrement, Laurence voit surgir un museau félin. Une fois les images sélectionnées, agrandies, nettoyées, reconstituées, il s'agit bien toujours de la même vieille dame et du même cabas, mais le peu qu'on aperçoit du chat ne permet pas de déterminer s'il s'agit d'un maine coon.

L'agent spécial Laurence McNair a sa candidate idéale, comme il dit. Sur vidéo. Sur le terrain, il obtient seulement la certitude que de nombreuses personnes la connaissent. Ou plutôt non. Ne la connaissent pas. L'ont simplement aperçue ou croisée, mais ignorent son nom et son adresse. Pour beaucoup, entre Woodhaven et East-Williamsburgh, ce n'est pas une voisine mais elle est du quartier. Cela représente beaucoup de quartiers et elle n'est enregistrée dans aucune administration, n'apparaît dans aucun fichier, ne figure sur aucun document.

Laurence et Kyle en déduisent qu'elle se cache, donc qu'elle a quelque chose à cacher qui, eu égard à son âge, est bien antérieur au triple homicide pour lequel ils la recherchent.

Alexander se demande plutôt combien d'Américains échappent à toutes les administrations parce que la société américaine n'a aucune envie de les prendre en compte, ou aucun intérêt à le faire sous peine de devoir se remettre en cause. C'est un thème qu'il a à peine effleuré dans *The man who ate the biggest apple*, mais qui le fascine depuis qu'il a lu *This Side of Brightness* de McCann. Colum s'en doutait-il et pressentait-il un lien en lui suggérant de retrouver Cat-Oldie ?

Bien sûr.

Alexander fait un clin d'œil à l'écran, empoche son téléphone mobile et se lève.

— Ça te dirait un petit tour dans un cimetière, Folksy ?

Le chat est déjà devant la porte d'entrée, sous le portemanteau, quand Alexander descend l'escalier. Il attendra qu'Alexander ait enfilé son blouson et se soit agenouillé pour lui sauter sur les épaules et s'installer dans la capuche.

Acte I, scène IV

Depuis trois semaines, quand il ne parcourt pas les rues entre Woodhaven et East-Williamsburgh, Alexander arpente les cimetières. Il a commencé par Machpelah, bien sûr, et il y revient chaque jour, mais il explore aussi Cypress Hills, Knollwood Park, Trinity, Evergreen, Salem Field, New Union, le National, le Mt Carmel, l'Hungarian et le B'nal Jeshurum & Shereth Israel. Les tombes et les monuments funéraires l'intéressent assez peu. Les gens, par contre, le fascinent. Qu'ils ne fassent que passer, entretiennent les sépultures ou les allées, se recueillent, cherchent le réconfort, la paix ou juste un banc pour engloutir un sandwich, défilent endeuillés, promènent leur chien, nourrissent les oiseaux, lisent, excavent, rebouchent, maçonnent, scellent, balaient, arrosent ou simplement visitent… tous éveillent en lui l'imagination que Colum lui a proposé de ranimer en inventant des vies pour chaque inconnu et en les nouant dans un entrelacs de saynètes absurdes. Qu'il n'écrit pas.

Il s'interdit de prendre la moindre note, d'esquisser la plus petite scène, d'ouvrir le traitement de texte. Deux fois par jour, il regarde ses mails et y répond. Le matin, souvent avant l'aube. Le soir, quand il rentre, un peu après le crépuscule. C'est le seul rapport qu'il a avec l'écriture et il n'en a, pour l'instant, besoin d'aucun autre.

Il n'a pas oublié Cat-Oldie, il ne la cherche plus. Elle est un personnage en filigrane dans les chroniques qui lui viennent, un lien qui n'existe pas vraiment, un contrepoint. Un fil conducteur aussi : Cat-Oldie n'existe que dans l'imagination de ceux qui l'ont vue.

L'idée lui plaît énormément. C'est une autre façon d'aborder New York, en dédramatisant la catharsis de *The man who ate the biggest apple.* Sandra était un fantôme, Cat-Oldie sera une fée marraine. Une fois qu'il l'aura dotée d'un nom qui fasse moins personnage de comics. Chaque chose en son temps.

Pour l'instant, le chat dans la capuche, les rollers dans le sac à dos, les mains dans les poches du blouson, Alexander décide qu'il a collecté suffisamment de personnages aux personnalités imaginaires pour aujourd'hui. La nuit est encore loin mais la journée a été riche, et ses déambulations l'ont ramené vers la tombe d'Harry Houdini, ce qui ne lui est pas arrivé depuis plusieurs jours, alors qu'il en avait initialement fait sa base.

Il y a longtemps qu'il ne prête plus attention aux gens s'intéressant à la sépulture de l'illusionniste. Certains ont nourri ses premières saynètes, mais les personnages qu'ils lui inspirent se ressemblent et interagissent mal entre eux, ou, plutôt, leurs interactions deviennent très vite des poncifs. S'il ne rechigne pas à user des clichés en les détournant ou en les prenant à contre-pied, Alexander redoute de verser dans le procédé littéraire. Alors il passe au large, jette un vague regard et s'arrête net.

Il ne voit pas le visage de la personne qui se tient devant la tombe. Il voit une silhouette aux cheveux platine, de dos, immobile, qui serre un cabas contre elle, sous son bras gauche. Même à vingt mètres, il reconnaît le cabas des images que Laurence a nettoyées et il est sûr de ce qu'il y a dedans.

Folksy se repositionne dans la capuche, pose les pattes avant sur l'épaule d'Alexander, bâille, niche le museau dans son cou. Alexander n'ose pas bouger ni même lever le bras pour caresser le chat entre les oreilles. Il reste ainsi deux longues minutes.

Près de la tombe d'Houdini, la femme rajuste les anses du cabas, se retourne et se dirige à petits pas vers la sortie du cimetière. Alexander la regarde s'éloigner, fait deux pas et se fige à nouveau. Il est aussi ému que lorsque, peu après la sortie de son deuxième roman, son agent l'a présenté à John Irving. Il ne se souvient pas de ce qu'il a bafouillé ce jour-là, ni même s'il n'est pas resté muet, bouche bée, quand Irving lui a serré la main, mais il est sûr d'avoir été très emprunté sinon ridicule.

Quand il se ressaisit, la vieille dame est hors de vue. Il force un peu le pas vers l'entrée du cimetière, se retrouve bloqué par un cortège funéraire, hésite entre patienter et s'excuser, contourne la procession et émerge sur Cypress Hills St. La présumée Cat-Oldie a disparu. Il regarde à droite, à gauche, et s'apprête à renoncer, presque avec soulagement, puis il aperçoit l'arrière d'un bus. Ligne B13. Plutôt que réfléchir, Alexander échange ses tennis contre les rollers pendant que le chat se repositionne dans la capuche, bien en appui sur le sac à dos. Folksy émet un petit miaulement de gourmandise. Il adore la vitesse, il va être gâté : Alexander n'a pas l'intention de respecter la limite imposée aux véhicules à moteur.

Le bus peine à atteindre les 40 km/h, qu'il ne dépasse jamais, et il est bien obligé de respecter les arrêts sur sa ligne. Il en faut deux pour qu'Alexander le rattrape et un troisième pour qu'il vérifie que la vieille dame est bien dedans, assise derrière le chauffeur, dos à une vitre, le cabas sur les genoux. Les arrêts se succèdent et Alexander en est encore à se demander s'il ne ferait pas mieux de grimper dans le bus quand elle en descend, en plein Ridgewood.

Pendant qu'elle remonte l'avenue, il remet ses tennis, au grand dam de Folksy qui s'enfouit dans la capuche pour bouder, et découvre en se relevant qu'elle a bifurqué dans une rue. Il marche à grands pas jusqu'au croisement et ralentit en l'apercevant cent mètres devant lui. Elle progresse à son allure tranquille. Il la suit de loin, se laissant entraîner d'une rue à une autre dans un quartier où se côtoient des immeubles surpeuplés et des maisons fatiguées. L'ensemble donne l'impression que des promoteurs empressés ont construit des habitations collectives sur les vestiges d'un village dépeuplé, et c'est probablement ce qui s'est produit, au début du XXe siècle. Pas de commerces, uniquement des logements, et un terrain de basket-ball, enfermé dans un grillage, sur lequel jouent des adolescents sous l'œil de quatre de leurs aînés, assis sur le dossier d'un banc, qui se font passer un joint.

Les basketteurs et leurs spectateurs ne prêtent aucune attention à la vieille au cabas. Il n'en va pas de même avec Alexander. Deux des fumeurs quittent le banc quand il passe à leur hauteur et lui bloquent le passage.

— Tu t'es perdu, Whitey ?

Le ton n'est pas menaçant, mais il n'est pas vraiment aimable et le sobriquet est assez déplaisant. Alexander sent le chat remuer dans la capuche. Folksy reste néanmoins invisible.

— J'ai suffisamment de sang indien dans les veines pour ne jamais me perdre.

— Indien ? Tu veux dire Indien du Nord. Nous, tu vois, on descendrait plutôt des coupeurs de tête.

C'est le même qui a parlé. Les trois autres éclatent de rire et se positionnent autour d'Alexander. L'un d'eux a vaguement le type indios, mais ce n'est pas celui qui l'a apostrophé.

— Shuars ? Achuars ? Shiwiars ? Aguarunas ? Huambisas ?

Le bavard ouvre de grands yeux.

— Jivaros, lui vient en aide un de ses amis.

Alexander s'abstient de lui apprendre que le terme Jivaro est celui utilisé par les Amérindiens pour dénigrer ceux des leurs qui peuplent les banlieues. Il voudrait en finir rapidement avec cette joute verbale : la vieille a disparu au coin d'une rue.

— Je m'appelle Xander, dit-il en tendant la main.

Le bavard se recule vivement.

— Oh ! Qu'est-ce que tu me veux ?

Pas bon signe. Alexander essaie la naïveté :

— Dans ma tribu, quand on fait connaissance, on se présente et on se salue. (Il tend de nouveau la main.) Je m'appelle Xander.

Le bavard hésite, mais il se sent bien épaulé et l'assurance d'Alexander ne suffit pas à le mettre mal à l'aise.

— Tu me touches pas, l'Indien ! Pigé ?

Les basketteurs remisent leur ballon et se rapprochent du grillage. Alexander retire sa main. L'un des fumeurs jette le joint sur ses chaussures. À part le bavard, personne n'est vraiment tendu. Curieux – d'une curiosité vaguement malsaine – et prêt à japper ou à chahuter en toute lourdeur, mais rien qui ne fasse se sentir Alexander en danger. De toute façon, faire le coup de poing est presque un sport national d'où il vient et, même s'il a quitté le Montana depuis longtemps, il n'est pas plus bégueule qu'un autre quand il s'agit de donner de soi. Tant que personne ne joue du couteau, ni d'armes de catégories plus embarrassantes. Ce qui est moins fréquent à Ridgewood que dans d'autres quartiers du Queens, mais incomparablement plus que dans le Montana.

— Qu'est-ce qu'il y a dans ton sac ? demande le Jivaro de pacotille passé derrière lui.

Alexander se tourne à moitié vers lui.

— Mes rollers.

— Des rollers de riche, j'imagine.

Alexander lance un coup de menton vers les chaussures du Jivaro.

— Pas plus que tes Nike.

— Sauf que les Nike, je les ai pas payées.

Le rire du Jivaro entraîne celui de toute la bande. Alexander opte pour la fausse innocence.

— Mes rollers aussi m'ont été offerts. Nous avons tous les deux de bons amis.

— Son pote c'est Niketown en personne, se ranime le bavard. Il est très généreux quand on sait s'y prendre. (Nouveau ricanement largement repris.) Tu veux qu'on t'apprenne ? File-nous ton sac.

Le bavard tend la main. Alors Alexander la saisit et la serre.

— Enchanté. Comme je te le disais, moi c'est Xander. Tu t'appelles ?

Le bavard est outré, mais il est incapable d'échapper à la poigne d'Alexander. Autour d'eux, c'est la stupéfaction générale.

— Tu t'appelles ? répète Alexander.

Même s'il se méfie du Jivaro derrière lui, il conserve son regard planté dans celui du bavard.

— Lâche-moi, pédé !

Alexander ouvre la main, le bavard manque s'affaler.

— Pédé, c'est le nom ou le prénom ? demande Alexander.

Il obtient une bonne poignée de rires, contenus certes, pour ne pas déplaire au bavard, mais sincères. Le bavard les a néanmoins entendus et il est vexé. Alors il se jette sur Alexander et il le fait tellement mal que c'est comme s'il s'offrait à son poing ou, plutôt, à sa paume, parce que Alexander n'a pas l'intention de le cueillir de plus que d'une gifle. Sauf que deux bras l'enserrent au moment où il en lève un.

Le bavard se retient, goûte cette aide impromptue, ferme le poing, prend son temps.

Une boule noire au masque blanc jaillit de la capuche, souffle, crache, feule.

Le Jivaro hérite de quatre zébrures sur la joue gauche qui n'ont rien de scarifications rituelles.

Les bras d'Alexander se libèrent. Le bavard recule, hébété.

Les deux pattes sur l'épaule d'Alexander, qui n'en revient pas, Folksy gronde à la ronde.

— Vous avez fini, messieurs ? demande une voix d'une autorité qui fait tourner toutes les têtes.

La vieille est là, avec son cabas sous le bras. Elle tient une canne télescopique dépliée dans l'autre main et sa façon de l'agiter en dit long sur son agacement.

— Rodrigo, va soigner ta joue, reprend-elle. Les griffures s'infectent facilement. Emilio, excuse-toi.

Le bavard incline la tête vers Alexander en marmonnant piteusement :

— Excusez-moi, m'sieur. On ne vous voulait pas de mal, juste vous effrayer un peu. C'est que… vous comprenez…

— Dépêche-toi, Emilio ! le presse la vieille en le menaçant de la canne. Je n'ai pas que ça à faire.

Le débit du bavard s'accélère :

— On n'a pas l'habitude de voir des gens comme vous par ici, m'sieur, et c'est jamais bon signe. Je veux dire…

Alexander tend la main.

— Il n'y a pas de mal, Emilio.

Emilio regarde la main, la vieille, la canne, de nouveau la main et, cette fois, il accepte de la serrer.

— Merci, m'sieur.

— Xander.

— Xander.

La vieille repose sa canne au sol, s'appuie dessus, rajuste le cabas sur son épaule et se retourne.

— Jeune homme, suis-moi.

Alexander n'a aucun doute sur le fait qu'il est le jeune homme concerné et que c'est l'élément le moins curieux dans ce qu'il vient de vivre.

— Avec plaisir, madame, dit-il en lui emboîtant le pas. Puis il lui prend la canne et passe le bras sous le sien pour l'aider à marcher.

Au ronronnement de Folksy sous son oreille répond un ronronnement dans le cabas.

Acte II, prologue

Il y a un âge où on se sent immortel. Cela ne concerne pas tout le monde mais, quand on a fait ses armes dans une banlieue de Bogotá, quand on a migré à 16 ans vers le mirage états-unien en traversant toutes les frontières, quand on vit depuis trois ans dans la clandestinité à New York, on ne craint pas la mort, seulement le contrôle un peu trop tatillon qui se conclurait par une expulsion. Même avec un faux permis de conduire, même avec l'appui de la communauté, même avec la garantie d'un flic.

C'est qu'il ne le connaît pas, ce flic. Il ignore jusqu'à son nom. C'est Tommy qui lui sert d'intermédiaire. D'ailleurs Tommy non plus n'a pas de nom. Certains l'appellent Lucky Tommy, d'autres Tommy the Butt, mais le flic avec lequel il deale dans la bagnole de celui-ci doit être le seul à connaître son nom de naissance.

Tommy lui a promis qu'il rencontrerait le flic, mais c'était il y a six mois et l'adolescent colombien n'a jamais vu que les feux arrière de sa voiture. Comme cette nuit : dans le noir, à cinquante mètres. Pas moyen de distinguer l'intérieur, encore moins de voir le visage du flic dans le rétroviseur côté conducteur : il n'allume jamais l'éclairage intérieur. Prudent, méfiant ou paranoïaque, en tout cas invisible.

Tommy ne reste jamais plus de dix minutes avec le flic. Ce soir, le quart d'heure est largement dépassé quand la portière s'ouvre et que Tommy revient vers la Baja, un modèle Subaru dont il s'est entiché quand sa vieille Ranchero a rendu l'âme. Pour Tommy, une bonne voiture est une voiture que personne n'a envie de voler. Avec celle-là, il ne risque rien. Non seulement elle est moche mais, en plus, c'est un veau.

Tommy ne monte pas dans la Baja, il fait signe à l'adolescent de baisser la vitre côté passager et lui parle accoudé à la fenêtre.

— Cette fois, ça rigole moins, petit. Il s'agit de piquer une bagnole, de la livrer intacte, de la récupérer après usage et de la faire disparaître.

— Ce sera pas la première.

— Petit, c'est pour le compte d'un flic, là, et pas n'importe quel flic. Je dis pas que ça pue. J'ai confiance. Mais on aura intérêt à pas laisser un cheveu nulle part. Parce que, si la caisse sert à pêcher du gros poisson, on sera directement dans le collimateur du poissonnier. Tu piges ?

— Merde, j'avais pas pensé à ça.

— C'est mon job de penser, et aussi de savoir si t'es prêt à te jeter à l'eau.

— Qu'est-ce que ça rapporte ?

— Pour toi ? Green Card.

— La vache !

— Comme tu dis.

— Et pour toi ?

— Remise du compteur à zéro, sourit Tommy. Je traîne pas beaucoup de casseroles mais, crois-moi, y en a une qui pèse sa tonne. Tu marches ?

— Et comment !

Tommy ouvre la portière.

— Viens, elle veut te voir.

— Elle ?

— Ouais, elle. Et te fie pas à ce qu'elle a entre les jambes, ça ouvre direct sur l'enfer !

La femme flic descend de sa voiture à leur approche. Elle fait signe à Tommy de rester à l'écart, examine longuement l'adolescent colombien, lui offre son regard à craindre et le vieillit de deux courtes phrases prononcées d'une voix glaciale en espagnol :

— Je n'ai été trahie qu'une fois. Depuis, personne n'a pu faire plus qu'y songer.

Il y a un âge où on se sent immortel. Parfois ce sentiment s'éteint brusquement. Il suffit d'un regard, d'une voix et de quelques mots.

Acte II, scène I

Pas étonnant que l'agent spécial Laurence McNair n'ait pas réussi à loger Cat-Oldie, même après lui avoir potentiellement donné un visage grâce aux vidéos de télésurveillance. Elle – s'il s'agit bien d'elle – habite ce qui, pendant la prohibition, a dû être un speakeasy ou au moins un blind pig constitué de plusieurs ateliers accolés, parfaitement invisible depuis les rues alentour puisque entouré de jardins enclavés dans un bloc compact d'habitations. Pour y accéder, il faut emprunter une porte en contrebas d'une maison et traverser un couloir en sous-sol qui débouche sur une cave desservie par un escalier étroit. La porte en haut de l'escalier n'est ni blindée ni verrouillée et ouvre directement sur un séjour immense, encombré d'objets hétéroclites, éclairé par la lumière que laissent filtrer des lucarnes de verre dépoli.

En ce début de soirée, même si le soleil n'est pas encore couché, la pièce baigne dans une pénombre qui cache mal la fine pellicule de poussière recouvrant le sol de béton ciré, pourtant gris moiré, sauf à certains endroits, là où on passe fréquemment. Le même voile très fin couvre les meubles. Alexander y lit des empreintes félines dessinant des sentiers délicats, sinuant entre les objets qui constituent une collection disparate et désordonnée.

La vieille l'a laissé seul, lui recommandant de se mettre à son aise, après avoir libéré le chat de son cabas. C'est un animal à la stature impressionnante, mais sans un gène de maine coon. Plutôt un chartreux mâtiné de gouttière. Il s'est ébroué, a attendu que Folksy quitte la capuche pour le rejoindre, lui a présenté ses civilités félines en mêlant ses moustaches aux siennes et l'a entraîné dans une visite des recoins innombrables de la pièce. Alexander les aperçoit de temps en temps, émergeant de sous un meuble, grimpant sur un fauteuil, slalomant entre les bibelots posés sur une console, une crédence ou une étagère.

Au jugé, la pièce doit mesurer vingt mètres sur dix. À l'exception de l'endroit où s'est posé Alexander, elle n'est pas moins encombrée qu'une boutique de brocanteur. Un brocanteur qui se serait gardé un espace pour offrir le thé à ses clients et qui aurait entassé avec plus ou moins de bonheur des antiquités que lui seul sait posséder et retrouver dans son échoppe.

Baigné par une odeur qu'il apparente à celle d'une crypte, Alexander n'ose pas bouger du fauteuil crapaud dans lequel il a pris place – il n'a pas le sans-gêne de Folksy et l'hospitalité de Cat-Oldie n'est peut-être pas aussi tolérante que celle du chartreux – mais, où qu'il tourne la tête, le bric-à-brac l'impressionne par sa diversité et sa richesse. Statues, statuettes, peintures, tapisseries, masques, armes blanches, vaisselle, livres aux reliures de cuir, meubles rutilants ou patines, appareils étranges, tout est ancien et paraît authentique. Son œil accroche plusieurs clepsydres archaïques, dont une, à l'instar de l'astrolabe posé à côté d'elle, lui évoque l'art persan médiéval. Il est loin d'être un spécialiste, mais la clepsydre et l'astrolabe lui semblent de la même facture que ceux exposés au MET[1]. Comme son hôtesse ne réapparaît toujours pas, il se décide à les examiner, de beaucoup plus près qu'il a pu admirer les objets du MET.

— Tu t'intéresses aux instruments anciens, jeune homme ?

Alexander n'a pas entendu la vieille approcher, il est heureux de ne pas avoir la faculté de sursauter. Depuis toujours, pris à l'improviste, il se fige et ferme les yeux deux secondes. Quand il les rouvre, même si les enzymes n'ont pas encore dégradé l'adrénaline qui diffuse en lui, il se contrôle parfaitement.

— Persans ? demande-t-il en désignant les deux objets.

— Perses.

Alexander saisit très bien la nuance. Il se retourne, adresse une moue impressionnée à la vieille qui se tient à moins d'un mètre de lui, les deux mains en appui sur sa canne.

— Il ne doit plus en exister beaucoup dans le monde, commente-t-il.

Elle sourit. Son visage s'étoile de petites rides amusées.

— Plus beaucoup, en effet.

Elle empoigne sa canne sous le pommeau, se dirige vers l'espace plus ou moins dégagé et s'assoit sur un voltaire bordeaux décoré de fleurs d'un vert très sombre. Elle ne s'appuie pas sur le dossier, elle se tient droite, les mains de nouveau croisées sur le pommeau de la canne. Alexander retourne à son crapaud. Elle l'observe

1. Metropolitan Museum of Art.

en silence avec une acuité dérangeante, alors il essaie de détourner son attention en se présentant :

— Je m'appelle Alexander…

— Byrd, je sais. C'est pour ça que j'ai été si longue… je te prie d'ailleurs de m'en excuser, mais j'étais sûre de te connaître et je n'arrivais pas à mettre un nom sur ton visage. J'utilise souvent la fonction « recherche par images ».

Internet, évidemment, mais cela n'explique pas tout.

— Je ne vous ai pas vue me prendre en photo. (Alexander jette un coup d'œil à la ronde, en l'air.) Avec une telle collection, j'imagine que vous avez un système de surveillance vidéo.

— J'ai plutôt un bon coup de crayon… enfin, de stylet, et une excellente tablette graphique.

Alexander reste un moment médusé, bouche ouverte, avant de réagir :

— Vous êtes impressionnante, madame…

— Bond, Janet Bond.

Elle a répondu sur un ton tellement naturel qu'il est difficile de ne pas la prendre au sérieux, et encore plus d'accepter que ce soit son nom.

— Tu peux m'appeler Janet. Ou Madame Janet, comme le font les gens du quartier… essentiellement parce qu'ils ont oublié mon patronyme depuis longtemps, remarque. Tu suis souvent les gens, monsieur Byrd ?

Le chartreux passe en trombe sur la table basse qui les sépare, suivi par Folksy, sauvant Alexander d'un ahurissement embarrassé.

— Ils ont l'air de bien s'entendre, remarque-t-il.

— Les chats sont moins compliqués que les humains. Ils s'aiment ou ils se détestent, parfois les deux à quelques minutes d'intervalle, mais ils ignorent l'hypocrisie et se tournent autour plutôt qu'autour du pot.

Alexander assume le reproche à peine déguisé, s'appuie sur les accoudoirs et se penche légèrement en avant.

— À mon tour de vous présenter des excuses, Janet. Oui, depuis quelque temps, il m'arrive de suivre les gens.

— Panne d'inspiration ?

Alexander décide que c'est la dernière fois que Madame Janet le surprend. Sans néanmoins se faire d'illusion sur sa capacité à tenir la gageure.

— Panne sèche, confirme-t-il. Vous m'avez vu au cimetière ?

— Et patiner derrière le bus. Pourquoi moi ?

— Pourquoi vous ? (Alexander se donne le temps de concocter sa réponse en haussant les épaules.) Vous ne ressemblez pas aux visiteurs ordinaires de la tombe d'Houdini.

— Ehrie ? (Elle a utilisé le diminutif du prénom originel du prestidigitateur.) Je ne risque pas d'être une visiteuse ordinaire. Je l'ai rencontré plusieurs fois, tu sais ? Et, après son décès, je suis restée proche de Bessie, sa femme, jusqu'à sa propre mort.

Alexander réfléchit à toute vitesse. Houdini est décédé en 1926. Même si elle était enfant quand elle l'a rencontré, Madame Janet a plus de 90 ans. Or la tournure de sa phrase à propos de Bess Houdini suppose qu'elle n'était plus une enfant en 1926.

— Ne te perds pas en calculs et en suppositions, jeune homme. Je suis plus âgée qu'il n'y paraît. (Elle sourit en le regardant droit dans les yeux.) Et plus leste, aussi.

Si c'est une perche, il n'a aucune intention de la saisir. En tout cas, pas comme il a la pulsion de le faire.

— J'ai cru remarquer que les jeunes avaient beaucoup de respect pour la vivacité de votre canne.

— Ils ont tous eu l'occasion d'en tâter à un moment ou à un autre. Comme d'ailleurs leurs parents, autrefois. C'est un remarquable outil pédagogique.

Alexander pouffe. Elle poursuit :

— Très utile quand on essaie de faire rentrer les bases de la grammaire, de l'arithmétique, de l'histoire à des gamins qui pensent apprendre plus de la rue que de l'école.

— Vous étiez enseignante ?

— Bénévole et d'appoint. Les cours de la dernière chance, en quelque sorte. J'en donne encore, à la demande, mais les demandes se font rares et, même si je ne supporte toujours pas que l'ignorance gâche des vies, je suis lasse. Le monde régresse tellement plus vite qu'il n'a progressé.

Entre ses lèvres centenaires, la sanction est terrible. À moins que ce ne soit la façon dont elle l'a énoncée, avec plus de dégoût que d'abattement et de renonciation.

— Je vous comprends, dit Alexander.

Elle ouvre grand les yeux, feignant un étonnement dubitatif.

— Vraiment ? Alors il va falloir que je lise ce roman qui semble t'avoir asséché. C'est bien ça, n'est-ce pas ?

Elle l'étudie moins qu'elle ne guette ses réactions, mais son regard ne le lâche pas. Elle cille très peu, ce qui accroît la dérangeante sensation d'acuité que procurent ses yeux en amande, très noirs. À part aux coins de ceux-ci, d'où rayonnent de nombreuses ridules en éventail, elle est très peu marquée. Pourtant elle est sèche et sa peau, affinée par l'âge, fait saillir la structure osseuse de son visage. Ses mains, sur le pommeau de la canne, sont minces et couvertes de taches de vieillesse, mais pas décharnées. Quand il la tenait par le bras, il n'a pas semblé à Alexander que ce bras était fragile. Plutôt ferme, même, et pas moins dense que celui d'une femme beaucoup plus jeune. Quel que soit son âge, Madame Janet donne l'impression d'avoir encore deux ou trois décennies devant elle. Et une sagacité sereine qui suggère davantage.

— *The man who ate the biggest apple*, répond-il, mais c'est peut-être moins lui le problème que le Pulitzer qu'il m'a valu.

— Le titre n'est pas engageant.

Aussi subjectivement lapidaire soit le commentaire, il perturbe Alexander. Il a lui-même choisi le titre – dont l'éditeur a été très satisfait – alors qu'il était au tiers de l'écriture du roman, parce qu'il faisait subtilement le lien entre deux aspects de celui-ci. Mais le titre a influencé la suite de l'ouvrage en l'amenant à développer un troisième aspect, imprévu, qui colore l'ensemble du texte. Précisément la couleur qu'il cherche à atténuer, si ce n'est à éteindre, dans les chroniques qu'il envisage d'écrire.

Les chats le tirent de sa confusion. Cette fois, c'est Folksy qui ouvre la course et le chartreux qui le poursuit. Leurs museaux et leurs moustaches sont couverts de toile d'araignée. Ils font le ménage sous les meubles.

— Szif ! claque la voix de Madame Janet.

Le chartreux se plante sur ses pattes avant, dérape sur un mètre, s'immobilise, jette un regard penaud vers sa maîtresse et va s'étendre à ses pieds. Quelques secondes plus tard, Folksy réapparaît, s'installe près du fauteuil d'Alexander et entreprend de se toiletter.

— Pardonnez Folksy, s'excuse Alexander. Il n'y a pas beaucoup de chats où nous vivons et ils sont plus farouches que le vôtre. Il est d'ordinaire moins… turbulent.

Elle agite une main pour signifier que cela n'a aucune importance.

— Il est le bienvenu. Je ne t'aurais d'ailleurs pas laissé entrer sans lui.

— Quelqu'un qui aime les chats ne peut pas être tout à fait mauvais ?

Alexander est fier d'avoir su masquer son énième ahurissement avec autant d'à-propos.

— Quelqu'un que les chats protègent ne peut être tout à fait mauvais, le déstabilise aussitôt Madame Janet. Je ne serais pas revenue sur mes pas si Szif ne s'était pas autant agité dans le cabas et je ne t'aurais pas invité à m'accompagner si Folksy n'avait pas joué des griffes pour te libérer de l'étreinte de Rodrigo. La réaction de Szif a éveillé ma curiosité, la relation que ton chat et toi entretenez a en partie levé les doutes sur la nature de ton intérêt pour moi.

— Vos doutes étaient légitimes. Je suis désolé de vous avoir inquiétée.

Cette fois, le regard de Madame Janet le transperce littéralement et Alexander a le sentiment qu'il s'enfonce dans son esprit pour le fouiller.

— Il y a un mélange assez intrigant de candeur et de fausse innocence en toi, jeune homme. Je commencerai par ton dernier, mais je vais lire tous tes bouquins. Je suis sûre que cela m'éclairera sur la faille que tu n'arrives pas à combler. Ensuite, si tu as le courage de revenir, j'aimerais assez que nous confrontions nos visions du monde et, plus particulièrement, des relations qui désunissent l'humanité. (Elle tapote sur ses genoux et appelle :) Folksy.

Folksy interrompt aussitôt sa toilette, trottine allègrement vers elle, lui grimpe sur les jambes et se met à ronronner quand elle lui gratte le cou.

— Ton chat est plus facile à apprivoiser que toi, l'écrivain. (Elle émet un petit rire.) Il y a longtemps que je n'avais plus appelé quelqu'un « l'écrivain ». Tu es né après sa mort, mais tu l'as sûrement lu. Lui aussi n'a pas très bien digéré son succès ni le Pulitzer, même s'il lui a fallu plus de temps pour en prendre conscience. (Au froncement de sourcils d'Alexander, elle répond :) Steinbeck.

— Vous avez connu John Steinbeck ?

— J'ai connu beaucoup de monde. Privilège de la longévité et… (elle fait un moulinet en l'air avec sa canne…) de ce qui n'a pas toujours été un cabinet de curiosités à l'abandon. Quoique John n'ait jamais mis les pieds ici pendant la prohibition. Il est venu à son retour d'URSS, avec Robert Capa. Ils préparaient *Journal russe*, je détenais un document dont ils pensaient pouvoir se servir. Bref, c'est sans intérêt.

Elle s'interrompt, regarde Alexander en plissant les yeux, comprend que ce n'est pas sans intérêt pour lui. Il s'en veut d'être un livre ouvert, mais il a rapproché ce qu'elle vient de révéler d'un soupçon de Laurence – celui que Cat-Oldie ait travaillé pour un service secret – et son regain d'attention s'est vu.

— Sur quel bouton viens-je d'appuyer ? demande-t-elle. Tu as tout à coup perdu ta vraie et ta fausse naïveté.

— URSS et document, répond-il. On dirait un roman d'espionnage.

— Oh ? Oui, je suppose que cela pourrait en étayer un. Peu après Yalta, le lendemain de la création de la CIA, alors que le MVD vient d'absorber le NKVD et que le KGB n'existe pas encore… partons du principe que j'ai séjourné à Toronto en même temps que Ian Fleming, alors en formation dans une école d'instruction très spéciale, et que mon nom et ma manière de me présenter lui ont inspiré ceux de son héros, dont la personnalité est conçue autour de celle de Wilfred Dunderdale, agent du MI6 que j'ai fréquenté, avant de les présenter l'un à l'autre quelques années plus tard. Sur cette base, tu ne risques pas le National Book Award, mais tu peux envisager un best-seller et une offre alléchante d'Hollywood.

Elle a remis les deux mains sur la canne. Folksy s'est couché sur ses jambes et ne bouge plus une oreille. Szif dort sur le dos aux pieds du voltaire. Ils semblent aussi paisibles et détendus les uns que les autres. Pourtant, derrière la sérénité de Madame Janet, Alexander sent une intense jubilation. Elle joue. À le perturber, indubitablement. Alors, comme elle auparavant, il plisse les yeux.

— Sur quel bouton viens-je d'appuyer ? demande-t-il à son tour.

— Rewind.

C'est encore lui qui est désarçonné. Il en rirait presque.

— Le vrai dans le faux, le faux dans le vrai, soupire-t-il.

— N'est-ce pas l'art du roman ?

— Ne suis-je pas censé être le romancier ?

— N'es-tu pas en quête de personnages ou, plus exactement, d'histoires ? N'est-ce pas ce que tu cherches en filant des inconnus dans la rue ? N'est-ce pas ce qui te motivait en me suivant ?

— À dire vrai, je ne cherchais plus.

Elle sourit sans cacher sa satisfaction.

— Alors j'ai bien fait de passer saluer Ehrie.

Alexander ouvre les mains en secouant la tête.

— Vous avez le don de me stupéfier, Janet, mais, cette fois, je n'ai aucune chance de comprendre sans une explication.

— C'est quand on pense avoir trouvé une solution à un problème qu'il faut le transcender, jeune homme. Alors seulement on peut se mettre à chercher.

— Le… transcender ?

Elle serre les lèvres, le regarde longuement et pose une main sur Folksy.

— Meow.

— Rejoins ton Xander, petit.

Folksy quitte ses genoux, saute sur ceux d'Alexander, puis sur son épaule et se niche dans la capuche. Madame Janet se lève.

— Il est temps que tu rentres chez toi, jeune homme. Tu as trop d'assurance pour ne pas t'attirer d'ennuis et, la nuit tombée, le quartier ne fait pas de cadeau.

Alexander trouve subitement la pièce très sombre. Il lève la tête vers les lucarnes et les découvre grises. Le soleil doit être très bas. Madame Janet se plante devant lui.

— Je te raccompagne.

— Je retrouverai mon chemin, vous savez.

Elle tire des clés d'une poche et les agite.

— Et tu ouvres la porte sur la rue comment ?

Pendant qu'elle tourne la clé dans la serrure, Madame Janet dit :

— Reviens me voir à l'occasion. Laisse-moi juste un peu de temps pour lire tes bouquins.

— Je n'y manquerai pas.

— Bien.

Elle s'écarte, ouvre la porte. Il lui passe devant.

— Je suis enchanté d'avoir fait votre connaissance, Janet.

— Il faut souhaiter que tu le restes.

Il sourit.

— Toujours aussi surprenante. Bonne soirée, Janet.

— Tu n'oublies pas quelque chose ?

Il est déjà dehors. Elle est dans l'encadrement de la porte et désigne les murs qui la bordent. Pas de sonnette ni d'interphone.

— Comment puis-je vous prévenir de ma visite ?

— janet@bond.su.

— SU ?

— Soviet Union.

Alexander lève les yeux au ciel en riant et grimpe les marches qui rejoignent la rue.

— À la question que tu n'as pas posée, la réponse est : « Ne me contrains pas à déménager. » Bonne nuit, Alexander Byrd.

Quand il se retourne, la porte est déjà refermée.

Acte II, scène II

Après avoir passé quatre jours sans mettre le nez dehors, sinon côté jardin avec le portable ouvert sur la table, Alexander se décide à appeler Maria. La conversation est laconique. Il lui dit juste qu'il a besoin de son opinion sur la tournure que prend son roman en cours au regard du rebondissement qu'il vient d'introduire presque malgré lui. Elle ne manifeste aucune surprise, elle ne pose aucune question, elle marque juste une hésitation supposant qu'elle comprend de quoi il retourne. Quand elle s'enquiert de savoir où, il répond « Chez Folksy, 20 heures, ça marche ? » Cela lui est venu tout seul, mais il a conscience que, présenté ainsi, elle ne risque pas de se défiler, du moins de repousser à un autre jour.

Excepté ses amis proches, dont Maria la première, quelques-uns de ses voisins et, aujourd'hui, Janet Bond, personne ne sait que Folksy est le chat qui règne sur sa maison. Aucun auditeur indésirable, donc. Aucun agent spécial du FBI disposant de trop de temps libre, par exemple.

Pourquoi se méfier de Laurence ?

Alexander n'en a aucune idée, mais il a intérêt à trouver une réponse rationnelle avant que Maria lui pose la question. Elle goûte assez peu la paranoïa et encore moins l'ingratitude. Heureusement, il a toute l'après-midi pour ordonner ses pensées et mettre en mots intelligibles ce que son inconscient bredouille. Il attrape son sac à dos, attend que Folksy se soit installé dedans et sort vérifier que tous les commerces de bouche n'ont pas choisi de fermer en même temps.

Maria n'est pas toujours ponctuelle, mais elle prévient systématiquement lorsqu'elle estime quelle aura plus d'une demi-heure de retard. À 20 h 35, Alexander compose son numéro de mobile, tombe directement sur le répondeur et laisse un message. Dans la foulée, il fait de même sur son téléphone fixe et sur celui de son bureau. Nouvel échec sur le mobile à 20 h 50, il double avec un texto – elle peut y avoir accès à partir de n'importe quel ordinateur – et envoie aussi un mail. Il est nerveux, angoissé, et Folksy le ressent si fort qu'il ne le lâche pas d'une foulée quand il fait les cent pas, se frotte à lui quand il s'immobilise et s'installe sur ses genoux en ronronnant quand il s'assoit.

À 21 h 15, Alexander craque et appelle Kyle Kentrick. Il parle du retard inhabituel de Maria et de sa propre inquiétude, sans fioriture, sans plus d'explication.

Moins de dix minutes plus tard, c'est Laurence qui rappelle.

— Maria va bien, commence-t-il.

Alexander comprend aussitôt qu'il est arrivé quelque chose de suffisamment grave à Maria pour que Laurence anticipe sa réaction.

— Je… je t'écoute, bafouille Alexander.

— Elle a eu un accident. Kyle est en route pour l'hôpital où elle a été transportée. Je passe te prendre dans un quart d'heure.

— C'est grave ?

— Non, mais le NYPD devra se passer de ses services quelque temps.

— Pourquoi ne m'a-t-elle pas prévenu si…

— Son mobile a été détruit. Elle est arrivée aux urgences complètement choquée, elle a été anesthésiée et elle est toujours dans les vapes.

— Anesthésiée ?

— Fracture ouverte. Je dois raccrocher, Xander.

Mais il attend qu'Alexander réagisse, alors Alexander laisse tomber :

— Je t'attends.

Une fracture ouverte, ce n'est pas si grave que cela en a l'air, mais cela explique l'état de choc et nécessite effectivement une intervention chirurgicale. Alexander n'en est pas pour autant rassuré. Il aurait très bien pu se rendre à l'hôpital tout seul. Si Laurence a choisi de l'y conduire, c'est probablement pour être présent et prêt à le soutenir quand il lui apprendrait ce qui ne se dit pas par téléphone.

Alexander est derrière la porte quand une Ford Taurus SHO série VI s'immobilise devant la maison, déjà sorti quand Laurence donne un bref coup de klaxon, en train d'attacher sa ceinture quand Laurence enlève le gyrophare magnétique du toit. Alexander n'aime pas que Laurence ait considéré urgent de se rendre chez lui et que ce ne le soit plus de rejoindre l'hôpital, mais il ne pose aucune question, il a trop peur de ce qu'il va entendre.

— Ça va ? demande Laurence en démarrant.

— Non.

— Évidemment que ça ne va pas ! Je suis con ! Rassure-toi, Maria va s'en sortir et elle n'aura pas de séquelles.

Alexander se détend d'un bloc.

— Merci, dit-il stupidement.

— Tu me remercieras quand j'aurai mis la main sur le salopard qui l'a renversée, si c'est moi qui suis obligé de le faire.

— Pardon ?

— Les flics n'aiment pas qu'on s'en prenne aux leurs. Même si Maria est une civile, elle fait partie de la maison et le NYPD va mettre le paquet.

— Ce n'est pas ce qui m'étonnait.

Laurence lui jette un très bref coup d'œil.

— Je suis vraiment très con, ce soir, moi ! se fustige-t-il. Maria a été fauchée en descendant du trottoir. Coupé Toyota rouge, volé dans la nuit. Les témoins n'ont pas vu le conducteur. Peu probable que ce soit intentionnel, mais délit de fuite,

— Peu probable ?

— Le véhicule arrivait d'une voie perpendiculaire. Feu grillé, dérapage, crissement de pneus. Je ferai une simulation quand j'aurai toutes les données, mais je pense que le chauffeur n'a vu Maria qu'en la percutant. Alexander réfléchit.

— C'était où et à quelle heure ?

— 18 h 48, sortie de métro dans son quartier. Je dirais qu'elle repassait chez elle après le boulot pour se changer et te rejoindre.

Alexander hoche la tête.

— Elle quitte en général le bureau à 18 h 30. Il lui faut environ vingt minutes pour rejoindre Boerum Hill. Elle a effectivement l'habitude de prendre une douche et de se changer avant de ressortir. Elle est assez routinière. Où est-elle ?

— Au Bellevue.

— Pourquoi pas au Methodist ? C'est plus près de chez elle et juste à côté de chez moi.

— Choix de l'EMS[1], le central gère le dispatching en fonction des urgences, de la durée de transport et de la saturation des services. Ils font bien leur boulot.

Alexander n'en doute pas, même s'il n'a jamais réussi à vouer aux pompiers le même culte que l'ensemble des New-Yorkais depuis ce 11 septembre qui lui a détruit l'empathie.

— Vous êtes très proches, tous les deux, n'est-ce pas ? demande Laurence.

— Un peu comme frère et sœur.

— C'est ce qu'il me semblait.

— Et un peu incestueux.

Le rire de Laurence est discret. Celui d'Alexander plus net mais nerveux. Il relâche la pression. Laurence en profite immédiatement :

— Autant te prévenir. Il lui faudra pas mal de rééducation pour récupérer à cent pour cent. Ce sera long et pas toujours marrant, ni pour elle ni, pour ce que je connais de son caractère, pour son entourage. La fracture ouverte tibia péroné ne devrait pas l'handicaper longtemps, mais celle du poignet nécessitera peut-être plusieurs interventions. (Il laisse Alexander encaisser.) Les côtes fêlées sont longtemps douloureuses, surtout les flottantes, et elle n'en a plus beaucoup d'indemnes.

— Merde ! explose Alexander. Que m'as-tu encore caché ?

---

1. Emergency Medical Service, pompiers de New York.

— Oreille arrachée et recousue, sans conséquence. Brûlures au deuxième degré sur le même côté du visage, elle devra se protéger du soleil pendant deux ou trois ans. Une épaule démise, cartilage d'un genou écrasé : quelques semaines de kiné. Des bleus et des éraflures un peu partout. Pas de traumatisme cérébral, aucun organe touché. Fais-moi confiance, Xander, elle s'en tire vraiment à bon compte. Et c'est ça le principal. Alors évite de dramatiser et de t'apitoyer, parce que le plus dur pour elle maintenant, c'est ce qui va se passer dans sa tête. Elle aura droit à un suivi psychologique, mais tu es bien placé pour savoir que ça n'efface pas la mémoire de ce qui s'est produit. Elle sursautera pendant des années chaque fois qu'elle entendra, même très loin, un crissement de pneus.

Alexander serre les dents, mâche et remâche la réplique qui lui est venue à l'esprit, l'évacue et inspire profondément.

— Au cas où tes fiches seraient incomplètes, ou que tu l'aurais oublié, Maria est aussi bien placée que moi pour ce qui est des événements traumatiques, Laurence, et nos estomacs sont équipés pour digérer un psy tous les matins.

Ils arrivent devant l'hôpital. Laurence montre sa carte et gare sa voiture sur le parking du personnel.

— C'est bien le problème, laisse-t-il tomber en claquant sa portière. Vous avez l'expérience, l'intelligence et l'habitude de vous entraider seuls.

— Un peu comme Kyle et toi, en quelque sorte, lui jette Alexander par-dessus le toit de la voiture. Même si vous savez que ce n'est pas toujours la meilleure solution.

Laurence fait la moue.

— Touché, admet-il.

Laurence ressort sa carte du FBI pour le policier qui garde la porte de la chambre de Maria. Ils en ont déjà croisé un dans le hall. Quelles que soient les convictions de Laurence sur la nature accidentelle de ce qui vaut à Maria d'être là, comme il l'avait annoncé, le NYPD prend l'affaire très au sérieux.

Kyle se lève à leur entrée et serre la main d'Alexander avec beaucoup de chaleur.

— Elle est sous sédatif. Elle ne devrait pas se réveiller avant demain matin. Tu tiens le coup ?

Alexander hoche la tête et s'approche de la tête du lit.

Maria est allongée sur le dos, seuls un bras et son visage, emmailloté dans des pansements, dépassent du drap. Plusieurs poches de perfusion se déversent en intraveineuse dans son avant-bras indemne. Une batterie de monitors surplombe le lit. Le peu qu'Alexander voit d'elle est couvert d'hématomes et d'un badigeon orangé d'antiseptique. Il ressent une bouffée de colère comme jamais cela ne lui est arrivé. Il reste un moment à fixer ses paupières gonflées, le temps d'évacuer la rage qui lui embrouille les pensées.

Derrière lui, Laurence et Kyle se sont assis. Il attrape un siège et les rejoint. À deux mètres du pied du lit, en arc de cercle, ils restent un moment silencieux, puis Kyle se racle la gorge.

— Le procureur fédéral ne pourra pas instruire l'affaire. Elle est du ressort de la seule juridiction new-yorkaise. C'est donc le NYPD qui aura le dossier en charge. Nous devrons rester en dehors.

— Cela ne m'empêchera pas de mettre le nez dedans, assure Laurence, ni de fouiller ce à quoi ils n'ont pas accès. En toute discrétion, bien entendu. C'est devenu une deuxième nature chez moi.

— Si tu es persuadé qu'il s'agit d'un accident, pourquoi t'en mêler ? demande Alexander. Tu la connais à peine, tu dis toi-même que le NYPD lui accordera un soin tout particulier et il est loin d'être démuni ou incapable.

— Il est aussi moins gangrené qu'il ne l'était il y a quelques années, mais je dispose de ressources plus efficaces que les siennes et « moins » ne signifie pas « plus du tout ». En outre, un flic pourrait considérer qu'un moyen de pression sur un indic potentiel est plus rentable qu'une poursuite pour coups et blessures involontaires, même assortie d'un vol de véhicule. Or Maria importe à Kyle et le trauma psychologique ne s'amoindrira qu'avec la condamnation de celui qui en est la cause. C'est suffisant ou il faut que j'ajoute que je vous aime bien tous les deux ?

L'inconscient d'Alexander lui rappelle aussitôt sa défiance à l'égard de l'agent spécial. Dans les circonstances, il n'a aucun mal à juger celle-ci déplacée.

— Ce ne serait pas très professionnel, commente-t-il. (Son inconscient insiste, d'une manière différente, alors il lui accorde un vague intérêt.) Un accident peut toucher n'importe qui et survenir à n'importe quel moment, mais…

Il se sent idiot, aussi laisse-t-il la phrase en suspens.

— Mais ? relance Laurence, sur le qui-vive.

— Rien. Je n'avais pas appelé Maria depuis des semaines et je me sens coupable.

— Pourquoi ? Parce que vous aviez rendez-vous ? demande Laurence. Souviens-toi de ce que tu m'as dit. Elle quitte tous les jours le bureau à la même heure et elle rentre chez elle. C'est sur ce trajet qu'elle a été renversée, pas en te rejoignant.

Alexander en a bien conscience, mais ce n'est pas ce qui le travaille et qui est tout aussi absurde.

— Tu as raison. Je vais peut-être bien retourner chez un psy.

Laurence a la gentillesse de sourire. Kyle penche la tête de côté et se lève.

— Je crois bien que la princesse est réveillée, annonce-t-il.

Maria est groggy, confuse et peine à articuler. Le seul mot qu'elle réussit à rendre compréhensible est « mal ». Alors, pendant que Laurence va chercher l'infirmière qui ne réagit pas assez vite à son goût à l'appel de la sonnette et qu'Alexander lui tient sa main valide, Kyle la distrait en listant ses blessures avec humour. C'est une attitude plutôt curieuse, mais, à l'évidence, elle ne comprend pas ce qu'il dit ou cela ne l'intéresse pas. Elle fixe Alexander et celui-ci a le sentiment qu'elle cherche à lui dire quelque chose.

Laurence revient avec l'infirmière qui vérifie l'aiguille de perfusion et ajuste le débit des poches.

— Elle va se rendormir très vite, assure-t-elle avant de sortir. Vous devez la laisser, maintenant.

Kyle et Laurence lui emboîtent le pas.

— Cinq minutes, dit Alexander.

À peine la porte s'est-elle refermée, Maria attrape sa main et la serre.

— Ça va aller, Xand. (La voix traîne, mais les mots sont parfaitement formés.) C'est de Cat-Oldie que tu voulais parler ?

Il hoche la tête.

— Tu l'as trouvée ?

— Je pense, oui.

— Pourquoi te méfier du téléphone ?

— Laurence.

Elle esquisse un sourire et grimace sous la douleur.

— Qu'est-ce qui…

C'est compliqué et irraisonné.

Les yeux de Maria fouillent ceux d'Alexander, renoncent à comprendre ce qu'elle n'est pas en état d'y trouver.

— Parle-lui.

— Je leur parlerai à tous les deux.

— Bien.

— Tu te souviens de l'accident ?

— Hélas.

— C'est bien un accident ?

Elle le regarde longtemps, ses yeux peinent à rester ouverts.

— Il me semble, répond-elle finalement.

— Semble ?

Il a réagi trop vite, elle n'avait pas terminé sa phrase.

— Que tu deviens parano, l'achève-t-elle. C'était… juste…un chauffard.

Ses yeux se ferment. Il attend quelques secondes et l'embrasse sur le nez, hésite et lui dépose un baiser sur les lèvres. Elle sourit, mais le sédatif l'a déjà rendormie.

— Je reviens demain, dit-il dans le vide.

Kyle et Laurence l'attendent dans la salle de garde du service. Ils discutent avec l'interne de veille et le policier, qui a quitté sa faction pour boire un café.

— Je retourne à mon poste, annonce celui-ci quand la présence d'Alexander lui fait prendre conscience que Maria est seule dans sa chambre.

— Et moi au boulot, dit l'interne tandis qu'une lumière s'allume sur un tableau et qu'un bip l'alerte.

— C'est Maria ? s'inquiète Alexander.

— Chambre 9. Non, ce n'est pas votre amie.

L'interne disparaît à un angle du couloir. Kyle et Laurence entraînent Alexander vers un ascenseur.

— Tu as à boire chez toi ? demande Kyle.

— Armagnac, cognac, calvados… et du vin, bien sûr, répond Alexander.

— Français aussi ?

— Oui. Depuis qu'un ami m'a fait découvrir les crus français, j'ai du mal à boire autre chose.

— Alors je vous suis. (Il adresse un clin d'œil à Alexander.) Je l'aurais fait de toute façon, mais je trouve que ton ami a du goût et j'ai moins besoin de me soûler que de me détendre.

Folksy accueille Laurence et Kyle comme s'ils avaient toujours fréquenté la maison. Il se frotte à leurs jambes, ronronne quand l'un puis l'autre le caressent, s'installe entre eux dans le canapé, entame une jambe en l'air sa toilette, l'abrège soudainement et quitte le salon. Alexander entend jouer la chatière. Folksy est rassuré, il retourne jouer au maître des jardins.

Durant le trajet, Laurence et Alexander n'ont échangé que des banalités, pour relâcher la pression, en tout cas celle qu'Alexander ne parvient pas à évacuer. Dans la voiture, elles concernaient surtout la force de caractère de Maria, ses qualités professionnelles, son amitié avec Alexander. Depuis qu'ils sont chez ce dernier, elles tournent autour de la maison, du chat, des vins qui remplissent les étagères des deux armoires réfrigérées et des livres qui occupent celles des bibliothèques couvrant un mur sur deux de chaque pièce de la maison. Ou presque. Le hall d'entrée, la cuisine, la salle de bains et la douche sont épargnés, mais pas l'escalier ni les toilettes.

Maintenant qu'ils sont confortablement installés, Alexander sur un fauteuil en face du canapé occupé par le couple, chacun un verre d'arbois blanc en main, il devient difficile de s'en tenir aux platitudes. Comme Alexander ne sait ni par où commencer ni comment s'y prendre, il profite que ses deux invités dégustent le savagnin pour se jeter à l'eau tel un cheveu dans la soupe :

— Il se pourrait que Cat-Oldie s'appelle ou se fasse appeler Janet Bond. (Kyle et Laurence suspendent le verre au bord de leurs lèvres,) C'est d'elle que je voulais parler à Maria quand je l'ai appelée en début d'après-midi. J'avais besoin de son opinion avant de vous emmerder avec ce qui peut très bien n'être qu'élucubrations de romancier. Vu la tournure qu'ont prise les choses, j'aurais mieux fait d'appeler l'un de vous directement.

Laurence repose son verre. Kyle se contente d'écarter le sien de sa bouche.

— Tu veux dire qu'il pourrait exister un rapport entre ton coup de fil et ce qui est arrivé à Maria ? demande-t-il, sourcils froncés.

— Je n'en sais rien. Sûrement aucun, mais je ne peux pas m'empêcher d'y penser. C'est… J'ai passé quatre jours à faire des recherches sur Internet autour de Janet Bond et… Merde ! Quatre heures après que j'ai contacté Maria, juste avant notre rendez-vous, elle se fait faucher par une bagnole volée. Avouez qu'il y a de quoi se poser des questions.

Laurence s'avance sur le bord du canapé, pose les coudes sur ses genoux et s'appuie le menton sur les mains croisées.

— Tu as mentionné Cat-Oldie ou cette Janet Bond au téléphone ? s'enquiert-il.

— Non. Enfin si, mais de manière incompréhensible pour quelqu'un d'autre que Maria.

Il répète pratiquement mot pour mot ce qu'il a dit à Maria.

— C'est astucieux d'avoir utilisé le nom du chat, commente Laurence, et il faut très bien te connaître et connaître l'intérêt que tu portes à Cat-Oldie pour comprendre le sens de ton invitation. Ce qui fait de nous, Kyle et moi, les seuls suspects, à moins de supposer que Maria était déjà sur écoute lorsque tu lui as pour la première fois demandé des informations sur Cat-Oldie. Ce n'est pas impossible, mais c'est vraiment tiré par les cheveux et cela fait de Kyle une cible au même titre que Maria, induisant que j'en suis une autre par effet domino. Poursuivons le raisonnement plus loin. S'il s'agit de préserver le secret autour de Cat-Oldie, c'est toi qui aurais dû être l'objectif principal. S'il s'agit au contraire de remonter jusqu'à elle grâce à toi sans alerter de tiers, soit il ne servait à rien de s'en prendre à Maria, soit Kyle et moi aurions dû être éliminés en même temps qu'elle, voire avant puisque nous sommes potentiellement plus gênants. Pour être exhaustif, si Maria a été victime d'un attentat plutôt que d'un accident, thèse en laquelle je ne crois pas mais dont je m'assurerai qu'elle est fausse, ce sont ses habitudes quotidiennes qui en ont rendu possibles la préparation et la réalisation, pas ton coup de téléphone, ni tes recherches sur Cat-Oldie.

Il reprend son verre, hume le parfum du vin et en fait rouler quelques centilitres en bouche.

— Le raisonnement de Laurence est irréprochable, Alexander.

— J'en conviens, Kyle. C'est juste que ce coup du sort me laisse un très mauvais arrière-goût.

Kyle lève son verre.

— Rien de tel que ce nectar pour le faire passer, non ? Parle-nous un peu de Cat-Oldie. Comment as-tu déniché son nom ?

Alexander avale une gorgée avant de répondre :

— Je n'ai aucune preuve que Janet Bond soit Cat-Oldie. Je sais seulement qu'elle se balade avec un chat dans son cabas, qu'elle vit dans un endroit qui n'est pas recensé comme habitation, qu'elle n'a pas eu une existence banale et qu'elle a l'art de manier l'allusion.

Kyle et Laurence manquent en recracher leur goulée d'arbois. Kyle s'étouffe même un peu. Alors c'est Laurence qui, après avoir laborieusement dégluti, s'écrie :

— Tu l'as rencontrée ?

— Elle et son chat. Un chartreux, pas un maine coon.

La bouteille est vide lorsque Alexander finit de leur relater sa discussion avec Madame Janet. Il se lève pour aller en chercher une autre dans une des caves réfrigérées et opte cette fois pour un vin jaune. Il leur a à peu près tout raconté, mais il a pris soin de sous-entendre que cette discussion s'est déroulée à Machpelah pour ne rien révéler qui puisse leur permettre de localiser Madame Janet. Il le fera peut-être plus tard, si cela devient nécessaire ou s'il acquiert la certitude que ce sera sans conséquence.

Ils prennent le temps de faire connaissance avec le vin, d'admirer sa robe, de humer ses parfums, de tester ses saveurs, de jouer avec ses arômes. Le vin jaune est aussi généreux qu'exigeant, certains palais ne s'y font jamais. Il a fallu plusieurs tentatives à celui d'Alexander pour l'adopter, ses papilles ne percevaient que la noix et le céleri, puis il a goûté un château-chalon de douze ans d'âge. Ce n'est pas ce qu'il a servi, tant s'en faut, mais Laurence et Kyle semblent se délecter. Le moment dure un peu, dans un silence recueilli, puis l'agent spécial se réveille en Laurence.

— Qu'as-tu trouvé sur Internet ? demande-t-il.

— Beaucoup de Janet Bond. Le nom est répandu et le prénom a connu une longue période de popularité, mais pas dans les décennies sur lesquelles je me suis focalisé : de 1890 à 1930. Les Janet encore en vie de cette période, nées Bond ou épouses Bond, ne sont qu'une demi-douzaine. Deux résident dans l'État de New York dont une à Brooklyn. J'ai vérifié, aucune d'elles ne risque d'être Cat-Oldie. C'est aussi le cas pour trois des quatre autres. Je n'ai rien découvert qui disqualifie la dernière : Janet Higgins, née à Springdale, Arkansas, en 1899, épouse Joseph Mark Bond en 1916 à Rogers, toujours Arkansas. Joseph M. Bond est mort pendant la bataille des Flandres en 1918. Je ne sais rien de plus sur cette Janet mais, si elle vit toujours, elle est la doyenne des États-Unis et la vice-doyenne de l'humanité, ce que le Gerontology Research Group, qui recense tous les supercentenaires, ignore.

— Le GRG n'a aucune raison de s'intéresser à elle si elle est enregistrée quelque part comme décédée ou si personne ne l'a signalée comme supercentenaire, fait remarquer Laurence. Je vérifierai.

— Si elle a volontairement disparu, tu ne trouveras rien, objecte Kyle. Cat-Oldie prend apparemment beaucoup de précautions pour ne figurer dans aucun fichier.

Laurence lui pose la main sur un genou.

— Sauf que, cette fois, j'ai une identité. (Il se tourne vers Alexander.) Tu penses que ta Janet peut avoir 114 ans ?

— Tu veux dire *physiquement* ? (Alexander balance la tête en grimaçant.) Je suis incapable de répondre. J'ai connu des nonagénaires qui ne paraissaient pas 70 ans et des septuagénaires à qui j'aurais donné le siècle. Nous ne sommes pas égaux devant l'âge, ni physiquement ni intellectuellement. Pourquoi crois-tu que je me suis octroyé une fenêtre de quarante ans dans mes recherches ?

— Parce que tu n'as pas pris ce qu'elle disait pour argent comptant, suggère Kyle. Concernant Houdini, particulièrement.

Alexander prend le temps de siroter son vin jaune. Il y a ce qu'il suppose, facile à tester. Il y a ce qu'il pense, dans lequel il reste à faire le tri. Et il y a ce qu'il sait.

— Rien n'interdit que ce qu'elle m'a dit soit authentique, se lance-t-il. Capa et Steinbeck ont finalisé *Journal russe* à New York en 1948. Ian Fleming a effectivement séjourné à Toronto dans un centre de formation des services secrets. Il a réellement donné à James Bond la personnalité de son ami Wilfred Dunderdale, qui travaillait bel et bien pour le MI6. Mon vagabondage sur la Toile ne m'a pas permis de mettre en défaut un seul des propos de Janet Bond. Alors, bien sûr, elle est elle-même très à l'aise avec Internet et sa culture peut lui avoir permis de s'inventer une histoire indiscernable de la vérité. Toutes les suppositions sont envisageables. Mais j'ai la preuve, même si les juristes parleraient plutôt de suspicion raisonnable, qu'elle a fréquenté Bess et Harry Houdini.

La phrase fait son petit effet. En tout cas, Kyle lève un sourcil intrigué et Laurence le fixe avec une attention nouvelle.

— Quel genre de preuve ? demande Kyle.

— Des photos, laisse tomber Laurence.

Alexander hoche la tête.

—Trois, pour l'instant, confirme-t-il, prises à plusieurs mois d'intervalle dans des lieux différents. Sur l'une, Janet se tient en peu en retrait du couple Houdini, dans un petit groupe mais juste à côté de Theo Hardeen, le frère d'Houdini. Sur une autre, on la voit en discussion avec Bess autour d'une table que préside Harry. La plus récente a été prise le jour des obsèques du magicien. Janet soutient Bess par le bras sur fond de foule en deuil.

Kyle lève une main.

— Attends. Tu veux dire que ces photos datent de…

— Avril, juillet et octobre 1926.

— Bon sang ! Ça lui faisait quel âge ?

— Sur les trois, elle a l'air d'avoir entre 20 et 25 ans.

Kyle est incrédule :

— Elle en aurait donc 87 de plus, mais tu la reconnais sans problème ?

Laurence devance Alexander :

— Logiciel de morphing. Il existe une fonction de vieillissement calculant de nombreuses variables qu'on peut ajuster. On s'en sert pour identifier les personnes disparues depuis de nombreuses années. Celui du FBI est assez fiable, je ne sais pas ce que valent ceux qu'on trouve dans le commerce.

— Le mien est un logiciel libre déniché sur le web. Les variables sont assez limitées, mais je n'ai pas eu à les ajuster : les valeurs moyennes suffisaient.

— Cela signifie tout de même que tu l'as reconnue sur une photo de 1926 ! objecte Kyle.

— Non. C'est seulement une intuition. Janet m'a dit qu'elle était restée proche de Bess après le décès d'Harry. J'ai parié qu'elle était à l'enterrement et j'ai recherché des photos des obsèques. J'en ai trouvé très peu et seule celle-ci était exploitable. J'ai tenté ma chance avec le logiciel de morphing et il m'a servi Janet au premier essai.

Laurence paraît sceptique.

— La ressemblance est à ce point flagrante ?

— C'est plus qu'un simple air de famille.

— C'est quelque chose de ce genre qui me trotte dans la tête depuis que tu as mentionné Janet Higgins épouse Bond. (Lisant l'incompréhension sur les visages d'Alexander et de Kyle, Laurence s'explique :) Dès que j'ai pensé avoir Cat-Oldie sur des vidéos, je les ai montrées à un gérontologue. Sur son apparence, il a estimé qu'elle pouvait avoir entre 75 et 95 ans. Quand j'ai décrit la façon dont elle s'est débarrassée de ses agresseurs, il a réduit le haut de la fourchette à 85 ans de manière très catégorique.

— Je comprends ! s'exclame Kyle. Tu penses que Janet Bond pourrait être la fille de Janet Higgins et n'avoir pris l'identité de sa mère qu'à la mort de celle-ci. Parce qu'elles se ressemblent étrangement et parce que sa naissance n'a jamais été enregistrée.

— Pas plus que le décès de Janet Higgins, confirme Laurence. C'est Xander l'auteur, mais je vois bien un scénario du type enfant adultérin dont on veut cacher l'illégitimité à la belle-famille. Illégitimité rendue évidente par la mort de Joseph Bond sur le front.

L'imagination d'Alexander ne peut s'empêcher de développer le scénario de Laurence.

— J'achète, dit-il. Cela explique d'autres singularités de Cat-Oldie. Il suffit que quelqu'un découvre la supercherie. Un service secret, par exemple. Née en 1918, Janet a 23 ans en 1941, quand l'URSS et les USA entrent dans la Seconde Guerre mondiale, l'âge idéal pour être entraînée au combat et formée à l'espionnage. Elle est plutôt jolie, débrouillarde, expérimentée dans l'art de se cacher et de mentir, et… Nom de Dieu !

Alexander s'interrompt brutalement. Laurence le relance aussitôt :

— Qu'est-ce que tu viens de trouver ?

— Elle a grandi dans un speakeasy.

— Un speakeasy ? relève Kyle. Tu n'as jamais parlé de ça.

— Je vous expliquerai. (Cette fois, Alexander sait qu'il ne pourra pas se défiler, mais il poursuit son raisonnement :) Imaginez : elle a vécu ses quinze premières années au milieu de notables qui viennent se dévergonder dans un établissement clandestin dont la mafia est le fournisseur. Imaginez les réseaux avec lesquels sa mère est en contact. Sa mère meurt. Janet hérite à la fois de l'établissement, même s'il n'opère plus dans le trafic d'alcool, du carnet d'adresses et d'un magot qu'elle peut investir dans n'importe quelle activité. C'est une recrue idéale.

Kyle est tout ouïe, Laurence beaucoup plus pensif.

— Quelle activité choisit-elle ? demande-t-il.

— La brocante, en mettant l'accent sur ce qui est introuvable parce que d'origine douteuse. C'est comme ça qu'elle rencontre Steinbeck, Capa et probablement beaucoup d'autres personnalités. C'est aussi par ce biais qu'elle recueille des informations et qu'elle les transmet.

— À qui ? interroge Kyle.

— Au MVD puis au KGB, je parierais pour le compte du FBI, répond Laurence toujours aussi songeur. C'est dans le plus pur style d'Edgar Hoover. Collecte d'informations privées, chantage et transfert d'allégeance. (Il claque de la langue.) Désolé, Xander, mais il y a un certain nombre d'éléments dont je ne peux pas m'assurer si tu continues à cacher ce que tu tais depuis le début de la conversation. Tu es allé *chez* Janet Bond, c'est ça ?

Alexander hoche la tête avec une moue d'excuse.

— OK, soupire Laurence avec un véritable soulagement. Je préfère que les choses soient claires. C'est une très vieille dame que tu as trouvée charmante et que tu veux préserver d'une investigation en règle. Je comprends tout à fait ça. De mon côté, l'enquête à laquelle je me suis livré sans en informer mes supérieurs, et dont je t'ai communiqué éléments et résultats, me vaudrait une suspension immédiate et définitive, sinon la taule. Kyle ne serait d'ailleurs pas mieux loti que moi. Si cela est aussi clair pour toi que pour nous, je pense que tu peux nous épargner une grosse perte de temps et d'inutiles recherches en nous donnant l'adresse de Janet Bond.

C'est le moment que choisit Folksy pour rentrer détrempé des jardins et s'installer sur les jambes d'Alexander pour se sécher. Dehors, il pleut.

— Tout est dans mon ordinateur et sur une clé USB, tu repartiras avec celle-ci, se décide Alexander. Le cadastre ne fait pas mention des bâtisses qu'habite Janet Bond, pour lesquelles il n'y a aucun compteur d'eau, de gaz ou d'électricité. Elle est née dans la clandestinité et elle ne l'a jamais quittée. Il serait très malvenu de l'en sortir.

Acte II, scène III

Plutôt opiniâtre et enjouée à ses premières visites, l'humeur de Maria se dégrade au fil des jours et Alexander voit venir le moment où elle le rembarrera. Alors, comme en d'autres occasions, ils conviendront qu'il est préférable pour tous deux de ne pas se voir pendant quelque temps. Il ne peut pas lui en vouloir, c'est ce qu'il provoquerait lui-même s'il était hospitalisé plus d'une semaine, et elle l'est depuis deux, sans garantie de date de sortie mais avec la certitude que celle-ci sera suivie d'un séjour dans un centre de physiothérapie. Elle est en outre particulièrement agacée d'avoir fait la une des journaux et de l'incompétence de son assistante, qui a pris son relais au service de Relations publiques du NYPD et qui multiplie les conférences de presse vides de contenu autour de « l'attentat » dont Maria a été victime.

Ni la Toyota, ni le chauffard, ni l'éventuel tiers ayant volé le coupé n'ont été retrouvés et la police n'a aucune piste. Ce n'est pourtant pas faute de secouer ses indics et de retourner la ville en tout sens. Kyle dit que le NYPD en fait tellement qu'il est impossible de demander l'heure à un passant sans être soupçonné d'être un flic en civil. Seul élément positif : après six jours d'insuccès, le maire a officieusement requis l'assistance du

FBI qui, depuis, conduit sa propre enquête en parallèle, sans Laurence. Laurence s'est servi d'une affaire non résolue pour justifier un déplacement en Arkansas, à la recherche d'improbables traces de Janet Higgins.

Concernant Janet Bond, il n'a pu que confirmer ce qu'Alexander a découvert sur sa clandestinité. Même la porte sur la rue, qui dessert le couloir en sous-sol, ne figure nulle part. Par contre, l'étrange habitation, constituée d'ateliers et de maisons de jardin réunis, est bien visible sur Google Earth. Le géomètre qui l'a effacée du cadastre a réussi un véritable tour de prestidigitation mathématique en jouant avec des déclivités fictives. Non seulement le terrain sur lequel elle est bâtie n'apparaît pas, mais les superficies des terrains et des bâtiments qui l'encadrent correspondent exactement à celles indiquées sur chaque titre de propriété. Pour Alexander, il est difficile de ne pas y voir la patte d'Houdini. Quand il s'en ouvre à Maria, elle explose de rire et se plie sous la douleur, rappelée à l'ordre par ses côtes fêlées.

Elle peste. Il s'excuse. Elle en fait autant. Ils savent tous deux sur quelle pente ils sont. En partant, il dit :

— Je ne pourrai peut-être pas passer demain.

— Alors à après-demain, lui lance-t-elle.

C'est reculer pour mieux sauter, mais Alexander n'est pas encore mûr pour se prendre la porte dans le nez et elle n'est pas tout à fait prête à la claquer. Après-demain, probablement, et dans quelques mois, ils en riront. Pour l'instant, Alexander a surtout besoin de se changer les idées. Alors il ne rentre pas directement chez lui. Il fait une halte dans un cybercafé, se crée une boîte email momentanée comme le lui a recommandé Laurence et envoie un message à « janet@bond.su ».

Chère et surprenante Janet,

J'ai fait le plein de courage et je suis prêt à vous entendre laminer la vision du monde et de l'humanité qui transpire de mes ouvrages.

Le jour et l'heure sont à votre convenance.

Bien à vous,

L'écrivain

Il sera informé d'une réponse sur sa boîte courante, le compte anonyme disparaîtra dans un mois, sauf s'il le désactive avant.

En quittant le cybercafé, il est d'humeur guillerette, fier comme un gosse qui a fait preuve d'un humour adulte. À 41 ans, cela dénoterait plutôt d'une immaturité tardive, mais il n'y voit qu'une raison supplémentaire d'être satisfait de soi.

Le soleil est encore haut, il fait doux, l'air est chargé de pollen, Alexander n'a aucune envie de rentrer chez lui et pas davantage de chausser les rollers, ce qui élimine Central Park de son champ de flânerie. Il prend doucement la direction de Stuyvesant Town, pas passionnant, mais il pourra enchaîner par Tompkins Square Park. Il ressent un besoin de verdure. Il en est à envisager un séjour dans le Montana lorsque le mobile émet le signal d'arrivée d'un SMS.

Norman Spinrad lui offre la possibilité de traverser plutôt le Washington Square.

Paris à l'horizon. Petite sauterie improvisée chez Lizzie en attendant. On ouvre le feu vers 20 h. Boisson acceptée. BD0915.

Alexander sourit. Il y a longtemps qu'il n'a pas vu l'extravagante et minuscule Dona et l'intarissable Norman, le plus petit des géants – petit par la taille, géant par la plume. Ils passent beaucoup de temps en Europe, et Norman ne jure que par la France. Norman se sent en exil à New York. Il a vécu une dizaine d'années à Paris, rêve d'y couler ses vieux jours et enrage d'être méprisé par le public et les éditeurs américains alors qu'il est adulé par les lecteurs et les auteurs français de son domaine de prédilection : la science-fiction. La dernière fois qu'Alexander a passé un moment avec eux, Norman était effondré. Roland C. Wagner, l'ami qu'il considérait tantôt comme un frère, tantôt comme un fils, toujours comme un immense écrivain, venait de s'éteindre.

Alexander n'a même pas à se détourner pour acquérir un single malt breton tout à fait étonnant sur Lafayette St. Lizzie a passé la main depuis cinq ans, mais Chez Lizzie est toujours un atelier d'artiste, une galerie et une boutique en plein cœur du Village, qui ouvre son arrière-cour et un entrepôt en verrière aux familiers de la maison pour qu'ils y organisent de petits événements festifs. On accède à la cour par une entrée accolée à la boutique. Le code d'ouverture change chaque fois ; celui du jour, qui terminait le SMS de Norman, est la date de son anniversaire.

Dona serre Alexander dans ses bras. Norman l'accueille par un « Eh ! » retentissant en le prenant aux épaules.

— Tu as grandi ou c'est moi qui me tasse ? plaisante-t-il.

— Je me mets sur la pointe des pieds pour être à ta hauteur, lui retourne Alexander en lui collant la bouteille de whisky dans les mains.

Norman étudie l'étiquette et éclate de rire.

— Si tu veux vraiment boire français, il faudra venir nous voir à Paris.

— Les vins d'Île-de-France ne sont pas particulièrement réputés, tu sais, et j'ai le palais exigeant. Alors, ça y est ? Vous partez vraiment ?

Norman fait la moue en secouant la tête.

— Vraiment, oui. Quand, je ne sais pas. Il y a des choses à régler avec l'administration française et c'est compliqué. J'ai même écrit au président et au Premier ministre, tu imagines ?

C'est au tour d'Alexander de rire.

— Au président et au Premier ministre français, rien que ça ?

— Et à la ministre de la Culture. Je t'ai dit que je connaissais personnellement le Premier ministre ? Nous avons même assisté à un concert de Patti Smith ensemble.

Alexander serait curieux de connaître l'anecdote, mais Norman est accaparé par de nouveaux arrivants. Puis le temps passe et il ne le croise plus que par intermittence, rayonnant au milieu de petites assemblées, le verre à la main et le rire aux lèvres, parfois le sourcil froncé, lancé dans une argumentation qu'il assène avec force conviction. Norman est un homme de conviction et ses convictions sont trop à gauche pour que son propre pays ne le rejette pas. C'est en tout cas ce qu'explique Alexander à la jeune femme qui s'étonne qu'on puisse être aussi sérieux pendant une fête.

Alexander ne la connaît pas – mais il ne connaît pratiquement personne – et ce qu'il sait d'elle se limite à son prénom : Kayleen. Pour la décrire, il accolerait l'adverbe « plutôt » à de nombreux adjectifs. Plutôt grande, plutôt brune, plutôt jolie, les yeux plutôt noisette, la voix plutôt grave, l'accent plutôt britannique. Il n'y a rien de facile à définir en elle, si ce n'est que, avec sa trentaine, elle est parmi les plus jeunes invités de Dona et Norman. Non, de Dona, Norman et du couple qui a repris Chez Lizzie.

— Tu es une amie de Dona ou de Norman ? demande-t-il.

— De Lizzie.

— De Lizzie… Lizzie ?

— Une de ses protégées. Je connais très mal Amber et Shirley. Elles ont gardé l'esprit du lieu, mais… Ce n'est pas Lizzie. C'est plus commercial. On ne peut pas leur en vouloir. Lizzie avait une fortune personnelle. Elles, elles ont besoin de vendre pour vivre, alors elles exposent des artistes qui sont davantage dans l'air du temps. Rien de honteux, juste trop bobo à mon goût. Je ne suis pas fan des effets de mode.

— Tiens, d'ailleurs, c'est curieux que Lizzie ne soit pas là.

— Chimio. Elle n'est pas très en forme.

— Merde.

— Elle a échappé à la mastectomie et il n'y a pas de tumeur secondaire, alors elle fait contre mauvaise fortune bon cœur. J'espère que je n'ai pas commis d'impair avec mon allergie à la conformité…

— Un petit, laisse tomber Alexander. Je croyais être le seul touché par cette allergie et je me révèle brutalement d'une conformité décevante. Il ne manquerait plus que tu éternues pour que je verse dans la banalité la plus insipide.

Il ne trouve aucun « plutôt » à accoler au rire franc et joyeux de Kayleen.

Plus tard, ils dansent un peu. Trois rocks, dont ils compliquent les passes en se découvrant, et un tango qu'ils réussissent à ne pas rendre trop lascif malgré une tentation évidente. Puis Alexander voit dans les yeux de Dona qu'elle aimerait bien danser, si sa jambe pouvait mieux la soutenir. Il s'excuse auprès de Kayleen, s'approche de Dona, lui parle à l'oreille, l'attrape à la taille et la soulève pour lui offrir un slow quarante centimètres au-dessus du sol. Norman en profite évidemment pour inviter Kayleen, et quelqu'un prend son relais pendant qu'Alexander se laisse entraîner dans la cour pour fumer un joint.

Il va pour rentrer quand Kayleen sort, un verre dans chaque main.

— Ne crois pas t'en tirer à si bon compte, dit-elle en lui tendant un verre.

Elle l'attrape par le bras, lui fait effectuer un demi-tour.

— Donc le nom qui suit Xander… (Elle se reprend :) Pardon, *Alexander*, est Byrd. Tu ne serais pas du genre célébrité cachottière ? Heureusement que ton copain Norman est plus loquace !

Alexander n'aime ni le mot « heureusement », ni la loquacité de Norman. Il déteste se retrouver enfermé dans la peau de l'auteur quand il est en *civil.* Manifestement, cela se voit.

— Ne t'inquiète pas, je n'ai rien d'une groupie, affirme Kayleen. Même si…

Elle laisse la phrase en suspens, lui adresse un clin d'œil et cogne son verre contre le sien.

— Même si ? relève-t-il pour se donner une chance d'évacuer en quelques phrases ce qu'il ne voulait pas mentionner.

Le fessier en appui sur la table de jardin, elle le dévisage avec amusement.

— *The man who ate the biggest apple* est une belle fable, répond-elle. Triste et désabusée, mais terriblement poétique. La vie est si dure que ça à assumer ?

Le doigt où ça fait mal, du premier coup. Debout face à elle, un rien trop près, Alexander n'hésite pas une seconde à plomber l'ambiance. Après tout, c'est elle qui a commencé.

— La mort, corrige-t-il.

Elle penche la tête sur le côté en haussant un sourcil.

— Zut, fait-elle. J'ai l'art d'accumuler les gaffes. On peut oublier ça et revenir un peu en arrière ?

Alexander lève son verre.

— Avec plaisir, accepte-t-il. Jusqu'où ?

Elle fait semblant de réfléchir, un doigt sur les lèvres.

— Jusqu'au moment où tu m'as privée d'un slow pour que ton copain Norman puisse me vanter tes mérites pendant que tu faisais danser sa femme, par exemple.

— Je n'ai pas…

— Je sais.

Elle pose son verre sur la table, le débarrasse du sien, se redresse et passe les bras autour du cou d'Alexander. Dans la salle, Brian May est en train de répéter *Who wants to live forever*, Freddie Mercury enchaîne par *There's no chance for us*. Non sans une pensée ironique, Alexander enlace la jeune femme et prend le rythme de la ballade.

Le taxi les dépose devant chez Alexander vers minuit. Ils ont quitté la fête en catimini, quelques secondes après qu'Amber et Shirley ont fait une apparition dans la cour, les ont vus s'embrassant et sont immédiatement retournées dans la salle. Durant le trajet, Kayleen s'est contentée de se coller contre lui, une jambe par-dessus la sienne, la cuisse offerte à sa main. Alexander a caressé cette cuisse, discrètement, en relevant un peu la jupe, mais sa main n'a pas osé remonter trop haut, l'œil du chauffeur revenant souvent dans le rétroviseur.

Le taxi à peine disparu, elle plaque Alexander contre la porte de la maison et l'embrasse avec fougue pendant qu'il tâtonne pour glisser la clé dans la serrure. La porte s'ouvre enfin, il la referme du pied après avoir tiré Kayleen à l'intérieur. Elle se colle contre lui, le serre à pleins bras, l'embrasse à pleine bouche, recule pied à pied tandis qu'il la pousse vers le salon.

Il veut l'entraîner vers le canapé, elle le repousse contre un mur, l'embrasse encore et encore. Elle a le goût du miel et de la cannelle, l'odeur de l'ambre, la tiédeur du mohair, la douceur du cashmere. Il perd ses doigts dans ses cheveux, lui rend baiser pour baiser, s'enivre de son souffle.

Elle glisse ses mains sous son tee-shirt, le relève jusque sous les bras. Il déboutonne son chemisier, dégrafe son soutien-gorge. Leurs sueurs se mêlent torse à torse. Elle presse ses seins contre sa poitrine. Il sent à la fois leur douceur et la dureté de ses mamelons. Elle l'embrasse encore et encore, se frotte contre lui, pubis à pubis, se dresse sur la pointe des pieds, se repose sur les talons, recommence, passe ses mains sous ses omoplates, s'accroche à ses épaules.

Dans son pantalon, le sexe d'Alexander est tendu à lui faire mal. Il essaie de glisser une main entre eux pour le libérer. Kayleen comprend. Elle le précède entre leurs ventres, défait le bouton de ceinture et les deux premiers de la braguette, écarte l'élastique du boxer, dégage le gland et reprend son va-et-vient en s'accrochant à ses épaules. Il plie un peu les genoux, relève la jupe jusqu'à sentir la fente humide à travers le tissu du string. Quand Kayleen se dresse suffisamment, il sent même le clitoris caresser son gland.

Elle ne l'embrasse plus que par intermittence, sur la joue, le menton dans le cou, et son souffle s'accélère. Sa vulve s'est calée sur le phallus d'Alexander, elle le descend et le remonte au rythme de son halètement. Il l'encourage des mains sous les fesses. Alors elle se dresse sur la pointe des pieds, s'appuie plus franchement sur ses épaules, niche son visage dans son cou et étouffe de petits gémissements en plantant les incisives dans sa chair. Jusqu'à jouir, franchement, longuement, en s'arquant de spasme en spasme.

Elle s'abandonne dans ses bras, reprend son souffle, repose les plantes des pieds au sol. Il est au bord de l'explosion, tendu comme il ne l'a jamais été. Elle lui dépose un baiser sur les lèvres, s'agenouille, libère complètement son sexe, le parcourt du bout de la langue en insistant sur le frein. Alexander éjacule presque immédiatement.

Alexander ne se considère pas comme quelqu'un de complexé, mais il est reconnaissant à Kayleen de lui remonter le boxer et le pantalon en se relevant, et de se limiter à une pointe d'humour :

— J'ai dans l'idée qu'un vrai shampooing ne me ferait pas de mal. Tu m'accompagnes à la douche ?

Il lui désigne l'escalier dans le hall.

— Après toi.

— J'envisageais plutôt pendant, histoire de varier les plaisirs. (Elle ôte son chemisier, étudie les taches sur le col.) Sans vouloir abuser, si tu as une machine à laver et un sèche-linge…

— J'ai même un fer à repasser.

Elle s'arrête sur la deuxième marche de l'escalier, se retourne.

— Manque plus qu'une petite place dans un lit et ce serait parfait.

— Si tu crains de partager le lit d'une célébrité, j'ai une chambre d'amis.

Elle rit.

Alexander se souvient que Folksy a gratté à la porte de la chambre dans la nuit et que Kayleen lui a ouvert. Il se souvient aussi l'avoir entendu ronronner et l'avoir vu niché contre Kayleen. Ce sont des souvenirs de demi-sommeil. Par contre, il s'éveille totalement au deuxième coup de langue râpeuse sur le nez. Il n'a jamais été très amateur de peelings félins.

Kayleen n'est pas dans le lit, ni sous la douche, ni nulle part. Le fer à repasser est encore tiède mais elle n'a pas pris de petit-déjeuner, ou alors elle a tout lavé et rangé. Il opte pour la première solution et l'agrémente de l'idée qu'elle est sortie pour acheter des bagels et du pain. Il y a un delicatessen à moins de cinq minutes de la maison, elle ne devrait pas tarder.

Pourtant elle tarde. Alors il fait le tour de la maison à la recherche d'un mot griffonné sur un bout de papier. En vain.

Au bout d'une heure, il comprend qu'elle ne reviendra pas et qu'il ne connaît d'elle que son prénom. Ou *un* prénom.

Il remplit le bol de Folksy de croquettes, change l'eau de sa tasse, se presse des oranges, se fait deux œufs au plat qu'il accompagne de bacon grillé, engloutit un demi-litre de lait, regarde l'horloge sur le micro-ondes, appelle Norman.

— La fille avec laquelle tu es partie ? Non. Demande à Amber ou à Shirley. C'est elles qui ont dû l'inviter. Sinon, tu as foutrement intérêt à chercher ce qu'elle t'a piqué.

Alexander ne vérifie que son sac et le portefeuille dans son blouson. Le portable est là, les cartes de crédit aussi, même les cinq billets de cent. Dans la maison, il n'a, de valeur et qui soit facile à emporter, que des livres rares. Il ne prend pas la peine de vérifier et il se moque du reste. Sauf l'alliance en résine mélaminée noire, seul souvenir de son mariage, qu'il conserve dans un tiroir de son bureau et qu'il ne viendrait à personne l'idée de voler. Par acquit de conscience, il jette quand même un œil dans le tiroir. L'alliance est à sa place.

Il en profite pour allumer l'ordinateur.

Au lieu de la page de démarrage habituelle, l'écran affiche :

Désolée, Xander. Je suis trop indépendante pour m'attacher et je sens que je pourrais m'attacher. Dans une autre vie, qui sait ?

Kayleen.

P.-S. Ta mission, si tu l'acceptes, sera de ne pas me rechercher. Ce message s'autodétruira quand tu l'auras lu.

Alexander regarde les phrases se déliter en se demandant pourquoi il ressent une telle déception. Ce n'est ni sa première aventure d'une nuit, ni la première fois qu'il se fait débarquer avant d'avoir ne serait-ce que songé à embarquer. L'icône de la messagerie lui signale des mails en attente. Il clique dessus, parcourt rapidement la boîte de réception et n'ouvre que le mail du serveur chez qui il a pris un compte provisoire.

Vous avez un message. Il restera consultable 29 jours.

Janet Bond lui a répondu.

L'endroit le plus proche où il peut accéder anonymement à Internet est un cybercafé sur Prospect Avenue. Il n'a plus faim mais le café y est tout à fait correct.

Bien sûr, Folksy est devant la porte lorsqu'il enfile son blouson.

— Je reviens dans une demi-heure, Folksy. Et il pleut.

Comme il ne prend pas son sac, le chat n'insiste pas.

Il ne pleut pas, il bruine, mais c'est les cheveux trempés qu'il entre dans le cybercafé. Tous les ordinateurs étant occupés, il sirote son café au bar et en profite pour téléphoner Chez Lizzie.

C'est Amber qui répond :

— Kayleen, tu dis ? La brune que tu bécotais dans la cour ? Possible, on voit passer pas mal de monde. Attends, je demande à Shirley… (La voix est étouffée par une main sur le micro, mais Alexander entend distinctement :) Shirl ! Tu connais la fille qui a levé le petit Byrd hier soir ? (« Levé le petit Byrd », au temps pour sa fierté !) Tu es toujours là, Xander ? Shirley dit que non, et elle est beaucoup plus physionomiste que moi. Si ni Norman ni nous ne la connaissons, tu peux être sûr que c'est une pique-assiette. On en a de temps en temps. Quoi qu'elle t'ait pris, tu peux le passer en pertes et profits.

Un ordinateur se libère, Alexander quitte le bar, ouvre le serveur, entre son code, lit le message qui s'affiche :

Cher Alexander,

Tu as écrit peu de romans mais ils sont denses, et tes chroniques, que j'ai récoltées çà et là, me posent question. Si elles dénotent de la même acidité critique omniprésente dans tes premiers ouvrages, elles manquent totalement de la cruauté solennelle qui habite The man who ate the biggest apple. *Or elles ont été rédigées pendant que tu écrivais celui-ci, ce qui suppose une distanciation qui ne transparaît dans aucun de tes textes.*

Je me suis donc permis de fouiller dans ta vie (un peu comme tu le fais avec la mienne) et j'ai maintenant besoin de m'assurer que je ne me fourvoie pas. Je serais très embarrassée de t'ouvrir une porte qui se révélerait être une boîte de Pandore pour ton équilibre créatif.

Ainsi, si, comme je le pense, Sandra est une représentation de ta défunte épouse, que tu as magnifiée en la désincarnant, pourquoi as-tu choisi de la montrer à travers ton seul regard (ce que révèle la féminisation de ton diminutif) plutôt que comme elle était vraiment ?

Si tu connais la réponse, sois gentil : ne me la donne pas. J'aime les jeux de l'esprit.

Sans me permettre de m'introduire dans ton intimité, mes indiscrétions informatiques m'ont appris beaucoup de choses à ton sujet. Je tiens donc à t'assurer de ma compassion pour les souffrances qu'endure ton amie.

Alexander n'a pas interrompu sa lecture à la mention de sa femme. Cette fois, il le fait. Pour sa femme, une intuition et une recherche rapide sur le web permettent de former le même raisonnement qu'a conduit Colum McCann. Concernant Maria, après le matraquage orchestré par les médias, découvrir qu'elle et lui sont de la même promotion est encore plus facile. Mais considérer qu'ils ont été amis et qu'ils sont restés si proches que Janet l'assure, lui, de sa compassion, n'est sûrement pas le fruit d'une simple déduction. Janet Bond fouille aussi profondément dans sa vie qu'il essaie de reconstruire la sienne. C'est sûrement de bonne guerre mais il ne voit pas ça d'un bon œil. La suite conforte son inquiétude :

Par contre, je t'en veux un peu d'avoir trahi ma confiance et je suis déçue que tu puisses me croire imprudente au point de ne pas disposer d'un réseau d'alerte. Le FBI *n'est pas un outil dont on peut user sans conséquence, l'écrivain.*

Puisque tu m'as contrainte à déménager, je t'institue mon légataire. J'espère que tu sauras conserver mon sanctuaire tel que je te le remets et empêcher les importuns de le piller. Tu l'as compris : j'escompte bien en récupérer l'usage. Cela dépend évidemment de ta capacité à me démontrer que je ne risque rien. Ni de ta part, ni de celle de tes étranges relations.

Je te ferai parvenir une clé. Tu sais ce qu'elle ouvre.

Si c'est à mon intention que tu as créé cette adresse idiote, tu peux l'abandonner. J'ai trouvé la tienne dans un cache sur le site de ton agent. Si c'est pour te garder de tes amis, installe le programme que je joindrai à la clé et suis les instructions. Ce n'est pas infaillible, mais c'est beaucoup plus efficace que tous les sites de mails jetables surveillés 24h/24 par la NSA.

Porte-toi bien et prends soin de Folksy.
À te revoir,
B, JB.

Alexander rentre benoîtement chez lui sans avoir répondu au mail de Madame Janet. Il ne sait pas quoi lui écrire et il se sent morveux. La journée a mal commencé, elle se poursuit sur le même ton chagrin. Puis, en toute logique, elle empire. Il suffit d'un coup de téléphone.

— Salut Kyle. Un problème ?

— Cat-Oldie a remis ça.

Acte III, prologue

Certains secrets sont tellement enfouis que leur préservation ne nécessite qu'un fil tendu entre les montants de chaque porte par laquelle on peut y accéder. Un fil d'araignée, quasiment invisible, qu'il suffit de couper pour éveiller l'attention d'un gardien. Si plusieurs fils sont sectionnés, le processus passe de l'état de veille à celui d'alarme, et l'alarme déclenche une réaction.

L'agent spécial McNair a rouvert une très vieille porte et il s'obstine à en chercher d'autres qui donnent sur le même caveau. Ce faisant, il remue beaucoup de poussière, or quelqu'un, à Langley[1], est allergique à la poussière, surtout à celle de l'Arkansas qu'il n'aimerait pas voir envahir son bureau. Alors l'homme du bureau expédie sa Main Droite, une femme en laquelle il a toute confiance, s'assurer que la poussière restera bien en Arkansas, que toutes les portes qui n'auraient pas dû s'ouvrir se referment sans bruit et que le FBI rende à l'agent spécial McNair les honneurs dont il n'a pas démérité.

La Main Droite se coule dans les pas de McNair. Elle voyage même un siège derrière lui dans l'avion qui le

1. Commune éponyme du siège de la CIA.

conduit de Washington DC à Little Rock. Elle ne sait pas précisément pourquoi il a fait escale à DC, mais elle connaît l'identité de celui qu'il y a rencontré. L'homme du bureau avisera.

Elle suit McNair avec d'autant moins de difficulté que, sachant avant lui où il se rendra, elle peut le précéder à certaines étapes. C'est un bon limier : même handicapé par la négritude, que son albinisme cache mal et qui n'est pas toujours appréciée par la population la plus rurale de l'État, il progresse vite. C'est presque jubilatoire de le voir à l'œuvre, résolvant au passage l'affaire prétexte à son déplacement sur laquelle la police et le FBI locaux se cassent le nez depuis cinq ans. Certes il s'est préparé en amont et ses compétences informatiques lui confèrent un avantage de poids, mais, en le confinant à des tâches bureaucratiques, ses supérieurs se privent d'un investigateur hors pair.

Inexorablement, il s'approche de ce qu'il est venu chercher, de ce qu'il ne s'attend pas à trouver et de sa propre fin. Elle pourrait précipiter le tout, mais ce n'est pas ce que souhaite l'homme du bureau. Alors elle attend.

Dans l'église que seuls des touristes visitent encore, près du cimetière qui n'est plus entretenu. Assise sur un banc branlant, l'arme sur les genoux, le modérateur de son vissé sur le canon, elle attend.

Elle entend le moteur du pick-up approcher, descendre en régime, s'éteindre. La portière claque. Elle ne distingue pas le bruit de ses pas, mais elle sait qu'il va enjamber la barrière servant moins à garder qu'à délimiter la partie du cimetière réservée aux hommes d'Église qui se sont succédé dans la chaire pendant deux siècles.

Elle ferme les yeux, écoute.

Il circule entre les stèles anonymes, s'immobilise, jette la pelle au sol, attaque la terre à la pioche. La terre est tassée, il lui faudra au moins une heure avant d'atteindre le cercueil de bois. Elle se programme mentalement à réagir au choc du métal sur le bois et elle s'assoupit. Elle ne s'endort pas vraiment, elle se laisse bercer au rythme des coups de pioche. L'église est parfaitement silencieuse, c'est apaisant.

Il est plus costaud qu'elle ne l'estimait ou la terre est plus aérée que prévu. Il s'écoule à peine quarante-cinq minutes avant que le métal cogne le bois. Elle ouvre les yeux.

Le silencieux de sa propre arme se trouve à vingt centimètres de son front. Gantée comme les siennes, la main qui tient le Beretta au bout du bras tendu est ferme, le regard fixé sur le sien noir, impitoyable. C'est celui d'une femme presque aussi belle qu'elle, à peine plus âgée. La cinquantaine sûre de soi. Elle a de quoi l'être : elle est entrée dans l'église, a positionné un prie-Dieu en face du banc, s'est emparée du Beretta et s'est installée le bras armé sur le dossier sans faire plus de bruit que la pioche dehors.

La Main Droite de l'homme du bureau se demande si l'intruse a elle aussi été formée à la Ferme de Camp Peary[1]. Il existe d'autres hommes dans d'autres bureaux dont les intérêts ne coïncident pas.

1. Centre d'entraînement de la CIA.

Elles restent ainsi à s'observer dans un silence absolu, totalement immobiles, pendant que McNair dégage puis ouvre le cercueil. Aucune d'elles ne bronche quand il jure, plusieurs fois. Elles l'entendent faire les cent pas dans le cimetière, s'arrêter près de chaque stèle, revenir à la tombe qu'il a ouverte. Il y reste plusieurs minutes puis rejoint son véhicule. Le temps que le bruit du moteur s'atténue jusqu'à disparaître, la femme aux yeux noirs a démonté le Beretta et en a jeté les pièces aux quatre coins de l'église.

— Pourquoi l'avoir laissé partir ? s'enquiert la Main Droite de l'homme du bureau.

— Pour qu'il rapporte ce qu'il a vu.

— À qui ?

— À quelqu'un que les chats aiment.

La femme d'un autre bureau sourit et se lève.

La Main Droite ne peut pas rentrer à Langley sans avoir un élément à rapporter à l'homme du bureau. Elle se lève à son tour. L'autre femme se retourne vivement.

— Sais-tu ce qu'il y a dans la tombe ? demande-t-elle.

— Les squelettes d'une femme de 24 ans et de sa fille de 5 ans, assassinées en 1923 par le géniteur de l'enfant, le prêtre qui avait alors en charge cette église et qui a eu la malchance de confesser son crime à un évêque qu'Hoover a par la suite fait chanter.

La femme secoue la tête, affligée.

— Non, laisse-t-elle tomber. Il y a bien longtemps que ces corps ont été déménagés.

Elle ne frappe qu'une fois, à la gorge. Dans un bureau de Langley, quelqu'un qui pense avoir récupéré tous les dossiers d'Edgar Hoover, qu'Helen Gandy est supposée avoir fait disparaître, va devoir se trouver une autre Main Droite et réfléchir à l'essence même de la confidentialité.

Quelle que soit la profondeur à laquelle sont enfouis les secrets, il suffit d'un seul mécanisme de veille pour attirer l'attention sur eux. Quand l'alarme se déclenche, elle alerte aussi ceux qui surveillent les gardiens.

Acte III, scène I

Le laboratoire de biologie médicolégale jouxte l'hôpital Bellevue. À un jour près, Alexander en aurait profité pour passer voir Maria, mais elle a été transférée hier dans un centre de physiothérapie en dehors de la ville. En un sens, c'est mieux ainsi : cela leur évite une « rupture » oralisée. Alexander apprécie moins que ce transfert ait été précipité par le chef de la police et le maire en personne qui semblent tous deux pressés que Maria reprenne ses fonctions, en écourtant sa convalescence. Et Kyle en est aussi irrité que lui, mais Kyle est particulièrement irritable depuis que la morgue stocke deux nouveaux cadavres imputés à Cat-Oldie alors que Laurence est en Arkansas. Il a d'ailleurs fallu l'intervention téléphonique de Laurence pour que Kyle se décide à communiquer la synthèse du dossier à Alexander, puis à lui obtenir une entrée au labo de biologie de l'OCME[1].

Pourtant, si Kyle a dû user de l'influence du procureur fédéral, il n'a pas eu à mentir plus que par omission. Prétexte de la visite : l'écrivain Alexander Byrd s'intéresse à l'aspect médicolégal des affaires Cat-Oldie pour l'écriture de son prochain roman. Colum McCann

1. Official of Chief Medical Examiner.

a raison : le prix Pulitzer est un véritable passe-partout. Kyle a juste omis de préciser qu'Alexander joue aux apprentis détectives sur la base d'une intuition qu'aucun élément rationnel ne justifie.

Et Kyle a raison.

Le rapport conclut que deux jeunes adultes, dont un délinquant récidiviste, sur lesquels on a relevé des griffures et des poils appartenant à un maine coon, ont été égorgés avec un sarcloir par une femme âgée alors qu'ils s'enfuyaient après avoir poignardé un policier. Un seul témoin mais dûment assermenté : le policier au sol, profondément blessé au muscle grand pectoral et incapable de sortir son arme. Elle – c'est une femme – garde un souvenir confus de la scène, aggravé par la perte d'une de ses lentilles oculaires. Elle évoque un chat sauvage plutôt qu'un maine coon, parle d'un grand sac plutôt que d'un cabas, est à peu près persuadée que ses agresseurs ont volontairement ralenti pour se débarrasser d'un témoin gênant et que celui-ci – la vieille – s'est emparé du couteau pointé sur elle pour le retourner contre eux. Ce sont les légistes qui ont précisé ou corrigé les informations fournies par le sergent Lana Martin.

Pour eux, comme pour Kyle, aucun doute n'est possible : la seule différence entre cette affaire et le triple homicide de novembre tient au fait que les blessures causées par le maine coon ne sont cette fois responsables d'aucun décès.

Alexander, lui, en voit d'autres. L'heure d'abord : plus de 22 heures. Le lieu ensuite : un quartier en rénovation au fin fond du Queens, pratiquement inhabité, dépourvu de transports en commun, entre autoroute, bidonvilles et friches industrielles. Qu'une inspectrice chevronnée du bureau des Affaires internes s'y rende seule et sans soutien pour rencontrer un informateur, soit. C'est contraire aux règles élémentaires de sécurité, mais logique. En revanche, qu'y ferait une nonagénaire plus ou moins en fuite ? Qu'elle y ait trouvé un refuge, comme le suppose Kyle, est déjà douteux, mais qu'elle s'y promène à une heure aussi tardive, Alexander ne marche pas. Laurence le soutient. Kyle l'accompagne à la médicolégale.

Le directeur du département les reçoit en personne et prend une heure de son temps pour détailler les tests et examens effectués, en commenter les résultats et expliquer les conclusions qui en découlent. Alexander n'a pas l'occasion de poser beaucoup de questions, le biologiste anticipant toutes celles qui lui viennent à l'esprit, particulièrement celle concernant la corrélation génétique entre les poils félins des deux affaires Cat-Oldie.

— Nous nous sommes contentés d'une PCR… pardon, d'une réaction en chaîne par polymérase sur treize locus. C'est le même chat, avec une probabilité d'erreur inférieure à 3×10^{12}, autant dire négligeable, surtout tenant compte des circonstances.

Après avoir inventé au débotté et esquissé le thème du roman sur lequel il est censé travailler pour satisfaire la curiosité du biologiste, Alexander quitte le bureau de celui-ci avec un sentiment de malaise tellement apparent que Kyle en profite aussitôt :

— Tu crois toujours que nous avons affaire à une deuxième Cat-Oldie ?

— C'est toi qui, le premier, quand Maria et moi sommes venus chez vous, as évoqué la possibilité de plusieurs Cat-Oldies.

— Qui se partageraient le même chat ?

— Le chat de Janet n'est pas un maine coon.

— Celui que tu as vu, non. On en a déjà parlé, Xander. Je n'écarte pas l'idée d'un club d'autodéfense composé de vieilles dames, mais je n'ai pour l'instant qu'une candidate et ce que je sais d'elle la désigne dans ce cas comme leader.

— Suppose.

— Pardon ?

— Tu ne sais rien, tu extrapoles.

Même à cran, comme il l'est en ce moment, on ne peut pas douter de la bonne composition de Kyle Kentrick. Sa moue dubitative se transforme en sourire.

— J'en conviens, admet-il. Tu es sûr de vouloir jeter un œil à nos macchabées ?

— Cela fait partie de la visite, non ?

La nuit même de son agression, l'inspecteur des Affaires internes a fourni l'identité de la plus âgée des victimes, son informateur. Identité immédiatement confirmée par les services de police et du FBI. Par contre, ils ne connaissent toujours pas celle du second agresseur et le NYPD répugne à diffuser sa photo par voie de presse tant que l'affaire est encore chaude dans les esprits.

Le préposé à la chambre froide dispose les deux dépouilles en dégageant leurs visages pour qu'ils puissent les examiner et leur recommande de ne rien toucher avant de s'éclipser.

Dès qu'il a refermé la porte derrière lui, Alexander s'approche de l'un des corps.

— Je ne connais pas son nom de famille, mais il se prénomme Rodrigo, dit-il en se penchant. Les quatre cicatrices qu'il a sur la joue gauche sont l'œuvre de Folksy.

Kyle se penche sur le visage de Rodrigo.

— Elles sont à peine visibles.

— Elles datent du jour où j'ai rencontré Janet Bond. C'était un de ses protégés. Il y a un terrain de basket pas très loin de chez elle. Montre sa photo aux gamins qui y jouent, ils pourront te donner son nom et son adresse.

Kyle a déjà son téléphone en main. Alexander l'arrête.

— Il ne viendrait à aucun d'eux l'idée que Madame Janet puisse être Cat-Oldie et encore moins qu'elle soit capable d'autre chose que de coups de canne pour leur faire entrer du bon sens dans la tête. Évite toute allusion, n'en parle même pas aux flics que tu vas envoyer là-bas.

— Dans une investigation, on appelle ça un élément concordant, Xander. Je…

— Pour moi, c'est un élément de disculpation. De la même façon qu'aucun d'eux ne se jetterait sur elle avec un couteau à la main, elle ne l'égorgerait pas avec un sarcloir. Appelle Laurence.

Kyle regarde le cadavre, puis Alexander, puis le téléphone dans sa main et de nouveau Alexander.

— C'est lui que j'allais appeler, que crois-tu ? Il est hors de question de t'impliquer là-dedans et je ne peux pas orienter le NYPD vers ton terrain de basket sans me justifier. J'ai besoin d'un mensonge crédible. Quant à Janet Bond, si tu m'avais laissé finir ma phrase, tu saurais que je n'ai pas plus l'intention de la lâcher que de la donner en pâture à un service quelconque. Tu as le contact, Laurence les moyens, j'aviserai quand nous aurons découvert si elle a été et si elle est encore une nuisance. Maintenant il faut sortir d'ici avant que quelqu'un se demande pourquoi nous passons autant de temps dans une glacière avec deux cadavres auxquels nous ne sommes pas censés nous intéresser, et ce coup de téléphone peut attendre.

Quand ils sortent, le gardien de la chambre froide adresse un regard de connivence à Kyle.

— Pas trop secoué ? demande-t-il à Alexander.

Son timbre de voix est un peu trop goguenard pour qu'Alexander rate l'occasion de se défouler sur lui. Il le fait sur un ton froid, désabusé, en fixant le préposé dans les yeux.

— Entre le 12 septembre et le 28 octobre 2001, date à laquelle j'ai identifié l'avant-bras calciné de ma femme, grâce au bracelet incrusté dans sa chair, j'ai vu des dizaines de cadavres à peu près intacts et des centaines de morceaux de corps. Si un jour votre insensibilité vient à se tarir, appelez-moi, je pourrai sûrement vous aider à surmonter cette défaillance.

L'homme baisse les yeux.

— Je suis désolé, monsieur.

Alexander reste un moment immobile, planté devant lui, puis il tend la main. L'homme la saisit par réflexe et se retrouve de nouveau pris dans le regard d'Alexander.

— Je vous en remercie, dit celui-ci avant de s'éloigner dans le couloir.

Kyle le rattrape et ne prononce pas un mot avant qu'ils aient quitté l'immeuble. Il n'est pas très à l'aise avec la réaction d'Alexander et il a une curieuse manière de l'exprimer :

— J'ai parfois du mal à comprendre comment tu fonctionnes, Xander.

— Parfois ?

— Tu restes de marbre devant le cadavre du gamin et, quelques secondes plus tard, tu donnes une leçon de compassion à un type qui passe ses journées à charrier et à préparer des macchabées.

— Je n'ai pas aimé son attitude, il s'en est excusé. C'est…

— Il ne s'est pas excusé, il n'avait pas plus à le faire qu'à te ménager : tu n'as aucun lien avec les deux morts, tu es un écrivain qui cherche de la matière. Il t'a juste fait part de son empathie pour les douleurs que t'a infligées le 11/9. Il va quand même falloir que tu la digères un jour cette grosse pomme, Alexander Byrd.

Alexander est stupéfait.

— Je rêve ou tu m'engueules, là ?

— Tu as commencé ton bouquin ?

— Pardon ?

— Tu t'es remis à écrire ?

— Non, pas encore, je…

— Alors le lecteur un peu fan sur les bords t'engueule. L'ami, lui, s'efforce de comprendre avec toi pourquoi tu tournes en rond.

— L'ami ?

— Si tu veux bien. En tout cas, moi, j'aime à me considérer ainsi.

Alexander a toujours su se sortir des situations embarrassantes à son avantage. Il attrape Kyle aux épaules et lui claque une bise sur chaque joue.

Acte III, scène II

La clé arrive par porteur spécial dans une boîte en carton qui contient aussi une amulette en forme d'ankh, une carte SD et une lettre manuscrite. Apparemment en turquoise, l'amulette, conçue pour être portée en pendentif, est gravée de hiéroglyphes que le temps a estompés. Alexander la fera examiner par un égyptologue, mais il est déjà persuadé qu'elle remonte à l'Antiquité. La lettre, écrite sur du papier traditionnel chinois, est à peine plus ordinaire : Janet Bond manie la plume avec l'art du calligraphe.

Cher Xander,

Voici donc la clé promise. Sers-t'en avec discernement. La maison est à toi seul. Fouille-la de fond en comble, arrange-la comme bon te semble, construis-y ton nid de secours ou installe-toi à demeure. Abstiens-toi seulement d'en sortir quelque objet sans ma permission. Avec le temps, je suis devenue aussi généreuse que possessive. Non, je l'ai toujours été. J'aime offrir, donc choisir.

Ainsi que tu l'as inévitablement compris, je ne suis pour rien dans l'assassinat de Rodrigo et je suis furieuse qu'on l'attribue à Cat-Oldie. Oui, je sais que la plus jeune des deux victimes était mon petit Rodrigo. Comme j'ai toujours su que sa fréquentation de Lucky Tommy lui vaudrait des ennuis. Je ne pensais pas qu'il en mourrait. Lucky Tommy était un malfrat de petite envergure, peu gourmand et très prudent. Il savait éviter les coups pourris et les coups tordus. Je les connaissais suffisamment pour t'affirmer que tous deux sont ce que les médias appellent des dommages collatéraux. Tu devrais suggérer à tes étranges relations d'orienter leurs investigations dans l'entourage de la policière qui a été blessée.

Inutile de faire expertiser l'ankh, elle a plus de cinq mille ans et pourrait soulever des questions voire des convoitises très importunes. Contente-toi de la porter. Autour du cou, c'est mieux, avec une simple lanière de cuir pour ne pas attirer l'attention. Il s'agit d'une amulette de protection qui recèle en outre des vertus qu'un homme en pleine possession de ses sens saura apprécier. Je te laisse le plaisir de jouer avec une loupe et Internet pour découvrir ce que signifient les hiéroglyphes dont elle est décorée.

À te revoir,

Ta dévouée,

B

Juste B. Madame Janet ne se livrant à aucune facétie gratuite, Alexander y voit une allusion au changement de prénom que Kyle, Laurence et lui subodorent. B pour Bond, ou B pour le prénom qu'elle a porté jusqu'à la mort de sa mère. La réponse arrivera peut-être avec Laurence quand il rentrera d'Arkansas, en principe demain, d'après un SMS de Kyle.

La carte mémoire contient un unique programme qui se lance dès qu'Alexander l'enfiche dans son ordinateur portable. Il testera le programme et s'assurera qu'il ne contient aucun malware avant de l'installer aussi sur son desktop.

Il hésite puis renonce à appeler Kyle. Il ne sait pas comment lui suggérer, sans éveiller le soupçon que l'idée lui a été soufflée par Janet Bond, que peut-être seule l'inspectrice des Affaires internes était visée et qu'abattre ses indicateurs ne consistait qu'à se débarrasser de témoins, dont l'un d'eux a porté le coup de couteau. Il a parlé sans réserve de l'échange de mails entre Janet Bond et lui. Laurence et Kyle sont donc au courant qu'elle lui a promis la clé de son repaire, et ils ont convenu que, hormis Alexander, seul Laurence le visiterait en s'entourant des précautions nécessaires pour n'être aperçu de personne. Mais Laurence n'est pas là et Kyle est sur des charbons ardents.

Alexander écarte aussi l'idée d'informer Laurence. Il n'y a pas urgence et cela pourrait mettre les deux hommes dans une situation pénible pour leur couple. Il lui semble qu'il est déjà l'objet de tensions, il ne veut pas en rajouter.

Sans loupe et sans intention de passer des heures sur Internet pour parvenir à une traduction tellement approximative qu'elle laissera trop d'interprétations possibles, Alexander empoche la clé et l'amulette, passe son sac, laisse le chat s'installer dans la capuche de son sweat et chausse ses rollers sur le pas de la porte.

Il est en train de glisser la clé dans la serrure quand une voix l'interpelle :

— M'sieur Xander ?

Alexander se retourne, reconnaît le jeune homme qui descend les marches, lui tend la main.

— Xander tout court. Content de te revoir Emilio.

Emilio serre la main offerte sans aucune réticence. Son visage affiche autant de gravité que de désarroi. Il fait à peine attention au museau de Folksy posé sur l'épaule d'Alexander

— Quelque chose ne va pas ? demande Alexander.

Le jeune homme baisse la tête.

— Je vous ai vu passer. J'étais sûr que vous viendriez ici. Je me suis dit qu'à vous je pouvais parler.

Alexander retire la clé de la serrure, s'assoit sur une marche. Emilio s'installe à côté de lui.

— Me parler de quoi, Emilio ?

— De Rodrigo. Vous savez ? (Il désigne Folksy.) Celui que votre chat a griffé.

Alexander le pressentait, il s'efforce de ne pas laisser transparaître d'émotion.

— Je me souviens de Rodrigo, dit-il.

— Je crois qu'il est mort, m'sieur… Xander, je veux dire.

Alexander s'oblige à froncer les sourcils.

— Mort ?

— Vous avez entendu parler des deux mecs qu'aurait tués la vieille au chat ?

— Cat-Oldie. Oui, je sais de quoi tu parles.

Le jeune homme respire profondément, pour s'armer de courage.

— Je connais celui dont la télé a parlé. Nous, on l'appelait Lucky Tommy, il a grandi dans le coin et je me souviens bien de ses parents. Ils sont morts dans un accident.

— Quel est le rapport avec Rodrigo ?

— Depuis quelques mois, Rodrigo bossait avec lui et ils avaient rendez-vous ce soir-là. (La boule dans sa gorge étouffe un peu sa voix.) Rodrigo n'est jamais revenu.

— Tu en as parlé à la police ?

Rodrigo secoue la tête.

— À personne. Je suis le seul qui savait que Rodrigo trafiquait avec Lucky Tommy.

— Alors pourquoi tu m'en parles à moi ?

— Madame Janet dit que vous êtes quelqu'un de bien.

Alexander trouve que Madame Janet n'est décidément pas rancunière et qu'elle dispose un brin cavalièrement de lui.

— Et Rodrigo est un clandestin, poursuit Emilio. Je ne veux pas lui créer d'emmerdes si je me trompe et qu'il resurgisse un beau matin.

— Je comprends. (Alexander réfléchit très vite.) Ne t'inquiète pas, je connais quelqu'un qui peut aider Rodrigo à obtenir une carte verte s'il n'a pas d'antécédents.

— Il ne s'est jamais fait prendre.

— Cela ne veut pas dire qu'il n'a laissé d'empreintes nulle part. On avisera plus tard. Pour l'instant, appelle le bureau du procureur et dis que tu penses savoir qui est la seconde victime. Ils te demanderont de l'identifier, d'abord sur photo, ensuite, si tu le reconnais, à la morgue. C'est un sale moment à passer, mais c'est la seule façon d'avoir une certitude.

— Ils ne vont pas me poser de questions ?

— Des dizaines, mais je suis sûr que tu sauras te débrouiller et, au cas où ils te cherchent des poux, je demanderai à un de mes amis d'avoir un œil sur toi.

— Un avocat ?

— Mieux que ça. L'assistant d'un proc fédéral.

Le jeune homme reste silencieux un long moment, puis il donne un coup de tête vers la porte du sous-sol conduisant chez Janet Bond.

— C'est qui, pour vous, Madame Janet ?

La question mérite une réponse réfléchie, mais Alexander doit réagir rapidement. Alors il se laisse aller à une forme de franchise :

— Une sorte de fée marraine.

Le visage du jeune homme s'éclaire.

— Comme dans les contes ? (Il sourit.) Sa canne fait une drôle de baguette et elle a une curieuse façon de s'en servir, mais c'est tout à fait ça. On est un sacré paquet à lui devoir de tenir debout. (Il se rembrunit.) Et Rodrigo serait pas le dernier s'il l'avait écoutée.

— On fait tous des conneries.

Emilio regarde Alexander étrangement.

— Tous, répète-t-il. Ça vaut forcément pour vous aussi. Qu'est-ce que t'as bien pu faire comme connerie, Xander l'Indien ?

Ne sachant quoi répondre, Alexander montre la clé.

— Je pense que Madame Janet me l'a donnée pour que je le découvre.

— Dans ses vieilleries ?

Alexander ne peut pas s'empêcher de marquer son étonnement.

— Tu es déjà rentrée chez elle ?

— Il y a longtemps, mais je doute que ça ait beaucoup changé. Elle ne fait plus la classe chez elle, mais on est pas mal à y être passés, tu sais ?

— Rodrigo aussi ?

— Pas à ma connaissance. Il est arrivé il y a trois ans. Elle ne recevait déjà plus personne depuis… je dirais cinq bonnes années. Elle lui donnait des cours au squat. L'anglais, surtout. Il se débrouillait bien, mais il avait un putain d'accent. En un an, il est devenu impossible de deviner qu'il était pas né ici. Elle disait qu'il aurait pu facilement réussir des études. Tu m'étonnes ! Il avait deux ans d'avance dans son patelin en Colombie et c'était une tronche en maths. Merde ! Ça me fait bizarre de parler de lui au passé alors que je suis même pas sûr que…

Il ne finira pas sa phrase, elle est trop lourde pour lui. Alexander se relève. Emilio en fait autant et remonte les marches jusqu'à la rue, les épaules basses.

— Je vais passer cette saloperie de coup de fil, dit-il sans se retourner.

Rien ne semble avoir changé dans la seule pièce qu'Alexander connaît, mais ce peut n'être qu'une impression vu le fatras qui l'encombre. La pellicule de poussière sur le béton ciré et les meubles ne s'est pas épaissie, elle s'étend simplement sur le chemin qu'empruntait Janet Bond et commence à recouvrir les empreintes de chat. Folksy s'extrait de la capuche, bondit sur un meuble, entreprend de faire le tour du propriétaire, il cherche son copain le chartreux. Alexander ne cherche rien de particulier, mais il se lance aussi dans la visite de la maison.

Côté est, une porte ouvre sur une pièce plus longue et plus chargée que le séjour. Si le séjour s'apparente à une boutique de brocanteur, la pièce qui le jouxte en est la réserve. C'est un véritable dédale de caisses en bois plus ou moins empilées et d'étagères métalliques saturées d'objets hétéroclites. Pas de lucarnes ici, mais plusieurs rampes de lampes néon dont certains tubes restent opaques et d'autres clignotent péniblement. Alexander n'a pas eu de mal à trouver l'interrupteur, c'est un énorme levier qui devait piloter l'alimentation générale d'une usine au début du XXe siècle.

Alexander examine le contenu de quelques caisses mal fermées. Protégés dans la paille, des statues, des amphores, des sculptures, des vases, de la vaisselle, des urnes, des poteries, des stèles, des tablettes, des ostraca, de toutes les époques, de toutes les régions. Sur les étagères, dans des vitrines, il remarque entre autres des livres anciens, des incunables, des manuscrits d'avant l'invention de l'imprimerie, des parchemins, des papyrus, de quoi lire pendant plusieurs dizaines d'années à condition d'être polyglotte.

Au fond de la pièce, un mur de briques. La « maison » ne se prolonge pas. En revenant sur ses pas, il remarque une trappe à deux battants dans le sol. Il l'ouvre, respire une odeur de moisi, distingue une échelle d'égoutier et deux mètres carrés de sol en terre battue. Le reste est dans l'obscurité. Il reviendra avec une torche électrique.

Alexander retraverse le séjour, franchit la porte par laquelle Janet Bond s'était éclipsée avant de revenir le surprendre, découvre un couloir desservant deux pièces de chaque côté. Une cuisine de facture professionnelle et une salle à manger communiquant entre elles sur sa gauche. Un office en partie cellier et un salon de lecture aux murs couverts de livres sur sa droite. La bibliothèque compte des milliers d'ouvrages en plusieurs langues, uniquement des éditions originales reliées, pour la plupart du XXe siècle. Au centre de la pièce, un canapé de type méridienne côtoie un guéridon sur lequel s'empilent les romans d'Alexander.

Vingt larges marches au bout du couloir permettent de descendre vers un loft aux dimensions impressionnantes et à l'architecture délirante. Tout en différences de niveau, constitué de plusieurs plateaux et de mezzanines, parfois suspendues, reliés par des passerelles, des volées de marches, des escaliers en colimaçon, l'ensemble donne l'impression d'avoir été conçu par un fils caché mais néanmoins spirituel de MC Escher et de Friedensreich Hundertwasser.

Après avoir tenté pendant une vingtaine de minutes de faire le tour de cette étrange structure, Alexander décide de la qualifier de labyrinthique. Malgré l'absence de cloison, le positionnement des plateformes est tel qu'il n'existe aucun endroit d'où l'on peut tout voir, et le jeu des ouvrages permettant de les relier entre elles est si complexe qu'il n'est pas toujours possible de comprendre comment rejoindre un point pourtant bien visible depuis l'endroit où l'on se tient. Folksy s'amuse comme un fou. Alexander devient dingue. Il est particulièrement agacé d'avoir aperçu le bureau de Janet Bond, avec deux écrans d'ordinateur trônant dessus, et de n'avoir pas su l'atteindre malgré plusieurs tentatives.

Las, il se pose sur un lit – il en a compté quatre sur autant de mezzanines – et sort son téléphone.

— Kyle, je t'ai trouvé quelqu'un pour identifier Rodrigo.

— Tant mieux, parce que je sèche et que Laurence est injoignable. C'est un de tes basketteurs ?

— On peut dire ça comme ça. Il s'appelle Emilio et, à cette heure, il a dû appeler le bureau du procureur chargé de l'affaire.

— Emilio comment ?

— J'ignore son nom de famille. Je te serai reconnaissant de t'assurer que les flics n'en profitent pas pour l'ennuyer.

— Il a des choses à se reprocher ?

— Je ne pense pas, mais Rodrigo était un clandestin et Emilio le savait. Il est même possible qu'il l'ait aidé à passer à travers les mailles.

— Je vois. Je sais qui contacter pour qu'on lui fiche la paix. Autre chose ?

C'est une perche. Alexander ne peut pas faire moins que la saisir.

— Je suis chez Janet Bond.

Le silence en dit long sur l'irritation de Kyle. Alexander l'imagine en train de se forcer au calme.

— Quand as-tu reçu la clé ?

— Tout à l'heure. Je suis venu directement.

— Seul évidemment, et sans me prévenir pour t'épargner un inutile prêche contre ton imprudence.

— Voilà.

Alexander est à deux doigts de raccrocher, mais il préfère en profiter pour parler de la lettre qui accompagnait la clé, du moins de ce qui concerne le double homicide. Kyle réagit plutôt bien :

— Si Janet Bond n'est pas en cause, cela peut expliquer certaines incohérences du témoignage du sergent Martin. Nous sommes partis du principe qu'il ne cadrait pas avec ce que nous savons parce qu'elle n'était pas en état de bien juger de la situation. Il est possible que sa description des faits soit plus proche de la réalité que nous ne l'estimons. Lucky Tommy la poignarde pour le compte d'un tiers, Rodrigo et lui s'enfuient, leur commanditaire se débarrasse d'eux en imitant approximativement la technique de Cat-Oldie. C'est un scénario envisageable. (Il soupire.) Si l'on exclut les poils de maine coon, Xander. C'est la seule pièce à conviction dont nous disposons et nous ne pouvons pas faire comme si elle n'existait pas.

Alexander tourne et retourne l'achoppement que représentent ces maudits poils dans le raisonnement de Janet Bond qui, elle, ignore qu'ils sont la pièce à conviction désignant par recoupement Cat-Oldie comme coupable. C'est ça. C'est précisément ça. *La* pièce à conviction, au singulier.

— Nom de Dieu ! entend-il jurer Kyle.

— Tu penses à la même chose que moi ?

— Nom de nom de nom de Dieu ! Non seulement il s'agit du même chat, mais ses poils sortent du même sac d'aspirateur !

— Et il n'y a qu'un flic pour avoir accès aux pièces à conviction.

— Et une inspectrice du Rat Squad s'est nécessairement fait plein d'ennemis au NYPD ! J'ai un contact aux Affaires internes qui me communiquera les dossiers sur lesquels elle a travaillé. Ils conduisent déjà inévitablement une enquête en marge de celle officielle et ils ne devraient pas cracher sur une assistance fédérale. Entre moutons noirs des services de police, on se serre facilement les coudes. Je m'occupe de ça tout de suite. Et toi, essaie de ne pas trop traîner chez Cat-Oldie. On ne sait jamais.

— Promis. N'oublie pas Emilio, s'il te plaît. Si c'est un flic qui se cache derrière tout ça…

— Il a intérêt à faire profil bas, crois-moi. Mais ne t'inquiète pas, je m'occupe de ton protégé.

— Merci, Kyle.

Kyle a déjà coupé la communication.

Alexander se relève et regarde en direction du bureau de Madame Janet. Folksy est allongé sous les écrans d'ordinateur.

— Folksy, l'appelle Alexander.

Le chat redresse la tête.

— Folksy, viens faire un câlin.

Le chat saute du bureau et disparaît. Alexander tend l'oreille et essaie de suivre sa progression dans le dédale de plateformes. Les pattes de velours ne font aucun bruit, mais il aperçoit à plusieurs reprises Folksy et cela suffit à reconstruire mentalement le chemin que le chat emprunte pour le rejoindre. Du moins l'espère-t-il.

Sur la tablette graphique, Madame Janet a collé un post-it :

Tu as trouvé tout seul ou Folksy t'a servi de guide ?

Pour le mot de passe, par contre, ce n'est pas le chat sur lequel compter, l'écrivain.

B.

L'ordinateur sous le bureau est en veille. Alexander appuie sur la barre d'espace et les ventilateurs dans la tour se remettent en marche, juste avant que l'écran se rallume en grésillant, n'affichant que l'invite à rentrer un mot de passe.

Madame Janet est joueuse et intelligente, elle a donc forcément choisi quelque chose d'évident, du moins pour lui et pour lui seul. Que sait-il que personne d'autre qu'elle ne connaît ? Le nom du chartreux – *le chat sur lequel compter* – mais un code en quatre lettres est beaucoup trop facile à percer. La seule autre indication que contient le post-it est *l'écrivain*, or le dernier qu'elle a ainsi nommé avant lui est Steinbeck. Année de naissance ou de décès ?

Il essaie Szif1902 et Szif1968 sans succès. Il place ensuite les chiffres avant les lettres en testant les deux combinaisons, en vain. Puis il se souvient. Steinbeck *aussi n'a pas très bien digéré le Pulitzer*, qu'il a reçu en 1940.

Szifl940

Bienvenue, Xander.

Le message s'efface à peine lu. Alexander ouvre le poste de travail, vérifie le contenu de tous les disques durs, découvre une multitude de programmes dont la plupart lui sont inconnus mais aucun document. Janet Bond a consciencieusement nettoyé l'ordinateur de toute donnée personnelle et il n'y a aucune chance pour qu'il en reste la moindre trace exploitable, même par le plus génial des informaticiens.

Alexander rit. Puis sursaute quand son téléphone sonne. Numéro caché.

— Tu es toujours au musée ?

Kyle, mais pas depuis son mobile, ni son bureau, ni son appartement, et franchement bizarre.

— Oui.

— Va faire un tour chez Folksy.

Pas besoin d'être malin pour comprendre que Kyle le pense sur écoute.

— Je peux y être dans une demi-heure.

— Je serai parti. Je laisse un mot à ton nom pour qu'on se retrouve plus tard.

Dans sa boîte aux lettres, ce n'est pas un mot qu'il trouve, mais un smartphone dont le code est « Xander », comme le laissait entendre la formulation de Kyle. Le répertoire de contacts ne comporte que deux numéros de GSM. L'un au nom de Kyle, probablement celui de l'appareil avec lequel il l'a appelé. L'autre au nom de Laurence, sans rapport avec les numéros qu'Alexander lui connaissait. L'heure semble être aux précautions un peu moins élémentaires que celles préconisées habituellement par Laurence.

Le smartphone compte plusieurs fichiers intitulés Open suivi d'un chiffre. On ne peut pas faire plus sobre. Alexander ouvre le fichier Open One, son front se plisse au fil de la lecture.

J'ai retrouvé la tombe de Janet Higgins. Les documents qui me l'ont permis sont dans le fichier Open Two, les photos de son contenu dans Open Three. Quelques kilomètres après avoir quitté le cimetière, pris d'un doute, j'ai fait demi-tour pour fouiller l'église abandonnée qui le jouxte (photos dans Open Four). Le cadavre que j'y ai découvert m'a incité à demander l'assistance d'un agent spécial de Little Rock avec qui j'avais sympathisé.

L'expertise médicolégale (Open Five) a confirmé les conclusions auxquelles j'étais parvenu sur le terrain. La femme a été égorgée pendant que j'étais dans le cimetière ou entre le moment où je l'ai quitté et celui où j'y suis revenu, soit moins de dix minutes. Dans tous les cas, puisque nous avons retrouvé le véhicule de la morte à deux kilomètres de l'église, cela signifie qu'elle et probablement son meurtrier étaient *présents en même temps que moi.*

*Grâce à ses empreintes, la femme a été identifiée comme sous-officier de l'*USMC[1] *disparue en Bosnie-Herzégovine en 1991. Dès que nous avons interrogé le service du personnel des Marines, la* CIA *nous est tombée dessus : secret défense. En soi, c'est déjà alarmant, mais, comme il ne faut pas me prendre pour une buse et que le* FBI *déteste être rabroué par la* CIA, *nous avons retracé les dernières étapes du parcours de la dame grâce au permis de conduire trouvé sur elle, du moins grâce à la photo du faux permis de conduire et à notre fameux logiciel de morphing, et, là, c'est devenu un peu plus inquiétant.*

La dame m'a pris en charge à Washington et ne m'a pas lâché d'une semelle jusqu'au cimetière, où elle est arrivée avant moi, comme d'ailleurs en d'autres endroits.

Conclusion : j'ai été placé sous surveillance électronique dès que je me suis servi de certains outils pour reconstruire l'histoire de Janet Bond qu'un département de la CIA *connaît déjà. Ce qui peut signifier que vous êtes aussi tous deux sous écoute et filature.*

Moyennant certaines précautions, comme la liaison VPN *de nos tout nouveaux smartphones, nous pouvons contourner la partie numérique du problème. Il n'existe malheureusement pas de solution miracle pour ce qui concerne nos activités* IRL. *Je poursuivrai donc seul et sous couvert officiel du* FBI, *grâce à l'appui du bureau de Little Rock, les recherches relatives au passé de Janet Higgins-Bond.*

1. Corps des Marines des États-Unis.

Si cela vous agrée, Kyle continuera à s'occuper de ce qui touche à Cat-Oldie et Xander s'efforcera de conserver ou de renouer le contact avec Madame Janet. Quoi que vous fassiez, évitez de vous exposer.

Nous avons trouvé les pièces d'un Beretta répandu dans toute l'église. Ni les pièces ni les munitions ne portaient d'empreintes, mais il est logique d'estimer que le pistolet appartenait à la morte, qui portait des gants de chirurgie, et qu'elle a été démontée par son assassin, ganté lui aussi et équipé d'une arme peu courante.

Cela ne figure dans aucun rapport, mais je ne suis pas le seul d'avis que tout ou partie du chargeur du Beretta m'était destiné, que l'assassin était mon ange gardien et qu'il s'est arrangé pour que je m'en persuade sans doute possible (opinion que je ne partage qu'avec vous, vous comprendrez pourquoi).

Alexander survole rapidement le fichier Open Two. Du bon travail de bon détective. Certainement très intéressant pour un auteur de polar, mais il ne s'en sent pas l'âme.

Par contre, il bée un moment devant les photos du fichier Open Three. Toutes montrent sous divers angles le cadavre momifié d'un chat, tellement bien conservé qu'on reconnaît d'un seul coup d'œil un abyssin, allongé sur le ventre, les pattes avant bien étendues, croisées l'une sur l'autre, la tête redressée. On devine le regard adorateur qu'il a porté vers celui ou celle qu'il admirait en s'éteignant. C'est à la fois époustouflant et dramatique. Alexander en aurait la larme à l'œil s'il pouvait s'empêcher d'y lire la signature malicieuse de Madame Janet. C'est un peu comme si elle disait : « Vous êtes des enfants dont j'ai anticipé chaque réflexion depuis des décennies. »

Bizarrement, il est moins impressionné par les photos du fichier Open Four. Pourtant la première série représente une femme d'une quarantaine d'années, affalée sur un banc d'église, la tête rejetée en arrière, les yeux béants, la gorge déchiquetée. Moins impressionné, parce que fébrile de curiosité.

Du coup, il ignore les photos révélant les lieux, la position des pièces du pistolet et d'autres détails situationnels, pour ouvrir Open Five et faire défiler les observations de l'expertise médicolégale jusqu'à la conclusion : sarcloir de jardinage.

Il y a toutefois un nota bene : « La forme particulière de la plaie et la violence du coup porté peuvent évoquer les blessures occasionnées par les griffes d'un lion des montagnes (*Puma concolor couguar*), mais l'absence de résidu corporel félin dans la plaie et sur les lieux infirme cette possibilité. En outre, aucun puma n'a été aperçu dans la région depuis treize ans. »

Alexander ajouterait : et les pumas n'ont pas pour habitude de démonter les armes à feu avant d'égorger leurs victimes sans s'en repaître.

Il n'empêche que les pumas ne sont jamais que de très gros chats et qu'il aimerait être certain que Madame Janet ne s'est pas offert un pèlerinage en Arkansas.

Acte III, scène III

Le centre de physiothérapie dans lequel Maria se rétablit se trouve à moins d'un kilomètre de l'université de Princeton, de l'autre côté du Carnegie Lake. Avant que Toni Morrison ne vende sa maison sur Nassau Street, Alexander en aurait profité pour aller la saluer et se faire chahuter gentiment. L'immense dame l'a toujours intimidé, malgré sa gentillesse, malgré son rire communicatif, malgré l'accueil qu'elle lui a réservé chaque fois qu'il a trouvé le courage de frapper à sa porte, quand elle enseignait encore la littérature à Princeton. Ils ne sont pourtant pas nombreux à l'impressionner, mais Toni reste la première auteure noire et le dernier écrivain américain à avoir reçu le prix Nobel de littérature. Il garde aussi un souvenir surréaliste d'un déjeuner avec elle et cette autre géante qu'est Angela Davis. Il y avait une telle connivence entre elles, une telle finesse de compréhension de la société américaine, une telle énergie à la fois grave et joyeuse, qu'il n'a su que rire à contretemps et ne s'est exprimé que par onomatopées. À la connaissance d'Alexander, Toni vit aujourd'hui sur l'Hudson River au nord de New York, Angela en Californie près de Santa Cruz. Il n'a jamais eu l'occasion de les rencontrer de nouveau, ni chercher à reprendre contact au moins avec Toni. C'est seulement le voyage en train qui rafraîchit sa mémoire d'une nostalgie coupable.

Il ressent presque moins de culpabilité d'avoir attendu que Maria l'appelle pour prendre de ses nouvelles. D'ailleurs il n'a pas pris de ses nouvelles, ni donné des siennes, il a juste profité de ses premiers mots – *tu me manques* – pour abréger la conversation en lui demandant s'il pouvait passer la voir dans l'après-midi. Maria aurait pu prononcer certains mots qui ne doivent pas transiter par une ligne que le VPN de Laurence ne protège pas.

Maria dispose d'une chambre plutôt luxueuse. Grande, bien insonorisée, équipée d'un bureau, d'un guéridon bas, d'un fauteuil, d'une courte mais véritable table à manger entourée de quatre chaises et de tout ce qu'on trouve dans une chambre d'hôpital plus ordinaire.

— Tout au frais de la princesse, dit-elle après l'avoir embrassé. Le maire a vraiment hâte que je reprenne mon poste.

Elle porte encore un pansement sur l'oreille, un autre sur une joue, une genouillère, un plâtre en résine articulé sur une jambe et une attelle au poignet, mais elle est tout sourire et se déplace sans trop de difficultés. Suffisamment bien, en tout cas, pour qu'Alexander lui demande :

— Tu peux sortir ? Le parc est ombragé et il fait un temps magnifique.

— C'est bien ce que je comptais te proposer.

D'autres convalescents se promènent dans le parc avec un membre de leur famille ou un ami. En apercevant les fauteuils roulants, les déambulateurs, les béquilles et le harnachement qui équipe certains d'entre eux, Alexander se rappelle ce que lui a dit Laurence le soir de l'accident. Maria s'en tire à bon compte. En plus, elle semble récupérer très vite.

— Pas trop pénible la rééducation ? s'enquiert-il.

— Non, ça, ça va. Les kinés sont excellents, le personnel aux petits soins et le matériel haut de gamme.

Alexander a très bien entendu ce qu'il fallait entendre.

— Alors qu'est-ce qui ne va pas ?

Elle boitille jusqu'à un banc sous un chêne un peu à l'écart, s'assoit et tapote les lattes de bois juste sur sa gauche. Alexander s'installe contre elle.

— Je fais des rêves étranges terriblement réalistes. Enfin… ce qui est étrange c'est que je suis incapable de les discerner de la réalité.

— Par exemple ?

— Par exemple, je me réveille et quelqu'un est assis à côté de moi. Alors une voix de femme me dit « Ne t'inquiète pas, je suis là » ou « Je veille sur toi, tu peux te rendormir ». Je me rendors, je me réveille en sursaut, et la chambre est vide, bien entendu.

— Rêver qu'on se réveille est assez fréquent. Il m'est arrivé de pisser au lit parce que je rêvais que je m'étais éveillé avec l'envie de pisser et que j'étais allé aux toilettes.

Maria lui accorde un sourire de principe et le transforme en moue désolée.

— Cela fait une semaine que ça dure et ça va sans cesse plus loin. Il y a trois jours, j'ai commencé à essayer de discuter avant de me rendormir. Je posais des questions, mais la voix se contentait de me rassurer, de m'apaiser. C'était chaque fois en pleine nuit, il faisait sombre et je distinguais à peine une silhouette. Alors cette nuit, j'ai allumé la tablette. Je l'avais laissé exprès en veille, il m'a suffi de caresser l'écran.

— Tu as vu son visage ?

— Oh oui ! Et le chat qu'elle avait sur les genoux.

Tous les poils d'Alexander se dressent. Maria lui pose la main sur la cuisse.

— Je ne connais rien en chats, mais je suis sûr que tu sauras me dire de quelle race il s'agit. Il est gris-bleu avec des yeux jaunes, le visage…

— C'est un chartreux. (Il n'en revient pas. Mieux, il n'y croit pas.) Je suppose que la femme a dans les 80 ans, la silhouette fine, le port très droit et les yeux noirs.

Maria hoche la tête.

— C'est elle, n'est-ce pas ?

— C'est *exactement* tout ce que tu sais d'elle.

— Tu penses que je l'ai imaginée à partir de ce que Laurence, Kyle et toi avez dit ?

Alexander lui passe le bras autour des épaules.

— Toi pas ? demande-t-il.

Elle pose le front dans son cou.

— Si, pour à peu près tout. Sauf que, si Laurence et toi avez bel et bien mentionné le chartreux comme un chat très différent du maine coon, je n'avais aucune idée de ce à quoi il ressemblait.

— Tu as pu en voir à la télé ou dans un magazine.

— C'est ce que je me dis.

— C'est ce qu'il y a de plus logique. On ne circule pas comme ça dans un centre hospitalier, surtout la nuit avec un chat.

Maria se redresse et lui sourit.

— Elle ne me fait pas peur, tu sais ? Et, même en rêve, elle est beaucoup plus rassurante que toi.

Alexander grimace de manière faussement horrible.

— Tu veux dire que je suis inquiétant ?

— Je veux dire que tu ne parviens pas à me tranquilliser aussi bien qu'elle.

— C'est embêtant, parce que, moi, je suis bien réel.

— Non, c'est embêtant parce qu'elle n'est pas la seule à ne pas faire partie du personnel et à rentrer dans ma chambre pendant que je dors.

Sans la malice dans son regard, il s'alarmerait.

— Une compagne de galère, s'explique-t-elle. Je faisais la sieste, elle s'est plantée d'étage. On a sympathisé. Elle est de la maison, elle aussi.

— De la maison ?

— NYPD. Poignardée en service. On a le même âge, à peu près le même vide affectif…

— Merci !

Elle l'embrasse sur la bouche.

— D'accord, j'exagère. Elle a aussi perdu l'homme qu'elle aimait en 2004, mais elle n'a pas la chance d'avoir un ami toujours prêt à se mettre au garde-à-vous. (Elle lui fait un clin d'œil.) D'ailleurs… tu as déjà fait ça dans une chambre d'hôpital ?

Elle se lève, lui attrape la main, tire. Il se laisse tracter mais sans y mettre du sien. Il paraît même préoccupé.

— L'idée n'a pas l'air de beaucoup t'enchanter, remarque Maria.

— Si, si. C'est juste que… Elle ne s'appellerait pas Lana Martin, ta copine, par hasard ?

Maria est sidérée.

— Tu la connais ?

— Bureau des Affaires internes. C'est elle le sergent dont les agresseurs ont été soi-disant égorgés par Cat-Oldie. Elle ne te l'a pas dit ?

Maria passe un bras autour de sa taille.

— Elle a dû recevoir des consignes, laisse-t-elle tomber. Pourquoi dis-tu « soi-disant » ? Elle les a bien égorgés, non ?

— Elle ou il, mais pas Cat-Oldie.

— Houlà ! Pourquoi ai-je l'impression que certains de mes amis me font des cachotteries ?

Il passe la main sous son chemisier.

— Tu as bien de la chance d'avoir des amis qui se soucient en priorité de ton rétablissement. (Sa main s'insinue sous la ceinture de sa jupe.) Et dont l'un d'eux est déjà pratiquement au garde-à-vous.

— Ne crois surtout pas que cela te dispensera d'explications.

— Elles devront attendre.

Dans les établissements hospitaliers, les chambres n'ont pas de serrure. Maria et Alexander n'ont pas vu qui les a surpris dans une situation délicieuse, car ils tournaient tous les deux le dos à la porte, mais ils ont clairement entendu une voix féminine s'excuser avant que la porte ne se referme. Sur le moment, cela ne les a ni dérangés ni réfrénés, cela ne risquait pas, mais Alexander sait qu'il sera un peu gêné en quittant le centre chaque fois qu'il croisera le regard d'une infirmière.

Pour l'instant, il s'efforce d'abréger le tac au tac de questions et de réponses auquel ils se livrent sur un bloc-notes que Maria a, à sa demande, sorti d'un tiroir, après qu'il a décliné sa tablette tactile. Dialogue muet qu'ils émaillent de paroles anodines sur le roman qu'Alexander est censé travailler.

Par écrit, Maria vient de demander :

— *Laurence pouvait être abattu n'importe quand. Pourquoi attendre qu'il ouvre la tombe ?*

— *Pour qu'on trouve son cadavre dessus.*

— *C'est absurde. Cela ne fait qu'attirer l'attention sur ce qu'on essaie de cacher.*

— *Sauf s'il s'agit d'envoyer un message.*

— *Quel message et à qui ?*

Alexander réfléchit un moment avant de griffonner :

— *Affaire définitivement classée. Et je crois que cela s'adresse à tous ceux qu'elle peut concerner, Janet Bond incluse.*

Maria ouvre de grands yeux, saisit le bloc-notes.

— *J'aurais plutôt dit que c'est le message envoyé par l'assassin de l'agent de la CIA.*

— *Même cause, même effet*, écrit Alexander.

Puis à haute voix, il dit :

— J'ai deux heures de train et j'aimerais bien repasser à la maison pour me changer. Or je ne suis pas sûr que mon agent apprécierait que j'aie plus de dix minutes de retard chez Jean Georges.

— Jean Georges ? Rien que ça ? Il a les moyens ton agent !

— Et où crois-tu qu'il les trouve ? réplique Alexander en retournant les poches vides de son pantalon.

Maria éclate de rire.

— La meilleure devise d'un agent : My author is rich. Tu ne me feras pas pleurer. (Elle change de ton :) Ça m'a fait vraiment du bien de te voir, Xander. Il faudra qu'on se fasse une soirée en tête à tête à la maison quand je sortirai. J'aime quand elles se prolongent jusqu'au petit-déjeuner, et ce n'est pas franchement possible ici.

— Avec un immense plaisir, tu sais bien.

— C'est joli ce truc que tu portes sur la poitrine, au fait.

— C'est une ankh égyptienne.

— Elle est magnifique. Par contre, tu devrais l'accrocher à un vrai collier. Ce n'est pas très heureux ce lacet de mocassin.

Alexander hausse les épaules.

— Mes ascendances flathead ne s'en formalisent pas.

Il est en train de pousser le tambour de la porte du centre lorsqu'il entend des pas se presser dans le hall.

— Monsieur Byrd ?

Comme il est déjà dans le tourniquet, il effectue le tour complet et réceptionne à pleins bras l'infirmière qui vient de trébucher en essayant de le rattraper.

— Juste à temps, s'exclame-t-il.

La jeune femme s'appuie sur ses épaules pour se redresser et s'empourpre.

— Merci, dit-elle en s'écartant. Je… (Elle désigne ses sabots d'infirmière.) Les semelles antidérapantes ne sont étudiées ni pour courir ni pour s'arrêter brutalement. Sans vous, je me fracassais contre la vitre. Merci, vraiment.

— Je vous en prie. Ce n'est pas si fréquent qu'une jolie femme me tombe dans les bras.

C'est vrai qu'elle est jolie et que le rouge lui va très bien au teint.

— Excusez mon humour beaucoup trop cavalier pour être chevaleresque, s'empresse-t-il d'ajouter.

Il le regrette aussitôt, effaré par sa propre lourdeur, mais l'infirmière se contente de rougir davantage.

— Vous avez oublié ceci dans la chambre de madame Minuit, dit-elle.

Elle tend le jeu de clés qui a dû tomber de la poche de pantalon d'Alexander pendant ses ébats avec Maria. Cette fois, c'est lui qui vire au cramoisi.

— C'est vous qui vous occupez de Maria ? demande-t-il après s'être raclé la gorge.

Sa gêne a pour effet de chasser le rouge des joues de la jeune femme.

— En alternance avec deux de mes collègues.

— Mais aujourd'hui…

Elle hoche la tête en le regardant droit dans les yeux. Ses yeux sont d'un vert très clair dans lequel dansent des paillettes dorées comme autant de lutins malicieux.

— Madame Minuit m'a demandé de vous rattraper parce qu'il vous serait difficile de revenir avant demain.

— En effet. Je ne sais pas pourquoi, mais les conducteurs de train rechignent facilement à faire demi-tour.

— Oh ! Vous êtes en train ? Vous retournez à New York ?

— Brooklyn.

Elle jette un œil vers l'horloge du hall.

— J'ai fini mon service. Je rentre à Staten Island, je peux vous déposer station Bay Ridge, c'est juste de l'autre côté du pont.

— Ligne R, direct pour moi. Ce sera parfait.

Il s'attend à ce qu'elle pousse le tambour de la porte, mais elle se retourne. Comme il ne la suit pas, elle s'arrête.

— Le parking du personnel est de l'autre côté et je dois me changer, explique-t-elle. Vous pouvez m'accompagner ou m'attendre au portail d'entrée.

L'informité de sa blouse et de son pantalon est tellement peu seyante qu'Alexander peut affirmer lui emboîter le pas en toute innocence. Par contre, il serait de la pire mauvaise foi s'il prétendait ne pas deviner pourquoi elle verrouille derrière eux la porte du vestiaire. Elle ne paraît pourtant pas plus à l'aise que lui et c'est encore en rougissant qu'elle dit :

— Je... J'aurais dû frapper avant d'entrer. C'est toujours ce que je fais. Mais je... enfin, quand vous êtes passés devant la salle de garde, je vous ai vus et j'ai compris... (Elle s'appuie contre un casier, commence à déboutonner sa blouse.) Je ne sais pas pourquoi, ça a commencé à m'obséder et... j'ai voulu être sûre. Je veux dire, je n'avais plus que ça en tête, il fallait que je vérifie, que je regarde. (Sa respiration s'accélère, sa voix se met à vibrer :) Vous... tu... c'est une image très brève, mais très... forte. Je suis restée avec ça dans la tête. Je ne t'ai pas vu partir. Je suis retournée dans la chambre parce que je voulais vous surprendre à nouveau. Je... j'ai frappé, cette fois, mais je suis entrée sans attendre la réponse.

Elle est complètement fébrile, elle bataille avec les boutons. Alexander en est gêné. Elle doit avoir la trentaine, mais il a l'impression de se retrouver face à une adolescente. Il s'approche d'elle, repousse ses mains et défait les derniers boutons. Elle ne s'arrête pas de parler, de bafouiller presque :

— Je ne sais pas ce que je me figurais. Je... Quand j'ai vu que tu étais parti, ça a été... c'est bizarre, à la fois une immense déception et un profond soulagement. Je me suis sentie ridicule. Puis j'ai vu les clés sous le lit, là où…

Il écarte les pans de la blouse, pose ses mains sur sa taille, remonte jusque sous ses aisselles, glisse jusqu'au soutien-gorge. Elle tremble. De tout son corps. D'embarras, d'excitation, de peur, il ne saurait dire, mais des perles de sueur coulent sur sa peau et elles ont l'odeur du désir.

— En voyant les clés, je t'ai revu… à moitié à genoux derrière elle… en elle… (Elle ferme les yeux quand il lui lèche le cou.) Alors j'ai demandé « C'est à vous, madame Minuit ? » Je savais bien que non… et elle savait que je savais… que c'était moi qui… Elle savait et elle m'a envoyée te rattraper.

Elle se laisse complètement aller dans ses bras, sous ses baisers. Elle frémit et lui aussi.

— J'ai couru. Je voulais tellement… quand je t'ai vu, je…

Il la décolle du casier, la retourne, baisse les bonnets du soutien-gorge, empoigne ses seins et joue avec ses mamelons. Elle croise les bras sous son front, s'appuie sur le meuble, se creuse les reins, tend les fesses, halète.

— Je me suis sentie animale… je suis animale… je te veux… comme elle.

Il dégrafe le pantalon de la jeune femme, le fait glisser sur ses cuisses, déboutonne sa propre braguette, libère son sexe, la pénètre doucement en lui mordillant la nuque. Elle se cambre encore davantage, émet de petits gémissements au rythme de son va-et-vient. Ce sont presque des ululements qu'elle pousse quand son vagin commence à se contracter, et un long cri quand l'utérus suit par saccades, massant intensément le gland d'Alexander.

Elle se redresse d'un coup, expulsant le phallus d'Alexander juste avant de l'enserrer d'une main et de l'écarter sur sa droite.

— Jouis, l'engage-t-elle. Jouis.

Mais elle ne fait rien d'autre, juste l'enserrer. Alors il reprend son va-et-vient entre ses doigts, qu'elle regarde avec avidité en l'encourageant :

— Oui. Oh oui ! Viens. Viens. Vas-y. Jouis.

Il aime sa voix rauque. Il aime qu'elle soit fascinée par son sexe dans sa main. Il éjacule cinq giclées de sperme qui maculent le casier juste à côté de l'infirmière. Et il se sent immédiatement ridicule.

Elle le raccompagne jusque chez lui, s'excuse, décline l'invitation à entrer, ne sait pas ce qu'il lui a pris, regrette, le remercie de comprendre, s'en va.

Il ne connaît même pas son prénom.

Acte III, scène IV

Il est 2 heures du matin quand Laurence tapote contre la porte sur la rue. Alexander se tient derrière celle-ci depuis deux minutes. Il ouvre, fait entrer l'agent spécial et referme aussitôt. Vêtu de noir des pieds à la tête, en jogging, la capuche lui tombant presque sur les yeux, Laurence a pu être aperçu, mais sûrement pas reconnu ni jugé étranger au quartier.

Il prend de nombreuses photos dans la pièce qu'Alexander appelle désormais « la brocante ». La plus grande partie du mobilier et des objets, quelques-unes des traces sur le sol ou de la poussière sur les meubles.

— Ça sent l'ambre, le musc, le patchouli et quelque chose que je ne parviens pas à déterminer, dit-il le nez en l'air. Quelque chose de phéromonal, si tu vois ce que je veux dire.

Alexander ne voit pas et ne sent pas, en tout cas rien qui se rapproche des parfums que décrit Laurence. L'odeur que la pièce lui évoque est plutôt celle d'un sépulcre.

Ils passent dans chaque pièce qui borde le couloir. Laurence prend deux ou trois photos dans chacune d'entre elles.

— Elle s'intéresse de très près à toi, fait-il remarquer en désignant les romans d'Alexander sur le guéridon de la bibliothèque.

— Je l'intrigue et je l'amuse. Je crois qu'elle m'aime bien.

— Je pense plutôt que c'est toi qui l'aimes bien ! Cela dit, l'un n'empêche pas l'autre. Tu es assez touchant dans ton genre.

— Touchant ?

— Tu dégages une forme d'innocence qui est totalement absente de ce que tu écris et tu donnes l'impression de vivre complètement en dehors du monde alors que tes romans le décrivent avec une précision diabolique, décalée, certes, mais… Tu sais mieux que moi.

— Non, mais à force qu'on me le répète je vais finir par comprendre.

— Oh ? On te l'a déjà dit ?

— Madame Janet, justement. Et Kyle, à sa façon. Tout bien réfléchi, il est fort probable que c'est aussi ce qui agace parfois Maria.

— Kyle, ça ne m'étonne pas. Nous en avons parlé ensemble. Maria, ce serait plutôt ce qui l'attire. Quant à Janet Bond, c'est toi le spécialiste.

Il rit et son rire se casse net quand il découvre le loft labyrinthe.

— Alors ça ! s'exclame-t-il.

— N'est-il pas ? s'amuse Alexander. Je te guide ou tu préfères te perdre tout seul ?

Durant tout le parcours, il mitraille les plateformes et les passages entre eux avec son appareil photo. Alexander termine la visite par le bureau de Madame Janet, sur lequel Folksy est encore allongé.

— Bonjour, Folksy, le salue Laurence. Tu permets ?

Il pose la main sur le clavier, le chat s'écarte pendant que les disques durs et les écrans se raniment. Laurence inspecte brièvement le poste de travail de l'ordinateur, se fend d'un rictus, s'installe dans le fauteuil, fait défiler la base de registre du système et commence à rentrer des lignes de code dans le manager de celui-ci. Puis il enfiche une clé dans un port USB, charge un programme, le lance et ses doigts recommencent à courir sur le clavier.

Alexander s'intéresse d'autant moins à l'opération qu'il est certain de son inutilité. Alors il fait la conversation.

— Vous en êtes où avec la voiture qui a renversé Maria ?

— Probablement broyée, compactée et déjà fondue pour réutilisation. L'hypothèse du NYPD est qu'elle devait servir à un braquage et que le pilote a fait échouer le projet en perdant le contrôle du véhicule pendant sa prise en main. Ils s'intéressent à tous les braquages dans lesquels ce type de voiture a été utilisé.

— Et le FBI ? Ou toi, plus précisément ?

— Un pilote de braquage, un pro ne perd pas le contrôle d'un véhicule.

— Alors ce n'était pas un pro.

— Ou pas un accident.

Les lignes de code défilent à une vitesse hypnotique sur les deux écrans, mais ce n'est pas pour ça qu'Alexander reste un moment paralysé.

— Tu le soupçonnes depuis combien de temps ? finit-il par demander.

— Depuis que j'ai reconstruit la scène en 3D.

— Pourquoi tu ne m'en as pas parlé ?

— C'est tangent. (Laurence soupire.) Et je ne voulais pas t'inquiéter.

— Merde, Laurence !

Les deux écrans reviennent sur leur page d'accueil. Laurence fait pivoter le fauteuil vers Alexander.

— Rien. Elle n'a même pas laissé un octet superflu.

— J'aurais pu te le dire.

— Je suis mieux armé que toi pour ce genre de vérification.

Alexander s'impatiente :

— Maria ?

— Il existe un angle de vue très étroit qui aurait pu permettre au chauffeur de voir Maria sortir de la bouche de métro et s'avancer sur le passage piéton, tout en acquérant suffisamment de vitesse pour être certain de la tuer sur le coup en faisant croire à la perte de contrôle. Cela explique même le choix du coupé. Dans tous les autres types de véhicule, la vitre du chauffeur aurait été trop haute pour qu'il bénéficie de l'angle de vision. (Il se lève.) Montre-moi la réserve.

Alexander ne bouge pas.

— S'il s'agit d'une tentative d'assassinat, Maria peut toujours être en danger. Tu l'as mise sous protection ?

— Pas moi, le FBI ne peut pas mobiliser quelqu'un sur une probabilité aussi faible. Par contre, Kyle a passé un accord avec le bureau des Affaires internes.

— Lana Martin ! s'exclame Alexander. Je me demandais par quel hasard elle se retrouvait dans le même établissement que Maria.

Laurence tend la main vers la passerelle qui relie le bureau à une autre plateforme. Cette fois, Alexander accepte de le guider vers la réserve.

— La réserve est sans intérêt, prévient-il, mais il y a une cave dans laquelle je ne suis pas encore descendu.

— Tu voulais m'en laisser la primeur ou tu as peur des rats ?

— La première fois que je suis venu, je n'avais pas de lampe portative et je n'ai pas trouvé de système d'éclairage électrique.

Laurence soulève le haut de son jogging. Une lampe à LED est accrochée à sa ceinture.

— Ça devrait faire l'affaire, dit-il.

— J'ai sa petite sœur dans mon sac. Je suis un peu naïf, mais je n'aime pas buter deux fois sur le même obstacle.

Alexander patiente près de la trappe dans le sol pendant que Laurence fait un tour rapide de la réserve en prenant quelques photos. Quand il revient près de l'entrée de la cave, l'agent spécial renifle plusieurs fois, comme s'il se guidait au flair, et son flair le conduit jusqu'au tee-shirt d'Alexander.

— Je comprends pourquoi tu ne sens pas ce parfum qui me travaille depuis que nous sommes entrés. C'est toi qui le portes.

Alexander tire sur le tissu pour le humer.

— Désolé, je ne sens vraiment rien. La lessive ou l'assouplissant sans doute. Je ne me parfume pas.

— Si ce n'est pas toi, c'est quelqu'un à qui tu t'es frotté, parce que je doute qu'il existe un détergent à l'ambre, au musc et au patchouli.

Il manque un mot dans cette phrase. Alexander le retrouve assez vite : phéromonal. *Quelque chose de phéromonal.*

— Ce doit être Folksy, dit-il. C'est lui qui se frotte à n'importe qui... et je me suis changé avant de venir.

Des pieds à la tête, après une longue douche. Mais le néologisme employé par Laurence lui évoque l'empressement de Maria, la perte de contrôle de l'infirmière et une petite phrase de Madame Janet à propos de l'amulette égyptienne et de vertus qu'un homme en pleine possession de ses sens saurait apprécier.

L'odeur n'existe pas. Elle est l'une des interprétations subconscientes des personnes dont les récepteurs hormonaux sont sensibles à ce que dégage l'ankh. Si un morceau de turquoise peut dégager quoi que ce soit, ce que la raison d'Alexander rejette, Madame Janet lui a fait un bien étrange cadeau.

La lampe de Laurence éclaire la terre battue sous l'échelle. Penché par l'ouverture, il oriente la lumière dans toutes les directions avant de se redresser.

— Ça ressemble moins à une cave qu'à un passage souterrain. On n'en saura pas davantage sans descendre.

Laurence est déjà sur les marches de l'échelle. Alexander suit immédiatement.

Sur une vingtaine de mètres, ce n'est effectivement qu'un passage souterrain. Puis cela devient un couloir distribuant des caves telles qu'on en trouve sous tous les immeubles, ou presque. Pour la plupart béantes, les portes, d'un bois de mauvaise qualité, ferment avec un simple loquet qui se manipule des deux côtés. Chaque cave est équipée d'une couchette de béton et d'un caniveau qui court entre elles. Sur certaines couchettes, il y a encore un vieux matelas, roulé et ficelé. Quelques caves contiennent aussi une table et une chaise. Sur la table de l'une d'elles repose une vieille lampe à huile. Sur une autre, une petite bassine de zinc.

— On a caché des gens là-dedans, commente Laurence. Probablement pendant la prohibition, voire avant, à l'époque du Five Points Gang.

— Ça ressemble à des geôles.

— Ce ne devait pas être très agréable, mais ceux qui se planquaient ici préféraient sûrement ça à la prison. Ils ne devaient pas y séjourner longtemps, de toute façon.

Après ces étranges caves, le passage se rétrécit et fait un double coude avant de s'élargir à nouveau et de descendre en pan incliné.

— Si je ne me trompe pas, nous sommes sous la partie cuisine salle à manger, annonce Laurence qui ouvre la marche. Nous allons déboucher sous…

Il se tait et se fige si brutalement qu'Alexander le percute et lâche sa lampe. En se baissant pour la ramasser, il aperçoit une volée de marches, à peu près les mêmes que celles du loft au-dessus. Il se relève, regarde par-dessus l'épaule de Laurence et suit le faisceau de la lampe de celui-ci.

Devant eux s'ouvre une salle immense dont le plafond est soutenu par quatre colonnes jointes par des voûtes. Tous deux descendent les marches et s'avancent vers les murs couverts de petites niches.

Malgré son albinisme, les yeux de Laurence ont vu avant ceux d'Alexander ce que leurs deux lampes mettent maintenant bien en évidence.

Dans chaque niche, dans différentes postures dont une que Laurence connaît très bien, se trouve un chat momifié.

Acte IV, prologue

Il n'est besoin d'aucune innocence pour dormir du sommeil du juste. Pour peu que l'on se sache en sécurité, il suffit de ne ressentir aucune culpabilité. Et, quand on sait leur parler, même les cauchemars peuvent devenir des alliés. Il n'est pas nécessaire de se réveiller, seulement de les reconnaître pour ce qu'ils sont et d'instiller un peu de raison dans les méandres de son subconscient. On appelle cela des rêves lucides. Un dormeur bien entraîné peut les modeler à sa guise et, le sachant, prendre du plaisir aux tourments qu'ils lui infligent.

Ce n'est qu'un rêve, pourquoi s'en formaliser ? Surtout quand le même rêve revient plusieurs nuits d'affilée et que ses variantes se font de plus en plus complexes.

Elle ouvre les yeux, la vieille est là, bien droite sur la chaise, dans la pénombre, son chat gris probablement sur les cuisses. Pour s'en assurer, il n'y a qu'à allumer la liseuse au-dessus du lit. Tout à l'heure, peut-être, si la discussion prend une tournure intéressante, ou inquiétante.

La jeune femme cale le coussin contre la tête du lit, se redresse et s'appuie dessus.

— J'ai craint que vous ne me fassiez faux bond pour ma dernière nuit, dit-elle.

— Pour rien au monde, ma fille. Je le devais à quelqu'un qui m'est très cher.

— Un écrivain, par exemple ?

— Oui, ma fille, un écrivain. Celui que je ne te permettrai pas de faire souffrir.

— Souffrir ? En êtes-vous bien certaine ?

— Je fais des erreurs. J'en ai même commis beaucoup, mais je ne me trompe jamais.

La jeune femme pouffe.

— Avec votre respect, c'est un peu prétentieux.

— Je ne suis pas prétentieuse. Susceptible, oui, mais il y a longtemps que je me suis défaite de mon arrogance. Elle a coûté très cher à trop de gens qui m'importaient. Ou, pour être sincère, qui ne m'importaient pas assez parce que j'étais imbue de moi-même. Certaines formes de sagesse s'acquièrent avec l'âge, d'autres ne sont que des illusions de vieillard. En détricotant ma vanité jusqu'à la dernière maille, je suis devenue vaine. Cette erreur aussi a été payée par d'autres. Je n'ai pas le pouvoir d'en corriger les conséquences, mais je peux faire en sorte de mettre un terme à l'indifférence que je masque sous la plus misérable des commisérations. Je dois en partie t'en remercier, ma fille.

— Pourquoi m'appelez-vous toujours « ma fille » ?

— Parce que, de tous les crimes que j'ai perpétrés, l'infanticide est le seul qui me libère de ce que je déteste en moi.

Son subconscient dérape vers la flagellation, il est temps de le reprendre en main. L'arme que lui a confiée Kyle Kentrick est sous l'autre oreiller. Le bouton de la liseuse juste au-dessus de sa tête. La jeune femme se tourne vers la vieille, le pistolet pointé sur son crâne.

La lumière est faible, mais largement suffisante. La vieille est impassible, les mains sur les cuisses.

— Vous êtes venue sans Sylvester[1], aujourd'hui ?

— Il est un peu trop tendre pour ce que je m'apprête à faire, mais tu devrais peut-être regarder sous le lit... (Sa voix se fait lasse :) Tu as quelque chose à me dire, ma fille ?

— Vous ne faites pas seulement des erreurs, vous vous trompez : *vous êtes* prétentieuse.

La vieille se lève.

L'arme tonne une première fois.

Les infirmiers et l'interne de garde rapporteront le bruit de trois coups de feu très rapprochés, si rapprochés que les patients qu'ils ont éveillés ne se souviendront que d'un. L'interne expliquera qu'il ne lui a fallu qu'un coup d'œil pour comprendre qu'il ne pouvait rien pour la jeune femme, même si elle vivait encore quand il est entré dans la chambre. Il s'excusera d'avoir souillé la scène du crime en vomissant. Il est jeune, il travaille en rééducation orthopédique, pas en chirurgie, et jamais il n'a été confronté aux effusions sanguines.

Il n'est besoin d'aucune innocence pour dormir du sommeil du juste, mais ne ressentir aucune culpabilité ne préserve de rien, et il vaut mieux ne pas réveiller le chat qui dort, surtout s'il se terre sous le lit au milieu de nos pires cauchemars.

---

1. Grosminet en VO.

Acte IV, scène I

Ce n'est pas la police de New York qui s'occupe de l'affaire, même si elle concerne un membre de son personnel, c'est la police du comté de Mercer, mais le shérif de celle-ci, profitant de ce que le dossier implique à la fois l'État du New Jersey et celui de New York, s'empresse de laisser le FBI le décharger de l'enquête. Kyle passe un coup de téléphone au directeur du bureau des Affaires internes du NYPD, qui appelle coup sur coup le FBI de New York et celui de Newark, lesquels se font confirmer par l'agence de Little Rock que l'agent spécial McNair est l'homme de la situation. Tout ça parce qu'un légiste de Little Rock a, par conscience professionnelle mais sans y croire, annoté son rapport du mot « couguar » sur une affaire sans similitude évidente. Sinon que seule la mâchoire d'un fauve de taille impressionnante a pu causer les dommages corporels constatés par la médicolégale.

Les quatre membres ont été broyés, sectionnés et arrachés, entre le coude et le poignet pour les bras, juste en dessous du genou pour les jambes. D'emblée, les pathologistes excluent la possibilité qu'un chien soit responsable de telles mutilations sur un adulte, ce que confirment les maîtres-chiens qui patrouillent dans le secteur. En conséquence, outre le puma, seuls un loup, un ours ou un fauve échappé d'un cirque ou d'un zoo font des suspects plausibles. Aucun animal en fuite n'a été signalé. Il est impossible que quelqu'un ait pu introduire un grizzly dans l'établissement, improbable qu'un loup s'y soit glissé et impensable qu'il ait pu atteindre et s'échapper par la fenêtre du troisième étage. Ne reste qu'un félin, à même de franchir la dizaine de mètres qui séparent les branches du chêne le plus proche et tout à fait capable de sauter d'une hauteur équivalente.

Puma concolor couguar.

Déjà peu crédible en Arkansas, mais au beau milieu du BosWash ?

Pas à l'état sauvage, en tout cas. Et qui est capable de dresser un animal aussi indépendant pour qu'il commette une telle horreur sans se repaître de sa victime ? N'importe quel cartel mexicain ou colombien, éventuellement. Ce qui cadrerait avec la nationalité présumée de Rodrigo et les origines de Lucky Tommy. Ce qui expliquerait leur agression sur le sergent Lana Martin et leur assassinat. Cela pourrait même avoir un rapport avec l'agent de la CIA égorgée dans l'Arkansas, puisque la CIA n'hésite pas à utiliser les cartels pour combattre les mouvements bolivariens en Amérique latine. Et toujours, en surimpression ou en filigrane, Janet Bond.

— Pourquoi ne m'as-tu pas dit que Maria avait vu Cat-Oldie au centre de physio, Xander ?

Alexander lui décoche un regard noir.

— Pas Cat-Oldie. Janet Bond. Et c'était un rêve.

— Cat-Oldie est l'alter ego de Janet Bond, et ce rêve a des allures de précognition qui dépassent largement le cadre scientifique des rêves dits prémonitoires.

— Même si Janet Bond souffre d'un trouble dissociatif de l'identité du type Dr Jekyll and Mr Hyde, intervient Kyle, nous disposons de suffisamment d'éléments pour douter qu'elle soit la seule Cat-Oldie.

— Exactement, approuve Alexander. Et, même si elle a été jadis une combattante d'élite, je serais curieux de t'entendre expliquer comment elle s'est débarrassée d'une flingueuse armée de la CIA, d'au moins cinquante ans sa cadette.

— Tout ça en Arkansas, pendant qu'elle était dans ma chambre dans le New Jersey, ajoute Maria.

Laurence lève les mains, montre ses paumes.

— Cessez-le-feu. Je n'accuse pas Janet Bond de tous les crimes du monde. Je suis uniquement persuadé qu'elle est l'auteur du triple homicide qui nous a amenés à nous pencher sur son cas et j'essaie de comprendre par quel biais et dans quelle mesure elle est impliquée dans le reste. Vous jouez le jeu ou vous me tombez dessus chaque fois que j'ouvre la bouche ?

Ils sont dans une villa de Larchmont louée par l'USMS dans le cadre du programme de protection des témoins. Une famille vient de la quitter et la location court encore sur une semaine. Laurence est en contact régulier avec un marshal de l'USMS, il a juste dû mentionner qu'il avait la CIA sur le dos pour obtenir les clés de la villa. La CIA n'a pas bonne presse auprès des marshals non plus.

Installés dans des fauteuils flambant neufs autour d'une table basse de verre, ils n'ont pas fait honneur aux plats chinois qu'ils ont achetés dans le Bronx. Toutes les boîtes sont ouvertes, mais aucune n'est vide. Ils ont pioché dedans par principe. Ils ont aussi à peine touché aux bouteilles de vin qu'Alexander a rapportées.

— Xander, je ne te reprochais pas de m'avoir caché la présence onirique de Janet Bond dans la chambre de Maria. Je te demandais pourquoi tu n'en avais pas parlé.

— Parce que onirique, justement.

— Tu en es certain ?

Alexander hésite plus qu'il ne réfléchit.

— Ça m'était sorti de la tête, finit-il par admettre.

Laurence le regarde en hochant la tête et se tourne vers Maria.

— Et toi ? En as-tu parlé à quelqu'un d'autre que Xander ?

— Une infirmière.

— Celle à qui tu as demandé de me rapporter mes clés ? réagit un peu vite Alexander.

— Oui. C'est d'ailleurs la dernière fois que je l'ai vue. Si j'ai bien compris, elle a démissionné le lendemain. Qu'est-ce que tu lui as fait ?

Elle sourit. Alexander rougit. Elle rougit à son tour puis sourit à nouveau et, au grand soulagement d'Alexander, se fourvoie :

— Il m'avait semblé reconnaître sa voix, mais je n'étais pas sûre. Tu crois que nous avons choqué sa pudeur ? (Maria, par contre, n'en a aucune. Elle explique pour Kyle et Laurence :) Elle nous a surpris dans une situation très intime. Pour peu qu'elle soit bigote ou je ne sais quoi…

— Tu te souviens de son nom ? demande Laurence.

— Son prénom : Liadan. C'est irlandais.

Laurence sort son smartphone.

— Liadan Donough, embauchée la veille de ton admission. (Il continue à surfer sur le web). Date à laquelle elle a d'ailleurs emménagé à l'adresse qu'elle a donnée et ouvert un compte bancaire. Références et diplôme confirmés. Permis de conduire valide. Parents décédés. Tiens donc ! Famille d'adoption décédée aussi. Voyons ça… (Il fait défiler les pages sur l'écran tactile à une vitesse hallucinante, ralentit une fois ou deux pour prendre le temps de lire, puis s'écrie :) Jackpot !

— Oui ? demande Kyle.

— Liadan Donough est une fiction.

— Mais encore ?

— Quand on a accès aux bons fichiers, qu'ils soient de papier ou numériques, il est assez facile de créer une identité, de la doter des documents adéquats et d'une histoire sommaire mais suffisamment solide pour n'éveiller aucun soupçon. L'une des précautions de base consiste à s'assurer qu'aucun témoin ne pourra invalider cette histoire, et comme les morts ne parlent pas…

— Il suffit de piocher la famille dans les cimetières, dit Kyle. Qu'est-ce qui coince dans l'histoire de l'infirmière ?

Le sourire de Laurence est carnassier.

— Un juge aurait confié une pupille fédérale à un couple dont le mari a été condamné dix ans auparavant pour attouchement sur une mineure. Vous connaissez le parcours du combattant que représente l'adoption ?

Kyle est sceptique :

— C'est une erreur un peu grossière, non ?

— Une fois repérée, oui, mais qui va fouiller jusque-là ?

— Il ne t'a fallu que deux minutes pour mettre le doigt dessus.

— J'ai accès à la quasi-totalité des bases de données, j'ai été formé à la traque des fausses identités et je collabore depuis des années avec l'USMS pour valider celles du programme de protection des témoins. En clair, je sais quoi et où chercher.

— D'accord. Qui dispose des moyens pour fabriquer ce type d'identité ?

— Pratiquement tous les services de renseignements.

Tout le monde pense bien sûr à la CIA, même si Kyle est plus nuancé :

— Nous savons que la CIA était impliquée en Arkansas, peut-être pour t'abattre afin de délivrer un message à quelqu'un, un service ennemi ou un département concurrent, qui lui a volé la politesse, si j'ose dire. L'agent de la CIA était armé, il est envisageable que son adversaire était accompagné d'un puma. Lana Martin aussi était armée et a été déchiquetée par, a priori, un autre puma qu'aurait pu introduire un agent de ce service opportuniste. À quelle fin ? Parce qu'elle aurait vu une fausse Cat-Oldie éliminer ses informateurs ? C'est possible, mais il y a une autre possibilité. La mafia, les mafias sont très capables de fabriquer de fausses identités, et l'une d'entre elles semble avoir eu d'excellentes raisons d'éliminer le sergent Martin. Les similitudes entre les deux affaires ne reposent que sur des hypothèses, elles peuvent n'être qu'illusions.

Laurence ne l'écoute qu'à moitié, il est encore en train de jouer avec son smartphone.

— Il existe une troisième possibilité, s'anime Maria. Lana était censée veiller sur moi, n'est-ce pas ? Pourquoi le… tueur ne se serait-il pas trompé d'étage, contrairement à Lana qui a seulement essayé de me le faire croire ?

— Parce que, s'il était informé par Liadan Donough, il savait parfaitement où te trouver et qu'un professionnel ne commet pas ce genre d'erreur, répond Kyle.

Une idée vaporeuse tourne depuis un moment entre les neurones d'Alexander. Il ne parvient pas à lui donner de la texture et il n'a pas envie d'expliquer certaines choses, qu'il n'est d'ailleurs pas sûr de savoir expliquer. Mais la discussion tourne en rond et Laurence est toujours concentré sur son écran.

— Liadan aussi était là pour te protéger, lâche-t-il. Et pour permettre à Janet Bond de s'introduire dans l'établissement et d'en sortir sans se faire remarquer.

Kyle et Maria le regardent d'un air ahuri. Laurence relève un instant les yeux de son smartphone, amusé.

— Pourquoi Janet Bond s'intéresserait-elle à ma sécurité ? demande Maria.

— Si je la comprends bien, parce que les êtres qui me sont chers lui sont chers.

— Elle te connaît à peine.

— Mais elle l'aime comme la chair de la chair de sa chair, intervient Laurence, légèrement railleur, avant de se replonger dans ses lectures.

— Et je suis littéralement un livre ouvert pour elle. (Son sourire ressemble à une grimace.) De mon côté, le peu que je sais d'elle m'incline à penser qu'elle est tout à fait capable d'avoir créé l'identité de Liadan Donough, ou d'avoir recouru à des amis qui en ont les moyens. D'anciennes connaissances ayant encore des contacts ou une fonction dans un service dont les relations avec la CIA sont tendues mais usant des mêmes expédients.

Kyle est pensif.

— Dans ce cas, pourquoi Donough aurait-elle favorisé l'assassinat du sergent Martin ?

— Donough a quitté son poste l'avant-veille de l'assassinat, répond Maria. Je n'ai d'ailleurs pas vu Janet

Bond des deux nuits. Elles ne sont pas impliquées et le raisonnement de Xander tient. Reste à savoir pourquoi Janet Bond a cessé de veiller sur moi.

— Parce qu'elle a découvert que tu ne risquais rien, laisse tomber Laurence. Probablement en dénichant le chauffard qui t'a accidentellement renversée.

— Et nous saurons de qui il s'agit quand nous retrouverons un cadavre avec des griffures sur le visage, soupire Kyle.

Laurence relève la tête. Son regard se fixe sur celui d'Alexander. Ils restent un moment à s'observer sans rien dire. Pour Kyle et Maria, cet échange muet est plus lourd qu'une connivence.

— J'ai dit une ineptie ? interroge Kyle.

— À quoi vous pensez, tous les deux ? demande Maria.

Laurence tend la main vers Alexander pour l'inviter à répondre.

— Une partie du sous-sol de Janet est un véritable cimetière de chats. Il y en a des centaines, tous momifiés. Pas embaumés, juste desséchés et très bien conservés. Comme celui que Laurence a trouvé dans la tombe de Janet Higgins. L'espérance moyenne de vie d'un chat est d'une douzaine d'années, donc soit elle a entretenu un véritable élevage toute son existence, soit elle a récupéré les chats morts de tout le quartier depuis qu'elle y habite. Il est possible qu'elle n'ait fait que poursuivre la tâche que s'était imposée sa mère. En tout cas, cela ressemble à un culte. Un culte qui colle bien avec sa passion pour les objets égyptiens. Il y a des chats de toutes races, mais uniquement des chats. Ni lynx, ni puma, ni serval. Rien de plus impressionnant qu'un maine coon ou un savannah. Et, précisément, il y a un maine coon, un seul, manifestement l'un des derniers à avoir été inhumés. Aucune trace de blessure, soit il est mort empoisonné, soit de vieillesse ou de maladie. Avant que vous ne demandiez pourquoi nous n'en avons pas parlé, ma réponse perso est la même que la précédente : ça m'était sorti de la tête. Laurence ?

L'agent spécial daigne enfin reposer son appareil.

— Je dirais plutôt que, légèrement préoccupé par l'assassinat de Lana Martin, je n'avais pas la tête à ça. Vous voulez des nouvelles fraîches ?

— Tu as les résultats du labo ?

— Les premiers, Kyle, les premiers. Et j'ai l'impression que nous ne sommes pas au bout de nos surprises.

Lana Martin est morte en moins de deux minutes, dans les secondes qui ont suivi la découverte de son corps. Arrêt cardiaque provoqué par hypovolémie due à l'hémorragie.

Les trois projectiles, extraits du mur côté porte près de la tête du lit, entre 1,50 m et 1,70 m du sol, suggèrent qu'elle a tiré sur quelqu'un debout et qu'elle l'a raté : les projectiles ne portent aucune trace de cellules organiques.

Contrairement aux autres membres, broyés par des mâchoires félines, le bras qui tenait l'arme a été arraché par des griffes, félines elles aussi. Dans les deux cas, la puissance requise est au minimum celle d'un grand puma ou d'une panthère. Néanmoins, après examen au microscope confocal, les rares poils retrouvés sur les lieux sont noirs et appartiennent à l'espèce *Felis silvestris catus* peut-être mâtinée de *Felis silvestris libyca*. En d'autres termes, un chat domestique doté d'un ascendant plus sauvage, au sens scientifique du terme. L'examen génétique précisera les sous-espèces concernées.

Des fibres de tissu ne provenant ni des vêtements de la victime, ni des tenues hospitalières ont été retrouvées dans la pièce ainsi que sur l'allée goudronnée sous la fenêtre de la chambre. La terre dans le parc était trop sèche pour qu'y soient relevées des empreintes de pas ou de pattes. Toutefois, à partir de l'odeur reniflée dans la pièce et sous la fenêtre, les chiens ont suivi une piste rectiligne jusqu'au Carnegie Lake. Les maîtres-chiens font état d'une extrême nervosité de leurs animaux qu'ils apparentent à de la peur.

Aucune trace d'effraction dans tout l'établissement. Aucune trace de sang en dehors de la pièce, sinon sur le bitume sous la fenêtre : de fines gouttelettes de celui du sergent Martin. Aucune empreinte digitale de personnes extérieures à l'hôpital dans la chambre et sur la poignée de la porte. Rien de spécial dans les affaires du sergent, rien de suspect dans son smartphone.

Quand Laurence se tait, chacun se laisse le temps de réfléchir. Plus au fait des investigations policières, c'est Kyle qui, le premier, prend la parole :

— Les seuls indices de la présence d'un être humain dans la chambre au moment du crime sont la hauteur des trois impacts dans le mur et les fibres de tissu dans la pièce et sur le bitume. Ça fait un saut de combien ? Dix mètres ?

— À quelques centimètres près, confirme Laurence. C'est à la portée de beaucoup de monde, surtout bien entraîné, et nous avons affaire à quelqu'un qui l'est, parce qu'il a pris son élan pour atteindre le goudron de l'allée plutôt que se laisser tomber sur les plates-bandes engazonnées.

— Pour ne pas laisser d'empreintes de chaussures.

— Peut-être, mais il est plus probable qu'il n'ait pas voulu risquer une foulure en se réceptionnant dans une terre que l'arrosage amollit. Avec l'élan, il… je dis « il » mais vous avez compris qu'il peut tout aussi bien s'agir d'une femme. Avec l'élan, donc, il a dû amortir l'impact par un roulé-boulé, ce qui explique les fibres sur le bitume.

Kyle hoche la tête et poursuit sa réflexion à voix haute :

— Pas d'effraction. Soit il possédait une clé, soit il était déjà sur place. Le centre est un véritable moulin en journée, mais on peut facilement s'y cacher, attendre qu'il ferme et y circuler la nuit sans se faire surprendre. Il entre dans la chambre, ouvre la fenêtre. Le puma ou je ne sais quoi est déjà dans l'arbre, bondit et réveille le sergent Martin qui saisit son arme…

— Et tire à l'opposé de la fenêtre sur l'intrus humain, achève Laurence. Non. L'homme a déjà ouvert la fenêtre et retraversé la pièce, peut-être se prépare-t-il à la quitter par la porte quand Lana Martin se réveille. L'animal ne surgit qu'à ce moment. Les coups de feu alertent tout l'hôpital. Le tueur passe au plan B et s'enfuit par le même chemin que le puma. Mais ce scénario n'explique pas comment Lana Martin, tireuse d'élite, manque sa cible à trois reprises à une distance de deux mètres.

— Sa blessure, suggère Maria. Sa réaction a dû être tellement rapide que le muscle a pu se redéchirer.

Laurence reprend son appareil, fait défiler quelques pages sur l'écran, s'arrête un instant sur l'une d'elles.

— Le médecin légiste conclut au contraire qu'elle avait pratiquement récupéré à cent pour cent l'usage de son bras. De toute façon, elle n'aurait pas pressé trois fois la queue de détente aussi rapidement si cela n'avait pas été le cas. Xander ?

Alexander semble sortir d'une profonde torpeur.

— Euh, fait-il.

— C'est toi le créatif dans l'équipe. Tu n'as pas une idée ?

Alexander lève les yeux au ciel.

— La chambre de Lana Martin est identique à celle de Maria ? s'enquiert-il.

— Totalement.

— Y avait-il un fauteuil près de la table de chevet entre le lit et le mur ?

— Oui.

— Ce n'est peut-être pas sur l'homme que le sergent a tiré. Les félins adorent les positions hautes et les fauteuils. L'une des méthodes de chasse du puma, par exemple, consiste à se laisser tomber sur ses proies depuis un arbre. Par ailleurs, pour des raisons génétiques, le mélanisme en l'occurrence, certains pumas sont noirs.

Toutes les têtes se tournent vers lui.

— Tu veux dire que…

Laurence coupe Kyle :

— Nous n'avons pas trouvé de poils sur le fauteuil, seulement sur le lit.

— Beaucoup de poils ?

Kyle et Laurence pensent savoir où Alexander veut en venir.

— Très peu, convient Laurence, mais ne compte pas qu'on retrouve leurs jumeaux dans de vieilles pièces à conviction, cette fois. Ils sont tout frais.

— Je ne pensais pas à ça. Les félins ne perdent pas leurs poils de façon permanente. C'est une réaction aux changements thermiques. La saison chaude est installée depuis plusieurs semaines. Folksy a déjà son pelage d'été et, faites-moi confiance, c'est un plaisir de ne plus trouver de poils partout où il s'allonge. Par contre, il peut en perdre en grosse quantité quand il est soumis à un stress ou quelques-uns lorsqu'il s'excite contre quelque chose. Voilà ce qui peut expliquer l'absence de poils sur le fauteuil et le peu trouvés sur le lit.

— C'est plausible. Tu penses vraiment qu'un félin puisse être assez rapide pour qu'elle le manque à une distance si courte ?

Alexander hausse les épaules.

— Réveil en sursaut, mauvaise lumière, peur panique. Tu t'es déjà retrouvé face à un fauve dans ta chambre à 3 heures du matin ? (Il se lève et s'approche de la porte-fenêtre donnant sur le jardin, observe l'extérieur et se retourne.) Franchement, puisque tu me demandes de faire jouer mon imagination, ce n'est pas ce qui me pose problème. Si nous partons du principe que Janet Bond a effectivement été un agent double au service de deux agences qui se tiraient dans les pattes il y a plusieurs décennies, le triple homicide de cet automne est l'élément déclencheur de la reprise des hostilités. Ce sont d'ailleurs nos propres recherches qui précipitent la double réaction. Et, en Arkansas, tu te retrouves avec deux clans sur le dos, Laurence. L'un qui veut t'éliminer, mais pas n'importe comment. L'autre qui te protège, mais pas n'importe comment non plus. Dans les deux cas, la manière de procéder nous semble être un message de l'une des agences à destination de l'autre. Nous avons peu de chance de découvrir le secret que ces frères ennemis veulent à tout prix préserver. Par contre, puisque la manière de procéder semble avoir tant de signification pour l'un comme pour l'autre, c'est qu'elle a déjà été mise en œuvre, et, ça, nous pouvons en retrouver des traces.

Ils l'écoutent mais, à l'évidence, ils ont du mal à le suivre. À part peut-être Laurence, dont les sourcils froncés supposent qu'il a peut-être même pris un peu d'avance.

— Au fil des siècles, reprend Alexander, plusieurs civilisations se sont dotées d'armes de combat rapproché calquées sur des caractéristiques animales. Certaines se constituent de poignets de force prolongés par des lames de corne, de bois, d'ivoire ou de métal. Plusieurs peuples amérindiens les appellent « pattes d'ours », en Afrique on parle de « pattes de hyène », les Chinois les nomment « griffes de chat ». C'est plus évocateur que « sarcloir de jardinage », vous ne trouvez pas ?

— On voit ça dans les films d'arts martiaux, acquiesce Laurence. Quel rapport avec le massacre de Lana Martin ?

Alexander revient s'asseoir.

— Vous avez trouvé des traces de griffes sur le chêne qui fait face à sa chambre ?

Laurence n'a pas besoin de vérifier le rapport des légistes.

— Non.

— Et pas d'empreintes de pattes, juste quelques poils. L'analyse génétique est-elle en mesure de trouver de la salive animale dans les plaies du sergent Martin ?

Kyle et Laurence échangent un regard.

— C'est techniquement réalisable, mais extrêmement délicat et onéreux, répond Kyle. Pour confirmer ce que nous apprendront les poils, les biologistes se concentrent sur la flore bactérienne bucco-dentaire que l'animal a laissée. Tu doutes que ce soit un félin qui ait fait ça ?

— Pas une seconde. C'est seulement que la préparation, la réalisation et la mise en scène de l'assassinat de Lana Martin sont d'un machiavélisme auquel j'ai du mal à croire. Il suffisait d'entrer dans sa chambre et de la poignarder pour en finir en quelques secondes sans prendre le moindre risque. Alors, même si nous avons affaire à un psychopathe exagérément sophistiqué, il me paraît urgent de comprendre pourquoi il a agi ainsi et de se plonger dans les dossiers du FBI depuis sa création pour chercher des affaires analogues, pas spécifiquement de celle-ci, mais à toutes celles impliquant un félin ou un sarcloir.

— Je ne comprends pas, s'étonne Maria. Tu fais un lien entre la mort de Lana et Cat-Oldie ?

— Janet Bond n'a pas toujours été une vieille dame. Avant d'hériter du sobriquet de Cat-Oldie, elle aurait peut-être mérité celui de Cat-Lady. L'espionne aux pattes de velours, en quelque sorte.

La référence a le mérite d'arracher un sourire à Maria. Laurence, lui, est très intéressé :

— Durant sa carrière d'agent double, elle a pu se servir de méthodes que d'autres emploient aujourd'hui pour se jeter des messages sanglants au visage. C'est ce que tu veux que nous cherchons ?

— Et elle a pu faire école. (Alexander fronce les sourcils.) Voire enseigner. C'est une excellente pédagogue.

— Tu devrais reprendre contact avec elle.

— Tu devrais te méfier de ceux qui protègent ses secrets.

Acte IV, scène II

Les journées s'écoulent de plus en plus lentement sans que rien se produise. Madame Janet ne répond pas à ses mails. Laurence et Kyle ne donnent de nouvelles que pour signaler que leurs différentes recherches et investigations restent infructueuses. Maria se soûle de travail et se contente de SMS laconiques quand il lui laisse un message. Et Folksy dort toute la journée, écrasé par une canicule que les nuits peinent à rafraîchir. Bref, Alexander s'ennuie.

À plusieurs reprises, il tente d'attaquer le roman qu'il a provisoirement intitulé *Chronicles of the End of an Era*, puis *Last Chronicles of Disillusionment* et finalement *Chronicles of the Cat who Watched Men.* Mais chaque titre l'oriente vers un mode de narration qui ne le satisfait pas et, chaque fois qu'il essaie d'écrire sans titre de travail, il bloque dès la première phrase. Ce n'est pourtant pas faute de jouer avec le genre de phrases absurdes qui ont d'ordinaire le don de l'inspirer, et qu'il élimine de la version finale.

« La pelouse de Prospect Park est si drue qu'on entend l'herbe pousser à des kilomètres. Il suffit d'avoir l'ouïe fine et beaucoup d'imagination. »

« Cette année, l'hiver est glacial, les flammes gèlent dans la cheminée. »

« L'arbre traverse la rue avec indolence. Ce n'est pas qu'il est insensible aux klaxons qui le vilipendent. C'est qu'il est mort. »

Alexander entasse toute une collection de ces phrases que personne n'a jamais lues dans un fichier nommé *Bits of Daftness*. Il envisage éventuellement de les publier un jour sous forme de recueil, quand la sénilité l'aura rattrapé et qu'il n'aura plus à écrire que des banalités. Malgré son syndrome de la page blanche, ce jour lui semble encore heureusement très lointain, mais sa stérilité littéraire recommence à l'inquiéter et il ressent à nouveau le besoin de discuter de son problème avec un pro.

Son agent se balade quelque part en Asie du Sud-Est. Colum McCann est dans sa famille en Irlande. Norman Spinrad et Dona Sadock sont en France. Et Alexander n'a jamais mentionné son infertilité créatrice à personne d'autre. Le succès et la reconnaissance ne l'incitent pas à s'épancher, ni encore moins à se plaindre. Dans son rapport avec la vie, ce serait indécent.

Pourtant il ne peut pas continuer à sentir ses chroniques en bord de plume en déplorant que l'encre refuse de couler. Il hésite, tourne en rond, saisit son téléphone plusieurs fois et appelle finalement Michael Chabon.

— Michael ? Alexander Byrd.

— Oh ? Salut Alexander. Ça faisait un moment.

— Tu ne quittes pas souvent Berkeley et je ne suis pas un fan du téléphone. Tu as un peu de temps ?

— Pas vraiment. Ayelet, les enfants et moi sommes de barbecue chez des amis et nous ne sommes pas en avance.

— OK, je te rappellerai.

— Te connaissant, ce ne sera pas avant des mois. Dis-moi.

— Page blanche.

— Aïe. Effet Pulitzer ?

— Probable. Le pire c'est que j'ai un sujet, que je vois à peu près comment le traiter et que je pars en vrille avant la fin du premier paragraphe.

— Que tu partes en vrille est plutôt ce qui fait ton charme. Il devrait parler de quoi ton bouquin ?

— Des New-Yorkais, sous forme de chroniques qui s'entrecroisent avec une fée marraine comme lien.

— Tu veux prendre le contre-pied de *The man who ate the biggest apple* ?

— En quelque sorte.

— Tu connais Jerome Charyn ?

— Oui.

— Appelle-le. Il a un don pour torturer les sujets les plus biscornus et leur faire avouer n'importe quoi. Et il a adoré ton bouquin.

— Mouais. Il adore surtout me mettre la pâtée au ping-pong et m'escroquer une bouteille de bordeaux à chaque set que je perds.

— Et tu en perds beaucoup ?

— De quoi racheter le Château Latour.

Michael explose de rire.

— Sérieusement, se reprend-il, va voir Jerome. Il a l'avantage d'être sur place et ce n'est pas par téléphone que je pourrai t'être utile.

Après avoir raccroché, Alexander met une heure à se décider. Échanger quelques phrases très générales au téléphone, c'est une chose. Expliquer par le menu les idées qu'il a accumulées, sans jamais les fouiller, et le système narratif pour lequel il a opté, sans l'avoir vraiment défini, en est une autre. Et Jerome Charyn n'est pas un immense écrivain et un tueur au ping-pong par hasard. Il a l'intuition chevillée au corps et à l'esprit, la précision exhaustive dans le geste comme dans les mots, et sa sensibilité proprioceptive dépasse de loin la maîtrise musculaire. En clair, il ne lui faudra pas dix minutes pour mettre Alexander face à sa propre vacuité, du moins devant le flou vaporeux qui lui tient lieu de prétexte narratif.

De toute façon, il n'a ni scénario ni synopsis. Seulement quelques ébauches de scènes et des personnages mal définis qui interagissent de manière erratique. Au mieux, il sait ce qu'il veut dire et il connaît son objectif. Et alors ? Lui en a-t-il jamais fallu plus ?

Alexander ramasse son mobile, le range dans une poche de son pantalon, enfourne le smartphone dans une autre, ignore le sac à dos et sort. Jerome Charyn vit dans le Village. C'est direct par la ligne F et Alexander n'a pas envie de patiner par cette chaleur.

Débarquer sans prévenir lui offre l'opportunité de trouver porte close et celle de ne pas avoir à accepter un rendez-vous concerté. Non qu'il craigne de perdre au moins deux nouvelles bouteilles de bordeaux – il les offre avec plaisir. Mais il n'est pas très sûr de vouloir se confronter à la sagacité gouailleuse de Jerome.

Curieusement, Alexander est déçu que Jerome ne soit pas chez lui. Alors il choisit de flâner un peu et de revenir tenter sa chance dans une heure ou deux. Et il tombe sur lui dans Washington Square Park, assis sur un banc en train de regarder une artiste peindre une fresque sur le bitume. Une drôle de fresque. On dirait qu'elle ouvre à la craie l'entrée d'une grotte dans le sol.

Alexander s'installe à côté de Jerome, qui ne manifeste aucune surprise.

— J'attendais plutôt un coup de téléphone, l'accueille-t-il.

— Je vois. Michael t'a appelé.

— Non, nous communiquons par télépathie. C'est plus fiable et ça coûte nettement moins cher.

— Ah, ah.

Jerome passe une jambe sur l'autre, étend le bras sur le dossier du banc et se tourne vers lui.

— Sens de l'humour en berne, commente-t-il. Je ferai avec. Tu es passé à la maison ?

— Oui.

— En priant pour que je sois absent.

— On ne peut rien te cacher.

— Décontracte-toi. Je me doutais que tu préférerais ça à un coup de fil et je suis sorti exprès pour éviter d'avoir à jouer les vieux sages. On dira que ce n'était pas le jour des grands courageux et que le Bogeyman a décidé qu'il était temps que nous grandissions un peu.

Cette fois, Alexander rit.

— À la bonne heure ! s'exclame Jerome. Tu sais comment les Français appellent le Bogeyman ?

— Aucune idée.

— Le croque-mitaine. Ça signifie the Crunch Mitts. C'est une belle image, non ? Ils ont aussi une autre expression rigolote pour dire sensiblement la même chose : le père Fouettard. Ça peut se traduire par the Whipping Dad.

— Tu trouves ça rigolo ? Je dirais plutôt que c'est terrifiant.

— Tu trouves ça plus effrayant qu'un barbu bedonnant qui ramone les cheminées avec des cadeaux emballés par une armée d'esclaves dans du papier non recyclable ? Tiens, imagine la terreur d'un môme à qui tu dirais : « Si tu n'es pas sage, je t'envoie travailler vingt-quatre heures sur vingt-quatre dans une mine au pôle Nord. »

Alexander rit encore. Jerome lui tape sur l'épaule.

— Raconte-moi ton truc, engage-t-il. Moi aussi, j'aimerais bien me marrer.

Alexander fait la moue, puis se lance dans un résumé de ses déboires d'auteur asséché que Jerome le pousse à détailler par des questions dont toute innocence est absente. D'explications en questions, de précisions en considérations plus générales, la discussion dure plus de deux heures sans qu'Alexander voie le temps passer. Tellement que, lorsque Jerome donne un coup de menton vers le trompe-l'œil, Alexander s'aperçoit que celui-ci est presque achevé. C'est un véritable gouffre que l'artiste a ouvert dans le sol, comme si une météorite s'était écrasée sur la place et s'était enfoncée dans les profondeurs encore brûlantes de son passage.

— Impressionnant, n'est-ce pas ? demande Jerome.

— Tu peux le dire. J'ai déjà vu des peintres réaliser des œuvres similaires, mais pas seuls à une telle vitesse et de manière aussi réaliste.

L'artiste se relève et examine son travail. Alors, sous sa tignasse brune tachée de poussière de craie, Alexander reconnaît Kayleen.

— Elle a toujours été très douée, dit Jerome.

— Tu la connais ?

— Je connais surtout Lizzie, sa mère.

Alexander bée à s'en décrocher la mâchoire.

— Lizzie de Chez Lizzie ?

— Oui, enfin, elle a pris sa retraite, mais la galerie lui appartient toujours.

— Je sais. Je… Kayleen est la fille de Lizzie ?

— Adoptive, je crois. Tu la connais ?

— Kayleen ?

Jerome le regarde par en dessous.

— Nous avons fait connaissance lors d'une soirée organisée par Norman et Dona, se décide à répondre Alexander.

— Apparemment, vous n'avez pas pris le temps de beaucoup discuter.

Jerome attire l'attention de Kayleen en lui faisant un signe de la main. La jeune femme se tourne vers le banc, reconnaît Alexander et les rejoint. Elle embrasse Jerome sur les joues et Alexander sur les lèvres, très brièvement, mais Alexander a le temps de retrouver le goût de la cannelle et du miel.

— Tu as de curieuses fréquentations, Jerome, dit-elle. (Elle s'adresse à Alexander :) J'espère qu'il n'a pas été trop bavard.

— J'ai juste appris que tu es la fille de Lizzie. Ça surprend un peu. Elle va bien ?

— La chimio a suffisamment réduit la tumeur pour que l'ablation se limite aux tissus cancéreux. Comment se porte Folksy ?

— Il crève de chaud.

— Dis-lui que je passerai lui faire coucou un de ces quatre.

— Il en sera ravi.

Elle lui adresse un clin d'œil.

— Moi aussi. Et… peu de gens savent qui je suis, Xander. Vraiment très peu et ils ne l'ont pas appris de moi. Surveille ta langue, Jerome.

Et, sans plus de façon, elle s'en va.

Alexander et Jerome restent un moment silencieux. Puis Jerome se lève.

— Une petite balade, ça te dit ?

— J'ai craint que tu ne me proposes un ping-pong. Va pour la balade.

— Pour le ping-pong, je ne peux rien pour toi. Tu bouges trop mal. Mais je dois être en mesure de t'aider à réfléchir ton bouquin autrement. Ta fée marraine, par exemple. Pour refléter New York, il lui faut aussi un aspect Madam Mim, voire Magica De Spell[1]. Une face obscure, si tu préfères. Il y a deux ventricules dans un cœur, l'un des siens doit être de pure noirceur. À défaut, c'est Sandra que tu vas remettre en scène et ta pomme sera toujours aussi grosse à avaler mais il lui manquera les vers et le poison de la méchante reine. Tu comprends ce que je veux dire ?

Alexander se lève à son tour.

— Que je veux montrer un autre New York que celui de Sandra mais que je fais tout pour récrire le même bouquin en me planquant sous un système narratif différent.

Jerome les entraîne jusqu'au bord du trompe-l'œil de Kayleen. Alexander a vraiment l'impression qu'il va chuter dans les profondeurs de la terre.

— *The man who ate the biggest apple* offre une vision éthérée d'une cité qui se délite faute de pouvoir

1. Miss Tick.

atteindre les sommets auxquels elle prétend, dit Jerome. C'est une chute vers le haut, par absence de gravité, que tu décris en promenant le lecteur au gré de vents solaires qui finissent par porter malgré eux ceux qui ont survécu, rachetés non pas par l'abandon sacrificiel de Sandra mais par leur propre cécité. Ce n'est pas New York que tu dépeins, c'est la manière dont les New-Yorkais s'obstinent à la percevoir. Montre-leur ce que New York est vraiment.

Jerome désigne le gouffre de Kayleen.

— Aide-les à redescendre de leurs tours. Emmène-les là, en dessous de ce qu'ils croient être tout en bas. Viens, j'ai une ou deux petites choses à te montrer.

En reprenant le métro, Alexander n'est pas sûr de ce que Jerome a voulu lui montrer. Il sait ce qu'il a vu et ce dont ils ont parlé, mais tout est décousu.

Jerome possède la clé d'une allée qui débouche sur une cour, un peu comme chez Lizzie. Sauf que la cour donne sur un jardin qui ouvre sur un autre lequel communique avec un troisième, et ainsi de suite. On est en plein Village et un dédale de jardinets constitue une véritable ferme. Pas comme celles de Brooklyn et du Queens, hydroponiques ou sous serres, qui s'étendent depuis quelques années sur les toits de certains immeubles. Celle du Village se répand à même le sol dans un système coopératif d'agriculture plus ou moins concertée. Et Jerome guide Alexander dedans en parlant de déliquescence.

Comme il parle d'esthétique du chaos en l'emmenant visiter une dizaine de magasins accolés qui ne se distinguent que par leur enseigne.

Une femme s'effondre devant eux, en proie à une crise d'épilepsie, Jerome retient Alexander par le bras, et ne le relâche que lorsqu'une autre femme s'occupe de l'épileptique.

— Tu as compté ? demande-t-il.

— Quoi ? Le nombre de personnes qui comme nous n'ont rien fait ?

— Non, le nombre de secondes qui se sont écoulées avant que quelqu'un de beaucoup plus compétent que nous n'intervienne.

Et toute l'après-midi s'écoule ainsi, sans queue ni tête.

Un taxi renverse un cycliste. Le cycliste se relève indemne mais furieux. Le taxi ne s'arrête pas. Le chauffeur se permet même un doigt d'honneur. Alexander s'efforce de relever son numéro. Jerome regarde à droite et à gauche, se dresse sur la pointe des pieds, sourit.

— Je peux savoir ce qui te réjouit ? demande Alexander.

— La justice immanente.

Probablement occupé à observer le cycliste déconfit dans son rétroviseur, le taxi freine un peu tard à un feu, empiète sur le passage piéton, percute une femme qui roule sur son capot. Alexander se précipite. Le temps qu'il atteigne le passage piéton, la femme a ouvert la portière du taxi, arraché le chauffeur de son siège et lui a remonté les gonades jusque dans la gorge d'un bon coup de genou. Alexander note que le pare-brise du taxi est complètement étoilé et admire la négligence avec laquelle la femme arrache le rétroviseur extérieur du véhicule en s'éloignant.

— La justice immanente, répète Jerome en le rejoignant. C'est un phénomène en pleine recrudescence depuis quelque temps. On dirait que ta fée marraine est fâchée.

C'est à la vision plutôt sombre que Jerome a de *sa* fée marraine que repense Alexander quand une gamine de 8 ou 9 ans s'installe sur la banquette à côté de lui. Il ne lui prête attention que lorsqu'elle sort un énorme bouquin du sac à dos qu'elle a posé à ses pieds. Il n'est déjà pas fréquent que les enfants de son âge profitent des trajets en métro pour lire, mais qu'ils lisent *Creation* de Gore Vidal, où que ce soit, cela dépasse largement le cadre de l'exceptionnel. Alors, forcément, il s'intéresse à elle et, immédiatement, elle le met mal à l'aise.

Il a l'impression de l'avoir déjà vue ou, plutôt, de connaître quelqu'un qui lui ressemble. Pas un enfant. Un adulte. Quelqu'un qui pourrait être de sa famille, très proche. Sa mère, par exemple. Mais il n'arrive pas à mettre un nom sur les traits qu'il devine. Il faudrait qu'elle tourne la tête, mais elle est concentrée sur sa lecture et il n'ose pas l'aborder. Quand il se décide, c'est de manière très maladroite :

— C'est la version de 1981 ou celle de 2002 ?

La gamine lui montre la mention « restored version » sur la couverture.

— 2002, dit Alexander. Je n'ai jamais compris pourquoi l'éditeur avait fait sauter quatre chapitres dans la première publication.

— Peut-être parce qu'ils n'apportent rien ? suggère la gamine en levant la tête vers lui.

Il connaît les yeux qu'elle lui présente. Verts, très clairs, pailletés d'or. Les mêmes que Liadan Donough.

Ou, du moins, très semblables. Presque trop pour que ce soit un hasard.

— Tu n'aimes pas ? demande-t-il pour masquer son trouble.

— Je ne suis pas passionnée de récits initiatiques et Cyrus Spitama est insupportable de suffisance. J'ai de loin préféré *Duluth* et *Kalki*, et surtout *The City and the Pillar*. Vous connaissez ?

The City and the Pillar ! Alexander déglutit avec embarras.

— Oui, je connais. Ce n'est pas un roman facile à lire.

— Vous voulez dire à mon âge ? Ou parce qu'il traite sans fard d'homosexualité ?

Elle parle comme un adulte de livres d'adultes et, si elle a plus de 8 ans, elle n'en a sûrement pas 10.

— Parce que c'est aussi un roman initiatique et qu'il traite de la période la plus brouillonne de l'existence, triche-t-il.

— Le passage de l'adolescence à l'âge adulte ? (Elle a un rire tout à fait enfantin.) Je vous dirai ça dans quelques années. Pour l'instant, j'ai l'impression que toute l'enfance n'est qu'un brouillon. (Elle pince les lèvres dans une mimique dépitée.) Et que l'enfance peut durer très très longtemps chez certaines personnes.

Alexander en profite honteusement :

— Tu as un exemple en particulier ?

— Sept milliards, mais, si vous faites allusion à quelqu'un qui me serait plus proche, je ne serais pas surprise que ma mère détienne une sorte de record.

— Oh.

— Je vous choque ?

Alexander sourit.

— Je ne connais pas ta mère.

— Je pense pouvoir en dire autant.

— Autant ? Que tu ne connais pas ma mère ?

— Que je ne connais pas la mienne.

Sous le regard interloqué d'Alexander, elle referme son livre, le range dans son sac et prend celui-ci sur ses genoux.

— Je vais devoir vous laisser. Je descends à la prochaine station.

Elle se lève et se dirige vers la porte la plus proche.

— À un de ces jours, peut-être, lui lance Alexander.

Le métro est en train de freiner. Elle revient brièvement vers lui et chuchote :

— Vous êtes bien monsieur Byrd, n'est-ce pas ?

— Tu as vu ma photo sur une couverture de livre, c'est ça ?

Elle hoche la tête avec gourmandise et tend la main.

— Emily Flynn. Je suis fière de vous avoir rencontré, monsieur Byrd.

Alexander lui serre très sérieusement la main.

— Mes amis m'appellent Xander. Je suis heureux d'avoir fait ta connaissance, Emily Flynn.

Le métro s'immobilise. Emily endosse son sac et sort toute guillerette de la rame. Elle remonte le quai pour s'immobiliser à la hauteur d'Alexander et le regarder droit dans les yeux. Elle porte la main droite à son cœur et s'incline en remuant exagérément les lèvres pour qu'il lise ses mots :

— Merci, Xander.

Le métro redémarre. Il a juste le temps de porter les doigts à sa bouche et de lui souffler un baiser.

À cet instant, si on lui posait la bonne question, Alexander répondrait qu'il a rencontré la personne la plus extraordinaire de ce brouillon d'humanité.

Acte IV, scène III

Sur l'initiative d'Alexander, Folksy et lui retournent faire un tour chez Janet Bond et, d'un commun accord, décident de s'y installer le temps que la canicule daigne relâcher son emprise sur New York. Bien qu'ils soient sous les toits et qu'il n'y ait pas de climatisation, il y fait cinq degrés de moins que dans leur maison de Park Slope. La différence est telle que Folksy passe leur première nuit étendu de tout son long contre Alexander. C'est en tout cas l'impression d'Alexander, qui a dormi comme une souche, mais des traces toutes fraîches de pattes dans la poussière de la brocante sont là pour lui rappeler que les chats ont aussi une vie nocturne. Folksy prend possession de sa villégiature.

Au matin, Alexander part à la découverte du quartier, du moins des commerçants qui lui permettront de se constituer un garde-manger. Quand il revient, le sac à dos essentiellement plein de nourriture pour chat, il trouve Emilio assis sur l'escalier devant la porte. Emilio se lève pour le saluer et se rassoit sur une marche.

— Tu ne veux pas rentrer ? demande Alexander. J'ai une faim de loup et de quoi nourrir une toute petite meute.

Emilio secoue la tête.

— J'ai déjà mangé et je n'ai jamais été très à l'aise chez Madame Janet. Va nourrir ta meute, je repasserai plus tard.

Alexander se débarrasse du sac et s'assoit à côté d'Emilio.

— La meute attendra, dit-il.

— Comme tu veux. C'est pas urgent.

— Qu'est-ce qui n'est pas urgent ?

— Il y a des bruits qui courent. À propos de la fliquette, tu vois qui je veux dire ?

— Très bien.

Emilio n'arrête pas de se croiser et de se décroiser les doigts.

— Il paraîtrait qu'elle a été assassinée. Tu es au courant ?

— Elle l'a été.

— Pourquoi les journaux n'en ont pas parlé ?

— C'est le FBI qui est chargé de l'enquête.

Il y a de la peur dans le regard du jeune homme.

— Le FBI ?

— Oui. Qu'est-ce qui se passe, Emilio ? Tu sais encore quelque chose que tu ne veux pas dire à la police ?

— Vaudrait mieux pas, en effet. Et j'ai encore moins confiance dans le FBI. Mais, toi, tu peux peut-être en parler à ton ami proc ?

Alexander retient un soupir.

— Assistant de procureur. Lui parler de quoi ?

— C'est une histoire entre flics.

— Ça, il le sait. L'inspectrice travaillait pour le Rat Squad et quelqu'un s'est servi d'une pièce à conviction pour détourner l'attention sur Cat-Oldie. (En le disant, Alexander est pris d'un doute : Emilio ne peut pas savoir pour les poils de maine coon.) Qu'est-ce qui est une histoire entre flics, au juste ?

— Tout.

— Tout quoi ?

— Les flics disent que Rodrigo et Lucky Tommy étaient les informateurs de la fliquette, mais c'est pas vrai. Ils travaillaient pour elle. Enfin, surtout Tommy, Rodrigo…

Alexander l'arrête :

— Attends. Qu'est-ce que tu entends par travailler pour elle ?

— En général, elle lui filait des tuyaux pour des coups faciles et elle prenait sa part. Des fois, elle lui faisait simplement une faveur en échange d'un job.

Alexander est atterré.

— Tu veux dire que…

— Que c'était un flic marron.

— Tu es sûr de ça ?

Emilio hoche la tête.

— Nous ne sommes pas bavards, mais nous avons le sens de la solidarité. La mort de Rodrigo a méchamment ébranlé la communauté. Comme nous connaissons tous quelqu'un qui connaît quelqu'un qui connaît quelqu'un, il suffit de poser une question et d'attendre. L'inspectrice du Rat Squad était aussi pourrie que les flics sur lesquels elle enquêtait.

Alexander réfléchit à voix haute :

— Elle a pu marcher sur les plates-bandes de quelqu'un en se servant de Rodrigo et de LuckyTommy. Ça explique qu'on les ait éliminés tous les trois. Mais pourquoi ne pas l'avoir tuée en même temps que Rodrigo et Tommy ? Et pourquoi… (Il s'interrompt pour ne pas évoquer la façon dont Lana Martin a été assassinée.) Je te crois, Emilio, mais c'est complètement tordu et je ne vois pas ce que les feds pourraient en tirer sans témoignages.

— Ne compte pas là-dessus. C'est parce que nous ne parlons pas que nous pouvons nous faire confiance quand il y a besoin. Je te l'ai dit : c'est une histoire de flics. Tout ce que je peux faire c'est te donner l'adresse de la casse dans laquelle Lucky Tommy a broyé un coupé Toyota rouge.

Alexander reste inerte pendant qu'Emilio se lève en lui tendant une carte de visite.

— Eh ! Ça va ? s'inquiète le jeune homme. T'es tout pâle ?

Alexander saisit la carte et se redresse.

— Je n'ai rien avalé depuis hier midi, ment-il. Ça passera quand j'aurai mangé un bout. Tu as revu Madame Janet ?

Emilio sourit.

— J'allais te poser la même question. Elle commence à me manquer notre fée marraine, Xander. Bon appétit.

Le jeune homme remonte l'escalier. Alexander s'y reprend à trois fois avant de réussir à introduire la clé dans la serrure.

Acte IV, scène IV

D'ordinaire, Laurence ne répugne pas à fouiller dans les poubelles. C'est un des aspects de son métier dont, par la force des choses, il a fait une spécialité. Mais fourrager dans les caves, les greniers et les placards de ses amis le dégoûte de sa conscience professionnelle. Et pouvoir en parler avec Kyle ne le soulage pas. Kyle comprend qu'il n'a pas le choix et qu'il le fasse à contrecœur. Kyle le soutient même du mieux qu'il peut, avec son propre professionnalisme et toute sa tendresse, mais lui aussi se sent sale et cela ne fait qu'augmenter la culpabilité de Laurence. Néanmoins il ne peut pas tricher avec les faits et il ne peut pas renoncer à trouver des réponses aux questions qu'ils soulèvent, surtout quand il ne parvient pas à les relier entre eux.

Les faits. Le coupé Toyota a bien été broyé dans la casse automobile de New Haven indiquée par Alexander. Ce sont effectivement Lucky Tommy et Rodrigo qui l'y ont conduit, comme ce sont probablement eux qui l'ont volé. Toutefois Laurence n'a aucun mal à vérifier qu'aucun d'eux ne pouvait être au volant de la voiture lorsque celle-ci a renversé Maria.

Les questions. Qui a informé Alexander ? Facile : l'un des protégés de Janet Bond, certainement le dénommé

Emilio – qui a reconnu le corps de Rodrigo à la morgue – via le réseau d'entraide latino du Queens. Qui conduisait la voiture ? Quelqu'un pour qui travaillait Lucky Tommy, directement ou indirectement. Le sergent Lana Martin paraît toute désignée, mais pour quelle raison ou pour le compte de qui ? Puisqu'il semble n'exister aucun lien entre Lana Martin et Maria, qui avait intérêt à se débarrasser de Maria Minuit ?

Les faits. Liadan Donough, probable agent d'un service spécial, se fait embaucher pour veiller sur ou surveiller Maria et disparaît la veille de l'assassinat pour le moins inhabituel du sergent Martin, chargée elle aussi – par le bureau des Affaires internes – de protéger Maria. Si le lien entre Liadan Donough et Janet Bond n'est pas établi, celui entre ladite Liadan et Alexander l'est. Deux infirmières témoignent qu'ils se sont offert une partie de jambes en l'air dans un vestiaire quelques heures avant que Liadan Donough donne sa démission. Un voisin d'Alexander confirme que celui-ci a été reconduit chez lui le soir même par une femme qu'il reconnaît sur photo comme étant Liadan Donough. Un autre pense avoir croisé la jeune femme sortant un matin de chez Alexander quelques semaines plus tôt.

Les questions. Qui emploie Liadan Donough ? A-t-elle participé à l'assassinat du sergent Martin ? Depuis quand Alexander la fréquente-t-il ? Pourquoi n'a-t-il pas mentionné la nature de sa relation avec elle ? Connaissait-il son « métier » ? Est-il pour quoi que ce soit dans sa présence auprès de Maria ?

Les faits. Pendant sa rééducation, Maria, en contact quotidien avec Liadan Donough, sympathise avec Lana Martin avant d'apprendre par Alexander qu'elle est le sergent blessé dans la deuxième affaire Cat-Oldie du Queens. Maria et Alexander sont amis et amants depuis l'université. Tous deux ont perdu leur conjoint dans des conditions dramatiques peu après qu'ils les ont épousés.

Les questions. Que sait exactement Maria et depuis quand ? A-t-elle rêvé ou inventé la présence de Janet Bond dans sa chambre ? Ou lui a-t-elle été suggérée ? Qui s'est servi de qui et, au bout du compte, de quoi ?

Les faits. L'analyse génétique confirme que les poils découverts sur les lieux du crime sont ceux d'un chat domestique ayant un ascendant chat ganté au degré indéfinissable. En aucun cas, il ne peut être responsable des blessures ayant entraîné la mort de Lana Martin. Les spécialistes n'ont pu attribuer aucun gène ou bactérie catégoriquement étrangers au sergent Martin dans les blessures, ni dans le sang répandu dans la pièce. C'est indéniablement la main du sergent Martin qui tenait l'arme au moment des coups de feu, mais il n'est pas exclu que cette main n'était déjà plus au bout de son bras.

Les questions. Un chat était-il présent en sus du félin ayant mutilé le sergent Martin ou des poils ont-ils été sciemment déposés dans la pièce ? Dans ce dernier cas, s'agit-il de rappeler la stratégie employée par l'assassin de Rodrigo et de Lucky Tommy pour faire accuser Cat-Oldie ou, encore une fois, d'attirer l'attention sur Cat-Oldie ? Existe-t-il une troisième hypothèse ? Oui, l'assassin par félin interposé possède lui-même un chat ayant laissé des poils noirs sur ses vêtements. Impossible de ne pas songer à Folksy, donc de s'introduire chez Alexander et de prélever des poils sur un fauteuil pour les faire analyser. Et de passer toute la maison au crible, à la recherche de quelque chose qui ne figure dans aucun fichier, comme il l'a déjà fait dans l'appartement de Maria.

Voilà pourquoi Laurence déteste son acquit de conscience quand, à 2 heures du matin, il entre une copie de la clé d'Alexander dans la serrure de la maison de Park Slope. Une copie parfaite, dont Alexander ignore l'existence. Et pour cause : Laurence l'a fait fabriquer à partir d'un double emprunté à Maria.

Hormis quelques poils de Folksy, effectuer le tour complet de la maison en examinant le contenu de tous les meubles et de tous les tiroirs ne lui apporte que des informations sur la personnalité d'Alexander et la manière avec laquelle il organise sa vie. Rien de vraiment nouveau par rapport à ce qu'il sait déjà ou qu'il a déduit. Alexander est un solitaire qui ne cherche pas à s'organiser ni encore moins à gérer. Une seule surprise, mais elle lui paraît logique, Alexander n'a conservé de sa défunte femme que son alliance. Ni vêtement, ni bijou, ni photo, ni courrier. Juste le symbole de son veuvage. Rien qui puisse nourrir des regrets.

L'alliance, Laurence l'a trouvée dans un tiroir du bureau, la pièce par laquelle il préfère toujours terminer ses perquisitions. Il examine le contenu de tous les tiroirs, parcourt tous les papiers, évalue tous les objets, puis, seulement, il allume l'ordinateur et se lance dans ce qu'il fait le mieux : plonger dans l'intimité numérique du sujet, plus profondément que personne ne peut l'anticiper.

Tout en effectuant un backup complet de la machine via et vers un site du FBI, il s'insinue dans les fichiers, reconstitue ce qui a été effacé, se glisse dans les pas de l'utilisateur du net et des empreintes qu'il a laissées dans tout le web. Il n'est pas assez imbu de lui-même pour prétendre que son analyse des données et des pérégrinations numériques est plus performante et obtient de bien meilleurs résultats que celle de tous les profilers et psychologues spécialisés en criminologie qu'il a rencontrés. Pourtant, c'est le cas.

D'ordinaire.

Quand il ne se heurte pas à un mur parfaitement opaque.

Pas tout à fait le même que celui de l'ordinateur de Janet Bond, puisque les disques durs conservent tout ce dont Alexander a l'usage, mais aussi efficace. Impossible de récupérer ce qui a été effacé. Par contre, la mémoire du web est infinie et conserve tout, et le FBI dispose des outils pour conduire une recherche exhaustive. Mais Laurence devra l'effectuer depuis son bureau, au risque d'attirer inutilement l'attention sur Alexander.

— Merde ! jure-t-il.

— N'est-ce pas ? lui répond une voix féminine.

Dans le même mouvement, Laurence se retourne, tire son arme et se jette au sol. Deux mains se referment sur son bras, presque délicatement. Un pouce s'enfonce dans la face antérieure de son poignet, trois doigts se plantent à la jonction du poignet et du cubitus, sa main s'ouvre toute seule, l'arme s'en échappe. Une main se déplace sur son bras, son coude plie, son épaule suit à la limite de la luxation. L'autre main se referme sous sa mâchoire, le force à se relever et le propulse dans le fauteuil d'Alexander pendant qu'un coup de pied envoie le pistolet à l'autre bout du bureau.

— Vous n'êtes pas de taille, dit la jeune femme qui s'est déjà reculée de deux mètres.

Laurence en a suffisamment conscience pour s'abstenir désormais de tout geste brusque. Il détaille celle qui vient de le désarmer.

— Vous êtes ? demande-t-il.

— S'il vous plaît, agent spécial McNair. La perruque, le maquillage, la couleur des verres de contact sont différents et je suis plutôt habile pour modifier mon apparence, mais je suis sûre que vous savez parfaitement qui je suis.

Il hoche la tête.

— Liadan Donough.

— Entre autres.

— Je suis persuadé que même Alexander ne vous reconnaîtrait pas.

— Il ne me reconnaît jamais. Quelqu'un de susceptible pourrait s'en offenser, mais je préfère considérer cela comme un hommage à mes petits talents. Et c'est assez excitant. À quoi jouez-vous, McNair ?

— Pardon ?

Elle soupire exagérément.

— Je vous saurais gré d'arrêter de faire l'imbécile et de tomber des nues. Vous enquêtez sur Xander et vous perquisitionnez chez lui, comme vous l'avez d'ailleurs fait pour Maria Minuit. Ce sont vos amis, McNair, et vous devez la vie à Xander. Alors je répète ma question : à quoi jouez-vous ?

— Je dois la vie à Xander ?

Elle lève les yeux au ciel.

— Je retire ce que j'ai dit. Vous ne faites pas l'imbécile, vous l'êtes. Pourquoi croyez-vous que je vous ai sauvé en Arkansas ? (L'ahurissement de Laurence ne peut pas lui échapper. Elle soupire une fois encore.) Oui, c'était moi… ou ma sœur, ou une cousine, cela n'a aucune espèce d'importance. Le pétrin dans lequel vous vous mettiez faisait courir des risques à beaucoup de gens. Vous tirer d'affaire était la seule façon de protéger ces gens et de remonter jusqu'au marionnettiste qui a cru bon de réveiller d'anciennes douleurs. La CIA ne s'en vantera pas mais, en fouinant un peu, votre contact à Washington devrait pouvoir vérifier que l'un des plus vieux départements officieux de Langley vient officiellement de fermer, faute de personnel.

Lentilles ou pas, ses yeux sont aussi durs que sa voix. Laurence n'a toutefois aucune intention de se laisser impressionner. Si elle envisageait de le tuer, il serait déjà mort.

— Une épidémie subite ? relève-t-il. Ou une invasion de grands félins ?

Elle est à la fois atterrée et exaspérée.

— C'est ce que vous êtes venu chercher ici ? Un lien entre la mort de Lana Martin et Folksy ? Retournez à vos dossiers, McNair. Les réponses sont dedans. (Elle se tourne, fait mine de sortir et revient vers Laurence.) Vous savez ce qui a tué Lana Martin ?

— Un puma noir ?

Elle ignore la remarque :

— Une toute petite phrase de rien du tout. Pour gagner la confiance de Maria Minuit, elle lui a dit qu'elle aussi avait perdu l'homme qu'elle aimait en 2004. Une confidence intime, entre compagnes de douleur.

— À laquelle vous avez assisté ?

— Par micro et oreillette interposés. Je ne pouvais pas être présente tout le temps. Bref. Même bouché comme vous l'êtes, je ne doute pas que vous saurez reconstituer le puzzle.

Laurence sèche, mais il a tout son temps et elle lui a donné suffisamment d'éléments. Enfin, lui semble-t-il.

— C'est vous qui avez tué Lana Martin, laisse-t-il tomber. Comment vous y êtes-vous pris ?

Elle le dévisage avec ironie.

— J'ai transmis l'information à quelqu'un de beaucoup plus compétent que moi pour ce genre de boulot.

— Janet Bond.

Cette fois, elle rit franchement.

— Vous êtes sérieux, agent spécial McNair ? Janet Higgins-Bond et sa fille ont été assassinées en 1923.

C'est ce que Laurence pensait avoir découvert avant de déterrer le chat momifié.

— Alors qui se fait passer pour elle ?

— Quelqu'un qu'Edgar J. Hoover et d'autres ont pensé pouvoir contrôler. Quelqu'un dont je suis l'une des descendantes, pour autant que cela ait un sens. Quelqu'un que vous devriez laisser vieillir paisiblement.

— Quelqu'un que vous, vos sœurs et vos cousines protégez.

— Quelqu'un pour qui nous mourrions, agent spécial McNair, en emportant avec nous tous ceux qui chercheraient à lui nuire. Et, croyez-moi, cela ferait du monde, parce que nous ne sommes pas faciles à tuer.

— Dois-je considérer cela comme une menace ?

— Disons plutôt une injonction. (Elle pointe un index en l'air.) Qui vient de très très haut. Pour ma part, je vous recommande simplement de foutre la paix à Xander. Les amis de mes amis ne sont pas forcément mes amis et il est le plus candide d'entre ceux-ci.

Acte IV, scène V

Alexander déteste être réveillé par le téléphone, surtout lorsque l'heure à laquelle il s'éveille d'habitude naturellement est passée. Il lui faut cinq sonneries avant de trouver l'appareil. Laurence, évidemment.

— J'espère que c'est important, dit-il après avoir décroché.

— Tu jugeras.

Alexander attend que Laurence reprenne, mais celui-ci ne le fait pas.

— D'accord. Je t'écoute.

— Il m'est impossible de tout vérifier, mais j'en ai découvert suffisamment pour être certain de ce que j'avance.

— Je te fais confiance.

— C'est Lana Martin qui conduisait le coupé Toyota.

— J'en étais arrivé à la même conclusion.

— Je sais. Pour moi ce n'était que l'une des possibilités. Il me fallait une preuve ou, au moins, une raison. J'ai la raison. Lana Martin était la maîtresse du mari de Maria.

Alexander se réveille tout à fait.

— Nom de Dieu !

— Comme tu dis. Ils ont fait l'école de police ensemble et leur relation a duré jusqu'à ce qu'il la quitte pour épouser Maria. Assez brutalement, d'après ce que j'ai reconstitué. Apparemment, elle est revenue à la charge plusieurs fois après le mariage et il l'a éconduite très fermement.

— Et elle voulait se venger de Maria neuf ans après ?

— C'est pire que ça. Les vérifications balistiques sont en cours, mais elles devraient confirmer que c'est elle qui a abattu le mari de Maria.

— Merde ! Tu l'as dit à Maria ?

— Je pense qu'il est préférable que nous le lui annoncions ensemble, Kyle, toi et moi.

— En effet !

— Ce n'est pas tout. C'est elle aussi qui a tué Lucky Tommy et Rodrigo, pour faire disparaître ceux qui lui ont fourni le coupé et qui l'ont conduit à la casse de New Haven. Elle ne s'est poignardée elle-même qu'ensuite. Son coup était millimétré. Elle a juste commis l'erreur de se faire passer pour Cat-Oldie.

— Qu'est-ce que tu veux dire ? Nous avons rapidement compris que Cat-Oldie n'y était pour rien.

— Oui, mais c'était trop tard. Rodrigo était un protégé de Cat-Oldie et celle-ci a des amis qui ne plaisantent pas.

C'est presque malgré lui qu'Alexander lâche :

— Liadan Donough.

— Et ceux pour qui elle travaille. Ils ont tout de suite soupçonné que le sergent Martin était l'assassin de Rodrigo et de Lucky Tommy, puis ils ont découvert que cela avait un rapport avec la tentative d'assassinat sur Maria. Ils ont installé Liadan Donough près de Maria et ils se sont arrangés pour que le sergent Martin soit envoyée dans le même centre de physio.

— Je croyais que c'était le bureau des Affaires internes qui…

— Il faudrait créer un bureau des Affaires internes au sein même des Affaires internes. Même Kyle s'est fait manipuler, et je ne vaux pas mieux. Tu te rends compte que c'est nous qui avons donné une arme à Lana Martin pour qu'elle protège Maria ?

Alexander se rend parfaitement compte. Rétrospectivement, c'est terrifiant d'irresponsabilité.

— Ce sont aussi eux qui ont exécuté Lana Martin, je suppose. Comment s'y sont-ils pris ?

— Eux, j'en suis sûr. Comment, je pense que nous ne le saurons jamais. (Laurence prend une profonde inspiration.) Xander, les amis de Cat-Oldie, pour qui elle a dû travailler pendant des décennies, sont suffisamment puissants pour éliminer l'un des pontes historiques de la CIA chez lui.

— Euh… je ne te suis pas bien, là.

— Le type qui m'a envoyé une tueuse dans l'Arkansas a été décapité à Langley. Il était le dernier lien entre la CIA, Edgar Hoover et Janet Higgins-Bond. Et ne me demande pas comment je le sais, c'est de l'ordre du secret d'État.

— Décapité ?

— Je suis sérieux, Xander : ne me demande rien. Pour Maria, Kyle est en train d'organiser un dîner à la maison ce soir. Arrange-toi pour qu'elle ne refuse pas l'invitation.

En descendant pour se préparer un petit-déjeuner, Alexander prend conscience que Folksy n'a pas dormi avec lui. Il lui semble même se souvenir que le chat a joué dans le dédale de plateformes pendant une bonne partie de la nuit, ce qui a d'ailleurs quelque peu perturbé son sommeil.

Folksy l'attend dans la cuisine, près de ses gamelles – celle de la pâtée et celle des croquettes, toutes deux vides.

— Meow, implore-t-il.

— Seconde.

Alexander remplit un bol de croquettes et, alors qu'il s'apprête à ouvrir une boîte, remarque les traces sur la table de la cuisine.

Des traces de pattes de chat, dont une bonne moitié est trop large pour être l'œuvre de Folksy.

Il les suit jusque dans la brocante, remarque que la poussière au sol et sur certains meubles compte de nombreuses autres traces.

Folksy avait un compagnon de jeu, cette nuit.

Un chartreux, par exemple, qui pourrait bien répondre au doux nom de Szif.

Acte V, prologue

Les prédateurs les plus efficaces sont des chasseurs d'opportunité. Toujours à l'affût, ils n'attendent pas qu'elle se présente, ils la traquent. Avec l'expérience, ils développent un véritable sens du bon moment, du bon endroit, de la bonne proie.

En l'occurrence, il s'agit d'une toute jeune violoniste dans Central Park en début de soirée. Teen mais majeure, comme l'assurent les sites porno. Elle fait littéralement corps avec son instrument, se déhanche, se plie, se tord, l'accompagne des graves aux aigus dans une danse à la fois sensuelle et martiale. Magnifique de promesses qu'il est impossible de ne pas accepter.

L'homme serre la main de son épouse. La femme l'approuve en l'enserrant par la taille. Ils n'ont pas besoin de mots. Ils chassent ensemble depuis longtemps. Ils s'arrêtent au milieu de la dizaine d'auditeurs que la jeune fille a attirés. Ils écoutent, bien sûr. Ils observent, surtout. Les formes, les mouvements, la grâce, la finesse, tout ce dont ils vont pouvoir jouer comme elle joue de son violon. Ils jouissent déjà, en imagination, et ils communient. Elle est leur mets rituel du dimanche soir. Parfois mâle, parfois femelle, très jeune comme celle-ci ou plus âgé, exceptionnellement autant qu'eux : ils préfèrent la chair fraîche et ils prisent la pureté, tout au moins l'innocence. Il arrive même qu'ils se repaissent d'un couple. Cela double leur excitation, pas forcément leur plaisir, et c'est plus dangereux. Les couples peuvent parler, ne serait-ce qu'entre eux, ne serait-ce qu'en s'invectivant. Il est préférable de les conserver pour les vacances, ailleurs, loin, étrangers.

Chaque fois qu'un auditeur s'en va, il dépose une pièce ou un billet dans l'étui du violon ouvert aux pieds de la jeune fille. Elle mérite tout ce qui lui est donné et tout ce qu'ils vont lui prendre. Oh, elle aura du plaisir. Ils s'y entendent pour procurer du plaisir, le pousser jusqu'à la douleur et fusionner l'un avec l'autre. Oui, elle aura du plaisir, mais il ne lui en restera que le dégoût, la honte et des souvenirs trop flous. Les drogues dont ils usent ouvrent le corps et l'esprit, tant qu'elles sont actives, et elles enferment la mémoire derrière un brouillard de confusion absolue.

Petit à petit, ils se retrouvent seuls avec la violoniste. La cinquantaine bourgeoise, souriante, aimable, face à la jeunesse bohème, libre et naïve. Madame met un peu de joie dans ses yeux, s'approche. Monsieur suit mais reste légèrement en retrait.

La chasse commence vraiment.

Ce n'est plus une enfant, mais elle en a la candeur et les rires. Elle se laisse attirer chez eux parce que c'est tout près et que la vue sur le parc est magnifique depuis leur terrasse, parce que Madame a pratiqué le violon et souhaiterait s'y remettre, parce que Monsieur pense qu'elle ferait un bon professeur, parce qu'il fait soif en cette fin de journée et qu'elle n'a jamais goûté de vrai champagne. Juste une coupe, bien sûr.

Elle en est à sa troisième et elle se sent un peu pompette, mais elle ne refuse pas que Monsieur la resserve encore une fois. Elle trinque même avec Madame, en pouffant. Perd l'équilibre en se relevant quand Monsieur lui propose de voir la terrasse, mais Madame la rattrape et la soutient pour la guider jusqu'à la porte-fenêtre, le bras autour de la taille. Elle est déjà en état de soumission chimique et ses hormones doivent commencer à s'affoler.

Rien de plus facile à vérifier.

Monsieur lui pose la main sur les fesses. Madame l'embrasse dans le cou. Elle se contente de rire, s'appuie sur la balustrade, regarde le coucher de soleil teinter la canopée de Central Park.

— C'est magnifique ! s'exclame-t-elle.

— Tu l'es aussi, dit Madame en se pressant contre elle.

Monsieur, lui, passe derrière elle, glisse les mains sous ses bras, lui attrape les seins. Elle se laisse aller en arrière, pose la nuque sur son épaule.

— Je me sens bizarre, dit-elle.

Madame lui baise les lèvres, Monsieur laisse descendre une main sur son ventre. Elle leur échappe d'un coup, tout en fluidité.

— Il faut que je vous joue quelque chose. Je reviens.

Elle rentre dans l'appartement, saisit son violon, retourne à la porte-fenêtre, s'appuie contre le battant, lève l'archet. Ses yeux brillent d'une lubricité surnaturelle. Madame et Monsieur en vibrent d'impatience.

L'archet mord les cordes, le violon produit un miaulement de chatte en chaleur. La jeune fille fait un pas en avant, écarte les bras, l'archet dans une main, le violon dans l'autre. Il y a toujours quelque chose d'étrange dans son regard, mais ce n'est plus de la lubricité. Elle lève l'archet. Madame et Monsieur suivent l'arc qu'il décrit et se figent.

Sur la corniche au-dessus d'eux, une panthère noire les observe de ses yeux jaunes.

La jeune fille repositionne l'archet. Le violon feule. Gueule fermée, griffes rétractées, le félin bondit. Son poids seul suffit. Madame et Monsieur s'écrasent vingt étages plus bas.

Les statistiques policières sont formelles : certains couples choisissent de mettre fin à leurs jours ensemble. Ce que ne disent pas les statistiques c'est que, parmi eux, il est des chasseurs d'opportunités qui se sont moins trompés de moment et d'endroit que de proie.

Parce que, soyons sérieux, les prédateurs les plus efficaces sont de l'ordre des carnivores, du sous-ordre des féliformes, de la famille des félidés, et ils adorent les violonistes.

Acte V, scène I

Un matin, après avoir pisté les empreintes de Szif dans toute la maison, Alexander s'assoit au bureau de Madame Janet, ouvre le traitement de texte et se met à écrire. Dix heures plus tard, il est toujours sur l'ordinateur et le compteur affiche six mille mots. Folksy profite de ce qu'il relève la tête pour s'installer sur ses genoux. Alexander le caresse machinalement en se relisant. Il n'en a pas besoin. Il sait qu'il vient de boucler sa première chronique et qu'il n'aura pas à la retoucher au-delà de réajustements mineurs imposés par l'entrecroisement des récits qui la prolongeront, mais il veut s'offrir le luxe de l'autosatisfaction en guise de mesquinerie revancharde sur lui-même. Il fait d'ailleurs sursauter Folksy en poussant un « Yes ! » sonore, poing serré, quand sa lecture s'achève.

C'est exactement ce qu'il voulait obtenir sans savoir ce qu'il cherchait.

Le lendemain, toujours après sa chasse matinale des pattes de Szif dans la poussière, il écrit un peu plus de cinq mille mots. Et il boucle sa deuxième chronique le surlendemain en lui adjoignant quatre mille autres mots. Le rythme baisse un peu les jours suivants, se stabilisant autour de trois mille mots quotidiens, mais uniquement parce que les interactions se complexifient et qu'il anticipe celles encore à venir. Le puzzle d'histoires individuelles qu'il met en place prend des proportions qui l'obligent à réfléchir ses récits comme une heuristique d'optimisation, un peu comme le problème du voyageur de commerce, les algorithmes en moins.

Quand il ne travaille pas, l'activité d'Alexander se limite quasiment à la traque de Szif. Il change régulièrement de chambre, dort dans la brocante ou dans la cuisine, s'efforce de rester éveillé, examine les empreintes de coussinets dans la poussière, saupoudre des endroits stratégiques de farine, vérifie la position des objets, en place certains en équilibre si instable qu'un souffle suffirait à les faire tomber, tend des fils qu'il relie à des clochettes. Bref, il essaie de comprendre comment le chartreux entre et de s'assurer qu'il le fait seul. Non qu'une visite furtive de Madame Janet l'inquiète – bien au contraire : il serait ravi de la revoir et d'éclaircir certains points – mais parce qu'il jubilerait de la surprendre, ne serait-ce qu'une fois, et qu'il est intimement persuadé que c'est encore lui qui sera le prochain surpris.

En fait, s'il n'est pas tout à fait convaincu que Madame Janet accompagne Szif lors de ses visites nocturnes, c'est qu'il ne trouve aucune trace qu'il pourrait lui attribuer. Une preuve négative n'est pas une preuve. Ancienne espionne ou pas, Madame Janet est beaucoup plus intelligente et précautionneuse qu'un chat. Cela n'empêche pas Szif d'être malin : jamais Alexander n'a réussi à le surprendre. Le chartreux ne rejoint son copain de gouttière que lorsque Alexander s'est endormi, et disparaît avant qu'il ne s'éveille ou juste après que les courses des deux chats l'ont réveillé.

« Par où ? » est la question qui tarabuste Alexander. Outre celle que Szif ne vient pas toutes les nuits, Alexander acquiert petit à petit plusieurs certitudes. Szif n'entre pas par la porte ni n'emprunte le couloir entre les caves des voisins. Il n'utilise pas davantage le passage qui ouvre sur le sous-sol secret, ni ne traverse la réserve au-dessus. Folksy non plus ne se rend jamais dans la réserve. Quand Alexander s'y rend et en laisse la porte ouverte, Folksy reste juste devant. Possible qu'il flaire le cimetière de ses congénères dans les caves et que l'équivalent d'une superstition féline l'en garde éloigné. Plus probable qu'une odeur de musc ou d'urine de chat lui tienne lieu d'interdiction. À moins que Madame Janet use d'un répulsif. En tout cas, c'est le seul endroit qu'il évite et que ne fréquente pas le chartreux.

Pour l'instant, la seule conviction d'Alexander est qu'il existe une chatière ou un passage caché, du moins invisible, par exemple dans le toit ou juste en dessous. Ce qu'il devine de Madame Janet l'incline à moins considérer l'éventualité d'une ouverture en hauteur que celle d'une porte de secours, que, malgré de longues heures de recherche, il reste incapable de localiser. Il s'attend presque à ce que, un jour, un pan de mur ou un meuble coulisse et que Madame Janet lui lance une de ses piques ravageuses.

Depuis qu'il s'est remis à écrire ou, tel qu'il le conçoit, depuis qu'il s'est enfin mis à écrire, Alexander ne se préoccupe plus des allées et venues de Szif, ni des secrets de Madame Janet. Il tient son roman, c'est tout ce qui lui importe. Enfin presque, il aimerait bien, justement, que Madame Janet soit sa première lectrice et qu'elle le lise au fil des chroniques. C'est peut-être la seule façon dont il pourrait la surprendre.

Une chose est sûre : il ne peut pas compter sur Maria. Il lui faudra longtemps avant d'évacuer le rappel de la mort de son mari, les circonstances dans lesquelles elle s'est produite et ce qui en est à l'origine. Maria a besoin de prendre de la distance. Comme lorsqu'elle a découvert la dédicace de *The man who ate the biggest apple*, elle a beaucoup pleuré et elle lui a dit que c'était elle qui reprendrait contact.

Alexander a tenu à peu près le même discours à Kyle et à Laurence. Il a compris qu'ils ont douté de lui et de Maria, voire davantage, et, même s'il n'en est pas fâché puisque ce n'est jamais que leur fonction, il n'est pas pressé de les revoir.

De toute façon, depuis que la plume lui sourit, Alexander n'a pas envie de voir qui que ce soit. Il ne sort que pour remplir le frigo et la gamelle que se partagent l'invisible Szif et Folksy, ou quand Emilio lui passe un SMS. Emilio refuse toujours d'entrer chez Madame Janet, mais il aime bien discuter avec Alexander sur les marches de l'escalier. De tout, de rien, mais ce n'est jamais gratuit. Emilio se sent terriblement seul.

— Je ne suis plus tout à fait du quartier, tu sais, Xander. J'arrivais encore à y être à ma place quand Rodrigo était là, mais ça ne marche plus. Les potes me craignent plus qu'ils m'écoutent, et j'en ai ma claque de jouer au caïd. J'ai un job de merde, une nana qui ne rêve qu'à faire des gosses et aucune envie de vieillir dans une cage à lapins en entendant les lapins d'à côté baiser ou se foutre sur la gueule. T'as jamais connu ça, hein ? T'as toujours eu le choix ?

Emilio ne souhaite pas qu'Alexander l'aide. Il veut juste parler. Parler vraiment. Dire et écouter. Alors Alexander dit et écoute lui aussi. C'est une relation simple, vraie, étonnamment facile pour l'un comme pour l'autre, même quand ils ne se comprennent pas. Dans ce cas, ils choisissent de rire.

— Je me sens idiot, Emilio.

— Je préférerais que tu aies conscience de l'être, mais c'est déjà bon à entendre.

C'est devenu une connivence. Il ne s'agit pas de désamorcer ni d'aplanir quoi que ce soit, simplement de ne pas faire semblant. Au passé, au présent, au futur, ils n'ont pas du tout la même histoire. Ce qui les rapproche est né du hasard et ne tient qu'à leur volonté de ne pas être indifférents l'un à l'autre.

Après deux jours sans nouvelles d'Emilio, le smartphone livre son SMS à l'instant où Alexander s'apprête à attaquer une nouvelle chronique.

Je suis devant la porte.

Alexander abandonne aussitôt le clavier, sans même un soupir de frustration. Et ce n'est pas parce que Emilio est son dernier lien avec le monde réel.

J'arrive.

Comme toujours, ils se serrent la main et se rassoient sur les marches.

— Tu vas bien ?

— Impec. J'ai vu où t'habites. C'est sacrément chicos !

Alexander s'étonne :

— Comment as-tu trouvé mon adresse ?

— En suivant la nana qui te cherchait.

Immédiatement, Alexander songe à Maria. Ce qu'ajoute Emilio le détrompe :

— Plutôt le genre bombe atomique ! Tu as de la chance que je sois en main.

Maria est une belle femme, mais un gamin de 22 ans ne la qualifierait pas de « bombe ». C'est l'adverbe « plutôt » qui met la puce à l'oreille d'Alexander.

— 30 ans, grande, brune, les yeux noisette ? demande-t-il.

— Noisette ? Wow ! J'aurais dit marron clair, mais ça en jette plus comme ça. En tout cas, tu as tout juste.

Alexander fronce les sourcils.

— Et elle me cherchait dans le quartier ? Ici, je veux dire.

— C'est aussi ce que j'appelle le quartier. Le tien, j'y avais jamais mis les pieds avant. Il y a quelque chose qui cloche ?

— Je ne sais pas. C'est bizarre. La seule femme qui sait que je me suis installé chez Madame Janet ne ressemble pas à celle que tu décris et elle m'aurait de toute façon appelé. De plus, elles n'ont aucun rapport l'une avec l'autre.

— C'est pourtant quelqu'un que tu connais, vu que c'est toi qui l'as décrite. Et puis il y a une autre femme qui sait où tu habites en ce moment.

Cette fois, Alexander est carrément ahuri.

— Madame Janet, imbécile, ricane Emilio très fier de lui. (Puis il redevient tout à coup très sérieux.) C'est embêtant ce que tu dis. La nana savait où te chercher. Pas exactement où tu vis en ce moment, d'accord, mais dans quel coin. Sans te vexer, c'est pas ce qui saute à l'esprit quand on te connaît.

Alexander hoche lentement la tête.

— Je ne risque pas de te donner tort. C'est à toi qu'elle a posé des questions ?

— Non. Aux commerçants, mais tu connais la règle ? Alexander clôt ses lèvres avec une fermeture à glissière imaginaire.

— Exactement, approuve Emilio. Puis on fait passer le mot à la personne concernée. Comme je suis ton seul pote, ça m'est tombé dans les oreilles avant qu'elle quitte le quartier. Elle a pris le métro, j'ai enquillé.

— Et elle t'a ramené directement chez moi ?

— Elle a écrit un truc dans le métro, elle l'a mis dans ta boîte aux lettres et elle est repartie illico.

— Et tu ne l'as pas suivie ?

— Si tu suis quelqu'un ici, tu te fais repérer en combien de secondes ?

Alexander se souvient de sa première venue dans le quartier, quand il filait Madame Janet.

— J'ai compris.

— Alors, c'est qui ? C'est pas une flic, au moins ?

— Elle s'appelle Kayleen, c'est une artiste peintre et elle est très douée.

— T'as couché avec elle et tu l'as larguée, c'est ça ?

— Le contraire.

Emilio esquisse une moue entendue.

— Dans ce cas, je dirais qu'elle a des regrets et qu'elle veut te donner une deuxième chance.

— La dernière fois que je l'ai vue, elle a parlé de quelque chose dans le genre.

— Ben voilà !

— Sauf que ça n'explique pas comment elle a su où me chercher.

— Appelle-la.

La mimique d'Alexander tient lieu de réponse à la suggestion d'Emilio.

— Elle a pas ton numéro, t'as pas le sien… si ça se trouve, tu ne sais même pas où elle vit… Comme ça, on ne risque pas de s'attacher ! Maintenant, t'as plus qu'à chausser tes rollers et à aller jeter un œil dans ta boîte.

Folksy est d'autant plus ravi de la balade qu'Alexander appuie vraiment sur les rollers. Il l'est tout autant de retrouver sa maison et, plus exactement, le jardin, auquel Alexander lui donne accès quand, à peine entré, le chat se précipite vers la baie vitrée. Il n'a pas l'air malheureux chez Madame Janet, mais le jardin doit beaucoup lui manquer. En ouvrant l'enveloppe trouvée dans la boîte, Alexander se dit qu'il ne va pas tarder à être temps de reprendre ses quartiers à Park Slope.

Cher Folksy,

J'avais promis à Xander de venir te caresser, mais je suis passée plusieurs fois sans trouver plus que porte close. J'imagine que tu es en vacances, même s'il m'est difficile de concevoir que Ridgewood soit un lieu de villégiature idéal quand on a l'habitude des grandes étendues du Montana. J'en reviens – de Ridgewood, pas du Montana – et je n'échangerais pas ne serait-ce qu'une croquette pour chien contre la tiédeur maîtrisée qui caractérise l'accueil qu'on y réserve aux étrangers. Non que je sois à proprement parler étrangère ni encore moins bégueule, mais j'ai davantage l'habitude de devoir repousser les élans affectueux de nos contemporains, particulièrement de la gent masculine, que d'implorer un sourire qui ne soit ni constipé ni mensonger. Tu remercieras d'ailleurs pour moi le jeune homme qui m'a raccompagnée jusque chez toi d'avoir su garder ses distances. Après tant de fraîche courtoisie, j'aurais été tentée d'ouvrir bras et cuisses s'il avait osé le moindre regard amical.

Fais-moi signe quand tu rentreras, via ma mère via Jerome (oui, moi aussi, je suis difficile à trouver), je suis en manque de tendresse et tu es le seul matou qui me donne envie de prendre un risque.

Kayleen.

P.-S. Dis à Xander que je ne suis pas la seule à te rechercher et que je doute de la motivation câline de ceux qui m'ont orientée vers Ridgewood.

Le sourire amusé et le trouble libidinal d'Alexander s'éteignent avec le post-scriptum. Il y a beaucoup dans cette petite phrase, dont un pluriel fort peu réjouissant. Un pluriel qui a un arrière-goût d'agence gouvernementale ou, pour le moins, d'organisation. Alexander hésite un moment devant le répertoire de son smartphone et décide finalement d'envoyer un SMS à Emilio. Il n'a vraiment pas envie de reprendre contact avec Laurence et, à Ridgewood, il se sent capable de se débrouiller seul, parce que, justement, il ne l'est pas.

Il paraît que quelqu'un d'autre me cherche dans le quartier. Tu as entendu parler de ça ?

La réponse est instantanée :

Je me rencarde.

Un deuxième SMS suit immédiatement :

En attendant, rentre. Ici, tu es à l'abri.

C'est aussi le sentiment d'Alexander. Sauf que Folksy est dans les jardins et qu'il est capable d'y passer des heures sans réagir aux appels d'Alexander.

Quand Folksy réapparaît enfin, Alexander n'a pas à insister pour qu'il s'installe dans le sac à dos. Le chat a fait le tour de son domaine, il est satisfait, et ravi de reprendre la route. Une voix interpelle Alexander au moment où il referme la porte.

— Alexander ?

Alexander se retourne un peu vite et masque son soulagement, mais pas son étonnement :

— Siri ? Qu'est-ce que tu fais là ?

Siri le regarde comme si elle avait affaire à un extraterrestre.

— Je rentre chez moi. Tu te souviens que nous habitons à une rue d'ici ?

— Euh… excuse-moi, je suis dans mon bouquin et j'ai un peu la tête ailleurs.

Elle sourit.

— Ne te tracasse pas. Je sais ce que c'est. Paul vient d'achever les corrections du sien et il trépigne en attendant que j'aie fini celles du mien, mais j'ai besoin de maturer un peu. Tu devrais passer le voir, nous voir, d'ailleurs. On vit à deux cents mètres les uns de l'autre et on ne se croise guère qu'une ou deux fois par an.

— Excellente idée.

Elle réfléchit.

— Dimanche ? propose-t-elle. Déjeuner ?

— Dimanche… euh…

— Toi, tu n'as aucune idée de quel jour nous sommes, rit-elle.

— Mardi ?

— Mercredi. Essaie de compter les jours jusqu'à dimanche, nous t'attendons pour 13 heures.

— Tu veux que j'apporte quelque chose de particulier ?

Elle secoue la tête puis change d'avis.

— Tu en es loin dans ton bouquin ?

— J'en serai plus loin dimanche.

— Alors apporte-le, je suis curieuse de voir comment tu construis ton premier jet. Et je suis sûre que ça occupera Paul de le décortiquer. Il y a un moment qu'on attend ton après-Pulitzer.

— Moi aussi, soupire Alexander. Mais je le tiens bien, maintenant. D'accord, je le collerai sur une clé et je vous l'apporte en l'état. Ça me fera du bien d'avoir deux retours éclairés avant que je ne m'enlise dans les méandres de mon cerveau malade.

Elle rit, lui fait un signe de la main et s'éloigne.

— À dimanche !

Siri Hustvedt et Paul Auster. Ces presque voisins qu'Alexander ne voit quasiment jamais, alors qu'ils sont charmants et qu'il adore ce qu'ils écrivent. Difficile de rêver mieux comme premiers lecteurs. Cette journée est décidément pleine d'inattendus, de toutes natures.

Acte V, scène II

Emilio acquiert rapidement la certitude que, à l'exception de la petite amie d'Alexander, personne n'a cherché à se renseigner sur celui-ci dans *son* Ridgewood. Mais Ridgewood est vaste et, même si elle est importante, la communauté hispanophone n'en est qu'une parmi d'autres, et les relations entre les différentes communautés sont assez volatiles. Ce n'est que grâce à l'assassinat conjoint de Rodrigo et de Lucky Tommy qu'on accepte sans trop de réticences de lui faire savoir qu'aucun étranger ne s'intéresse *directement* à Alexander. Au cas où il serait dur d'oreille, quelqu'un prend même soin de lui faire un dessin.

Ils sont deux, un Irish et un Pole. Le maître et son chien. Pas le genre qu'on contrarie deux fois. Ils habitent Ridgewood, l'un côté East-Williamburgh, l'autre tout près de Glendale, mais ils n'y sévissent qu'à titre de recruteurs. Ceux qui savent pour qui n'en parlent pas. Pour quel type d'activités, c'est facile à deviner, vu le profil des recrues. Le recouvrement de dettes. Il n'est d'ailleurs pas impossible qu'une part de leur job soit légale, sur le fond, pas nécessairement dans la forme. L'Irish s'appelle Gannon, le Pole Pavlak. À eux deux ils approchent le siècle et dépassent le double quintal, et sans une once de graisse.

— Eh, Emilio ! Tu as une minute ?

L'Irish et le Pole sont accoudés au comptoir d'une baraque à sandwichs, dont le gérant sort sur un signe de l'Irish. L'un picore des frites dans une barquette, l'autre de la choucroute. Ils ont chacun un soda en main. On est loin du quartier latino.

— Pas vraiment, m'sieur Gannon.

Le Pole intervient la bouche pleine :

— Allons, gamin, monsieur Gannon aimerait t'offrir un verre. Tu ne vas pas refuser un verre à monsieur Gannon, quand même ?

Emilio l'ignore et fait comme s'il n'avait pas terminé sa phrase :

— Mais c'est toujours un plaisir de discuter avec vous, alors l'urgence attendra.

Gannon lui tape sur l'épaule.

— À la bonne heure ! C'est toujours la petite Juanita, l'urgence, Emilio ?

— Juliandra, m'sieur Gannon, mais c'est toujours elle, oui.

— Juliandra, bien sûr ! Juanita, c'est ta cousine. Excuse-moi, Emilio, je ne voulais pas leur manquer de respect. (L'Irish a toujours l'air sincère, mais il ne fait que jongler avec l'allusion.) C'est important le respect. Qu'est-ce que je t'offre ?

— Un cola, m'sieur Gannon.

L'Irish se penche par-dessus le comptoir.

— Pepsi, Coca, Red Bull ?

— Red, s'il vous plaît.

Gannon attrape une canette dans la vitrine réfrigérée, la décapsule et la lui tend.

— Tu veux un gobelet ?

— Ça va aller, m'sieur Gannon.

L'Irish sourit.

— Tu es un garçon simple. J'aime bien qu'on soit simple. Et direct aussi. Tu sais être direct, n'est-ce pas ? (Il attrape une frite, la contemple et l'engloutit.) On m'a dit que tu cherchais quelqu'un et je suis sûr que je peux te faciliter la vie. Il y a effectivement des gens qui sont venus hier, des clients à moi. Ils m'ont demandé un service. Comme ce sont de bons clients, je le leur rends. C'est tout, tu comprends ?

Emilio hoche la tête, porte la canette à ses lèvres et laisse le liquide gazeux lui brûler l'œsophage. Il s'essuie les lèvres de la main et pose la canette à moitié vide sur le comptoir.

— Je comprends, m'sieur Gannon. Ça ne sort pas de Ridgewood.

— C'est ça. Exactement ça. Comme je te le disais, ce sont de bons clients. Je rends le service parce qu'il ne concerne pas quelqu'un d'ici, mais je ne les laisserais pas fouiner eux-mêmes dans le quartier. Ce qui se passe chez nous ne regarde que nous. Ça a toujours été comme ça et ça le restera. Heureusement, je n'ai pas besoin de le rappeler à mes clients, ils savent faire preuve de respect. De la même façon que ni toi ni moi ne nous manquerons de respect. Il ne me viendrait pas à l'idée de te demander ce que tu sais ni pourquoi tu fais ce que tu fais. Ce sont tes affaires. Et je sais que tu ne mettras pas ton nez dans les miennes. C'est ainsi que Ridgewood fonctionne.

— Oui, m'sieur Gannon. C'est ainsi que Ridgewood fonctionne. Personne ne se mêle des affaires de personne. Et nous devons nous féliciter que ce soit clair pour tout le monde.

Le sourire de l'Irish se crispe, mais il garde une certaine jovialité.

— Tu es intelligent, Emilio. À ton âge, c'est une qualité délicate à manier, parce qu'on est parfois un peu trop réactif et qu'on mesure encore mal les notions de conséquence et d'avenir. (Il plisse les yeux.) Mais je crois que tu es suffisamment malin pour faire la part des choses. Celles qui comptent, celles qui ne comptent pas, celles qui doivent être réévaluées en fonction du contexte. C'est encore ce que je fais cinquante balais passés. Mon expérience ne te servirait à rien, alors je ne te donnerai qu'un conseil. Fais ce que tu dois et fais-le bien. Bonne journée, Emilio.

— Bonne journée, m'sieur Gannon.

— Salut, gamin ! lance Pavlak pendant qu'Emilio s'éloigne.

Emilio lève la main sans se retourner, en se retenant de plier tous les doigts sauf le majeur. Il est déjà en train de réfléchir à ce qu'il va dire à Alexander et, surtout, de quelle manière il doit le faire, parce que l'Indien ne connaît pas les règles et qu'il n'a pas froid aux yeux. Or l'Irish ne lâchera ni son os, ni ses clients.

Acte V, scène III

Se débarrasser d'une filature automobile à New York quand on se déplace en rollers ne pose pas de problème, surtout de jour. Il suffit d'éviter les trottoirs, que le déplacement aléatoire des piétons rend dangereux, de slalomer entre les véhicules, parfois en s'accrochant à eux, sans les percuter ni se faire surprendre par les coups de frein intempestifs, et de jouer avec les sens uniques. Avec plus de deux décennies de pratique, Alexander se sent très à l'aise dans n'importe quel flux de circulation. Il lui faut moins de deux minutes pour perdre la Chevrolet de Gannon. Par contre, il ne parvient pas à décrocher le patineur cagoulé qui a pris le relais.

Plus fluide que lui, probablement équipé de rollers de vitesse (à moins qu'il soit tout simplement plus jeune et mieux entraîné), son suiveur reste à distance mais ne prend pas la peine de se cacher. Puisqu'il n'est pas en mesure de le distancer, Alexander décide de lever le pied. De toute façon, il est parfaitement prévisible qu'il se rend chez lui, même s'il est impossible de prévoir qu'il n'y fera qu'une brève halte, pour déposer Folksy et le laisser profiter des jardins.

Sa rue est en vue quand le suiveur le rattrape et lui prend la main. Ils ralentissent tous les deux. La cagoule s'abaisse sur le visage avenant d'une Latina tout sourire, avec des écouteurs d'appareil mobile dans les oreilles.

— Asuncion, se présente-t-elle.

— Xander, répond-il niaisement.

Elle sait forcément qui il est, par Emilio.

— Il pourrait y avoir un guetteur devant chez toi, dit-elle.

— Sûrement, mais je n'ai pas l'intention de m'arrêter. Je pose juste le chat et je file chez des amis.

— Du quartier ?

— Oui.

— Alors je ferai la nounou jusqu'à ce que tu reviennes le chercher.

— Ça va prendre toute l'après-midi.

— Tu es écrivain, tu as sûrement des bouquins ?

— Partout.

— Alors j'ai de quoi m'occuper.

Le smartphone d'Alexander vibre. Il porte la main à sa poche.

— C'est moi, l'arrête-t-elle. Comme ça, tu as mon numéro. Tu m'appelles quand tu décides de rentrer. Si je ne réponds pas ou si je te dis « c'est clair », tu retournes direct à Ridgewood.

— Emilio paranoïe.

— Il a de bonnes raisons. Les clients de Gannon sont revenus le voir hier. Si je dois dégager rapidement, je prends le chat et je t'appelle.

Ils bifurquent dans la rue d'Alexander, s'arrêtent devant sa porte. Asuncion entre en même temps que Folksy qui s'est dégagé du sac. Quand Alexander veut la suivre, elle lui bloque le chemin et se colle contre lui.

— Va chez tes amis.

— OK. Laisse le chat sortir dans le jardin.

— Promis.

Elle l'embrasse sur la bouche, lui adresse un clin d'œil en rentrant dans la maison et referme la porte derrière elle.

Alexander reste un moment à béer, touche l'amulette sur sa poitrine en levant les yeux au ciel, jette un œil aux véhicules dans la rue, n'en repère aucun qui lui paraisse suspect mais choisit de faire quand même le tour du quartier plutôt que de se rendre directement chez Siri et Paul.

Paul et Siri ont l'art de se démultiplier en donnant l'impression de prendre posément leur temps. Avec eux, tout paraît à la fois spontané et réglé comme du papier à musique. Ils fonctionnent à l'empathie, se succédant par exemple à la cuisine sans se concerter. Chaque fois, celui qui en revient prend le relais de celui qui y va comme s'il n'avait pas perdu une miette de la conversation. Le plus déboussolant, pour Alexander, c'est qu'ils entretiennent la conversation comme un numéro de trapézistes répété des milliers de fois, alors qu'elle n'est ni impersonnelle, ni prévisible, du moins pour la partie qui le concerne. Ils en ont pourtant chacun une approche différente. Paul tout en gourmandise, presque avide, pendant que Siri tend des lignes, étudie ce qu'elle hameçonne et, tout à coup, synthétise en une phrase le dit et les non-dits. Et, parfois, ils inversent les rôles.

— En somme, tu suis l'inverse de mes instructions à Sophie Calle, dit Paul. Tu œuvres pour que la réalité rejoigne la fiction.

— Je m'essaie plutôt à les fondre l'une dans l'autre. C'est un peu ce que tu as toujours fait, non ? New York est une ville où la fiction et la réalité sont quasiment indiscernables, du moins telle que perçue de l'extérieur.

— Oui, mais ce n'est pas la ville ton sujet, c'est les New-Yorkais en tant qu'ils constituent New York et les mythes qui lui sont attachés. Ta fée marraine, telle que tu la décris, est le vecteur d'une transition. C'est un virus qui altère le réel pour concevoir une chimère, au sens génétique du terme. En choisissant de la montrer en filigrane au travers de chroniques dont les protagonistes interagissent sans en avoir conscience, tu resserres les mailles jusqu'à n'avoir plus qu'une chaîne et une trame. Aussi compliqués soient les nœuds qui vont façonner le motif, et aussi complexe sera celui-ci, tu tisses une tapisserie unique et, comme tu tires sur les fils de la réalité pour qu'elle s'inscrive dans la fiction, tu offriras finalement beaucoup plus une vision qu'une vue.

— J'espère échapper à ça. C'est un peu dans ce sens que j'ai choisi de déconstruire le fond parallèlement à l'édification de la forme.

— Un peu ? relève Siri. Tu veux dire que tu ne l'as pas fait exprès ?

En plein dans le mille !

— À part pour ce qui concerne la documentation, j'ai toujours travaillé sans filet, avoue Alexander. Je compte sur ma bonne fée pour que ça tienne debout.

Ils rient. Ils changent de sujet, y reviennent, s'en éloignent de nouveau, passent à autre chose, flirtent avec des thématiques proches, jouent à prendre du recul. Le déjeuner s'achève sans qu'Alexander y prenne garde, puis une partie de l'après-midi. Siri retourne à sa correction. Paul attire Alexander dans son bureau, charge les chroniques de celui-ci sur son ordinateur, lit les premières pages, se laisse emporter jusqu'au bout de la première chronique, ferme le fichier, s'excuse de son impolitesse.

— Désolé. Je… La suite est de cette facture ?

— Je le crains.

— Tu le… crains ? (Paul est effaré.) Tu veux être gentil, Alexander ? Rentre vite terminer ce bouquin et, surtout, ne change rien.

Alexander ne peut retenir un sourire.

— J'apprécie l'encouragement, dit-il. Mais… sérieusement ?

Paul le regarde par en dessous.

— On t'a déjà dit que l'humilité avait ses limites ?

Le vibreur du téléphone d'Alexander le sauve d'une réponse embarrassée.

— Excuse-moi, dit-il en lisant le SMS.

L a vu K. Visite dans la semaine. Surveille ta boîte à mails. JC.

L pour Lizzie, K pour Kayleen. JC pour Jerome Charyn.

Alexander profite honteusement du message :

— Je vais devoir y aller.

— Un problème ? s'inquiète Paul.

— Une visite imprévue.

— Jeune et jolie ? demande Siri dans le dos d'Alexander.

Il hausse involontairement un sourcil.

— Jeune et jolie, donc, sourit-elle. Va, cours, vole !

— Et nous venge… d'avoir atteint le nombre des années, ajoute Paul, hilare.

Dès que Siri a refermé la porte derrière lui, Alexander appelle Asuncion.

— Moins d'une minute.

— Je t'ouvre.

Elle le fait à la seconde où il arrive devant son perron.

Il entre, se débarrasse des rollers, enfile des mocassins, demande :

— Du nouveau ?

Et prend conscience que la jeune femme est pieds nus, en caleçon et en soutien-gorge de sport.

— Le jogging, ce n'est sympa que pour patiner. Je me suis mise à l'aise, explique-t-elle. J'ai pris un bain, aussi. Je me suis dit que tu allais en avoir pour un moment et je n'ai qu'une douche chez moi. Et puis c'est assez agréable pour lire. J'ai lu un de tes bouquins, d'ailleurs. *The last 4th of July.* Vu d'aujourd'hui, ça a un petit côté uchronique, mais c'est un sacré boulot d'anticipation, en fait. En tout cas, c'est très bien vu. Tu me conseillerais lequel pour enchaîner ?

Alexander est médusé.

— Tu l'as fini ?

— Je ne dis pas que c'est un chef-d'œuvre, mais c'est pas mal du tout. Aucune raison de s'arrêter en route.

The last 4th of July pèse environ deux cent cinquante mille mots.

— Tu lis vite, commente Alexander.

— Je fais tout vite.

— Comme patiner, j'avais remarqué.

— Je suis quasiment née avec des rollers, ça aide. Alors, par quel bouquin dois-je continuer ?

— Essaie *Rodeo killed the cheerio star.* Il y en a un exemplaire dans la bibliothèque…

— En haut de l'escalier, j'ai vu.

Elle lui tourne le dos et grimpe les marches. Alexander la suit, il est assez pressé de jeter un œil sur ses mails. En passant, il remarque le jogging et les chaussettes qui traînent par terre dans le salon, un verre et un broc sur la table, les rollers de la jeune femme contre la baie vitrée entrouverte, un autre verre sur la table d'extérieur et *The last 4th of July* sur le fauteuil de jardin. En matière de sans-gêne, Folksy a trouvé son maître.

— Où est le chat ? demande-t-il.

— Dehors. Il n'arrête pas d'aller et venir. Il a même lu un moment avec moi et il est resté à me mater pendant que j'étais dans la baignoire.

Elle se plie en deux pour chercher le livre qu'Alexander lui a conseillé, obligeant celui-ci à faire un peu plus que lui frôler les fesses en se glissant entre la rambarde et elle. Le caleçon n'est pas très élégant, mais il la moule parfaitement et les fessiers d'Asuncion ont indubitablement la fermeté d'une sportive. Alexander rejoint son bureau et, appuyé sur le dossier du fauteuil, allume son ordinateur avec un léger trouble au bas-ventre. Il ne se retourne pas quand il l'entend s'appuyer contre le chambranle de la porte, mais avant que l'écran ne s'allume, il voit son reflet dedans et, pour reprendre son expression, il est évident qu'elle le mate.

— C'est marrant que tu ne m'aies recommandé ni ton premier ni ton dernier, dit-elle.

— J'ai choisi au hasard.

— Vraiment ?

— Concernant ses propres ouvrages, l'auteur n'est pas le mieux placé pour donner des conseils de lecture.

Il ouvre son logiciel de courrier et parcourt rapidement la liste des mails qu'il n'a pas lus sans en lire le contenu ni même l'intitulé. Un seul l'intéresse, le dernier arrivé. Pas de nom, juste une adresse :

k-lin@lizzie.com

Je suis libre du dîner de mardi au petit-déjeuner de mercredi inclus. 20 h où tu veux. Tu confirmes ?

— Ta petite amie ? demande Asuncion juste derrière lui.

Alexander écrit :

Chez Folksy. Impatiemment. X.

Puis il éteint l'ordinateur.

— En quelque sorte, répond-il à Asuncion.

Elle l'empêche de se retourner en se plaquant contre lui.

— J'espère qu'elle n'est pas jalouse, lui souffle-t-elle dans la nuque.

Elle glisse les mains sous son polo, le soulève jusqu'aux aisselles, plante ses doigts dans sa poitrine, frotte la pointe de ses seins contre son dos : elle les a libérés du soutien-gorge sans qu'il s'en aperçoive. Il aimerait pouvoir se démontrer qu'il est capable de résister – pas résister, simplement savoir que ce lui est possible – mais il voit son visage par-dessus son épaule dans l'écran redevenu noir. Jeune et jolie, demandait Siri ? Elle est plus que ça. Elle est éminemment désirable et elle fleure le désir par tous les pores.

Une de ses mains joue avec l'amulette et son sourire devient extatique. L'autre descend sur le ventre d'Alexander, déboutonne sa ceinture et sa braguette, se glisse sous le tissu du boxer. Elle abandonne l'amulette, abaisse d'un coup le pantalon et le boxer jusqu'aux jarrets, se recolle contre son dos, glisse un genou entre ses cuisses, passe sa jambe droite autour de la sienne, commence à se déhancher, langoureusement.

Alexander sent le coton du caleçon contre le haut de sa cuisse droite – elle ne l'a pas ôté – et, à travers lui, l'humidité entre ses grandes et petites lèvres. Elle se dresse sur la pointe des pieds, redescend sur les talons, lentement, en pressant sa vulve sur la fesse d'Alexander. Elle joue du relief musculaire, l'offrant à son clitoris comme s'il était une extension d'elle-même. La sueur coule entre ses seins, entre son ventre et le dos d'Alexander, descend sur les reins de celui-ci. Elle fait glisser ses ongles de bas en haut de son sexe, l'enserre sous le prépuce, juste du bout des doigts, le lève et le rabaisse sur le gland au rythme de son propre désir.

Pour lui faciliter l'accès au plaisir, Alexander recule un peu les pieds, plie légèrement les genoux, appuie les coudes sur le dossier du fauteuil. Elle change à peine d'angle, se presse contre son quadriceps. Sa main libre se promène sur les reins d'Alexander, malaxe ses fesses, s'insinue entre elles jusqu'au périnée, effleure les testicules, remonte jusqu'à l'anus qu'un doigt se met à masser. Il se contracte involontairement. Elle se presse davantage sur la face externe de sa cuisse, accélère son va-et-vient contre lui et autour de son sexe, respire plus vite. Il perçoit le bouton de son clitoris à travers le tissu. Il la sent venir, se forcer à ralentir, se retarder. Lui-même est au bord de la jouissance, et c'est elle qui le retient, de deux doigts maintenant qui lui ouvrent l'anus pendant qu'un troisième le pénètre.

Chaque fois qu'il a une réaction de répulsion, elle augmente le rythme contre sa cuisse et celui sur son gland. Puis elle les freine tous deux quand il se détend et le pénètre un peu plus loin, doucement, jusqu'à ce qu'il abandonne toute résistance. Alors son souffle devient saccades et elle lâche de brefs gémissements, qu'elle contient de moins en moins, qui deviennent de petits cris quand elle atteint l'orgasme, entraînant celui d'Alexander.

Le sphincter et le périnée d'Alexander se contractent plusieurs fois, son sperme mouchette le dossier du fauteuil.

Quel que soit le pouvoir attractif de l'amulette, si tant est qu'elle en possède un, il lui doit des voluptés aussi inattendues et intenses qu'embarrassantes. Il en est à se dire que, là où il y a de la gêne, il peut aussi y avoir du plaisir, pour peu que l'une ne vienne qu'après l'autre.

Acte V, scène IV

Alexander est en train de régler ses achats quand il aperçoit la Chevrolet de Gannon à travers les vitres du night-shop. Elle est garée sur le trottoir opposé au magasin, sous l'un des lampadaires perpétuellement en panne de la rue, ce qui empêche Alexander de distinguer qui de Gannon ou de Pavlak est au volant. Comme il n'y a apparemment personne d'autre dans le véhicule, il suppose que le conducteur est Gannon et que Pavlak l'attend sur le trottoir du côté de la supérette. Une chose est sûre : le night-shop est suffisamment éclairé pour que le conducteur l'aperçoive à la caisse.

Alexander joue celui qui a oublié quelque chose et disparaît dans les rayons pour appeler Emilio.

— Je suis au night-shop. Gannon et Pavlak m'attendent à la sortie. Ils sont en voiture.

— Ça pue. Qui est au magasin ?

— Seulement Rico et moi.

— Demande à Rico de déverrouiller la porte de derrière, j'arrive.

Alexander retourne vers la caisse.

— Emilio demande que tu ouvres la porte de derrière, Rico.

Rico donne un coup de tête vers la vitrine.

— Gannon ? demande-t-il.

— Ouais.

— Reste là.

Rico s'enfonce dans le magasin et revient après une minute en brandissant un sac de croquettes pour chat pour donner le change.

— C'était inévitable, dit-il en rangeant les courses d'Alexander dans un sac. Mais j'aime vraiment pas ça. J'espère qu'Emilio sait ce qu'il fait. 16,75 $.

Alexander fait l'appoint. Il y a longtemps qu'il a compris que Rico considère le pourboire comme une insulte. Emilio apparaît alors au fond du magasin et fait signe à Alexander de le rejoindre. Celui-ci s'exécute après avoir raflé son sac sur la banque.

Ils sont devant la porte que Rico a déverrouillée à leur intention quand Pavlak surgit en trombe dans le magasin. Gannon a compris qu'Alexander cherche à s'éclipser discrètement.

Après avoir traversé une cour et une allée, Alexander est surpris de déboucher face au terrain de basket. En entendant la course de Pavlak derrière eux et les pneus de la Chevrolet crisser à l'angle de la place, il regrette de n'avoir pas ses rollers. Mais ce n'est sûrement pas un hasard si Gannon a décidé d'intervenir ce soir. Le quartier est suffisamment métissé pour qu'il y dispose de plusieurs observateurs.

La Chevrolet fait un tête-à-queue à quelques mètres d'eux. Une Honda Acura surgit d'une autre rue et leur barre le passage.

— Les gros bras de Gannon, laisse tomber Emilio en s'immobilisant.

Pavlak surgit de l'allée, vaguement essoufflé. Deux hommes sortent de l'Acura et s'accoudent sur le toit de la voiture. Gannon descend de la Chevrolet, la mine réjouie.

— Monsieur Byrd ! lance-t-il. Si vous saviez comme je suis heureux de vous rencontrer enfin !

— Remonte dans ta caisse, ramasse ton clébard et tire-toi, Gannon ! crache Emilio.

Gannon prend l'air faussement ennuyé.

— Seulement Gannon ? relève-t-il. Plus de *monsieur* Gannon ? Enfin… « m'sieur », mais c'est l'intention qui compte, comme on dit, parce que c'est l'intention qui marque le respect.

Du pouce, Emilio désigne les deux gorilles contre l'Acura.

— C'est lequel l'intention et lequel le respect ?

Gannon s'avance. Pavlak se rapproche.

— Ne fais pas l'enfant, Emilio. Mes clients veulent parler à monsieur Byrd. Je m'assure que cela leur sera possible sans que personne soit offensé.

Emilio pose la main sur le bras d'Alexander pour l'empêcher de jouer à l'Indien, comme la première fois qu'ils se sont rencontrés, mais c'est peine perdue.

— Monsieur Gannon, dit Alexander en tendant la main à l'Irish.

Gannon, surpris, accepte la main offerte. L'Irish est costaud et ses mains sont de véritables battoirs, mais Alexander a conservé suffisamment de la poigne acquise dans la ferme familiale du Montana. Il tire Gannon à lui, se penche vers une de ses oreilles et murmure suffisamment fort pour que Pavlak et Emilio l'entendent.

— Ce n'était sûrement pas intentionnel, monsieur Gannon, mais parler de moi comme d'une marchandise en ma présence est offensant. Vous devriez suivre le conseil d'Emilio.

Gannon se met à serrer vraiment la main d'Alexander. Il est beaucoup plus puissant que lui, il pourrait la broyer, mais il est moins malin. De toutes ses forces, Alexander presse une fois la main de l'Irish et la surprise suffit à lui permettre de retirer la sienne, puis il fait un pas en arrière.

— Pour un intellectuel, vous êtes très… physique, monsieur Byrd.

— C'est parce que je suis un quart écrivain, un quart Flathead, un quart fermier du Montana, monsieur Gannon.

— Ça fait que trois quarts, remarque Pavlak très fier de lui. Le compte est pas bon.

Alexander ne lâche pas l'Irish du regard. Il a gardé ce qu'Emilio lui a expliqué de Ridgewood pour la fine bouche :

— Le dernier quart a été accueilli ici. Et plutôt bien, jusqu'à maintenant.

Gannon voit immédiatement sur quel terrain Alexander veut l'emmener.

— Vous n'en êtes pas pour autant de chez nous, monsieur Byrd. Nous y sommes nés, nous y avons grandi, nous y vivons.

— Êtes-vous en train de me dire que, contrairement à moi, vous n'avez pas choisi Ridgewood, monsieur Gannon ? Êtes-vous en train de dire à Emilio que les migrants recueillis par sa communauté ne sont pas les bienvenus ?

L'Irish commence à perdre patience.

— Je suis en train de dire qu'aucun de nous ne possède de maison à un million de dollars dans Park Slope, monsieur Byrd. Tu savais ça, Emilio ?

Emilio hausse les épaules.

— J'ai vu la maison. J'aurais dit qu'elle valait plus. On se fait des idées sur ce que gagne un écrivain, finalement. Mais c'est pas le problème. Le problème, Gannon, c'est que tu débarques avec tes mastiffs dans mon quartier pour y chercher l'un des nôtres et le livrer à des étrangers. Tu sais très bien que ça peut pas fonctionner comme ça sans dégénérer. Tes rotts ont de grandes dents, mais nous sommes beaucoup plus nombreux et tu vas méchamment perdre la confiance de tes clients. Tous tes clients, Gannon. Un jour, si c'est pas l'un d'eux qui te colle une balle dans la tête, ce sera un gamin qui t'ouvrira la gorge. Un cousin de Rodrigo, par exemple. Tu me suis ?

L'Irish fronce les sourcils.

— Pourquoi tu la ramènes avec Rodrigo ? Je n'ai rien à voir avec sa mort.

— J'aimerais en être sûr, Gannon. J'aimerais être sûr que c'est pas un de tes boulots pourris ou un de tes clients qui l'a envoyé à l'abattoir. On est un peu chatouilleux sur le sujet, tu vois ?

— Qui : on ? Tu commences à me fatiguer, Emilio. Tu n'arrêtes pas de dire « on » ou « nous », mais tu n'as jamais été aussi seul. Même les gosses ne croient plus en tes boniments.

Les yeux d'Emilio se mettent à briller. Il montre le mobile dans sa main et il appuie sur une touche.

— Maintenant lève la main sur l'un de nous, connard.

L'Irish n'a pas le temps de retenir le Pole. Celui-ci ne supporte pas qu'on manque de respect à son boss. Il attrape un bras d'Emilio, le force à se retourner, le frappe au ventre et, pendant qu'Emilio se plie en deux, ramasse un ballon de basket en pleine figure.

Tout va très vite.

La main de Gannon se rue sous sa veste, le poing d'Alexander s'écrase sur le nez de l'Irish.

Les deux gorilles près de la Honda se précipitent.

Des portes et des fenêtres s'ouvrent, de chaque rue apparaissent des gens, beaucoup ont des battes de base-ball à la main. De l'angle derrière l'Acura surgissent des patineurs, lancés à pleine vitesse. À leur tête, une Latina qu'Alexander connaît bien. Elle bondit sur la Honda, se laisse couler sur le toit et le capot, passe entre les deux renforts de Gannon, en percute un de l'épaule qui l'envoie bouler jusque sur le trottoir, s'arrête en pivotant devant l'autre et le frappe en pleine poitrine d'un coup de patin retourné. Aussitôt d'autres patineurs les immobilisent et les débarrassent de leurs armes.

Pavlak est en train de se secouer pour reprendre ses esprits quand une batte de base-ball le frappe aux jarrets. Il s'effondre sur les genoux. Deux jeunes le plaquent au sol, un troisième lui subtilise son pistolet. Deux autres saisissent Gannon aux bras. Alexander en profite pour arracher l'arme du holster qu'il cache sous sa veste.

Ils sont plus de cent autour du terrain de basket et d'autres arrivent encore. Des hommes, des femmes, entre 15 et 50 ans, tous déterminés.

C'est fini.

Ou presque.

Emilio se tient le ventre, toujours courbé, et crache plus qu'il ne vomit. Alexander s'assure qu'il n'y a pas de sang dans ce qu'il régurgite et revient vers Gannon, toujours solidement maintenu par deux basketteurs à la taille impressionnante. Il montre l'arme à l'Irish.

— Ce n'est pas très fair-play, monsieur Gannon.

Un peu de sang coule d'une narine de l'Irish, mais Alexander sait ne pas avoir cogné suffisamment fort pour que le nez soit cassé. La douleur lui a juste fait perdre ses moyens pendant quelques secondes. Maintenant, il toise Alexander d'un regard noir.

— Vous avez fait la plus grosse erreur de votre vie, monsieur Byrd.

— Et je vais en commettre une autre. Lâchez-le, s'il vous plaît.

Les deux basketteurs le dévisagent avec un air d'incompréhension et tournent leur regard vers Emilio qui approche. Emilio hoche la tête. Les deux basketteurs s'écartent de l'Irish.

— Un round à la loyale, monsieur Gannon, c'est dans vos cordes ?

L'Irish se méfie.

— Avec cinquante battes de base-ball pour me chatouiller les côtes quand je vous aurai allongé ?

— Emilio, tu veilles à ce que le monsieur rentre chez lui en un seul morceau ?

Emilio plisse les yeux.

— Tu es sûr de toi ?

— Ah oui. Je vais prendre une dérouillée, mais, avec un peu de chance, monsieur Gannon se souviendra que je joue le jeu sans conserver de cartes dans ma manche. (Il tend le pistolet à Emilio.) Veille simplement à ce que monsieur Gannon ne remette pas cette carte-ci dans la sienne et à ce qu'elle ne tombe pas dans les mains d'un gosse. (Il revient à l'Irish :) Un round, monsieur Gannon. Trois minutes et vous rentrez chez vous.

L'Irish ôte sa veste et la jette sur le capot de la Chevrolet.

— Je ne vois pas ce que vous espérez démontrer, monsieur Byrd.

— Qu'aucun désaccord entre personnes ni encore moins un de vos clients ne vaut de mettre Ridgewood à feu et à sang, monsieur Gannon. Trois minutes ?

L'Irish hoche la tête et balance le poing droit.

Trois minutes plus tard, Alexander est appuyé contre le grillage du terrain de basket, une arcade sourcilière ouverte, le nez et la lèvre inférieure en sang, le visage tuméfié et plusieurs côtes fêlées. Sonné mais toujours debout. Face à lui, l'Irish, à peine marqué aux pommettes, reprend son souffle doucement. Pour le principe, il se tient la mâchoire, mais les coups d'Alexander ne l'ont pas meurtri et lui a retenu les siens.

— Vous êtes courageux et dur au mal, monsieur Byrd. C'est sûrement très prisé dans le Montana. Ici, ça ne vous vaudra que des ennuis. Je vais informer mes clients que je ne serai pas celui qui mettra le feu à Ridgewood, mais je serai obligé d'ouvrir la porte, vous comprenez ? Et ce ne sera pas avec des ballons de basket et des battes de base-ball qu'Emilio pourra combler la brèche. Vous devriez envisager de retourner momentanément au pays.

— Qui sont tes clients et que lui veulent-ils ? demande Emilio.

— J'ai l'impression qu'il va falloir que je m'habitue au tutoiement, soupire l'Irish. Méfie-toi quand même de ne pas grandir trop vite, Emilio. Pour répondre à ta question, je peux juste te dire que leurs propres clients sont cotés à Wall Street et qu'ils aimeraient bien lire le roman sur lequel travaille monsieur Byrd avant qu'il ne le publie. (Il donne un coup de tête vers Alexander.) Je suppose que vous vous êtes documenté sur un sujet qui leur est sensible et qu'ils voudraient vous prémunir contre le risque diffamatoire.

Alexander apprécie d'autant moins l'euphémisme que le seul sujet sur lequel il s'est documenté depuis des mois est Janet Bond. Mais quel rapport peut-il exister entre elle et le New York Stock Exchange ?

Acte V, scène V

Alexander n'a guère d'autre choix qu'écouter Emilio et d'annuler son rendez-vous avec Kayleen. De toute façon, il n'est pas en état de la voir et encore moins de la laisser le toucher. Même si l'Irish a retenu ses coups, Alexander en portera les traces pendant un moment et, pour l'heure, il est perclus de douleurs. Du moins, il est incapable de marcher ou de respirer sans que ses côtes flottantes le rappellent à l'ordre. Le reste n'est pas très esthétique, mais la souffrance est tolérable. Un œil à demi fermé, une arcade recousue à vif par une infirmière dans une cuisine aux vertus sanitaires douteuses, le nez et les lèvres gonflées, des bleus qui commencent à jaunir sur les pommettes et le menton, et les phalanges écorchées incapables de se plier correctement. Gannon a vraiment la tête dure.

Dix minutes après qu'il a envoyé son mail, Kayleen lui répond qu'elle n'apprécie pas d'être éconduite et qu'il a intérêt à justifier sa dérobade. Son message est écrit sur le ton de l'humour, mais Alexander sent bien qu'il n'est pas près de la revoir s'il ne lui fournit pas un minimum d'explications.

Ceux qui t'ont guidée jusqu'à ma villégiature font le pied de grue devant chez Folksy.

Ce n'est qu'une éventualité avancée par Emilio, mais elle n'est pas négligeable, maintenant que Gannon a confirmé avoir informé ses clients qu'il se retirait du jeu. La réponse est cette fois instantanée :

Va pour Ridgewood. Juste besoin d'une adresse,

Alexander se prend en photo avec la webcam de l'ordinateur et joint le portrait à son mail suivant :

À Ridgewood, tes guides ont aussi des amis.

Il compte jusqu'à vingt avant que la réponse arrive :

Je prends mon sabre, mon arnica spécial miracles, de la soupe et une paille. L'adresse ?

Alexander rend les armes :

Le jeune homme courtois te récupère à 20h station Forest Avenue.

Emilio ronchonne un peu, mais ne se défile pas, ramène Kayleen au pied de l'escalier sur lequel il discute fréquemment avec Alexander et, comme d'habitude, refuse d'entrer.

— C'est moins moche en vrai, lâche Kayleen en découvrant le visage d'Alexander, mais je suis sûre que tu te contenteras d'un baiser virtuel. (Qu'elle lui souffle d'ailleurs du bout des doigts.) Tu t'es battu contre un char ?

— Il s'est bien débrouillé, commente Emilio en remontant les marches. Prenez soin de lui, m'dame, et empêchez-le de sortir sans me prévenir. Il est un peu simple d'esprit, mais on s'y attache facilement.

— C'est ce qui me fait un peu peur, avoue-t-elle sans la moindre gêne. (Avant qu'Emilio disparaisse, elle ajoute :) Et je m'appelle Kayleen, Emilio.

Il se retourne, fait la moue et dit :

— Sauf votre respect, m'dame, ça ne vous va pas du tout.

Elle en reste soufflée.

— Il est toujours comme ça ? demande-t-elle pendant qu'Alexander lui ouvre la porte.

Les blessures rendent son élocution difficile et douloureuse, mais Alexander refuse de ne s'exprimer que par onomatopées :

— Il a remplacé son agressivité naturelle par une impertinence qui ne plaît pas à tout le monde mais qui m'amuse beaucoup.

— Il prend de l'assurance, en somme.

— Il doute. Viens.

La boutique perturbe Kayleen à la seconde où elle la découvre. Elle hésite à s'avancer dans la pièce, en fait le tour du regard en s'arrêtant sur certains objets avec une espèce de gêne, perd complètement son aisance.

— Un problème avec les vieilleries ? demande Alexander.

Elle cligne plusieurs fois des yeux.

— Avec certaines. On est où exactement ?

— Chez ma marraine.

Elle le regarde étrangement.

— Ta *marraine* ?

— En quelque sorte. C'est long à raconter.

— Elle est ici ?

Il y a plus que de la gêne dans la question.

— Non. Elle a quitté la maison au printemps et elle m'a laissé les clés en me décrétant son légataire. Je n'ai pas de nouvelles depuis.

— Jerome est au courant ?

— Jerome ? Non. Pourquoi le serait-il ?

Elle s'avance enfin dans la pièce, effleure quelques objets.

— Parce que Jerome connaît ma mère et que ma mère est déjà venue dans cette maison.

— Lizzie est venue ici ?

Kayleen s'immobilise devant un petit tableau.

— Un autre Jérôme, dit-elle. Hieronymus, plus exactement. Né Jeroen Anthonissen van Aken.

Alexander la rejoint et examine attentivement l'huile sur bois.

— Une œuvre de jeunesse, explique Kayleen. D'enfance, même. On sent encore l'influence de son père, mais il y a déjà du Bosch dans le souci du détail. Ma mère l'a échangé contre un Kirchner qui, lui non plus, n'est pas censé exister, prétendument détruit par les nazis en 1937.

— Tu veux dire que…

— Le marché de l'art est une grosse fumisterie et c'est pour ça que je ne travaille que l'éphémère.

— Non, non, ce n'est pas ce que je demandais. Tu veux dire que cette huile est un authentique Bosch et que Lizzie l'a échangé contre un authentique Kirchner ?

Kayleen fait un tour sur elle-même en tendant un bras.

— Tout ici est apparemment authentique. Tu vois la statuette avec un corps de femme et une tête de lézard ?

C'est une divinité sumérienne, un Anunnaku, elle est en ivoire de dugong et elle a environ cinq mille ans. (Elle se rapproche de la statuette, l'étudie.) Je ne me rappelle plus contre quoi ma mère l'a échangée, mais c'est bien celle qui est restée sur le linteau de la cheminée de sa chambre pendant près d'un an.

— Alors ta mère connaît Janet Bond.

Nouveau regard étrange et hochement de tête.

— Ta marraine, donc.

— Tu l'as rencontrée ?

— Quelquefois, à la maison, quand j'étais enfant. (Elle décroche le sac dans son dos.) Où est la cuisine ?

Alexander la guide.

— Tu n'es jamais venue ici ? demande-t-il pendant qu'elle déballe le contenu de son sac sur la table.

— Ou alors en très bas âge, mais je n'en ai aucun souvenir. Je commence par quoi ?

— Pardon ?

Elle sourit. Son premier sourire depuis qu'elle est entrée dans la maison.

— Je joue tout de suite à la cuisinière ou d'abord à l'infirmière ?

C'est l'arcade recousue, le pourtour de l'œil enduit d'un baume et couvert d'un pansement, le bandage entièrement refait et vigoureusement serré autour de ses côtes flottantes après badigeon d'un onguent, qu'Alexander découvre les talents de cuisinière de Kayleen. Une chorba onctueuse, des briks fondants, des keftas à la viande et au fromage de chèvre délicatement épicés, un moelleux de chocolat noir à la crème de basilic et à la fleur d'oranger, le tout accompagné d'un Château Kefraya rouge d'excellente cuvée. Même les douleurs provoquées par la mastication ne parviennent pas à gâcher le plaisir gustatif d'Alexander.

— Je ne sais pas si tu peux l'accepter comme un compliment, dit-il en terminant de débarrasser la table, mais tu es aussi impressionnante en maître queux qu'en artiste peintre.

Elle rit.

— J'espère que je suis meilleure peintre, même si je me définis plutôt comme plasticienne, mais j'apprécie le compliment. Et toi, tu as d'autres cordes que l'écriture à ton arc ?

— Je fais un honorable cow-boy.

Cette fois, elle pouffe.

— Je suis sérieux. Peu de vachers sont aussi à l'aise que moi sur un cheval et je me débrouille très bien avec un lasso.

— Oh ! Le Montana, évidemment. Excuse-moi, je croyais que tu plaisantais.

— À part ça, j'ai découvert récemment que je n'étais pas le meilleur patineur de New York, ce qui est une cruelle désillusion, et, si je sais poser un Cessna sur à peu près n'importe quelle surface plus ou moins plane, je n'ai jamais été foutu de piloter un hélicoptère plus d'une minute avant que l'instructeur ne reprenne le contrôle des commandes.

— J'ai le même problème avec les voitures. Je suis imprenable en moto, mais, avant de me coller derrière un volant, trouve-toi un carrossier pas cher. Il y a une pièce un peu plus accueillante que le musée de ta marraine dans cette baraque ?

— Le musée ? Je l'appelle la brocante, mais, oui, il y a des endroits plus agréables dans la maison.

Alexander attrape une bouteille de ténarèze qu'il a ramené de chez lui et deux verres tulipes dans un placard, puis il entraîne Kayleen dans le loft aux plateformes et se régale de son émerveillement.

— Alors là ! s'exclame-t-elle. Autant le… la brocante ressemble à la femme dont je me souviens, mais ça… c'est carrément hallucinant. Tu es sûr que c'est elle qui…

— C'est quelqu'un de très surprenant.

Ils s'installent sur un plateau à mi-hauteur, dans un salon de type marocain dont les parois sont en moucharabieh, et se mettent à discuter de choses et d'autres, faisant en quelque sorte connaissance, tout en sirotant l'armagnac. À un moment, Kayleen demande :

— Comment se portent tes douleurs ?

— Elles vont bien, merci. Non, je plaisante. Ton baume me fait un bien fou.

— La façon de serrer et de positionner le bandage ne doit pas non plus y être pour rien. Essaie seulement de ne pas éclater de rire.

Ce qui déclenche bien entendu une hilarité qu'il contient de son mieux, mais la douleur reste acceptable.

— Résultat ? demande-t-elle quand tous deux se calment.

— C'est beaucoup mieux que ce matin. Je pouvais à peine respirer.

— Alors il est temps d'aller se coucher.

Cette fois, elle est d'une prévention et d'une patience qu'il ne lui connaissait pas. Elle le déshabille, jette l'amulette à l'autre bout de la pièce, l'aide à s'allonger sur le dos, se dévêt avec une langueur de stripteaseuse, s'agenouille sur lui et l'emporte en elle sur un rythme si lent qu'ils s'élèvent doucement vers un orgasme simultané que les contractions de son vagin et de son utérus prolongent plus longtemps que cela n'est jamais arrivé à Alexander.

Ce sont les ronronnements de Folksy, allongé entre eux, qui réveillent Alexander. Puis il prend conscience que d'autres ronronnements lui font écho. Tout près. Juste sur sa gauche. Il se redresse un peu vite et retombe dans le lit, foudroyé par la douleur dans ses côtes. Une main se pose sur son front. Une main sèche et tiède.

— Ne t'inquiète pas. Je veille sur toi.

Il ne voit rien, mais il connaît cette voix, il connaît ces mots. Ce sont ceux avec lesquels Madame Janet rassurait Maria quand elle croyait encore rêver d'elle.

— Janet, souffle-t-il pour ne pas réveiller Kayleen.

— Oui, Xander. Madame Janet 2, le retour. Elle revient et elle n'est pas contente.

Involontairement, la tête d'Alexander se tourne vers Kayleen.

— C'était de l'humour, l'écrivain. Même si je n'ai effectivement aucune raison de me réjouir. Puis-je allumer ? Je te vois parfaitement, j'ai de véritables yeux de chat, mais je doute que ce soit ton cas. Et ne te soucie pas de Kayleen, elle a entendu Szif avant toi et elle m'a vue à peu près dans la même seconde. Une véritable chatte, elle aussi.

Elle allume la lampe de chevet sans attendre la réponse. Alexander cligne des yeux. Madame Janet est assise juste à côté de lui, sur la chaise qui est d'ordinaire à l'autre bout de la pièce et sur laquelle Kayleen a posé leurs vêtements, maintenant au sol.

— Bonsoir, Kayleen.

Kayleen s'assoit dans le lit mais ne prend pas la peine de remonter le drap sur sa poitrine. Elle dispose l'oreiller d'Alexander et l'aide à se redresser pour qu'il s'appuie dessus.

— Bonsoir, Madame Janet, répond-elle.

— J'espère que tu sais ce que tu fais, ma fille, dit Janet.

— Je l'espère moi aussi, Mère-Grand.

La réplique est bravache, la voix nettement moins assurée. D'une manière différente d'Emilio et de ses amis, mais assurément elle aussi depuis son enfance, Kayleen craint Madame Janet. Alexander ne se sent aucune âme de preux chevalier, mais il aimerait bien comprendre.

— Kayleen sait qu'elle fait quoi ? demande-t-il.

— As-tu utilisé un préservatif ? lui retourne Janet.

Alexander en reste sans voix. Madame Janet lui épargne une réponse embarrassée :

— Que je considère cette imprudence comme parfaitement irresponsable ne me donne aucun droit de juger l'un comme l'autre. C'est votre problème. Il est d'autres de tes comportements irréfléchis, Xander, qui me concernent beaucoup plus.

Alexander sent Kayleen se détendre contre lui, comme si Madame Janet venait de l'absoudre de ses péchés et qu'elle était soulagée de voir ses foudres s'abattre sur quelqu'un d'autre. Sauf qu'Alexander n'entend pas se laisser sermonner sans riposter, ni même sans prendre les devants.

— Vous avez vu Emilio, se lance-t-il.

— Entre autres. Il a bien fallu que j'aille aussi m'assurer que Gannon jette l'éponge. Ce qui est un comble quand on pense à la raclée qu'il t'a mise à ton instigation, alors qu'il aurait pu te tuer ou t'handicaper à vie en trois coups de poing.

— Je suis plus solide que vous ne le pensez.

— Et Gannon a boxé dix ans sur des rings clandestins. (Elle laisse Alexander accuser le coup.) Ton inconscience est une chose que je peux trouver attendrissante. Ton inconséquence en est une autre beaucoup plus agaçante. Qu'aurait dû faire Emilio si Gannon t'avait laissé sur le carreau ?

Alexander encaisse, douloureusement, mais il encaisse.

— C'est Gannon qui…

— C'est Gannon qui a commencé, le coupe Janet. Tu te crois dans une cour de récréation ? Tu penses que je me réjouis d'endosser de nouveau le rôle d'institutrice et de tancer des adultes à qui j'ai déjà tiré l'oreille il y a entre dix et quarante ans ?

Kayleen ne peut retenir un petit rire.

— Ne fais pas la maligne, ma fille, la refroidit Janet. Tu me dois toi aussi des explications et tu n'échapperas pas toujours à ma baguette.

Alexander imagine que la baguette se réfère métaphoriquement à la canne en appui sur le lit.

— Kayleen n'a rien à voir avec ce qui s'est passé ici, intercède-t-il. Je ne m'en sens d'ailleurs moi-même aucune responsabilité, mais force m'est de reconnaître que ma seule présence met la vie d'autrui en danger et d'en tirer la conclusion qui s'impose en vous rendant vos clés.

Pour la première fois depuis qu'elle est en pleine lumière, les traits de Madame Janet expriment une émotion : de l'amusement.

— Motion rejetée, laisse-t-elle tomber. Je peux assurer ta protection à peu près n'importe où, comme je l'ai fait avec tes amis, mais cette maison est l'unique endroit où je suis sûre de pouvoir te laisser seul sans que tu risques rien.

Il y a tellement de sous-entendus qui sont de véritables aveux dans cette phrase qu'Alexander se la répète plusieurs fois avant de poser sa question :

— Me protéger contre qui ou, plutôt, contre quoi ?

Madame Janet pousse légèrement Szif. Le chartreux quitte ses genoux et traverse la pièce, immédiatement suivi par Folksy. Madame Janet brosse les rares poils sur sa robe du plat de la main.

— Tu as entendu parler du Groupe Bilderberg ou de la Commission Trilatérale ? demande-t-elle.

— Plus ou moins, comme tout le monde. Disons que j'ai lu quelques articles sur l'un et sur l'autre, mais que je ne m'y suis pas intéressé.

— Tu devrais y songer, car eux commencent à sérieusement s'intéresser à toi. C'est d'ailleurs une de leurs émanations, bien que ce soit beaucoup plus compliqué que ça, qui a requis les services de Gannon.

— Gannon n'a mentionné que Wall Street.

— Tu ne devrais avoir aucun mal à faire le lien, mais, pour l'instant, je te suggère de dormir. (Elle se lève.) Tu viens, ma fille ? Nous avons à parler.

Kayleen quitte le lit.

— Je le crains, en effet. (Elle envoie un baiser à Alexander en passant sa robe.) Je reviens… et je serai là pour le petit-déjeuner. N'est-ce pas, Mère-Grand ?

Madame Janet la détaille des pieds à la tête et soupire :

— Je le crains, moi aussi.

Acte VI, prologue

Par essence, les structures hiérarchiques ont une organisation pyramidale. Même les collectivités qui privilégient la relation horizontale entre leurs membres tendent à s'ordonner de manière verticale, que cet agencement soit une conséquence mathématique, comme c'est le cas du web avec ses nœuds de communication, ou le résultat d'une équation de volontés individuelles et de communautés d'intérêts, à l'instar des systèmes de gouvernance. Aucune démocratie dite moderne n'échappe à la règle, puisque, pour l'ensemble des citoyens censément souverains, la fonction élective consiste à déléguer le pouvoir plutôt qu'à l'exercer. De la hiérarchie naissent les espoirs, les rêves, les ambitions et leurs contraires, ou pas.

Il y a très longtemps, alors qu'il gravissait les échelons sans jamais transpirer ni ressentir le besoin de reprendre son souffle, Alec s'est arrêté sur un palier entre deux étages et a fait un pas de côté. Depuis, dans chaque sens, il ne navigue plus que d'un entrepont à un autre. Il est toujours dans la structure, mais sans que ni lui ni personne sache précisément où il se situe et à quelle vitesse il se déplace. Au sein de la hiérarchie, Alec se voit comme une particule soumise au principe d'incertitude tel qu'énoncé par Heisenberg. C'est très pratique et, surtout, cela lui permet d'être en contact avec le nuage lenticulaire qui flotte au-dessus de la pyramide et qui réarrange celle-ci au gré de sa fantaisie. Alec a parfaitement conscience qu'il s'agit d'une oligarchie ploutocratique, mais il préfère l'envisager comme le nuage qui fait la pluie et le beau temps partout dans le monde et, du haut de son cynisme libertarien, profiter du beau temps.

À l'instant, dans une vie moins métaphorique, Alec attend patiemment dans sa voiture que l'orage passe. Bien sûr, il pourrait actionner les essuie-glaces, mais il tient encore moins à se signaler qu'à constater le manque de professionnalisme des abrutis qui sont en train de mettre à sac la maison d'Alexander Byrd. À en croire les dossiers que leur employeur cache très mal dans ses fichiers informatiques, ce sont pourtant des professionnels, mais leur employeur n'est qu'un prestataire de service de ceux auprès de qui Alec émarge et ils sont à son image. Tout juste bons à mystifier les agences qui les ont formés.

Ils ne savent pas ce qu'ils cherchent, sinon un indice pour retrouver l'écrivain qu'ils ont perdu dans le Queens, alors ils passent la maison au crible en prenant soin de faire accroire à un cambriolage perpétré par des amateurs. Ils tromperont sûrement la police, ce qui sera suffisant pour contraindre Byrd à quitter son refuge afin de dresser la liste des objets volés. Ils sont déjà prêts à l'intercepter avant ou après, de jour comme de nuit, qu'il soit protégé ou non. D'autres équipes sont en place, parées à toute éventualité et, surtout, à celle que le FBI, du moins l'agent spécial McNair, assure la sécurité de l'écrivain. Dans leur esprit, ils se sont même prémunis contre une ingérence plus indésirable – russe, par exemple – sans avoir plus qu'une vague idée de ce dont elle est capable. S'ils étaient à même de le repérer, ils seraient même foutus de confondre Alec avec cette ingérence. Risible.

Quand la foudre s'abattra sur eux, si cela doit être, Alec ne les couvrira pas. Ce ne sont que des attrape-mouches.

Le ciel cesse de déverser ses trombes d'eau, les éclairs s'éloignent, la pluie s'affine jusqu'à disparaître, les gouttes glissent sur le revêtement hydrophobe des vitres fumées de la voiture. Depuis le croisement, Alec a de nouveau une vision parfaite sur les deux rues. Une centaine de mètres en face de lui, une silhouette encapuchonnée traverse la rue perpendiculaire à celle de Byrd et s'approche.

À la démarche, il sait qu'il ne s'agit pas d'un résident de Park Slope. Aux jumelles, il découvre un Latino tout à fait dans le style qu'affectionnent les jeunes du quartier dans lequel l'écrivain s'est volatilisé. Selon l'approche philosophique d'Alec, le déterminisme est une illusion mais, dans le cadre local, son expérience tend à donner raison à Einstein : Dieu ne joue pas aux dés.

Il repose les jumelles, sourit. Il semblerait que les abrutis vont avoir de la chance et se retrouver finalement en possession d'une carte qui les mènera droit vers l'écrivain. Grand bien leur fasse ! Il n'entrera en scène que plus tard, si le besoin s'en fait sentir.

Le jeune homme s'apprête à tourner dans la rue de l'écrivain quand une gamine, le nez dans un bouquin, franchit l'angle et le percute. Que fiche-t-elle dans la rue à 2 heures du matin et d'où sort-elle ? Le jeune homme s'accroupit, ramasse le livre de la petite, l'essuie avec l'intérieur de son sweat-shirt et le lui rend. Ils sont juste en face d'Alec, à une dizaine de mètres mais de profil, ce qui l'empêche de lire les phrases qu'ils échangent sur leurs lèvres. Quoi qu'ils disent, c'est bref. Le jeune homme se relève, la gamine lui attrape la main et tous deux repartent dans la direction d'où vient le Latino. Tout compte fait, les abrutis en seront pour leurs frais.

Alec patiente un moment et descend de la voiture. À cette heure, dans les rues désertes, il est obligé de garder ses distances, mais la filature n'est pas compliquée. Il entre dans Prospect Park quelques secondes après le jeune homme et l'enfant.

Après avoir dépassé le terrain de base-ball, ils empruntent le sentier dans le bois. Le ciel s'est dégagé mais la lune est noire et Alec peut allonger ses foulées pour se rapprocher un peu. Il les suit à l'oreille, au bruit que font les tennis du jeune homme sur le chemin détrempé et qui cesse lorsqu'ils atteignent Center Drive. En débouchant lui-même sur l'artère principale de Prospect Park, Alec les cherche du regard, à droite puis à gauche, et les découvre sous un arbre. Manifestement, ils l'attendaient. Ils sortent de l'ombre. L'enfant est souriante, le Latino effrayé.

— Dis, monsieur, tu t'entends bien avec les chats ? demande la gamine.

Il ne sait pas comment réagir, alors elle reprend :

— Parce qu'il y en a un gros, là, qui voudrait jouer avec toi.

Elle désigne le pré au beau milieu du parc. Il suit son doigt et, péniblement, repère l'animal noir qui fond sur lui. Elle a raison : c'est un gros chat, et même un très gros chat. Du genre puma.

Il dégaine le Beretta du holster, cale la main qui enserre la crosse de l'autre main et, posément, fait feu deux fois. L'animal dévie deux fois sa course. Alec bloque sa respiration, ajuste à nouveau le puma, anticipe ses zigzags et lâche trois balles en rafale. À la troisième, l'animal tressaute, roule sur le côté et disparaît derrière un arbre du Nethermead.

— Je crois que tu l'as touché, monsieur, dit l'enfant.

La voix est aussi nette que si elle se trouvait à côté de lui, mais elle a repris la main du Latino et tous deux sont en train de traverser le pré, rasant Nethermead et les arbres derrière lesquels le puma est tombé.

— Mais pour être sûr, il va falloir que tu regardes, monsieur. Et, si tu regardes, sera-t-il mort ou vivant ?

Le rire de l'enfant s'éteint doucement tandis qu'elle s'éloigne avec le jeune homme. Alec laisse leurs silhouettes se dissiper dans la nuit, rengaine le pistolet et fait demi-tour.

Le nuage au-dessus de la pyramide attendra. Pour une particule obéissant au principe d'Heisenberg, il n'existe rien de plus aléatoire qu'une rencontre avec le chat de Schrödinger.

Acte VI, scène I

Le smartphone indique 8 h 16 quand la sonnerie réveille Alexander. L'appareil affiche le nom de Laurence, Alexander le laisse sonner dans le vide avec d'autant moins de remords que ni Kayleen, ni Folksy ne sont dans le lit. Ces deux-là s'entendant comme larrons en foire, il est à peu près certain de les trouver ensemble dans la cuisine. Hier Kayleen a tenu sa promesse et pris son petit-déjeuner avec lui. Ils n'ont pas pu discuter ou, plus exactement, elle a évacué toutes ses questions en remettant ses réponses à plus tard, mais plus tard ne s'est pas encore produit : elle s'est absentée toute la journée et est précisément rentrée très tard et épuisée. Il lui a fait grâce mais n'escompte pas la laisser s'en tirer à si bon compte aujourd'hui.

Le smartphone insiste. Cette fois, c'est un SMS, toujours de Laurence.

Rappelle-moi d'urgence.

Tous les poils d'Alexander se dressent. Il met l'appareil en mode « mains libres » et lance l'appel en s'habillant.

— Salut Xander. Désolé de te déranger, mais tu as été cambriolé et les flics cherchent à te joindre. Ils n'ont pas ce numéro et, apparemment, ton autre mobile est éteint.

Alexander ressent un soulagement énorme.

— Ce n'est que ça ? Merde, Laurence ! Tu m'as fait peur avec ton message.

— Xander, il y a peu de chances pour que ce soit un simple cambriolage.

Alexander évite de réagir, Laurence reprend :

— D'après le rapport préliminaire, tout a été saccagé et on t'a certainement volé ton ordinateur ainsi que d'autres objets faciles à transporter et à revendre. Tu en dresseras la liste pour le constat et ton assureur te remboursera à la mesure de ton contrat, ça ne te coûtera qu'un peu de temps et quelques poignées de dollars. Le problème n'est pas là.

— Alors où est-il ?

Alexander prend conscience que Kayleen se tient en appui contre un pilier de la chambre. Il ne l'a pas entendue arriver.

— Il est possible que seul le contenu de tes disques durs ait intéressé les cambrioleurs, répond Laurence, et que le reste ne serve qu'à donner le change.

— C'est se donner beaucoup de mal pour pas grand-chose. Comme tu le sais, je les ai tellement nettoyés qu'on doit pouvoir s'y mirer dedans.

Alexander est très fier de sa plaisanterie. Laurence s'en agace :

— Hilarant ! Tu sais très bien ce qu'ils escomptaient trouver dedans.

— Eh bien, ils en seront pour leurs frais !

— Xander, si ce que je crains s'avère, c'est maintenant de toi qu'ils vont chercher à obtenir ce qu'ils n'auront pas trouvé dans tes disques durs.

Alexander répliquerait volontiers qu'ils ont procédé à l'envers et qu'ils ne s'intéressent à son ordinateur que parce qu'ils n'ont pas réussi à mettre la main sur lui, mais Laurence en profiterait pour faire un retour dans son existence auquel il tient encore moins depuis que Kayleen semble avoir décidé de s'immiscer dedans.

— Alors ils vont devoir passer les réserves indiennes du Montana au peigne fin. Je leur souhaite bien du plaisir.

Laurence met cinq secondes à réagir. Chez lui, c'est énorme.

— Tu es dans le Montana ?

— J'étais sur le départ. Je vais le repousser le temps de régler cette histoire de cambriolage. J'ai un roman à finir.

Nouveau silence de cinq secondes.

— OK, laisse finalement tomber Laurence. Le Montana est une bonne idée, surtout les réserves. D'ici là, évite de te montrer et préviens-moi quand tu passes chez toi. Je t'accompagnerai et je m'arrangerai pour que le NYPD prenne ta déclaration sur place.

— Oui, papa.

— Xander, c'est peut-être un hasard et ça ne l'est peut-être pas. Dans ce dernier cas…

— Je t'appelle en fin de matinée.

Kayleen se love dans ses bras dès qu'il coupe la communication. Alexander constate que ses côtes le font de moins en moins souffrir. L'onguent de la jeune femme fait des miracles. Elle l'embrasse et s'écarte.

— Un ami du FBI, explique-t-il.

— Une de tes étranges relations. J'avais compris. Mère-Grand m'a parlé de lui.

Alexander est stupéfait.

— Elle t'a parlé de Laurence ?

— Laurence, Kyle, Maria… et Emilio, bien sûr, mais elle n'estime pas qu'Emilio soit une étrange relation. Petit-déjeuner ?

— Petit-déjeuner. Tu t'es levée tôt ? demande-t-il en la suivant dans le dédale de passerelles et d'escaliers. Je ne t'ai pas entendue.

— 6 heures.

— Ce n'est pas comme ça que tu vas rattraper ton retard de sommeil.

— Mère-Grand semble penser que, puisque je me suis installée chez elle, je suis à sa disposition.

— Installée ? relève Alexander, conscient que ce n'est pas ce qui devrait en premier lieu l'intriguer.

— Sauf si tu y vois un inconvénient.

— Tu es sérieuse ?

Elle se retourne, le regarde dans les yeux.

— Et je suis prête à visiter les réserves indiennes du Montana. Si tu veux terminer ton bouquin sans te prendre la tête, tu auras sûrement besoin d'une squaw pour s'occuper de l'intendance.

Alexander ne trouve qu'une réplique pompeuse :

— Squaw est un terme considéré comme dégradant, particulièrement par les peuples du Montana.

— Alors j'éviterai de l'employer. De toute façon, je doute que Mère-Grand nous permette de si tôt une escapade en dehors de New York.

Alexander est trop estomaqué pour réagir avant qu'ils n'atteignent la cuisine. La table est dressée. Brugnons, prunes et abricots dans un saladier, pancakes, toasts grillés, beurre, sirop d'érable, verres de lait, jus d'oranges pressées, mugs fleurant le café et la noisette, muesli, assiettes et couverts.

— Avec le bacon, tes œufs, brouillés ou au plat ? demande Kayleen.

— Au plat, répond-il en pensant à autre chose. Je sais bien que nous sommes chez elle, mais je trouve Madame Janet un rien intrusive et dictatoriale.

Kayleen pouffe en jonglant avec la poêle, les tranches de bacon et les œufs.

— Un rien ? J'admire l'euphémisme. (Sa voix reste légère mais son propos l'est moins :) Cela dit, de manière différente, ni l'un ni l'autre ne lui ayant laissé de choix, je ne vois pas pourquoi elle se priverait de nous retourner la politesse. C'est toi qui t'es introduit dans sa vie, non ?

— Elle m'a littéralement ouvert la porte.

— Et elle t'a laissé repartir, mais tu es de mauvaise foi. Tu l'as cherchée et, quand tu l'as trouvée, tu l'as suivie.

— Je ne la cherchais plus quand je suis tombé dessus. Que signifie « elle t'a laissé repartir » ?

Kayleen sert les œufs au bacon dans les assiettes, repose la poêle sur la cuisinière et s'installe en face d'Alexander.

— Rien ne l'y obligeait, Xander. Il était fatal que tu attires l'attention sur elle. Or tu sais à quel point elle tient à sa tranquillité.

Les œufs et le bacon grillé sont parfaits.

— J'admets avoir provoqué la rencontre de manière franchement louche, mais je ne lui ai jamais forcé la main. Je ne peux pas en dire autant de sa façon de se comporter avec moi… ou avec toi. En quoi ne lui as-tu pas laissé le choix ?

Elle finit son assiette, avale son jus d'orange, saisit un pancake et le nappe de sirop d'érable.

— J'ai jeté mon dévolu sur toi.

— Et je t'en remercie ! Mais je ne vois pas en quoi cela la regarde.

— Elle avait d'autres projets pour toi.

Alexander en recrache le quart d'abricot qu'il avait en bouche.

— Pardon ?

Kayleen désigne l'amulette qui pend au cou d'Alexander.

— C'est efficace, non ?

Il est tellement surpris qu'il rosit à peine. Elle lui épargne une question embarrassée :

— Outre ses vertus phéromonales, qui fonctionnent avec à peu près toute la gent féminine, c'est un véritable phare pour les nymphes très particulières de Mère-Grand.

— Une balise GPS ?

— En quelque sorte. (Elle l'arrête quand il commence à ôter le collier.) Garde-la. Je n'ai pas d'affection pour les nymphes de Mère-Grand, mais je dois leur reconnaître des compétences que je suis loin d'avoir.

Alexander engloutit son café à la noisette d'un trait et dévisage Kayleen pendant qu'elle l'imite avec moins de précipitation.

— Si je comprends bien… ou pour ce que je comprends, je risque d'avoir besoin des compétences des nymphes très particulières de la mère supérieure des Avengers, laquelle me destinait à l'une d'entre elles avant que tu ne chausses tes bottes de cuir et que mon chapeau melon n'en tombe à la renverse.

Elle explose de rire, l'éclaboussant de café.

— Et Mère-Grand qui se demande pourquoi j'ai le béguin ! s'esclaffe-t-elle.

— Non, ma fille, c'est une question que je n'ai aucune raison de me poser.

Kayleen sursaute. Comme à son habitude, Alexander se fige et ferme les yeux deux secondes. Quand il les rouvre, Janet Bond s'est assise au bout de la table.

— Tu lui as dit ? demande-t-elle à Kayleen.

— Tu m'as demandé de ne pas le faire.

— Et tu ne m'as, bien entendu, jamais désobéi.

Kayleen ne se démonte pas :

— Parce que tu n'as jamais outrepassé le rôle qui n'incombait qu'à Lizzie. Par contre, il m'est arrivé de te contrarier.

— Excusez-moi de vous interrompre, intervient Alexander, mais je serais curieux de savoir ce que Kayleen n'était pas censée me dire.

Kayleen tend la main vers Madame Janet.

— Puisque tu voulais la primeur…

Janet lui décoche le regard que les adultes réservent aux enfants lorsque ceux-ci jouent aux limites de l'insolence, puis elle se tourne vers Alexander.

— McNair t'a contacté ? (Elle se contente du clignement d'yeux d'Alexander.) C'est un garçon intelligent et intuitif, j'imagine qu'il t'a mis en garde et qu'il s'est proposé pour t'accompagner à Park Slope.

— Je dois le rappeler, confirme Alexander. Je peux savoir comment vous avez été mis au courant du cambriolage ?

— Je m'y attendais. Quand on ne peut pas débusquer le lynx, on le force à sortir du bois. C'est toi qui as demandé à Emilio de passer à Park Slope ?

— Moi ? s'égosille Alexander. Sûrement pas ! Je suis peut-être naïf, mais j'ai conscience que ma maison doit être surveillée vingt-quatre heures sur vingt-quatre et je n'enverrais personne se faire prendre à ma… (Il s'interrompt, fronce les sourcils.) Pour être sûr que je ne remettrai pas les pieds chez moi seul, Emilio m'a demandé de lui confier mes clés. Et je l'ai fait, comme un imbécile ! (Ses yeux deviennent inquiets.) Il était là-bas pendant le cambriolage ? Bon sang ! Il lui est arrivé quelque chose ?

Madame Janet se lève.

— Il est un peu choqué, mais il va bien. (Elle contourne la table, passe derrière Alexander, pose les mains sur ses épaules.) Je craignais qu'un de tes amis commette une stupidité. J'aurais parié sur Maria, puisqu'elle a un jeu de tes clés, voire Laurence, qui en a fait un double, et j'ai oublié ton fichu talent pour t'attacher l'affection des gens les plus improbables. (Ce disant, elle adresse un sourire en coin à Kayleen, qui lève les yeux au ciel.) J'ai posté une vigie près de chez toi. Elle a pu intercepter Emilio avant qu'il ne se jette dans la gueule du loup. Viens.

Alexander se lève. Madame Janet est déjà à la porte de la cuisine.

— Toi aussi, ma fille, lance-t-elle à Kayleen.

C'est alors qu'Alexander remarque qu'elle n'a pas sa canne et qu'il n'a aperçu ni Szif ni Folksy. Et quelque chose d'autre l'intrigue :

— Si votre vigie a empêché Emilio de se jeter dans les bras des cambrioleurs, pourquoi est-il choqué ?

Madame Janet entre dans la boutique. Elle ne se retourne pas.

— Je n'étais pas la seule à faire surveiller ta rue. Ma fille ? engage-t-elle Kayleen en lui désignant la porte au bout de la pièce.

Kayleen hausse les épaules, lui passe devant, tourne le bouton de la poignée, pousse la porte et la tient ouverte sur la réserve.

— C'est pourtant un tour facile, ma fille. Referme la porte.

Kayleen s'exécute avec un air désabusé et s'écarte. Madame Janet saisit le bouton, le tourne et ouvre la porte sur un escalier de granit rose plongeant sous un mur de grès. Pas de réserve, juste le mur et l'escalier. Alexander est ahuri, puis son cerveau se remet en route.

— Harry Houdini, souffle-t-il. Le roi de l'évasion.

— Et de l'illusion, sourit Madame Janet. Un grand sceptique qui avait plus d'un tour dans son sac, mais il se casserait encore la tête sur certains des miens s'il était toujours de ce monde.

Elle commence à descendre les marches, Alexander et Kayleen suivent. Des torches de facture ancienne, mais dotées d'ampoules à LED, s'allument au fil de leur progression et s'éteignent après leur passage. Madame Janet a certainement beaucoup appris d'Houdini, mais elle ne rechigne pas sur les technologies les plus récentes. Ce qui doit lui conférer un avantage de taille sur l'illusionniste, particulièrement lorsqu'il s'agit d'escamoter une pièce et de la remplacer par un escalier. Il n'empêche qu'Alexander est incapable d'émettre la moindre idée sur la manière dont elle s'y prend.

— Ne réfléchis pas trop, lui souffle Kayleen à l'oreille. Mère-Grand triche.

— Je t'entends, ma fille.

Après plusieurs coudes et après avoir ignoré plusieurs embranchements plongés dans le noir, Madame Janet pose une main sur le mur qui clôt le couloir souterrain. Un panneau recule de quelques centimètres et coulisse sur des rails invisibles. De l'autre côté, Alexander reconnaît la crypte aux chats momifiés.

— Si j'ignorais que tu es déjà descendu ici, ton silence serait édifiant, l'écrivain, laisse tomber Madame Janet en se dirigeant vers la volée de marches qui grimpe jusqu'aux cellules.

— Je n'étais pas seul, dit Alexander.

— Laurence, je sais. Je lui ai permis d'entrer une fois. Cela ne se renouvellera pas.

— C'est une requête ou un avertissement ?

En haut des marches, elle tourne juste la tête vers lui.

— Ni l'un, ni l'autre. Tu es chez toi, tu fais ce que tu veux. Simplement, Laurence n'y a plus accès.

— Simplement ?

— C'est ce qui agaçait Ehrie. J'ouvre et je ferme les portes simplement.

Houdini encore, mais à quoi fait-elle allusion ?

Alexander grimpe les marches derrière elle, la suit sur le pan incliné et, dès qu'ils débouchent dans le couloir desservant les cellules, se demande ce que peut être la complexité pour Madame Janet au regard de ce qu'elle définit comme la simplicité.

On mangerait à même le sol du couloir tellement il est propre. Et on en ferait autant sur celui des cellules devenues des chambres dignes d'une clinique de luxe. Revenu de son ébahissement, Alexander risque un trait d'humour :

— Vous avez fait le ménage ?

— Nécessité fait loi, répond-elle en l'engageant à pénétrer dans une cellule.

Une jeune femme est allongée sur le lit, les yeux ouverts mais sans donner l'impression qu'elle a conscience de leur présence. Une jeune femme qu'Alexander croit immédiatement reconnaître avant de lire des différences sur son visage en sueur et de ne plus voir qu'un air de famille avec Liadan Donough.

— Shania, la présente Madame Janet.

— Flynn, complète Alexander en se souvenant de la toute jeune lectrice du métro.

Madame Janet le regarde avec amusement.

— Ainsi tu as rencontré la petite Emily ? Un écrivain, j'aurais dû me douter qu'elle ne résisterait pas. (Elle se tourne vers Kayleen.) On dirait bien que tu n'es pas la seule à désobéir aux consignes que je ne donne pas, ma fille.

— À moins que Shania soit tout aussi rétive à tes préceptes éducatifs que Lizzie, Mère-Grand.

— Si c'était le cas, elle ne serait pas dans cet état.

Avant qu'Alexander ne puisse poser la question qui lui vient à l'esprit, Madame Janet soulève le drap qui couvre la jeune femme fiévreuse et le rabat sur son ventre. Un pansement de vingt centimètres carrés s'étale sur l'omoplate droite et une partie de la poitrine de Shania Flynn. La plaie sous le pansement suppure, dessinant une tache jaunâtre sur une auréole rose.

— Je m'en occupe, dit Kayleen.

Elle prépare une bassine, dispose des fioles et des pinces sur une tablette roulante, déchire l'emballage de carrés de gaze, décolle le pansement d'un geste vif et commence à nettoyer la plaie. Alexander s'approche.

— Une balle ? demande-t-il, mais ce n'est pas vraiment une question.

— Elle a perforé le poumon juste au-dessus du cœur, confirme Janet en le rejoignant. Shania est solide, mais il ne s'en est pas fallu de grand-chose.

— Qui lui a tiré dessus ? (Il anticipe la réponse :) L'autre vigie, près de chez moi, c'est ça ?

— C'est ça.

— Je comprends qu'Emilio soit choqué. Il a dû avoir la frousse de sa vie.

Madame Janet fait la moue.

— Il l'a eue, mais pas forcément pour la raison à laquelle tu penses. Ou seulement en partie.

Kayleen lui épargne une nouvelle question d'Alexander :

— Je peux extraire la balle dès maintenant, dit-elle. Elle est encore profonde, mais elle affleure la plèvre et la cicatrisation est trop rapide.

— Elle finira par l'expulser.

— Cela… me laisserait… sur la touche… trop longtemps…

La voix de Shania est à peine audible, son souffle court, mais, à la stupéfaction d'Alexander, elle est parfaitement consciente.

— Tu vas en baver, la prévient Kayleen.

— Fais-le.

Kayleen attrape une pince sur la tablette.

— Vous devriez nous laisser, suggère-t-elle.

— Tu… tu n'as pas d'anesthésique ? s'effare Alexander.

Madame Janet l'attrape par le bras.

— Rien d'assez puissant, dit-elle d'une voix apaisante. (Elle le pousse hors de la pièce et se retourne avant de sortir.) Merci, mes filles.

Elle ramène Alexander jusqu'à la crypte. Il a du mal à chasser de son esprit l'image de la jeune femme sur le lit se faisant charcuter par Kayleen, mais les derniers mots de Madame Janet l'intriguent :

— Pourquoi ce « merci, mes filles » ?

— Parce que tu n'appréhendes pas assez bien les choses pour les remercier toi-même.

— Non, en effet. Je suppose toutefois que, si on me les expliquait, mon aperception en serait bien meilleure.

Madame Janet émet un tout petit rire.

— Aperception, vraiment ? Selon Leibniz ou selon Kant ? Tu es impayable, l'écrivain. C'est d'ailleurs une partie du problème : on ne peut pas t'acheter. Et c'est pour ça que Shania veut être opérationnelle le plus rapidement possible et que Kayleen va lui en offrir la possibilité. Mais rassure-toi, le plus dur pour Shania sera de dire « merci » à Kayleen et, pour Kayleen, de lui répondre « c'était la moindre des choses ».

— Elles ont un différend ?

— Elles sont différentes.

Alexander fait l'effort de ne pas s'agacer des réponses sibyllines de Madame Janet :

— Je veux dire : il y a un problème entre elles ?

— Tu veux dire : à part toi ?

Pour Alexander, il devient de plus en plus difficile de ne pas sortir de ses gonds.

— Qui que vous vous soyez mis en tête de mettre dans mon lit, je n'avais jamais rencontré Shania. Donc le problème entre elle et Kayleen ne date sûrement pas de mon irruption dans votre existence.

D'un geste large, Madame Janet montre les momies dans leurs niches.

— À leur façon et à des degrés divers, Kayleen et Shania sont des chattes, Xander. Même dans une relation de fratrie, les chattes s'aiment ou ne s'aiment pas. Pour répondre à ta question, Kayleen a un problème avec toutes celles qui pourraient être ses sœurs au sens large et Shania une appréciation de la sororité qui exclut Kayleen.

— Pourtant vous les appelez conjointement « mes filles ».

— Je suis chatte, moi aussi. Maternelle à l'excès et capable de la plus nonchalante sournoiserie. Je ne peux pas les contraindre à s'apprécier, mais je peux leur signifier que je ne tolérerai aucune confrontation.

Ses yeux pétillent de fierté facétieuse.

— Janet, soupire Alexander, pouvez-vous m'expliquer pourquoi, lorsque vous parlez de fratrie, de sororité, d'instinct maternel, j'ai l'impression d'entendre un chef de clan yakusa ?

— Parce que tu ne dois pas être très familier avec les coutumes yakusas.

Fin de non-recevoir. Alexander désigne à son tour les niches et les momies.

— Et ça, c'est quoi ?

— Une vieille tradition de mon clan. (Elle pouffe.) Pas très japonais, n'est-ce pas ?

— Plutôt égyptien, en effet.

— On ne peut rien te cacher.

Autre fin de non-recevoir. Cela devient pénible. Alexander décide de ne pas en tenir compte :

— Votre clan ressemble à une secte, Janet.

— Une secte ? Dans le seul État au monde qui reconnaît pratiquement tous les mouvements spirituels comme autant de religions ? Tss, tss, l'écrivain, tu n'as pas foi dans le Premier amendement ?

— Si vous pouviez cesser de tourner le moindre de mes propos en dérision et répondre sans détour à mes questions…

— Je peux essayer, en tout cas. Je t'écoute, pose une question.

— D'où vous vient cette fascination pour l'Égypte antique ?

— Du sol et du sang.

— Pardon ? (Il se secoue.) Vous… vous êtes de nationalité égyptienne ? Je croyais que…

— On ne croit qu'à l'église, l'écrivain. Apprends à penser.

Il devine qu'elle ne lui dira rien de plus. Il comprend même pourquoi : même si sa sincérité est douteuse, elle lui demande réellement d'apprendre à penser, du moins comme elle estime qu'il doit le faire. C'est, une fois de plus, très désagréable.

— Vous me dites tellement peu, Janet, que je me demande pourquoi vous prenez la peine de me parler, ou de m'inviter chez vous, ou de veiller sur moi.

— Ou de te lire ? (Elle pose une main sur son bras gauche.) Je te taquine. Tous tes bouquins m'ont plu et je me régale avec tes chroniques. Si tu veux mon avis, ils t'ont donné le Pulitzer trop tôt. C'est maintenant que l'écrivain Alexander Byrd sort de son cocon.

— Vous avez lu mes chroniques ?

— Au fur et à mesure.

Alexander n'a guère d'autre choix que la résignation.

— Vous n'avez jamais quitté la maison, n'est-ce pas ? Combien existe-t-il de portes Houdini ?

— Les portes Houdini… j'aime beaucoup. Disons qu'il y en a assez. Ah, revoilà notre petite Kayleen.

Alexander n'entend rien, mais Kayleen apparaît en haut des marches derrière eux. Elle tient quelque chose entre les doigts.

— 9 mm parabellum, annonce-t-elle en tendant le projectile à Madame Janet. Série spéciale, d'après Shania.

— Ogive plate mais chemisée, tête tronconique, commente Janet. Pas vraiment une « tueuse de flics », même si peu de gilets pare-balles l'arrêteraient, mais pas non plus conçue pour blesser. Le Serpent est de retour, ma fille. (Elle plisse les yeux.) Rassure-moi, Lizzie t'a bien parlé du Serpent ?

— Oui, Mère-Grand. Lizzie m'a appris tout ce que tu voulais qu'elle m'apprenne.

— Mais pas que ?

— Mais pas que.

Madame Janet lève les yeux au ciel.

— Ayez des enfants ! se plaint-elle.

Pour ne rien changer à ses habitudes, Alexander bée.

— Lizzie est votre fille ?

— Non, Xander, Lizzie est ma petite-fille. (Elle caresse les cheveux de Kayleen.) Ce qui fait de moi l'arrière-grand-mère de cette délicieuse impertinente. Chez nous, les relations familiales sont aussi compliquées que conflictuelles, vois-tu ? Néanmoins, moyennant certains arrangements et un minimum de respect, du moins de tolérance, nous parvenons à nous étriper en toute convivialité.

Alexander a une inspiration soudaine :

— Et Shania ?

— Là, ça va devenir carrément alambiqué, s'amuse Kayleen. Généalogiquement, Shania est ma grand-tante. (Elle intercepte le regard courroucé de Janet et celui incrédule d'Alexander.) Je laisserai à Mère-Grand le soin de te détailler les subtilités de sa descendance. Je m'y perds facilement et je ne pense pas que ce soit le moment.

— En effet, approuve Janet. Pour Xander, ce serait plutôt le moment d'appeler son ami Laurence afin de se débarrasser des formalités administratives, et, pour toi, de lui prêter une épaule aussi tendre que compatissante dans ce pénible moment.

Pendant qu'ils remontent vers la porte Houdini, Alexander demande :

— Qui est le Serpent ?

— L'ennemi héréditaire. Essentiellement monétaire, depuis quelque temps, répond Kayleen sans aucune trace d'ironie dans la voix.

Madame Janet s'agace tout de même d'un claquement de langue.

— Le Serpent est le bras armé de ceux qui en ont après toi, corrige-t-elle.

— Après moi ? relève Alexander. Personne n'a de raison d'en avoir après moi, sinon dans l'espoir de vous atteindre vous, Janet.

Elle s'arrête, se tourne vers lui et plante son regard dans le sien.

— C'est exact, l'écrivain. Toutefois, si je peux me permettre, je menais une existence relativement paisible et confortable avant que tu n'attires l'attention sur moi.

— En deux mots, tu dormais, s'immisce Kayleen. Mère-Grand, je trouve très injuste de reprocher à Xander d'avoir ranimé la flamme avec laquelle tu adores foutre le feu.

— Ma fille, je trouve très hardi et, pour le moins, contradictoire de me jeter à la fois ma somnolence et mon réveil au visage.

Alexander préfère ne pas se demander dans quelle famille il est tombé, puis il se demande pourquoi il accepte aussi facilement que cette famille se comporte comme s'il lui appartenait.

Acte VI, scène II

Laurence récupère Alexander et Kayleen à l'entrée du cimetière Ahawith Chesed. Il a du mal à cacher sa surprise lorsque Alexander les présente d'un simple :

— Laurence, Kayleen.

Laurence plisse les yeux.

— J'ai l'impression de vous connaître, dit-il à Kayleen.

— Vous êtes le millième, cette année, réplique-t-elle. À croire que je ressemble à toutes les femmes.

Laurence en reste interdit, puis lui ouvre la portière avant droite et retrouve son naturel :

— Et moi à n'importe quel dragueur hétéro. Ce qui est un peu vexant pour un gay monogame.

Elle le laisse faire le tour de la Taurus et s'installer pendant qu'Alexander grimpe à l'arrière.

— Alors soit vous fréquentez trop de dragueurs hétéros et au moins un de leurs poncifs est contagieux, soit mon visage est plus ordinaire que je ne l'espérais et au moins un de mes mille sosies n'est pas imaginaire.

Laurence rit en engageant la voiture sur Metropolitan Avenue.

— En tout cas, votre sens de la répartie n'est pas commun.

— Tu ne peux pas savoir à quel point ! intervient Alexander. Je ne saurais trop te recommander de ne pas tendre le bâton.

— J'ai tout de même droit à une ou deux questions ? Je n'aime pas trop jouer les chauffeurs de maître.

Kayleen abaisse le pare-soleil et se regarde dans le miroir de courtoisie.

— Si cela peut vous aider à ne pas perdre la main, agent spécial Laurence.

Laurence ne se démonte pas :

— McNair, corrige-t-il. Derrière agent spécial, il convient d'user du patronyme. Le défaut, c'est que cela me replonge dans une ambiance professionnelle, or je préférerais m'en tenir à des questions amicales.

Kayleen retouche légèrement la position du pare-soleil et s'appuie contre le dossier de son siège.

— Une sorte de réflexe pavlovien, je comprends. Je vais m'en tenir à Laurence et vous répondre moi aussi sur le mode amical. (Elle recule son siège et pose les pieds sur le tableau de bord.) C'est quand vous voulez.

— D'accord. J'essaierai d'être direct. Par exemple, quel rapport entretenez-vous, tous les deux ?

— Sexuel, répond Kayleen du tac au tac. Mais, si je survis au Montana, il se pourrait que je prenne du galon.

Laurence jette un coup d'œil involontaire dans le rétroviseur intérieur. Alexander lui offre un large sourire.

— Vous avez un lien avec Janet Bond, Kayleen ?

— C'est une question amicale, ça ? Bon, je vais faire comme si. Un lien ? Oui. Je pense qu'elle le qualifierait de familial, mais, pour ce qui me concerne, il se limite à des approximations génétiques.

— Des approximations génétiques ?

— Un huitième, dans le meilleur des cas, mais avec ces conneries d'allèles et de gènes récessifs, on ne peut jurer de rien.

— Un huitième ? Alors vous êtes…

— Un très, très vilain Petit Chaperon rouge qui n'apporterait pas une miette de galette ni une noisette de beurre à son arrière-Mère-Grand sans la certitude que celle-ci s'étouffe avec.

Laurence manque s'en décrocher la mâchoire. Alexander explose de rire.

Un véhicule du NYPD est parqué à vingt mètres de la porte d'Alexander, celui de Kyle juste devant, Laurence gare la Taurus juste derrière.

Comme Laurence avant lui, Kyle s'étonne avec retenue de la présence de Kayleen, mais Alexander note un embarras que Laurence n'a pas manifesté.

— Kyle, Kayleen, simplifie-t-il une fois de plus.

Ils se saluent l'un l'autre d'un hochement de tête, puis Kyle serre la main d'Alexander.

— Désolé, j'aurais préféré te revoir dans d'autres conditions, dit-il en évoquant le désastre qui règne dans la maison.

Pour ce que voit Alexander du rez-de-chaussée, tous les meubles sont renversés et leur contenu s'étale sur le sol, particulièrement les livres qui gisent dans l'entrée, s'amoncellent au pied de l'escalier et couvrent presque toutes les marches.

— C'est comme ça partout ? demande-t-il.

Kyle hoche la tête avec une moue navrée.

— Besoin de respirer, lâche Alexander en se dirigeant vers la baie vitrée du salon, obligé de slalomer entre les objets épars.

Kayleen le rattrape par la taille juste avant que ses jambes le lâchent et glisse une épaule sous son aisselle pour le supporter. Laurence se précipite pour l'aider. Kyle ouvre la porte-fenêtre. Laurence et Kayleen installent Alexander complètement hagard sur une chaise longue dans le jardin.

— Malaise vagal, diagnostique Kayleen. Laurence, j'ai besoin d'un coussin pour lui soulever les pieds. Kyle, un verre d'eau lui ferait le plus grand bien. Xander, respire doucement.

Pendant que Laurence et Kyle rentrent dans la maison, Kayleen attrape Alexander aux talons, pose ceux-ci sur son épaule et lui lève les jambes à la verticale.

— Je ne me savais pas aussi émotif, murmure Alexander.

Elle sourit.

— En terme d'émotions, tu es plutôt gâté ces derniers temps, mais je pencherais davantage pour une bonne crise d'angoisse à l'idée du boulot qui t'attend pour remettre la maison en ordre, reclasser tes bouquins et dresser la liste de ce qui te manque. Ça va mieux ?

— C'est passé.

Elle repose ses pieds sur le coussin que Laurence vient de rapporter, saisit le verre des mains de Kyle quand celui-ci surgit dans le jardin et le tend à Alexander en train de se redresser sur le dossier de la chaise longue. Puis elle s'agenouille à hauteur de sa tête, pose une main sur son torse, exactement à l'endroit où se trouve l'amulette, et l'embrasse sur les lèvres.

C'est ainsi que Maria les découvre, et Alexander comprend enfin la gêne de Kyle lorsqu'il les a accueillis dans la maison.

Maria contourne la chaise longue, s'accroupit en face de Kayleen, la dévisage quand celle-ci relève la tête et tend la main.

— Maria, se présente-t-elle.

— Kayleen, répond Kayleen. Enchantée de vous rencontrer, Maria.

Maria l'évalue, consent un sourire formel et embrasse Alexander sur la joue.

— C'est le ménage qui te met dans cet état ? le moque-t-elle.

— C'est ce que pense Kayleen, en tout cas.

— Et tu n'as encore pas vu ton bureau ! Tiens. (Elle lui met l'alliance dans la main en s'arrangeant pour que Kayleen ne sache pas de quoi il s'agit.) Il m'a fallu une heure pour la trouver.

Alexander empoche l'alliance.

— Merci. C'est à peu près le seul truc qui m'importait dans la maison.

— Et tes livres ? Et ton ordi, tes sauvegardes…

— Mes bouquins et mes CD sont tous catalogués dans une base de données qui, comme le contenu de mes disques durs, existe en plusieurs exemplaires dans le cloud et sur des supports physiques que je ne conserve pas ici. Je ne suis même pas sûr de remplacer ce qui m'a été volé. Ce qui m'ennuie, c'est de devoir en faire l'inventaire pour la déclaration d'assurance.

— Nous comptions partir pour le Montana demain au plus tard, explique Kayleen.

Le regard que lui décoche Maria n'est pas vraiment amène. Kayleen a prononcé la phrase de trop. Même si c'est pour avoir refusé de l'y accompagner, jamais Maria n'a mis les pieds dans le Montana. Or Kayleen a visiblement dix ans de moins qu'elle et connaît à peine Alexander. Cela fait beaucoup.

— C'est ce que j'ai cru comprendre, dit Maria en donnant un coup de tête vers Kyle et Laurence qui discutent de l'autre côté de la baie vitrée. C'est même pour ça que j'ai insisté auprès de Kyle pour qu'il me prévienne quand Xander passerait établir le constat. D'une part, j'ai horreur qu'Alexander s'absente longtemps sans me dire au revoir. D'autre part, j'ai une solution pour lui… pour vous permettre de partir dans les meilleurs délais.

— Une solution ? relève Alexander.

— Tu me signes une procuration, tu me donnes accès à ta base de données, j'embauche des petites mains pour dresser la liste des ouvrages qui manquent et ranger les autres dans les bibliothèques. Si ton assureur tient à toi, je suis certaine qu'il te remboursera jusqu'au salaire des manutentionnaires. (Elle poursuit en souriant à Kayleen.) Puisque tu n'as ni couverts en argent, ni service en cristal, puisque la pile dans ton dressing semble réunir toutes tes possessions vestimentaires et que tes bijoux de famille tiennent en général dans ton boxer, tu dois pouvoir limiter ton listing d'aujourd'hui au matériel multimédia, à l'électroménager et aux vins que contenaient tes armoires réfrigérées.

Alexander est outré :

— Ils ont volé mes bouteilles ?

— Non, ils ont renversé les armoires. À l'odeur, je dirais qu'il y a pas mal de casse.

Il faut une heure à Alexander pour faire le tour de la maison, accompagné d'un officier de police consignant ce qu'il déclare volé. À l'exception de l'électroménager de cuisine et de celui de buanderie, tout ce qui contenait une puce électronique ou fonctionnait de manière numérique a disparu, mais l'assureur s'en tirerait pour moins de trente mille dollars si certaines bouteilles d'Alexander avaient survécu au carnage. Sans mauvaise surprise côté livres, il devra au minimum en débourser le double.

Après avoir signé le constat provisoire, Alexander retrouve Kyle et Laurence dans le salon. Maria et Kayleen sont en train de discuter dans le jardin.

— Bilan ? demande Laurence.

Alexander hausse les épaules.

— Certaines bouteilles vont me manquer et je ne les retrouverai pas au prix qu'en donnera l'assureur. Le reste m'est franchement égal. (Il donne un coup de tête vers les deux femmes dans le jardin.) Comment ça se passe ?

— Il nous a semblé judicieux de nous replier quand on nous a fait comprendre que notre présence n'était pas désirée, répond Kyle.

Alexander ouvre de grands yeux.

— Elles se sont mises à parler en italien, explique Laurence. C'est sérieux avec cette fille ?

Kayleen parle l'italien ? Pour Maria, Alexander savait.

— Ça pourrait le devenir, répond-il.

Laurence hoche la tête.

— Je vois. Janet Bond est vraiment sa bisaïeule ?

— Yep.

— C'est par elle que tu l'as connue ?

— Nope.

Alexander se croise les bras et s'assombrit. Il était content que Kayleen l'accompagne, même si l'idée émanait de Madame Janet sous forme de demande expresse, mais supporter les questions de Laurence et la jalousie de Maria est en train de lui faire regretter d'avoir accepté.

— Qu'est-ce qu'elle voulait dire avec ses histoires de Chaperon rouge ?

— Qu'on ne choisit pas sa famille. Laurence, fous-lui et fous-moi la paix avec ça, tu veux ? Janet Bond est aussi encombrante pour elle que pour moi.

Laurence semble comprendre le message et se tait, mais Kyle prend le relais :

— Tu as revu Janet Bond ?

— Affirmatif.

— Xander, Laurence et moi ne demandons qu'à te… qu'à vous foutre la paix. Nous ne voulons pas nous immiscer dans ta vie et nous ne nous permettrons pas de te dicter ta conduite, mais nous avons besoin d'informations pour te protéger, du moins tant que tu… tant que vous êtes à New York.

— J'ai bien compris et je vous en remercie, Laurence et toi. Seulement Janet est avare d'informations et elle aussi s'est mis en tête de me protéger… moi, pas Kayleen, vous comprenez ? Janet se fiche complètement de son arrière-petite-fille et elle désapprouve encore plus notre relation que Maria. Le problème, pour vous comme pour elle, se résoudra de lui-même dès que Kayleen et moi nous serons volatilisés dans les réserves du Montana.

Kyle approuve du chef, Laurence pince les lèvres.

— Je ne pense pas, Xander. Le problème ne se résoudra pas simplement parce que tu auras passé trois ou quatre mois dans les réserves indiennes. Il resurgira dès que tu en sortiras. Tu as involontairement ranimé un conflit né avant toi entre deux groupes qui cachent de nombreux cadavres dans leurs placards. À l'évidence la CIA et le KGB étaient impliqués, mais ils n'étaient pas les seuls ou ils ont fait des petits qui n'entendent pas rester sur un statu quo. Janet Bond est au cœur du conflit et tu es le plus court chemin qui mène à elle. Ils ont patienté plusieurs décennies, ils n'abandonneront pas de sitôt. Si tu as une information que nous ne possédons pas, c'est le moment d'en parler.

Alexander dégage l'un des fauteuils, se laisse tomber dedans.

— Le Serpent, ça vous dit quelque chose ?

Le front de Laurence se plisse. Kyle a une curieuse mimique.

— C'est le surnom d'un tueur français qui s'en prenait aux touristes en Asie dans les années 70, dit-il. À ma connaissance, il est toujours en prison au Népal. Facile à vérifier.

— Pour ce que j'ai compris, il faudrait plutôt chercher du côté de la finance internationale et du New York Stock Exchange, révèle Alexander.

Kyle réfléchit à voix haute :

— Le Serpent monétaire européen ? Il a été remplacé avant les années 80. Le SMI, le FMI, l'OMC ? Une organisation ou un organisme issu directement ou indirectement des accords de Bretton Woods ? Une agence spécialisée dans l'espionnage économique ?

Laurence se ranime :

— Économique, industriel et commercial... même si ce n'est pas son seul champ d'activités, cela ressemble beaucoup à la NSA. Et le sobriquet de Serpent lui va comme un gant.

— La NSA est de création un peu trop récente, doute Alexander.

— Oh que non ! le détrompe Laurence. La NSA est une réorganisation de l'AFSA, créée en 1949, dont l'ancêtre, le MI8 a été fondé en 1917 avant d'être remplacé par le Cipher Bureau. Tu as entendu parler de la Black Chamber ?

— Non, mais les dates m'interpellent.

— N'est-ce pas ? C'est un peu comme s'il était écrit « Janet Bond est parmi vous » en filigrane partout.

Le retour de Maria et de Kayleen abrège la discussion, au grand soulagement d'Alexander.

— Tu as fini ? s'enquiert Kayleen.

— Si Maria maintient son offre.

— Je ne la retirerais pour rien au monde.

— Merci. Dans ce cas, plutôt que de redresser les étagères, je préfère que tu fasses tout emballer et stocker dans un container. Je vais vendre. Je ne pense pas pouvoir revivre ici.

Tous reçoivent l'annonce de manière différente, mais elle fait son effet sur chacun. Les yeux de Kyle s'arrondissent. Laurence a un petit sourire satisfait. Kayleen penche la tête d'un air interrogatif. Maria s'inquiète :

— Tu ne comptes pas t'installer dans le Montana ou dans je ne sais quel État à l'autre bout du pays, j'espère ?

Alexander la rassure en improvisant un demi-mensonge auquel même lui veut bien croire :

— Un ami m'a montré un coin dans le Village qui conviendrait merveilleusement à Folksy. Le temps de vendre Park Slope, de trouver quelque chose qui me convienne et de laisser mon agent négocier un contrat d'édition qui me permette d'acheter une maison sympa sans me saigner, cela risque d'attendre l'année prochaine. D'une certaine façon, cela tombe bien, il y a longtemps que je n'ai pas passé un hiver dans le Montana.

— Brrr, fait Maria en fixant Kayleen.

Celle-ci lui dédie un sourire blasé. Si leur discussion en tête à tête a amorcé une complicité, elle est d'une subtilité qui échappe à Alexander.

— Nous avons un petit problème sur les toits en face, déclare Laurence à brûle-pourpoint les yeux braqués sur un point au-delà de la baie vitrée béante.

Les regards s'orientent vers le jardin et font le même constat : le feuillage des arbres ne permet d'apercevoir que très partiellement le sommet des bâtiments. Laurence éclate aussitôt de rire pour que tous se retournent vers lui et lâche d'une voix très calme :

— Essayez de ne plus regarder de ce côté. Il m'a semblé voir quelqu'un allongé sur un toit.

— Un voisin qui évacue les feuilles mortes de ses descentes de gouttières avant les pluies d'automne, explique Alexander. Cela m'arrive aussi.

— Avec un fusil à lunette ? demande Kayleen. (Comme les regards se tournent cette fois vers elle, elle se fend d'une explication lapidaire :) J'ai des yeux de chat. (Puisque cela ne semble pas suffire, elle ajoute :) Longueur focale, stigmatisme, tout ça. Plutôt que de se questionner sur mon acuité visuelle, il serait important de se bouger, non ? Laurence ?

Laurence prend une profonde inspiration et débite très vite :

— C'est moins le fusil que la lunette qui est important. Elle permet de comptabiliser et de surveiller ceux qui se trouvent dans la maison et de prévenir l'équipe chargée d'intercepter Xander au cas où celui-ci s'éclipse par les jardins. Le fusil n'a que vocation de couverture si l'interception devait être précipitée. Ils ignorent que nous savons… (Il s'interrompt, se positionne de façon que l'observateur ne puisse voir qu'il sort le mobile de sa poche, l'examine et le range.) Mais ils sont prévoyants : pas de réseau. L'officier Maertens est toujours là ?

Il doit s'agir du policier qui a pris la déposition d'Alexander.

— Il terminait de rédiger son rapport dans mon bureau quand je suis descendu.

— Tant mieux. Kyle, monte lui emprunter sa radio et préviens l'ESU[1], s'il te plaît. Maria, Kayleen, profitez-en pour vous éloigner de la porte-fenêtre. Vous serez à l'abri dans l'entrée et, tant que Xander reste visible, la vigie sur le toit ne s'inquiétera pas.

Kyle a déjà quitté la pièce quand les deux femmes, après s'être dévisagées, se décident à le suivre.

— Prime à la jeunesse, ironise Maria en s'écartant lorsqu'elles atteignent l'ouverture sur le hall.

Kayleen l'enlace par la taille et l'entraîne avec elle en lui murmurant à l'oreille quelque chose qu'Alexander et Laurence n'entendent pas.

— Ce n'était pas une bonne idée d'amener Kayleen, commente Laurence à voix basse.

— Ce n'était pas une bonne idée de prévenir Maria que je venais, réplique Alexander avec la même discrétion.

---

1. Emergency Service Unit, département du NYPD dont l'une des fonctions est équivalente à celle des SWAT.

Kyle apparaît à l'entrée du salon, accompagné par l'officier Maertens.

— L'officier Maertens a laissé sa radio dans son véhicule, annonce Kyle, furieux.

— Je m'excuse, monsieur, regrette l'officier, tête basse. Je…

— C'est un oubli facile à réparer, le coupe Laurence. Votre voiture est à quelques pas.

— Bien sûr, monsieur. Je reviens de suite.

— Maertens ! l'arrête Laurence. Avant de sortir, assurez-vous qu'il n'y a ni personnes ni véhicule suspects dans la rue. Et ne vous précipitez pas !

L'homme hoche la tête. Alexander entend la porte d'entrée s'ouvrir et, après quelques secondes, la voix de Maertens :

— Rien d'anormal. Je peux y aller ?

Alexander voit Kyle lever les yeux au ciel.

— Je vous accompagne, décide-t-il.

La bouche de Laurence s'ouvre et se referme sans qu'il prononce un mot – Kyle est déjà sorti, de toute façon – puis il pince les lèvres et décide :

— On y va, Xander.

Un air d'incompréhension sur le visage, Alexander reste immobile. La voix de Laurence claque sèchement :

— Maintenant !

Alexander obéit. Il se lève, passe devant Laurence, fait quelques pas, puis quelque chose le percute à hauteur des reins. Laurence, qui l'arrache du sol et, sur son élan, les envoie s'écraser dans le hall en même temps que la partie fermée de la baie vitrée explose. On n'entend pas de détonations, seulement plusieurs projectiles qui s'écrasent dans le plancher, les murs et les meubles du salon.

Laurence se relève, Kayleen aide Alexander à en faire autant.

— Ma voiture ! ordonne Laurence en tirant son arme.

La porte d'entrée n'est qu'entrebâillée. Il l'ouvre complètement, se plaque contre le mur en face du portemanteau, prend un mètre de recul et plonge littéralement sur le trottoir pour atterrir entre sa voiture et celle de Kyle.

Maria est hébétée et Alexander ne vaut guère mieux. Tout va trop vite, tourne trop mal, tend vers le pire, et Laurence a pris une balle dans le dos – Alexander a vu le trou rouge dans sa veste quand l'agent spécial s'est élancé dans la rue.

Kayleen attrape Maria par un bras et pousse Alexander.

— On sort.

Alexander ne songe même pas à courir. Il traverse le trottoir à peine plus vite qu'il ne le fait d'habitude, repère Kyle dans les bras de l'officier Maertens, ouvre la portière arrière droite, remarque un homme sur le toit en face, s'engouffre dans la Taurus, entend un coup de feu juste derrière lui auquel répondent deux autres, se décale vers la portière gauche, l'ouvre, aperçoit un Hummer noir à l'angle de la rue derrière lui, descend, ouvre la portière côté conducteur, se fige.

Kayleen enfourne Maria à l'arrière de la voiture, ouvre la portière avant droite, se baisse et se coule jusqu'à Laurence. Un SUV Nissan Murano, noir aussi, démarre à l'autre bout de la rue. Un patineur cagoulé lancé à pleine vitesse surgit de la rue adjacente derrière le SUV.

— Xander ! crie Kayleen. Rentre dans la voiture.

Mais Alexander est paralysé. Une balle s'écrase sur le capot de la voiture de Kyle, juste à côté de Laurence. Laurence lève son arme, tire trois fois. L'homme sur le toit vacille, tombe, s'écrase sur le trottoir. Maertens recule en plaquant Kyle contre lui, le cou enfermé dans son coude. Alexander comprend simultanément que Maertens est un flic pourri et que le patineur est une patineuse qu'il connaît bien. Le Murano s'arrête à la hauteur de Maertens, une portière s'ouvre. Maertens lâche Kyle, se rue dans le Nissan et, juste avant que la portière se referme sur lui, fait feu sur Kyle.

Tout se ralentit.

Une partie du crâne de Kyle explose tandis qu'il s'effondre sur lui-même. Laurence se redresse et quitte son abri en hurlant :

— Non !

Il se campe au milieu de la rue, face au Murano, et tire trois balles dans le pare-brise de celui-ci pendant qu'il se rue sur lui. La patineuse happe Laurence juste avant que le SUV ne le fasse et, sans ralentir, le projette vers Alexander.

— Monte ! ordonne Laurence.

Il claque la portière derrière Alexander, prend place au volant, met le contact.

Kayleen roule sur le capot et s'installe à côté de lui.

— Ceintures ! jette-t-elle en bouclant la sienne tandis que Laurence fait exécuter un demi-tour à la Taurus.

Alexander attache Maria avant de se ceinturer lui-même. La colère est en train de chasser la panique, son esprit se remet à fonctionner.

À l'instant où le SUV s'apprête à la percuter, la patineuse dévie sa trajectoire vers le trottoir et bondit au-dessus du capot du Hummer. Le SUV poursuit tout droit, traverse le carrefour, monte sur un trottoir, heurte une bouche d'incendie et se renverse. Laurence a dû faire mouche. Le Hummer s'avance pour bloquer la route à la Taurus.

Laurence écrase la pédale de frein, braque à droite. La voiture fait une embardée, grimpe sur le trottoir, rase un lampadaire, passe derrière le Hummer, exactement à la place qu'il occupait avant de boucher la rue, et tourne à droite dans un dérapage parfaitement contrôlé. Quand elle passe à la hauteur de la patineuse, celle-ci s'accroche au montant de la fenêtre de Kayleen. Tout en positionnant le pare-soleil pour surveiller leurs arrières avec le miroir de courtoisie, Kayleen abaisse la vitre.

— Ridgewood, souffle la patineuse. Par Myrtle et Forest.

Elle lâche la voiture, se laisse distancer. Laurence écrase l'accélérateur.

— Qui c'est celle-là ? demande-t-il.

— Asuncion, répond Alexander. Une des protégées de Madame Janet.

Une protégée ? Bel euphémisme. Mais Alexander préfère ne pas se demander où situer Asuncion dans l'arbre généalogique de la famille Bond, et il voit les gouttes de sueur sur le visage de Laurence dans le rétroviseur.

— Ta blessure ? s'inquiète-t-il.

— Ça ira.

— Je vais jeter un œil, décide Kayleen en dégrafant sa ceinture.

— Pas le moment. Ils reviennent sur nous. Rattachez-vous.

Kayleen ignore l'injonction, se penche vers lui, tire sur sa chemise et en écarte les pans.

Dans le rétroviseur central, le visage de Laurence se crispe. Il serre les dents, se concentre sur son pilotage, vire un coup dans un sens, un coup dans l'autre, enchaîne les coups de frein, les dérapages et les accélérations brutales.

— Xander, est-ce que tu as du signal ? demande-t-il en slalomant entre les véhicules sur la 7ᵉ.

Alexander vérifie son mobile.

— Rien.

— Rien non plus, ajoute Maria qui sort de son apathie.

Droite encore, puis immédiatement gauche, à 135°, pour se retrouver sur la mauvaise voie de Flatbush Avenue, face aux chauffeurs paniqués qui descendent vers Grand Army Plaza. Un coup de volant à droite, une accélération, un virage sur les chapeaux de roues à gauche.

— Toujours rien ?

— Rien, confirment Maria et Alexander.

Vanderbilt Avenue est dégagée, Laurence prend de la vitesse, baisse sa vitre et plaque le gyrophare magnétique sur le toit.

— Ils ont craqué mon VPN et pris le contrôle des cartes SIM. Enlevez vos batteries. (Il tend son appareil à Kayleen pendant qu'Alexander ôte les batteries des leurs.) Kayleen ? Le vôtre n'est pas sur mon réseau.

Kayleen se redresse. Elle a tellement de sang sur les mains qu'elle peine à ouvrir le boîtier du mobile de Laurence, mais elle y parvient.

— Je n'ai pas de téléphone, dit-elle en rattachant sa ceinture. (L'annonce stupéfie tout le monde, la suivante fait tomber une chape de plomb sur la voiture.) L'estomac et le péritoine sont perforés. Sans intervention chirurgicale, vous ne tiendrez pas longtemps.

Jusqu'ici, ils ont enchaîné les feux verts. Celui qu'ils approchent, au croisement avec Lafayette, est rouge. Laurence enclenche la sirène et le gyrophare.

— Combien de temps ? demande-t-il.

Il lève le pied, caresse le frein, se décale sur la gauche pour éviter le véhicule à l'arrêt devant le passage piéton et fait donner toute la puissance du moteur pour passer entre deux véhicules engagés sur Lafayette.

— Avant d'être paralysé par la douleur et de perdre connaissance, quelques minutes, répond Kayleen. La suite dépend de la rapidité de la prise en charge.

Alexander jette un œil derrière eux. Le Hummer est passé sans encombre.

— Ils profitent de ma sirène, commente Laurence. C'est pour ça que je n'étais pas pressé de la mettre.

Alexander croise son regard dans le rétroviseur et l'effort pour résister à la douleur qu'il y lit l'effraie.

— Le Woodhull, lâche-t-il.

— Hors de question, réplique instantanément Laurence.

— Ils ne s'y attendent pas, j'ai le temps de prendre le volant. Maria et Kayleen pourront descendre avec toi.

— Tu sais conduire, pas piloter.

— Mais je ne risque pas de nous tuer en tournant de l'œil.

Laurence se ferme et bifurque dans Myrtle.

— De quoi parlez-vous ? intervient Maria.

— Le Woodhull Medical Center, explique Alexander. C'est le seul hôpital sur notre trajectoire. Vous vous éjectez de la voiture, je prends Flushing ou je rejoins Myrtle. En cinq minutes, je suis à Ridgewood.

Les voitures s'écartent devant eux, laissant malheureusement aussi le passage au Hummer. Laurence a du mal à garder les yeux ouverts.

— D'accord, abdique-t-il. Mais tu vas devoir rester derrière, Xander, et Kayleen prendre le volant. Ça se jouera à la seconde et tu n'auras pas le temps de passer devant.

Alexander se souvient de ce que Kayleen lui a dit sur sa manière de conduire.

— Kayleen ? demande-t-il.

— Ce n'est qu'une grosse moto, répond-elle.

— Tu ne sais pas conduire ? s'effare Maria.

— Tu plaisantes ? Je suis une véritable championne de stock-car !

C'est dit avec un tel aplomb que seul Alexander mesure l'ironie du propos.

Trop près d'eux lorsque Laurence vire à gauche pour s'engager sur Throop Avenue, le Hummer manque de peu s'encastrer dans un camion qui arrive en face, freine, dérape, fauche le pylône qui soutient les feux, arrache l'aile de deux voitures en stationnement, mais ne perd que peu de temps. Laurence coupe la sirène, vire à droite dans Park Avenue et stoppe presque immédiatement, pile devant l'entrée réservée aux véhicules d'urgence du Woodhull. En détachant sa ceinture, il crie :

— Maria, dehors !

Si Maria parvient sans peine à s'éjecter de la Taurus, Kayleen est obligée de pousser Laurence pour l'aider à s'en extraire et pour prendre sa place au volant.

Le Hummer surgit dans Park Avenue, les voit trop tard, ne parvient à s'immobiliser que vingt mètres après les avoir dépassés. Ses feux de recul s'allument. Kayleen attache calmement sa ceinture. Alexander se prépare au choc. Maria essaie d'entraîner Laurence vers l'hôpital. Laurence résiste, s'appuie d'une main sur elle, lève l'autre, armée.

— Dégagez ! hurle-t-il.

Kayleen démarre doucement, droit sur le hayon du Hummer, et écrase l'accélérateur en braquant à droite au dernier moment. Le Hummer les frôle, s'arrête un instant quasiment à la place qu'ils occupaient, sous le feu nourri de Laurence, et repart en marche arrière pour pénétrer dans l'allée réservée aux véhicules d'urgence. Avant que les bâtiments ne masquent l'allée, Alexander le voit fondre sur Maria et Laurence.

— À droite ! hurle-t-il.

Kayleen tourne dans Marcus Garvey Boulevard.

— Et tu reprends Myrtle à droite.

— À droite ? s'étonne Kayleen.

— On refait le tour.

— C'est du temps perdu.

— J'ai besoin de savoir.

Le regard de Kayleen passe du rétroviseur à la rue devant eux.

— Si je ne les ai pas dans le rétro, d'accord. Qu'est-ce que je fais du feu ?

— Tu le grilles.

Juste avant le passage piéton, elle jette un nouveau coup d'œil au rétroviseur.

— OK.

Elle tourne à droite et insère la Taurus entre deux véhicules, pas très vite, mais impeccablement. Deux cent cinquante mètres plus loin, elle reprend Throop Avenue, puis bifurque dans Park Avenue et ralentit en passant à la hauteur de la voie d'urgence de l'hôpital.

Le Hummer est invisible. Plusieurs personnes se pressent autour des corps allongés de Maria et de Laurence. Leur activité laisse supposer qu'au moins l'un d'eux est vivant.

— Reprends Marcus Garvey, laisse tomber Alexander en détournant le regard. On rentre par Myrtle et Forest, comme le voulait Asuncion.

— On risque de retomber sur eux.

— D'ici, il est plus logique de prendre Flushing puis Metropolitan. De toute façon, maintenant, nous sommes moins leur problème que les hélicos du NYPD.

Cette fois, Kayleen respecte le feu, tout en surveillant son rétroviseur. Alexander descend de la voiture et monte à l'avant.

— Je pense qu'ils se foutent complètement du NYPD, lâche-t-elle. S'ils ne l'ont pas tout simplement dans leur poche. (Le feu passe au vert, elle emprunte Myrtle à gauche.) Ils ont de gros moyens.

— Laurence a évoqué la NSA.

— La NSA a des équipes de terrain ?

— Je n'en sais rien. Cela ne semblait pas incongru pour Laurence et c'est l'idée qui lui est venue quand j'ai mentionné le Serpent.

Kayleen se tourne vers lui, manque écraser un cycliste et reporte son attention sur la route.

— Tu lui as parlé du Serpent ?

— Oui.

— Quand ?

— Quand Maria et toi étiez dans le jardin. C'est qui ou c'est quoi ce Serpent ?

Kayleen est très concentrée, et Alexander est certain que ce n'est pas sur la conduite.

— Probablement celui qui était au bout de la lunette quand nous étions dans le salon, dit-elle finalement.

— Donc celui qui a tiré dans le dos de Laurence.

Elle hoche lentement la tête, toujours aussi absorbée par ses réflexions.

— Mais cela ne me dit pas qui il est, insiste Alexander.

— Excuse-moi, dit-elle. Le Serpent est… (Elle soupire.) Comment expliquer ça ? Le Serpent est l'exécuteur des basses et des hautes œuvres de… Mère-Grand, je te déteste… d'un lobby ayant tout intérêt à maintenir le monde dans l'obscurité. Désolée, je ne sais pas expliquer mieux.

— Si je traduis par « le Serpent est le bourreau au service d'un groupe d'intérêt asseyant sa position par l'obscurantisme », je trahis ta pensée ?

— Non.

Elle replonge dans ses pensées.

— Ça ne m'éclaire pas beaucoup, fait remarquer Alexander.

Elle ne répond pas, mais ce n'est pas important. Il parle pour parler, pour ne pas penser à la balle traversant le crâne de Kyle, pour ne pas revoir les deux corps étendus dans l'allée de l'hôpital, pour redevenir quelconque dans un monde normal.

Le feu à l'intersection de Myrtle, Forest et George Street est vert. Kayleen ne met pas le clignotant et dépasse le croisement sans changer de direction.

— Eh ! Tu as raté Forest ! lui signale-t-il.

Elle le regarde brièvement.

— Trouve-nous un autre point de chute, dit-elle, un endroit où nous pouvons nous cacher jusqu'à la nuit.

— Mais…

— Vite, Xander. Ils ne peuvent plus nous localiser avec ton téléphone, mais ils ont eu tout le temps de coller un émetteur GPS sous la voiture et rien de ce qui s'est produit n'a de sens.

Ils sont en train de passer Summerfield Street, quand Alexander répond :

— La cinquième sur la droite, Cypress Hills Street. Tu reprendras la… (il compte mentalement…) la cinquième à droite, et tu te gares dès que tu peux. Je te dirai.

— C'est quoi ?

— Les cimetières au nord de Jamaica. C'est dans l'un d'eux que j'ai rencontré Janet. Qu'est-ce qui n'a pas de sens ?

L'air toujours aussi songeur, Kayleen répond très vite :

— Ils auraient pu intervenir dans la maison. C'était risqué parce qu'ils savaient qu'au moins l'un d'entre nous était armé, mais, avec un homme dans la place qui pouvait te mettre à l'écart, cela restait jouable. Or Maertens a passé une heure seul avec toi et il a eu tout le loisir de s'assurer que seul Laurence représentait un danger. Dès lors, il suffisait au sniper de l'abattre pour que les autres investissent la maison. Ils ne l'ont pas fait parce qu'ils ignoraient l'existence d'un sniper.

— Deux équipes concurrentes. Là, à droite.

Kayleen vire à droite et trouve tout de suite une place suffisamment grande pour parquer deux limousines, mais elle préfère se garer par l'avant en grimpant sur le trottoir pour positionner la Taurus à peu près correctement.

— Une équipe et le Serpent, dit-elle en descendant de la voiture. Par où ?

Alexander la rejoint, la prend par la taille et l'entraîne.

— Il faut descendre Cypress Hills. L'entrée du New Union est à 200 mètres. Ensuite, tous communiquent. Moyennant quelques astuces, on peut même aller à l'autre bout de Forest Park, à 5 kilomètres d'ici, sans quitter les cimetières et les parcs. Si je suis ton raisonnement, le Serpent, lui, connaissait l'existence de l'autre équipe, et il a tiré sur Laurence pour le mettre hors jeu avant que nous nous précipitions dans le piège dehors.

Kayleen secoue la tête.

— Non. Dans ce cas, il l'aurait tué net. Il a tiré pour que Laurence, averti, sorte l'arme à la main.

— Pour faire échouer l'autre équipe ?

— Parce qu'il était certain qu'elle échouerait. Et c'est ce qui s'est produit.

— Uniquement parce qu'il a prévenu Laurence ! C'est absurde, Kayleen.

Elle prend une longue inspiration :

— C'est lui qui a tiré sur Shania hier, mais il n'a pas vu son visage et il ignore la gravité de la blessure. Par contre, il sait qu'elle est une des nymphes de

Mère-Grand, et je ne figure pas dans ce qu'il connaît de ta vie. Tu comprends ?

En voyant Kayleen dans sa lunette, le Serpent craint qu'elle ne soit une des émules de Janet Bond. L'hypothèse, qu'il a par ailleurs dû anticiper, est logique, puisqu'il sait que Janet veille sur Alexander et qu'elle est intervenue plusieurs fois pour le tirer, lui ou ses amis, d'un mauvais pas. Manifestement, le Serpent en connaît beaucoup plus qu'Alexander sur le clan Bond.

— Il lui suffisait de t'abattre, Kay.

— Je préfère Leen. Si j'étais une nymphe, m'abattre n'aurait été une solution que pour l'équipe qui nous attendait dehors, dont l'objectif était de te prendre, toi. Celui du Serpent est Mère-Grand. Tu es l'outil qui permet de l'atteindre, mais il y a plusieurs façons de se servir d'un outil.

Ils entrent dans le New Union Cemetery. Alexander oriente Kayleen vers le Machpelah.

— Il a sacrifié l'autre équipe pour que nous le menions directement à Janet, dit-il.

— C'est ce que j'ai été si longue à comprendre.

Acte VI, scène III

À se retrouver dans le cimetière de Machpelah, lui qui l'a visité tant de fois avec Folksy pour finalement le délaisser sans raison d'y remettre un jour les pieds, Alexander éprouve une forte impression de familiarité et d'étrangeté mêlées. Il vérifie sans mal que sa mémoire est intacte et qu'il connaît les lieux par cœur, pourtant il a le sentiment d'une dissemblance à chaque pas, comme si la réalité ne correspondait pas tout à fait à ses souvenirs sans qu'il lui soit possible de discerner les altérations. Puis il met un nom dessus : Kayleen. Rien n'a changé dans le cimetière, sinon par effet saisonnier, mais il tient la main de Kayleen et cela change tout.

En approchant de la sépulture d'Houdini, il ne peut s'empêcher de penser que c'est ici que tout a commencé, que toute son existence a été chamboulée, probablement à jamais. Et il se prend à se demander quelle est la différence entre « à jamais » et « pour toujours », pourquoi l'un lui paraît définitif et l'autre fallacieux. Puis ils atteignent l'allée près de la tombe de l'illusionniste et ses sensations prennent une allure de déjà-vu qui lui donne le vertige.

Quelqu'un se tient près de la stèle. Il ne voit pas son visage, seulement une silhouette aux cheveux platine, de dos, immobile, qui serre un cabas contre elle, sous son bras gauche.

Alexander passe le bras autour des épaules de Kayleen et accélère l'allure.

— Janet, souffle-t-il.

Kayleen traîne des pieds, essaie de le ralentir, le force à s'arrêter, se plante devant lui et le repousse en criant :

— Cours !

Hébété, il ne comprend pas. En pivotant, Kayleen répète :

— Cours, Xander, cours !

Il reste figé. Kayleen, elle, fonce, droit sur la silhouette qui est en train de se retourner. Juste avant que Kayleen ne la percute, la silhouette se redresse, se déplie presque, et sa perruque tombe quand elle frappe Kayleen à la joue d'un revers de joueur de tennis. Les deux pieds de Kayleen décollent du sol et elle s'écrase sur le dos.

Alors seulement, Xander se met en mouvement, mais pas en courant et pas dans la direction que souhaitait Kayleen. Il marche sur l'homme qui enjambe Kayleen et vient à sa rencontre.

Alexander lui allonge un direct. L'homme se tourne à peine, plie le buste en arrière, attrape au vol le poignet d'Alexander et lui fait exécuter un quart de tour qui bloque le bras de celui-ci jusqu'à l'épaule. Alexander plie sous la douleur et se retrouve à genoux, le bras tendu, tordu vers le haut et l'arrière.

Kayleen revient à la charge. Sans lâcher Alexander, l'homme pirouette sur un pied et la fauche au visage d'une semelle presque négligente. Elle s'écroule sur place, à un mètre d'Alexander, que l'homme attrape au col et jette sur elle.

D'autres hommes accourent. Certains tiennent des chiens en laisse, de gros chiens. D'autres, en tenue de secouriste, transportent des civières. Un camion d'ambulance se positionne devant l'entrée toute proche du cimetière.

Pendant qu'on attache Kayleen et Alexander sur les brancards, l'homme leur fait à chacun une injection.

À Alexander, il dit :

— Heureux de te rencontrer enfin, Alex.

À Kayleen, il souffle :

— Tu es quoi, toi ? Une bastard dégénérée ou juste une sacrifiée ?

Acte VII, prologue

Le bourreau sait que nul ne peut présupposer de sa résistance à la coercition et, particulièrement, à celle qui lui inflige une douleur physique, mais il sait aussi que l'obstination de certains peut les mener à la mort ou, pire, selon son entendement, à une forme de démence dont il tirera peut-être ce qu'il veut entendre, mais pas la vérité. Cela peut être utile pour obtenir des aveux dont on n'a que faire. C'est un risque de contre-performance quand on ignore ce que l'on cherche. Pour éviter cet écueil, il doit agir aussi sur le psychisme de sa victime, avec la plus froide violence.

Alexander reprend conscience, assis, sanglé à un fauteuil par les chevilles, les poignets, la poitrine, la ceinture et le front. Les sangles sont métalliques, sa liberté de mouvement est de quelques millimètres et son champ de vision se limite à sa mobilité oculaire. Le fauteuil est inclus dans un équipement s'apparentant à une unité de soins dentaires. Du moins s'il est identique à celui sur lequel est attachée Kayleen, toujours inconsciente, face à lui.

— Leen, souffle-t-il.

La vivacité avec laquelle elle ouvre les yeux et la fraîcheur qu'il y lit supposent qu'elle est éveillée depuis un bon moment.

— Caméras, micros, prévient-elle.

Il repère la caméra au-dessus de la lampe scialytique qui surplombe Kayleen. Elle est braquée sur lui, comme celle qui doit se trouver au-dessus de son crâne est assurément orientée vers Kayleen. Tout en tournant les yeux en tous sens pour se faire une idée de l'endroit où ils sont, il évacue les questions stupides qui lui polluent l'esprit et s'efforce d'en concocter une qui soit aussi utile qu'anodine.

Son examen visuel lui indique seulement qu'ils se trouvent dans une très grande pièce. Son intelligence encore embuée par l'anesthésiant ne lui livre qu'un truisme :

— Ils nous attendaient en force là où nous ne savions pas que nous irions.

— Manipulation. D'une façon ou d'une autre, ils t'auraient poussé à te réfugier dans Machpelah. Ils te connaissent bien.

— Pas au point de nous piéger près de la tombe d'Houdini, et sûrement pas comme ça. C'est quelque chose que je n'ai écrit nulle part et dont je n'ai parlé à personne.

— Allons, Alex ! lance la voix de l'homme du cimetière depuis un endroit que leur immobilité forcée les empêche de voir. Tu en as au moins parlé à McNair. (La voix se rapproche.) Et Machpelah figurait déjà dans ce qu'il a consigné de ses recherches autour de Cat-Oldie. Puisqu'il y a des caméras partout dans cette merveilleuse cité, pourquoi me priver de vérifier ce qu'elles ont enregistré ?

Il se tait, mais il continue à approcher et, à en juger par le mouvement d'yeux de Kayleen, il est entré dans le champ de vision de celle-ci. Quand il reprend, il est tout près, juste derrière Alexander.

— Ta bastard de petite amie a vu juste : si vous ne vous étiez pas enferrés tout seuls dans mon puzzle logique, je vous aurais aidé à envisager Machpelah. Pour une opération qui nécessite un minimum de discrétion, c'est très pratique, un cimetière en fin de journée.

Il contourne le fauteuil et se plante devant Alexander.

— Alec, se présente-t-il. Alec… Alex, nous étions prédestinés à nous rencontrer. Moyennant un petit coup de pouce au destin, bien sûr, mais c'est mon violon d'Ingres.

Alexander déteste au moins autant le diminutif Alex que le qualificatif bastard appliqué à Kayleen, et il exècre la suffisance.

— Tu ne confondrais pas fatum et fatuité, Alec, par hasard ? dit-il.

Les lèvres d'Alec se fendent d'un sourire qui donne à son visage des allures de serpent, d'un serpent en particulier : Kaa, le mielleux du dessin animé tiré de *The Jungle Book.*

— Si j'avais le sens de l'humour, Alex, je te rétorquerais que, à trop être fat, un calembour peut devenir fatal, et nous jouterions de bons mots en répliques sophistiquées. Mais je ne l'ai pas.

Il saisit quelque chose qu'Alexander ne voit pas sur la table accolée au fauteuil et le lui plante dans la main. La douleur est si soudaine et si violente qu'Alexander n'a pas le temps de crier, juste celui de fermer les yeux, deux secondes. Il les rouvre sur le scalpel fiché dans sa main gauche. Alec lui tourne le dos et se dirige vers Kayleen.

— Pas un cri, juste une flamme haineuse dans les yeux, dit-il à la jeune femme. Gentille petite bastard. Pas très efficace, mais bien dressée. (Comme elle ne répond pas, il se positionne près d'elle et se tourne vers Alexander.) Tu aimes les animaux bien éduqués, Alex ?

— Va te faire foutre !

Kaa sourit encore, traverse la distance qui le sépare d'Alexander, arrache le scalpel d'un coup sec, rafle un flacon sur la tablette et en verse quelques gouttes sur la plaie. Une fois de plus, Alexander ferme les yeux et les rouvre après deux secondes, embués par la souffrance.

— Acide acétique et capsaïcine, laisse tomber Alec. Ou vinaigre et piment, si tu préfères. Antiseptique, désinfectant, très bon pour ce que tu as… et pour ce que tu es aussi, bien sûr. Regarde. (Il désigne Kayleen, le regard furibond mais les lèvres closes.) La bastard connaît les règles, elle. Elle n'a pas de mérite, elle y a été formée. Toi, tu vas devoir les apprendre. À la dure, comme on dit. Mais tu es un garçon intelligent, n'est-ce pas ? Encore une ou deux douleurs bien senties et nous serons débarrassés à la fois de ton insolence et de ta grossièreté. Pour l'apprentissage de la docilité, par contre, je crains de devoir te malmener encore un peu avant que tu t'imprègnes de la base. Ton ascendant cheval fougueux des plaines du Montana reprend trop facilement le dessus sur le naturel convenu de l'écrivain de salon.

Malgré la brûlure qui lui enflamme la main, Alexander ouvre la bouche pour montrer qu'il ne craint pas d'essuyer une nouvelle punition, mais Kayleen le devance.

— Tu parles trop, laisse-t-elle tomber.

Un éclair de colère pure fend le regard d'Alec le Serpent et se transforme en mépris avant qu'il retourne vers Kayleen. Mais c'est encore à Alexander qu'il s'adresse en s'immobilisant à côté d'elle :

— La petite bastard s'évertue de détourner mon courroux pour te protéger de ton arrogance, Alex. C'est tellement charmant que je vais l'exaucer.

— Si tu la touches…

Alec l'ignore, passe derrière Kayleen, désolidarise le fauteuil de l'équipement dans lequel il est encastré, le fait pivoter sur ses roulettes et le pousse hors du champ de vision d'Alexander. Celui-ci entend un claquement métallique et des bruits ténus qu'il ne parvient pas à identifier. Puis le Serpent revient vers lui, libère son propre fauteuil et le pousse jusqu'à une cage dont les barreaux verticaux sont fichés dans le sol de béton. La cage forme une demi-sphère de dix mètres de diamètre culminant à cinq mètres de hauteur. Elle est prolongée par un corridor qui disparaît sous des gradins. Nul besoin d'imagination pour comprendre que le dôme est une arène dans laquelle se déroulent ou se sont déroulés des combats clandestins. Le fauteuil de Kayleen est devant la porte de la cage. Kayleen est à l'intérieur, campée sur ses deux jambes écartées, face au corridor. Elle attend ce qui va en surgir.

Bien à l'abri derrière les barreaux, le Serpent s'appuie sur le dossier du fauteuil d'Alexander.

— On peut dresser n'importe quel animal au combat, Alex, mais rien ne vaut la haine ancestrale qui oppose deux espèces – chien et chat, par exemple – pour que la fureur transcende le conditionnement et génère les plus beaux affrontements. Admire ta bastard. Son instinct sent déjà l'ennemi héréditaire de l'autre côté du corridor. Elle est prête. Elle se battra jusqu'à la mort. Et son adversaire aussi. (Il jubile et déclame avec emphase :) Que la sauvagerie soit !

Une porte coulisse au fond du corridor. Un animal se précipite dans l'arène. Un bullmastiff anthracite, le poitrail énorme, les muscles hypertrophiés, la mâchoire terrifiante. Il entre dans la cage en trombe et s'arrête net, un mètre devant Kayleen. Elle n'a pas esquissé un geste.

— Attaque ! aboie Alec, mais il y a de l'incrédulité dans sa voix.

Le chien penche la tête avec curiosité. Kayleen tend la main. Le chien s'assoit. Elle s'accroupit et avance de cinquante centimètres. Le chien nifle sa main, son museau remonte un peu sur le bras, lui donne deux coups de langue. Elle glisse les doigts dans les poils sur son poitrail, lui gratte la gorge. Le chien se couche. Elle lui flatte le crâne et s'assoit contre son flanc pour le caresser.

Alexander sent la frustration d'Alec à la façon dont ses doigts pressent le dossier du fauteuil. C'est tout juste si ses ongles n'en crèvent pas le revêtement.

— Tu n'es pas une bastard, dit-il, avec autant de rage que de dépit.

Alexander ne comprend rien mais s'abstient de tout commentaire. Kayleen relève la tête.

— À ma façon, si, lâche-t-elle. Moitié vétérinaire, moitié peintre. Tu es déçu ?

Alec ouvre la porte de la cage et entre. Kayleen se relève aussitôt. Le chien s'assoit à côté d'elle. Sans crier cette fois, Alec ordonne :

— À la niche.

Le bullmastiff détale aussitôt et disparaît dans le corridor. Alec allonge alors une claque monumentale à

Kayleen qui s'effondre sur place. Il l'attrape par un pied, la traîne à moitié sonnée hors de l'arène et la rattache sur son fauteuil qu'il ramène et raccorde à la table opératoire. Puis il retourne chercher Alexander.

— Alex, lui souffle-t-il, tu vas devoir prouver que tu peux me servir, parce que la seule utilité de ta copine, maintenant, réside dans sa faculté à te rendre loquace par les hurlements que je lui arracherai.

Alexander se tend inutilement dans les sangles.

— Il me sera plus facile de répondre à tes questions quand tu en poseras, enrage-t-il.

— Ne t'impatiente pas, cela viendra. Pour l'instant, il est important que les choses soient très claires entre nous. Nous allons donc commencer par une démonstration in vivo, si j'ose dire. Tu seras beaucoup plus réceptif ensuite. (La voix du Serpent se met à siffler :) Fais-moi confiance, l'inquisition est un art dont je maîtrise toutes les subtilités.

À chaque douleur physique ou psychique, tant que la victime ignore ce que le bourreau attend d'elle, sa résistance s'amollit. C'est presque par inadvertance qu'elle se soulagera de ce qu'elle sait quand on lui permettra de le faire.

Acte VII, scène I

Jerome Charyn sort d'un entraînement de ping-pong particulièrement harassant, mais cela ne l'empêche pas de traverser la moitié du Village au pas de course. Le SMS qu'il a reçu lui interdit de préserver son souffle comme ses jambes :

Chez moi. Urgent. LZ.

Dans la langue de Lizzie, urgent signifie vraiment urgent. Il le sait depuis qu'elle l'a pour la première fois appelé au secours. Cela remonte à un peu plus de quarante ans, quand le frère aîné de Jerome lui faisait découvrir les bas-fonds de Brooklyn qui allaient inspirer ses premiers polars et que Lizzie s'efforçait de cacher sa grossesse puis son accouchement à sa famille. La deuxième fois, c'était peu après son installation à Paris, quand elle lui a demandé d'accueillir sa fille pour l'éloigner de cette même famille. La dernière, c'était encore pour protéger Kayleen de l'encombrant gynécée que gouverne Janet depuis sa retraite de Ridgewood. Kayleen quittait l'Europe et comme lui, quelques années plus tôt, regagnait New York.

Jamais Lizzie n'a pu garder sa fille à l'abri du regard de Janet et jamais Jerome n'a su l'y aider plus de quelque temps, mais cela a été suffisant pour que le gynécée choisisse d'ignorer celle qu'il considère comme le vilain petit canard de la famille, le seul n'ayant aucune chance de se transformer en cygne, l'enfant indigne. Grand bien leur fasse à toutes. Jerome n'a rien contre elles, ne ressent aucune crainte à leur égard, n'a jamais fait moins que leur tenir tête, ni plus que les observer, même quand elles ne le voulaient pas. C'est que lui aussi a l'œil acéré. Les deux, même. Celui qui voit l'intérieur des gens, tels qu'ils sont, et celui qui voit au-delà, ce qu'ils peuvent devenir, dans tous leurs devenirs.

Lizzie habite une maison dans le dédale de jardinets que Jerome a fait découvrir à Alexander. Comme à son habitude, elle lui en ouvre la porte avant qu'il ne s'annonce. Il n'a jamais besoin de le faire : qu'elle soit prévenue, elle sait toujours quand il approche. Elle dit qu'elle l'entend, et ce doit être quelque chose comme ça, mais avec des italiques. Elle *entend* les gens, beaucoup mieux que lui ne les *voit*. Lui voit avec l'acuité de l'expérience et l'habitude de l'extrapolation. Elle entend avec un sens qui échappe à l'entendement.

Elle est plus âgée que lui et elle paraît plus jeune, alors que, sans se vanter, Jerome fait plus d'une décennie de moins que ses 76 ans. Il ignore de combien d'années elle le précède, mais il se souvient de la jeune femme qui a aidé le petit yiddish des rues qu'il était à écrire l'anglais de gauche à droite.

— Kayleen ? demande-t-il en entrant.

— Oui, répond-elle en l'embrassant. Et Alexander. (Elle referme la porte.) Elle les a précipités dans les anneaux du Serpent.

Jerome n'a pas besoin de demander qui est Elle, ni ce que désigne le Serpent. Il y a longtemps que Lizzie lui a expliqué ce qu'il avait en partie deviné. Il y a longtemps aussi qu'il connaît le mélange de haine et d'amour que Lizzie voue à sa grand-mère.

— Tu peux t'expliquer, s'il te plaît ? demande-t-il.

— Le Serpent a découvert qu'Alexander pouvait lui permettre de remonter jusqu'à elle. Il a tendu un piège. Elle a laissé Alexander se jeter dedans et a ordonné à Kayleen de l'accompagner. Le Serpent n'a eu qu'à ouvrir la cage pour qu'ils se ruent dedans.

Jerome se passe les mains dans les cheveux.

— Lizzie, que quelqu'un piège Xander après tout le foin qu'il a fait, cela n'a rien de surprenant. Que Kayleen se fasse attraper en même temps que lui non plus : elle en est dingue. Mais cela ne prouve pas qu'il s'agit du Serpent, ni que…

Lizzie le fait taire en lui posant la main sur les lèvres.

— Kayleen et moi ne sommes pas les premières indisciplinées de la famille, dit-elle. Ma mère l'était tout autant que nous. Cela l'a d'ailleurs poussée à l'exil. Et, dans le genre, la petite Emily est très prometteuse. C'est elle qui est venue me dire que notre vénérable aïeule ne voulait pas que je sache que ma fille a été enlevée.

— Cela ne signifie pas qu'elle l'a anticipé, ni que le Serpent…

— Elle savait depuis hier que le Serpent est sorti de son nid.

— Le Serpent, tu en es certaine ?

— D'autres en avaient après Alexander depuis un moment. Asuncion s'occupait de le protéger pendant qu'Emily et Shania surveillaient sa maison. La nuit dernière, alors que celle-ci était mise à sac, Shania s'est pris une balle en couvrant Emily. Oui, je suis certaine que seul le Serpent est en mesure de blesser Shania dans sa meilleure forme.

Même s'il est prêt à prolonger son rôle d'avocat du diable, Jerome ne doute pas que s'en prendre à Shania sans l'appui d'un commando de Marines équivaut à un suicide. Il ignore ce qu'elle vaut *dans sa meilleure forme*, mais il l'a vue s'interposer, nonchalante, presque indolente, entre une poignée de sans-abri terrorisés et un groupe de nazillons armés de battes de base-ball qui cassaient du squatter. C'était comme si les nazillons se déplaçaient au ralenti. Elle aurait pu tous les tuer sans verser une goutte de sueur. Elle s'est contentée de leur briser les os des bras et des jambes, à mains nues, avec la même aisance qu'elle aurait cassé des allumettes. Sauf le dernier. Le dernier, elle lui a enfoncé le nez dans le cerveau, du plat de la main, quand il a sorti son arme de service. C'était un flic. Un ripou à la solde d'un promoteur trop pressé de rentabiliser son investissement pour attendre que la justice déloge les SDF dans les règles. Le promoteur est mort quelques jours plus tard, mystérieusement déchiqueté, à l'instar de ses associés dans la semaine suivante, malgré leurs gardes du corps, mis en pièces eux aussi.

— Tu veux que je fasse un saut à Ridgewood ? demande-t-il.

— S'il te plaît.

— Elle devinera que je suis ton émissaire et elle n'ouvrira probablement pas.

— Elle ouvrira *parce que* c'est moi qui t'envoie. Elle sait où est Kayleen. En tout cas, où se trouve Alexander. Nous le savons toutes plus ou moins.

Jerome fait une mimique d'incompréhension.

— Elle lui a offert l'ankh de Mahes, explique Lizzie. C'est pratiquement une boussole pour nous et, en dessous d'une certaine distance, cela devient carrément un phare. Alors elle t'ouvrira et elle te parlera, de crainte que j'agisse seule et que je bouscule ses plans.

— Tu sais où se trouvent Kayleen et Alexander ?

— S'il les retient au même endroit.

— Et ?

— Nord-est.

— C'est vague.

— Il me suffit de me rapprocher, et c'est ce que je ferai si elle refuse de t'expliquer à quoi elle joue, ou si cela ne me satisfait pas. Je suis moins douée que Shania ou Liadan, mais je peux faire de sacrés dégâts.

Cela aussi, Jerome a d'excellentes raisons de ne pas en douter.

Acte VII, scène II

Même si sa mère continue à la protéger comme si elle était une gamine, Hermeline est une chasseuse hors pair. D'ailleurs, si Liadan avait été inspirée, elle l'aurait appelée Diana. Cela n'empêche pas Hermeline d'aimer son prénom. D'une certaine façon, elle lui doit ce qu'elle est devenue : la seule violoniste à pouvoir tirer de son instrument des traits mortels. Et elle sait faire de nombreuses choses avec son violon. Tellement, qu'elle se demande parfois si elle ne pourrait pas déclencher la foudre d'un seul coup d'archet.

Un jour, quand les conditions seront propices, elle essaiera. Mais il s'agit moins de conditions météorologiques que de colère et de la maîtrise qu'elle peut en avoir. Ce n'est pas qu'elle manque de colère, elle en déborde à provoquer un raz-de-marée. C'est l'art de la canaliser vers ses doigts, de la diffuser dans les crins, de la transmettre aux cordes qui lui fait défaut.

Sa grand-mère dit qu'il y a trop de frustration dans sa colère. Sa grand-mère se trompe.

Certes Hermeline n'égalera jamais sa mère ni ses tantes, pas plus qu'Emily, Asuncion ou Lizzie ne pourront le faire. C'est ainsi : la singularité familiale se dilue de génération en génération. Asuncion l'accepte,

Emily s'en arrange, Lizzie se rebiffe. Hermeline compose avec son propre talent. Depuis sa naissance, elle ignore les tours que lui joue le destin, elle dont la destinée était liée à l'ankh de Mahes avant que Kayleen n'en accapare le porteur. On ne le lui a pas dit. Elle l'a deviné. Plus exactement, elle l'a déduit de ce qu'on ne lui a pas dit et, en matière de silence aussi, elle a l'oreille absolue. Surtout quand il s'agit d'entendre ce que tait sa grand-mère.

Le défaut dans la colère d'Hermeline réside dans une empathie démesurée liée à une absence totale de compassion. Elle ressent, elle ne partage pas. Elle fait ce qu'elle doit, parce qu'elle sait que c'est ainsi qu'il faut agir. Pourtant, aujourd'hui, il lui semble que Kayleen mériterait davantage. Pas l'écrivain. L'écrivain n'est qu'un étalon qui s'est enferré dans une dynastie matrilinéaire à laquelle il ne comprend rien. Mais Kayleen, l'enfant paria qui n'aurait pas dû être de cette dynastie. L'artiste qui jongle avec les couleurs comme Hermeline danse avec les sons. La guérisseuse d'animaux, d'humains, d'animaux humains. Le souffre-douleur qui ne s'en laisse pas conter.

Oui, aujourd'hui, Hermeline aimerait bien partager un peu des maux de quelqu'un pour l'en soulager, mais elle ignore comment s'y prendre.

Alors, comme toujours, elle agit tel qu'elle doit, les yeux clos, assise sur la flèche d'une grue de chantier qui surplombe plusieurs entrepôts de la zone portuaire. Toute de noir vêtue, le violon calé dans le creux de l'épaule, elle interroge la nuit de notes brèves et écoute leurs échos, calcule les distances, évalue les matériaux, lance quelques trilles pour pénétrer les bâtiments par les vitres, étudie les vibrations de ceux-ci, se dessine mentalement une carte des entrepôts.

Elle ne peut pas empêcher qu'on l'entende. Elle s'assure simplement qu'on ne songe qu'à la plainte lointaine d'un instrument torturé par un débutant se mêlant aux grincements des appareils de levage. Le vent et l'East River sont ses alliés. L'un déforme, l'autre répercute, et chacun génère son lot de sons dans lesquels elle insinue ceux du violon.

Elle est l'éclaireuse. Elle repère, elle étudie, elle analyse. Plus tard, elle guidera, et elle interviendra si le besoin s'en fait sentir.

Quand le besoin s'en fera sentir.

Ce n'est pas qu'elle l'espère, ni pour l'ivresse du combat, ni pour prouver sa valeur. C'est seulement ainsi que l'a formulé Liadan :

— Quand je serai dans la nasse et que le Serpent s'apprêtera à me planter ses crochets dans la gorge, joue-lui un air de ta composition.

Hermeline est aussi prête que peut l'être son instrument, mais elle a l'intuition qu'elle n'est pas préparée et que Liadan ne l'est pas plus qu'elle. Quelque part, là-dessous, elle sent une intelligence qui se joue d'elles. Elle ôte l'étui passé dans son dos et le pose à côté de celui du violon. C'est un étui pour deux archets de contrebasse, mais ce n'est pas ce qu'il contient.

Acte VII, scène III

Asuncion a conçu ses rollers du jour pour se déplacer assez vite mais sans plus, avec une précision honorable et silencieusement. Des platines de carbone courtes et basses, aussi noires que son jogging, des roues de 90 mm plutôt tendres, des roulements avec un ABEC[1] de 7. D'ordinaire, elle privilégie une seule qualité de roulage – la vitesse *ou* la précision – mais la situation et, surtout, ses impondérables nécessitent ce curieux compromis. Le silence, surtout, est important.

Elle ne se fait aucune illusion sur le fait qu'elle puisse passer inaperçue. Elle cherche à cacher qu'elle est montée sur roulettes. C'est son odeur et sa vitesse que les molosses du Serpent doivent suivre à la trace. L'une combinée avec l'autre doit les tromper sur la nature de ce à quoi ils ont affaire. Au même titre qu'Hermeline est la vigie, Asuncion est le leurre.

Le rôle lui convient. Tous les rôles lui conviennent. Jouer pendant des années la Latina bien sage, qui bûche ses études vaille que vaille tout en boxant dans les salles de gymnase avec les voyous du quartier, l'a

1. *Annular Bearing Engineer Council* : indice de tolérance des roulements à billes.

toujours amusée. Service d'escorte discrète à un écrivain tellement paumé qu'il ne doute de rien a été un grand plaisir, même si le lire est ardu. Comme il a été intéressant de s'assurer qu'aucun incapable n'égare une balle dans la tête de Kayleen pendant que le lacet du Serpent se resserrait autour des jambes de celle-ci. Au passage, Asuncion a même failli sauver les amis de Xander. Ç'aurait seulement été reculer l'échéance, mais ce n'était pas impossible, quoi qu'en pense la Reine-mère, pour autant que ce que dit la Reine-mère reflète ses pensées.

Et c'est bien tout le problème avec elle. On peut entendre ce qu'elle dit – et il est préférable de l'écouter – mais c'est à prendre pour la valeur qu'on veut bien accorder à ses paroles.

— Tu as fait de ton mieux, ma fille. À partir du moment où le Serpent s'est intéressé à Alexander, ils étaient condamnés. Si quelqu'un a failli, je suis celle-ci.

Que signifie-t-elle ? Qu'Asuncion est incapable de mieux ? Qu'elle-même s'est trompée ou que, même pour elle, il existe des inéluctables ? Comment distinguer ce qu'elle a anticipé de ce qui lui a échappé ? Quels choix a-t-elle réellement faits ? Que sait-elle de ce qui va se produire ?

De toute sa génération, Asuncion est la plus proche de la Reine-mère, ne serait-ce que parce que c'est elle qui a pris le relais de Vaimiti, sa mère, quand celle-ci a disparu. Vingt-cinq ans plus tard, elle ignore toujours ce que sa mère est devenue ou ce qui lui est arrivé et cela résume les limites de sa relation privilégiée avec la Reine-mère, parce que la Reine-mère, elle, sait, à l'instar de Liadan et de Shania, mais que le sujet est tabou, plus encore que l'exil d'Aeris, la mère de Lizzie.

Aeris s'est exilée parce qu'elle était en conflit permanent avec la Reine-mère. Asuncion a le sentiment que Vaimiti a été bannie pour un acte honteux, du moins dans l'esprit des fidèles de la Reine-mère. Mais, parce qu'elle est trop fidèle elle-même et qu'elle a peur de souffrir de la vérité, Asuncion n'a jamais osé interroger Lizzie qui, à sa façon aussi, a commis l'irréparable. Un irréparable dont la Reine-mère tolère pourtant l'insolence et les frasques, et qu'Asuncion va devoir sortir du bourbier dans lequel il s'est enlisé. Pas en se faisant prendre par le Serpent, mais en acculant la Reine-mère à l'offrir sur un plateau à son pire ennemi.

Asuncion aimerait détester Kayleen, elle ne parvient même pas à la mépriser. Pire : elle la plaint et elle l'admire à la fois. Elle l'admire pour son courage obstiné et elle la plaint pour ce qu'il lui fait inutilement endurer.

— Elle a toujours su qui elle est, ce qu'elle veut, ce qu'elle fait et ce que cela coûte, dit la Reine-mère. Que nous l'appréciions ou pas, nous devons respecter ses choix.

Et lui permettre de leur survivre.

Dans l'ombre du pilier qui la protège des regards indiscrets, Asuncion lève les yeux vers la grue sur laquelle trône Hermeline. Puis elle tend l'oreille et fouille la brise qui s'engouffre entre les containers. Il y a peu de chances qu'elle entende quoi que ce soit avant que la violoniste ne donne le signal d'un coup d'archet, mais elle n'a pas l'habitude d'opérer en équipe et elle préfère n'avoir à compter que sur ses sens. Or l'un de ceux-ci ne lui permet pas de décrire ce qu'il perçoit autrement que comme une menace. Qu'elle soit incapable de la nommer et qu'Hermeline ne l'en alerte pas est terriblement agaçant.

Acte VII, scène IV

Le jeune homme assis sur les marches devant la porte se lève quand Jerome descend l'escalier. Il est très nerveux.

— Emilio, se présente-t-il.

— Jerome, dit Jerome. Je suis un ami de Xander.

— Charyn, l'écrivain, je sais. Il m'a parlé de vous. Je… je ne veux pas déranger Madame Janet. Si elle vous ouvre, vous pouvez lui dire que je suis là ?

— Là, sur l'escalier ?

— Non, là, si elle a besoin de moi. Je veux dire : pour Xander. Pour sa copine aussi. Pour aider. Je ne me mêlerai pas de ce qui ne me regarde pas, mais j'ai des amis et tous aiment bien Xander, vous comprenez ? C'est un gentil, mais il a des couilles. Alors on est tous là et on n'a pas froid aux yeux. Je sais bien qu'on n'est pas… qu'on n'a pas… enfin, vous voyez ce que je veux dire ?

— Je pense, oui.

— Alors dites-lui qu'on est nombreux, qu'on sait ce qu'on lui doit à elle et que Xander, ben, il est des nôtres.

— Je le lui dirai.

— Merci, m'sieur… euh… Jerome.

— Merci à toi, Emilio. C'est important l'amitié. Je peux te poser une question ?

— Bien sûr, m’sieur.

— Comment sais-tu que Xander a des ennuis ?

Emilio se dandine, hésite, puis se jette à l’eau :

— La gamine. Vous voyez qui je veux dire ?

Jerome hoche la tête.

— C’est grâce à elle aussi que je suis au courant, dit-il. Je crois que nous ne sommes pas les seuls à trouver Xander sympa, Emilio. (Jerome sourit.) Au fait, tu connais le nom de la gamine en question ?

— Emily. J’étais avec elle hier quand… (Il secoue la tête.) Vous n’allez pas me croire.

— Essaie toujours.

— Un type nous poursuivait dans le parc près de chez Xander. Et une… un animal a surgi de je ne sais où pour… enfin, on aurait dit qu’Emily l’avait appelé. Le type a tiré sur l’animal. Au troisième coup, il l’a touché. J’ai ramené Emily chez Madame Janet.

Le jeune homme se balance encore d’un pied sur l’autre. Jerome lui vient en aide :

— C’était une sorte de panthère noire ?

Emilio approuve du chef.

— Et ? relance Jerome.

— Un peu plus tard, une voiture s’est arrêtée devant chez Madame Janet. Madame Janet a ouvert aussitôt. La conductrice a sorti une femme du coffre, enveloppée dans une couverture. À la hauteur de sa poitrine, la couverture était couverte de sang. J’étais dans l’ombre, complètement immobile, elles ne pouvaient ni me voir ni m’entendre, pourtant la conductrice et Madame Janet ont tourné la tête vers moi. Je suis sûr qu’elles savaient que je les observais.

— Sans aucun doute.

Le jeune homme blanchit.

— C'est stupide, je sais, mais je ne peux m'empêcher de faire le rapprochement entre la panthère et la blessure de la femme.

— Dans ce cas, tu ferais mieux de le garder pour toi.

— C'est complètement dément ?

— Complètement.

Curieusement, Emilio a l'air soulagé. Il sourit presque.

— En tout cas, ça fera bien rire Xander, s'exclame-t-il.

Jerome fronce les sourcils.

— Tu veux vraiment aider Kayleen et Xander, Emilio ?

— Plus que tout.

— Laisse Xander faire ses découvertes tout seul et Kayleen les lui expliquer. Leur vie est déjà bien assez compliquée.

Cinq secondes après que le jeune homme, complètement déboussolé, a remonté les escaliers, la porte s'ouvre.

— Tu en fais un peu beaucoup, dit Janet.

— Je n'en aurais pas besoin si tu en faisais plus, réplique Jerome.

D'ordinaire, elle aurait ricané avant de le clouer d'une phrase définitive. Elle se contente de lui tourner le dos et de remonter le couloir. Il la suit après avoir refermé la porte derrière lui.

Dans le séjour, elle lui désigne le fauteuil crapaud et prend place dans le voltaire.

— J'ai peu de temps, prévient-elle.

— Comment va Shania ?

— Elle se remet. Abrège les politesses.

La discussion risque d'être ardue.

— Pourquoi n'as-tu pas prévenu Lizzie ?

— Parce que Emily n'allait pas manquer de le faire et qu'il est indispensable qu'elles trouvent une forme de complicité.

Pour franche qu'elle soit, la réponse implique un calcul manœuvrier de très mauvais augure.

— En se liguant contre toi ? À quoi joues-tu, Janet ?

Le regard qu'elle lui renvoie est vide de toute émotion.

— Je ne peux plus rien pour les meubles, j'essaie de sauver la famille.

— Qui sont les meubles et qui fait partie de la famille ?

— J'étais littérale. (Elle englobe toute la maison dans un geste circulaire.) Les meubles, c'est ça. La famille, ce sont les êtres qui me sont liés d'une façon ou d'une autre. Et, avant que tu ne poses une autre question stupide, Kayleen en est un membre à part entière.

Jerome l'étudie attentivement. Elle ne baisse bien sûr pas les yeux et il sait que cela ne signifie rien – elle y met ce qu'elle veut –, alors il s'accorde quelques secondes de réflexion et les achève à voix haute :

— Tu joues le gambit de la dame en offrant Kayleen, mais c'est la reine que tu vas sacrifier.

Elle sourit.

— Tu es intelligent, Jerome. J'espère que le Serpent l'est tout autant. (Deux chats apparaissent en dérapant à l'angle d'un meuble.) Folksy ! Szif ! les rappelle-t-elle à l'ordre.

Le chartreux grimpe sur ses genoux, le chat de Xander se couche à ses pieds.

— Donc je me fourvoie, laisse tomber Jerome.

— Pas le bon gambit. Il m'en fallait un dont je sois sûre qu'il serait accepté. (Elle plisse les yeux brièvement, comme en réaction à un bruit que Jerome n'a pas entendu.) Maintenant, prends le chat de Xander, confie-le à Lizzie et tenez-vous tranquilles en attendant le retour de Kayleen. (Elle se lève, s'adresse à Folksy :) Va, petit. Je m'occupe de ton humain.

Folksy trottine jusqu'à Jerome et lui saute dans les bras.

Acte VII, scène V

Emily se fait l'impression d'être le Petit Chaperon rouge d'un conte qu'aurait récrit Kathe Koja pour effrayer la Regan McNeil de William Peter Blatty[1]. Certes, en matière d'enfant démoniaque, elle n'a d'enfantin que son apparence de fillette – qui correspond plus ou moins à son âge réel mais n'a aucun rapport avec son âge mental – et, de satanique, que les délires moyenâgeux de l'Europe chrétienne à l'égard de ses petits compagnons, mais elle aime à penser que c'est mal la connaître et que le Diable en personne aurait intérêt à lui montrer de la déférence s'il venait par mégarde à croiser son chemin. À défaut du Malin, elle se contentera cette nuit d'écharper du Serpent.

Elle peut lui pardonner d'avoir blessé sa mère. D'une certaine façon, ce sont les aléas de la guerre et Shania a toujours su en assumer les conséquences. Emily est même capable de l'excuser pour Kayleen en lui permettant de partager les torts avec la Douairière. En outre, si la Douairière et le Serpent sont coupables de s'être mutuellement piégés en usant d'elle, Kayleen

1. Auteur de *The Exorcist* dont Regan est le personnage possédé.

avait conscience de ce qu'elle risquait. Par contre, concernant Alexander Byrd, le Serpent n'a aucune circonstance atténuante et, pour cela, Emily le réduira en bouillie.

— L'écrivain connaissait la menace qui pesait sur lui, ma fille.

Encore plus avec Emily qu'avec les autres, la Douairière mesure chacun de ses mots. En prenant garde de ne jamais mentir sans pour autant dire la vérité, elle est un défi permanent à l'intelligence de ses interlocuteurs. Aussi brillant soit-il, le jeune esprit d'Emily ne parvient que rarement à s'extraire des labyrinthes logiques dans lesquels l'égare la Douairière, mais cela ne l'empêche pas de lire dans son jeu. Ce que savait Xander suffisait au mieux à lui faire accepter d'être l'agneau qu'on attache à un piquet.

L'honnêteté intellectuelle d'Emily voudrait que sa colère se répartisse équitablement entre le Serpent et la Douairière, mais, d'une part, le Serpent n'a pas vraiment laissé le choix à la Douairière et, d'autre part, il lui faut reconnaître que, en bonne petite-fille bien éduquée, elle aurait probablement agi avec la même froideur stratégique que la Douairière. Il n'est pas improbable non plus que l'honnêteté intellectuelle d'Emily soit partiale et privilégie ceux qu'elle aime. En conséquence, c'est avec une froideur toute stratégique qu'elle envisage le sacrifice de quelques-uns de ses petits compagnons pour contribuer au sauvetage d'Alexander, l'écrivain béni au sens le plus païen du terme, et de cette nièce infréquentable qui lui a fait le plaisir de balayer l'un des arcanes de la Douairière d'un simple baiser. Métaphoriquement, bien sûr. L'inexpérience d'Emily manquant autant d'innocence que la plupart de ses lectures, la simplicité de ce baiser est toute relative.

C'est ainsi qu'un Petit Chaperon tout de noir vêtu pénètre dans les docks en sautillant sur une marelle imaginaire, une comptine d'un rouge sanglant sur ses lèvres muettes, le regard perçant l'obscurité jusqu'à la flèche d'une grue en bordure d'East River, l'oreille attentive à la moindre vibration dans l'air. Il n'entend pas les coussinets des petits compagnons qui l'entourent, il ressent les battements de leurs cœurs. Dans un moment, il verra surgir de derrière un pilier lointain une silhouette montée sur roulettes en ligne.

Pour l'instant, le Petit Chaperon trouve étrange qu'aucun loup ne s'enquière de la raison de sa présence dans la forêt de béton et d'acier. Il remet une petite bille de métal dans le cuir de son lance-pierre et fait exploser l'objectif d'une quatrième caméra.

Acte VII, scène VI

Ce n'est pas la première fois que Liadan endosse la charge de toute la famille. C'est même presque devenu une habitude depuis que sa mère s'est retirée dans sa forteresse de Ridgewood, la tête bien enfoncée dans le sable pour ne plus entendre du monde que des sons étouffés. Mais Liadan a toujours pu compter sur sa cadette pour assumer une part non négligeable du fardeau et effectuer, souvent, le plus sale boulot. Cette fois, Shania est hors service.

En un sens, ce n'est pas plus mal. Shania a trop tendance à protéger sa fille et à devenir irrationnelle quand elle l'estime en danger. Liadan ne peut pas lui en vouloir, son propre instinct maternel est surdéveloppé et elle conserve toujours un œil sur Hermeline. Mais pas au détriment de la raison. Pas au point de se prendre une balle perdue. Parce que, Serpent ou pas, c'est tout ce qu'aurait dû être ce projectile : perdu.

D'un autre point de vue, la défection de Shania contraint Liadan à être simultanément la coordinatrice et la force de frappe principale d'une opération foireuse. Non que celle-ci soit condamnée à échouer, mais parce que sa finalité est absurde. Risquer tant pour si peu. Parce que, au bout du compte, l'écrivain n'est qu'un caprice et l'exhérédée ne devrait même pas exister.

— Ma fille, ton rationalisme est trop radical pour ne pas être porteur d'une intolérance des plus sectaires.

— Si tel est le cas, ma mère, je me dois de te rappeler que tu es la fondatrice de la secte et que je m'en tiens à tes préceptes.

Quels que soient le respect et l'amour que Liadan a pour sa mère, quelles que soient les qualités qu'elle lui reconnaît, elle a une conscience aiguë de ses défauts et de ses défaillances. Et, même si aujourd'hui il semble que la Matriarche est sortie de sa léthargie, c'est encore Liadan qui doit réparer les conséquences de ses errements. Certes, elle met tout en œuvre pour y parvenir et elle agit sans état d'âme, mais elle n'est pas obligée de le faire avec le sourire, ni sans exprimer sa désapprobation.

Désapprouver et discuter pour faire valoir son opinion ne signifient cependant pas se rebeller ni désobéir. Liadan n'est pas Aeris, ni Lizzie. À la limite, elle se sentirait plus proche de Vaimiti, même si elle n'a pas hésité une seconde à la condamner. Aeris a fui. Lizzie a triché. Vaimiti, au moins, s'est comportée comme elle devait, jusqu'au bout. Il n'était simplement pas possible de la pardonner. On ne décide pas de tuer son enfant sous prétexte qu'il est « mal formé ». C'est un atavisme animal indigne d'une créature douée de raison, soit-elle, comme elles le sont toutes, une bastard. Non, pas toutes. Précisément pas toutes. Kayleen n'en est pas une. Et c'est ce qui vaut à Asuncion, beaucoup moins intelligente qu'elle et dont de nombreux organes se dégradent trop vite, de se retrouver en première ligne pour la secourir. Avec Emily, mais Emily est un enfant prodige.

C’est aussi ce qui vaut à Liadan de traverser l’East River à la nage, comme Hermeline l’a fait en aile delta un peu plus tôt. Parce que, pour cause de préjugé tenace, c’est par les airs et par les eaux qu’on ne les attend pas.

Acte VII, scène VII

Shania sourit au jeune homme qui lui doit la vie et à qui elle doit de se retrouver dans le fauteuil roulant qu'il est en train de sangler dans le van.

— Tu n'as pas de raison d'avoir peur, Emilio. Je suis aussi inoffensive que le chaton qui vient de naître.

La mimique qu'il lui retourne est hilarante de désabusement, mais Shania retient son rire. En partie pour ne pas le vexer ni l'effrayer davantage qu'il ne l'est déjà. En partie parce que rire déclencherait une quinte de toux qui lui ferait cracher du sang et affolerait le jeune homme.

Cela l'ennuie de le reconnaître, mais Kayleen a fait du bon boulot, vraiment, et, moyennant quelques précautions et un peu de retenue, Shania pourra reprendre très vite du service. En attendant, elle est impotente et elle enrage. Elle ne peut pas veiller sur sa fille ni appuyer Liadan. Elle est incapable d'assister sa mère en quoi que ce soit et, cerise sur le gâteau, celle-ci l'envoie chez Lizzie pour s'assurer de n'avoir aucune d'elles dans les jambes.

Emilio vérifie que le fauteuil est bien arrimé, s'installe au volant et démarre.

— Je n'ai pas peur, affirme-t-il. Je suis juste inquiet pour Xander et Kayleen.

— Je ne connais pas Alexander, je ne l'ai croisé qu'une fois et je n'étais pas très en forme, mais il m'a l'air d'un garçon solide. Quant à Kayleen, c'est une battante qui ne lâche rien.

À s'en arracher les cheveux pour se retenir de la déchiqueter, mais Shania n'est pas obligée de le préciser.

— Elle est… euh… comme vous ? demande Emilio.

L'exhérédée ? Shania retient cette fois un ricanement.

— Et c'est quoi « comme moi » d'après toi ?

— Je ne sais pas, mais, entre ce que j'ai vu et les sous-entendus des uns et des autres, je me doute que ça ne sort pas qu'un peu de l'ordinaire.

— Alors c'est non, Kayleen n'est pas comme moi.

Elle peut presque entendre les rouages tourner dans le cerveau du jeune homme, mais il n'ajoute rien. Il a instantanément répondu à l'appel de la Déesse-mère et il a accepté sans sourciller de servir d'ambulancier. Pourtant, malgré toute l'admiration qu'il voue à sa Madame Janet et la dette qu'il ressent à son égard, il le fait surtout pour Alexander, parce que, contrairement à ce qu'il prétend et même si c'est moins elle qu'il redoute que ce qu'il ne comprend pas, Shania le terrifie. Comme la plupart des gens, il ne craint pas ce qu'il connaît et qui devrait suffire à l'effrayer, il a peur de ce qui est étranger, donc de sa propre ignorance.

— Si je vous pose des questions, vous y répondrez sans mentir ? se ranime tout à coup Emilio.

Shania est aussi surprise qu'amusée.

— Tant que je n'aurais pas à le faire.

Le jeune homme mâchouille ses lèvres.

— Vous travaillez pour un service secret, c'est ça ?

— Quelque chose comme ça.

— La femme chez qui nous allons aussi ?

— Autrefois, oui.

— Comme Madame Janet, alors ?

Finalement, Emilio est capable de la surprendre.

— Madame Janet ? Qu'est-ce qui te fait penser ça ?

Il hausse les épaules sans lâcher le volant.

— Elle se cache. C'est plus évident maintenant, mais, en y réfléchissant, elle s'est toujours cachée. Comme les témoins protégés dans les films. Je me trompe ?

— Développe.

Shania lit une concentration intense sur le visage du jeune homme.

— Pour avant, je ne sais pas, je n'étais probablement pas né. Pour aujourd'hui, je dirais que tout commence avec l'assassinat de Rodrigo par la fliquette pourrie, quand Xander a demandé à son ami procureur de s'assurer qu'on ne me ferait pas d'emmerdes si je reconnaissais le corps. Merde, c'est de ma faute, en quelque sorte.

— J'en doute. Continue.

Emilio s'est assombri, mais il poursuit :

— J'ignore comment ça s'est passé au juste. Ce qui est sûr c'est que le proc de Xander a mis le FBI sur le coup. Ils ont même envoyé un agent chez Madame Janet une nuit, un que connaissait Xander, si j'ai bien compris. Je pense que c'est comme ça que quelqu'un a retrouvé Madame Janet et a découvert qui elle était vraiment. En tout cas, c'est à partir de là que tout est parti en couilles… euh… de travers. Et hier soir, ça s'est mis à déc… à dérailler encore plus grave. Sans la petite, j'y passais sûrement. Vous connaissez la petite ? (Il lui jette un regard illuminé.) Bien sûr que vous la connaissez ! C'est votre fille, c'est ça ?

Shania n'a pas le temps de répondre. Emilio cogne le volant.

— Putain ! Vous vous servez de votre gamine pour faire votre boulot ! Vous êtes malade ou quoi ? À 2 plombes du mat' dans des rues désertes ! Vous imaginez ce qui se serait passé si elle était tombée sur… sur…

Il se tait, prend conscience de ce qu'il est en train de reprocher à Shania à l'aune de ce qui s'est réellement produit, se souvient, pâlit. De nouveau, il a peur. Shania décide de le gracier, à sa façon :

— J'en ai même la poitrine qui m'élance jusque dans le bras. Tu as d'autres questions ?

Emilio en mâche une deux longues minutes avant de la lâcher :

— C'était quoi cette panthère ?

— La preuve que je ne laisse pas ma fille traîner les rues toute seule la nuit.

Emilio est médusé.

— Vous vous baladez avec une panthère dans Brooklyn ?

— C'est moins encombrant qu'un rhinocéros.

Le jeune homme ouvre la bouche, la referme et l'ouvre à nouveau.

— Mais moins imperméable aux balles. Je n'ai pas bien vu ce qui s'est passé, mais je suis à peu près certain qu'elle aussi en a pris une…

— Blessure bénigne.

— … Par contre, vous, je ne vous ai pas vue.

— J'étais tout en noir.

— Vous avez pris une balle perdue ?

— C'est ce que pense ma sœur.

Emilio réfléchit.

— Votre sœur, c'est la femme qui vous a ramenée chez Madame Janet ?

Shania commence à se lasser.

— Oui.

— Elle aussi, elle…

— Oui.

Emilio lui jette un coup d'œil.

— Je vous ennuie avec mes questions.

— J'ai mal.

Le jeune homme prend l'air embarrassé.

— Excusez-moi, je suis un imbécile. Nous sommes bientôt arrivés. Je vous laisse tranquille.

Intérieurement, Shania soupire. Ce garçon est beaucoup trop attendrissant pour qu'elle se contente de le rabrouer.

— Ne t'inquiète pas. Discuter m'a permis d'oublier la douleur un moment. Maintenant, il est temps qu'on arrive.

Et d'affronter la colère et la peur de Lizzie. Ce qui, à défaut de soulager Shania d'une douleur qu'elle contient sans problème, lui permettra d'oublier sa propre anxiété et le pressentiment que quelque chose leur échappe.

Acte VII, scène VIII

À trente mètres de hauteur, distinguer la silhouette d'un nageur, aussi noire que l'eau du détroit par une nuit sans lune, relève de la gageure, même pour les yeux d'Hermeline. Mais elle peut compter sur la ponctualité de sa mère et sur ses propres capacités auditives, particulièrement en matière de focalisation directionnelle et de discrimination des fréquences. Ce qu'elle ne voit pas, elle l'entend si bien qu'elle peut pratiquement lui donner une forme. Par exemple celle d'un sillage dans le courant. D'expérience, elle sait que son imagination n'interprète pas toujours correctement ce qu'elle perçoit, alors elle attend une confirmation irréfutable. Celle-ci se produit, sonore et visuelle, quand Liadan émerge de l'eau.

Hermeline positionne son archet sur les cordes et tire du violon une plainte qui pourrait être celle d'un chat-huant, en plus félin.

Il ne doit plus rester une caméra en état de fonctionner dans tout le périmètre, mais Emily garde une bille d'acier dans le cuir de son lance-pierre et de nombreuses autres en réserve dans sa besace. Elle a ouvert la voie pour Asuncion et elle n'a pas vu âme qui vive, elle a seulement entendu des grattements dans certains containers et ses petits compagnons ont senti les chiens derrière les portails. Elle est encore trop jeune pour que ses propres sens l'alertent aussi efficacement, mais les petits compagnons couchent les oreilles et leurs poils se gonflent quand ils flairent l'ennemi. Sur le qui-vive, le temps de s'assurer qu'ils ne risquent rien dans l'immédiat. Ainsi sont les chats.

Le violon d'Hermeline troue la nuit d'un ululement convenu. Emily se rapproche du soupirail grillagé qui n'a plus d'attaches. Ce n'est pas une bonne cachette. Ce n'est pas une cachette du tout. C'est l'entrée de service vers l'enfer.

Au cri bizarrement miaulé de la chouette sur la grue, Asuncion s'élance. Elle doit atteindre le plus vite possible les 60 km/h et se maintenir légèrement au-dessus sur tout le parcours que lui a dégagé Emily en occultant les caméras. Un jeu d'enfant. Qui deviendra un jeu dangereux si Liadan et la Reine-mère ont correctement estimé les forces du Serpent, mais chaque chose en son temps. Même à cette vitesse, elle en aura encore beaucoup sous le pied. Et ce qui prolonge ses doigts peut ouvrir n'importe quelle gorge.

Le violon se remet à chanter. Un trille bref qui la désigne. Une mélodie disharmonieuse qui la guide. À gauche, plan incliné, saut, containers. Elle incurve sa course, repère la rampe d'accès à un quai de hangar, se rue dessus. Flexion, extension, torsion. Un tout petit bond de rien du tout. Huit mètres en longueur, trois en hauteur. Le plan incliné était presque inutile.

Liadan écoute, observe, hume. Le violon interprète ce qu'il doit jouer. Les chats se glissent dans les allées, s'insinuent dans les bâtiments, parcourent les toits.

Quelques-uns restent près d'Emily qui arrache la grille du soupirail. Les rollers d'Asuncion se posent en douceur sur un container. Partout, la poussière, le bitume, le béton, le métal puent la haine canine. Des dizaines de chiens qui n'attendent que d'être libérés de leurs cages improvisées. Ils sont enfermés depuis des heures, dressés au meurtre et au silence, et leur excitation vient de monter d'un cran. Ils ne savent pas que c'est elle qu'ils attendent, ils trépignent de flairer une odeur que leurs maîtres croient sienne, leurs cœurs s'emballent au passage d'Asuncion. Liadan les imagine tourner leurs crânes en salivant pour suivre le déplacement de sa nièce à roulettes, à peine perturbés par l'odeur des petits amis d'Emily.

Liadan se met en mouvement, plus silencieuse qu'un flocon de neige, plus noire que le charbon. Elle a la saveur de la mort sur la langue. Elle *est* la mort.

Acte VII, scène IX

— Nous avons perdu la gamine, monsieur, mais ça bouge dans les docks. Pas d'image, vitesse évaluée entre 60 et 70 km/h, avec des bonds de huit à douze mètres de longueur, et de trois à cinq en hauteur.

— Puma adulte. Vous allez perdre beaucoup de chiens.

— Ils sont bien entraînés, monsieur.

— Elle aussi et elle n'est sûrement pas seule.

— Elle, monsieur ?

— Un puma n'est jamais qu'un gros chat[1], mais je vous parie que celui-ci est une femelle. Ces pumas-là chassant presque toujours en binôme, vous avez intérêt à repérer l'autre avant qu'elle ne vous tombe dessus.

— Je ne peux compter que sur mes tireurs sur les toits, mais, pour cela, il faut qu'ils se découvrent.

— Les pumas ne volent pas.

— Je pensais que les snipers étaient notre dernier recours, au cas où l'ennemi réussirait à extraire malgré tout les prisonniers.

— Qu'ils se servent de leurs lunettes, pas de leurs queues de détente ! Capitaine, l'ennemi est *déjà* dans

1. En anglais, quel que soit son sexe, le chat (*cat*) est *féminin*.

la place. Il ne s'agit plus de faire le mort en attendant qu'il se laisse piéger par excès de confiance. Il s'agit de l'empêcher de s'en sortir et de limiter nos pertes. Vous comprenez ?

— Oui, monsieur.

— Bien. Alors positionnez vos tireurs pour qu'ils balaient tout le périmètre, lâchez vos chiens et, quand ce ou ces putains de pumas se seront réfugiés en hauteur, faites-les abattre par vos snipers.

— Maintenant, monsieur ?

— Si ce n'est pas trop vous demander.

Alec referme son mobile et soupire. Tout se déroule exactement comme prévu, jusqu'à l'insupportable manque d'initiative du capitaine d'opérette qui commande l'équipe de barbouzes gonflés aux stéroïdes qu'on lui a détachée. S'il était un peu moins cynique, il ne se réjouirait pas de pouvoir compter sur leur incompétence.

Mais il a le cynisme chevillé au corps et l'esprit encore plus tordu.

Acte VII, scène X

Quand enfin la porte d'un container déverse sa meute de chiens, Asuncion ressent une délivrance presque victorieuse. C'est la confirmation que Liadan ne s'est pas trompée et qu'Asuncion a si bien tenu son rôle de leurre qu'elle peut maintenant endosser celui du lièvre. Un lièvre d'une rare férocité, que même des lévriers n'auraient aucune chance de rattraper. Mais Asuncion sait que d'autres portes vont s'ouvrir et que d'autres meutes vont lui couper la route, jusqu'à la coincer ou jusqu'à la contraindre à se réfugier en hauteur pour qu'elle s'expose aux morsures de projectiles plus véloces qu'elle. Alors, plutôt que fuir, elle fait le tour du bloc de containers et revient dans l'encadrement de celui où se tient l'homme qui a libéré les molosses.

Le téléphone à l'oreille, il a l'air très surpris lorsqu'elle lui ouvre la gorge. C'est un geste qu'elle effectue très bien et très vite, l'un des premiers que la Reine-mère lui a appris quand elle a été en âge de ne plus être simplement une enfant.

— La gorge, ma fille, contrairement à ce qu'on peut penser, c'est ce que les hommes ont de plus fragile.

Les chiens reviennent sur elle, d'autres surgissent d'un hangar, et Asuncion entend des portes grincer un peu partout. Les empilements de containers sont tentants, mais elle doit attendre que le violon lui en garantisse l'innocuité. Alors elle fonce droit sur le hangar d'où jaillit la deuxième meute, en espérant que les petits compagnons d'Emily se mêlent rapidement de la partie.

De sa position dominante, Hermeline dispose d'une vue imprenable sur le toit des entrepôts. Elle les surveille tous, ainsi que les allées et le dédale de containers, mais il en est un à qui elle accorde une attention toute particulière. Quelque part, dessous, elle perçoit l'ankh de Mahes. Pourtant seul le toit l'intéresse vraiment et elle ne se laisse même pas distraire par la situation de plus en plus délicate d'Asuncion. Sa cousine n'est peut-être pas la plus finaude de la famille, mais elle est affûtée et, sur ses rollers, avec l'aide des chats d'Emily, elle a de quoi faire tourner en bourrique toute une armée de chiens. À condition qu'elle puisse parfois se mettre hors de leur portée. Répit qu'un sniper peut rendre très délicat.

En l'occurrence, ils sont quatre. Placés aux angles du toit, ils se sont dégagés en même temps des tissus de camouflage qui les recouvraient. Maintenant, ils balaient toute la zone avec les lunettes de leurs fusils.

Hermeline pose le violon sur la poutrelle métallique, dégage son propre fusil de l'étui d'archets. Ce n'est pas une arme d'assaut. C'est un SVU retouché à sa seule intention, une arme de précision dérivée du SVD, plus courte, plus légère, plus maniable. Sans lunette de visée : elle n'en a aucun besoin.

Hermeline s'adosse contre une poutre transversale, épaule, dessine en deux secondes un carré sur le toit en contrebas, appuie sur la queue de détente à chaque angle. Cette composition est moins harmonieuse que celles qu'elle improvise d'ordinaire avec le violon, mais elle est beaucoup plus définitive.

Elle range le SVU, reprend le plus musical de ses instruments. Elle a une cousine à soulager.

Aussi loin qu'Emily se souvienne, les chats se sont toujours pliés à ses moindres désirs. Elle n'a pas besoin de parler, seulement de visualiser mentalement ce qu'elle attend d'eux. Qu'il s'agisse de la bercer de ronronnements, de la suivre dans les allées crasseuses de Port Morris ou de s'interposer entre des dizaines de chiens tueurs et une patineuse un peu déjantée, avant de s'égayer pour détourner leur attention, non sans déchirer au passage quelques truffes au risque d'y laisser leur peau.

Emily s'attarderait volontiers pour observer la panique que sèment ses petits compagnons dans les meutes canines au milieu desquelles pirouette Asuncion, mais le violon d'Hermeline la rappelle à l'ordre quelques secondes après que quatre coups de feu ont résonné entre les bâtiments. Asuncion ne risque plus de mauvaise surprise et Liadan attend que la plus jeune de ses nièces se soit acquittée de son autre tâche.

Elle rentre la tête, lâche le bord du soupirail et se laisse tomber dans le vide sanitaire. Elle a beau avoir une excellente vision nocturne, elle coiffe sa lampe frontale avant que ses pupilles ne se dilatent complètement. D'une part, même pour une nyctalope, l'obscurité est beaucoup trop épaisse. D'autre part, elle veut rester à l'abri d'un accroissement soudain de luminosité.

Une succession de piliers soutient la dalle du bâtiment. Le plafond culmine 1,70 m au-dessus du sol – ses cousines n'auraient pas été très à l'aise. La marne mal nivelée est boueuse. L'odeur est fétide. Des tuyaux courent au plafond et sur les murs. Le volume étant trop important pour que les bouches d'aération du type de celle par laquelle elle est entrée soient suffisantes pour limiter le taux d'humidité, celles-ci sont assistées par une ventilation mécanique. Il s'agit, en l'occurrence, d'un système à dépression dont elle trouve rapidement l'une des bouches. Une colonne juste assez large pour elle qui grimpe à la verticale vers le toit.

Emily éteint sa frontale, lève la tête, sourit. Quelques mètres au-dessus d'elle, bien avant le toit, elle aperçoit deux lueurs latérales. La colonne est raccordée aux conduits d'air conditionné de l'étage des bureaux.

Liadan tourne comme une lionne en cage sur le toit du camion qu'elle a investi. Elle a tué le maître-chien et les deux bergers allemands qui le gardaient. Elle les a approchés contre le vent, ils n'ont rien vu venir, rien entendu. Elle s'est débarrassée du chauffeur aussi, et du garde en treillis qui fumait une cigarette, appuyé contre le capot. Il reste un homme dans la semi-remorque, mais elle ne peut pas l'atteindre tant qu'il ne se décide pas à sortir. Alors elle l'écoute. Il communique avec quelqu'un à l'extérieur. Quelqu'un dont Liadan n'entend pas les réponses ni les questions parce qu'elles sont étouffées par un casque, mais ce qu'ils échangent est sans intérêt : cela concerne ce qu'ils comprennent de la situation. C'est-à-dire rien ou, au mieux, ce que Liadan sait déjà grâce au violon de sa fille.

Le camion est adossé à une porte arrière du bâtiment, à peine plus haute et plus large que lui, coulissante et sur rail. Positionnement idéal pour une évacuation rapide des hommes à l'intérieur. S'il reste quelqu'un à évacuer après que Liadan aura déversé sa fureur.

Une rangée de fenêtres, qui paraissent ridicules de petitesse par rapport à la porte, domine celle-ci de deux mètres. C'est vers elle que revient sans cesse le regard de Liadan, de plus en plus nerveux avec le temps qui s'écoule. Puis elle perçoit un déclic et une vitre coulisse vers le haut, celle qui se trouve exactement au-dessus du camion. Brave petite Emily. Pas très en avance, mais toujours aussi intuitive.

Liadan bondit.

Comme signal, Hermeline a choisi le thème de *La Danse macabre.* Elle le joue brièvement, puis échange le violon contre le fusil, cale sa visée sur Asuncion et lui dégage la porte principale du hangar cible. Elle ne cherche pas à finasser, elle tire au poitrail. À chaque balle, un chien s'effondre. Dans l'un des deux énormes battants coulissants se trouve une porte plus petite. Asuncion aussi ne finasse pas, elle y colle quatre boulettes de C4 dans lesquels sont déjà enfichés les détonateurs et patine pour se réfugier derrière un container.

Hermeline range le SVU et le violon dans leurs étuis, qu'elle passe en bandoulière dans son dos, grimpe sur le sommet de la flèche, court jusqu'au deltaplane qui l'a portée jusqu'à la grue, s'installe dans le harnais et, à l'instant où la porte explose, bascule dans le vide en donnant une poussée des pieds sur la poutre d'acier. Mais elle ne plonge pas vers le bâtiment. Son objectif est le véhicule parqué par Asuncion un peu en dehors de Port Morris. Un corbillard réaménagé. Quoi de plus approprié ?

Asuncion quitte l'abri du container une seconde après l'explosion et slalome entre les cadavres canins pour se ruer sur le hangar. Les deux énormes battants n'ont pas trop souffert, mais la petite porte a complètement disparu, projetée dans le bâtiment, emportant au passage les deux gardes qui se tenaient derrière elle et les écrasant contre un pilier de béton. Asuncion traverse le nuage de poussière soulevé par l'explosion et se retrouve devant un comptoir installé sous des gradins formant un arc de cercle. Elle contourne la structure et découvre une arène au milieu d'un hall immense. Dans l'arène, une sphère tout en barreaux de métal protège les gradins des combats clandestins qui doivent s'y dérouler.

Les gradins et la cage sont vides. Ce n'est pas le cas de l'espace au-delà. Kayleen et Xander sont attachés dans deux fauteuils de dentisterie, les lèvres couvertes de ruban adhésif. Le bras droit de Kayleen a été dépecé de l'épaule au poignet. Un peu plus loin, un homme en tenue de combat est assis à califourchon sur une chaise, les coudes sur le dossier.

— Approchez, je vous prie, lance-t-il à Asuncion. Je vous attendais.

Asuncion évalue le pistolet-mitrailleur que, d'une main, il oriente mollement vers elle. Dans l'autre, il tient un téléphone mobile. Puisqu'elle est toujours le leurre et qu'elle vient d'apercevoir le minois d'Emily dans ce qui ressemble à une loge en surplomb au-dessus de l'homme, elle avance. L'homme appuie sur une touche de son téléphone et le fait disparaître dans une poche de son treillis. Une porte coulisse derrière Asuncion, dans la cage probablement, mais elle ne se retourne pas. C'est inutile. Son odorat est catégorique : *Canis lupus*. Son ouïe ne l'est pas moins : beaucoup. Beaucoup trop pour elle.

— Que la fureur soit, dit-elle en s'élançant.

Le rugissement qui répond à Asuncion force l'homme à se redresser et à se retourner brutalement, le canon du PM pointé vers l'étage. Emily lâche la poche de cuir du lance-pierre. La bille d'acier s'enfonce dans l'œil droit de l'homme à l'instant précis où une mâchoire lui tranche le bras tenant la crosse du PM à hauteur de coude.

Emily place une nouvelle bille dans la poche et retend l'élastique pendant que l'homme s'effondre. Elle attend que ses genoux touchent le sol, croise son regard incrédule et le frappe cette fois entre les yeux. Quand il bascule vers l'avant et que son front cogne lourdement le béton, elle remise son arme dans sa besace, puis elle saute par-dessus la rambarde de la loge qui a jadis été un bureau.

Trop tard pour empêcher Asuncion d'égorger sa victime. La patineuse manque de discernement, mais elle est hélas très rapide sur ses rollers. Liadan ne sera pas ravie de n'avoir personne à interroger.

Emily jette un coup d'œil vers le grand félin noir et les loups qui s'affrontent dans un maelström de violence animale, puis se précipite vers Kayleen.

Quand elle lui ôte le ruban adhésif qui lui couvre les lèvres, elle découvre que celles-ci ont été cousues.

Hermeline surgit à la seconde où Asuncion finit de détacher Xander, complètement hébété, dont le regard ne cesse de passer des loups qui gisent un peu partout au puma qui lèche ses blessures juste à côté de lui. De nombreuses et vilaines blessures, mais rien qui mette sa vie en péril. Moins moches en tout cas que la bouche mutilée et le bras dépecé de Kayleen. Hermeline remarque aussi le seul cadavre humain. Elle s'en approche, curieuse de savoir à quoi ressemblait le Serpent. Quand elle passe devant Kayleen, celle-ci s'arrache du fauteuil, s'agrippe à elle en laissant échapper un curieux son par le nez. Elle veut parler et, apparemment, c'est urgent. Alors, d'un geste sec et précis, Hermeline tranche de ses ongles acérés les fils qui scellent les lèvres de sa nièce.

— Explosifs, articule douloureusement Kayleen. (Elle serre les dents et lâche d'un trait :) Le Serpent peut faire sauter le bâtiment d'une seconde à l'autre.

— Il est mort, fait remarquer Emily en désignant l'homme qu'a achevé Asuncion.

Kayleen ne tourne même pas la tête vers le cadavre.

— Ce n'est qu'un sous-fifre. Le Serpent a filé depuis deux heures. (Elle intercepte le regard furieux d'Hermeline à l'égard d'Alexander.) Drogué, explique-t-elle. Pas sûr qu'il puisse marcher.

— Où sont les explosifs ? demande Hermeline.

— Sous-sol, j'imagine.

— Je n'ai rien vu, dit Emily.

Le puma grogne et bondit à l'étage.

— Maman ! tente de le retenir Hermeline.

— Il y a un camion tout contre le bâtiment, explique Emily, et encore quelqu'un dedans.

— On dégage ! ordonne Hermeline. Asuncion, tu prends l'écrivain.

Elle fixe Kayleen une demi-seconde, lui sourit et l'attrape sous son bras indemne pour la charger sur ses épaules.

Hermeline est au volant, Asuncion à côté d'elle. Emily est à l'arrière avec Kayleen et Alexander. Hermeline a tout juste le temps d'écarter le corbillard du bâtiment quand une explosion énorme se produit de l'autre côté de celui-ci, puis toute la structure vacille et s'effondre sur elle-même. Le souffle propulse le véhicule contre les containers.

Le choc est violent et arrache un cri à Kayleen quand son bras dépecé heurte le flanc d'Alexander, mais Hermeline conserve le contrôle du corbillard et écrase la pédale d'accélérateur, puis celle du frein, quand elle est sûre qu'ils sont à l'abri des débris qui retombent.

À l'exception de celles stupéfiées d'Alexander, toutes les pensées vont à Liadan.

Hermeline descend de la voiture et se met à courir vers les décombres. Asuncion la rattrape en quelques coups de patins et l'arrête.

— J'irai plus vite, dit-elle.

Hermeline la laisse disparaître dans la poussière qui masque tout et revient vers le corbillard, duquel Emily et Kayleen sont elles aussi sorties. Emily prend la main d'Hermeline. Kayleen l'attrape à la taille et l'entraîne vers le quai. Elles ne disent rien. Il n'y a rien à dire. Elles regardent l'eau, elles n'y voient que néant.

C'est sans véritable espoir qu'elles se retournent toutes les trois en entendant les roues d'Asuncion sur l'asphalte. Dans les bras de celle-ci, le corps de Liadan, nue, paraît complètement désarticulé.

— Il va falloir que Kayleen se surpasse, mais ta mère est sacrément solide, Hermeline.

Toutes trois sont en train d'installer Liadan inconsciente sur l'une des banquettes latérales du corbillard, en face d'Alexander toujours ahuri, quand le même cri leur déchire le cerveau d'une douleur primale.

Dix kilomètres au sud, la plus étrange maison de New York City vient d'imploser.

Acte VIII, prologue

En matière de stratégie, quand on connaît bien l'adversaire, il est important de s'assurer que celui-ci n'en sache pas autant sur soi et plus encore qu'il se fourvoie sur la science qu'il pense avoir. La subtilité ne consiste pas seulement à se comporter exactement comme il s'y attend, mais à lui permettre d'envisager que cette corroboration s'inscrit dans une métalogique dont le but est de le leurrer et, conséquemment, d'y réagir en anticipant les conséquences de cette rouerie. Donc de commettre lui-même, par excès de calcul, l'erreur fatale.

Alec n'aime pas les confrontations qui s'éternisent. C'est un joueur de blitz qui pratique l'échange de pièces chaque fois qu'on le lui propose. Il a aussi un sens aigu du sacrifice. Des autres. Il opère sans plaisir particulier, seulement parce que c'est nécessaire, mais il n'hésite jamais.

Éplucher méthodiquement le bras de la parodie de bastard, par exemple, ne lui procure pas le moindre frisson. C'est juste le plus sûr et le plus rapide moyen de faire tomber les défenses de l'écrivain pour qu'il ne résiste pas à l'action du cocktail de barbituriques. Résultat, chaque question suscite une réponse franche et immédiate. Alec ne doute même pas de la sincérité d'Alexander quand les données satellitaires ne révèlent que des jardins là où l'écrivain situe l'antre de Janet Bond. Il y a longtemps qu'il sait que, entre son art du camouflage et sa maîtrise de l'informatique, Janet Bond est capable d'effacer un bâtiment complet de tous les relevés sans éveiller le moindre soupçon. Toutefois, elle ne peut pas trafiquer les images en temps réel. En tout cas pas celles transmises par des appareils auxquels elle n'a pas accès et dont elle ignore jusqu'à l'existence. Contrairement à Alec.

C'est l'un des avantages de travailler dans le privé, surtout pour un groupement d'intérêts qui dispose des États, de leurs armées et de leurs services secrets comme prestataires de service. Un coup de téléphone pour faire décoller le Black Hawk, quelques minutes de patience et l'hélicoptère furtif relaie de magnifiques photos aériennes d'un groupe de bâtisses biscornues accolées au milieu d'un pâté d'immeubles.

Le commando est déjà dans l'appareil – une task force de douze soldats parmi les plus aguerris –, mais Alec n'entend pas leur laisser le privilège de se faire massacrer sans être certain que Janet Bond les accompagne dans le néant. Ça, c'est son job, et il est le seul à pouvoir le mener à bien. Alors il confie l'ersatz de bastard et son écrivain au capitaine d'opérette et à ses meutes de clébards pour rejoindre en toute discrétion Wards Island, où le Black Hawk le récupère. Il sait que d'autres bastards, des vraies, sont déjà dans Port Morris. Il les sent, ou il les pressent, mais cela ne fait pas une grande différence quand on a son expérience. L'important, c'est qu'elles ne puissent pas le voir quitter les lieux et que ses hommes donnent le change. Toutes et tous sont condamnés, de toute façon.

Il y a longtemps qu'Alec ne s'est pas laissé tomber d'un hélicoptère accroché à un filin, mais ce n'est pas un exercice très raffiné et il est plus affûté que les soldats qui l'escortent. Seule difficulté : se poser sans faire plus de bruit qu'un grain de sable chutant d'un parasol sur une plage. Que Janet Bond entende ensuite les hommes se déplacer n'est pas un problème, l'essentiel étant qu'elle ne puisse les dénombrer avant qu'ils crèvent le toit avec de minuscules charges de Semtex et qu'ils investissent la maison.

Le commando est rodé, tout se passe très vite.

Les douze charges explosent simultanément en douze points différents. Les douze soldats se jettent dans l'assemblage de bâtisses. Toujours accroché au filin par son descendeur en position bloquée, les jumelles à amplification de luminosité sur les yeux, Alec patiente assis au bord d'une des ouvertures créées par le Semtex. Il ne voit pas vraiment comme en plein jour, mais au moins aussi bien qu'un chat.

La salle qu'il surplombe est un assemblage de pièces reliées par des passerelles et des escaliers qui constituent un véritable labyrinthe dans lequel quatre de ses hommes progressent laborieusement. Deux d'entre eux manquent même de se mitrailler mutuellement lorsqu'ils se retrouvent face à face. Leur frayeur dure à peine plus que leur soulagement de ne pas avoir ouvert le feu. Une silhouette noire bondit d'une plateforme en dessous d'eux et les décapite d'un seul geste.

La silhouette est tellement noire que, même avec ses jumelles, Alec est à peine capable de deviner qu'elle est féminine, mais, lorsqu'elle lève la tête, il est sûr que les deux yeux d'un jaune tirant sur l'orange qui lui décochent un regard féroce sont parfaitement félins.

Elle disparaît sans qu'il relève son arme. C'est inutile. Il est la proie qu'elle a gardée pour la fine bouche et il n'est pas de taille, pas de cette manière. Comme lui, elle a tout calculé, et cette pièce délirante est la dernière qu'elle a choisi de défendre. Maintenant, il ne lui reste plus que deux soldats à éliminer avant de s'intéresser à lui. Elle a sacrifié toutes ces bastards pour l'affronter en personne, comme il a envoyé tous ses hommes à l'abattoir pour qu'il ne reste rien derrière eux.

Il entend le hurlement d'un homme s'étouffer dans un gargouillement. Une douzaine de mètres sous sa position. Plus qu'un.

Alec se relève, tire un boîtier d'une poche, sourit.

Il pousse légèrement un levier, le filin se tend dans son dos. Quand il le poussera à fond, l'enrouleur le remontera à grande vitesse vers l'hélico. Mais pas tout de suite. Il veut croiser de nouveau son regard. Il veut qu'elle sache qu'il l'a vaincue, complètement.

Il observe le dernier membre survivant du commando descendre prudemment une volée de marches. Il la voit surgir derrière lui. Il entend les vertèbres craquer quand elle lui brise la nuque. Puis elle relève la tête et son regard doré se pose directement sur lui. Alors Alec appuie sur l'un des deux boutons du boîtier.

Dix kilomètres au nord, un entrepôt de Port Morris explose.

Dans le regard animal de son ennemie, il lit une douleur aussi terrible que la fureur qui lui succède immédiatement.

Il pousse le levier à fond et le filin l'emporte loin au-dessus d'elle. Quand il s'estime en sécurité, il enfonce l'autre bouton du boîtier.

Douze détonations simultanées dispersent un nuage d'une poudre si fine qu'elle se propage dans toute la maison, s'insinuant dans le moindre interstice des murs, du sol, des meubles, des plafonds, pénétrant chaque cavité aussi infime soit-elle, jusqu'aux pores de Janet Bond elle-même. Puis douze autres explosions embrasent ce nuage, engendrant une surpression énorme qui déclenche une dépression toute aussi colossale provoquée par la combustion du mélange vaporisé. Toute la structure implose, engloutissant Madame Janet sous des tonnes de débris.

Game over. Alec a rempli sa mission.

En matière de stratégie, quand les adversaires se connaissent si bien qu'aucune ruse ne saurait fonctionner, il faut savoir renoncer au combat. Ou équiper chaque pièce offerte en sacrifice d'une bombe thermobarique.

Acte VIII, scène I

Alexander s'éveille brutalement, en apnée, au sortir d'un cauchemar dont il ne conserve pour mémoire que quelques images et beaucoup de souffrance. Le temps d'apaiser sa respiration, de retrouver un rythme cardiaque normal, de chasser la nausée, de s'étonner du bandage autour de sa main gauche et son esprit se désembue suffisamment pour comprendre que l'environnement dans lequel il se trouve lui est étranger. L'angoisse resurgit aussitôt. Il ferme les yeux. Un peu plus de deux secondes, pour une fois. Il s'efforce de rassembler ses bribes de souvenirs pour leur trouver un ordre chronologique et leur donner un sens, pour retracer la réalité ou se découvrir une trajectoire qui aboutisse dans cette mansarde inconnue. Mais tout ce dont il se rappelle sur une période qu'il estime ne pas excéder une journée lui paraît dément. Il rouvre les yeux.

— Leen ? appelle-t-il en tâtant autour de lui les draps humides de sa propre sueur.

— Elle s'occupe de Liadan, répond une voix familière.

Alexander se redresse dans le lit, fouille le clair-obscur qu'un soleil matinal diffuse par quatre lucarnes et deux vasistas, découvre le bois verni d'un fauteuil à bascule dans un angle.

— Jerome ?

Le fauteuil grince. Jerome sort de l'ombre en s'en extrayant, abandonne la couverture qui le couvrait et s'approche du lit. En jogging et tennis, les cheveux impeccables mais les traits tirés, il donne l'impression de ne pas avoir dormi de la nuit. Pourtant Alexander se sent beaucoup moins frais que lui.

— Elle s'occupe de Liadan ? répète-t-il.

Jerome se prend le menton, fait la moue au contact de sa barbe d'un jour, attrape les vêtements d'Alexander sur le dossier d'une chaise et les lui lance.

— Ils t'ont cramé la cervelle au sérum de vérité et je ne sais pas trop comment t'expliquer les choses. Ce sera plus facile si tu en vois certaines par toi-même… enfin, façon de parler. (Comme Alexander reste amorphe, Jerome reprend :) Habille-toi, Xander. Ça ne me gêne pas d'avoir le mauvais rôle, mais j'ai horreur de jouer les nounous.

Pendant qu'Alexander passe ses vêtements, quelques-uns de ses synapses reconnectent certains neurones et son angoisse prend une tournure désagréablement tangible.

— Je me souviens que ce n'est pas de Liadan que Leen s'occupe, dit-il, mais de Shania. Pourquoi…

Le regard affligé de Jerome suffit à interrompre la question.

— Cela ne me réjouit pas, Xander, mais je sens que nous allons tous deux avoir des moments pénibles. Moi parce que je vais devoir t'asséner claque sur claque. Toi parce que, quoi que tu imagines, c'est pire. Quelle est la dernière chose dont tu te souviens avec certitude ?

Alexander réfléchit.

— Laurence est passé nous prendre à Ahawith Chesed, répond-il. Il nous a conduits chez moi où nous attendait Kyle… Il y avait Maria, aussi. Je me souviens qu'elle n'a pas été ravie de découvrir Leen. J'ai fait un malaise, je crois. Ensuite, je ne sais pas trop. (Alexander blêmit.) Il y a eu un échange de coups de feu. Kyle…

Il s'arrête, le regard horrifié. Jerome prend le relais :

— Kyle Kentrick a été abattu dans ta rue. Laurence McNair a été écrasé devant le Woodhull par le même véhicule qui a percuté Maria Minuit. Elle seule a survécu. Tout ce que nous savons, c'est qu'elle a subi une opération de plusieurs heures et qu'elle a été confiée à la garde de l'US Marshals Service. Si elle entre dans le programme de protection des témoins, tu ne la reverras jamais.

Alexander est tellement affligé qu'il ne trouve rien d'autre à dire que :

— Je doute que l'USMS puisse cacher qui que ce soit à Madame Janet.

— Janet est morte. La fille de Liadan, Hermeline, vous a tous ramenés chez Lizzie.

Alexander met un moment à réaliser qu'ils ne sont pas dans la boutique qui fut celle de Lizzie, mais qu'ils sont réellement chez elle, dans sa maison. Cela lui vient en découvrant Emily endormie sur un canapé au rez-de-chaussée, pratiquement ensevelie sous une douzaine de chats qui ronronnent à qui mieux mieux. Puis, dans la cuisine adjacente, ils butent sur Asuncion, assise sur une chaise en équilibre contre un mur. Asuncion ne dort pas. Elle garde une porte devant laquelle Jerome s'immobilise.

— S'il te plaît, laisse tomber Jerome d'une voix lasse.

Elle le toise sans bouger.

— Je t'en prie, l'engage-t-elle en lui désignant la poignée de la porte.

Jerome soupire et ouvre la porte sur un cellier tout à fait quelconque. Alexander ressent une forte impression de déjà-vu. Jerome referme la porte et répète :

— S'il te plaît.

— Lui, pas toi, réplique Asuncion butée.

— As ! lance la voix d'Emily depuis l'entrée de la cuisine.

Asuncion lui décoche un regard mauvais et tend le bras pour tourner le bouton de la poignée. La porte ouvre cette fois sur un escalier qui descend vers le sous-sol. Une porte Houdini, évidemment. De curieuses émotions emplissent Alexander, trop confuses pour qu'il formule la pensée qui affleure à son esprit. Il se retourne vers Emily et découvre Folksy dans ses bras.

— Bonjour, Xander Byrd. Je suis heureuse de vous revoir.

Folksy saute de ses bras et vient se coller dans ceux d'Alexander.

— Bonjour, Emily Flynn, répond-il niaisement. Je… j'aurais aimé que ce soit dans d'autres circonstances.

La gamine incline la tête sur le côté et sourit.

— J'aurais aimé qu'on vous laisse le choix des circonstances, dit-elle. Je peux vous demander un service ?

— Bien sûr, répond Alexander par réflexe.

— Terminez votre livre. C'est la seule liberté qu'aucune de nous ne pourra vous prendre.

Alexander est encore médusé quand, au bas de l'escalier, Jerome l'entraîne dans un couloir mal éclairé.

— Qu'a-t-elle voulu dire ? Et que fait Folksy ici ?

— C'est moi qui ai transporté Folksy chez Lizzie à la demande de Janet. Quant à Emily, je suppose qu'elle veut dire quelque chose comme « méfie-toi, mon ami l'écrivain, même de moi ».

— Je ne suis pas en état pour les énigmes, Jerome.

Jerome s'arrête juste avant qu'ils n'atteignent une porte.

— Soit tu disposes déjà de tout ce qu'il te faut pour résoudre celle-ci. Soit tu n'y parviendras jamais. Personnellement, je n'ai jamais pu décider.

La porte s'ouvre, laissant passer une jeune femme qu'Alexander ne connaît pas et qui les ignore complètement.

— Hermeline, souffle Jerome à Alexander.

Mais Alexander ne l'entend pas.

Derrière une baie vitrée lui donnant une allure d'aquarium s'étale sous ses yeux un mélange de bloc opératoire et de salle blanche. Deux personnes y évoluent dans des tenues de décontamination. L'une d'elles s'affaire autour d'une cuve translucide, pleine d'un liquide légèrement fluorescent dans lequel baigne un corps féminin. L'autre nettoie le sol avec une raclette, évacuant des gazes et des déchets manifestement organiques vers une bouche d'évacuation dans le sol.

Alexander franchit les deux mètres qui le séparent de la salle stérile et colle pratiquement son nez à la vitre. La personne qui nettoie le sol relève aussitôt la tête. Un haut-parleur restitue sa voix :

— Je vais terminer, Leen. Va te reposer.

Près de la cuve, l'autre personne se retourne, aperçoit Alexander et Jerome, jette un dernier coup d'œil au corps immergé et répond :

— Ce n'est pas de refus. Réveille-moi dans quatre heures.

— Six.

— J'ai moins besoin de sommeil que toi, maman.

— En temps normal, réplique Lizzie.

Kayleen s'éloigne de la cuve sans insister et disparaît par une porte qu'Alexander ne voit pas. Elle met plusieurs minutes avant de resurgir par un sas. Le temps de passer une tenue qui lui sied mieux que celle de décontamination, mais dont le top, sans manches, ne risque pas de cacher le bandage épais qui lui couvre tout le bras droit. Alexander découvre aussi que ses lèvres sont étrangement gonflées et que la peau autour d'elles est piquetée de points violets. Alors il se souvient, et une partie de ce qui était encore de l'ordre du cauchemar devient la réalité. S'il ne s'effondre pas, c'est que Jerome a anticipé sa réaction et l'attrape sous les bras.

Pendant qu'Asuncion le porte jusqu'à la chambre en mansarde, Alexander ne cesse de répéter :

— Je vais bien. Je peux monter tout seul.

C'est peut-être vrai. C'est surtout qu'il se sent ridicule. De toute façon, Asuncion ne lui laisse pas plus de choix qu'à Kayleen. Elle en jette un sur le lit, ordonne à l'autre de se coucher et de dormir, en insistant lourdement sur le mot « dormir », et elle quitte la chambre.

— Ne fais pas attention, commente Kayleen sans remuer les lèvres. Sans Mère-Grand, et avec Shania et Liadan sur la touche, Asuncion est un peu trop à cran pour ne pas se sentir des responsabilités qu'elle est incapable de prendre.

Tandis qu'Alexander ne trouve rien à dire tant il a à lui dire, elle se déshabille rapidement, grimace à peine en ôtant son débardeur – quand le tissu frotte son bras bandé – et se glisse sous les draps, aussitôt rejointe par Folksy.

— Je ne me souviens pas de tout, se lance Alexander, mais je revois quand il a commencé à… à…

— Tu étais drogué, c'est normal. Ce salaud connaît bien son boulot.

— Ton bras… je veux dire… il…

Elle sourit.

— Ça va. C'est un peu comme une brûlure du troisième degré. Sur le coup, ça fait un mal de chien. (Elle grimace.) Puis le cerveau sécrète des endorphines et la douleur diminue pratiquement jusqu'à l'insensibilité. Ensuite… bon, il y aura des moments où je ne serai pas à prendre avec des pincettes.

— Troisième degré ? Tu vas avoir besoin d'une greffe, tu devrais être à l'hôpital, tu…

— Xander, l'arrête-t-elle, ma famille a beaucoup de défauts, comme tu as pu le remarquer, mais nous sommes d'une constitution solide. Même si mon métabolisme est le moins performant de toute la lignée, il reste très efficace, et je suis aussi bonne plasticienne que chirurgienne, tu te rappelles ?

Alexander aimerait rire à son trait d'humour, ou au moins sourire, comme elle le fait, mais trop d'images insupportables se bousculent dans sa mémoire, auxquelles viennent s'ajouter des questions qui se font pressantes.

— C'est à cause des informations que j'ai fournies qu'il a pu assassiner Madame Janet ?

— C'est à cause des informations que Mère-Grand voulait que tu lui fournisses, oui. (Elle s'appuie sur son bras gauche, lui effleure les lèvres des siennes tuméfiées.) Maintenant, j'ai besoin de dormir, Xander.

— Oh pardon !

Alexander quitte le lit et se dirige vers la porte. Juste avant de sortir, il demande :

— C'est Liadan qui est dans la cuve ?

— Xander, s'il te plaît…

Emily dort à nouveau dans le canapé au milieu des chats, mais Asuncion ne garde plus la porte Houdini. Lizzie est seule dans la cuisine, attablée devant un solide petit-déjeuner.

— Tu as faim, jeune homme ? accueille-t-elle Alexander.

Alexander n'en est pas sûr mais il répond positivement, par politesse. Lizzie se lève.

— Laissez, essaie-t-il de l'arrêter, je peux m'en occuper.

Lizzie l'ignore et s'affaire entre la cuisinière, le chauffe-plat et le réfrigérateur.

— Je t'attendais, dit-elle en remplissant un plateau. Assieds-toi.

Il tire la chaise en face de celle qu'elle vient de quitter et le plateau atterrit aussitôt devant lui. Œufs brouillés, bacon grillé, café, jus d'orange, fromage battu, pancake, confitures.

— Bon appétit, dit Lizzie en se rasseyant.

— Bon appétit, répond-il.

Et, comme il ne sait pas quoi ajouter, il attaque la brouillade d'une fourchette timide qui s'enhardit au fil des bouchées. Tout compte fait, il a faim.

— Jerome repassera dans la journée, annonce tout à coup Lizzie. Lui aussi avait besoin de dormir quelques heures.

— Ah ? s'étonne Alexander. Je pensais qu'il vous remplaçait auprès de Liadan.

— Jamais Hermeline et Asuncion ne l'auraient permis.

Alexander profite d'avoir la bouche béante pour engloutir une cuillerée de fromage.

— Mes cousines apprécient assez peu mes amis, reprend Lizzie. À part Emily, mais Emily est fascinée par les écrivains et je la soupçonne de mettre un point d'honneur à ne rien faire comme tout le monde.

— Comment va Liadan ?

— Sais-tu au moins ce qui lui est arrivé ?

Alexander se concentre.

— Je me souviens d'une explosion, dit-il.

— C'est ça. Et Liadan était un peu trop près. Puisque nous sommes à table, je ne te dresserai pas la liste de ce que Leen a retiré de son corps, des os qu'elle a ressoudés, des organes qu'elle a recousus et des muscles carbonisés dans lesquels elle a taillé, mais je peux te garantir que Liadan ne la traitera plus avec le mépris qu'elle lui a jusqu'aujourd'hui réservé.

Alexander repousse son plateau. Pas parce qu'il est écœuré, mais parce qu'il lui semble que Lizzie est plus loquace qu'aucun membre de la famille Bond ne l'a jamais été avec lui et qu'il se doit d'en profiter.

— Janet m'a un jour dit que vos relations familiales étaient aussi compliquées que conflictuelles, mais ce que j'en saisis va bien au-delà de ça. J'aime votre fille, Lizzie, au point de vous en vouloir de m'avoir caché son existence, mais elle est parfois aussi froide que vous paraissez toutes l'être. Et ce n'est pas seulement de la distance, ni de la réserve, c'est de l'insensibilité.

— Tu as un exemple ?

Alexander est soufflé.

— Goddam ! Shania est clouée dans un lit je ne sais où, Liadan est dans une cuve d'un liquide indéfinissable, Janet est morte il y a à peine quelques heures et aucune de vous ne manifeste plus que de l'indifférence, quand encore il ne s'agit pas d'hostilité !

Lizzie pose les coudes sur la table et appuie le menton sur ses mains croisées.

— À l'époque où tu as commencé à fréquenter la galerie, donc peu avant que je passe la main, Leen, précisément contrainte par l'hostilité de notre charmante famille, poursuivait ses études en Europe plutôt qu'aux États-Unis. Quoi qu'il en soit, même si je suis ravie de tes sentiments pour ma fille, puisqu'ils semblent réciproques, je n'ai jamais rêvé d'avoir un gendre. (Il est difficile de juger de la qualité de son rictus.) Pour ta gouverne, le jeune Emilio m'a ramené Shania cette nuit, elle est dans une chambre au premier étage, Liadan trempe dans un fluide qui va faciliter la régénération de ses cellules et Janet est morte exactement comme elle en a décidé à l'instant qu'elle a choisi. (Elle soupire.) Ce que tu prends pour de l'insensibilité est de la colère, Xander. Chacune de nous est furieuse de ne pas avoir compris ce qu'elle préparait et lui en veut de nous avoir imposé sa… succession.

— Quand vous parlez de succession, je suppose que vous ne faites pas allusion à la maison de Ridgewood.

— La maison n'existe plus, le Serpent l'a fait imploser, et je ne pense pas qu'on puisse trouver quoi que ce soit d'intact sous les décombres. Maintenant, si cela ne te gêne pas, je vais m'efforcer de dormir quelques heures. D'ailleurs, étant donné que tu es le seul à avoir eu ton comptant de sommeil ici, je te serai reconnaissante de relever Asuncion.

Alexander se lève aussitôt.

— Bien sûr. (Il s'approche de la porte du sous-sol.) Euh… que dois-je faire exactement ?

— Rester sagement hors du bloc stérile et courir réveiller Leen si le haut-parleur se met à couiner. Liadan est sous monitoring.

Alexander manipule le bouton de la poignée, descend cinq marches, s'arrête net et se retourne. Lizzie l'observe depuis l'encadrement de la porte.

— Pourquoi ne suis-je pas tombé sur le cellier ? demande-t-il. Je n'ai rien fait de plus que Jerome, tout à l'heure, et c'est Asuncion qui a dû nous ouvrir le sous-sol.

Lizzie reste impassible.

— La première question que tu devrais te poser, Xander, est : Asuncion a-t-elle fait quelque chose de plus que Jerome ?

Acte VIII, scène II

Le quartier grouille de policiers et de pompiers. Ils ont évacué tout le pâté d'immeubles et délimité un cordon de sécurité tout autour pour contenir les curieux et les journalistes. Les curieux ne sont pas si nombreux. Les journalistes, si.

Jerome a toujours été effaré par l'exhibitionnisme des dealers de sensations et par le voyeurisme des accros à la catastrophe. Les uns vendent de la poudre de drame synthétique que les autres s'enfilent via leur tube cathodique ou leur seringue à plasma. On montre des images qui ne montrent rien, on débite au conditionnel des histoires qu'on modifie au fil des communiqués officiels, on pisse à la ligne des avis qui n'avisent personne, on diffuse de l'insinuation à grand renfort de témoignages qu'on sélectionne en fonction de l'indice d'écoute.

Jerome se serait bien passé de mettre les pieds à Ridgewood aujourd'hui et il aurait volontiers dormi deux heures de plus, ou trois, ou quatre, mais il est le seul à pouvoir faire ce que nul n'a songé à faire.

Il trouve Emilio assis sur le dossier d'un banc près d'un terrain de basket. Tous les jeunes qui l'entourent ont, comme lui, des traces de sel sur les joues. Ils ont pleuré d'effroi, d'abattement ou de colère leur Madame Janet sur laquelle la famille de celle-ci ne versera pas une larme. Jerome leur doit la compassion que personne ne leur offrira.

— Emilio ?

Emilio relève la tête. Pas plus que ses amis, il n'a vu Jerome approcher.

— M'sieur Jerome ?

— Je peux te voir un moment ?

Emilio quitte le banc.

— Je reviens, lance-t-il aux autres.

Il entraîne Jerome vers un autre banc de l'autre côté du terrain de basket.

— Vous avez des nouvelles de Xander ? demande-t-il dès qu'ils sont hors de portée de voix de ses camarades.

— Il va bien. Kayleen aussi. Madame Janet s'est sacrifiée pour qu'ils s'en sortent.

Emilio marque le pas, puis repart et reste silencieux jusqu'à ce qu'ils atteignent l'autre banc. Ils s'assoient l'un à côté de l'autre.

— Sacrifiée, vous dites ?

— Oui. Elle a échangé sa vie contre la leur.

Emilio hoche la tête et plante un regard fier dans celui de Jerome.

— Ça ne m'étonne pas d'elle, vous savez ? Elle a toujours tout donné pour ceux qu'elle considérait comme ses enfants. J'en étais un, et tous les autres là-derrière, et Xander évidemment. C'est quelqu'un, Xander. Et sa Kayleen aussi. C'est bien ainsi. Je veux dire, je préfère que ça soit ça, que ça ne soit pas une fuite de gaz à la con. Elle méritait pas une mort stupide.

Il ne lâche pas Jerome des yeux et il laisse les larmes couler des siens, mais sa voix ne sanglote pas quand il reprend :

— Qui a fait ça ?

— Le type du parc. Celui qui a tiré sur la mère d'Emily. Celui qui a enlevé Kayleen et Xander,

Les muscles des joues d'Emilio se tendent à faire craquer ses mâchoires, ses yeux s'embrasent.

— Je vais le tuer, crache-t-il. Je vais tuer tous ceux qui ont trempé là-dedans.

Jerome serre les lèvres puis, sans quitter le jeune homme du regard, secoue la tête.

— Non, Emilio. Tu ne vas pas le tuer.

— Oh ça si ! Je vous jure !

— Tu ne peux pas le tuer. Tu n'es pas de taille. Hier, il a eu Madame Janet et il a bien failli avoir aussi toute l'équipe qu'elle a envoyée à la rescousse de Kayleen et de Xander. Ça s'est joué à un poil de cul et pourtant, crois-moi, ce sont les meilleurs spécialistes du monde. Tu comprends ?

— Des agents du service secret pour lequel travaillait Madame Janet, comme la femme que j'ai transportée cette nuit… la mère d'Emily, c'est ça ?

— C'est ça.

Emilio détourne les yeux, réfléchit quelques secondes et les ramène sur Jerome.

— Qu'est-ce que je peux faire ? demande-t-il.

Jerome s'attendait à ce genre de réaction et il s'était juré qu'il refroidirait les velléités du jeune homme. Maintenant, c'est toujours aussi clair pour lui, il suffit de répondre « rien », mais il en est incapable. Et il l'est d'autant plus que cela ne freinera pas le garçon, et que celui-ci est suffisamment débrouillard pour s'attirer les pires ennuis et y laisser sa peau. La sienne et celle de ses amis.

— L'assassin de Madame Janet n'en avait qu'après elle, répond-il. Elle était son contrat, si tu préfères. Leen et Xander n'étaient pour lui qu'un moyen de parvenir à ses fins. Par contre, des relations ou des sbires de ceux qui l'ont embauché n'en ont peut-être pas fini avec Xander. Ils peuvent le considérer comme un témoin gênant, par exemple.

Le visage du jeune homme s'illumine.

— Ou avoir peur de ce qu'il écrit dans son livre, dit-il. Je connais quelqu'un qui fréquente les hommes de main de ces gens-là. Quelqu'un qui a tout intérêt à ce que le quartier ne fasse pas le rapprochement entre ses activités et la mort de Madame Janet.

— Explique.

— Il s'appelle Gannon, mais tout le monde le surnomme l'Irish…

Acte VIII, scène III

Toute la journée, la mémoire d'Alexander lui projette des scènes sous forme de flashes qu'il ne parvient ni à relier, ni à remettre dans l'ordre. Certaines sont indubitablement des souvenirs, d'autres sont tout aussi assurément le fruit des psychotropes qu'on lui a administrés, mais celles qui le perturbent le plus sont celles sur lesquelles il est incapable de se prononcer.

Il est sûr que Kayleen a été enfermée dans une cage avec un bullmastiff, par exemple, comme il est sûr qu'aucun serpent ne lui a planté ses crochets à venin dans le bras : le serpent symbolise leur bourreau et les crochets la seringue contenant les barbituriques. Mais comment faire la part du réel et de l'imaginaire dans le combat entre une meute de loups et un puma noir ? Le bullmastiff était bien réel et il se souvient d'aboiements lointains. Puisqu'ils étaient enfermés dans une salle de combats clandestins, il est normal que leurs kidnappeurs aient disposé de plusieurs chiens dressés pour tuer, des chiens que l'hallucinogène a transformés en loups. De toute manière, les loups n'aboient pas. Quant au puma, il peut aussi bien résulter de l'imagination d'Alexander, nourrie par les investigations et les suppositions de Laurence, qu'avoir accompagné l'une ou l'autre des descendantes de Janet Bond, dont l'affinité avec les félins est indiscutable. Alexander penche pour la seconde hypothèse, l'image de l'animal nettoyant ses plaies à côté de lui est trop *vraie*, mais cela ne lui facilite pas la distinction entre le réel et l'hallucination.

Liadan était présente, or il ne l'a pas vue, sinon quand Asuncion a rapporté son corps à la voiture, et Hermeline a crié « Maman ! » lorsque le félin a bondi vers l'étage. Qui appellerait un prédateur, même domestiqué, Maman ? Quelqu'un qui aurait été élevé avec depuis son plus jeune âge, peut-être. Dans ce cas, confirmant la théorie de Laurence, le puma serait celui de Liadan et il aurait disparu dans l'explosion ayant gravement blessé celle-ci. L'explication est insatisfaisante, toutefois Alexander veut bien s'en contenter, comme il veut bien admettre que ce ne sont pas des griffes qu'il a vues au bout des mains d'Asuncion lorsqu'elle a égorgé le lieutenant du Serpent, mais un sarcloir du même type que celui dont Madame Janet s'est servie pour se débarrasser de deux de ses agresseurs à l'automne dernier.

Sarcloir et félins, les marques de la famille. Une famille à laquelle il reproche son insensibilité alors qu'il est lui-même incapable de pleurer Kyle et Laurence. Certes, il n'a pas la larme facile, mais il n'éprouve qu'un vague dépit, une émotion aussi incongrue que son manque de curiosité concernant l'état de santé et le devenir de Maria. La douleur qu'il a ressentie, lorsque Jerome lui a annoncé la mort de Kyle et de Laurence et l'hospitalisation de Maria, s'est volatilisée. Ne reste plus que la conscience de l'iniquité de cette disparition. Quand il s'en ouvre à Kayleen, alors qu'elle vient de quitter la chambre stérile du sous-sol et qu'elle lui accorde quelques minutes avant d'aller s'occuper de Shania, elle lui caresse la joue.

— C'est un réflexe de préservation. Tu pleureras tes morts quand ton psychisme sera en mesure de faire le deuil. Pour l'instant, il a besoin d'évacuer ce qu'il a subi et de recoller les morceaux.

— Bon sang, Leen, tu as beaucoup plus trinqué que moi !

— Non. Je suis armée, physiquement et mentalement, contre la douleur. Toi, tu as été violé. (Comme il reste sans voix, elle poursuit en montrant son bras emmailloté :) Dans quelques semaines, ma peau sera complètement reconstituée, et les cicatrices sur mes lèvres auront disparu bien avant. Toi, tu dois apprendre à vivre avec le souvenir que quelqu'un s'est introduit de force dans ton esprit pour en user à sa guise, en te privant jusqu'à la volonté de résistance.

Alexander ne trouve rien à répliquer ni à redire aux paroles de Kayleen. Intellectuellement, il comprend mais il ne se sent pas concerné, ce qui, toujours intellectuellement, valide le diagnostic. Et Hermeline surgit de la cuisine juste après que Kayleen a quitté la pièce pour enfoncer le clou :

— Elle a raison. Tout viol est un avilissement et celui dont tu as été victime se double d'une culpabilisation inique pour la disparition de ma grand-mère et les blessures de ma mère.

C'est la première fois qu'Alexander entend sa voix et celle-ci le met mal à l'aise : elle est tout en contrepoint. Enjôleuse et glaciale, intime et indifférente, mélodieuse et tranchante.

— Inique ? relève-t-il.

— Ma mère connaissait les risques. Ma grand-mère les a provoqués. Tu n'es qu'un vecteur. Quand tu seras prêt, je t'aiderai à te libérer du mal qui ronge ton esprit et contre lequel la science de Kayleen ne peut rien.

— Et tu m'aideras comment ?

— Musicothérapie.

Elle le laisse à son ébahissement sceptique. Alexander retourne à son va-et-vient entre la mansarde et la cuisine. Il ne descend plus au sous-sol depuis qu'il a ouvert la porte Houdini sur le cellier et que Lizzie a refusé de lui venir en aide, prétextant qu'il a déjà prouvé être capable de l'actionner correctement.

— Je ne sais pas comment je m'y suis pris, Lizzie.

— Tu es allé là où tu voulais aller.

— Oui, eh bien, maintenant, je veux rejoindre Kayleen au sous-sol et je tombe sur le cellier.

— Parce que tu t'attends à ce que ce soit le cas.

— C'est absurde.

— Réessaie.

Il rouvre la porte sur le cellier. Lizzie l'écarte, tourne le bouton de la poignée et dit :

— Cave. (La porte s'ouvre sur l'escalier. Elle la referme et la rouvre en disant :) Cellier. (La porte s'ouvre sur le cellier.) Retente ta chance.

Elle ferme la porte, s'écarte. Alexander tourne le bouton en prononçant le mot cave et tombe de nouveau sur le cellier.

— Tu n'es pas à ce que tu fais, commente Lizzie. (Elle lui sourit.) Je ne te le reproche pas. Tu as eu ton comptant de bizarreries, si tu me permets l'euphémisme, et tu ne *sais* pas ce que tu fais.

— Leen aussi ne *sait* pas ouvrir les portes Houdini.

— Les portes Houdini ? Le sobriquet serait amusant, s'il n'y avait pas un peu trop de Janet Bond dedans. Quant à Leen, je crains qu'elle aussi ne sache pas toujours ce qu'elle fait.

— L'appellation est de moi. Et, puisque vous parlez de Janet, elle aussi n'était pas très sûre que Leen agisse toujours en connaissance de cause. Cela vous fait au moins un point commun avec votre regrettée grand-mère.

Les yeux de Lizzie s'étrécissent.

— Il y en a d'autres. À mon grand dam, parfois. Je suis par exemple quelqu'un qu'il est inconséquent de prétendre remettre à sa place. (Elle éclate de rire.) Je t'ai blessé, n'est-ce pas ? Plus exactement, je t'ai mis en colère en doutant de Leen. Tu fais un gendre acceptable, finalement.

Depuis qu'il l'a rencontrée pour la première fois dans sa galerie, Alexander a toujours apprécié Lizzie. Il a même eu l'impression de la connaître, un peu. Aujourd'hui, il découvre qu'elle n'est pas du tout telle qu'il la voyait et il ne comprend rien à ce qu'elle s'évertue de lui montrer. Il ne sait même pas si elle l'accueille au titre de petit ami de sa fille, de protégé de la famille, de réfugié ou de chat égaré. Il s'est réveillé dans la mansarde et il s'y réfugie chaque fois qu'il se sent de trop – c'est-à-dire chaque fois qu'il croise quelqu'un – ou complètement dépassé par ce qui s'y joue ou ce qui l'y a amené, mais il ne s'est jamais arrêté au premier ni au deuxième étage et il ne connaît qu'une partie du rez-de-chaussée.

La mansarde forme une extension de la maison, comme le sommet d'une tour ou d'une aile qui n'existe pas vraiment. Elle n'est même pas en contact avec le reste des combles. C'est presque un appartement autonome, avec sa salle de bains et ses toilettes, sa partie séjour, sa table à manger, mais sans installation de cuisine. Ce n'est peut-être pas là que vit Kayleen, mais c'est là qu'elle revient et qu'elle est chez elle. C'est là, en tout cas, qu'elle stocke nombre de ses affaires, dans les placards qui couvrent l'un des deux murs sans lucarne.

Les lucarnes donnent sur le dédale de jardins que Jerome lui a fait visiter. Depuis deux d'entre elles, on aperçoit l'Hudson River. Devant l'une d'elles, il y a un chevalet, vide. Devant l'autre, un bureau sur lequel apparaît un ordinateur portable flambant neuf en cours de journée. Alexander ignore qui l'y a déposé. En le mettant en route, il découvre un de ces messages que Kayleen adore laisser à la place de la page de démarrage :

Pour que tu puisses écrire si l'envie t'en reprend, si notre séjour s'éternise, si tu veux bien rester le Xander de mon cœur.

Leen.

Le message se délite et la page d'accueil s'affiche. Xander referme l'ordinateur. Il se demande quand et comment il a bien pu mériter l'amour de Kayleen. Il se demande pourquoi elle a choisi de mêler leurs vies, elle qui tenait tant à son indépendance. Il se pose de nombreuses questions, mais il n'a aucun doute sur sa volonté de rester le Xander de son cœur.

Il s'allonge sur le lit. Il laisse la douceur des mots de Kayleen chasser les scènes incompréhensibles, les flashes effroyables, les réflexions sans issue. Il s'endort.

Un tintement le réveille. Kayleen est en train de dresser la table, à côté d'une desserte qu'Alexander n'avait pas encore vue, sur laquelle repose un énorme plateau métallique recouvert d'une cloche. Il ne fait pas encore nuit, mais ce n'est plus tout à fait le jour.

— Dîner en tête à tête, lance Kayleen en remarquant qu'il émerge.

Alexander la rejoint.

— Je préfère, dit-il.

— Moi aussi, de très loin, et maman dit qu'il faut que je te parle.

— Tiens donc !

Mais elle n'a pas précisé de quoi.

— De notre incapacité à ouvrir les portes Houdini, peut-être ? Elle nous a carrément traités d'inconséquents à leur propos, tout à l'heure.

Kayleen plisse les yeux.

— À leur propos ?

— C'était plus général, mais c'est venu quand j'ai échoué à rouvrir la porte sur le sous-sol.

Kayleen s'apprêtait à décoiffer le plateau, elle suspend son geste.

— Rouvrir ?

— J'y suis parvenu une fois, ce matin, mais je n'ai pas la moindre idée de comment je m'y suis pris et je ne retrouve pas le truc.

Kayleen contourne la table, attrape au passage un couteau, saisit le lacet de cuir autour du cou d'Alexander, le tranche et le montre à Alexander.

— Le Serpent m'a volé l'amulette, constate Alexander. Quel intérêt ? Elle vaut si cher que ça ?

— À part des informations, il ne t'a rien volé.

Elle lui ôte son tee-shirt, examine sa poitrine, l'entraîne devant une coiffeuse et le fait asseoir devant le miroir. À hauteur du cœur, Alexander a une marque rouge, légèrement boursouflée, comme s'il avait été brûlé au fer. Cette marque dessine parfaitement l'ankh.

— Qu'est-ce que c'est que ça ?

— Ce dont ma mère veut que je te parle. (Elle lui rend son tee-shirt et poursuit pendant qu'il l'enfile :) Ce qu'elle a compris quand tu as réussi à ouvrir la porte la première fois.

— Qu'a-t-elle compris et où est l'ankh ?

Kayleen s'appuie contre lui, passe son bras indemne par-dessus son épaule, pose la main sur son cœur et murmure à son oreille.

— Là-dedans.

Alexander tourne la tête si rapidement que les réflexes de Kayleen sont à peine suffisants pour empêcher qu'il lui percute le menton du front.

— Tu déconnes ?

— Non. J'ai bien peur que Mère-Grand nous ait joué un très vilain tour, Xander.

Elle s'écarte, retourne vers la desserte et ôte le couvercle du plateau. Il la rejoint et découvre, à côté d'un saladier de fruits au sirop, de la soupe dans une marmite, une poêlée de gambas décortiquées et une petite casserole sur un chauffe-plat.

— Installe-toi, dit Kayleen en remplissant de potage les bols qui trônaient sur leurs assiettes et qu'elle repose à côté.

— Comment l'amulette a-t-elle pu entrer dans ma poitrine ?

Kayleen craque une allumette et enflamme le liquide dans la casserole. S'en dégage une agréable odeur de whisky.

— Elle s'est dissoute. C'est pour ça que ta peau est brûlée.

Elle verse le liquide enflammé sur les gambas tout en remuant la poêle.

— J'ai un peu du mal à comprendre comment cela est possible, mais passons, je ne suis pas chimiste. Quel rapport avec Janet ?

Kayleen répartit les gambas dans leurs assiettes, s'assoit en face de lui, attrape une bouteille de vin blanc sous la desserte, la débouche et verse quelques centilitres dans le verre d'Alexander sans lui montrer l'étiquette. Il observe la robe du vin, le hume et le goûte. Inconnu à ses papilles, mais irréprochable.

— Je n'ai aucune idée de ce que ça peut être, mais tu peux servir.

Kayleen remplit les verres et lève le sien. Il l'imite.

— C'est un Gesztenyés. Riesling rhénan de Hongrie, cuvée 2007. (Elle rapproche son verre du sien.) À Dona et à Norman, sans qui je ne t'aurais jamais rencontré.

Alexander est surpris, mais il choque son verre contre le sien et répète :

— À Dona et à Norman.

Tous deux dégustent une goulée du riesling et reposent leurs verres.

— Je croyais que tu ne les connaissais pas.

— Je ne les connaissais pas. Amber et Shirley envoient toujours une invitation à ma mère quand elles organisent une soirée. J'aime ce qu'écrit Norman, j'ai eu envie de le rencontrer. Tu connais la suite.

Elle attaque les gambas, Alexander en fait autant.

— Janet ? relance-t-il.

— Aussi doué qu'ait été Houdini, Mère-Grand est une véritable magicienne. Les portes qu'elle crée sont à l'illusionnisme ce que la physique quantique est à la physique classique. Grâce à leurs empreintes génétiques, si je peux m'exprimer ainsi, seuls elle, ses enfants et ses petits-enfants peuvent les ouvrir sur l'espace qui n'est pas newtonien. Je suis de la génération de trop. Mon hérédité est diluée. Voilà pourquoi je n'ai pas directement accès aux espaces alternatifs. Quand je tourne le bouton de poignée, la serrure ne me reconnaît pas.

— Les subtilités scientifiques m'échappent un peu mais, pour ce que je saisis, je n'ai pas davantage de chance d'être reconnu par les serrures en question. Je ne partage aucun gène avec Janet.

Kayleen fait la moue.

— Mère-Grand a eu de nombreuses filles et un seul fils. L'amulette qu'elle t'a donnée était celle de ce fils. D'une certaine façon, elle *est* celui-ci. Quand Janet Bond s'est éteinte, l'ankh a réagi à un signal et s'est fondu en toi, libérant les gènes qu'il recelait, les incorporant aux tiens. J'aurais dû me douter que c'était son objectif.

— Pardon ?

— Elle ne t'a pas seulement légué la maison. Elle a fait de toi son unique héritier.

Ils finissent leurs assiettes de gambas en silence, vident leurs verres, les remplissent à nouveau, attrapent les bols de potage.

— OK, moyennant un effort de volonté, sinon de foi, je peux jouer avec les portes Houdini à ma guise, mais je ne vois pas en quoi ce… cadeau est un mauvais tour.

Kayleen finit tranquillement de boire sa soupe en le regardant par-dessus le bol. Elle est moins sombre que concentrée, mais il est évident qu'elle nourrit des pensées qui ne la réjouissent en aucune façon.

— Comme tu as pu le remarquer, l'ankh de Mahes a des effets étonnants sur les descendantes de Mère-Grand.

Alexander manque s'étrangler.

— Tu as peur que l'une ou l'autre se jette sur moi et que je ne puisse résister ?

Elle rit.

— Mes tantes et grands-tantes sont séduisantes, mais je suis sûre de mes propres charmes… et toi et moi nous sommes choisis envers et contre toutes, non ? De surcroît, Mère-Grand a dû leur mettre les points sur les i. Je crains plutôt qu'elles ne laissent personne t'approcher et qu'elles nous gardent en cage, du moins que nous ne puissions plus faire un pas à l'extérieur sans que l'une d'entre elles nous suive de très, très près.

— Je vois.

Son regard exprime qu'elle en doute, mais elle se contente de demander :

— Salade de fruits ?

— Merci, non. Je n'ai plus très faim.

— Tant mieux, j'ai oublié de monter des coupelles et je n'ai pas envie de rincer les bols. (Elle donne un coup de tête vers le bureau devant l'une des lucarnes.) Tu as ouvert l'ordi ?

— Et j'ai trouvé ton message. Tu es sortie ?

Kayleen fait la moue.

— Pas vraiment eu le temps. C'est Jerome qui l'a rapporté à la demande de ma mère.

— Jerome est passé ?

— Deux fois. Tu dormais, je n'ai pas eu le courage de te réveiller. Il repassera demain. Il voulait juste prendre de nos nouvelles et te dire qu'il s'occupe d'Emilio.

Emilio ! Alexander s'en veut de ne pas avoir songé au jeune homme. La disparition de Madame Janet l'a forcément bouleversé plus que tout autre et il doit osciller entre un abattement total et une colère tellement viscérale qu'elle peut le mener à des actes irréfléchis.

— Comment va-t-il ?

— Emilio ? Complètement paumé, mais rassuré que tu t'en sois sorti. Jerome a décidé de le prendre sous son aile et de l'occuper pour qu'il ne fasse pas de connerie. Il y avait des oreilles indiscrètes quand Jerome m'en a parlé et il n'a pas voulu en dire davantage, mais je sais qu'il a demandé à maman d'autoriser Emilio à te rendre visite.

— Et qu'a répondu Lizzie ?

— Que c'est à toi de décider. Elle se chargera de rappeler à celles que cela dérangerait chez qui elles ont trouvé refuge, mais je ne pense pas qu'elle en aura besoin. Asuncion est une vieille amie d'Emilio, Emily l'aime bien et Hermeline s'en fout.

— Shania ?

Kayleen dodeline de la tête.

— Je ne sais pas. Elle reconnaît l'autorité de maman chez elle, mais elle se retrouve avec la responsabilité du clan. Difficile de présumer de son positionnement.

— Je… excuse-moi, je ne dispose pas de tous mes neurones, mais je ne vois pas pourquoi elle aurait la charge du… clan, comme tu dis.

— Parce que, tant que Liadan est HS, elle en est de fait la doyenne. Pas en âge, maman est plus vieille qu'elle, mais en termes de générations.

Un rouage se dégrippe dans l'esprit d'Alexander.

— C'est ça ! s'exclame-t-il. C'est exactement ça ! Quand tu as dit, dans la crypte, que Shania est ta grand-tante, j'ai estimé que Janet l'avait adoptée. Mais je sais maintenant que c'est d'un lien de sang dont tu parlais, du moins génétique… Bon sang ! À quel âge Janet a-t-elle eu Shania ? Et Liadan ? Et quel âge a vraiment Liadan pour être la mère d'Hermeline ? (Il écarte les mains en signe d'impuissance.) J'ai bien peur de ne strictement rien comprendre à ta famille, Leen.

Kayleen appuie un coude sur la table et se masse le front.

— Quand Mère-Grand m'a trouvée dans le même lit que toi, elle m'a… disons intimé de te laisser faire tes découvertes tout seul. Pour m'éviter d'avoir à lui désobéir, elle l'a fait de manière implicite. Je ne me suis pas engagée à respecter sa volonté, mais j'étais tellement pressée de nous débarrasser de son joug et convaincue d'y parvenir que je me suis contentée de répondre aux rares questions que tu posais. Tu connais l'expression : on ne choisit pas sa famille. Je suis désolée que la mienne s'impose à toi. Elle a été mon seul fardeau, je ne tenais pas et je ne tiens toujours pas à ce que tu aies à en endosser une partie. Sauf que Mère-Grand a rendu cela impossible. Qu'elle aille donc se faire foutre.

Elle prend une longue inspiration, se recule sur la chaise, visse son regard à celui d'Alexander et reprend :

— Quand Maria et moi sommes sorties de ton séjour, je lui ai murmuré quelque chose à l'oreille, tu te souviens ?

— Juste après Kyle, je me souviens. Elle t'a lancé une vacherie à propos de votre différence d'âge.

— Elle a dit « prime à la jeunesse » en s'écartant pour me laisser passer, histoire de bien me faire sentir qu'il y a une grosse différence d'âge entre toi et moi. Mes tantes et leurs mères m'ont habituée aux vacheries en tout genre et j'ai appris à ne pas y réagir. Mais Maria était imbuvable depuis la seconde où elle m'a vue, alors je lui ai dit que j'étais seulement mieux conservée qu'elle.

— Ce n'est pas très gentil.

— Non, et ça l'est d'autant moins que j'ai son âge, donc le tien. Tu comprends ? Nous sommes toutes plus âgées que nous en avons l'air, et je suis celle dont le métabolisme vieillit le plus vite. Un jour, j'aurai l'apparence de ma mère, qui m'a pourtant eue sur le tard. Hermeline est née un an après moi. Shania et Liadan sont à peine plus jeunes que maman. Emily est la seule à paraître presque son âge, parce qu'elle n'est pas encore pubère, et une anomalie chromosomique fait qu'Asuncion vieillit à peu près aussi vite que moi.

Sans le lâcher du regard, elle laisse Alexander assimiler ses révélations. Lui voudrait avoir l'air dégagé, mais ce qu'il extrapole lui donne le vertige.

— Et Janet ? demande-t-il.

— Mère-Grand est un phénomène à part, une singularité au sens relativiste du terme. Es-tu familier avec la notion physique d'horizon des événements ?

— Je sais que cela a un rapport avec les trous noirs.

— L'horizon des événements est l'endroit où la lumière ne tombe jamais dans le trou noir, mais est incapable d'échapper à sa force gravitationnelle. C'est un no man's land temporel, en quelque sorte. Mère-Grand joue avec ce no man's land. Son apparence et son âge échappent à tout déterminisme. C'est encore un de ses tours de physique quantique. Il repose sur le fait que, d'une part, l'observateur influence l'expérience et que, d'autre part, sa conscience décide du résultat de celle-ci. En résumé, l'âge de Mère-Grand est sûrement quantifiable, mais ce ne peut être que de manière subjective. (Elle grimace.) Je suis claire ?

Son expression dit qu'elle en doute. Alexander confirme :

— Comme de la suie.

Elle rit et se lève.

— Ça ne m'étonne pas, j'ai l'impression d'en être couverte de la tête aux pieds. Donc, avant d'en souiller les draps, je me vote une douche. Et, comme je préfère éviter de mouiller mon bras gauche pour ne pas avoir à refaire le pansement avant demain, je te serai reconnaissante de me servir de nurse.

La tournure que prend la douche les surprend délicieusement tous deux, mais ils en oublient quelque peu le tulle gras de Kayleen et détrempent la gaze qui le recouvre. Quand Alexander s'en inquiète, Kayleen hausse les épaules.

— Tu sais faire un pansement ?

— Je dois pouvoir m'en sortir, surtout si tu me guides.

Elle le regarde avec étonnement.

— Oh ! Tu penses que tout le pansement est à refaire, c'est ça ?

— Et ce n'est pas ce qu'il faut faire ?

— On pourrait se contenter de changer la gaze. Le tulle dessous est protégé par un film étanche. Mais, si tu es prêt à te perfectionner dans ton rôle de nurse, c'est avec plaisir que je t'apprendrai à dispenser ce genre de soin. Je suis sûre que maman appréciera de ne plus avoir à me torturer.

Alexander ouvre des yeux effarés.

— Te…

— Je plaisante. Maman n'est pas une petite nature.

Alexander préfère ne relever aucun des sous-entendus de la remarque.

— On descend maintenant ?

— Non, je peux au moins nous soulager de ça. J'ai tout ce qui est nécessaire ici, dans ce placard.

Alexander ouvre le placard, elle lui désigne un bac en plastique.

— Tout est dedans ?

— Tout et rien d'autre.

Il la suit hors de la salle de bains.

— Ôte-moi d'un doute, dit-il. Me transformer en infirmier n'est pas à proprement parler une improvisation, n'est-ce pas ?

Elle tire une chaise jusqu'à un miroir en pied, rapproche une lampe halogène et s'installe à califourchon face au miroir en passant son bras emmailloté par-dessus le dossier de la chaise.

— J'envisageais de te le demander dans quelques jours, quand tu irais mieux et que la plaie serait un peu plus ragoûtante. Je n'avais pas anticipé que nous ferions l'amour sous la douche et que tu te proposerais aussi hardiment.

Il positionne une chaise derrière la sienne, installe le bac dessus, s'agenouille du côté de son bras blessé et lui adresse un clin d'œil dans le miroir. Elle lui sourit, l'air faussement coupable, et tend le bras à l'horizontale.

— Hardiment, relève-t-il. Ce doit être mon côté natif du Montana.

Il enlève les deux épingles de nourrice qui retiennent le bandage et déroule celui-ci, délicatement mais sans hésitation. Dessous, il découvre effectivement un film microporeux qui serpente autour des bandes de tulle gras pour les maintenir. Le film colle un peu, mais il le détache sans trop de difficulté et jette un œil dans le miroir.

— Je suppose que c'est maintenant que les choses se compliquent ?

— Presque. Utilise les pinces chirurgicales. Tu attaques toujours là où il reste de la peau. Pour l'avant-bras, à la main. Pour le bras, à hauteur d'épaule. Une fois que tu as commencé à ôter une bande, tu ne t'arrêtes pas, même lorsque tu sens une résistance, c'est le gel sous le tulle qui peut adhérer.

Les bandes sont dans la longueur du bras. Alexander les retire une à une avec plus d'aisance qu'il ne s'en pensait capable. Par contre, ce qu'elles laissent apparaître au fil de leur retrait ne lui inspire aucune confiance quant à la suite de l'opération. Moins translucide que le liquide dans lequel baigne Liadan, le gel est du même vert fluo virant par endroits au brun, avec des nuances jaunes et violacées qui lui semblent tout à fait malsaines.

Quand il a fini, il croise le regard de Kayleen dans le miroir. Ce qu'il y voit lui fait comprendre que la partie délicate ne commence vraiment que maintenant.

— Dans le bac, il y a une spatule souple. Tu racles du poignet vers le coude pour l'avant-bras et de l'épaule vers le coude pour le bras. Tu n'as pas besoin d'appuyer très fort, mais il vaut mieux que le geste soit franc. Plus tu laisseras de gel avec la spatule, plus le nettoyage à la gaze sera pénible.

— À la gaze ?

— Imbibée d'antiseptique. Je peux m'en occuper, comme du raclage à la spatule, mais il faut deux mains pour refaire le pansement couche par couche et tu devras t'en occuper.

Alexander ne répond pas. Il saisit la spatule, la positionne sur l'épaule de Kayleen et la fait glisser sur le coude.

— Comme ça ?

Dans le miroir, le visage de Kayleen est parfaitement illisible.

— Comme ça, confirme-t-elle. Il y a une coupelle pour essuyer la spatule.

Alexander essuie la spatule sur le bord de la coupelle et recommence l'opération. Après chaque passage, il examine le visage de Kayleen dans le miroir. Une fois, elle lui fait un clin d'œil. Une autre, elle sourit. Mais jamais ses traits ne se crispent. Pourtant, de temps en temps, il est sûr d'appuyer trop fort. Après qu'il a raclé une dernière fois la spatule sur la coupelle, elle examine son bras.

— Bon boulot, soldat Xander ! Je n'aurais pas fait mieux.

— Euh…

— Ou alors un tout petit peu. On enchaîne ?

— C'est vous le chef, Ma'am.

— Tu utilises les carrés de gaze en sachet et l'antiseptique dans le flacon en plastique. Tu t'en badigeonnes les mains et tu en asperges largement la gaze. Pareil qu'avec la spatule : pas trop fort mais franchement.

Tout le temps que dure le nettoyage, Kayleen reste impassible. Aucun de ses muscles ne se contracte, ses paupières ne se ferment quasiment jamais, son bras ne frémit même pas. Elle tient la pose et sourit à Alexander chaque fois qu'il l'observe à la dérobée.

— Ça a un drôle d'aspect, se décide-t-il à dire en jetant le dernier carré de gaze.

Par « drôle », il sous-entend « malsain ». La gaze témoigne qu'il a essuyé autant de sanie que de gel et la chair nettoyée est à peine rosée, presque grise.

— Hypoderme, explique Kayleen. C'est le tissu adipeux qui lui donne cet aspect, et le fait que, chez moi, il ne soit pas très vascularisé.

— Je m'attendais à ce que ce soit plus rouge. Sans vouloir te vexer, là, on dirait un lapin dépecé.

— Si tu ne veux pas me vexer, dis plutôt un chat, Xander. Et, si tu ne veux pas te mettre la famille sur le dos, il serait préférable que tu ne parles jamais de dépeçage de chat. Maintenant, ce serait bien que tu me badigeonnes de gel avec l'autre spatule et que tu refasses complètement le pansement. Je ne pourrai pas garder le sourire très longtemps et mon bras fatigue un peu.

Pendant qu'il s'exécute, elle lui sourit néanmoins chaque fois qu'il regarde dans le miroir.

Juste avant d'éteindre la lumière, alors qu'ils sont dans le lit, il demande :

— Comment fais-tu pour encaisser des douleurs pareilles sans t'évanouir et sans même grimacer ?

— Mes grands-tantes m'appellent l'exhérédée et me considèrent comme une dégénérée, mais je le suis moins qu'elles ne le pensent.

— Ce qui signifie ?

— Qu'il y a encore suffisamment de félin en moi.

— De… (Il lève les yeux au ciel.) Je sais que ta famille raffole de secrets qu'elle n'aime pas voir étaler sur la place publique, mais le rôle de candide un peu demeuré finit par être agaçant.

Elle pose la tête sur son épaule.

— Sais-tu ce que sont la thérianthropie et la thériocéphalie ?

— La thérianthropie est la transformation d'un être humain en animal et, si j'en crois mon grec ancien, la thériocéphalie doit désigner des êtres hybrides avec une tête d'animal et un corps humain.

— Voilà. Il existe d'autres métamorphoses zooanthropiques partielles, mais elles ne portent pas de nom. Quant à moi, je suis la seule de la famille à n'être capable d'aucune d'entre elles. Par contre, il me reste quelques gènes fort pratiques, comme celui qui me permet de déconnecter les voies nociceptives de mon cortex cérébral. (Elle tend le bras pour éteindre la lampe de chevet et poursuit dans le noir :) Je vois très bien ta bouille ahurie dans l'obscurité, j'entends Folksy en train de monter l'escalier pour nous rejoindre, je distingue l'odeur de nos ébats dans la douche de celles de l'antiseptique, du whisky flambé, des gambas, de la soupe, et je sens quelques hormones de peur entacher ton incrédulité.

Elle se lève quand Folksy gratte à la porte, lui ouvre et revient se coucher. Folksy s'installe sur la poitrine d'Alexander.

— Je sais aussi que tu vas passer une nuit agitée, mais que tu feras tout pour étouffer tes cauchemars et reporter tes questions afin de ne pas me réveiller. Et, comme je tombe de sommeil mais que je culpabilise un peu, je t'en accorde une tout de suite.

— C'est gentil.

— Tu es fâché ?

Alexander évalue son état mental.

— Je suis désorienté, conclut-il. Au point de ne pas avoir de question.

Elle l'embrasse du bout de ses lèvres meurtries.

— Tu es quelqu'un d'unique, Alexander Byrd. Je ne crois pas que qui que ce soit ait été confronté à autant de bizarreries sans se poser de questions, au moins sur sa santé psychique. À part peut-être Jerome, mais il faudrait demander à ma mère, c'est elle qui lui a montré que tout le monde n'est pas tout à fait ce qu'il paraît.

— Jerome est au courant de ce que… de…

Alexander ignore comment achever sa question. Kayleen le gracie :

— De ça et de bien d'autres choses. Comme toi, il a un talent pour ne pas se formaliser de ce qui échappe à la raison ordinaire. Bonne nuit, Xander.

— Bonne nuit, Leen.

Folksy ronronnant sur le ventre, Alexander s'endort presque aussitôt, mais Kayleen ne s'est pas trompée : les cauchemars le réveillent plusieurs fois. Las, vers 4 heures du matin, il renonce à se replonger dans le sommeil et ouvre l'ordinateur.

Acte VIII, scène IV

Tous les jours, à l'exception des dimanches, Gannon va boire son stout matinal dans son pub. Il arrive à 11 heures, il boit une pinte de Beamish tirée du fût qu'il fait durer jusqu'à midi, heure à laquelle il va déjeuner dans l'un ou l'autre snack de Ridgewood. Ce n'est pas qu'une tradition, c'est le moment qu'il consacre à gérer ses affaires, du moins les activités de ses gars. De bons gars. Tous respectueux, scrupuleux, honnêtes, efficaces. De vrais pros qu'il a formés lui-même avec l'aide de Pavlak. Rompus à l'usage des poings et d'arguments moins subtils, ils ont rarement besoin de recourir à la violence physique, précisément parce qu'ils en ont une bonne maîtrise et que cela se sait. Quand il le faut, ils n'hésitent pourtant pas à convaincre les récalcitrants par de menus accidents que les assurances ne remboursent pas. Un appentis s'effondre, une réserve prend feu, des rats envahissent une boucherie, un stock disparaît, un gosse rentre en retard de l'école, des denrées sont souillées, une voiture brûle, une photo embarrassante apparaît sur un bureau, une vitrine explose, une balle s'écrase à quelques centimètres d'une tête. Rien de vraiment dommageable. Il s'agit de convaincre, pas de nuire, du moins pas de provoquer des séquelles. C'est sur sa force de persuasion à moindres frais et sans conséquences qu'il a bâti la réputation de son équipe.

L'Irish n'est pas un enfant de chœur, mais il est clean. Du moins tant qu'on n'abuse pas de sa mansuétude, qu'on ne prétend pas l'intimider ou qu'on ne cherche pas à le remplacer ni à le mettre sur la touche. Ce n'est pas arrivé souvent parce que cela aussi se sait. L'Irish n'a pas de limite.

C'est donc un peu surpris qu'il découvre son pub saccagé, et franchement sidéré qu'il assiste à la fin du pugilat à l'origine du chambardement. Une Latina, en laquelle il lui semble reconnaître la patineuse d'une autre mésaventure, est en train de massacrer Pavlak. Ses dix autres gars sont inconscients ou dans un état qui leur interdit de secourir le Pole. Celui-ci, pourtant dur au mal, vacille sous une avalanche de coups de poing et de coups de pied desquels il est incapable de se protéger. La femme se déplace et frappe si vite qu'il lui est encore moins possible de riposter.

Gannon lance la main vers son holster et suspend son geste quand une lame se presse contre sa gorge.

— Ce n'est pas très fair-play, Gannon.

L'Irish reconnaît les mots et la voix. Ce sont les mots de Byrd, l'écrivain, mais c'est la voix d'Emilio.

— Tu vas me payer ça, Emilio.

La Latina en finit avec Pavlak du tranchant de la main à la pommette. Un coup si violent que le Pole s'écrase le crâne contre le bar dévasté. Emilio saisit l'arme dans le holster de l'Irish et s'écarte de lui en repliant son cran d'arrêt.

— Quand tu auras payé pour Madame Janet, ton fantôme reviendra me hanter si ça l'amuse. En attendant quelqu'un veut te voir.

Emilio pousse l'Irish qui ne songe même pas à résister.

— Je n'ai aucun rapport avec…

La Latina est sur lui avant qu'il n'achève sa phrase. Elle lui assène une claque qui lui fait plier les genoux et l'attrape au col pour le traîner à l'autre bout du pub, à une table où Gannon découvre un homme bien mis, assis devant une tasse de café. La Latina arrache Gannon du sol comme s'il ne pesait rien et l'assoit sur une chaise face à l'homme. Emilio s'installe entre eux. La Latina prend place derrière l'Irish, les mains sur les épaules de celui-ci.

— Tu as déjà rencontré Asuncion, dit Emilio, mais tu ignores probablement qu'elle est la fille adoptive de Madame Janet. Je te présente M. Charyn, un ami d'Alexander Byrd. Tu te souviens d'Alexander, Gannon ? Il vivait chez Madame Janet. Il a été kidnappé peu avant que la maison de Madame Janet soit plastiquée alors qu'elle était encore dedans.

— Je ne…

La dénégation de Gannon s'achève dans un cri quand les doigts d'Asuncion s'enfoncent dans ses muscles. Elle serre si fort qu'il a l'impression qu'elle les transperce de ses ongles.

— Monsieur Gannon, s'anime le dénommé Charyn, ce que vous n'avez pas fait n'a aucune importance. Ce que vous avez fait suffit à mettre un terme définitif à vos activités, entre autres. Tout Ridgewood sait que vous avez tenté d'enlever Alexander. Que se passera-t-il, à votre avis, quand Ridgewood apprendra qu'il a finalement été kidnappé et que c'est en rapport direct avec l'assassinat de Madame Janet ?

Gannon ne baisse pas les yeux.

— Je serai mort, dit-il, mais cela ne vous avancera à rien.

Les doigts de la Latina s'enfoncent encore dans sa chair, si profondément qu'il a l'impression qu'elle atteint l'omoplate. Il retient un nouveau cri mais ne peut s'empêcher de regarder ses épaules. Le sang goutte sur sa veste. Elle a réellement transpercé le tissu et la peau !

— Tu crèveras peut-être avant que nous sortions d'ici, crache Emilio. Tu ne vis déjà plus que parce que M. Charyn nous a convaincus de te laisser une chance. Il pense qu'on a pu se servir de toi et qu'on essaie de te coller la mort de Madame Janet sur le dos.

— C'est possible, admet Gannon.

La pression sur ses omoplates se relâche un peu.

— Tu peux le prouver ? demande Emilio.

— Nom de Dieu ! Comment veux-tu que je prouve quelque chose dont j'ignore tout ?

La Latina tire sur ses épaules. Il a l'impression qu'elle lui déchire les muscles, mais il se refuse à lui faire le plaisir d'un nouveau cri.

— Donnez-nous le nom des clients qui souhaitaient que vous leur facilitiez une rencontre avec Alexander, dit Charyn.

Gannon n'en croit pas ses oreilles.

— Vous déconnez ? Quitte à me faire tuer, autant que ce soit par vous et maintenant ! Votre tigresse ne m'en fera jamais autant baver que…

Il s'interrompt. La pression sur son épaule gauche s'est relâchée, un bout de bras et une main sont apparus devant son visage. Le poignet est encore presque humain, la main est couverte de fourrure noire que prolongent cinq griffes acérées. Un instant, il croit à un subterfuge. Puis il voit le visage blême d'Emilio et il entend le grondement à son oreille. La terreur en lui est si forte qu'il s'interdit de tourner la tête. En face de lui, l'homme sourit.

— Ne préjugez jamais de ce qu'une tigresse peut vous faire endurer, monsieur Gannon. Vous avez déjà vu un chat jouer avec sa proie ?

Les griffes se plantent dans la table et tracent cinq sillons de deux centimètres de profondeur dans le bois. Puis elles se posent sur le front de l'Irish et l'œil gauche de ce dernier ne voit plus qu'entre elles.

— Réponds au monsieur, feule une voix féminine. Qui était ton commanditaire ?

Acte VIII, scène V

À son réveil, Kayleen trouve Alexander endormi dans le fauteuil devant le bureau. Elle l'a entendu se relever dans la nuit et mettre en marche le portable. L'ordinateur est toujours ouvert. Elle hésite, caresse le pavé tactile et sourit. Alexander a attaqué une nouvelle chronique de son roman. Le peu qu'elle en lit détonne à peine des autres chroniques. Le phrasé est légèrement plus mordant, la mélodie plus acide, mais les nuances sont infimes et peuvent être inhérentes à la scène qu'il met en mots, au mouvement qu'il lui imprime. C'est le même Byrd qu'il y a quelques jours et elle ignore si elle doit s'inquiéter d'un éventuel déni de réalité.

Elle l'observe un moment, se demande ce qu'il a pu commettre de si terrible pour mériter de croiser son chemin et pourquoi il a accepté qu'elle emmêle leurs vies, lui qui n'avait plus que son indépendance pour liberté. Puis elle s'habille en silence et le laisse à des songes qu'elle lui souhaite moins pénibles que ceux de la nuit.

En passant, elle cogne à la porte de Shania, mais personne ne lui répond. Elle la trouve à la cuisine avec Lizzie et une femme qu'elle n'a pas besoin qu'on lui présente. Une femme immense, superbe, dure. Une femme qui lui ressemble plus qu'elle ne ressemble à

Lizzie. Sa grand-mère. Aeris. L'exilée. Seule Shania est assise.

— Ainsi voilà ma petite-fille, l'accueille Aeris en écartant chaleureusement les bras.

Le geste est artificiel, la chaleur est mensongère, mais Kayleen ne peut pas les refuser. Pas alors que Shania a quitté sa chambre, probablement sans l'assistance de quiconque, pour assister à la rencontre entre sa sœur détestée et sa petite-nièce exhérédée. Elle se glisse entre les bras offerts, se laisse baiser les joues, rend l'accolade et sent le rejet instantané de sa grand-mère. Plus fort et plus primaire que celui de Liadan et de Shania. Aeris la honnit de tout son être, d'instinct. Mais elle n'en montre évidemment rien. Elle l'écarte, la tient à bout de bras et fouille son regard avec une acuité telle que Kayleen a l'impression d'être visitée jusque dans son subconscient.

— Tu es plus belle que dans mon souvenir, dit-elle en la relâchant.

— J'espère bien. Je n'étais qu'une larve aveugle, vagissante et chiffonnée.

Kayleen avait à peine quelques heures la seule fois qu'Aeris a daigné poser les yeux sur elle. Aeris se tourne vers Lizzie.

— Tu ne lui as pas dit ?

— Pourquoi l'aurais-je fait ? Si tu avais voulu qu'elle sache, tu te serais montrée.

L'air est tellement chargé d'électricité que la foudre pourrait le déchirer.

— Où sont Hermeline, Emily et Asuncion ? s'enquiert Kayleen pour détendre un peu l'atmosphère.

— Hermeline veille sur sa mère, Emily sur Asuncion et Asuncion sur le gosse qui m'a ramenée ici, répond Shania.

— Emilio ?

— Emilio.

— Je peux savoir ce qui se passe ?

Shania hausse les épaules. Lizzie prend l'air affligé.

— Jerome n'a rien trouvé de mieux pour occuper Emilio que de l'entraîner dans une croisade stupide. Asuncion…

Aeris l'interrompt :

— Pour l'instant, c'est le cadet de mes soucis.

— *Tes* soucis ? réagit Shania.

— Je suis l'aînée et la seule qui dispose à la fois d'un corps fonctionnel et de toute sa tête.

Shania enrage de devoir s'incliner, mais elle le fait. Aeris revient à Kayleen :

— Descends t'occuper de Liadan, ordonne-t-elle en désignant la porte du cellier.

— Je…

— Ouvre cette porte et n'essaie pas de tricher.

Kayleen lui passe devant, tourne le bouton de poignée et ouvre en grand la porte sur l'escalier. Un jour ou l'autre, cela se serait su. Lizzie l'avait sûrement déjà deviné.

— Tu es enceinte ! l'accuse Shania. Comment as-tu osé ?

Kayleen se retourne les yeux chargés de haine, prête à faire voler en éclats l'hypocrite indignation de Shania et son regard tombe sur celui d'Alexander dans l'entrée de la cuisine.

Acte IX, prologue

On ne devient pas un caïd respecté par ses hommes et par ses commanditaires sans un sens aigu de l'honneur. L'exercice serein de certaines activités nécessite de se préserver une réputation sans tache, de savoir reconnaître ses erreurs et, surtout, de ne pas hésiter à les corriger. On peut être faillible à condition de rester irréprochable, quoi qu'il en coûte, car cela sera toujours moins onéreux que de simuler ou de dissimuler. Comme on dit : faute avouée est à moitié pardonnée. Gannon l'a appris à la dure avant d'avoir 20 ans. Il n'a depuis jamais dérogé à la règle qu'il s'est fixée et il n'a jamais eu à regretter d'appliquer strictement son code de conduite.

Sous la contrainte, il a trahi la confiance d'un de ses clients en divulguant son identité et il n'a pas d'autre choix que l'en informer pour que celui-ci se prémunisse des éventuelles conséquences de cette défaillance. Le plus difficile n'est de toute façon pas d'admettre que, après que tous ses hommes ont été démolis et son pub dévasté, il a cédé sous la menace physique, mais d'expliquer comment celle-ci s'est exercée sans passer pour un affabulateur et en faisant comprendre le sérieux de cette menace, à laquelle ledit client risque d'être à son tour confronté.

C'est pour ça que, après avoir passé un savon de première à ses hommes et, particulièrement, à Pavlak, il se donne le temps de rentrer chez lui à pied en concoctant les explications qu'il va devoir fournir. Le trajet ne suffisant pas, il se prescrit son plus vieux Pure Pot Still Whiskey, un Willie Napier 1945, et s'installe dans son fauteuil préféré, face à la cheminée au gaz qui lui tient lieu de télévision et dos à la salle à manger qui n'a plus accueilli que Pavlak depuis la mort de sa mère l'année dernière. Mais il ne recevait plus grand monde – et uniquement pour les fêtes incontournables – depuis dix ans, lorsque son épouse, de consistance fragile, s'est laissée mourir quelques mois après le décès accidentel de leur unique enfant.

Gannon conserve longtemps son verre en main, autant pour réchauffer son whiskey que pour faire le point. Il lui semble que, au-delà de ce coup de téléphone embarrassant et des désagréments qu'il occasionnera, il est à un tournant de sa vie, un virage à angle droit. Même si, comme il l'a promis, Emilio le blanchit pour l'assassinat de Madame Janet, Ridgewood ne le regardera plus jamais comme avant : il est le chien qui, par négligence, a laissé entrer le loup dans la bergerie.

Gannon sirote son whiskey en lui trouvant un goût amer, puis il tire son téléphone d'une poche et compose l'un des numéros qu'il ne garde pas dans la mémoire de l'appareil. La sienne est amplement suffisante et personne ne doit pouvoir retracer ses contacts. Il porte l'appareil à son oreille.

— Gannon, se présente-t-il quand son interlocuteur décroche.

— J'écoute, lui répond-on.

— J'ai dû donner votre nom à…

Il ressent un choc si violent à la main qu'il lâche le mobile.

Gannon s'éjecte du fauteuil en le faisant basculer pour se mettre à l'abri derrière lui. C'est un réflexe un peu vain d'espérer une protection de quelques centimètres de tissu, de rembourrage et de bois, surtout quand on n'a plus d'arme dans son holster, mais, s'il est sûr d'avoir au moins un os brisé, il n'a pas entendu de coup de feu, même atténué par un réducteur de son. D'ailleurs, rien ne se produit et le silence reste parfait pendant plusieurs secondes. Alors Gannon passe la tête par-dessus le fauteuil couché et se relève en découvrant la gamine assise sur la table de la salle à manger.

Elle est à peine plus âgée que son fils lorsqu'il s'est fait renverser par un bus. 9 ou 10 ans. Le cheveu mi-long, les yeux verts, le visage sévère mais détendu, un vulgaire lance-pierre en main, même pas dirigé vers lui. Elle désigne le téléphone sur le tapis d'un coup de menton.

— Je ne peux pas vous laisser faire ça, dit-elle.

Gannon redresse le fauteuil de sa main valide, le retourne et se rassoit dedans, face à la gamine. Il ressent un vague amusement au milieu d'une profonde lassitude.

— Je n'ai pas le choix, dit-il.

— C'est ce que j'avais deviné et pour ça que je suis ici. Vous auriez pu être quelqu'un de bien, monsieur Gannon.

Il se fait sermonner par une môme ! Gannon en rirait, si une nuée de chats, surgissant d'il ne sait où, n'envahissaient pas la salle à manger et le coin salon. Des greffiers de rue, au poil terni par la poussière de ville, aux oreilles plus ou moins déchirées, certains borgnes, tous maigres mais à la musculature puissante. Une vingtaine, au moins. Difficile de ne pas faire le lien avec la Latina aux griffes qui entament le bois.

— Qu'est-ce qu'on fait, maintenant ? demande-t-il.

— J'aimerais que vous ramassiez le téléphone et que vous me le lanciez. J'appellerais alors ma cousine et nous l'attendrions sagement. Ensuite, nous vous mettrions au secret le temps d'en finir avec vos commanditaires. Mais vous êtes déraisonnable, monsieur Gannon, et mes petits compagnons ne vous effraient pas assez, en tout cas beaucoup moins que ma cousine. Alors vous allez me jeter le téléphone à la figure et vous précipiter sur moi. Le lance-pierre fera le reste.

Gannon hoche la tête.

— Ça se tente, avoue-le.

— J'aurais deux ans de plus, je pourrais vous en dissuader. Pour l'instant, je suis rapide mais je manque de force et je ne sais que jouer avec mes pupilles. Ne mourez pas bêtement, monsieur Gannon. Passez-moi le téléphone.

— D'accord.

Gannon se penche, saisit le téléphone et le lance à la gamine dans une trajectoire en cloche. Quand elle lève une main pour l'attraper au vol, il se jette vers l'avant. La bille d'acier lui pénètre le cerveau par l'orbite droite. Une deuxième bille est déjà dans la poche du lance-pierre lorsqu'il s'effondre au pied de la table de laquelle Emily s'est éjectée.

En matière de faillibilité comme de réparation, de règles en codes de conduite, l'honneur finit toujours par trouver sa place dans des champs plantés de stèles funéraires.

Par acquit de conscience, Emily s'agenouille et constate l'absence de pouls sur une carotide de Gannon. Ses petits compagnons la dépassent en ignorant le cadavre. Lorsqu'elle se relève, elle les retrouve à l'entrée de la salle à manger, tous aplatis devant un autre chat. Un gros chat, comme elle aime à le dire. Noir, les yeux d'ambre fixés sur elle, c'est le plus gros *chat* qu'elle ait jamais vu. Ce qui signifie qu'elle ne le connaît pas. Ne *la* connaît pas. Car toutes les bastards sont femelles. C'est ce qui fait leur force.

Acte IX, scène I

Alexander entre dans la cuisine à l'instant où Kayleen ouvre la porte Houdini sur l'escalier. Il n'a pas le temps de s'en étonner ou son esprit n'est pas encore assez éveillé pour qu'il le fasse.

— Tu es enceinte ! s'exclame Shania dans son fauteuil roulant sur un ton accusateur.

Cette fois, la conscience d'Alexander se ranime, mais c'est bien plus que de la surprise, c'est de l'abasourdissement.

— Comment as-tu osé ? s'indigne Shania.

Son indignation est tellement chargée de mépris qu'elle provoque celle d'Alexander. Puis Kayleen se retourne, le regard lourd d'une fureur qu'il ne lui connaissait pas et qui s'éteint lorsqu'elle l'aperçoit, remplacée par un mélange de désarroi et de crainte auquel Alexander ne peut répondre que par un sourire rassurant. Il ne comprend toujours pas ce qu'il a vu et entendu, il ressent les émotions et il y réplique par les siennes, du tac au tac. Et c'est de nouveau son instinct qui réagit à la femme debout, qu'il ne connaît pas, lorsqu'elle ordonne à Kayleen :

— Va t'occuper de Liadan et renvoie-moi Hermeline.

Kayleen jette un dernier regard à Alexander et s'exécute. Alexander traverse la pièce pour la suivre.

L'inconnue referme la porte derrière Kayleen et se cale dans l'encoignure.

— Pas toi, arrête-t-elle Alexander. J'ai à te parler.

— Ça attendra, réplique-t-il.

Sa main frôle la femme lorsqu'il tourne le bouton de poignée. Comme elle, il constate que plus rien ne l'empêche d'user des portes Houdini à volonté. Cela ne le surprend pas davantage que lorsqu'elle lui bloque le passage en tendant le bras.

— Tu as prouvé que tu sais ouvrir les portes, c'est bien, dit-elle. Maintenant va t'asseoir.

Alexander recule d'un pas, laisse l'intuition le guider et se tapote trois fois la poitrine à hauteur du cœur.

— Tu ne manquerais pas un peu de ça ? demande-t-il.

Il la regarde droit dans les yeux et avance. Elle écarte le bras au dernier moment.

Hermeline est en train de sortir du sas et Kayleen n'est pas encore entrée dedans quand Alexander arrive dans la pièce qui garde la chambre stérile.

— Tu as réfléchi à mon offre ? demande Hermeline.

— Je ne suis pas encore prêt, mais j'y pense, ment-il.

— Ne tarde pas. Plus tu traînes, plus ce sera difficile.

Juste avant de rejoindre le rez-de-chaussée, Hermeline jette :

— Leen, je n'aime vraiment pas ta grand-mère.

— Elle s'est toujours arrangée pour que personne ne l'aime, soupire Kayleen. Il lui suffit qu'on la craigne.

Dès qu'Hermeline est sortie, Alexander demande :

— C'est ta grand-mère, le dragon, là-haut ?

— Aeris ? Oui, et elle est plus dangereuse qu'un dragon. Quelle offre t'a faite Hermeline ?

— Musicothérapie. Elle dit que ce sera plus efficace que toutes tes connaissances médicales pour me débarrasser de mes mauvais souvenirs.

— Elle est douée. Suis son conseil et fais-le vite, parce que le dragon ne va pas te simplifier la vie et parce que je t'ai placé dans une situation qui tient plus du dilemme que de l'alternative.

Il lui sourit, la prend dans ses bras et lui souffle :

— J'ai été un peu surpris, mais je nous aime avec cet avenir et je n'ai plus peur de grand-chose.

Elle le serre, l'embrasse et s'écarte. Il y a beaucoup plus que de la tendresse dans son regard, et beaucoup plus que de l'inquiétude.

— Je nous aime aussi avec cet avenir, mais j'aurais préféré que nous le choisissions ensemble, et seuls.

Alexander fronce les sourcils.

— Aucune méthode contraceptive n'est cent pour cent fiable et ta famille ne sera un fardeau que si nous lui permettons de l'être.

Le visage de Kayleen s'égaie un peu.

— Ne le prends pas mal : je raffole de ton ingénuité et de ton insouciance, et j'espère que le violon d'Hermeline ne les dénaturera pas, mais il va quand même falloir que tu ouvres un peu les yeux sur… eh bien, justement, sur ce que tu as sous les yeux.

— Mais j'adore ce que j'ai sous les yeux ! s'exclame-t-il en la détaillant de la tête aux pieds. Et j'ai les yeux grands ouverts.

— Tu m'en vois ravie. (Elle l'attrape par le bras et l'entraîne vers le sas.) Viens.

— Si on me surprend là-dedans, ça risque de ne pas plaire, objecte-t-il en la suivant tout de même.

— Comme ma grand-mère, j'ai l'habitude de déplaire.

Ils passent chacun une combinaison stérile et entrent dans la salle blanche. Kayleen coupe le système radio qui relie la pièce à l'extérieur.

— Si quelqu'un surgit, cela nous laissera une minute pour changer de sujet. Le verre est blindé.

— Quel sujet ?

— Notre fille.

— Pardon ? Je veux dire… Tu es enceinte depuis quand ? Comment peux-tu savoir…

— C'est un peu compliqué mais, en résumé, nous ne savons faire que des filles, et une seule fois. Tu te souviens de notre discussion d'hier soir ?

— J'en ai cauchemardé toute la nuit.

Kayleen donne un coup de tête en direction de la cuve.

— Que vois-tu ?

Le liquide s'est beaucoup troublé depuis qu'Alexander a vu la cuve la première fois. Il est obligé de s'approcher et de se pencher pour essayer de percer l'opacité verdâtre.

— Pas grand-chose, à dire vrai, répond-il après avoir renoncé à distinguer autre chose qu'une silhouette sombre, d'apparence désarticulée.

Kayleen le rejoint, fait la moue et manipule une vanne.

— OK. De toute façon, j'aurais dû renouveler le bain demain.

La cuve se vide en faisant un désagréable bruit de succion. En position fœtale, le corps qui apparaît doucement est difforme au point de ne pas sembler humain.

Alexander sent que cette vision devrait lui être insupportable, il est pourtant fasciné. Les membres sont dans des positions étranges, le dos est trop arrondi, la musculature qui saille par endroits a des proportions anormales. Puis le crâne se dégage et Alexander retient sa respiration. Il ne voit pas le visage, couvert d'un masque relié par un tube à une bonbonne sous la cuve, seulement les oreilles, la nuque, le sommet et l'arrière du crâne.

— Nom de Dieu ! expire-t-il. C'est quoi ?

— Liadan, entre deux formes.

— Entre deux… Tu veux dire que… que ce que tu m'as dit hier soir n'était pas une métaphore ?

Kayleen attrape une douchette sur le bord de la cuve et entreprend de nettoyer avec une bruine antiseptique les résidus de gel sur le corps contrefait.

— D'un point de vue biologique, Liadan est une chimère. Elle possède deux génomes complets. L'un est cent pour cent humain, l'autre est celui d'une autre chimère, en partie féline. D'ordinaire, Liadan contrôle l'expression de ses gènes félins, même lorsqu'elle se métamorphose. Son coma et le stress provoqué par la gravité de ses blessures lui ôtent cette maîtrise : la meilleure réponse que peut donner son organisme aux lésions qu'il a subies ne réside pas dans son génome humain, mais dans les facultés réparatrices de l'autre. C'est la première fois que je suis confrontée à des dégâts aussi importants, donc je ne peux le garantir, mais tout devrait revenir à la normale quand une majorité des tissus endommagés ou détruits seront régénérés.

— La normale ?

— La normale pour une bastard de première génération. Asuncion, Emily, Hermeline et ma mère sont de deuxième génération, elles sont capables de se faire pousser les canines et les griffes mais pas de se transformer. Aucune d'elles n'aurait survécu à l'explosion. Quant à moi, unique et indésirable représentante de la troisième génération, il me reste juste assez de gènes de la chimère originelle pour être traitée d'exhérédée.

Kayleen repose la douchette dans son logement, se penche et commence à examiner le corps improbable recroquevillé au fond de la cuve. Alexander préfère s'écarter un peu.

— C'est quoi la chimère originelle ? Tu as parlé d'une partie féline, mais le reste ?

— Je l'ignore. Pour le découvrir, il faudrait que je séquence le génome complet et que je trouve des correspondances avec des génomes déjà séquencés. C'est hors de ma portée et je ne pense pas qu'on me laisserait faire.

— On ? Ta famille ?

— L'essentiel, en tout cas.

Alexander réfléchit pendant que Kayleen s'active autour et dans la cuve. Il lui faut plusieurs minutes avant de mettre le doigt sur une évidence.

— Donc la génération zéro est l'unique représentante de la chimère originelle.

— Elle est la chimère originelle.

— Était, Leen. Janet est morte.

Kayleen lui jette un coup d'œil, pousse une manette et la cuve se remplit de liquide fluorescent.

— Janet Bond était à la fois une enveloppe et une apparence, Xander. Rien de plus. La seule conscience qui l'habitait a toujours été celle de Mère-Grand. Et on ne se débarrasse pas d'une conscience, même en l'ensevelissant sous plusieurs tonnes de gravats.

— C'est pour ça que tu parles toujours de Mère-Grand au présent ?

— Oui.

— Et c'est quoi, au juste, Mère-Grand ?

— Je suppose qu'on doit pouvoir parler d'entité archétypale née de l'inconscient collectif, mais ce ne sont que des mots.

— J'attache beaucoup d'importance aux mots et tu en prononces rarement par inadvertance.

Kayleen lâche un petit rire.

— Beaucoup plus souvent que tu ne penses. Je suis plutôt impulsive.

Manifestement, elle attend une autre question. Alexander essaie :

— Le Serpent t'a traitée de bâtarde et tu te sers toi aussi du mot. C'est en rapport avec cette histoire de chimère ?

— Pas bâtarde, mais bastard.

— Je saisis mal la nuance.

— Nous pourrions à la rigueur considérer que le double génome fait de nous des bâtardes, mais nous sommes des bastards parce que filles de Bast.

— Bast ?

— Bast, Baast, Ubasti, Baset, Bastet. On a prononcé son nom de bien des manières. Elle a même été désignée sous celui de Sekhmet et les Grecs l'ont appelée Aílouros tout en l'assimilant à Artémis. Pour moi, elle est Mère-Grand depuis que j'ai lu les contes de Perrault.

Alexander lève un sourcil.

— Oh, Mère-Grand, que vous avez de grandes dents… Et moi qui pensais que c'était une référence à la série anglaise *The Avengers*.

— C'était plus simple de te laisser croire ça. Et ça marche aussi, en tout cas pour un passé plus ou moins récent. (Elle donne un coup de tête vers la vitre.) Hermeline est de retour.

Hermeline cogne contre la vitre, le bruit est à peine perceptible. Kayleen accélère son débit de paroles tout en baissant la voix :

— On en reparlera, mais je veux que tu saches que je n'ai pas choisi d'être enceinte et que je soupçonne l'ankh de Mahes d'avoir été simultanément le facteur agoniste de ma grossesse et celui antagoniste de l'œstroprogestatif censé m'en préserver. Tu te souviens de ce que Mère-Grand a dit quand elle m'a trouvé dans ton lit ?

— Elle m'a reproché de ne pas avoir mis de préservatif.

— Elle a surtout dit : « J'espère que tu sais ce que tu fais, ma fille. » Je lui ai répondu que je l'espérais moi aussi, mais j'étais tout à fait sûre de moi. J'aurais dû me douter qu'elle annulerait ma stérilité.

Hermeline insiste sur la vitre. Kayleen lui fait un signe et tire Alexander dans le sas. Quand ils en sortent, débarrassés des combinaisons, Hermeline laisse tomber :

— Elle veut le voir seul et je dois te parler avant que tu passes à ton tour sur le grill. J'ai entendu la fin de votre conversation.

— À travers ça ? s'étonne Alexander.

— J'ai les meilleures oreilles de la famille.

Il n'y a plus qu'Aeris dans la cuisine, assise à la table. Alexander s'installe en face d'elle et attend. Elle le regarde longuement avant de demander :

— Tu sais ce que je suis ?

— Une enfant prodigue, aigrie et autoritaire, prétendant au droit d'aînesse.

Elle ne cille même pas.

— Il serait plus juste de dire que je suis un cauchemar ambulant.

— Je préfère le mot « chimère ».

De petites ridules apparaissent aux coins des yeux d'Aeris.

— Oh ? La petite Leen s'est décidée à te parler ! C'est bien. Cela va t'épargner une démonstration pénible. (Elle tapote sa poitrine comme il l'a fait avant de rejoindre Kayleen.) En ce qui concerne l'ankh, il serait préférable que tu ne te fasses pas d'illusion. Ce n'est qu'un lien et il a été conçu à notre usage, pas à celui du porteur.

— Reproducteur, corrige Alexander. Je ne comprends pas les tenants et les aboutissants, mais il est clair que Janet voulait que j'ensemence une de ses bastards et que je n'ai pas choisi celle qu'elle me destinait. Par contre, je serais curieux de savoir pourquoi elle a finalement décidé que Kayleen n'était pas pire qu'une autre et pourquoi elle a favorisé sa grossesse.

Aeris reste impassible.

— Pour me faire chier.

Les yeux d'Alexander s'arrondissent.

— Je suis tout ouïe, engage-t-il.

— Demande à Leen de t'expliquer ce que sont un allèle et un homozygote récessifs.

— Notre fille va exprimer un gène qui était en dormance chez ses ascendants, c'est ça ?

— Approximativement.

— En quoi cela te dérange-t-il ?

Nouveau regard scrutateur. Aeris évalue ce reproducteur que sa mère a imposé à la famille dont elle se sent aujourd'hui la charge.

— Vieilles rancunes, vieux secrets, vieux interdits. Bast a édicté des règles qu'elle nous a dressées à respecter. Liadan et Shania sont littéralement des produits pavloviens de ce dressage. Moi pas. J'ai dû fuir pour ne pas avoir à transgresser la loi de Bast, mais j'ai communiqué mon insoumission à ma fille, qui a violé la première d'entre elles en mettant au monde Kayleen. Bast est généreuse, Bast a pardonné.

— Elle aimait bien Leen.

— Je n'en doute pas. Comme elle aimait bien Vaimiti avant de la bannir.

Alexander lève un sourcil.

— Qui est Vaimiti ?

— La mère d'Asuncion. Elle a tenté de tuer celle-ci en bas âge parce que son atavisme félin lui interdisait de laisser vivre un enfant déficient. (Elle voit le regard atterré d'Alexander.) C'est ce que les chattes font, et chattes nous sommes.

— Janet a un jour essayé de me l'expliquer. Je n'avais pas compris que c'était à prendre au sens propre.

Aeris hausse les épaules.

— Propre, je ne sais pas, mais méfie-toi du premier degré. Bast est retorse. Elle s'est servie de toi et de Kayleen pour offrir une sortie en beauté à Janet Bond. Comme elle se sert de moi pour faire ce qu'elle aurait dû faire depuis des décennies, dans l'espoir de revenir en sauveuse décapiter Apep, le serpent qui s'obstine à vouloir maintenir le monde dans l'obscurité.

— Ça, c'est Leen qui m'en a parlé et c'était beaucoup moins métaphorique.

— Pourtant le Serpent n'est qu'une métaphore. Il peut revêtir bien des aspects. C'est même sa faculté de muer qui nous le fait désigner ainsi, mais, d'une façon générale, il représente le profit de quelques-uns au détriment de tous les autres. Il est apparu avec les premières sociétés, il est presque inhérent à elles. Presque, car c'est son action sur elles qui les dévoie à son usage. Celui que nous devons combattre aujourd'hui est le mieux organisé et le plus puissant de tous les temps. En partie, parce que Bast s'est contentée de l'amener à se mordre la queue en jouant avec sa propre dichotomie à travers les blocs Est et Ouest, et parce qu'elle a complètement baissé les bras quand la globalisation a tout emporté sur son passage. En partie seulement. Bast n'est ni omnipotente ni omnisciente et il y a longtemps que nous ne sommes plus de taille qu'à des échelles limitées qui se restreignent sans cesse davantage. Mais le Queens, merde ! Même étendu à New York…

— Tu devrais lire mon bouquin.

Alexander a réussi à la décontenancer. Comme elle reste sans voix, il ajoute :

— Quand il sera fini, évidemment. En l'état, j'ai peur qu'il apporte trop d'eau à ton moulin.

Elle se ressaisit :

— De quoi parle ton bouquin ?

— Du monde, à une échelle très limitée.

Il se lève. Pour lui, la discussion est close. Elle le rappelle quand il entre dans le séjour :

— Alexander !

Il se retourne en soupirant.

— Oui ?

— Shania dit que tu es vain, Emily que tu es un visionnaire, Asuncion que tu marches à côté de tes pompes, Lizzie que tu réserves de belles surprises, Hermeline qu'il ne va pas être facile de t'éveiller…

— C'est gentil à toi de les cafarder.

Elle ignore l'intervention :

— Je ne vais pas tarder à entendre Kayleen me vanter tes mérites et je ne doute pas que Liadan te taillera un costard dès qu'elle sera capable de parler. Rassure-toi ou inquiète-toi : je me ferai ma propre opinion toute seule, mais, puisque ma manipulatrice de mère t'a rendu incontournable, j'ai besoin de savoir ce qu'elles ressentent pour anticiper les problèmes. Et j'ai aussi besoin de connaître ton ressenti à l'égard de chacune d'elles.

Alexander se croise les bras et l'observe avec amusement.

— J'hésite, dit-il. Tu es une véritable intelligence artificielle ou tu es atteinte du syndrome d'Asperger ?

Il sort et, cette fois, elle ne le rappelle pas.

Acte IX, scène II

Le 55 Water Street est le plus grand immeuble de bureaux de New York et ses trente-deux hectares de surface de plancher sont parmi les plus onéreux du quartier financier de Lower Manhattan. Propriété du fonds de pension RSA[1], il compte parmi ses locataires Standard & Poor's, la Chase Bank, le DTCC[2], le GFI Group[3], le département des transports de New York City et de nombreuses entreprises ou institutions plus discrètes[4], pour la plupart financières, qui n'en gèrent et génèrent pas moins des capitaux faramineux. Dans l'ensemble, le 55 Water Street pèse beaucoup plus que le quadrillion de dollars. Autant dire que, si on y entre et y circule librement, toujours sous l'œil d'une myriade de vigiles et de caméras, tout n'est pas accessible pour tout le

1. Retirement Systems of Alabama, la caisse de retraite pour les employés de l'État d'Alabama.

2. Depository Trust & Clearing Corporation, la plus grosse chambre de compensation du monde (devant Euroclear à Bruxelles et Clearstream à Luxembourg).

3. Groupe spécialisé dans les services financiers et le courtage pour les clients institutionnels.

4. Dont EmblemHealth, organisme d'assurance maladie de New York, qui y emploie deux mille salariés.

monde sans accréditation ni contrôles. Certaines sociétés sont même particulièrement tatillonnes. Doe & Roe, par exemple, dont toutes les activités tournent autour de la sécurité. Sécurité des personnes, des bâtiments, des documents, des ressources physiques ou informatiques, de tout ce qui pourrait subir ou causer un préjudice, aux États-Unis comme à l'étranger. C'est d'ailleurs à peu près tout ce qu'on peut apprendre sur Doe & Roe en recourant aux canaux usuels d'information, web inclus.

Gannon en a révélé un petit peu plus. Non qu'on l'ait mis dans une quelconque confidence, mais parce que l'Irish n'était pas tombé de la dernière pluie, qu'il disposait de ses propres sources et qu'il lui était impossible d'obtenir autre chose que quatre en additionnant deux et deux. Si Doe & Roe s'occupe effectivement de sécurité, c'est aussi une véritable agence de renseignements, sinon un service secret privé, dont les commanditaires, qui fleurissent sur toutes les places boursières du monde, sont aussi les principaux clients.

Quelqu'un chez Doe & Roe voulait rencontrer Alexander pour connaître la teneur de son roman en cours ? Qu'à cela ne tienne ! Même si ce n'était qu'un prétexte, à défaut d'Alexander Byrd, n'importe quel écrivain doit pouvoir faire l'affaire et parler d'un ouvrage dont il n'a pas lu une ligne. Et, comme deux écrivains valent mieux qu'un, Norman a décidé d'accompagner Jerome. Ils ne se connaissent pas particulièrement mais ils ont de nombreuses choses en commun, dont l'amitié d'Alexander et celle de Lizzie, dans la boutique de qui ils se sont croisés quelquefois. Lizzie qui leur a d'autorité adjoint Emily.

C'est ainsi qu'ils se rendent tous les trois au 55 Water Street et qu'ils se présentent à l'accueil de Doe & Roe. Plus exactement, à la sécurité qui garde la partie de l'étage qu'occupe Doe & Roe. Baie vitrée pare-balles du sol au plafond, portique détecteur de métal, tapis roulant avec scanner rayons X, et probablement spectromètre Raman.

— Messieurs ? demande un homme installé devant plusieurs écrans d'ordinateur derrière la vitre.

— Nous souhaitons rencontrer Richard Ford, dit Jerome.

— Vous avez rendez-vous ?

— Non, mais cela ne devrait pas poser de problème.

— Cela pose toujours un problème, monsieur. Puis-je avoir vos noms ?

— Jerome Charyn, avec un y.

— Norman Spinrad, avec un i.

— Et Emily Byrd, avec un y aussi.

L'agent de sécurité entre les noms dans l'ordinateur sans sourciller.

— Le motif de votre requête ?

— Alexander Byrd, répond Jerome. C'est le père de la petite. M. Ford s'occupe de son dossier.

L'homme décroche son téléphone. La conversation est brève.

— M. Ford va vous recevoir. Déposez tout ce que vous avez de métallique sur vous dans un bac sur le tapis roulant et franchissez le portique un par un.

Aucun d'eux ne déclenche d'alarme. Quand Jerome et Norman s'apprêtent à récupérer leurs clés et leurs téléphones, le garde les arrête :

— Vous reprendrez vos affaires en sortant. C'est la procédure. (Il rafle le bac en plastique.) Installez-vous sur les sièges, là-bas. Quelqu'un va venir vous chercher.

Ils ne patientent pas longtemps. Juste le temps qu'il faut pour s'assurer de leurs identités à partir des images prises par l'une des caméras et de lancer une recherche d'informations sur la paternité insoupçonnée d'Alexander. Puis un homme dans la quarantaine surgit au bout du couloir et se plante devant eux en tendant la main à Jerome.

— Richard Ford. Enchanté, monsieur Charyn. (Il se tourne ensuite vers Norman.) Ravi, monsieur Spinrad. (Pour Emily, il se fend d'un :) Très heureux de faire votre connaissance, mademoiselle Byrd.

Probablement d'autant plus que les fichiers de l'État du Montana, retouchés de frais par Lizzie, viennent à peine de lui confirmer l'existence d'une Emily Byrd, née à Missoula peu de temps avant le décès de sa mère lors des attentats du 11 septembre. Un enfant, c'est toujours pratique pour exercer des pressions.

Richard Ford les guide jusqu'à une pièce sur la porte de laquelle ne figure aucun nom et les fait asseoir de l'autre côté du bureau où il prend place. À l'exception d'un écran, d'un clavier et d'une souris d'ordinateur, le bureau est vide et la pièce n'est pas mieux garnie.

— Je vous écoute, dit-il en croisant les mains sur le bureau.

Ses yeux parcourent l'écran de l'ordinateur sur lequel doivent défiler des informations les concernant.

— Où est mon papa ? demande Emily.

Ford lâche l'écran du regard. Il n'est pas seulement stupéfait ; toute son assurance s'est envolée. Ses yeux passent de Norman à Jerome.

— Je ne comprends pas, dit-il.

— La petite vous a demandé ce que vous avez fait de son père, reformule Norman.

Ford secoue la tête.

— Mais je… je ne connais même pas son père !

— Pourtant la simple mention de son nom nous a ouvert votre porte.

Ford soupire, jette un œil sur l'écran et se ressaisit :

— J'apprécie ce qu'écrit M. Byrd. Comme ce que vous écrivez tous deux, d'ailleurs. Même si je vous ai peu lu, monsieur Spinrad.

— Normal, je suis un des rares auteurs américains anglophones à n'être pas traduit en anglais.

— Je connais les difficultés que vous rencontrez avec les éditeurs de chez nous. Elles ont même failli me contraindre à lire *Osama the Gun* en français. Je ne vous remercierai jamais assez de l'avoir publié vous-même en version numérique.

— Ce n'est pas vraiment le propos, intervient Jerome en levant les yeux en l'air à l'adresse de Norman.

— Désolé, je suis incorrigible, admet Norman. Pourquoi nous avez-vous reçus, monsieur Ford ?

Ford écarte les bras.

— Tout simplement parce que les écrivains ne font pas partie de notre clientèle habituelle et parce que j'ai beaucoup de respect pour votre travail. Néanmoins, je suis désolé, je ne comprends absolument pas le sens de votre question. Vous cherchez votre papa, c'est cela, mademoiselle Byrd ?

Jerome est en train de se dire que Richard Ford ne se laissera plus décontenancer lorsque Emily le déstabilise une deuxième fois :

— M. Gannon est mort, monsieur Ford, mais pas la mémoire de son téléphone ni celle de son ordinateur. Vous voulez que je vous montre comment je me sers d'un ordinateur ?

Pendant que Ford cherche à se recomposer une assurance, Norman en rajoute une couche :

— Ah ! Les enfants d'aujourd'hui ! À 10 ans, ils sont déjà capables de hacker les ordinateurs du NSC[1] ou de Wall Street.

— J'ai 12 ans.

L'âge d'Emily importe assez peu à M. Ford. Il s'efforce surtout de donner un sens à ce qu'il vient d'entendre et d'en apprendre davantage. Son regard navigue entre ses trois étranges visiteurs et l'écran. Leur conversation est probablement relayée par micro à un autre bureau qui vérifie ce qu'ils disent et alimente Ford en données, voire en conseils.

— Comment savez-vous que M. Gannon est mort ? demande-t-il. L'information n'a pas encore été fournie à la presse.

— Comme vous, répond Jerome en donnant un coup de tête vers l'écran. Nous avions rendez-vous avec lui hier en fin d'après-midi. Comme il n'est pas venu, Emily a interrogé les ordinateurs du NYPD.

— Interrogé ? Les fichiers de la police ? grince Ford. C'est ce que vous faites chaque fois qu'un ami vous fait faux bond, mademoiselle Byrd ?

---

1. National Security Council : organisme dépendant directement du président des États-Unis qui coordonne les questions stratégiques en matière de politique étrangère et de sécurité nationale.

— Nous avions déjà rencontré Gannon, explique Jerome. Il devait nous fournir des renseignements complémentaires sur l'enlèvement d'Alexander et l'assassinat de Janet Bond. Il vous avait déjà accusé du meurtre d'un assistant du procureur et d'un agent du FBI, ainsi que de la mise à sac de la maison d'Alexander.

— Rien que ça ? Puis-je vous éclairer un peu, mademoiselle et messieurs ? L'activité de Doe & Roe concerne presque exclusivement la sécurité dans les milieux financiers et nous collaborons quotidiennement avec les autorités, entre autres dans le cadre du versant économique du Patriot Act. Je ne prétendrai pas que les moyens que nous utilisons sont toujours éthiquement irréprochables, même s'ils restent parfaitement légaux. Je ne nierai pas non plus qu'il nous arrive de recourir à des compétences extérieures pour des tâches juridiquement délicates. C'est ainsi que, par trois fois, nous avons missionné M. Gannon. La dernière concernait effectivement votre père, mademoiselle Byrd. Il s'agissait de faciliter une rencontre entre lui et un de nos clients, inquiet des conséquences financières que pourrait avoir le prochain ouvrage de M. Byrd sur le groupe d'intérêts qu'il représente.

— Et éventuellement de se procurer par n'importe quel moyen le manuscrit d'Alexander, raille Norman.

Ford incline légèrement la tête.

— Cette éventualité a été effectivement envisagée, en dernier recours et pas par n'importe quel moyen, monsieur Spinrad. Nos spécialistes en sécurité informatique sont beaucoup plus efficaces dans le monde virtuel que ne pourrait l'être un Gannon sur le terrain.

Norman s'appuie sur l'accoudoir droit de son fauteuil et se prend le menton. Jerome fait de même, mais côté gauche. Entre eux, Emily se tient très droite, donnant l'impression qu'elle veut paraître plus grande.

— Ce n'est pas plus légal que d'interroger les fichiers de la police, fait-elle remarquer.

— Il n'en reste pas moins que Gannon vous a accusé d'enlèvement et d'assassinats, dit Jerome.

— Je ne serais pas étonné qu'il ait cherché à se dédouaner. Au moins pour la mise à sac de la maison de M. Byrd, peut-être davantage. M. Gannon faisait parfois de l'excès de zèle.

— Ce qui ne vous empêchait pas de l'employer, dit Norman, et ce qui n'explique pas pourquoi il a été tué juste après nous avoir parlé de vous et vous avoir passé un coup de téléphone. Étrange coïncidence, ne trouvez-vous pas ?

— Cette discussion ne mène à rien, monsieur Spinrad. Si vous me soupçonnez ou si vous soupçonnez Doe & Roe d'avoir trempé dans un enlèvement et dans plusieurs assassinats, il vous suffit d'alerter la police.

— Cela ne rendra pas son père à la petite. Et c'est ce qui nous importe le plus. Puisque vous êtes blanc comme neige, je ne pense pas que vous verrez d'inconvénient à nous aider.

Ford hausse les sourcils.

— En quoi pourrais-je vous être utile ?

— En nous disant qui est aussi effrayé par le roman d'Alexander, par exemple.

— Sûrement pas. Dans notre métier, la confidentialité est la première garantie que nous pouvons offrir à nos clients.

— Excusez-moi, monsieur Ford, intervient Jerome. Si Doe & Roe n'est pas impliqué, non seulement il est fort probable que votre client vous ait doublé, mais il semble aussi qu'il cherche à tout vous coller sur le dos. Le protéger ne peut que vous causer des ennuis.

Ford respire profondément en lisant quelque chose sur l'écran et croise les mains sur le bureau.

— Protéger est notre métier, monsieur Charyn. Néanmoins, nous mènerons notre propre enquête. Si ce que nous découvrons confirme tout ou partie de vos soupçons, nous nous séparerons de ce client et informerons la justice de ce que nous aurons mis au jour. Nous vous tiendrons bien entendu au courant. Cela vous convient-il ?

Pour donner le change, Norman et Jerome se consultent du regard.

— Il serait préférable d'agir vite, dit Jerome. Alexander a disparu depuis plusieurs jours.

— Je n'ai pas confiance, dit Norman. Vous avez toutes les cartes en main.

— Précisément, monsieur Spinrad, et c'est énorme. Que voudriez-vous que je fasse de plus ?

Norman se passe la main sur le front.

— Informez votre client que la petite a le manuscrit de son père.

Ford plisse les yeux.

— C'est vrai ce mensonge, mademoiselle Byrd ?

Emily hoche la tête.

— Papa et moi utilisons beaucoup le cloud. Enfin, moi surtout. Mais il stocke ses données sur un STaaS[1]

1. Storage as a Service : stockage de fichiers chez des prestataires externes.

dont j'ai trouvé les clés. (Elle désigne l'écran.) Je suis sûre que vos spécialistes en sécurité informatique sauront vous expliquer ce que cela signifie.

Ford jette un regard sur l'écran et revient à Emily.

— Cela signifie que vous êtes une enfant surdouée, mademoiselle Byrd. Vous avez lu ce manuscrit ?

— Nous l'avons tous lu, répond Norman à la place d'Emily.

— Tous ? demande Ford en les désignant tous les trois.

— C'est cela : tous les trois et de nombreux amis auteurs. Vous avez sûrement lu quelques ouvrages de plusieurs d'entre eux, d'ailleurs. Je pense notamment à Colum McCann, Toni Morrison, Angela Davis, Michael Chabon, Paul Auster, Siri Hustvedt. C'est un excellent boulot, vraiment. Tellement que nous nous sommes dit que nous pourrions le prolonger à travers nos prochains ouvrages.

— Il faut avouer que le personnage conducteur est fascinant, ajoute Jerome. Alexander le présente comme une fée marraine, mais, pour qui l'a côtoyée, il est facile de reconnaître Madame Janet. Je veux dire : Janet Bond. Quelqu'un qui a traversé plus d'un siècle, qui a été impliqué dans tellement d'événements et qui a fréquenté tant de personnalités… pas toujours recommandables, notez bien, mais ce n'en est que plus envoûtant. Surtout pour des auteurs. Vous imaginez le buzz médiatique si, dans un mouvement littéraire ponctuel, plusieurs centaines d'écrivains mettaient simultanément en scène la fée marraine d'Alexander ?

Les jointures des doigts croisés de Ford blanchissent.

— Pas vraiment, non.

— Là, vous m'étonnez ! Mais l'important c'est que l'imagination de votre client soit plus fertile que la vôtre. Ce dont je ne doute pas, puisqu'il s'est intéressé à Alexander avant d'avoir la moindre idée de l'ouvrage sur lequel celui-ci travaillait.

Jerome se lève. Norman et Emily en font autant.

— Mon papa doit revenir, dit Emily.

— Parlez à votre client, monsieur Ford, dit Norman. Nous sommes nombreux que la plume chatouille.

— Et votre client peut encore lire l'ouvrage d'Alexander avant qu'il soit publié, ajoute Jerome.

Acte IX, scène III

Alexander ne s'est pas réfugié dans la mansarde, en tout cas pas pour s'isoler du reste de la maison ni échapper à ses occupantes, mais il n'en sort plus depuis sa discussion avec Aeris, et cela n'a pas de rapport avec elle. Simplement, il écrit. Il est dans une phase où les idées s'enchaînent avec fluidité, où les mots coulent d'eux-mêmes, où aucun événement, aucune pensée parasite ne peuvent le perturber. Il ressent une urgence qu'il ne parvient pas à définir, à peine empreinte d'un sentiment de devoir à l'égard de Madame Janet. Pas de Janet Bond ni encore moins de l'entité Bast, pour autant que cela ait un sens, uniquement pour Madame Janet. Mais cette urgence prend sa source ailleurs. Peut-être dans l'embryon qui croît en Kayleen, son premier enfant qui ne sera pas métaphorique, un peu comme s'il craignait une concurrence entre le père et l'auteur. Peut-être parce que ses chroniques parlent d'un monde qui, pour lui, n'existe plus. Peut-être parce qu'il se prépare à abandonner tout ce qu'il a connu et qu'il veut partir le bagage léger, libre de ce qu'il laissera derrière lui.

Quitter New York est une évidence, pour lui comme pour Kayleen, et ils n'ont pas besoin d'en parler, même s'ils ne font que ça en parlant d'autre chose. C'est aussi une connivence. Il y avait avant, il y a maintenant et il y aura après. Avant n'est plus un poids, maintenant est une transition, après est un choix. Au pire, on peut leur pourrir la transition, et beaucoup semblent s'y entendre en matière de pollution, mais ils n'ont de prise que sur l'instant et il est facile de raccourcir les instants. Kayleen s'occupe de ses blessées. Alexander écrit. Quand ils se retrouvent, ils se racontent leurs univers respectifs et mêlent le réel et l'imaginaire dans un ensemble cohérent. Kayleen a été imprégnée de cette mixture depuis sa plus tendre enfance, Alexander la manie et la met en scène depuis ses premières lignes. Ils vivent des deux côtés du miroir simultanément, entre le chat du Cheshire et la chatte Dinah. Un numéro d'équilibriste très proche de celui auquel se livre Alexander dans ses chroniques.

À moins que ce ne soit les chroniques qui suivent le mouvement du balancier qui le maintient sur le fil entre réalité et onirisme. Quoi qu'il en soit, Alexander aime beaucoup l'image dont Kayleen s'est servie pour le taquiner : Xander, le funambule quantique. Toutefois, en matière d'acrobatie, il n'est réellement surpris que par sa faculté à travailler pendant qu'Hermeline danse autour de lui en jouant du violon. Il la voit, il l'entend, il la regarde et il l'écoute, même, mais cela ne le dérange ni ne le distrait, comme si sa musique et ses évolutions faisaient partie de la structure du roman ou des méandres de son esprit.

Depuis avant-hier, elle joue et elle danse toute la journée, ne s'interrompant que lorsque Kayleen revient du sous-sol ou de la chambre de Shania. Baroques, classiques, modernes ou traditionnelles, Alexander connaît la plupart des compositions qu'elle interprète, mais ses interprétations sont étranges. Parfois, simplement parce qu'elle détourne ou mélange les styles. Souvent, peut-être toujours (mais il a mis du temps à le comprendre et il ne s'en aperçoit pas systématiquement), parce que, outre le morceau qu'il entend, elle insinue une autre composition, aussi personnelle qu'infraliminale. Alexander est sûr qu'il s'agit d'une prouesse dont peu de musiciens – sinon aucun – ne sont capables, mais ce n'est pas ce qui l'impressionne le plus. Il l'est bien davantage par l'effet que cette diphonie produit sur son psychisme, même si, là encore, il ne l'a pas perçu immédiatement.

Sa mémoire s'ordonne, se clarifie, et ce n'est plus dans une indifférence apathique qu'il voit ce qu'elle recèle, mais avec une véritable sérénité. Il en prend conscience lorsqu'il se met à pleurer, sans colère, sans culpabilité, la disparition de Kyle et de Laurence, la perte de Maria, l'absence de Madame Janet. L'absence, pas la mort. Ce qui s'est éteint avec Janet Bond est sa tendresse pour Emilio et tous les enfants de Ridgewood sur plusieurs générations. D'une certaine façon, c'est la bénévolence de la fée marraine, et un peu de sa noirceur. Un peu seulement. Le reste est toujours là, dans l'aigreur d'Aeris, dans la rancœur de Lizzie, dans la jalousie de Shania, dans la froideur qui se régénère dans la cuve, dans l'avertissement d'Emily, dans la sujétion d'Asuncion, dans les trilles du violon qui manipulent le cerveau d'Alexander, dans les craintes de Kayleen.

Kayleen n'en parle pas en termes d'appréhension, elle exprime un doute comme on présente une suspicion. Elle dit qu'elle était irrémédiablement stérile, que Bast n'agit jamais sans intentions, qu'il faut s'attendre à des complications qui ne seront pas obstétriques. La grossesse, l'accouchement et la maternité ne l'inquiètent pas. Elle redoute le machiavélisme de Mère-Grand. Maintenant qu'il comprend à quelles manipulations celle-ci s'est livrée à leur encontre, qu'il mesure le piège dans lequel elle les a jetés et les souffrances qu'ils ont endurées, Alexander aurait volontiers peur avec elle, mais la musicothérapie d'Hermeline l'en empêche, peut-être simplement en laissant libre cours à l'optimisme forgé par son éducation.

La musique s'interrompt. Alexander relève la tête de l'écran de l'ordinateur, surpris. Hermeline se tient devant lui, entre la fenêtre et le bureau.

— Shania veut te voir, dit-elle.

— Shania ? Comment le sais-tu ?

— À midi, elle m'a demandé de te ramener quand j'aurais fini. J'ai fini.

— Tu as fini pour aujourd'hui ou tu as fini, fini ?

— Tu n'as plus besoin de moi.

— Alors, dans ce cas, merci. (Alexander juge la phrase un peu sèche et la reprend :) Merci beaucoup, Hermeline. Vraiment. Je me sens beaucoup mieux… libre, en quelque sorte.

— Je sais. Sauvegarde ton fichier et viens avec moi.

Alexander regarde l'heure sur l'écran.

— Kayleen ne devrait pas tarder, je vais l'attendre. Dis à Shania que je la verrai plus tard.

Hermeline secoue la tête.

— Je ne joue plus, Shania sait que j'ai fini. Tu fais comme tu veux, mais elle n'aime pas attendre et tu pourrais un jour avoir besoin d'elle.

Elle contourne le bureau, se dirige vers la porte. Alexander referme le portable et la suit, un sourire désabusé sur les lèvres.

Comme toutes les pièces de la maison, la chambre qu'occupe Shania est immense, mais beaucoup plus meublée que la mansarde et décorée d'objets anciens, sinon antiques. Les deux seuls objets de manufacture récente sont le fauteuil roulant dans lequel Shania est assise et l'ordinateur portable dont elle rabat l'écran juste après les avoir autorisés à entrer. Elle ne se perd pas en salamalecs :

— Alexander, trouve-toi de quoi poser les fesses. Herm, va remplacer Kayleen et dis-lui de nous rejoindre dans un quart d'heure.

Hermeline ressort aussitôt. Alexander tire une chaise de sous une table, la rapproche de Shania et s'installe à califourchon dessus, les avant-bras sur le dossier.

— Que me vaut l'honneur ? demande-t-il.

— J'ai besoin de prendre l'air.

— Et tu n'as trouvé personne pour pousser le fauteuil.

— Si, ton ami Emilio. Il sera d'ailleurs ravi de te revoir.

C'est assez inattendu. Alexander plisse les yeux.

— Moi aussi, dit-il. Je trouve toutefois un peu surprenant que cela se fasse par ton intermédiaire.

— Je suis quelqu'un de tellement surprenant qu'il m'arrive de me surprendre moi-même. Par exemple, j'aurais juré que je ne ressentirais jamais la moindre affection pour Kayleen. Eh bien, à défaut de tendresse… il ne faut pas exagérer… je suis bien obligée de reconnaître que je ressens de la commisération pour elle.

Et je ne parle pas de ce truc écœurant que les nantis éprouvent pour les miséreux ! Kayleen est insolente, orgueilleuse et butée, mais cela ne saurait justifier ce que la Déesse-mère lui a infligé, ni la manière dont Aeris la traite, ni mon propre mépris, pour ne mentionner que le mien.

— Heureux de te l'entendre dire. Où veux-tu en venir ?

— L'enfant qui pousse dans le ventre de Kayleen est la dernière escarmouche d'un conflit qui dure depuis près d'un siècle.

— Je suppose que tu ne fais pas allusion à celui qui oppose Apep à Bast et qui, si j'ai bien compris, serait plutôt pluri-millénaire. (La voix d'Alexander se durcit.) Et, pour info, l'enfant dont tu parles est aussi le mien.

Comme Aeris quelques jours auparavant, Shania reprend le geste d'Alexander et se cogne trois fois la poitrine à hauteur du cœur.

— Dans quelle proportion ? le glace-t-elle. L'ankh est bien plus qu'une clé. Elle contient le matériel génétique de Mahes, donc une moitié de celui de la Déesse-mère, et celui-ci s'est mélangé au tien. Tu n'es pas le premier, tu ne seras pas le dernier, mais cela fait de toi l'unique bastard mâle en vie. Connais-tu le sens que la religion hindoue donne au mot avatar ?

Alexander a du mal à respirer.

— La réincarnation de Vishnou, souffle-t-il.

— Oublie Vishnou, de toute façon postérieur à Bast. Ne retiens que la notion de réincarnation. C'est ce que sera ta fille. C'est ainsi que procède la Déesse-mère depuis cinq mille ans. De temps à autre, elle laisse mourir son apparence et se projette dans le fruit de l'ankh.

(Elle tend le bras et ouvre le portable, mais elle reste face à Alexander.) Hermeline aurait dû porter ce fruit, seul enfantement que tolère la Reine-mère pour une bastard de deuxième génération, mais tu as choisi Kayleen avant qu'Herm ne croise ton chemin et la Reine-mère a fermé les yeux, comme elle les avait fermés sur la naissance de Kayleen…

— L'exhérédée, lâche Alexander.

— L'exhérédée, oui. Le terme peut te paraître péjoratif, mais il retranscrit sémantiquement bien ce qu'est Kayleen. Une impasse génétique. En l'occurrence favorisée et protégée par Aeris pour infliger un camouflet à la Reine-mère parce que, en permettant à Lizzie d'enfanter, elle privait la Reine-mère d'un avatar potentiel. C'est la raison qui a précipité les grossesses de Liadan et de Vaimiti, puis la mienne quand Asuncion s'est révélée déficiente. Aeris est la plus puissante d'entre nous, bastards de première génération. Non seulement elle a pu se permettre de tenir tête à la Reine-mère, puis de la souffleter, mais elle a été capable de cacher Kayleen chaque fois que la Reine-mère a tenté de lui faire réintégrer le giron familial. Je dois t'avouer que cela nous a bien arrangées : ni Liadan ni moi ne voulions nous retrouver avec la tutelle, même partielle, de Kayleen. (Elle lève les yeux au ciel.) Bref. La Reine-mère est rancunière. Dès qu'elle a pu, elle s'est vengée.

L'explication ne venant pas, Alexander la provoque :

— Je devine que cela a un rapport avec la grossesse de Kayleen, mais lequel ?

— Malgré tout ce qu'Aeris a fait pour l'empêcher, l'avatar sera finalement de sa lignée et elle n'a d'autre choix que de s'assurer de sa protection jusqu'à sa maturité. Il y a de quoi s'arracher les cheveux, non ?

Alexander comprend enfin ce que signifiait Aeris en disant que Janet avait agi dans le seul but de la mettre en difficulté, mais quelque chose l'intéresse davantage :

— Sa… maturité ?

— À la naissance, rien ne distinguera votre enfant des autres. Ce sera la dernière fois. Ses facultés intellectuelles et ses aptitudes physiques se développeront beaucoup plus vite que la normale, pendant que la personnalité de la Reine-mère grignotera petit à petit celle de votre fille. À sa maturité sexuelle, il ne restera rien de l'enfant que vous avez connue. Nous avons la puberté tardive, cela devrait se situer entre ses 16 et ses 20 ans, mais il y aura longtemps que, chaque jour, vous la reconnaîtrez de moins en moins. Je suis désolée.

Alexander intègre ce qu'il vient d'entendre avant de demander :

— Tu en as parlé à Kayleen ?

— Lizzie devait le faire cet après-midi. (Elle passe le doigt sur le pavé tactile, l'écran s'allume sur une photo satellite.) Tu reconnais ça ?

— Ce sont les ateliers et les cabanes de jardin dont Janet avait fait sa maison. C'est l'image que j'avais trouvée sur Google Earth en faisant des recherches.

— Très exactement. (Elle bascule sur une autre image.) Et ça ?

Alexander fronce les sourcils.

— C'est la même image sans les bâtisses. Elle ne peut pas dater d'après l'implosion, il y aurait des vestiges. Ni d'avant leur construction, les satellites n'existaient pas.

— Encore exact. C'est la même photo retouchée par la Reine-mère, la seule qu'on peut trouver, jusque dans les sauvegardes de Google. Ce qui est intéressant n'est pas que les archives du Pentagone et autres bénéficiaires des informations satellitaires militaires ne soient pas mieux loties, ni que tu sois le seul à avoir eu accès à une prise de vue non trafiquée… encore que, mais c'est une autre affaire et les motivations de la Reine-mère sont impénétrables… non, ce qui est intéressant, c'est que le Serpent a disposé immédiatement des moyens pour vérifier ce que tu lui as avoué. En l'occurrence, la dernière version du Black Hawk, surnommée Silent Hawk, un hélicoptère furtif tellement secret que la Maison Blanche a découvert son existence en ordonnant le raid des SEALS contre Ben Laden à Abottabad.

— Tu veux dire que le Serpent a ses entrées au Pentagone ?

— Ou à la Maison Blanche ou aux deux, et ailleurs. Ce n'est pas une nouveauté. Ce que nous apprend l'opération sur Ridgewood, c'est que la collusion s'effectue à très haut niveau. (On cogne à la porte, Shania crie :) Entre.

Kayleen referme derrière elle, va se placer contre Alexander et lui entoure les épaules du bras droit. Shania ne prend pas la peine de lui résumer son propos et poursuit comme si elle était déjà au courant :

— Les pompiers ont dégagé les restes de treize personnes dans les décombres de la maison de Ridgewood. Douze hommes et une femme. La femme était Janet Bond, cela ne fait aucun doute. Tous les restes ont été soustraits à la médicolégale par le DoD[1].

1. Department of Defense.

Une cérémonie discrète a été organisée avant-hier à Little Creek, sur la base de la Navy, en l'honneur de douze SEALS tombés en mission prétendument dans le golfe Persique.

— Il les a sacrifiés pour éliminer Janet Bond, dit Kayleen.

Alexander n'a aucun doute sur l'identité de « il ».

— Avec la bénédiction du Pentagone, approuve Shania. Cela en dit long sur l'ennemi que nous allons affronter.

— Aeris le sait ?

— Bien sûr qu'elle le sait ! Comme elle sait ce qui se cache derrière Doe & Roe, que les amis d'Alexander et Emily sont allés asticoter dans leurs locaux. Pourquoi crois-tu que je suis furieuse ?

— Doe & Roe ? s'enquiert Alexander.

— Une société de paille, dont les activités de renseignement et de sécurité sont déjà condamnables, mais qui en masque d'autres encore pires. Entre autres, Doe & Roe est liée à plusieurs SMP[1]. Ce sont leurs sbires qui t'ont attiré dans ta maison de Park Slope en la cambriolant et qui ont abattu McNair et Kentrick. Votre kidnappeur, Alec, s'est contenté de se servir d'eux et de les doubler, mais ils ont les mêmes intérêts et sensiblement les mêmes accointances. S'en prendre à eux, c'est courir le risque de réveiller le Serpent. C'est évidemment ce que souhaite Aeris, mais nous ne sommes pas en état de tenir le choc et les amis d'Alexander vont se faire laminer.

Difficile de ne pas être d'accord.

1. Société militaire privée.

— Emilio et les jeunes de Ridgewood ? Évidemment qu'ils ne sont pas de taille ! s'irrite Alexander. Que fait Emily avec eux ?

— Emilio est impliqué, mais il s'agit surtout de tes amis auteurs, Charyn et Spinrad en première ligne. Ils se sont mis en tête qu'ils pouvaient te protéger en usant de leur statut d'écrivains pour faire pression sur Doe & Roe. Lizzie assure la logistique, Emily les assiste en se faisant passer pour ta fille, Asuncion et la bande d'Emilio se tiennent un peu en retrait pour les appuyer si ça tourne mal. Et Aeris joue les chefs d'orchestre en coulisse, en attendant patiemment que ça vire au vinaigre. Oh, elle est fin prête à jouer des griffes et des crocs ! Mais combien resteront sur le carreau ? Il est temps que tu reprennes le contrôle de ton existence, Alexander, et que tu mouilles la chemise.

— C'est-à-dire ?

— Eh bien, pour commencer, tu pourrais pousser mon fauteuil. Cette nuit, par exemple, quand Emilio viendra frapper à la porte, qu'Aeris ordonnera à Lizzie de le laisser dehors et que tu les enverras paître. Je me proposerai pour assurer ta protection. Aeris adorera l'ironie de la situation.

Acte IX, scène IV

Richard Ford n'a d'existence que professionnelle. C'est un des services offerts par Doe & Roe pour ses collaborateurs aux fonctions « sensibles ». Quand il quitte le 55 Water Street pour rentrer chez lui, Ford redevient Richard Jonker, Dick pour les proches. D'origine sud-africaine, il habite, avec son épouse et leurs deux enfants, une villa discrète au cœur de Mamaroneck. Sa maison n'est pas l'une des plus cossues de cette banlieue chic de New York, mais elle est près de la gare et elle fait partie d'une *gated community*[1] qui n'en facilite pas l'accès aux non-résidents. En clair, pour pénétrer dans l'ensemble, il faut y être invité et montrer patte blanche.

Richard Jonker est donc assez surpris de découvrir une voiture qu'il ne connaît pas devant son garage et carrément sidéré de trouver Norman Spinrad et Jerome Charyn dans son salon, tous deux confortablement installés dans un canapé, tandis que sa femme s'affaire derrière le bar.

— Bonsoir, chéri, lui lance-t-elle joyeusement. Tu ne devineras jamais qui sont les sauveurs qui

1. Quartier résidentiel dont l'accès est contrôlé et dans lequel l'espace public est privatisé.

m'ont tirée d'un bien mauvais pas quand cette foutue Mercedes a refusé de redémarrer sur le parking de Stop & Shop ?

Spinrad et Charyn se lèvent simultanément.

— Ce n'est rien, madame Jonker. Il faut savoir s'entraider, sourit hypocritement Charyn.

— Anna, corrige Anna en revenant avec un plateau sur lequel trônent des verres et une bouteille de scotch.

Elle embrasse Richard et fait les présentations :

— Dick, mon mari. Norman Spinrad, Jerome Charyn.

Les deux écrivains tendent la main, que Richard serre avec une feinte stupéfaction.

— Enchanté, Dick, dit Charyn.

— Vous avez une bien belle épouse, Dick, ajoute Spinrad avec un rictus limite carnassier.

— Excusez mon embarras, réplique Richard. Je n'ai pas l'habitude d'être accueilli chez moi par deux auteurs de renom.

Ils se rassoient. Richard prend place dans le canapé de l'autre côté de la table basse. Anna remplit les verres, les distribue et vient se poser à côté de lui.

— Tu m'imagines sur le parking avec le coffre plein de sacs, les jumelles qui se chamaillent et la voiture en panne ? lui dit-elle. J'étais en train de me demander si j'appelais une voisine ou un taxi, quand ces messieurs sont venus à mon secours. (Elle lève son verre.) À votre gentillesse et à votre simplicité !

Charyn lève son verre silencieusement.

— À votre charmante famille, dit Spinrad.

— À cette rencontre inattendue, dit Richard. (Il se tourne vers Anna.) Les jumelles sont en haut ?

— Non, elles ont emmené la filleule de M. Charyn à l'aire de jeux. Je leur ai accordé une demi-heure. Le temps que nous puissions discuter tranquillement.

Richard se crispe, mais il s'efforce de n'en rien laisser paraître.

— Votre filleule, monsieur Charyn ? demande-t-il.

— C'est ma filleule aussi, s'empresse Spinrad.

— Et la fille d'Alexander Byrd, précise Charyn. Ce nom ne doit pas vous être inconnu, Dick.

— Byrd ? L'écrivain ? Je veux dire lui aussi ? s'émoustille Anna.

— Lui-même, confirme Charyn. Alexander a eu l'imprudence de nous désigner, Norman et moi, comme parrains de sa fille.

— Nous assumons de notre mieux, ajoute Spinrad, même si cela nous oblige quelquefois à faire des choses dont nous nous serions crus incapables.

Anna rit. Richard la laisse entretenir la conversation et réfléchit en s'efforçant de ne pas interpréter les sous-entendus de Spinrad. Ceux-ci n'ajoutent rien à l'inquiétude née de la seule présence des deux auteurs dans sa propre maison. Il n'existait pour eux que trois façons d'accéder à sa vie privée. Forcer les défenses informatiques de Doe & Roe, obtenir des renseignements d'un des rares employés de l'agence en leur possession ou le suivre, lui, à la sortie du bureau. Même s'il s'assure toujours de ne pas traîner de sangsue, Richard n'est pas assez imbu de ses compétences pour douter que la filature soit le moyen le plus simple pour localiser son domicile. Un excellent pro ou une petite équipe d'amateurs prudents et bien organisés sont tout à fait en mesure de mener la tâche à bien. Du moins d'arriver jusqu'à l'entrée de la résidence. Ensuite, en procédant par élimination, un hacker – la gamine de Byrd, par exemple – peut sans mal découvrir son identité et dénicher tout ce que les administrations locales stockent sur la famille Jonker. Il suffit alors de suivre Anna, de forcer le capot de la Mercedes et de mettre en panne le distributeur d'allumage.

Jusqu'ici, la seule chose embarrassante c'est que, durant les deux jours dont ont disposé Charyn et Spinrad pour monter leur petit numéro, Richard n'a rien appris de plus sur eux que ce qui se trouve sur la place publique. Si, un petit peu plus, mais, comme il a consacré l'essentiel de son énergie et de ses ressources à chercher où se terre, qui cache ou qui détient Byrd, cela ne l'avance à rien. Ce qui, par contre, est très agaçant, c'est que les deux écrivains l'ont placé dans une situation de négociation obligatoire, alors qu'il n'attend rien d'eux et qu'il n'a rien à leur offrir. Doe & Roe se fout complètement du manuscrit de Byrd et ne s'intéresse à Byrd lui-même que parce qu'il peut être en contact avec les survivants du réseau Janet Bond. Et encore ce n'est pas une priorité ! Même pas depuis que ces deux inconscients ont débarqué avec la fille Byrd et leurs effets de manche dans son bureau.

Maintenant, c'est une autre histoire : on ne débarque pas chez lui tels des gros bras en s'adonnant à des allusions menaçantes.

— Chérie, intervient-il tandis qu'Anna remplit son rôle d'hôtesse et que Charyn et Spinrad jouent les célébrités modestes, il commence à faire sombre. Je vais chercher les filles. Messieurs, si l'un de vous deux veut m'accompagner, histoire de ne pas trop inquiéter votre filleule… Norman ?

Pendant que Spinrad se lève avec un petit sourire en coin, Anna répond :

— Bonne idée. (Elle s'adresse aux deux auteurs :) Vous dînez avec nous, bien sûr ?

Anna est une parfaite hôtesse. Spinrad et Charyn se consultent du regard, complètement pris au dépourvu.

— S'il vous plaît, insiste Anna. J'aimerais tellement vous remercier pour votre gentillesse. Les jumelles mangeront de leur côté avec… Emily, c'est ça ? (Elle n'attend pas la réponse :) Puis, pendant qu'elles joueront ensemble à l'étage, nous pourrons faire un peu mieux connaissance autour d'un repas improvisé… Rassurez-vous, je suis bonne cuisinière.

— Dans ce cas, accepte Charyn en se levant à son tour. Que puis-je faire pour vous aider, Anna ?

Spinrad décoche un nouveau sourire railleur à Richard.

— Je vous suis, Dick.

Richard referme la porte derrière eux et attend qu'ils se soient éloignés de la maison avant de débiter :

— Cinq minutes pour atteindre l'aire de jeu, cela me laisse peu de temps, alors écoutez-moi attentivement. Je sais que vous n'avez aucune idée de la taille de la connerie que vous venez de faire, mais je ne peux pas la laisser passer. Ni à titre personnel, ni dans le cadre de mes activités chez Doe & Roe, dont l'accès relève du State Secret Privilege[1]. Ce qui, au cas où cela vous échapperait, signifie qu'aucun juge n'aura jamais accès à mes dossiers. Pour être tout à fait franc, le DoD ne permettra d'ailleurs aucune investigation

1. Équivalent juridique américain du « secret défense ».

sur une affaire impliquant de près ou de loin Doe & Roe.

— À moins qu'elle ne soit diligentée par une commission sénatoriale.

— Ou par les Martiens quand ils auront annexé la planète. En tant qu'auteur de science-fiction, tentez plutôt votre chance auprès de ces derniers, ils seront sûrement plus à votre écoute. D'ici là, arrangez-vous pour ne plus jamais croiser mon chemin ni laisser imaginer à qui que ce soit chez Doe & Roe que vous n'avez pas oublié jusqu'au nom de l'agence.

— C'est une menace ?

— On ne peut plus explicite. (Richard s'arrête et force Spinrad à s'immobiliser.) L'aire de jeu est juste après la maison, là, et je n'ai pas fini de vous faire prendre la mesure de votre inconscience et de votre stupidité. En nous apprenant la disparition de Byrd et en nous accusant d'en être responsables, vous avez éveillé ou, disons, réveillé notre attention. J'ai mobilisé plusieurs départements pour le retrouver.

— Lui et son manuscrit.

— Si ce que vous m'avez dit est vrai, de nombreuses personnes sont en possession du manuscrit et je n'ai qu'à lever le petit doigt pour me le procurer. Je cherche Byrd parce qu'il est fort probable qu'il soit entre les mains d'un service ennemi autrement plus dangereux qu'un roman pour nombre de nos clients. Alors, ce soir, vous allez faire les invités bien élevés, puis vous embarquerez votre graine de hacker et vous vous ferez tout petits tous les trois, en espérant très fort que je n'utilise pas une de mes cartes joker pour vous laminer.

Acte IX, scène V

Pour sa première sortie depuis qu'il est chez Lizzie, Alexander aurait préféré une promenade au clair de lune avec Kayleen, mais l'état de Liadan ne permet pas encore que Lizzie assume seule une intervention urgente, du moins dans l'esprit d'Aeris. Il aurait aussi préféré des retrouvailles en tête à tête avec Emilio et il est certain qu'Emilio aussi. Bref, il pousse le fauteuil de Shania sur l'étroit chemin qui serpente entre les jardins en faisant contre mauvaise fortune bon cœur, s'efforçant de humer les senteurs des plantes aromatiques et levant le plus souvent possible la tête vers les étoiles.

Emilio donne des nouvelles de Ridgewood, Alexander de Kayleen. Tous deux s'en tiennent à des banalités, jusqu'à ce que Shania décide qu'ils sont assez loin d'éventuelles oreilles indiscrètes :

— Bon, à cette distance, même Hermeline ne peut plus nous entendre. Vous pouvez arrêter de jouer les copains d'antan tellement gênés de se croiser par hasard qu'ils n'ont rien à se dire. En tout cas rien qui ne puisse troubler mes chastes oreilles. Emilio, où est ma fille ?

Alexander sent la crainte que Shania inspire au jeune homme.

— Avec Jerome et Norman, l'autre ami de Xander, répond celui-ci.

— Ça, je m'en doute. Où ?

— À Mamaroneck.

— Qu'est-ce qu'ils foutent là-bas ?

Emilio hésite. Shania le bouscule :

— Emilio, ma fille a 12 ans. Je ne connais pas Norman, mais je peux te garantir que Jerome est incapable de la protéger.

— Nous nous en chargeons.

— Nous ? réagit Alexander.

— Tu es ici, Emilio, et ma fille est à Mamaroneck. Comment peux-tu la protéger ?

Derrière la peur du jeune homme, Alexander perçoit la rébellion et la colère. Il sait d'expérience vers quoi cela peut l'entraîner.

— Nous ? répète-t-il.

— Ceux que Madame Janet a sortis de la merde plusieurs fois, répond cette fois Emilio. Tu les connais tous. Tu sais qu'ils ont les reins solides et que ce ne sont pas des poules mouillées. Jerome et Norman sont vieux, c'est vrai, mais, fais-moi confiance, ils sont bien épaulés. Et Emily est loin d'être une gamine sans défense. (Il donne un coup de tête rageur vers Shania.) Elle ne t'a pas dit à quoi elle a dressé sa fille ?

— Elle ne me l'a pas dit, en effet.

— Emily est allé trouver Gannon et l'a tué, Xander. Seule ! Avec juste un putain de lance-pierre. À 12 ans, merde !

Alexander immobilise le fauteuil et se penche dessus.

— Tu le savais ?

— Initiative personnelle, confirme Shania. Justifiée, mais je l'ai quand même sermonnée.

— Sermonnée ? s'effare Emilio en se prenant la tête.

Alexander n'a pas besoin de se demander pourquoi il ne ressent pas le même effroi que le jeune homme. Il se souvient d'Emily dans le hangar où Kayleen et lui ont été torturés. Il l'a vue abattre un homme avec son lance-pierre. Surtout, il sait ce qu'elle est, ce que ni lui, ni elle, ni personne ne pourront changer. En l'évoquant ainsi, elle qui se fait passer pour sa fille, il essaie d'imaginer celle qui sera bientôt la sienne et la vie que Kayleen et lui pourront lui offrir jusqu'à ce qu'elle leur échappe.

— Emily était vraiment seule ? demande-t-il.

— C'est ce que je croyais, mais, apparemment, Emilio était dans le coin.

— Je l'ai vue sortir de chez Gannon. Elle était en train de ranger un lance-pierre dans son sac. La porte de Gannon était ouverte, je suis entré. Il y avait des chats de gouttière partout.

— Elle n'était donc pas tout à fait seule, abrège Shania. Que font Emily, Jerome et Norman à Mamaroneck ?

Emilio interroge Alexander du regard. Alexander hoche la tête pour l'encourager.

— Avant-hier soir, nous avons monté un système d'enfer pour filer un type à partir de Lower Manhattan…

— 55 Water Street ? le coupe Shania.

— Oui.

— Le van est loin ?

— Où vous m'avez demandé de le garer. Cent mètres, au maximum.

— On fonce.

Alexander se remet à pousser le fauteuil en essayant de faire la part de ce que Shania a anticipé et de ce qu'elle a prémédité, mais il n'en sait pas assez.

— Le nom du type, exige Shania.

— Ford, mais c'est pas son vrai nom.

Quand Emilio ouvre le van, Shania s'éjecte du fauteuil et l'arrache du sol pour le rentrer dans le véhicule. À leurs regards stupéfaits, elle répond :

— Je devais éviter de fatiguer mon cœur, mais ce truc ne m'a jamais servi à rien. (Elle tire un ordinateur portable d'un compartiment sous l'assise du fauteuil.) Je suis à cent pour cent de mes capacités depuis deux jours.

— Kayleen le sait ? interroge Alexander.

— J'ai essayé de le lui cacher, mais elle est trop bon médecin pour ne pas s'en douter. Grimpe, dit-elle en lui désignant le siège contre le fauteuil.

Emilio prend le volant, elle s'installe à côté de lui.

— Mamaroneck, ordonne-t-elle en ouvrant l'ordinateur. Quel est le vrai nom de Richard Ford ?

— Richard Jonker, répond Emilio en démarrant.

Les doigts de Shania se mettent à courir sur le clavier.

— Raconte ton histoire, dit-elle.

— Il n'y a pas grand-chose à raconter. Le type a pris le métro puis le train. Nous l'avons filé en nous relayant et en nous envoyant des infos par mobile. On était vingt et on avait dix motos. Jerome nous coordonnait. Même si le type remarquait l'un d'entre nous, il le voyait descendre une ou deux stations après et un autre prenait sa place. On a eu un peu chaud à la gare de Mamaroneck parce qu'il avait une bagnole et que les motos c'est facile à repérer tellement ça court pas les rues là-bas. Heureusement, il habite à moins d'une borne de la gare. Faut être sacrément fainéant, non ? Bref, on l'a suivi jusqu'à une résidence de friqués, avec barrière, gardien et caméras. On a dû le lâcher, mais Jerome a dit que c'était pas grave, qu'on en savait assez pour dénicher sa baraque. Je ne sais pas comment ils ont fait…

— Emily a hacké l'ordinateur qui stocke les données des caméras de surveillance, laisse tomber Shania sans relever la tête.

Alexander se penche par-dessus le siège dans lequel elle est assise et regarde l'écran du portable. Elle est connectée à Internet, probablement via une liaison 4G. Plusieurs pages sont ouvertes, elle saute de l'une à l'autre et fait défiler une multitude de données.

— Tu as trouvé sa trace ? demande-t-il.

— Ce n'est pas elle que je cherche. Continue, Emilio.

— Les potes se sont mis en planque près de la résidence dans l'après-midi, avec le numéro d'immatriculation de la nana de Jonker. Un break Mercos Classe E, ils risquaient pas de le louper. Elle est rentrée vers 6 heures et ressortie presque immédiatement avec deux gamines. Les potes l'ont suivie jusqu'à un supermarché et ont trafiqué son allumage pendant qu'elle faisait ses courses. Jerome et Norman se sont pointés comme des fleurs et ont proposé à la nana de les reconduire, elle et ses filles, jusque chez elles. Emily était avec eux. Je faisais le planton Water Street pour les prévenir par SMS quand Jonker quitterait le boulot. L'idée, c'était de lui montrer qu'il n'est pas intouchable.

Shania continue ses recherches en silence. Alexander demande :

— Emily, Jerome et Norman sont seuls dans la résidence ?

— Les potes ne sont pas loin. Vous voulez que je les appelle, Shania ? Ils peuvent aller jeter un œil, au besoin.

Cette fois, elle relève la tête.

— Trop dangereux. Accélère.

Dans le rétroviseur, Alexander aperçoit ses yeux éclairés par l'écran. Ce sont des yeux de félin en colère. Il essaie de la rassurer :

— Je doute que Jonker fasse quoi que ce soit à Emily ou à Norman et à Jerome en présence de sa femme et de ses enfants.

— Ce n'est pas lui le problème.

Elle lève l'ordinateur pour le montrer à Alexander. La partie droite de l'écran montre une femme en tenue de commando. La partie gauche affiche un texte en hébreu.

— Qu'est-ce que c'est ? demande Alexander.

— Un dossier de la Metsada, la division des opérations spéciales du Mossad, sur un de ses agents collaborant avec la CIA pour l'élimination de terroristes implantés en territoire américain. Hannah Abahel, alias Anna Huismans épouse Jonker.

Acte X, prologue

Par définition, l'inattendu est ce à quoi on ne s'attendait pas, mais ce n'est qu'une circonstance à laquelle il n'est pas si difficile de s'adapter, surtout quand on a été formé aux ajustements les plus délicats. Richard a bénéficié d'une solide formation dans les services de renseignements de l'armée sud-africaine puis dans une SMP britannique, mais celle d'Anna a la réputation d'être la plus impitoyable du monde. Anna en tire d'autant moins de fierté qu'elle a pu constater à son détriment que l'enseignement prodigué par d'autres services spéciaux est au moins à la hauteur de celui qu'elle a reçu. C'est une opération de nettoyage russe qui lui a d'ailleurs valu d'être évacuée d'Iran en catastrophe pour hériter d'un poste presque de tout repos dans l'État de New York.

Presque, parce que, s'il lui a laissé le temps de fonder une famille et de s'en occuper, on ne lui a pas permis de choisir avec qui elle formerait cette famille sans contrepartie. Elle aime ses filles et elle s'entend très bien avec Richard, suffisamment pour qu'ils discutent de leurs fonctions respectives, peu mais librement. Il leur arrive même d'interagir professionnellement. Et c'est précisément là que le bât blesse. Ce que leurs employeurs considèrent comme un échange de bons procédés n'est pas sans mettre en danger leurs couvertures. Pire, tous deux ont été impliqués dans une opération dont ils ne connaissent pas les mêmes tenants ni les mêmes aboutissants. Anna sait que Richard ignore qui est leur ennemi et il lui a dit qu'il ne pouvait pas lui révéler l'identité de leur commanditaire. C'est une situation dont ils s'arrangeraient aisément si elle ne venait pas s'immiscer jusque dans leur maison.

Richard n'agira pas parce qu'il ne mesure pas le danger et que Doe & Roe répugne à s'impliquer directement. Anna n'est pas soumise à ce genre de contraintes. Elle fait les choses posément, mais elle les rend inéluctables sans la moindre hésitation. Pour gagner la confiance de ses « invités », elle prend même le risque de laisser les jumelles emmener la petite Emily à l'aire de jeu. C'est un risque raisonnable : tous sont confinés dans leurs rôles, il est improbable que d'éventuels amis de Charyn et Spinrad s'en prennent aux enfants. De toute manière, il n'est pas facile de pénétrer dans la résidence et l'aire de jeu est surveillée par plusieurs caméras.

Avant l'arrivée de Richard, elle envoie un code d'alerte à son service par SMS. C'est un code à cinq chiffres. Le premier définit le niveau d'urgence, le deuxième la nature de l'intervention à envisager, le troisième les moyens que celle-ci pourrait requérir, les deux derniers le délai dans lequel elle devrait avoir lieu et celui dans lequel l'agent reprendra contact. En clair, son message signifie : menace sous contrôle, évacuation multiple et nettoyage par une équipe restreinte dans la nuit, prochain contact dans une heure. Elle renvoie le même message cinquante-cinq minutes plus tard et réitère l'opération deux fois. La première après avoir nourri les filles et les avoir envoyées à l'étage, un somnifère bénin mais puissant dans l'estomac. La seconde en vérifiant qu'elles se sont toutes les trois endormies. Pour celui-ci, elle modifie le chiffre correspondant au délai d'intervention requis : au plus vite. Cinq secondes plus tard, la réponse tombe en minutes sous la forme de deux chiffres : vingt.

Quand elle redescend, elle lit sur le visage de Richard ce qu'elle y a vu quand il est revenu avec Spinrad de l'aire de jeu. Pendant sa brève absence, l'échange avec les deux écrivains a dû être cinglant. Ceux-ci semblent accuser le coup, même s'ils essaient de faire bonne mine. Richard a dû sérieusement les secouer. Elle va se faire un plaisir de les achever.

— Tout se passe bien là-haut ? demande Charyn en essayant de retrouver une contenance. Emily n'en fait pas trop voir à vos filles ?

Anna lui sourit, passe derrière le bar, ouvre un compartiment secret, en tire un Glock 22 et rejoint la table à laquelle sont assis les trois hommes en équipant de manière très ostensible le pistolet d'un modérateur de son.

— Tout se passe merveilleusement bien, Jerome, dit-elle en s'asseyant. Elles dorment. Vous pouvez hurler à pleins poumons, aucune d'entre elles ne vous entendra. Les voisins non plus, d'ailleurs. Dick et moi sommes des maniaques de l'isolation phonique. Nous tenons beaucoup à notre intimité. En la forçant, vous nous avez obligés à prendre des mesures extrêmes.

Elle pose deux seringues sur la table et ajoute :

— Thiopental, dose anesthésique. Vous relevez chacun une manche, vous posez le bras sur la table et vous ne bronchez pas d'une oreille pendant que Dick vous l'injecte.

Comme la stupeur les paralyse, elle les réveille en pulvérisant de quatre balles les verres restés sur la table basse de la partie salon. Le silencieux qu'elle emploie est l'un des plus performants, mais il ne fait que réduire et altérer le bruit du coup de feu pour qu'il ne soit pas reconnaissable. Les deux écrivains sursautent et se décident à exécuter ses instructions. Richard se lève et rafle les seringues. Même s'il désapprouve l'initiative d'Anna, il ne le montrera pas, au contraire :

— Je vous ai dit que vous aviez fait une énorme connerie, souffle-t-il à Spinrad en lui enfonçant l'aiguille dans la veine cubitale. Dodo dans trente secondes.

Pendant qu'il injecte l'hypnotique à Charyn, celui-ci murmure :

— En matière de connerie, pour autant que notre visite en était une, vous nous battez maintenant à plate couture.

— Cessez de fanfaronner, monsieur Charyn, réplique Richard. Votre réveil sera nettement moins glorieux.

Spinrad perd conscience. Richard a juste le temps de lui plier le buste pour qu'il repose sur la table avant de faire de même avec Charyn.

— Nous disposons de combien ? demande Richard.

— Un quart d'heure, répond Anna en se levant.

— Ça laisse peu de temps pour des explications.

— Et encore moins pour tout abandonner. (Elle englobe l'ensemble de la maison dans un seul geste.) Je n'avais pas le choix.

— Qu'est-ce que je ne sais pas ?

— Le réseau Janet Bond est toujours opérationnel. Doe & Roe nous sert d'appât pour en finir avec lui.

Richard lève les yeux au ciel.

— Sur cette affaire, c'est moi qui suis en première ligne, Anna. Doe & Roe ne risque pas grand-chose. Moi si.

— Et c'est moi qui te couvre, mais détrompe-toi, Doe & Roe ne risque pas moins que mon service. Quelqu'un s'est arrangé pour que nous nous doublions les uns les autres.

— Qui ?

— Qui est votre commanditaire ?

— Le DoD.

Anna accuse le choc. Si son service est une émanation de la CIA, il opère directement sous le contrôle du Department of Defense. Quel intérêt aurait le DoD à se tirer de la main droite une balle dans la gauche, et réciproquement, tout en leur faisant accroire qu'elles œuvrent au même but ? Et, si ce n'est pas lui, qui le manipule ?

— Nous devrons nous pencher sérieusement là-dessus, dit-elle. Pour l'instant, aide-moi à déplacer les filles pendant qu'elles dorment.

— Tu as aussi drogué les jumelles ?

— Tu aurais préféré qu'elles m'entendent ou me voient abattre les deux parrains de leur amie d'un soir, si j'avais dû le faire ? Et, crois-moi, elles seront moins traumatisées en se réveillant dans une chambre inconnue qu'en subissant le stress d'une extraction.

Richard la suit dans l'escalier. Ils enveloppent les jumelles et la fille Byrd dans des couvertures. Anna aide Richard à caler leurs deux filles dans ses bras et se charge d'Emily. Richard est en train d'installer les filles sur un canapé quand elle descend les dernières marches. Lorsqu'il relève la tête vers elle, c'est son regard qui alerte Anna.

Adossée au bar, une femme toute de noir vêtue la regarde avec un air amusé. Ses yeux sont d'un vert si clair qu'ils paraissent presque jaunes. Anna ne l'a jamais rencontrée et n'a pas besoin d'en appeler à sa mémoire eidétique pour être certaine de ne l'avoir vue sur aucune photo. Son intuition est catégorique : ennemie et dangereuse, même si elle ne semble pas armée.

Anna, elle, l'est toujours, sa main droite serre la crosse du Glock sous la couverture enveloppant Emily.

— Tu peux arrêter de faire semblant de dormir, Emily, dit la femme en noir.

Emily roule dans les bras d'Anna et profite du mouvement pour lui tordre le bras droit, lui arracher le pistolet et le lancer à la femme qui l'attrape par la crosse sans même le regarder. L'enfant est hors de portée avant qu'Anna puisse la retenir.

— Comment savais-tu que j'étais consciente ? demande Emily.

La femme laisse pendre le Glock négligemment au bout de son bras gauche et fait un geste circulaire d'un doigt de la main droite à hauteur de sa tempe.

— J'entendais les rouages dans ta tête. Tu entends ceux qui tournent dans celles de nos hôtes ?

— Ils se demandent comment tu es entrée, pour qui tu travailles, ce que tu comptes faire d'eux et s'ils ont une chance de s'en sortir.

— Tu as une bonne oreille. Que dois-je faire d'eux ?

Emily Byrd s'approche des écrivains inconscients, pose un doigt sur leurs carotides et sourit, rassurée.

— Leurs enfants ne méritent pas de se retrouver dans une famille d'adoption.

L'instinct d'Anna lui souffle qu'Emily vient de leur épargner une exécution sommaire. Elle lit un soulagement similaire sur le visage de Richard. La vie est étrange. En quelques heures, la leur vient de basculer deux fois. Anna regarde ses filles sur le canapé, décide qu'elle leur doit une existence, vérifie sur les traits de Richard qu'il partage son sentiment, se jette à l'eau :

— L'équipe d'extraction sera là d'un instant à l'autre. Vous devriez fuir pendant que c'est encore possible.

Le regard d'Emily passe de ses parrains à la femme aux yeux jaunes. Celle-ci sourit.

— Prenez vos filles et réfugiez-vous à l'étage, dit-elle. Emily et moi allons accueillir l'équipe d'extraction.

Anna secoue la tête.

— Vous n'avez aucune chance.

La femme en noir fond sur elle si vite qu'Anna ne perçoit qu'un mouvement flou et se retrouve avec les yeux jaunes plantés dans les siens.

— Vraiment ? lui feule la femme au visage en révélant une dentition de panthère.

Si l'inattendu peut quelquefois se présenter sous un aspect déplaisant, une solide expérience soutenue par un entraînement exhaustif déclenchera une réaction permettant de s'épargner les pires désagréments. En revanche, par un curieux biais de définition, il apparaît que l'imprévisible est souvent ce qu'on aurait mieux fait de prévoir et dont, par définition, on était incapable.

Acte X, scène I

Sur le tableau de bord, le mobile d'Emilio bipe.

— SMS, annonce Emilio

Shania a déjà l'appareil en main et Alexander lit à haute voix par-dessus son épaule :

2 Chevy Express à la barrière. Qu'est-ce qu'on fait ?

— Merde ! jure Emilio. Réponds qu'on est là dans une minute.

Shania écrit :

Dégagez.

— Qu'est-ce que tu as écrit ? demande Emilio sur un ton soupçonneux.

— Dégagez, répond Alexander. J'espère qu'ils suivront le conseil.

— Vous êtes dingues !

— C'est la CIA, Emilio, dit Shania, pas un gang de quartier. Prends la première à droite… sans faire couiner les pneus, et arrête-toi.

Elle referme son ordinateur et le jette sur le fauteuil à côté d'Alexander.

— L'entrée de la résidence sera encore à plus de cinq cents mètres, objecte Emilio en levant le pied à l'approche du croisement.

— Mais la villa des Jonker à moins de deux cents.

— Derrière un mur de cinq mètres de haut, s'entête Emilio en virant à droite.

— Six, corrige-t-elle en apercevant ledit mur pendant que le van s'immobilise. Vous attendez que je sois de l'autre côté, vous roulez jusqu'à l'entrée et vous bloquez le passage. Alexander, je compte sur ton imagination pour empêcher le gardien d'alerter les flics.

Elle n'attend pas la réponse pour s'éjecter du véhicule. Alexander descend en même temps qu'elle pour prendre sa place à l'avant et se fige à côté de la portière. Shania est en effet tout à fait remise de sa blessure : elle court comme une sprinteuse olympique, en plus léger, en plus rapide, et, plus elle prend de la vitesse, plus son corps se penche vers l'avant, et se transforme. Celle qui franchit le mur d'un seul bond, laissant des lambeaux de vêtements derrière elle, n'a plus d'apparence humaine.

Alexander ferme les yeux un peu plus de deux secondes, cette fois, et grimpe dans le van.

— Redémarre, dit-il.

Emilio est tétanisé sur le volant.

— Démarre, Emilio.

— Tu... tu as vu ce que j'ai vu ?

— Oui, Emilio. Démarre.

— Bon sang ! J'avais déjà vu Asuncion faire un truc dément, mais ça, putain ! Ça...

— Démarre, merde ! Nous devons bloquer cette saloperie de barrière !

Emilio sort de son ahurissement et se décide enfin à relancer le van. Une poignée de secondes plus tard, à défaut de bloquer la barrière, puisqu'elle est levée, il se met en travers du passage.

— Je n'aime pas ça, laisse tomber Alexander en ouvrant sa portière.

— Où tu vas ?

Alexander ne répond pas. Il contourne le véhicule et s'approche du poste de garde, apparemment vide. Emilio le rejoint au moment où il pousse la porte entrouverte. À l'intérieur, ils trouvent un homme étendu, pieds et mains ligotés, une cagoule lui couvrant la tête jusqu'aux épaules. Alexander vérifie son pouls. En vie.

— Qu'est-ce qu'on fait ? demande Emilio.

— Tu te remets au volant et tu laisses tourner le moteur. On doit pouvoir dégager le plus vite possible.

Emilio se dirige vers le van et fait demi-tour en constatant qu'Alexander ne le suit pas mais s'enfonce dans la résidence. Il le rattrape en courant.

— Tu fais quoi, Xander, là ?

— Ce que je fais le mieux.

— C'est-à-dire.

— L'Indien. Tu te rappelles ?

Emilio soupire bruyamment.

— L'Indien ? Oui, je me rappelle… Je me rappelle que je t'aurais mis une bonne trempe, si Madame Janet ne t'avait pas tiré d'affaire, et je me souviens parfaitement que l'Irish t'a à moitié démoli en retenant ses coups. Alors soit tu remontes dans la bagnole avec moi, soit je t'accompagne, l'Indien.

Ils en sont à se toiser avec une identique fermeté lorsqu'une voix les interpelle :

— Emilio ?

— Merde ! jure Emilio. Manquait plus qu'eux.

Il se retourne pour intercepter ses amis avant qu'ils n'entrent vraiment dans la résidence. Alexander ne l'entend pas leur dire sa façon de penser sur la manière dont ils ont interprété le mot « Dégagez ! ». Alexander joue à l'Indien, se déplaçant le plus vite possible en faisant le minimum de bruit. Il est très doué à ce jeu, et cela n'a rien à voir avec son peu de sang flathead, sauf à considérer que les tribus indiennes du Montana rechigneraient à enseigner leurs techniques de chasse à qui ne serait pas des leurs. Il s'éloigne serein : Emilio a bien trop le sens de la responsabilité pour faire courir à ses amis les risques qu'il n'hésite pas à prendre pour lui-même.

La résidence est implantée dans une pinède sillonnée de nombreuses allées dont le tracé biscornu a été conçu pour limiter les inconvénients du voisinage. Il doit être difficile d'y trouver une maison en particulier lorsqu'on ne connaît pas son emplacement ni le circuit qui y mène, mais Alexander a aperçu le plan affiché brièvement sur le portable de Shania et, outre une bonne mémoire visuelle, il a un excellent sens de l'orientation. Il lui faut moins de trois minutes pour déboucher d'un sentier, face à la propriété des Jonker que protège une enceinte de bois dans laquelle se jouxtent deux portails, l'un sur le jardin, l'autre sur un garage attenant à l'habitation.

Une voiture stationne devant le garage fermé, une autre contre le trottoir. Le capot d'un fourgon Chevrolet dépasse du portail ouvert, l'autre fourgon est à peine visible juste derrière lui. Alexander tend l'oreille, n'entend rien d'alarmant, s'avance, jette un œil prudent dans le premier fourgon. Vide. Il le longe, franchit le portail, découvre une cour bitumée, s'approche de l'autre fourgon et manque buter sur un corps, puis sur un autre en essayant d'éviter le premier. L'éclairage est insuffisant, mais la flaque dans laquelle ils baignent et le bruit qu'elle produit lorsque Alexander retire la chaussure qui a trempé dedans suggèrent qu'ils ne se relèveront pas.

Le deuxième fourgon est aussi vide que le premier. Alexander hésite. Une allée de dalles entre deux carrés de pelouse conduit jusqu'à la porte principale, fermée. Cette façade ne comptant que deux fenêtres de ventilation d'où aucune lumière ne diffuse, il n'a pas la possibilité de s'assurer de ce qui se passe à l'intérieur. Par contre, en bout de mur, la pelouse est éclairée par une lumière provenant de l'intérieur. Un coup d'œil lui paraissant plus avisé qu'une entrée théâtrale, Alexander se glisse jusqu'à l'angle, passe la tête, ne remarque que les deux mètres qui le séparent d'une baie vitrée et se plaque contre le mur pour les franchir. Il se baisse et ose un regard rapide qui dure beaucoup plus que ce qu'il avait prévu. Quelques secondes, en tout cas, le temps qu'il faut pour n'être pas sûr de ce qu'on voit.

Emily s'interposant entre sa mère, sous sa forme la plus féline, et une femme immense tenant à bout de bras un homme par le cou. Un seul bras, au bout duquel les doigts sont profondément enfoncés dans la gorge de sa victime, dont les pieds ne touchent pas le sol.

Alexander se redresse, essaie vainement de pousser le pan de la baie vitrée et constate que l'autre battant est pulvérisé. Maintenant il sait par où Shania est entrée. Il prend le même chemin, marche maladroitement sur les bris de verre, remarque au moins trois cadavres dans la pièce, lève un sourcil interrogateur à l'intention d'Emily et se place à côté du puma grondant aux oreilles couchées vers l'arrière. Puis il aperçoit Norman et Jerome effondrés sur une table. Emily a suivi son regard.

— Ils vont bien, le rassure-t-elle.

Le grondement de Shania s'assourdit un peu. La géante broie le cou de l'homme et laisse tomber celui-ci. Le grondement reprend de plus belle, le puma se ramasse sur ses pattes avant. Alexander ne trouve rien de plus stupide à faire que de poser la main sur son col pour l'apaiser, comme il aurait agi avec Folksy. Réflexe empathique d'ailurophile. Sauf que Shania n'est pas Folksy et qu'elle n'a du chat que l'apparence, démultipliée. Son crâne pivote violemment et sa mâchoire se referme sur la main d'Alexander.

Mais ses crocs ne s'enfoncent pas. Elle serre juste ce qu'il faut pour qu'il sente la pointe de ses canines, le regard à la fois furieux et embarrassé de l'être, plein de reproche et d'affection, incapable de se détourner.

— Oh, oh, fait Emily.

— Merde ! jure la géante.

Elle se rue vers la table sur laquelle reposent Jerome et Norman, les redresse sur leur chaise, arrache la nappe en faisant voler tout ce qu'il y avait dessus et revient en couvrir le puma, dont les crocs ont lâché la main d'Alexander et qui n'est plus tout à fait un puma.

Alexander regarde, fasciné, Shania en train de reprendre forme humaine sous la nappe.

— Emily, trouve des vêtements ! ordonne l'inconnue.

Emily se dirige vers l'escalier. La femme se rue vers le bar, saisit quelque chose et la rappelle :

— Emily !

Emily se retourne et attrape au vol l'arme que la femme lui lance.

— Ils ne causeront pas de problème, assure-t-elle.

— Au cas où.

Emily hausse les épaules et grimpe les marches. L'inconnue revient vers Alexander.

— Ne t'attends pas à ce qu'elle te remercie, dit-elle en désignant le corps de Shania en train de se recroqueviller sous le tissu.

Maintenant qu'elle est près de lui, Alexander ne la trouve pas si grande que ça, à peine plus que lui.

— Je ne vois pas de quoi elle n'aurait pas à me remercier. Je n'ai rien fait.

La femme lève les yeux au ciel.

— Bon sang ! Elles ne t'ont rien dit ? (Devant son air ahuri, elle explique :) L'ankh, Alexander Byrd ! L'ankh nous… Eh merde ! Qu'avais-tu en tête quand tu l'as touchée ?

— Shania ? Je ne sais pas. Je voulais la rassurer, je crois.

Elle fait la moue en donnant un coup de tête vers la forme sous la nappe.

— Eh bien, c'est gagné. Tu lui as refilé un véritable tranquillisant !

— Je ne comprends pas.

— L'ankh agit comme un modulateur sur notre système limbique et le contact physique nous y rend encore plus sensibles, surtout lorsque nous sommes sous l'influence de nos hormones félines. Si tu dois rester dans nos parages, tu vas devoir apprendre à contrôler tes émotions.

Cela éclaire certains comportements des descendantes de Janet-Bast à son égard, mais Alexander se pose une question beaucoup plus personnelle.

— Kayleen ? demande-t-il.

— Quoi Kayleen ? Oh ! Je vois. Rassure-toi, ton charme naturel doit largement l'emporter sur ceux de l'ankh, pour autant que celui-ci ait la moindre action sur elle.

À part annuler sa stérilité pour provoquer une grossesse. Même si cela l'arrange, Alexander n'a aucune envie de faire confiance à quelque bastard que ce soit au sujet de l'ankh, et surtout pas à une inconnue.

— Tu as sûrement un nom ? demande-t-il.

— Vaimiti ! crache Shania en se redressant.

Vaimiti la bannie. Celle dont le génome est tellement félin qu'il l'a poussée à l'infanticide. La mère d'Asuncion. La sœur honnie de Shania, Liadan et Aeris. Alexander pressent que les retrouvailles familiales seront pour le moins houleuses, surtout si Vaimiti est aussi *affirmée* qu'Aeris, ce que l'échange auquel il assiste confirme sans risque d'erreur :

— Que fous-tu ici ? feule Shania.

— Je veille sur ta fille.

— Toi ? Personne ne t'a rien demandé. Personne ne se risquerait à te confier la charge d'un enfant !

— Je fais ce dont vous êtes toutes incapables.

— Comme de tuer ta propre fille ?

— Comme de permettre à la tienne de survivre à vos inconséquences.

— J'étais là.

Vaimiti montre un cadavre et lève quatre doigts.

— Ça fait beaucoup de retard, Shania.

Shania a du mal à soutenir le regard de sa sœur.

— Et c'est déjà moi qui étais chez Gannon, lui assène encore Vaimiti.

— Tu…

— Je n'ai pas eu besoin d'intervenir, mais je veillais.

— C'est vrai, maman, lance Emily en descendant l'escalier.

Elle traverse la pièce, tend un jogging à sa mère.

— Pourquoi ne me l'as-tu pas dit ? demande Shania en lançant un regard suspicieux à Vaimiti.

— Parce que tu as trop de colère, répond Emily.

Shania est déconfite.

— Et que toutes les tensions entre vous, Aeris, Lizzie et toi, nuisent déjà assez à notre efficacité, ajoute Emily.

Alexander rit sous cape. Du haut de ses 12 ans, Emily donne une leçon de maturité à sa mère et, au-delà, à tout le clan dont elle est de loin la benjamine, de très loin pour certaines d'entre ses membres, qui, pourtant, se prévalent de leur expérience. Il y a de quoi se vexer, mais les yeux de Shania brillent de fierté.

— Qu'avez-vous fait des Jonker ? interroge-t-elle en abandonnant sans pudeur le drap pour passer le jogging.

— Ils ne le savent pas encore, mais tante Vaimiti les a retournés, répond Emily.

— Ta petite phrase sur la famille d'adoption m'y a bien aidée, sourit Vaimiti.

Elle se fige d'un coup et Shania se tend tout aussi brusquement.

— De la visite, chuchote-t-elle.

— Six, comme la première vague, précise Vaimiti. À pied.

Shania s'élance. Alexander l'intercepte à bras-le-corps.

— Emilio, dit-il.

Elle penche la tête en direction de la baie vitrée, plisse les yeux, hume l'air.

— Emilio, confirme-t-elle. (Elle s'arrache des bras d'Alexander.) Touche-moi encore une fois et je t'égorge.

Pour bien appuyer sa menace, elle souffle en montrant les canines. Pas des crocs, juste des canines qu'un vampire envierait mais qui ne risquent plus d'impressionner Alexander.

— Moi aussi, je t'aime bien, rétorque-t-il, mais ne deviens pas trop familière.

Acte X, scène II

L'ambiance dans la maison est électrique. Pourtant tout le monde fait des efforts. Peut-être précisément parce que tout le monde se force. C'est le mieux qu'a obtenu Lizzie après la première confrontation entre Aeris et Vaimiti. Une joute verbale à laquelle elle a mis un terme en rappelant sous le toit de qui chacune se trouvait. Un affrontement de tigresses Bêta pour remplacer l'Alpha absente qui se prolonge en bras de fer larvé que toute la meute entretient, même Lizzie. Des chattes qui se comportent comme des chiennes, comme dit Kayleen. Elle dit aussi :

— Si ce que Vaimiti t'a raconté sur l'ankh est vrai, toi seul peux ramener le calme dans ce poulailler.

Alexander ne voit pas comment et n'a aucune envie de jouer le médiateur. Il préfère offrir un peu d'humanité aux Jonker quand Aeris, Shania et Vaimiti se contentent de les parquer dans les combles après les avoir pressés comme des agrumes pour leur arracher des informations. Il leur rend visite, emmène les jumelles dans les jardins, s'informe de leurs besoins, leur fournit ce qui leur manque avec la complicité d'Emilio. Et il leur manque beaucoup, puisque, pour privilégier la thèse de l'enlèvement plutôt que celle de la fuite, Vaimiti ne les a pas autorisés à prendre plus que ce qu'ils avaient sur eux quand ils ont quitté leur maison. Les combles sont aménagés en appartement, fruste mais viable, et Lizzie a paré au plus pressé d'un point de vue vestimentaire en rouvrant de vieilles malles ; néanmoins, la durée de leur séjour restant une inconnue à laquelle personne ne s'intéresse, ce qu'Emilio rapporte est apprécié pour plus que sa valeur.

Emilio passe chaque jour et Aeris ne songe plus à s'y opposer. Sans être forcément apprécié de toute la maisonnée, il a montré qu'il est solide et qu'on peut compter sur lui. Il a surtout suffisamment bon fond pour ne pas s'offusquer qu'on le traite en factotum, du moins pour ce qui concerne certaines tâches extérieures. Effacer les empreintes de Jerome et de Norman à Mamaroneck, par exemple. Faire disparaître les corps et les véhicules des agents de la CIA. Faciliter le départ précipité de Norman et Dona pour la Louisiane. Planquer Jerome en attendant qu'il embarque pour la France. Transférer le contenu de la maison d'Alexander dans un container anonyme. Supporter de savoir Asuncion constamment derrière lui, mais, ça, Alexander soupçonne que ce n'est pas du tout une charge pour le jeune homme et qu'il préférerait qu'elle marche à ses côtés, plutôt que dans son ombre en s'efforçant de se cacher.

Concernant les sentiments d'Asuncion, Alexander est plus dubitatif. Que ce soit à l'égard d'Emilio ou de qui que ce soit, à commencer par Vaimiti. Manifestement, Asuncion a été heureuse de revoir ou, plutôt, de découvrir sa mère, mais elle a gardé ses distances et le moment est passé. Asuncion est ainsi. Elle ne cache pas les émotions qu'elle ressent, quelle que soit leur nature, puis elle donne l'impression de les avoir oubliées ou de ne plus leur accorder aucune importance. À sa décharge, pour ce qui est de Vaimiti, il est évident qu'elle ne peut rien attendre de plus qu'une indifférence sans fard. Compte tenu de ce qu'elles sont, Alexander ne se sent aucune qualité pour juger du comportement de Vaimiti et se sait incapable de le changer d'une quelconque manière, mais il lui arrive de rêver qu'elle se prenne les pieds dans le tapis, de préférence en haut de l'escalier.

Il ne nourrit pas de sentiment négatif à l'égard d'Emily, loin de là, mais, même s'il comprend son refus d'accorder un peu de son temps aux filles d'Anna et de Richard, il tolère mal qu'elle ne fasse aucun effort. Quand il lui suggère de prendre un peu sur elle, elle le regarde avec effarement.

— Sérieusement, Xander, tu me vois jouer à Snow White sauvant son Charming ou m'extasier sur le dernier clip de Justin Bieber ? J'ai passé l'âge avant même de l'avoir. Je pense être plus utile autrement.

— Elles ne comprennent pas ce qui leur arrive, elles ont peur et elles ne sont pas responsables de ce qu'ont fait leurs parents. Un peu de distraction…

— Je n'en suis pas davantage responsable. Donne-leur une télé et une console de jeu. Le mieux que je puisse faire pour elles aujourd'hui, c'est de leur fabriquer une nouvelle vie et de m'arranger pour que les anciens employeurs de leurs parents ne la découvrent jamais. Quant à toi, tu ferais mieux d'écrire.

Alexander appelle ça se faire recentrer. Il n'en pense et il n'en écrit pas moins. Enfin si : il consacre un peu moins de temps à ses chroniques, mais l'état de transe dans lequel il travaille compense. C'est presque de l'autohypnose. Il s'installe devant l'ordinateur, il revoit

Hermeline danser autour de lui, il entend le violon, et ses doigts libèrent ce qui n'est encore que brouillon dans son esprit. Quand, en plus, Folksy vient s'installer sur ses genoux, Alexander est heureux. En tout cas, insouciant. Cette insouciance ne dure jamais longtemps, mais elle est suffisamment régénératrice pour se formaliser qu'on l'interrompe. Surtout lorsqu'il s'agit de Kayleen, même si, une fois de plus, c'est pour lui annoncer que l'une ou l'autre des bastards de première génération requiert sa présence.

— Liadan a repris conscience.

— Laisse-moi deviner... Dans son immense sollicitude, elle me convie aimablement à lui rendre visite dès que je serai disponible, à condition que ce soit tout de suite ?

Alexander adore le rire de Kayleen, mais il commence à se lasser de ces convocations un tantinet péremptoires.

— Si cela peut te réconforter, tu es le premier avec qui elle souhaite parler.

— Le premier ? Vraiment ?

— Elle m'a cuisinée toute la journée en alternance avec Hermeline, mais, oui, elle refuse d'entendre Shania, Vaimiti et Aeris avant d'avoir pu discuter avec toi.

Alexander n'est pas sûr que la nouvelle soit réconfortante. Cependant, d'ordinaire, lorsque l'une ou l'autre le mande, Kayleen n'est pas conviée à se joindre à lui. Cette fois, Kayleen l'accompagne. Il semble que Liadan veuille envoyer un message à ses sœurs.

Hermeline sort sans un mot dès qu'ils entrent.

La forme qui se tient accroupie dans la cuve vide de liquide est humaine. Néanmoins son crâne est couvert d'un duvet qui ressemble davantage à un pelage qu'à des cheveux, ses yeux de vert pailletés d'or sont indubitablement félins et, partout où il a été brûlé, son épiderme est du même gris pâle que celui de Folksy. Liadan n'est pas entre deux formes, comme la dernière fois qu'Alexander l'a vue, mais ses deux génomes se partagent son corps dans une étrange cohabitation marbrée.

Alexander s'immobilise à deux mètres de la cuve. S'approcher en combinaison stérile de la nudité de Liadan lui paraît inconvenant. Kayleen reste à côté de lui, par solidarité.

— Comment te sens-tu ? demande-t-elle à sa grand-tante.

— Vieille, répond celle-ci. Et je ne sais pas ce qui m'insupporte le plus. L'ankylose quand je reste en place ou l'impression de grincer quand je marche.

— Tant que tu le peux, dérouille tes articulations et fais fonctionner tes muscles, mais sans forcer.

Liadan s'appuie sur les bords de la cuve, commence à se redresser et retombe. Kayleen s'avance. Liadan l'arrête d'un geste de la main, s'enroule autour du rebord, se laisse tomber sur ses pieds et se redresse en s'accrochant à la cuve. Son dos, ses fesses et l'arrière de ses jambes sont d'un gris laiteux à peine tachés, par endroits, de flaques rosées. Elle se retourne pour leur faire face, mais reste appuyée sur la cuve.

— Je vais avoir besoin de toi, Alexander.

Alexander fait un pas en avant, gêné, et se fige quand elle pouffe.

— Pas comme ça, dit-elle. Je peux marcher et j'arrive très bien à me traîner jusqu'à un mur pour me relever toute seule quand je m'étale. C'est pour légitimer ma situation vis-à-vis du clan que j'ai besoin de toi.

— Ah, laisse tomber Alexander ahuri. (Le rire étouffé de Kayleen le tire de sa stupéfaction.) Je crains d'avoir besoin d'explications, là.

— Je ne suis pas l'aînée, je n'arrive qu'en troisième position, mais je suis la seule capable de nous sortir du marigot dans lequel la Matriarche nous a plongés. Et tu es celui qui peut me conférer l'autorité pour le faire.

— Je ne comprends toujours pas.

Liadan se décramponne de la cuve, vacille un peu et fait quelques pas hésitants en contournant Kayleen et Alexander. Puis son pas s'affermit, même s'il reste cahoteux, et elle entreprend de faire le tour de la pièce, les contraignant à la suivre du regard en pivotant sur eux-mêmes.

— Aussi rebelle soit-elle, la personnalité d'Aeris s'est forgée sur des valeurs archaïques. C'est pour ça qu'elle s'est fixée en Égypte – sur la terre originelle, en quelque sorte – après avoir parcouru l'Europe et l'Asie, en veillant de plus ou moins loin sur Kayleen. Vaimiti aussi aime les mondes anciens. L'Afrique, l'Océanie, l'Amérique latine, de préférence hors des villes. Contrairement à Aeris, elle n'a pas d'ambition, ni pour elle-même, ni pour l'humanité. Aeris se verrait bien grande prêtresse d'une théosophie nouvelle. Vaimiti se préfère en fantôme solitaire. La Matriarche les a abandonnées au sort qu'elles se sont choisi mais ne les a jamais perdues de vue. Souvent, j'étais ses yeux, je connais d'elles ce que même elles ignorent. Je sais qu'elles sont plus fortes que moi. En fait, elles le sont tellement qu'elles se croient invincibles, qu'elles regardent le monde de haut, qu'elles négligent la puissance qu'il a acquise et que le Serpent a accaparée.

(Elle montre les blessures dans son dos.) Nous sommes dures à abattre, c'est vrai, mais nous sommes en position de faiblesse, faillibles, mortelles, et nous sommes à la merci de connaissances et de savoir-faire dont nous ne maîtrisons qu'une infime partie… (Elle désigne cette fois la cuve…) alors que le Serpent dispose de toute la science, de toute la technologie et de toutes les ressources matérielles et humaines qu'il veut.

Juste après avoir fini sa tirade, elle s'adosse contre un mur et incite Alexander à réagir en le fixant avec insistance.

— Euh… oui ? fait-il. Maintenant, je comprends que tu fais campagne, mais je ne cerne pas bien ce que tu as à vendre ni, pour autant que tu parviennes à me convaincre, comment je peux t'être d'une quelconque utilité.

— As-tu envie de reprendre le contrôle de ta vie, Alexander ? De la conduire comme tu l'entends et d'élever votre fille comme bon vous semble, à Kayleen et à toi, sans avoir à vous cacher jusqu'à votre dernier souffle en redoutant que le Serpent ne vous retrouve ?

— Question purement rhétorique.

— Je te l'accorde. Il n'empêche que ta vie, comme d'ailleurs celle de tous tes amis impliqués dans la disparition des Jonker, dépend de notre capacité à priver le Serpent de ses glandes à venin. Nous ne pouvons pas le détruire, mais nous avons les moyens de le rendre inoffensif, à condition de manœuvrer intelligemment.

— Et tu es la plus compétente pour orchestrer ça ?

Liadan se détache du mur.

— Oui. (Elle reprend sa déambulation saccadée autour de la pièce.) Mais j'ai besoin de l'adhésion de chacune, donc du soutien de Mahes.

— Je ne suis pas Mahes.

— Réponse purement rhétorique.

— Non. L'ankh me confère certainement des facultés dont je n'ai pas la moindre idée, mais je n'en ai justement pas la moindre idée. Bref, je ne sais pas comment ça marche et je n'ai aucune envie de confier un blanc-seing à qui que ce soit à coup de baguette magique.

— Kayleen ? interpelle Liadan.

Kayleen plaque les mains sur ses hanches et souffle par le nez.

— Quoi, Kayleen ? Tu cherches l'appui de l'exhérédée, c'est ça ? Tu veux me faire rentrer dans le clan par la porte de secours ? Tu es gonflée, Liadan. Je suis tout juste bonne à vous remettre sur pied quand vous vous plantez lamentablement, après avoir été utilisée, manipulée, sacrifiée sur l'autel de Bast pour sa gloire et sa pérennité. Je ne suis tellement pas de la famille que, lorsque le Serpent lâchera à nouveau ses chiens, ceux-ci me mangeront dans la main en se roulant sur le dos.

Liadan s'immobilise devant Kayleen et secoue la tête.

— Pas cette fois, Leen. Pas avec la fille de Mahes dans ton ventre. Ils te déchiquetteront et tu n'auras toujours ni griffes ni crocs pour te défendre.

— Xander, intervient Alexander.

— Pardon ?

— La fille de *Xander*. Et si tu m'appelles encore une fois Mahes, je te jure que tes griffes et tes crocs ne te seront d'aucune utilité.

Le rire bref de Liadan s'achève en grimace.

— Uniquement si tu te sers des pouvoirs de l'ankh. Dans le cas contraire, je me contenterai d'une simple gifle pour te ramener à la raison. Pour te répondre, Leen, et pour éclairer Xander, je n'ai aucune responsabilité dans les décisions prises par la Matriarche. Elle s'est bien gardée de m'exposer ses intentions. C'est d'ailleurs ce qui a failli nous perdre toutes. Pour éviter que cela se reproduise, chacune doit agir en connaissance de ce que font les autres et nous devons nous coordonner étroitement. La Matriarche m'a formée à ce travail et j'ai œuvré avec elle pendant des années avant qu'elle ne se mette à l'écart et que seule Shania m'épaule. Je ne suis pas uniquement celle qui est qualifiée, je suis aussi celle dont l'état physique lui interdit d'être efficace sur le terrain. Puisque seul mon cerveau peut être utile à la communauté, autant le mettre à contribution.

— Admettons, convient Alexander. Et je ne doute pas que nous serions passés beaucoup plus loin du fiasco à Mamaroneck si, au lieu d'agir chacune de son côté, il y avait eu un minimum de coordination, mais cela ne nous dit pas ce que tu as en tête.

— Grâce aux identifiants et aux codes des Jonker, Shania et Lizzie ont créé des portes dérobées dans les réseaux de Doe & Roe et de la CIA, du moins du service qui nous intéresse, avant d'effacer les traces des accès qu'elles ont effectués en lieu et place des Jonker. Ce sont des systèmes complexes avec de nombreuses redondances, il est impossible d'être certain que leurs intrusions n'ont pas été enregistrées sur un support indépendant. Si tel est le cas, toute une équipe d'informaticiens doit être en train de chercher les backdoors qu'elles ont laissées, voire, plus probablement, de piéger celles qu'elles ont trouvées pour remonter jusqu'à l'intrus dès qu'il en usera. Ça, c'est le jeu habituel entre les gendarmes et les voleurs dans un milieu où tout le monde est à la fois l'un et l'autre. Nous y sommes rompues, eux aussi, cela ne mènera à rien. Par contre, nous disposons d'autres outils, mis en place par la Matriarche, pour retracer toutes les actions impliquant conjointement Doe & Roe et la CIA. Ces outils nous permettront d'analyser les collusions, d'en dresser un véritable graphe et de déterminer les nœuds à éliminer, particulièrement celui ou ceux qui parasitent le DoD et ses équivalents.

Elle se tait, s'appuie contre la cuve et guette une réaction sur le visage d'Alexander. Il lui offre généreusement une moue affligée.

— Les nœuds que tu entends éliminer, cela représente combien de cadavres ? demande-t-il. Et ne me réponds pas que la bonne question est plutôt « De combien de cadavres ces nœuds sont-ils responsables ? ». C'est le genre d'argument qui me fait désespérer de l'humanité.

— Je suis trop féline pour que tu puisses désespérer de moi, Xander, même si je ne le suis pas assez pour jongler avec les dépouilles de mes victimes quand elles ne sont plus en état de jouer. Sans vouloir dénigrer tes inquiétudes ni minimiser la valeur que tu nous accordes, nous sommes certes terriblement vaillantes au combat, mais nous ne sommes que huit et, pour être tout à fait franche, nous ne survivons que parce que nous nous cachons. Insuffisamment, semble-t-il, puisque la plupart d'entre nous ont failli y rester au premier assaut du seul ennemi à connaître notre existence. C'est à cela que je veux remédier, et il s'agit moins de couper des têtes que d'effacer leur mémoire. Kayleen, quand penses-tu que je pourrai quitter cette prison ?

La question tombe à brûle-pourpoint, mais Kayleen y répond du tac au tac :

— Quand ta peau aura recouvré sa fonction immunitaire.

— Je t'ai connue plus précise.

— Je t'ai connue moins amochée. (Elle montre son bras toujours emmailloté dans un pansement.) Tu te régénères beaucoup plus vite que moi, mais tu es plus profondément atteinte, ton organisme ne réagit pas de la même manière et je n'ai aucun repère ni marqueur fiable. Je ne peux te tester qu'en t'exposant à un pathogène... à différentes sortes de pathogènes, pour être exact, mais, d'une part, ignorant ceux auxquels tu es naturellement sensible, je ne pourrais pas juger du résultat et, d'autre part, je pourrais ne pas maîtriser une éventuelle infection. Pour l'instant, en m'en tenant aux signes cliniques, c'est plus une question de semaines que de jours.

— Les signes cliniques ?

— La couleur, la texture et la transparence de ton épiderme, les problèmes de coordination manifestement liés à des lésions nerveuses, l'anémie, le rythme cardiaque trop élevé, les difficultés respiratoires, l'acidité de ton haleine, la membrane nictitante qui déborde sur le blanc plutôt jaune de l'œil et les efforts faramineux que tu fais pour sauver les apparences. D'un point de vue hématologique, ce n'est pas brillant non plus. Tu veux que je détaille ?

Liadan lève une main.

— Je voudrais surtout qu'on remplace cette maudite cuve par un vrai lit.

Kayleen s'approche d'un mur, exerce une pression des deux mains dessus et un lit bascule sur des vérins hydrauliques. Elle longe la paroi en appuyant deux autres fois dessus, entrouvrant chaque fois une porte.

— Les W-C sont là, la douche ici et il y a des placards dans toutes les cloisons. Je te déconseille de tester les produits que tu trouveras dans certains. Même si la plupart sont pharmaceutiques, il vaut mieux connaître leur usage et leur dosage. Si tu n'as pas d'autres desiderata, je reviendrai pour les soins avant d'aller me coucher.

Liadan la regarde avec un mélange d'amusement et de lassitude, lève deux doigts et en abaisse un.

— Envoie-moi Shania.

— Je lui dirai que tu souhaites la voir.

Liadan abaisse l'autre doigt.

— Xander et toi devriez parler de la sérénité que l'ankh peut nous apporter.

Kayleen hausse les épaules :

— Nous en avons déjà parlé.

Alexander met un moment à comprendre qu'elle se réfère au calme dans le poulailler. Celui qu'elle voudrait le voir ramener en usant des vertus de l'ankh.

— Vous en avez parlé avant que j'évoque le sujet ? s'étonne Liadan.

— Il nous arrive aussi de réfléchir, dit Kayleen. N'en déplaise à chacune d'entre vous, je connais bien la famille, et Xander n'est pas devenu romancier sans posséder un sens aigu de l'observation et l'art de manier les personnalités les plus loufoques.

— Et ? insiste Liadan.

— Et ton état ne justifiait pas que ton nom vienne dans la discussion, répond Alexander.

Il attrape Kayleen par la taille et tous deux quittent la pièce en laissant Liadan sur cette sortie sibylline.

Acte X, scène III

L'aube est encore lointaine quand le rêve d'Alexander se met à tourner en boucle et le réveille. Toute une chronique a pris forme et exige d'être transcrite. Il se lève, rafle le verre d'eau sur la table de chevet, s'installe nu au bureau et ouvre l'ordinateur. L'écran s'allume sur un message dont il pense qu'il est l'œuvre de Kayleen, jusqu'à la deuxième ligne.

Cher Xander,

Ainsi je ne suis plus. Du moins, Madame Janet n'est plus.

Comme tu dois le savoir maintenant, je n'ai assumé ce rôle qu'un bref moment dans mon existence. Pour autant que j'existe vraiment, ce que je ne suis toujours pas en mesure de déterminer. Je comptais d'ailleurs un peu sur toi pour ouvrir la boîte et me dire si le flacon d'acide cyanhydrique est brisé ou pas. Oui, j'ai aussi connu Schrödinger, et bien d'autres, mais l'expérience de pensée d'Erwin est celle qui m'a le plus troublée. Mon intérêt pour la gent féline, probablement. Kayleen a d'intéressantes théories sur le sujet, mais j'imagine qu'elle t'en a parlé. Sinon j'espère que vous aurez le temps de discuter de son approche quantique de l'inconscient collectif. C'est fascinant.

Toutefois, si ce message te parvient c'est que tout un processus d'alertes s'est activé et qu'au moins l'une de mes descendantes a atteint le seuil que je n'ai pu franchir. Le point de non-retour, selon mon entendement. L'horizon des événements, dirait Kayleen. Plus qu'un simple écueil, en tout cas.

Ne te trompe pas. J'ai choisi de disparaître pour permettre à celles que j'appelle mes filles d'en arriver là, débarrassées du fardeau très handicapant que je représentais. M'ayant terrassée, le Serpent devrait être moins vigilant. Ce qui ne signifie pas qu'il s'est rendormi ni qu'il n'est pas prêt à frapper de nouveau. Cela veut simplement dire qu'elles disposent d'une marge de manœuvre que je n'avais plus, tant qu'elles s'épargnent les erreurs que j'ai commises et qu'elles empruntent des voies différentes des miennes.

C'est là que tu interviens, puisque je t'ai, par l'ankh, désigné comme mon exécuteur testamentaire.

L'ankh est une clé universelle qui permet d'accéder à ce que tu appellerais un monde Houdini. Tout un monde, l'écrivain. Parallèle, divergent, intriqué, paradoxal, je n'ai jamais pu le définir mais, indubitablement, tel que le concevrait Kayleen, il s'inscrit dans les réalités d'Everett, voire dans le multivers selon Deutsch. Personnellement, je me satisfais d'une explication pataphysique, tant que la pataphysique se borne à être une science des solutions imaginaires accordant symboliquement aux linéaments les propriétés des objets décrits par leur virtualité.

Un petit rire de Kayleen fait prendre conscience à Alexander que, nue elle aussi, elle lit par-dessus son épaule. Comme souvent, il ne l'a pas entendue approcher.

— La pataphysique ? demande-t-il pour s'assurer qu'elle en est au même endroit que lui.

— La phrase suivante, répond-elle. Fais-moi une place.

Il se décale, elle se colle contre lui sur la chaise. Il reprend sa lecture.

Non, je n'ai pas connu Jarry.

Trêve de digressions, même si elles ne sont pas si anodines que ça au regard du rôle de fée marraine que tu me fais endosser. J'espère à ce propos que tes chroniques approchent de leur terme, tu n'auras plus beaucoup de temps à leur consacrer.

Chacune de mes filles peut ouvrir les portes Houdini sur une poche plus ou moins vaste d'autres réalités, mais tu es le seul capable de créer un passage dans n'importe quelle paroi. Grâce à l'ankh, bien sûr, parce que l'ankh est un amplificateur de ton imaginaire, cette faculté de tordre la réalité apparente pour lui rendre sa multiplicité et son authenticité. Tous les artistes ont en eux le pouvoir de révéler les mondes derrière le monde, d'abattre les murs qui limitent les horizons, de briser le miroir dans lequel ne se reflète que l'ignorance.

Pouvoir n'est rien si l'on ne réalise pas, l'écrivain. Tu vas devoir réaliser. Tu vas devoir ouvrir des portes là où il n'y en a jamais eu.

Quand tu effaceras ce message, il sera remplacé par un accès à ma base de données sur le cloud. Shania et Liadan sauront en faire bon usage. Shania est la plus compétente en matière d'informatique et Liadan la plus expérimentée dans les arcanes du renseignement. Elles forment un excellent tandem.

Ce qui m'amène à te parler d'un problème auquel tu as déjà dû être confronté si je connais aussi bien mes filles que je le pense. Certaines ont l'habitude de travailler en tandem, mère et fille souvent, mais aucune en équipe, parce que aucune ne reconnaît vraiment d'autorité autre que la mienne. Trop chattes pour ne pas se souffler dessus et échanger quelques coups de patte en ne respectant que la loi de la plus forte. Avec le retour inévitable d'Aeris et de Vaimiti, la lutte pour le leadership doit être féroce. Ne prends pas parti. Ne t'interpose pas. Un consensus s'établira de lui-même autour d'une hiérarchie fluctuant au gré des besoins. Néanmoins, si l'agressivité devient une nuisance ou si les tensions perdurent, sers-toi de l'ankh pour ramener le calme. Aucune ne peut y résister.

Je ris en imaginant ta bouille ahurie. Non, je ne te suggère pas de coucher avec une autre que Kayleen. L'ankh est ton second cœur, au propre comme au figuré. Le premier sert surtout à irriguer ton cerveau. Tu dois apprendre à te servir de ton cerveau pour utiliser le second. Un peu comme ces choses, profondément enfouies dans la mémoire, qui nécessitent un passe-partout pour être redécouvertes.

Pour finir, je souhaite que tu acceptes mes excuses pour avoir disposé de ta vie et je te prie d'assurer Leen de bien plus que mon affection. Aussi absurde que cela paraisse, ce que je vous ai imposé était indispensable pour votre survie à tous deux et, bientôt, à vous trois.

Ta dévouée,

Bast

Alexander et Kayleen restent un moment sans rien dire, face à l'écran sur lequel Alexander voit, avec nostalgie, le message posthume de Madame Janet, et Kayleen, avec fatalisme, la dernière malice de Mère-Grand. Puis Alexander efface le message, que remplace aussitôt une icône en forme de chat, et Kayleen rabat l'écran.

— Meow ? demande-t-elle.

— Je ne suis pas très avancé.

— Je ne pense pas que c'était le but.

Elle niche son nez dans le cou d'Alexander, se met à ronronner comme seuls les chats en sont capables et passe une jambe par-dessus sa cuisse gauche.

— Alors pourquoi insiste-t-elle autant sur les pouvoirs de l'ankh ?

— Parce qu'elle te sait suffisamment intelligent pour apprendre à en user. Ou pour apprendre de quelqu'un d'autre.

Lorsqu'il rouvre les lèvres pour poser une question, elle bascule complètement sur lui, l'embrasse à pleine bouche, passe les bras derrière son dos, s'accroche à ses épaules et commence un lent va-et-vient du bassin sur sa cuisse.

Acte X, scène IV

L'idée germe peu après qu'il ramène les jumelles de leur promenade quotidienne dans les jardins, après qu'Anna le remercie avec toujours la même gratitude et le même embarras, quand Richard dit :

— Nous avons déjà raconté tout ce qui pouvait vous être utile, mais il y a peut-être quelque chose que tu voudrais savoir, toi, quelque chose de plus personnel.

Ne sachant quoi demander, Alexander pose une question stupide :

— J'imagine que l'implosion n'a pas dû laisser grand-chose d'intact, mais Janet Bond possédait de nombreuses antiquités. Je me demande si certaines ont pu être sauvées et ce qu'elles sont devenues.

Richard se tourne vers Anna.

— C'est un de mes collègues qui a supervisé le déblaiement avec le FBI, se lance-t-elle. Il s'agissait surtout de s'assurer que… (Elle se racle la gorge…) que Janet Bond comptait bien parmi les victimes et que rien de compromettant pour le DoD ne tomberait dans les mauvaises mains. Dans ce genre de cas, nous travaillons sur le principe de la redondance. J'ai épluché son rapport, incluant celui du FBI, à la recherche de ce qui aurait pu lui échapper. Plusieurs objets anciens à peu près en bon état ont été sortis des vestiges, ils ont été confiés aux experts du Met. Le reste a été détruit de manière irrémédiable.

— Même au sous-sol ?

Elle plisse les yeux.

— Il y avait des caves, six, si je me souviens bien, toutes vides. À quoi penses-tu ?

— À part les caves, vous n'avez rien trouvé ?

Anna secoue la tête.

— Vous n'avez pas découvert la crypte ? insiste Alexander.

— Pas de crypte.

— Elle était énorme et soutenue par seulement quatre piliers, la maison a dû s'effondrer dessus.

— Tout a été déblayé, jusqu'à la terre même. S'il y avait une crypte, nous en aurions au moins trouvé l'emplacement. Surtout si elle était vaste…

— Immense et haute de plusieurs mètres.

— Dans ce cas, son effondrement aurait créé une telle dépression dans les décombres que celle-ci nous aurait sauté aux yeux. Non, en guise de sous-sol, Janet Bond ne disposait que d'un couloir d'accès à la rue et six caves sous une espèce d'entrepôt. Le reste du bâti ne possédait ni fondation, ni vide sanitaire.

Tout bien réfléchi, Alexander n'est pas si surpris que la crypte soit restée inviolée. Madame Janet, du moins Bast, a disposé d'un peu de temps pour obstruer l'accès à son mausolée félin.

— Vous avez trouvé des chats ? Enfin, des restes de chat ?

Anna le regarde étrangement.

— Aucun qui ait été consigné. Pourquoi ?

— Janet Bond avait un chartreux.

— Je ne peux rien garantir. Un chien ou un animal exotique, oui, nous l'aurions acté, mais les chats et les rats ne sont pas notifiés, à moins qu'on en découvre dans des proportions nécessitant d'alerter les services sanitaires.

En quittant les Jonker, Alexander a la ferme intention de regagner directement la mansarde pour se remettre à ses chroniques. Il n'a surtout aucune envie de tomber sur l'une ou l'autre des descendantes de Madame Janet jusqu'à la deuxième génération. L'avidité, la jalousie et la tension, qu'il a déclenchées en remettant à Liadan, en présence de sa fille et de toutes ses sœurs et nièces, la clé USB dans laquelle il a transféré le lien vers la base de données de Bast, lui laisse un souvenir extrêmement désagréable. Instantanément, la maison est devenue une fourmilière qu'une pelleteuse aurait éventrée, tuant la reine, et dont le seul mâle, aussi inexploitable soit-il, est pris tour à tour à témoin, à partie, à la lettre, à la légère, à part et pour un demeuré. Même si cela s'est calmé au fil de la journée, Alexander préfère raser les murs et s'isoler.

Pourtant, l'intuition qu'il ne parvient pas à mettre en forme le pousse à frapper à la porte de la chambre de Shania.

C'est Emily qui lui ouvre.

— Si c'est maman que tu veux voir, elle est au sous-sol. Elles ont installé un mini data center et elles travaillent en réseau avec Liadan.

— Qui, elles ?

— Maman et Lizzie.

— Pas Vaimiti ni Aeris ?

— Comme moi, trop nulles. (Emily n'apprécie apparemment pas d'être mise à l'écart.) Elles sont parties vérifier des trucs que maman et Liadan ont découverts.

— Quels trucs ?

— Je ne sais pas, mais ça avait l'air suffisamment important pour qu'elles ne discutent pas.

Alexander s'en réjouirait, s'il n'était pas sûr que la guerre des cheffes reparte de plus belle à la première occasion. Il aperçoit un ordinateur portable sur une table.

— C'est celui de Shania ? demande-t-il en le désignant d'un coup de tête.

— Non, c'est le mien. Je révise mes gammes en mettant un peu de désordre sur les comptes paravents de web managers spécialisés dans la gestion de perception.

Alexander préfère ne pas savoir ce que cela signifie.

— Tu crois que quelqu'un de trop nul pourrait me dénicher une ou deux infos d'usage interne sur des sites administratifs ?

Emily se retient pour ne pas exulter.

— Entre, dit-elle. (Elle ferme la porte derrière lui.) Qu'est-ce que tu cherches ?

— Je ne sais pas.

— Ça ne va pas être facile.

— J'ai le sentiment d'être tout près de quelque chose d'important, mais je ne vois pas quoi. Tu connaissais bien la maison de Janet ?

— Par cœur.

— Tu es descendue dans la crypte ?

— Évidemment. (Elle va s'installer devant le portable.) Qu'est-ce qui te tracasse ?

Il la rejoint et s'assoit sur la table à côté de l'ordinateur.

— Anna Jonker dit qu'ils n'en ont trouvé aucune trace, que le sous-sol se limitait aux caves et au passage sous les jardins.

— Ils ne peuvent pas voir ce qui n'existe pas dans ce monde.

Alexander s'apprête à répliquer que, pourtant, lui l'a vu, mais ce que vient de dire Emily lui impose plutôt une question :

— Tu n'as vu la crypte que dans… euh… l'autre monde ? Elle le regarde par en dessous.

— Xander, réfléchis un peu. Tu imagines la Douairière laisser une porte Houdini ouverte ?

Alexander en reste sans voix. Les pièces s'ajustent brutalement dans le puzzle que son cerveau ne parvenait pas à reconstruire.

— Je sais ce que je cherche, dit-il.

Emily place ses mains au-dessus du clavier.

— Je t'écoute.

— Trouve-moi tout ce qui concerne les installations souterraines de Ridgewood depuis le début du XXe.

— Eh ! C'est un boulot de bébé et j'en ai pour des jours !

— Limite-toi aux installations abandonnées et aux constructions interrompues dans la période précédant la Prohibition.

Les doigts d'Emily commencent à voler sur le clavier.

— Tu sais, toutes les archives n'ont pas été numérisées ? fait-elle remarquer. Et si c'est la crypte que…

— Pas la crypte, juste un volume équivalent. Et un moyen d'y accéder… s'il te plaît.

Emily soupire.

— Tu peux retourner écrire, j'en ai pour un moment. Je monterai te prévenir si je trouve quelque chose.

Ce n'est pas Emily, mais Shania qui vient frapper à la porte de la mansarde quelques minutes après le départ de Kayleen pour sa visite vespérale à Liadan. À peine entrée, elle tend une tablette tactile à Alexander.

— Ce dont tu as besoin est là-dedans, dit-elle. (Comme Alexander fait signe qu'il ne comprend pas, elle ajoute :) Tout ce qui transite par l'ordinateur d'Emily est relayé en temps réel sur le mien. Je pense qu'elle a compris la leçon, mais je préfère m'assurer qu'elle ne refasse pas la même boulette qu'avec les Jonker. Techniquement, elle est douée. Il lui manque juste l'expérience pour ne pas passer à côté d'une information cruciale.

— J'espère ne pas lui avoir créé de problème.

— Elle était la seule disponible et ce que tu lui as demandé est sans risque. En tout cas pour elle. Ce que tu vas en faire, par contre, j'en suis moins sûre.

— Elle a trouvé quelque chose, donc.

Shania approuve du chef.

— Elle a dû remonter jusqu'au début du XVIIIe et la construction d'un fortin par l'armée anglaise. Le fortin a brûlé, mais les Anglais ont reconstruit un moulin sur ses fondations, dans lesquelles ils stockaient la farine avant de la transporter jusqu'aux navires marchands. Le moulin a été détruit pendant les émeutes de 1863. Une manufacture a été reconstruite dessus, puis, quand la population du Queens a explosé, rasée pour bâtir des immeubles d'habitation autour de ce qui est devenu un jardin ouvrier. La Déesse-mère a probablement installé la crypte dans les fondations originelles, sous plusieurs couches de renfort, dont une dalle de béton armé qui ne risque pas de ployer.

— Tu savais que la crypte existait des deux côtés ?

— Non, Xander. Ni moi, ni Liadan, ni personne… à part toi. Il y a sûrement une excellente raison à cette exception. C'est pour ça que je vais te laisser chercher une entrée.

— Chercher ?

— Emily n'a pas trouvé un seul réseau souterrain, égout ou autre, qui puisse communiquer directement avec la crypte. Tout au plus des canalisations d'eau, dont le diamètre n'excède pas dix centimètres. C'est étroit pour un homme de ta taille.

Alexander lui accorde un sourire, pour l'effort.

— Je trouverai, affirme-t-il en tapotant sa poitrine à hauteur de cœur.

— J'avais compris. Je te demande simplement de te faire accompagner par l'une d'entre nous. Si j'étais dans le camp ennemi et si je disposais de ses moyens, je garderais en permanence un œil sur le quartier.

Shania demande, elle n'ordonne pas. Alexander est sidéré.

— Qui me conseilles-tu ?

— Asuncion. C'est son quartier, après tout, et, comme tu vas immanquablement recourir aux services d'Emilio…

Elle aussi a remarqué qu'il y a un petit quelque chose entre ces deux-là.

— Et Hermeline, bien sûr, ajoute-t-elle.

Alexander hoche la tête.

— Bien sûr.

Hermeline, et son violon. N'est-ce pas ce que signifiait Madame Janet en écrivant : *Un peu comme ces choses, profondément enfouies dans la mémoire, qui nécessitent un passe-partout pour être redécouvertes ?*

Acte X, scène v

Prévenu par Asuncion, Rico les fait entrer par la porte arrière du night shop. Il étreint Alexander et s'étonne, avec plus ou moins de discrétion, qu'Hermeline soit la cousine d'Asuncion. Mais c'est Hermeline la plus surprise lorsqu'il la serre dans ses bras et lui claque deux bises sonores. Surprise au point qu'Alexander a le temps de lui poser une main sur l'épaule pour l'empêcher de réagir violemment. Il n'ôte sa main que lorsque Rico les laisse dans la réserve pour retourner derrière le comptoir. Hermeline pivote instantanément sur elle-même et fixe Alexander dans les yeux.

— C'est… bizarre, dit-elle.

— Désolé, s'excuse-t-il. J'ai craint que tu ne sois un peu abrupte avec Rico et j'ai fait ce qui me semblait le plus approprié.

— Ça l'était, mais…

— J'éviterai de recommencer.

— Pourquoi ? Tu as agi comme tu devais. C'est juste que c'est bizarre.

Alexander a vraiment du mal à comprendre le fonctionnement d'Hermeline.

— Tu l'aurais vraiment frappé ?

— Je l'aurais repoussé avec fermeté.

— C'est le sentiment que j'ai eu.

— Personne ne me touche sans mon autorisation.

Alexander fait une moue gênée.

— C'est aussi ce que j'ai fait.

— Tu as mon autorisation.

— Ah ?

— J'ai failli porter ta fille.

— Euh…

Elle fronce les sourcils.

— Tu ne le savais pas ?

— Si. Enfin, pas exactement. Je… Les choses ne sont pas si simples, Hermeline.

Elle prend l'air étonné.

— Bien sûr que si. Tu m'attires, je te séduis, nous faisons l'amour et je tombe enceinte. (Elle lève un sourcil.) Je veux dire avant. Avant Kayleen. Aujourd'hui, évidemment, c'est impossible. Tu le comprends, n'est-ce pas ?

Alexander se retient de rire.

— Je le comprends parfaitement.

— Mais c'est quand même bizarre quand tu me touches.

Emilio et Asuncion surgissent à ce moment-là, suivis par Jerome. Alexander pique un fard.

— Il t'a touchée ? demande Asuncion.

— Oui. (Hermeline montre son épaule.) Là. Ça ne t'a pas fait bizarre quand…

— Non, s'empresse de l'interrompre Asuncion en roulant des yeux pour montrer Emilio. Ce n'était pas pareil. C'était avant.

Jerome explose de rire.

— Bien sûr, dit Hermeline très sérieusement. C'était avant. Je comprends.

— Tu as bien de la chance ! s'exclame Emilio. Moi, je suis complètement paumé.

Jerome lui passe devant et serre chaleureusement la main d'Alexander.

— Content de te revoir, Xander.

— Moi aussi. Je croyais que tu étais déjà à Paris.

— Lizzie m'a fait savoir qu'il valait mieux que je retarde mon départ, le temps que mon passeport attire moins les regards. (Il fait un geste vers Hermeline.) Salut Herm.

— Salut, Ji.

Emilio repasse devant Jerome.

— Asuncion dit que tu as quelque chose à me montrer.

Alexander sort la tablette, passe le doigt sur l'écran tactile et lui montre ce qu'il affiche.

— Le rectangle au milieu, c'est le sous-sol de Madame Janet. Toutes les lignes qui s'entrecroisent autour sont des conduits souterrains. Canalisations, égouts, réseaux de gaz et d'électricité, accès de sécurité à la ligne de métro, etc.

— Euh… ouais. Tu veux quoi, au juste ?

— Je veux me rapprocher le plus près possible de la cave de Madame Janet.

— Tu espères quoi ? Il n'y a plus rien. Ils ont tout rasé, tout déblayé et ils sont déjà en train de reconstruire des murs entre les jardins. J'ai vu le trou qu'il y avait à la place de la cave. C'était vraiment plus qu'un trou.

Alexander agrandit un peu l'image et pose le doigt à la droite du rectangle central.

— Sur le plan, ton trou serait là. Ce n'était qu'une partie de la cave. C'est l'autre partie, celle représentée par le rectangle, qui m'intéresse. Fais-moi confiance, celle-ci ne s'est pas effondrée.

— Et tu veux que je te guide dans ton bazar souterrain pour te rapprocher, c'est ça ?

Alexander hoche la tête.

— Comme tu dis, c'est le bazar. Je ne connais pas la taille réelle des conduits et la plupart sont tellement vieux qu'ils ont pu être rebouchés, murés, modifiés, et que d'autres ont pu être ouverts. Bref, si tu connais quelqu'un qui sait s'y retrouver.

— Là-dedans ? Tu plaisantes ? Tu peux éteindre ton truc. Une chatte n'y retrouverait pas ses petits. (Il prend conscience de ce qu'il vient de dire et ajoute :) Pardon, mesdames.

Asuncion lui donne une petite claque sur le sommet du crâne.

— Il faut vraiment qu'on se rapproche au plus près de la crypte, Emilio.

— Parce que, en plus, c'est une crypte ? Avec des macchabées et tout et tout ?

— Uniquement des chats, répond Asuncion.

— Mâles, précise Hermeline.

Alexander trouve Emilio d'une humeur tellement inhabituelle qu'il s'attend à la pire des reparties. Cela ne manque pas :

— Zut ! Vous êtes des chattes ou des mantes religieuses ?

Il écope d'une deuxième pichenette sur la tête. Alors Alexander comprend : Asuncion a quitté la maison de Lizzie une heure avant Hermeline et lui. Il lit la confirmation de son intuition dans le regard de Jerome.

— Je ne voudrais pas insister, Emilio, dit-il en lui remettant la tablette sous les yeux. Mais tu as sûrement une petite idée ?

— Autour de ton rectangle, il y en a un autre beaucoup plus grand qui n'est pas sur ta carte. (Emilio pose un doigt sur l'écran.) Ils se touchent approximativement là.

— De quoi tu parles ?

— Des caves sous les immeubles.

Acte XI, prologue

Sans s'éroder vraiment, il arrive un âge où l'émerveillement ne s'exprime plus que par bouffées, souvent provoquées par la simple lassitude des banalités. Il suffit d'une couleur un peu vive dans un décor blafard, d'un rire cristallin dans le métro du petit matin, d'un geste qui prend l'indifférence à contre-pied, d'une parole qui ne reflète aucun prêt-à-penser. Avoir l'œil et l'oreille est un avantage, entretenir un minimum d'espièglerie un atout maître. Il n'est pas inutile aussi de posséder l'imagination vagabonde.

Jerome a l'esprit baladeur. Pourtant l'enchantement se fait rare et n'a presque plus que la saveur de l'amusement. Cela ne l'empêche pas de jouer avec la vie, cela le pousse même à la provoquer. Même pour lui, qui le pratique depuis longtemps, se mêler des affaires du gynécée est, à ce titre, un peu plus qu'une provocation, mais ce n'est pas sa principale motivation. S'il se retrouve dans le dédale de caves sous les immeubles qui dominent le vide laissé par le repaire détruit de Janet, c'est qu'il se sent une responsabilité envers Emilio et une dette à l'égard d'Alexander, ou le contraire, à moins qu'il s'agisse seulement d'amitié. Il éprouve aussi une certaine curiosité.

L'ankh de Mahes ne semble pas avoir changé Alexander, ou seulement de manière très subtile, alors que, d'après Lizzie, elle a transformé tout le gynécée. Jerome pense que c'est plutôt le pouvoir, abandonné par Bast, qui a modifié le comportement de chacune. Le pouvoir qu'aucune d'entre elles ne peut avoir alors qu'elles sont en pleine guerre contre un ennemi qu'elles méconnaissent et dont elles ignorent la puissance réelle, comme l'explique Alexander sans aucune gêne devant Hermeline et Asuncion, tout en déblayant avec elles et Emilio un passage qu'obstruent des appareils électroménagers hors d'usage.

Emilio a dévissé les rares ampoules qui fonctionnaient encore. Comme Alexander et Jerome, il porte une lampe frontale. Hermeline et Asuncion n'en ont aucun besoin. Tout en pestant contre les gens qui se servent des caves comme d'un dépotoir, Asuncion abat le plus gros du travail avec une facilité impressionnante qui remplit d'aise Emilio. La façon dont il l'admire ne laisse aucun doute sur ses sentiments. Même si c'était la première fois ce soir, ils n'ont pas seulement couché ensemble, ils ont décidé de lier leurs existences. Un peu comme une évidence en sommeil qui se réveille d'un coup.

— C'est déblayé, affirme Asuncion en déplaçant à bout de bras un réfrigérateur qui doit largement peser son quintal. Et c'est encore une impasse.

Le faisceau des lampes confirme son jugement. Le couloir se poursuit sur quelques mètres, distribuant des portes de bois vermoulu d'un seul côté, et bute sur un mur de briques étançonné par des rails de chemin de fer. Les briques suintent l'eau, la boue recouvre le sol, les caves sont étroites et bourrées d'objets rouillés ou pourris. La puanteur est plus acide que celle de la charogne, elle provient de matelas en décomposition.

Ce n'est pas la première fois qu'ils achoppent sur un mur plein, mais, d'après Emilio, c'est la dernière. Ils ont exploré tous les sous-sols de ce côté de la rue.

— Chou blanc, commente-t-il en cognant contre les briques qui ne renvoient qu'un son plein. On peut essayer les bâtiments sur les autres rues, mais nous ne pouvons pas être plus près qu'ici.

Alexander visite la dernière cave, cogne lui aussi sur les briques qui la gardent de la terre des jardins, ressort, examine le mur latéral face aux portes à moitié dégondées et le parcourt de tout son long en tapotant dessus. C'est un mur porteur qui sépare deux bâtiments, il sonne différemment du mur du fond, parce que composé de béton, mais tout aussi plein.

— Pourtant je suis certain que Madame Janet allait et venait sans passer par la porte sur la rue.

— Aucun doute là-dessus, confirme Asuncion. La Reine-mère disposait d'un passage dans la crypte. Je suis descendue bien des fois sans la trouver alors que je la savais en bas, mais je n'ai pas trouvé non plus de porte.

Le front d'Alexander se barre d'une réflexion intense.

— À quoi penses-tu ? demande Jerome.

— Janet m'a écrit que j'allais devoir ouvrir des portes là où il n'y en a jamais eu. Elle a aussi parlé de révéler les mondes derrière le monde, d'abattre les murs qui masquent l'horizon, de briser le miroir.

— C'est une métaphore du métier d'écrivain, ça, Xander.

— Oui, c'est d'ailleurs comme ça qu'elle l'a présenté… ou plutôt non. C'est aux artistes en général qu'elle se référait. Herm, j'ai besoin de ton violon,

Hermeline ouvre l'étui et lui tend l'instrument.

— Tu sais jouer ?

— Non, mais toi tu sais à la fois jouer du violon et de mon subconscient.

— Psychisme.

— Psychisme, tu as raison. J'ai besoin que tu m'aides.

— À ouvrir une porte dans le mur ? Je ne peux faire que ce que je sais faire, Xander. Ça ne marchera pas.

Emilio les regarde, ahuri. Asuncion se prend le menton. Jerome s'efforce de comprendre ce qu'Alexander a en tête. Il y parvient juste au moment où Alexander l'exprime :

— La porte est une probabilité, l'ankh un moyen de la concrétiser. L'ankh est l'équivalent de ce que tu es génétiquement et dont tu te sers de manière innée.

— Ce qui est en nous est une chose, comme la conformation pour la parole. S'en servir et le maîtriser en est une autre, équivalente à l'apprentissage du langage. J'ai dû apprendre, comme nous toutes.

— Je veux que tu m'aides à apprendre.

Hermeline réfléchit, puis claque de la langue.

— Je peux essayer. Ce sera une expérience intéressante.

Elle range le violon dans son étui.

— Qu'est-ce que tu fais ? s'étonne Alexander.

Elle ouvre de grands yeux.

— Oh ! Tu pensais que j'allais commencer tout de suite ? Ce n'est pas le bon endroit, l'acoustique est lamentable.

— Commencer ? relève Alexander.

— Ce que tu me demandes m'est totalement inconnu. Je vais devoir tâtonner pendant des jours avant de composer une ligne mélodique et il en faudra beaucoup plus pour que je l'affine et qu'elle porte ses fruits.

Jerome rirait volontiers de la déconvenue d'Alexander si Hermeline ne penchait pas brusquement la tête pour écouter le silence. Il en fait autant, n'entend que des bruits de tuyauterie.

— Chiens, annonce Hermeline. Et rangers.

— Où ? demande Asuncion.

— Loin encore, ils refont notre parcours.

Asuncion hoche la tête. Elle aussi entend les intrus maintenant.

— Emilio, dit-elle, trouve-nous un chemin pour sortir sans repasser par les mêmes endroits qu'à l'aller.

— Inutile, intervient Jerome. Ils ne sont pas arrivés par hasard. Nous avons été repérés avant de descendre dans les caves. Le répit que nous avons eu, c'est le temps que les renforts ont mis à venir. Nous sommes sûrement attendus dehors. Il y a même de fortes chances pour que le quartier soit bouclé.

Emilio sort son mobile.

— Je fais rappliquer les copains.

Jerome prend alors conscience qu'Alexander n'est plus avec eux. Il le cherche et l'aperçoit au fond du couloir, près du mur de briques. Plus exactement, face à la porte de la dernière cave. Il abaisse la poignée, ouvre la porte, jette un œil, la referme et recommence plusieurs fois. Jerome le rejoint, suivi par Hermeline. Asuncion est en train de remettre le réfrigérateur géant en place pour leur offrir un bref sursis. Emilio enrage de ne pas avoir de réseau.

— Qu'est-ce que tu fous ? demande Jerome.

— Il a trouvé la porte, dit très sérieusement Hermeline.

Quand Alexander en abaisse encore la poignée, elle pose la main sur la sienne.

— Pour ça, je peux t'aider tout de suite, sourit-elle.

Ensemble, ils poussent la porte.

Ce n'est plus une cave. C'est un corridor de granit rose, éclairé par des torches de bronze ouvragé.

— As, Emilio, appelle Hermeline. On plie.

À force d'être sollicités toujours de la même façon, il arrive que l'œil ne perçoive plus que des nuances de gris et que l'oreille n'entende que brouhaha, mais l'émerveillement reste intact. Encore faut-il s'ouvrir à lui et le nourrir de plus qu'une simple illusion.

Acte XI, scène I

La crypte ne se ressemble plus. Au premier coup d'œil, Alexander a l'impression d'un hybride entre les deux apparences qu'il lui a connues, puis il découvre des détails qui ne figurent dans aucun de ses souvenirs, qui se côtoient, se chevauchent, s'imbriquent dans une fusion parfois informe ou grotesque. Une chose saute aux yeux : cette salle est plus vaste et compte plus de piliers, de niches et de momies félines.

— Ce n'est pas la crypte de la Reine-mère, commente Asuncion.

— Ce n'est pas celle à laquelle nous sommes habituées, corrige Hermeline. C'est ce que tu as vu quand tu es venu seul, Xander ?

— Non. Cela y ressemble par endroits, sans plus.

— C'est un mélange, c'est ça ? s'enquiert Asuncion. Un peu comme si la porte que vous avez ouverte avec Herm donnait sur les deux réalités ?

Alexander regarde autour de lui, évalue les styles qui s'entremêlent, les matériaux qui se jouxtent, les périodes qu'évoquent les éléments de construction et de décor, les différents états d'entretien. Du plancher poussiéreux, des pavés mal ajustés, des dalles impeccables, des gargouilles sous des toiles d'araignées, des torches de bois, des lampes à huile, des rampes de néon, du verre grossier, de l'acier poli.

— Merde ! On est où ? demande Emilio.

— À la croisée des mondes, répond Jerome.

— Hein ?

— Une référence à *His Dark Materials*, réagit inconsciemment Alexander. Une trilogie de Pullman inspirée d'un poème de Milton.

— J'étais littéral, Xander. Pas littéraire.

La première remarque de Jerome chemine dans l'esprit de Xander, s'associe au courrier posthume de Janet, aux théories de Kayleen, à la façon dont lui-même déforme ses propres perceptions pour agencer ses chroniques.

— Tu as raison, Jerome, dit-il, mais il ne s'agit pas de mondes. Il s'agit de plusieurs réalités de notre seul monde dans un univers où les potentiels sont autant de dimensions supplémentaires. Nous sommes à un nœud ou à l'un des nœuds d'où partent les fils qui constituent des trames différentes dans un même espace-temps.

— Oh putain ! s'exclame Emilio. On dirait de la science-fiction, ton truc ! Tu peux pas être plus clair ?

— Rien compris, l'appuie Asuncion.

— Tu devrais laisser ce genre d'explications à Kayleen, ironise Jerome. Elle ne fait pas beaucoup d'effort de vulgarisation, mais, au moins, elle sait de quoi elle parle.

— C'est pourtant simple, les sidère Hermeline.

Elle s'accroupit, dessine une toile d'araignée du bout du doigt dans la poussière et marque chaque angle qui la termine.

— Ça, c'est le monde, toujours le même mais dans un état différent. (Elle pointe plusieurs intersections.)

Ça, ce sont les situations qui peuvent engendrer plusieurs états différents. On peut passer de l'une à l'autre en suivant le fil qui les relie, mais, plus on se rapproche du centre, plus les possibilités augmentent. En fait, c'est le contraire : plus on s'éloigne du centre, moins on a de choix. (Elle cogne de l'ongle les intersections centrales.) Ici, maintenant, nous sommes sur l'une de celles-ci. Le problème, c'est de trouver comment remonter la toile jusqu'à l'état du monde que nous connaissons, sans tomber dans les bras de ceux qui nous y attendent avec leurs chiens.

Elle se relève.

— Le problème ? s'inquiète Emilio.

— Lorsque nous avons ouvert la porte que Xander a trouvée, nos souvenirs se sont mélangés pour nous conduire dans une version inconnue de la crypte. Nous pouvons réutiliser le même passage pour en sortir, mais cela nous ramènera à la situation initiale.

— Il suffit d'attendre, décrète le bon sens d'Emilio. Ils chercheront un moment et ils abandonneront, persuadés que nous avons quitté les caves avant qu'ils débarquent. De toute manière, dès qu'il fera jour, ils ne pourront plus se balader avec leurs clebs sans attirer l'attention de tout le quartier.

Le bon sens d'Asuncion est d'un autre avis :

— Nous ne savons pas qui ils sont, mais les chiens indiquent qu'eux savent ce qu'ils cherchent. Maintenant qu'ils nous ont repérés, ils ne renonceront pas facilement.

— C'est certain, approuve Jerome. Ni toi, Emilio, ni personne n'a remarqué quelque chose d'anormal ou quelqu'un d'incongru dans le quartier. Pourtant ils avaient une vigie en planque au bon endroit. Je dirais derrière l'une des fenêtres qui donnent sur les entrées que nous étions susceptibles d'employer. Il vaudrait mieux dénicher une autre issue.

— Eh bien cherchons-en une ! s'exclame Asuncion. Avec tous les recoins qu'il y a dans la crypte, il y a sûrement plusieurs passages cachés et des portes qui débouchent ailleurs.

Alexander rappellerait volontiers que les portes comptent moins que la façon de les ouvrir et, selon son intuition confirmée par celle d'Hermeline, de l'idée qu'on se fait de ce qu'on trouvera derrière – c'est, pour lui, ce que signifie la parabole de Bast sur la fonction de l'artiste – mais il est tout aussi certain que, en l'orientant vers la crypte, Bast voulait qu'il y découvre quelque chose. Quelque chose laissé spécialement pour lui.

— Il y a peut-être plus à trouver qu'un passage, dit-il, et nous n'avons, pour l'instant, pas mieux à faire que fouiner. Je suggère qu'on se disperse et qu'on évite de toucher à quoi que ce soit.

— Par exemple, une poignée de porte, badine Jerome.

Asuncion prend Emilio par le bras et l'entraîne derrière l'un des piliers surnuméraires.

— Je suis curieux de voir la tête de Vaimiti quand elle va découvrir qui sa fille a choisi, commente Jerome.

— Vaimiti ne considère pas Asuncion comme sa fille, rétorque Alexander. Mais j'imagine que l'arrivée d'Emilio dans la famille ne va pas faire plaisir à tout le monde.

— Tu viens, Ji ? lance Hermeline en s'éloignant.

— Je reste avec Xander, répond Jerome.

— Non, le sèche-t-elle. Xander a besoin de découvrir les choses seul. Et quelqu'un doit s'assurer que tu ne commettras pas de stupidité.

Alexander rit. Jerome lui décoche un regard mi-figue mi-raisin.

— Le respect pour les anciens se perd, ricane Alexander.

— Tu sais ce qu'il te dit, l'ancien ? réplique Jerome. (Puis il baisse la voix :) Je voulais te montrer ça.

Il désigne le sol, trois mètres derrière Alexander.

— Je vieillis, Xander, et je n'aime pas ça, ajoute-t-il, mais j'ai toujours bon pied bon œil.

Il rattrape Hermeline. Alexander ne leur prête plus aucune attention. Son regard est braqué sur les traces dans la poussière. Il a déjà filé ces mêmes empreintes, quand la maison se dressait encore au milieu des jardins et que Folksy avait un compagnon de jeu nocturne aussi félin que lui, et introuvable.

Acte XI, scène II

L'épiderme de Liadan se reconstitue de manière permanente et accélérée. Kayleen est maintenant obligée d'en nettoyer les squames deux fois par jour pour dégager la couche naissante et lui permettre d'entamer un nouveau cycle sans entrave. Partout où elle a brûlé, la peau de Liadan est encore loin de ressembler à ce qu'elle devrait être, mais chaque mue l'en rapproche. Et ce sont de véritables mues que Kayleen racle à la spatule ou arrache par plaques pouvant atteindre un mètre carré. La dentelle qui en résulte forme parfois des motifs surprenants. Ce n'est pas un soin indolore, pourtant jamais Liadan ne se plaint, ne se crispe ou ne cesse de pianoter sur son ordinateur. Alors quand, brusquement, elle se tend, Kayleen tourne la tête vers la vitre qui les sépare de ce que Liadan appelle l'aquarium.

Shania et Lizzie aussi se sont figées et restent suspendues à l'écoute de ce que les gènes appauvris de Kayleen ne l'autorisent pas à ressentir. Il y a beaucoup de choses que Kayleen distingue nettement moins bien que le reste de la famille et il y en a d'autres qu'elle est la seule à ne pas percevoir : certaines gammes de fréquences, certaines longueurs d'onde, des odeurs, des phéromones, les variations du champ magnétique, et l'ankh de Mahes.

Elle abandonne Liadan et surgit dans l'aquarium en même temps qu'Aeris dévale l'escalier descendant de la cuisine.

— Maman ? implore Kayleen.

Lizzie fait pivoter son fauteuil vers elle.

— L'ankh a disparu, laisse-t-elle tomber d'une voix incrédule.

Kayleen sent ses jambes mollir. Aeris l'attrape sous les bras et l'assoit doucement sur le sol.

— Ce n'est pas forcément ce que tu crains, souffle-t-elle. Bast m'a caché l'ankh pendant des décennies, alors que j'en connaissais l'existence et que j'avais ressenti son attrait la seule fois où elle me l'a montré.

Elle appuie Kayleen sur la paroi de la pièce stérile, fond sur Shania tandis que celle-ci est en train de se lever et la rassoit en pesant sur ses épaules.

— Je t'écoute.

Shania tente de lui échapper, mais elle n'est pas assez forte.

— Lâche-la ! tonne la voix de Liadan dans les haut-parleurs.

— Je t'écoute, répète Aeris en l'ignorant. Où l'as-tu envoyé ?

La vitre au-dessus de Kayleen tremble sous le coup que Liadan vient de donner.

— Lâche-la ! hurle-t-elle avec rage.

Aeris tourne la tête, très vite. Son crâne seul prend une apparence féline. Elle ne feule pas, elle gronde, et son grondement est celui d'un tigre. Kayleen lit l'effroi sur le visage de sa mère, puis la terreur sur celui de

Shania quand Aeris l'arrache du fauteuil et la soulève à hauteur de sa gueule. Seule Bast est capable de modifier uniquement son faciès. Seule Bast est censée posséder une telle maîtrise.

Kayleen se souvient du mélange de frayeur et d'admiration qu'elle a ressenti, enfant, quand Mère-Grand s'est montrée sous l'apparence mythologique de Bast. Un corps parfait de femme, une tête magnifique de chatte. La puissance et la beauté dans la même désinvolture. Il n'y a pas de désinvolture en Aeris, il n'y a que de la fureur.

— Je t'écoute ! gronde-t-elle d'une voix déformée, grave, rocailleuse. Où est-il ?

Lizzie fait mine de se lever. Aeris lui souffle dessus. Elle n'avertit pas, elle menace. Cela achève de tirer Kayleen de sa torpeur. Elle s'appuie contre la paroi, pousse sur ses jambes pour se redresser, s'aide des mains, se tient debout.

— Tu devrais le savoir, reproche-t-elle. Vous devriez toutes le savoir ! L'ankh est un véritable pôle magnétique pour vos sens surhumains !

Aeris revient à son visage de femme aigrie, laisse retomber Shania dans le fauteuil et s'écarte de celui-ci. Elle hésite, alors Lizzie en profite :

— Depuis que l'ankh s'est dissous, il n'agit plus de la même façon. Nous ressentons une affinité, mais nous ne percevons plus qu'un bruit de fond.

— Sauf quand il s'en sert sur nous, précise Shania avec une amertume dont Kayleen n'est pas sûre qu'elle s'adresse à Aeris.

Aeris la regarde étrangement.

— Il s'en est servi sur toi ? demande-t-elle avec plus d'étonnement que d'animosité.

— Deux fois, répond Shania.

Le front d'Aeris se plisse.

— On en reparlera. Il y a plus urgent. Où est-il allé ?

— À Ridgewood. Il a des raisons de penser que la crypte est indemne et que la Déesse-mère y a laissé quelque chose pour lui.

— Des raisons de penser ? s'écrie Aeris. (Elle prend sur elle :) On en reparlera aussi. Tu ne l'as sûrement pas laissé partir seul. Qui est avec lui ?

— As et Herm.

Aeris lève les yeux au ciel et sort de l'aquarium.

— Kayleen, en route, ordonne-t-elle.

Kayleen en reste interdite.

— Leen ! la rappelle Aeris depuis l'escalier.

Acte XI, scène III

En suivant les empreintes de chat, Alexander prend conscience que la crypte est moins vaste qu'il n'y paraît. Comme dans le loft de Madame Janet, ce sont des illusions d'optique qui en faussent les proportions. Les perspectives sont accentuées par des lignes de fuite artificielles, aucun angle n'est vraiment droit, le pavage est apériodique, tout est conçu pour tromper le système visuel. Il en va de même pour le système auditif : l'agencement des courbures, des obstacles et des matériaux étouffe les sons pour créer un effet de distance. Or, même s'il ne connaît de Bast que ce qu'elle voulait montrer sous l'apparence de Janet Bond, Alexander est certain qu'elle ne fait rien pour rien.

C'est en tournant la tête brusquement, en réaction à un bruit de pas, qu'il comprend le but de l'illusion. D'instinct, il aurait situé le bruit à une trentaine de mètres, mais il découvre Hermeline et Jerome à la hauteur d'une colonne qu'il évalue distante d'une quinzaine de mètres et qu'ils franchissent en une dizaine d'enjambées.

— Herm, la colonne, là, tu la situes à quelle distance ? demande-t-il.

Hermeline tourne à peine la tête.

— Un peu plus de sept mètres.

— Jerome ?

Jerome dodeline de la tête.

— Environ le double.

— Tu as des clés sur toi ?

Jerome fouille ses poches et en tire un trousseau qu'il tend à Alexander.

— Fermez les yeux, dit Alexander.

Ils le regardent d'un air bizarre mais se prêtent au jeu. Alexander tend le bras en arrière, soupèse les clés, se concentre pour maîtriser au mieux le mouvement de son bras et jette les clés. Malgré l'attention qu'il a portée à son geste, le trousseau percute le sol à droite et un peu au-delà de la colonne dont il visait le pied.

— À l'oreille, Jerome, tu dirais que j'ai envoyé les clés à combien ? Et n'ouvre pas les yeux, ni toi, Herm.

— Aucune idée, fait Jerome, mais loin.

— Plus loin que la colonne ?

— Carrément, oui.

— Herm ?

— Neuf mètres, deux mètres à droite de la colonne. Elles ont glissé sur encore trois mètres.

Ils rouvrent les yeux. Jerome cherche les clés du regard et ne les trouve pas. Hermeline les lui indique du doigt.

— Trop loin pour moi, dit-il. Joli lancer, Xander. Enfin, sauf si tu visais la colonne.

— Justement. Je visais la base de la colonne, je ne suis pas mauvais à ce genre d'exercice et j'ai dosé au mieux en sachant que mes sens me trompaient.

La mimique de Jerome exprime que le propos nécessite une explication. Celle d'Hermeline est à peine moins intriguée.

— La crypte a été délibérément conçue pour tromper nos sens humains, explique Alexander. Et pas qu'un peu. Alors que les félins sont insensibles aux illusions auditives et visuelles qu'elle provoque.

— Tu charries ?

— Non, Jerome. Va chercher tes clés, compte tes pas et livre-toi à un petit calcul.

Pendant que Jerome s'applique à effectuer des foulées régulières, Hermeline le suit du regard.

— Je n'ai pas voulu être trop précise, j'ai craint de le blesser.

— Tu savais pour les illusions ?

— Non, mais, même si Ji est encore très affûté, il n'est plus le malentendant et le malvoyant avisé que tu es.

Alexander cherche la satisfaction du bon mot sur les traits d'Hermeline, mais n'y trouve que l'intégrité candide qu'ils affichent toujours. Le visage de Jerome est complètement fermé lorsqu'il revient.

— Neuf mètres et des poussières, laisse-t-il tomber. J'ai bien peur que tu aies raison, Xander.

— Peur ? s'étonne Hermeline.

Alexander s'efforce de ne pas sourire à sa façon de prendre toujours les mots à la lettre, puis il remarque que l'inquiétude de Jerome est bien réelle.

— À quoi penses-tu ? demande-t-il.

— À ce qui peut justifier la conception d'une telle distorsion entre les perceptions des uns et des autres. Tu ne vois pas ?

Alexander n'a pas à réfléchir longtemps :

— À désavantager les uns par rapport aux autres, en cas de…

Alexander s'interrompt bouche ouverte.

— En cas de ? s'enquiert Hermeline.

— En cas d'affrontement, termine Jerome. Nous ne pouvons plus considérer que nous sommes en sécurité dans la crypte et que notre problème est d'en sortir au bon… appelez ça comme vous voulez. On ne prévoit pas de combattre à l'intérieur de ses propres murs quand on les croit impénétrables.

Pour Alexander, le raisonnement de Jerome fait écho aux théories quantiques de Kayleen et à la logique de Liadan : « … nous sommes à la merci de connaissances et de savoir-faire dont nous ne maîtrisons qu'une infime partie, alors que le Serpent dispose de toute la science, de toute la technologie et de toutes les ressources matérielles… » Si, longtemps, Bast a pu ignorer, du moins négliger la montée en puissance de son ennemi – autre entité archétypale de l'inconscient collectif, dans la terminologie de Kayleen – celui-ci a fini par prendre le dessus et par la contraindre à sacrifier son avatar. Dans ce jeu de dupes, chacun a joué un pseudo-gambit en espérant une compensation stratégique plus définitive. Bast a offert Janet Bond pour libérer ses bastards, auxquelles – c'est évident, maintenant – le Serpent a servi Doe & Roe. L'un fait semblant de perdre, l'autre semblant de gagner, mais tous deux savent que cet engagement n'est qu'une passe d'armes. Pire : aucun d'eux ne peut ignorer que ce qui est prétendument perdu ou gagné n'est que du temps. Tôt ou tard, Bast resurgira, régénérée, et le Serpent l'attendra, plus fort que jamais. Non, c'est seulement ce que le Serpent veut faire croire, et Bast l'a compris.

Quelqu'un agite une main devant ses yeux.

— Eh ! T’es avec nous, là ?

Emilio. Asuncion se tient derrière lui, bras croisés. Hermeline et Jerome discutent un peu plus loin.

— Vous avez trouvé une porte ? demande Alexander.

— Non.

— Et celle par laquelle nous sommes entrés a disparu, ajoute Asuncion.

— Bien,

— Bien ? s’effare Emilio. Nous sommes enfermés, Xander ! Et, pour ce que j’ai pigé, personne ne risque de nous retrouver.

— Si, mais, fais-moi confiance, tu n’as pas envie qu’il le fasse.

L’ouïe superfine d’Hermeline a entendu la phrase d’Alexander. Elle se rapproche, suivie de Jerome.

— Le Serpent ? s’enquiert-elle. Il disposerait de la même faculté que nous pour circuler entre les réalités ?

— Non, juste de physiciens et d’ingénieurs, mais Bast a estimé que c’était suffisant et a restructuré la crypte en conséquence. Et il n’y a peut-être pas tant de réalités que ça.

— Dommage, j’aimais bien mon dessin.

Toutes les têtes se tournent vers elle, ahuries. Sauf celle de Jerome. Lui sourit.

De quoi parliez-vous ? l’interroge Alexander.

De ce que pouvait espérer Bast en t’entraînant ici, puisque Hermeline dit que toi seul étais en mesure de révéler la porte.

Mais pas de l’ouvrir. Pas sans l’aide d’une de ses descendantes. Je ne pense pas que c’est moi qu’elle voulait attirer dans la crypte. (Alexander grimace.) Vois-tu, Jerome, la charmante Madame Janet a pris très tôt la sale habitude de se servir de moi pour convenances personnelles, si j'ose dire. En veillant sur moi, bien sûr, et peut-être même en se souciant des conséquences, mais je ne suis qu'un piège à frelons.

Jerome hausse des sourcils ironiques, Hermeline est pensive, Asuncion attend qu'on lui dise quoi faire, Emilio s'impatiente :

— Tout ça ne nous dit pas comme se tirer de là ! Tu écrirais quoi dans ton bouquin ?

Dans son bouquin ? La fée marraine enverrait un messager. Alexander serre les lèvres, se passe la main dans les cheveux et se gratte le sommet du crâne. Puis son regard tombe sur l'étui de violon en bandoulière sur l'épaule d'Hermeline.

— Herm, tu connais sûrement Szif ?

— Le familier de Grand-mère ? Oui, bien sûr. Il était presque toujours dans ses pattes.

— Tu peux l'appeler ?

Comme elle ne réagit pas, Alexander saisit la bandoulière, lui ôte l'étui de l'épaule, l'ouvre et lui tend le violon.

Hermeline sourit.

— Oui, je peux l'appeler. (Elle cale le violon dans le creux de son omoplate, tire l'archet de l'autre étui comme on sort une flèche d'un carquois et le positionne au-dessus des cordes.) Mais ça fait vraiment bizarre quand tu me touches.

Acte XI, scène IV

À la plus vive surprise de Kayleen, Aeris la guide à travers les jardins jusqu'au local que celle-ci a aménagé en atelier pour le parking et l'entretien de sa moto – une Triumph 675 Street Triple R, qu'elle s'est contentée de débrider. Moins surprenant, puisqu'elle ne peut avoir été informée que par Lizzie, Aeris possède la télécommande du garage.

— Tu pilotes, dit Aeris en enfilant une des combinaisons que Kayleen garde dans un placard.

Kayleen s'équipe en silence, tend un casque à sa grand-mère, coiffe le sien, enfourche la moto et, dès qu'Aeris s'est installée, met le contact. Même au ralenti, le moteur laisse entendre sa puissance.

Les casques sont équipés d'un intercom, dit Kayleen en embrayant. Tu peux parler.

Ne me fais pas l'insulte que me font mes sœurs, je ne suis ni misonéiste ni technophobe. Si je connaissais aussi bien la ville que toi, je piloterais moi-même. Mieux.

Aussi court soit-il, le trajet s'annonce interminable, mais Aeris va en avoir pour son comptant de suffisance. Aussitôt dans la rue, Kayleen fait donner les trois cylindres en ligne, à fond.

Accélérations presque aussi brutales que les décélérations, virages au ras du bitume, slaloms entre les véhicules au micron près, courses au cordeau entre deux files, toujours aux limites de la relation femme machine, Kayleen retrouve des sensations qu'elle n'a pas connues depuis des mois. De toutes les motos qu'elle a pilotées, cette version de la Triple R est de loin celle qui se plie le mieux à ses exigences. De tous les passagers qu'elle a emportés derrière elle, Aeris est aussi celle qui réagit le mieux à ce qu'elle lui inflige, et la première que rien n'impressionne. En tout cas, rien dans sa voix ni dans sa manière de s'exprimer ne laisse deviner la moindre émotion. Elle est toujours insupportablement Aeris la supérieure. Quand Kayleen lui demande pourquoi elle a été aussi violente avec Shania, Aeris répond :

— Chacune doit connaître sa place. Toutes ont besoin d'être recadrées. La démonstration aurait été plus efficace avec Liadan, mais, dans son état, ç'aurait été perçu comme un abus de faiblesse.

— Pourquoi pas Vaimiti ? Elle est plus forte que Liadan, non ?

— Probable, mais Vaimiti ne se prétend pas davantage qu'elle n'est.

— Alors pourquoi passez-vous votre temps à vous défier ?

— J'ai soutenu ta mère quand elle t'a mise au monde. Elle a essayé de tuer Asuncion.

Même en s'efforçant de rester concentrée sur le pilotage, il lui est impossible de retenir une repartie grinçante :

— Deux conceptions différentes de ce qu'on doit faire des enfants tarées de la famille, en somme.

— Deux relations à nos génomes contradictoires. Deux manières de braver les lois de Bast antinomiques. J'ai affronté, elle a tourné le dos. Je suis revenue pour aider, elle ne cherche qu'à réintégrer. Je suis un proton, elle est un électron.

— Comme proton, tu veux être le noyau. En tant qu'électron, elle entend rester libre.

— Voilà. Et Xander est le neutron.

Kayleen n'en revient pas de l'aisance avec laquelle Aeris profère les pires énormités. Au moins, elle peut en profiter :

— Puisque c'est à moi qu'il s'est lié, cela fait de moi le proton du noyau et de toi un proton libre.

Aeris se tait un moment, puis laisse simplement tomber :

— Tu as raison.

Le « mais » auquel s'attend Kayleen ne venant pas, elle demande :

— C'est quoi le problème avec l'ankh ?

— Si tu fais allusion à sa disparition de notre champ de perception, c'est probablement que Xander est entré dans la crypte. Si ce sont plutôt ses effets sur nous qui t'intéressent, je dirais qu'il s'agit de ceux d'un psychotrope induisant des modifications de la perception, des sensations, de l'humeur, de la conscience, et une dépendance.

— Wow ! En clair, Xander fait ce qu'il veut de vous.

— En fonction de ce que nous sommes et à condition de transmettre un état émotionnel. En conséquence, il serait préférable qu'il s'abstienne et qu'il apprenne à se maîtriser avant de s'essayer à jouer de l'ankh sur l'une ou l'autre d'entre nous.

— Il risque de faire une connerie ?

— Je crains que ce ne soit déjà fait. Shania peut manquer de discernement, mais, de là à le laisser s'exposer à Ridgewood avec le seul appui d'Asuncion et d'Hermeline, il y a des limites.

Kayleen décélère dès qu'elle aperçoit le terrain de basket et s'en approche à vitesse très réduite.

— Nous arrivons.

— Fais le tour du pâté d'immeubles qui nous intéresse.

Acte XI, scène V

Il faut trois minutes à Alexander pour prendre conscience que, à l'instar de ce qu'Hermeline faisait pendant qu'il écrivait, derrière le final du concerto pour violon en *ré* majeur de Tchaïkovski, qu'elle interprète avec une maestria hallucinante, elle cache une seconde mélodie, comme un message subliminal. Il ne l'entend pas, quelque chromosome félin de l'ankh en lui le ressent. Puis il voit Szif surgir de derrière une colonne et trottiner jusqu'à eux.

Le chartreux se frotte aux jambes d'Hermeline, tend la tête pour se faire caresser par Asuncion quand celle-ci se baisse et se jette dans les bras d'Alexander, qui ne s'attendait pas à éprouver une telle émotion mais qui fond littéralement dès que la machine à ronronnement se met en marche.

— Tu lui as manqué, commente Asuncion.

— Oui, moi ou son copain Folksy.

En tout cas, Szif n'a pas perdu un gramme et, si son poil n'est pas d'une propreté irréprochable, lui semble merveilleusement se porter. Ce qui confirme l'intuition que le chartreux connaît un passage lui permettant d'aller et venir entre le néant alimentaire de la crypte et des ressources extérieures.

— Quelqu'un a vu d'où il est sorti ? interroge Alexander à la ronde.

Emilio et Jerome secouent la tête. Asuncion indique la colonne où Alexander l'a repéré. Hermeline se dirige vers celle-ci en rangeant le violon et l'archet dans leurs étuis respectifs. Tous enquillent derrière elle et tous constatent qu'aucune porte n'est miraculeusement apparue dans le mur de niches qui se trouve devant eux.

— On n'est pas plus avancés, laisse tomber Emilio avec dépit.

— Au moins on sait où on doit chercher, le rassure Asuncion.

Hermeline est déjà en train d'étudier les niches et les momies qu'elles contiennent. Chacun s'octroie une partie du mur et l'ausculte. Emilio est le premier à oser déplacer une momie pour tâtonner la paroi derrière, sous le regard horrifié d'Asuncion.

— Je t'aime beaucoup, Emilio, dit-elle, mais tu manques de respect aux familiers de la Reine-mère et…

— As ! l'arrête Hermeline. Ce ne sont que des chats embaumés depuis des années. Ils ont accompagné Grand-mère et l'ont servie, mais ils sont morts.

Asuncion la foudroie du regard.

— Je crois que le plus grand respect qu'on puisse leur montrer, c'est de rester en vie, intervient Jerome. N'est-ce pas ce que souhaiterait Bast ?

Asuncion réfléchit à la question, hoche la tête et dégage une niche.

En retrait, Alexander se contente d'observer le mur en caressant Szif dans ses bras. Il cherche un indice dans le dernier mail de Madame Janet, se repasse en boucle tout ce qui concerne l'ankh, car la solution réside dans sa capacité à l'employer pour créer un passage comme il l'a fait dans les caves. Mais, s'il est sûr que la porte de la cave n'était pas une porte Houdini avant qu'il s'en convainque, il ne sait ni comment se convaincre ni si cela suffit. Or, les minutes s'écoulant, son sentiment d'urgence ne fait que croître.

— Si seulement tu parlais, dit-il au chartreux.

Le chat colle son museau dans la paume d'Alexander et se met à ronronner plus fort. Il ne comprend pas Alexander, mais il sait que celui-ci s'adresse à lui, et cela suffit à son bonheur. Alexander l'approche du mur avec l'idée farfelue de s'en servir comme un détecteur, du moins d'obtenir une réaction lorsque Szif passera devant la porte Houdini.

— Tu fais quoi, là ? demande Asuncion en retirant la main d'une niche dont elle a ausculté le fond.

Alexander n'a pas le temps de répondre. Szif passe de ses bras à la niche et disparaît dans le mur. Même Asuncion est ahurie.

— Alors ça ! s'exclame Emilio en s'approchant.

— Alors ça, quoi ? s'enquiert Jerome en les rejoignant.

Asuncion cogne contre la paroi, qui renvoie un son mat.

— Le chat est passé à travers le mur, répond Emilio en montrant la niche à Jerome. Pourtant le mur est toujours aussi solide. Regarde. (Lui aussi cogne la paroi.) De toute manière, As venait de vérifier.

Hermeline se glisse entre Alexander et Asuncion.

— Appelle-le, Xander, suggère-t-elle.

— Szif ! lance aussitôt Alexander. Szif !

Le chartreux apparaît dans une niche au-dessus de celle par laquelle il a disparu et saute sur les épaules d'Alexander pour frotter son museau contre son visage. Hermeline passe la main sur le fond de la niche.

— Plein, dit-elle, décontenancée.

— Celle-là aussi, je l'ai vérifiée, assure Asuncion. Je ne sais pas ce que la Reine-mère lui a fait ou comment il s'y prend, mais…

L'éclat de rire de Jerome l'interrompt net.

— Qu'est-ce qui te fait marrer ? demande Emilio.

— Pi… xel, réussit à articuler Jerome en s'esclaffant de plus belle.

— Goddam ! jure Alexander avant de rire à son tour.

Hermeline et Asuncion regardent les deux écrivains avec perplexité. Emilio est atterré.

— Vous pouvez nous dire ce qui est drôle, là ? Qu'on puisse se fendre la poire avec vous.

Jerome se calme, essuie une larme et répond :

— Il faut rebaptiser Szif en Pixel.

Et il repart à rire sous les yeux interrogateurs de tous, sauf Alexander.

— Pixel est un personnage d'Heinlein, révèle celui-ci. Robert Heinlein.

— *The Cat Who Walks Through Walk*, hoquette Jerome.

— Hein ?

— C'est le titre d'un roman de science-fiction complètement déjanté, Emilio, explique Alexander. Entre autres personnages, il met en scène un chaton qui passe à travers les murs parce qu'il est trop jeune pour savoir que c'est impossible. Ce chat passe-muraille s'appelle Pixel. Il n'est pas impossible que Szif fasse la même chose.

Cela ne semble éclairer ni Emilio ni Asuncion. Hermeline, elle, est radieuse.

— C'est ça, dit-elle. Parce qu'il a toujours franchi ce mur avec Grand-mère comme s'il n'existait pas, Szif continue à le faire. Serre-le contre toi, Xander, et traverse.

— Euh… je sais que le mur est solide, moi.

Hermeline lève les yeux au ciel, attrape le chartreux sur les épaules d'Alexander, le cale dans ses bras et, sans l'ombre d'une hésitation, pénètre dans le mur jusqu'à s'y engloutir complètement. Elle réapparaît après une poignée de secondes.

— Voilà, ce n'est pas plus compliqué que ça.

— Il n'y a qu'un chat, objecte Emilio.

Hermeline lui colle Szif dans les bras.

— Tu passes et tu nous le renvoies. Tant que Xander est de ce côté, je ne pense pas qu'il fasse de difficultés. Xander sortira le dernier, c'est tout.

Emilio ne bouge pas. Asuncion lui prend le chat et traverse.

Acte XI, scène VI

Kayleen ne peut pas boucler le tour du pâté d'immeubles au centre duquel se trouvait la maison de Mère-Grand : l'une des rues est bloquée aux deux extrémités par des barrières Nadar que gardent des véhicules du NYPD. Au centre de la rue se trouvent un camion de pompiers, deux fourgons ambulanciers de l'ESA et des hommes en tenue de police avec des chiens, des techniciens de Con Edison[1] près des bouches d'égout ouvertes, mais pas l'ombre d'un habitant du quartier.

— CIA, souffle Aeris. Ils jouent le coup de la fuite de gaz. Laisse-moi près du terrain de basket, je vais aller jeter un œil.

Près du terrain de basket, il y a la porte arrière du night shop de Rico. Kayleen stoppe la moto juste devant.

— Je viens avec toi, dit-elle quand Aeris lui tend son casque.

— Tu es incompétente.

Kayleen ôte son propre casque.

— Alors pourquoi m'as-tu demandé de t'accompagner ?

1. Compagnie distributeur d'énergie et, particulièrement, de gaz naturel à New York City.

— Pour me piloter et parce que tu connais les gens du quartier. Rameute-les, arrange-toi pour qu'ils soient tous dans les rues le plus rapidement possible. Ce sera plus facile pour évacuer Xander en un seul morceau. Déguisés comme ils sont, nos faux flics et nos faux pompiers éviteront de tirer dans la foule pour éviter une enquête qui remonterait jusqu'à Washington.

Aeris fait trois pas, s'arrête et se retourne.

— Je retire ce que j'ai dit. Tu es meilleure pilote que moi.

Puis elle disparaît dans la nuit.

Kayleen tambourine à la porte de service du night shop et sourit à la caméra sous le porche. Rico lui ouvre presque immédiatement.

— Hola Leen, cómo estás ?

— Un peu inquiète. Tu as vu Xander ?

— Avec Asuncion, sa cousine un peu bizarre, Emilio et l'autre écrivain, Jerónimo.

— Il y a combien de temps ?

Rico consulte son téléphone mobile.

— Un peu plus de quatre heures.

— Aïe. Tu peux sonner le branle-bas de combat ?

— Santa Madre de Dios ! L'Indien s'est encore mis dans les ennuis ?

Kayleen soupire :

— C'est une spécialité maison. Tu sais où ils sont allés ?

— Je les ai entendus qui parlaient du sous-sol de Madame Janet et des caves alentour. (Il montre le téléphone.) Qu'est-ce que je dois dire ?

— Tout le monde dehors, surtout du côté de chez Madame Janet, surtout dans la rue qui grouille de flics, de pompiers et d'employés du service du gaz aussi faux qu'un sourire de politicien. Il s'agit de les gêner en étant présent et en faisant du bruit, mais il faut éviter l'épreuve de force.

— FBI ou mafia ?

— CIA.

Rico ouvre la bouche et la referme sur un juron inaudible.

— Compris, dit-il.

— Tu as un autre téléphone ?

— Sous le comptoir. Ne garde pas le doigt appuyé sur la touche 0, ça alerte les flics.

Kayleen se précipite dans le magasin, compose le numéro d'Emilio, tombe directement sur la messagerie, réessaie trois fois et laisse un message qu'elle double par un SMS :

Danger. Rappelle-moi sur ce numéro. Urgent. Leen.

Elle empoche le mobile et rejoint Rico dans la réserve dont il a laissé la porte ouverte, probablement pour surveiller la moto. Il enchaîne coup de téléphone sur coup de téléphone et Kayleen sait que chacun de ses correspondants relaie le message. Dans moins de dix minutes, les rues grouilleront de riverains.

— J'ai pris ton mobile, le prévient-elle quand il raccroche enfin.

— Tu as bien fait. J'en ai un troisième. Je devrais peut-être fermer le magasin, non ?

Kayleen sourit.

— C'est prudent.

Elle entend le rideau de métal grincer pendant que Rico l'abaisse. Elle se souvient avec nostalgie du graffiti qui le décore dans toute sa hauteur, une suite de scènes typiques de la fête des morts mexicaine à laquelle elle a ajouté de petites touches personnelles sous les sifflets enthousiastes des artistes originels.

Quand Rico revient, les gens commencent à apparaître dans les rues. Certains se contentent de s'y assembler, d'autres convergent vers le pâté d'immeubles dans lequel Aeris a disparu. Les agents de la CIA ne devraient pas tarder à être coincés aux entournures. Kayleen appuie sur la touche 0 et ne la relâche qu'après trois secondes.

— Tu as déjà sonné les flics ? demande-t-elle.

— Deux fois.

— Combien de temps mettent-ils à se pointer ?

— Un quart d'heure.

— Prépare-toi à les accueillir.

Kayleen hésite sur la conduite à tenir lorsqu'une dizaine de motos surgissent dans la rue. Les amis d'Emilio. Ils s'arrêtent près de la Triumph et lèvent leurs visières.

— Un coup de main, Leen ?

— Ce n'est pas de refus.

Elle enfourche la Triumph, passe le bras dans le casque d'Aeris, s'apprête à coiffer le sien et entend *La Cucaracha* dans la poche où elle a enfourné le téléphone emprunté à Rico.

— Emilio ?

— Xander. Que fais-tu chez Rico ?

— Pas le temps. Où es-tu ?

— Dans un souterrain qui n'existe sur aucune carte. D'après le GPS, nous approchons du Linden Hill Cemetary.

— C'est du Mère-Grand tout craché. Vous allez probablement déboucher dans une tombe. Je récupère Aeris et nous venons vous chercher.

— Aeris est avec toi ?

— Pas très loin.

— Méfiez-vous, ça pullule de chiens et de…

— Je sais, mais je ne suis pas sûre que nous soyons celles qui ont le plus à craindre. Aeris n'est pas du genre commode.

Kayleen raccroche, donne ses consignes et coiffe son casque.

Feux éteints, le moteur de la Triumph à son régime minimal, Kayleen patiente vingt mètres devant les barrières qui bloquent un côté de la rue. Les hommes censés les garder lui tournent le dos. Debout sur la voiture aux couleurs du NYPD, ils regardent par-dessus la foule que leurs collègues s'efforcent de faire rentrer dans les bâtiments. Ils ont les yeux braqués sur les dix phares qui illuminent la rue derrière l'autre barrière, les oreilles meurtries par les moteurs qui hurlent à en assourdir tout le quartier.

La foule se replie vers les porches et les allées, dégage la rue, peut-être parce que le vacarme est insupportable, plus probablement parce qu'elle sent ce qu'il annonce. En s'écartant, elle libère une trajectoire sur la chaussée, qui passe tout juste entre les barrières, s'incurve devant le capot de la voiture de police, se redresse, se relance, slalome entre les bouches d'égout béantes, rase les fourgons et le camion de pompier, s'écrase brutalement, glisse jusqu'à l'autre véhicule du NYPD, se casse, bascule et renverse une barrière avant de s'arquer vers la gauche.

Deux cents mètres et une dizaine d'hommes armés.

Kayleen rabat la visière de son casque, débraye, enclenche la première, fait deux appels de phare, embraie et lâche les gaz en pesant de tout son poids sur la fourche pour que la roue avant ne se soulève pas trop. Deuxième, troisième. Les barrières, coup de frein, deuxième, gauche, droite, accélération brutale, troisième. Derrière, elle sait qu'on ne va pas tarder à l'épauler. Deux secondes pour comprendre, une pour relever les fusils, une pour l'ajuster. Inclinaison à droite légère, à gauche plus sèche. Devant, un uniforme sur le trottoir, un bras qui se lève. Droite gauche. Deuxième. Pédale de frein écrasée. Stoppie 180. La moto se dresse sur la roue avant, un mouvement de reins, les cuisses bien fermes, la moto pivote sur elle-même, la roue arrière percute un crâne, se repose, la botte frappe le sol, la moto se remet dans l'axe de sa course initiale. Accélération. Troisième, quatrième. Au plus près des fourgons. Un mouvement sur la droite, trop vif, trop sombre. Le camion de pompier, un visage qui dépasse, un pistolet au bout d'un poing en appui sur le rétroviseur. Freinage, deuxième, première, accélération, wheeling, deuxième, le rétroviseur explose, le bras qui tient l'arme aussi.

La roue avant raccroche. Troisième, quatrième. Devant, les motos disparaissent et les deux hommes près de la voiture de police, face à elle, la mettent en joue. Freinage sec. Troisième, deuxième, première. Glissade, de travers. Les hommes volent comme des poupées désarticulées. Aeris. L'ombre. Le mouvement à côté d'elle. Braquage violent, la moto tressaute, essaie de l'entraîner vers le sol, coup de pied dans la barrière, la moto se redresse. Un choc sur le siège. Un corps contre le sien. Kayleen se penche à gauche, remet les gaz. Deuxième, troisième, quatrième. La Triumph passe en trombe entre les engins des amis d'Emilio.

Kayleen lève le bras gauche. Aeris attrape le casque, le coiffe, le verrouille.

— Je confirme. Tu es bien meilleure pilote que moi.

Acte XI, scène VII

D'après le GPS, ce n'est pas le cimetière de Linden Hill, mais l'Ahawith Chesed, qui lui est contingent, et ils émergent dans un caveau par une trappe Houdini d'une facture encore différente de celle des niches et des caves. Depuis l'escalier souterrain, ils n'ont eu qu'à la soulever, comme une trappe normale, même si Szif est passé à travers comme si elle n'existait pas. Une fois dans le caveau, quand ils l'ont refermée, elle n'est plus visible que par Szif, mais Alexander la *ressent* et, moyennant l'assistance d'Hermeline, il peut même lui *inventer* une poignée pour la soulever.

Emilio, mal à l'aise avec les cercueils de pierre que lui révèle sa frontale, s'agace qu'ils tentent l'expérience, mais se retient sans peine de sortir seul dans le cimetière et tente de joindre Kayleen par téléphone, mais tombe sur la messagerie.

— Ça sonne mais ça ne décroche pas.

— Laisse un SMS, qu'elle nous rappelle, suggère Jerome.

Pendant qu'Emilio s'exécute, Alexander referme la trappe, satisfait de pouvoir la localiser et frustré de ne pouvoir l'ouvrir sans l'aide d'Hermeline. Il fait une dernière tentative et renonce.

— On ne va pas rester là-dedans toute notre vie ! s'impatiente Emilio en rangeant son mobile.

Alexander cherche Szif du regard, ne le trouve pas et se demande s'il a encore joué au passe-muraille avant d'apercevoir une ouverture de vingt centimètres de diamètre près de la porte du caveau.

— On sort, décide-t-il. Si Kayleen ne consulte pas le téléphone de Rico ou le lui a rendu, il vaut mieux rejoindre le Linden.

— Pas de poignée, annonce Asuncion. Juste une serrure, évidemment fermée.

— Fais voir, l'écarte Emilio. (Il se penche et se relève aussitôt.) Serrure à double gorge. Facile. J'ai besoin de deux tiges métalliques assez solides mais que je peux plier.

Tout le monde s'apprête à fouiller le caveau. Asuncion se contente de se baisser et de soulever un pot.

— Ce ne serait pas encore plus facile avec la clé ? demande-t-elle en se relevant. (Elle tend la clé à Emilio.) Comme toi, les gens n'aiment pas être enfermés avec les morts.

— Et ils ont encore plus peur d'être inhumés vivants, ricane Jerome. Alors ils sont prévoyants.

Emilio ignore la remarque, glisse la clé dans la serrure, fait deux tours et ouvre la porte en grand.

— Après vous, fanfaronne-t-il.

Jerome sort, suivi d'Asuncion, qui se fige instantanément. Hermeline tire Alexander en arrière, lui plaque la main sur la bouche, arrache la frontale et la brise. Emilio a déjà rejoint Asuncion et Jerome. Tous trois font face à des hommes armés de fusils et à d'autres qui tiennent des chiens en laisse.

Alexander devine la scène plus qu'il ne la voit. Elle lui en rappelle une autre dans un autre cimetière.

— Alex ! lance une voix qu'il ne connaît que trop bien. C'est toujours un plaisir de te voir suivre les petits cailloux que je sème.

Acte XI, scène VIII

La Triumph a immédiatement distancé les amis d'Emilio, mais ils savent où la rejoindre et le trajet est court. Kayleen entend les motos approcher alors qu'elle consulte le mobile de Rico sur le rond-point au centre de Linden Hill.

— Ils sont dans Ahawith Chesed, annonce-t-elle. C'est de l'autre côté des arbres, là, mais je suis obligée de faire le tour pour y accéder en moto.

Elle débraye. Aeris descend de la Triumph.

— Attends tes amis et rejoignez-moi, dit-elle en lui tendant son casque. Soyez prudents.

— Qu'est-ce que tu crains ?

— Que les hommes dans les caves n'aient été là que pour rabattre Xander et le contraindre à emprunter une autre sortie. Ils ne pouvaient pas la voir, pourtant certains étaient en faction avec des chiens devant une porte que je n'ai pas été capable d'ouvrir.

— Une porte, tu veux dire…

— Oui. Une porte pour l'ankh seul.

Lorsqu'elle disparaît entre les tombes, Kayleen devine qu'elle n'a pas pu essayer de franchir ladite porte sans se débarrasser des hommes et des chiens qui la gardaient. De la même façon qu'elle l'a accompagnée durant toute sa course folle entre les deux paires de barrières en la soulageant des agents qui pouvaient l'abattre. Sauf celui que Kayleen a fauché de sa roue arrière pendant son stoppie. Aeris est assurément au moins aussi dangereuse qu'elle est désagréable, mais Kayleen commence à se demander si le mépris pour autrui qu'elle affiche en permanence n'est pas un simple bouclier.

Acte XI, scène IX

Hermeline enlève sa main de la bouche d'Alexander et lui désigne l'endroit où se trouve la trappe Houdini.

— C'est peut-être ce qu'il espère, et Aeris ne doit plus être très loin, murmure-t-il. Reste ici.

— C'est ça, crache dans mon violon.

— Il ignore que tu es là. Tu es notre joker.

Les yeux d'Hermeline, qu'il distinguait à peine dans la pénombre, se mettent à briller d'une menace féline d'un vert très clair.

— D'accord, dit-elle.

Alexander sort, persuadé qu'elle ne l'écoutera pas.

Dehors, une dizaine de silhouettes sombres en arc de cercle tiennent en joue ses amis et la porte du caveau. D'autres, un pas derrière eux, retiennent des chiens que l'odeur d'Asuncion rend fous, mais qui doit couvrir celle d'Hermeline.

Asuncion cache ses mains dans son dos. Ce ne sont plus tout à fait des mains. En tout cas, elles se prolongent de griffes qu'aucun faux ongle ne sait imiter. Alexander envisage une seconde de se placer près d'elle et de la toucher pour l'empêcher de se suicider dans une charge absurde, puis abandonne l'idée. Ce serait indigne de lui interdire de tomber sous les balles pour protéger

Emilio, et absurde de ne pas lui permettre d'emporter avec elle un ou deux ennemis. Alexander s'immobilise à côté de Jerome.

Un peu en retrait, un homme est assis sur une stèle. Alexander ne distingue pas ses traits, mais il n'en a pas besoin.

— Il nous manque encore quelqu'un, dit Alec. Je lâche les chiens ou elle sort d'elle-même.

— Lâche les chiens, jette Hermeline depuis le fond du caveau en imitant la voix de Kayleen.

Belle présence d'esprit. Même si l'imitation est imparfaite, surtout pour Alexander, elle fonctionne :

— Ah ! fait Alec. La bastard dégénérée. J'aurais dû m'en douter. (Il met ses mains en porte-voix, chacune d'elles tient un pistolet.) Ton bras va mieux ?

Silence.

— Je renonce aux chiens. Que dirais-tu d'une grenade ?

Le violon lui répond par les premières mesures de *El toque a degüello.*

— C'est toi qui es dans le fort, s'amuse Alec, et il n'est pas très grand.

Hermeline rétorque par la *Marche funèbre* de Chopin, et sort, la tête couverte par un bout de suaire qu'elle a dû voler dans un cercueil, en interprétant le *Boléro* de Ravel. Elle ne joue pas très fort, mais Alexander comprend ce qu'elle fait : les sons portent loin dans les cimetières. Puis, quand elle s'arrête à côté de lui, il ressent la mélodie subliminale derrière le thème principal. Cette fois, ce n'est pas dans son psychisme qu'Hermeline s'insinue, mais dans celui des chiens. Elle leur insuffle la peur et quelque chose qu'Alexander ne parvient pas à définir. À leur agitation, Alec s'en aperçoit immédiatement.

— Ça suffit ! tonne-t-il en se redressant, un pistolet pointé sur Hermeline.

Hermeline écarte l'archet du violon et les pose délicatement par terre.

— Dans certaines circonstances, dit-elle en se relevant, manquer d'oreille peut être fatal.

Dans la même fraction de seconde :

Elle attrape Alexander et le couche au sol.

Asuncion renverse Emilio et Jerome en leur plongeant dessus.

Un bolide percute Alec par-derrière, le projette sur les maîtres-chiens et, sans ralentir, traverse ceux-ci pour balayer les hommes armés, qui tirent au hasard et s'effondrent comme des quilles ou s'envolent telles des baudruches dégonflées, la nuque brisée, un bras en moins, la gorge ou la poitrine ouverte.

Asuncion et Hermeline s'élancent, se ruent sur les hommes encore debout, hébétés, mais elles sont beaucoup trop lentes. Un deuxième bolide fond sur les chiens et leurs maîtres pendant que le premier achève son jeu de massacre parmi les survivants du rang armé. Asuncion et Hermeline n'ont plus rien à pourfendre quand l'ouragan et le cyclone en ont fini avec les hommes d'Alec.

Lorsque Alexander se remet sur pied, le cyclone et l'ouragan se défient du regard. Des yeux de chat dans des crânes de chat, juchés sur des corps de femme dont seul le bout des membres est félin.

Hermeline et Asuncion se tiennent prudemment à l'écart. Alexander s'approche des deux chimères, presque à les toucher, presque, et écarte les bras.

— Je ne sais pas ce qui me retient de vous serrer contre moi, menace-t-il tout sourire.

Elles tournent simultanément la tête vers lui et lui décochent le même regard lourd de colère et de frustration. Il lève les paumes à hauteur de leurs joues. Ni l'une ni l'autre ne bronchent, mais leurs visages se déforment pour redevenir ceux d'Aeris et de Vaimiti.

— Merci, laisse tomber Alexander en leur tournant le dos. Pas très loin, il entend les moteurs de plusieurs motos approcher, s'estomper et se taire – Kayleen et les amis d'Emilio.

— Par ici, crie-t-il.

Jerome est assis par terre, une main sur Emilio toujours allongé, face contre terre.

— Le petit est touché, dit Jerome.

Il ôte sa main, révélant une tache de sang que même la nuit ne peut cacher et qui se répand dans le dos du jeune homme.

Acte XI, scène X

En cercle autour d'Emilio, ses amis attendent le diagnostic de Kayleen pendant qu'elle l'examine à la lumière des phares de leurs motos. Ils sont anxieux et ils n'essaient pas de le cacher, mais ils la laissent travailler dans un silence total.

Alexander aussi est inquiet. Il a croisé le regard de Kayleen quand elle a retourné le corps d'Emilio et il n'a pas aimé la manière dont ses traits se sont contractés. Alors il a pris Asuncion par la taille et il l'a éloignée en s'efforçant de l'inonder de sa confiance en Kayleen. Il ne contrôle pas assez ses propres émotions pour mentir à l'ankh, mais sa confiance est réelle et l'ankh la diffuse généreusement. Assez, du moins, pour qu'Hermeline puisse le relayer auprès d'Asuncion, le temps qu'il touche deux mots à Vaimiti en aparté.

Elle s'attend à ce qu'il lui parle d'Alec. Il lui assène ce qu'il a sur le cœur :

— Je me contrefous de ce que tu as fait de ton existence. C'est ta fille et c'est le garçon qu'elle aime qui est étendu sur le sol. Alors tu vas prendre sur ton égoïsme et tu vas la réconforter.

Elle le regarde comme si elle voyait un extraterrestre.

— Tu es sérieux ?

Alexander lève une main.

— Très.

— Alors donne-m'en la force.

Elle enserre la main d'Alexander dans une poigne de fer et la plaque sur sa joue droite. Il est tellement surpris qu'il en oublie ce qui le motive.

— Concentre-toi, lui intime-t-elle. Tu ressens de la commisération pour elle ? Transmets-la-moi. Permets-moi d'oblitérer ce qui fait de moi ce que je suis. Quand elle est née, je n'ai vu qu'un chaton à noyer. Aujourd'hui, je n'ai qu'indifférence à lui offrir. Donne-moi un peu de cette empathie qui te permet de l'aimer. Sers-toi de l'ankh avec ton cœur et ton intelligence !

Un instant, Alexander panique, cherche ce qu'il doit faire, s'efforce de mettre en mots ce qu'il éprouve dans son esprit, puis il se laisse envahir par l'émotion qui lui remonte du ventre. Il sourit, pose son autre main sur la joue gauche de Vaimiti, attire celle-ci à lui et appuie son front contre le sien.

— Tu n'es que ce que tu te laisses être, lui souffle-t-il. Apprends à vouloir.

Il la lâche, lui sourit à nouveau et rejoint le cercle autour d'Emilio. Il lui semble qu'il manque plusieurs personnes et au moins deux motos.

— J'ai besoin d'une ambulance bien équipée, explique Kayleen en remarquant son interrogation. J'ai envoyé les garçons en voler une. Pour le reste, j'ai ce qu'il faut à la maison et aucun chirurgien ne pourra faire mieux que moi.

— Comment va-t-il ?

— Pas brillant, mais il a une petite chance.

Alexander déglutit.

— Petite ?

— Il est solide physiquement et il a des raisons de se battre. (Elle donne un coup de tête vers Asuncion que Vaimiti serre dans ses bras.) Si tu es capable de ce genre de miracle, je ne peux pas faire moins. Cela dit, ce serait peut-être le moment que tu t'essaies à un autre miracle.

Alexander se retourne. Aeris se dirige droit sur Vaimiti et Asuncion, et elle n'a pas l'air particulièrement joyeuse. Alexander rejoint les trois femmes au pas de course.

— Tu l'as tué, reproche Aeris.

— Ce n'est pas le moment, la rembarre Vaimiti. Je…

Elle s'interrompt net quand Asuncion lui pose un baiser sur la joue.

— Vous avez à parler, dit celle-ci. Je vais voir Emilio.

Aeris a la décence d'attendre qu'Asuncion ait rejoint le cercle des amis du jeune homme.

— Tu l'as fait exprès ! crache-t-elle. Il a la nuque brisée.

— J'ai frappé un peu fort, il y avait urgence et tu n'étais pas très en avance.

— Contrairement à toi, je n'ai découvert le guet-apens qu'en arrivant. Tu étais là depuis quand ? Et comment savais-tu où te rendre ?

Vaimiti prend un air affligé.

— Szif, laisse-t-elle tomber.

Le chartreux apparaît aussitôt, sortant de derrière une tombe, et vient se frotter contre les jambes de Vaimiti.

— Il y a longtemps que le Serpent connaît l'existence de la crypte et des bulles… (Elle adresse un coup de tête à Alexander…) Houdini. Tu le sais aussi bien que moi.

Aeris est sur la défensive.

— Je pensais être la seule à le savoir.

— Comme tu pensais être la seule à imiter Bast ? À te métamorphoser selon ton gré ? Nous sommes les aînées, Aeris, celles qui ont grandi auprès de Janet Bond en pleine possession de ses moyens, quand elle se battait encore. Je veux dire : vraiment. Nous avons appris les mêmes leçons. Nous avons rêvé d'être aussi fortes qu'elle, de la même façon. Tu t'es exilée, j'ai été bannie, et nous sommes devenues toutes deux aussi laxistes qu'elle. Maintenant, c'est fini. Nous n'avons plus le choix. Nous ne sommes plus capables que de résister contre des puissances qui nous surpassent, à côté desquelles le Serpent contre lequel Bast a toujours combattu est à peine un insecte.

— Et maintenant que tu as tué le Serpent, comment allons-nous remonter jusqu'à ces puissances qui en ont fait leur outil ?

Vaimiti serre les lèvres pour se contrôler, puis elle inspire profondément et lâche d'un trait :

— Ce n'était pas le Serpent, seulement un alias, comme notre mère l'a été de Bast.

Acte XII, prologue

Passé un certain niveau de pouvoir, il est difficile de savoir qui contrôle quoi et où se situe chacun. Les interactions sont complexes, les alliances furtives, les accommodements permanents, et l'intérêt collectif n'est pas définissable par la somme des intérêts individuels, seulement par ce qui peut lui nuire. À ce stade, la seule unité est celle qui préside à la préservation de l'oligarchie et la dualité réside dans la distinction entre ceux qui exercent le pouvoir et ceux qui l'exécutent, ces derniers n'étant pas toujours conscients qu'ils ne sont que des exécutants.

Dans l'histoire récente, pour se préserver de mauvaises surprises pouvant entraîner des chutes brutales, les ayants droit de l'humanité se sont dotés de nombreux outils abscons, tels que le Groupe Bilderberg, la Commission Trilatérale ou le Council on Foreign Relations, afin de définir les grandes lignes de stratégies visant à ordonner le monde. Toutefois, quelle que soit l'efficacité de ces organisations et des think tanks associés, il est impossible de se prémunir contre tout et de pouvoir se concerter pour réagir en temps réel, du moins dans un délai acceptable, à une action documentée et ciblée. Seul un groupe restreint de décisionnaires disposant de toutes les informations nécessaires en est capable.

Ce comité se nomme très ironiquement Advanced Assessment of Planetary Economic Parity[1]. Aapep, pour les intimes, mais il aurait tout aussi bien pu s'appeler Apep, Apepi, Aapef, Apopis ou Apofis : le Serpent a porté tant de noms avant de se faire oublier, et il pourrait en arborer tant d'autres. Pourtant AAPEP n'est qu'un acronyme, comme Alec un pseudonyme et Cervantes un jeu de mots douteux dont lui seul connaît les clés. Cerbère, servant, serpentes, et évidemment *El Ingenioso Hidalgo Don Quijote de la Mancha*, à condition de fusionner Don Quichotte et Sancho Panza. S'ils la soupçonnaient, cette seule fusion devrait suffire à inquiéter ceux qui louent ses services, mais ils ne voient en lui que le servant et ils méconnaissent ses attributs de cerbère. À leur décharge, Cervantes veut bien reconnaître que, même si elle ne tourne qu'autour de leurs nombrils, la mission dont ils se sentent investis altère considérablement leur jugement et leurs perceptions. A contrario, lui n'a pas à se soucier de la personnalité de ses employeurs ni de leurs motivations, il les connaît *ad unguem*.

Il ne traite pas toujours avec les mêmes interlocuteurs, seulement avec les mêmes avatars informatiques. Un homme et une femme parfaitement animés, tout droit sortis des meilleurs studios japonais. Cela confinerait au ridicule si le travail des techniciens n'était pas irréprochable, et si ses interlocuteurs savaient que les identités de chacun d'entre eux lui sont connues et qu'il décrypte leurs tics de langage, leurs phrasés et leurs expressions

1. Évaluation avancée de la parité économique planétaire.

paraverbales sans difficulté, malgré leur maîtrise du discours et le lissage orchestré par les informaticiens. Mais, à dire vrai, Cervantes se fout de l'identité de ses interlocuteurs. Ils sont, à son sens, totalement interchangeables. De son côté, lui ne leur donne à étudier que sa voix, dépourvue d'intonation et filtrée, une gestuelle plus minimaliste que celle d'un moine bouddhiste et un masque d'arlequin.

— Alec est mort.

— C'était prévisible, monsieur.

— Qu'entendez-vous par prévisible, Cervantes ?

— Les moyens engagés étaient inappropriés, madame.

— C'est lui qui a décidé de ces moyens et c'est vous qui avez supervisé l'opération.

— En fonction de données insuffisantes, madame.

— À quoi faites-vous allusion ?

— À la présence dans le cimetière de deux ennemies non recensées, monsieur. Deux ennemies aux compétences inattendues.

Image fixe, silence. Les micros ont été coupés le temps d'un échange que Cervantes ne doit pas entendre. La coupure ne dure pas.

— Vous étiez dans le cimetière, dit l'avatar masculin.

— Oui.

— Et vous n'êtes pas intervenu.

— La vie d'Alec était le prix des informations qu'il me manquait pour en finir, monsieur.

— Quelles informations ?

— Janet Bond s'est laissé manipuler et éliminer par Alec pour transférer en toute quiétude ses connaissances à ses héritières.

— Nous l'avions anticipé et nous surveillons de très près l'usage de ses connaissances. Janet Bond s'était enferrée dans nos rets, ses héritières suivent le même chemin. En fait, elles sont déjà dans la nasse et nous n'aurons bientôt plus qu'à remonter celle-ci.

— La nasse, madame ?

Cervantes prend un malin plaisir à appeler « madame » l'homme qui se cache derrière l'avatar féminin.

— La collusion entre Doe & Roe et le DoD. C'est pour ça que nous leur avons donné les Jonker. Pendant qu'elles explorent ce labyrinthe, nous remontons jusqu'à elles.

— Vous n'y parviendrez pas.

— Bien sûr que non ! C'est une partie de cache-cache, Cervantes. Elles nous cherchent, nous les cherchons, mais aucun ne peut trouver l'autre si personne ne commet d'erreur. Nous allons commettre cette erreur. En fait, nous l'avons déjà commise et elles ne s'en méfieront pas parce qu'elles trouveront la faille dans ce que Janet Bond leur a légué. Mais la faille est une chose, et le combat dans lequel elles devront engager toutes leurs forces pour espérer une victoire décisive en est une autre. La disparition d'Alec devrait lever leurs éventuelles réticences. Vous me comprenez ?

— Oui, madame.

— Vous aurez l'opportunité d'un strike, Cervantes. Ne la gâchez pas.

— Comptez sur moi, monsieur.

— Mais nous comptons justement sur vous, Cervantes ! Autre chose ?

— Oui, madame. La succession de Janet Bond ne concerne pas seulement ses tours de passe-passe informatiques.

— Nous en avons bien conscience.

— Rassurez-vous, intervient l'avatar masculin. En matière de tours de passe-passe quantiques aussi, la disparition d'Alec aura été riche d'enseignements.

Cervantes est tout à fait rassuré. Les tours de passe-passe informatiques ou quantiques n'ont aucun rapport avec le seul aspect de l'héritage de Janet Bond qui le préoccupe. Mais il ne mentionnera ni l'exécuteur testamentaire, ni l'héritière. Cela ne concerne que lui.

Passé un certain niveau de pouvoir, la distinction entre ceux qui exercent le pouvoir et ceux qui l'exécutent est relative et volatile, les premiers étant rarement conscients qu'ils sont à la complète merci des seconds.

Acte XII, scène I

Kayleen maintient Emilio trois jours sous respirateur et sous sédation, mais son pronostic est établi depuis le lendemain de l'opération : le garçon se remettra sans autre séquelle qu'une réduction de sa capacité pulmonaire. Elle est par contre moins certaine que Liadan, qui supportait de partager la chambre stérile avec le jeune homme tant qu'il était inconscient, puisse quitter celle-ci sans risque d'infection. Alors elle lui tient tête et la discussion se durcit.

— Je ne te demande pas ton autorisation ! éclate Liadan. Je t'informe que je quitte ce bocal et que tu devras désormais t'occuper de mes soins dans ma chambre au premier.

Les haut-parleurs sont branchés, Kayleen en profite de manière éhontée en tournant le dos à sa grand-tante :

— Maman, Liadan a une chambre au premier ?

Dans l'aquarium informatique se trouvent Lizzie, les trois sœurs de Liadan et Alexander. Asuncion est au chevet d'Emilio, avec Liadan et Kayleen dans la chambre stérile. Hermeline descend l'escalier en compagnie d'Emily. Bref, tout le clan est là, suspendu aux lèvres de Lizzie.

— Pas à ma connaissance, répond finalement celle-ci. Tu lui en as attribué une ?

Liadan est soufflée.

— Celle en face de la mienne est libre, lui vient en aide Shania.

Avant que la discussion s'envenime, ce qui semble être le vœu de chacune, Alexander entre dans le sas, pénètre dans la pièce stérile sans passer de combinaison, fonce droit sur Liadan, l'attrape aux épaules et pèse de tout son deuxième cœur en lui claquant deux bises sonores.

— Voilà, tu as maintenant ta dose de germes, lui postillonne-t-il dessus tandis qu'elle mollit entre ses mains, et tu sais comment l'ankh agit sur toi. Satisfaite ?

Elle est incapable de répondre, paralysée par les émotions dont il l'inonde.

— N'abuse pas, lance Aeris depuis l'aquarium. Liadan est enfermée là-dedans depuis des semaines.

— Et tu es son premier contact charnel depuis longtemps, ajoute malicieusement Vaimiti.

Alexander comprend le message et lâche Liadan. Des mains, pas du regard.

— Leen, combien de temps faudra-t-il avant de savoir si je l'ai infectée ?

— Tu as touché des parties brûlées ?

— De huit doigts.

Kayleen s'approche de Liadan et lui montre la porte du sas.

— Xander t'a offert un bon de sortie.

Surprise, Liadan échappe au regard d'Alexander au moment où le sien s'entachait de fureur.

— Il n'y a pas de réponse à la question de Xander, explique Kayleen. S'il t'a contaminée, tu peux aussi bien te balader partout dans la maison. Pas de choc anaphylactique ou septique, c'est déjà ça, mais tu développeras peut-être une infection dans une heure, un jour ou une semaine. Je n'en ai pas la moindre idée et je dois t'avouer que je commence un peu à m'en foutre. Je surveillerai quand même d'éventuelles réactions inflammatoires et je te soignerai de mon mieux, au besoin, mais tu vas devoir te trouver une autre nurse ou te démerder toute seule pour le reste. (Liadan lui passe devant, Kayleen ajoute :) Un dernier conseil : évite de ramasser un coup de griffe, il n'y a rien de pire pour un système immunitaire déficient.

C'est le troisième conseil de guerre au grand complet et, puisque Liadan a fait son coup d'éclat, le premier qui se déroule dans le séjour. La promiscuité y est moins étouffante et la possibilité de s'asseoir beaucoup plus confortable, mais Alexander n'en est pas plus à l'aise. Depuis l'escarmouche d'Ahawith Chesed, Vaimiti et Aeris ont trouvé un modus vivendi qui a un peu trop tendance à ressembler à une alliance contre le binôme que forment Shania et Liadan. Plus qu'une source d'affrontement, les réunir toutes les quatre dans la même pièce est la garantie qu'Alexander sera contraint au rôle de modérateur. Or, autant cela lui est facile lorsque deux de ces bombes à retardement se défient, autant il redoute de s'interposer entre deux tandems. Il n'a aucun problème avec la deuxième génération : Hermeline, Emily, Lizzie et Asuncion ne se mêlent pas des conflits de pouvoir, en partie faute d'en avoir le moindre, et ne sont pas effrayées par l'ankh. C'est une tout autre histoire avec leurs mères. Voilà pourquoi il s'attarde un peu dans la cuisine avec Kayleen.

— Mon numéro avec Liadan ne t'a pas trop forcé la main ? demande-t-il à voix basse.

— J'allais la relâcher.

— Vraiment ?

— Je repousse depuis que nous avons installé Emilio avec elle. La pièce est stérile, mais Emilio porte des germes que les antiseptiques avec lesquels je conditionne l'atmosphère n'éliminent pas complètement et, en tout cas, pas assez vite. Liadan n'a pas eu l'ombre d'une inflammation ni la moindre réaction immunitaire anormale, je l'ai gardée au sous-sol pour t'éviter de faire le tampon entre toutes ces dames.

— Merci.

— De rien. Maintenant, tu ne peux plus y couper.

Alexander grimace.

— Il n'y a pas de risque avec les chats d'Emily ?

— Pourquoi ?

— Tu l'as prévenue contre les coups de griffes et les chats véhiculent pas mal de microbes.

— Je l'ai prévenue contre ses sœurs et, crois-moi, elle l'a compris. Quant aux chats, leur comportement avec elle est un bon indicateur de sa santé. Ce sont de véritables éponges à pathologies, surtout avec nous.

Alexander ouvre des yeux étonnés.

— Oui ? s'enquiert-elle.

— Tu as dit « nous ».

Kayleen pose les mains sur le bas de son ventre.

— Porter une bastard fait de moi une bastard.

— J'ai horreur de ce mot.

— Bastard ? Tss, tss. Où est passé ton sens de l'autodérision, Alexander Byrd ? À l'exception d'Emilio, maintenant que ses amis ont embarqué Jerome, nous ne sommes plus ici qu'entre bastards.

Elle lui pose la main sur le cœur et le pousse vers le salon.

— À ce propos, il est temps que tu ailles diffuser un peu de sérénité.

Assis sur le rebord de fenêtre contre lequel s'appuie Aeris, Alexander n'écoute pas vraiment ce qui se dit et concentre le peu d'attention qu'il parvient à maintenir sur le flux et le reflux d'adrénaline et d'hormones empoisonnant l'atmosphère. Son esprit s'est évadé, ses pensées vagabondent. Il est dans son bouquin, dans la dernière chronique, celle qui doit replier la spirale que toutes les autres constituent pour faire de l'ensemble un ruban de Möbius. Ce n'est pas la notion de boucle qui l'intéresse, ni celle d'éternel recommencement, ce sont celles de renoncement et de renonciation qu'il veut enfermer dans leurs propres contradictions. Il cherche à piéger le verbe « abandonner » grâce à sa forme pronominale. Il aimerait ouvrir une porte Houdini dans le syllogisme. Son inspiration s'en sort plutôt bien, puisque chaque tentative répond à la question de Kayleen : le sens de l'autodérision d'Alexander Byrd se porte à merveille et danse la gigue entre ses neurones.

Aeris se penche vers lui et murmure :

— Si je tape du poing sur la table, maintenant, tu vas m'embrasser dans le cou ou te contenter de me prendre par l'épaule ?

Elle a très bien compris pourquoi il s'est installé près d'elle. Elle est la seule de la première génération sur laquelle il n'a pas posé la main, la seule qu'il lui reste à *subjuguer*, pour autant que l'effet de l'ankh perdure au-delà du contact et du désagrément qu'il semble occasionner. Il lui sourit d'un air désolé.

— Tu n'écoutais pas, c'est ça ? Bon sang, Xander ! Je veux bien risquer un électrochoc parce que je dis une connerie, pas parce que tu ignores de quoi il retourne. (Elle pose les mains sur ses cuisses, se redresse et hausse la voix pour se faire entendre de tout le monde :) Si quelqu'un d'un peu moins près de la gégène veut bien dire à Liadan que, chaque fois que nous tergiversons pour nous donner des moyens qui n'arriveront jamais à la cheville de ceux du Serpent, lui renforce ses positions, nous traque et colle des pièges à bastards partout où nous sommes susceptibles de le chatouiller, je lui serai extrêmement reconnaissante. (Elle revient à Alexander et ajoute, sans baisser la voix :) Ça va, ce n'était pas trop agressif pour ta sensibilité ?

Même Liadan sourit. Shania et Vaimiti sont, elles, presque hilares, avec un petit côté revanchard pour Shania et un rien de duplicité chez Vaimiti. Aeris a su détourner l'ankh à son usage de manière très habile. Alexander la salue d'une révérence emphatique.

— Je suis moins sensible que Xander et j'ai goûté de la gégène, dit Liadan. Tu peux m'écharper de manière plus naturelle, nous ne sommes plus des chatonnes de six semaines.

Kayleen adresse un clin d'œil discret à Alexander. Il met un moment à comprendre que cette connivence s'apparente à un applaudissement, qu'il n'est pas sûr de mériter.

— D'accord, attaque Aeris. En prolongeant les recherches de Bast, Shania, Lizzie et toi avez dressé un magnifique organigramme des liens entre le DoD, l'Intelligence Community[1], Doe & Roe et la plupart des lobbies industriels et financiers.

— Nous n'avons pas fini.

— Et vous n'en finirez jamais. Parce que c'est ça le Serpent, du moins dans une conception américano-centrée, et qu'il ne cesse de croître. Vous prétendez être à deux doigts de la tête…

— Nous ne prétendons pas, se crispe Liadan. Nous le sommes.

— Quelle tête ? Celle que la Bast mythologique a tranchée tous les jours à une autre époque ? Même si c'est plus facile pour moi, qui arpente la Haute et la Basse Égypte depuis des décennies, souvenez-vous de qui nous descendons, d'où nous venons et du sens dont les mythes sont porteurs. Apep n'avait qu'une tête, mais Amphisbène en possédait une à chaque extrémité, l'Hydre de Lerne un nombre indéfini se régénérant doublement à chaque décapitation, et les cheveux de Gorgo, d'Euryale et de Shéno étaient autant de serpents.

— Et la malformation la plus fréquente chez les ophidiens est la bicéphalie. Où veux-tu en venir ?

— Vaimiti et moi en avons discuté : qualifier d'avatar l'exécuteur de Janet en le comparant aux incarnations de Bast est un abus de langage. Il n'empêche que le considérer comme un simple homme de main, même spécialement formé contre nous, est une énorme erreur.

1. Communauté du renseignement regroupant les 17 principaux services de renseignements des États-Unis coordonnée par l'ODNI (bureau du directeur du renseignement national).

Aeris évite la réplique agacée de Liadan en enchaînant très vite :

— Bast a besoin d'une enveloppe physique pour être efficiente, mais aussi parce que son mode de reproduction est sexué et qu'elle ne peut s'incarner que dans l'une de ses descendantes. Le Serpent n'est pas soumis aux mêmes contraintes. Par analogie, on peut estimer qu'il se reproduit par multiplication végétative et que son efficience réside dans la pluralité.

— Tu parles de clonage, c'est ça ? intervient Shania.

— Métaphoriquement. Il s'agit plutôt, pour l'essentiel, de contagion virale. Ce qui implique, toujours métaphoriquement, des mutations, peut-être une spéciation ou, à défaut, une spécialisation, et nous ramène aux évolutions du mythe né sur les berges du Nil. Le Serpent est une entité polycéphale et multicorporelle. En l'état, le sien et le nôtre, nous ne pouvons pas le vaincre, nous pouvons seulement le défaire. C'est exactement ce qu'il a fait en éliminant Janet : nous mettre en déroute suffisamment longtemps pour étendre son empire sur le monde. Nous devons le priver de ce délai et nous devons agir maintenant car chaque jour qui passe le rend plus fort.

Aeris se tait, Alexander devine toutefois qu'elle est loin d'en avoir fini : après avoir prévenu que le conflit était inévitable, elle n'a rien dit qui puisse faire sortir Liadan de ses gonds. Il lit dans les yeux de Liadan qu'elle en est arrivée à la même conclusion et qu'elle ramasse ses forces. Shania aussi est sur le qui-vive, et toute la deuxième génération attend l'affrontement. Seule Vaimiti semble indifférente, voire ailleurs. En suivant son regard, Alexander découvre qu'elle est en train d'observer Folksy et Szif jouant à s'envoyer des coups de patte, chacun derrière un pied d'un fauteuil. Elle fronce les sourcils, les deux chats s'arrêtent. Szif se précipite à ses pieds. Après avoir hésité entre elle et Alexander, Folksy opte pour le canapé sur lequel sont assises Kayleen et Emily.

Depuis que Kayleen est enceinte, Folksy est encore plus proche d'elle qu'il ne l'était auparavant, parfois même lorsque Alexander écrit. En tout cas, lui qui ne jouait pratiquement jamais avec les chats d'Emily est heureux d'avoir retrouvé son copain chartreux, qui le lui rend bien. Sauf la nuit. Pendant que Folksy dort entre Kayleen et Alexander, Szif passe ses nuits avec Vaimiti. De toutes les bastards, Szif a choisi Vaimiti pour succéder à Janet. Peut-être parce qu'elle dégage une force et une aisance beaucoup plus importantes que les autres, à l'exception d'Aeris – bien que la suprématie physique d'Aeris soit de moins en moins évidente pour Alexander. Peut-être parce que Vaimiti exhale une autorité aussi paisible que celle de Janet. Peut-être parce que, comme Alexander, le chartreux est fasciné par le mystère qui transpire de tous ses pores.

— Je suis d'accord avec le raisonnement, se lance Liadan, surprenant même Shania. De bout en bout. C'est précisément ce qui motive ma prudence. Je sais qu'il nous faut agir vite, mais je sais aussi ce que la précipitation de Bast nous a coûté. Je ne me réfère pas seulement au suicide de Janet, je parle surtout de ses incursions hasardeuses dans les systèmes informatiques que nous explorons et de la faille dans leurs défenses à côté de laquelle elle est passée. Cette faille nous a effectivement permis de retracer les liens fonctionnels, organisationnels et hiérarchiques entre les institutions et les lobbies que nous associons au Serpent, mais il nous faut l'explorer plus profondément afin de ne pas ouvrir une boîte de Pandore cachée et d'être certaines que nous ne ratons rien ni personne. Or, au vu de ce que nous avons découvert, nous sommes seulement sûres d'être proches de la tête maîtresse de l'Hydre, pas de pouvoir l'affaiblir suffisamment en ne tranchant que les autres,

— Shania ? Lizzie ? interroge Aeris.

— Tu l'as dit toi-même, répond Shania, les têtes de l'Hydre se régénèrent doublement. Si nous ne décapitons pas celle qui les gouverne toutes, mais coupons seulement les autres, nous nous lancerons dans une spirale infernale.

— Nous avons besoin de temps, confirme Lizzie.

Aeris hoche la tête en faisant la moue.

— Combien ? demande-t-elle.

À la façon dont Liadan lève les yeux au ciel, Alexander comprend qu'elle n'a pas de réponse et que la question d'Aeris n'a pour but que de le lui faire reconnaître.

— Je peux poser une question idiote ? demande Asuncion d'une voix innocente.

Tous les regards se tournent vers elle.

— À ce stade, il n'y a pas de question idiote, s'en mêle Emily de manière tout aussi inattendue.

— Vas-y, As, l'encourage Hermeline.

La deuxième génération en a assez des palabres de ses aînées. Alexander se retient d'applaudir.

— Est-il possible que la tête principale n'ait aucun rapport avec les autres et qu'elle dirige de l'extérieur ?

Shania et Liadan échangent le même regard atterré. Aeris soupire. Lizzie sourit gentiment à sa jeune cousine. Emily et Hermeline ont l'air déçu.

— Ce n'est pas une question idiote, ma fille, se décide à intervenir Vaimiti. C'est même la plus intelligente que j'entends depuis trois jours. (Elle adresse un rictus moqueur à Aeris.) Bien sûr que le cerveau maître se tient en dehors des têtes secondaires. Il peut sauter de l'une à l'autre à son gré, comme il peut prendre le contrôle de n'importe quelle partie du corps. Voilà pourquoi le mot avatar, appliqué à celui qui s'est présenté à Leen et à Xander sous le nom d'Alec, est un abus de langage… et pourquoi je lui ai préféré le mot alias, qui n'est, je l'avoue, guère plus approprié.

Elle se met à déambuler dans la pièce, sans se préoccuper de Szif qui slalome entre ses jambes et en fixant tour à tour ses sœurs d'une façon qui ne les engage pas à la moindre remarque.

— Ma fille, reprend-elle en s'adressant à toutes à travers Asuncion, tes tantes cadettes et ta cousine ont fait du bon boulot, du très bon, mais elles cernent mal l'urgence sur laquelle ta tante aînée essaie d'attirer leur attention. Peut-être parce qu'elle-même est incapable de la définir.

Elle se plante devant Aeris, lui sourit d'un air faussement affectueux et va s'appuyer contre le mur de l'autre côté d'Alexander, aussi près de lui que l'est Aeris.

— Nous devons ouvrir la boîte de Pandore, annonce-t-elle, craquer la première allumette que nous y trouverons et foutre le feu à toutes les autres. C'est un bon compromis entre le point de vue de Liadan et celui d'Aeris, et le seul coup que le Serpent ne peut anticiper ni éviter. Il est temps d'en finir.

Alexander tique à la sentence de Vaimiti, mais l'impression d'avoir entendu quelque chose d'énorme, sans qu'il se souvienne quoi, le met encore plus mal à l'aise.

Acte XII, scène II

Après la destruction du WTC7[1], qui a permis la mise au jour par les médias de ses bureaux secrets, la CIA a déménagé ses installations new-yorkaises à North Hills sur Long Island, suffisamment près de Northern State Pkwy, de Long Island Expy et des North et South Service Rd pour accéder facilement à Manhattan. À New York City même, l'agence n'a conservé qu'une antenne clandestine au quartier général du NYPD. La propriété acquise à North Hills reste officiellement une clinique psychiatrique. Couverture idéale pour expliquer la sécurité dont elle fait l'objet, l'atterrissage et le décollage d'hélicoptères et le va-et-vient de véhicules en tout genre, dont notamment des fourgons blindés. Structure très pratique pour héberger des équipes d'intervention, conserver au secret et interroger en toute liberté des prisonniers, stocker du matériel militaire et gérer un système informatique aussi conséquent qu'intrusif.

C'est dans ce centre qu'Anna Jonker travaillait quand elle n'était pas sur le terrain. C'est lui que les bastards

1. Bâtiment 7 du World Trade Center, détruit par les projections des tours voisines durant les attentats du 11 septembre, reconstruit entre 2002 et 2006.

vont prendre d'assaut, car tout ce qu'elles ont découvert grâce à la faille créée par l'AAPEP y conduit. C'est là que Cervantes les attend. La CIA aussi, du moins le sous-département chargé de mettre un terme aux activités du service de feue Janet Bond, mais Cervantes compte peu sur les unités mises en place pour les éliminer. En tout cas pas toutes. D'une part, ces unités n'ont qu'une idée approximative de ce qu'elles vont affronter et quelqu'un a décidé d'en prendre au moins une vivante. D'autre part, les deux chimères du cimetière ne sont pas de leur compétence.

En toute sincérité, Cervantes doit admettre que ces deux-ci lui posent question. Non qu'il ne se sente de taille – il est, au pire, en infériorité numérique – mais parce qu'il ne devrait en exister qu'une : l'aînée, la protectrice chargée de veiller sur l'héritière et de permettre à la Bast renaissante d'atteindre la maturité et ses pleins moyens. Se pourrait-il que Bast ait acquis la capacité de se répartir dans ses descendantes de la même façon que lui se diffuse dans ses substrats humains ? Et, dans ce cas, quelle proportion d'elle-même a-t-elle léguée à chacune d'entre elles ? Les facultés, que les deux chimères d'Ahawith Chesed ont montrées, suggèrent un partage équitable entre elles, alors que les deux jeunes n'ont démontré qu'un potentiel très limité – Alec aurait pu en venir à bout à mains nues.

Alec n'avait recensé que quatre bastards. Deux de première, deux de deuxième génération. La panthère de Prospect Park, la fille enfant, la panthère du centre de physiothérapie et la patineuse. À la suite de l'échec de Port Morris, il soupçonnait l'existence de deux autres, dont une serait intervenue dans l'église en Arkansas et dont l'autre est indubitablement la violoniste. Il est mort en prouvant que, sans être infondés, ses soupçons étaient inexacts. Ce sont quatre bastards qui lui échappaient, dont les deux aînées probablement rappliquées du bout du monde après la disparition de leur mère.

Cervantes se ficherait des filiations, s'il était certain qu'il n'existe pas de cinquième branche et s'il savait qui est la mère porteuse, la seule bastard à l'intéresser réellement. Concernant le géniteur, l'utilisation récente de la crypte, donc de l'ankh, restreint les possibilités à Byrd, à Charyn et au jeune Latino qui, tous trois à des degrés divers, fréquentaient Janet Bond. Son premier choix va bien sûr à Byrd dont Bast semble s'être entichée, mais sa relation avec la fausse bastard, si elle n'est pas rédhibitoire, n'offre aucune certitude. Celle du Latino et de la patineuse est plus prometteuse. Charyn, par contre, est trop malin pour s'être laissé refiler un colifichet toxique par une empoisonneuse.

Une autre donnée penche en faveur du couple patineuse-Latino : la présence des deux chimères protectrices dans le cimetière. Reste que la violoniste aussi était sur les lieux, que Cervantes a senti sa fascination pour Byrd – qu'elle n'a d'ailleurs songé qu'à protéger – et que, à la place de Bast, c'est elle que Cervantes aurait choisie. Audacieuse, intelligente, talentueuse et capable de manipuler les chiens avec son violon – il a très bien entendu son double jeu sur les cordes. En outre, si le Latino fait un bon géniteur, il est évident que Byrd convient mieux au rôle d'exécuteur testamentaire, car l'ankh n'est pas qu'une assistance à la procréation. Comme Bast, l'ankh a le pouvoir de déchirer le voile entre les mondes, ce dont le Serpent est encore incapable, malgré toute la science et toute la technologie à sa disposition.

Pour obtenir l'ankh et l'héritière, Cervantes n'a besoin que de leurs porteurs. Or les Bastards ne peuvent pas espérer prendre les installations de North Hills sans l'un, ni laisser l'autre sans défense derrière elles, il y a veillé.

Acte XII, scène III

Alexander est sidéré par la rapidité avec laquelle la décision est prise, sans discussion ni hésitation, et l'efficacité qui la suit immédiatement.

— Nous ne sommes plus en sécurité, annonce Liadan. Il faut abandonner la maison.

Alexander est le seul à poser une question :

— Maintenant ?

— Maintenant. As s'occupe d'évacuer Emilio avec Jerome et vos amis de Ridgewood. Leen les accompagne. Vaimiti les couvre et se charge des Jonker. Lizzie et Hermeline viennent avec moi. Shania t'embarque avec Emily et les chats. Chacun ne prend que son ordinateur.

Un quart d'heure plus tard, Alexander se retrouve au volant d'un break Volvo, à côté de Shania le nez plongé dans l'écran de son portable. À l'arrière, Emily ronronne en chœur avec sa tribu de chats, Szif et Folksy marquant le tempo à l'unisson.

— Où allons-nous ? s'enquiert Alexander en mettant le contact.

— Little Neck, laisse tomber Shania.

— Connais pas.

— Queens, limite Nassau. Tu prends l'Express Way par Brooklyn, je te dirai où sortir.

Alexander démarre.

— Et qu'est-ce qui nous attend à Little Neck ?

— Un pied-à-terre déniché par Vaimiti. C'est assez grand, meublé et pas très loin du QG de la CIA qui nous intéresse. Nous ne pourrons pas y séjourner longtemps, mais nous n'en avons besoin que quarante-huit heures.

— Pourquoi cette précipitation ?

— Le Serpent est en train de resserrer ses recherches autour de la maison de Lizzie. Le NYPD a lancé un avis sur la moto de Kayleen. C'est un modèle rarissime à New York et les gens sont plus bavards dans le Village qu'à Ridgewood. Si ce n'est déjà fait, les flics trouveront le garage, poseront des questions dans la galerie toute proche, obtiendront le prénom de Kayleen et découvriront ses liens avec Lizzie, dont trop de gens connaissent la résidence.

— De plus, resserrer notre géolocalisation de New York City au Village leur facilite la traque sur le net, complète Emily. Or il reste quelques détails à régler.

— Lesquels ? demande Alexander.

La réponse tarde. Emily donne un coup de tête vers sa mère quand son regard croise celui d'Alexander dans le rétroviseur. Shania mitraille le clavier de son ordinateur sans lâcher l'écran des yeux.

— Nous devons nous assurer que toutes nos cibles seront accessibles où et quand nous agirons, finit-elle par répondre. Lizzie, Liadan et moi sommes en train d'inonder ceux qui sont chargés de leur sécurité d'informations anodines, qu'ils se feront un devoir de recouper à partir d'indications que nous avons aussi fabriquées.

Au poker, on dirait que nous jouons au chat et à la souris sur un bluff rationnel sans point neutre.

— J'ai horreur du poker, commente Alexander, et de tous les jeux de hasard, d'ailleurs.

Shania rit.

— Alors rassure-toi, cela ressemble davantage à un match d'échecs par équipe, en trois parties, dont la Déesse-mère a brillamment perdu la première face à ton copain Alec, qui s'est tout aussi brillamment fait balayer dans la deuxième par Vaimiti et Aeris.

— Brillamment ?

— C'est le cas pour la Déesse-mère et c'est de plus en plus évident en ce qui concerne Alec. Il a été sacrifié pour que nous nous découvrions. Nous n'avons de toute façon jamais eu la possibilité de faire autrement. Malheureusement pour le Serpent, la faille découverte dans ses défenses nous permet de passer à l'action sans nous préoccuper de l'anonymat relatif dont nous bénéficiions jusque maintenant, ni des conséquences. Dans trois jours, toute son infrastructure new-yorkaise sera partie en fumée, et celles de Virginie, du Maryland et de DC suivront en cascade. Effet domino.

Alexander aperçoit le sourire d'Emily dans le rétroviseur. Elle est aussi confiante que sa mère. Lui ne ressent que dépit. Trois jours, c'est le temps qu'il lui faut pour terminer son roman, mais il n'en disposera pas. Pas même des deux premiers, qu'il devra consacrer à parfaire sa préhension des portes Houdini, en subissant les manipulations psychiques des mélodies subliminales d'Hermeline et la férule de Vaimiti. S'appuyant sur les hypothèses de Kayleen, Vaimiti a tout de suite saisi les grandes lignes du phénomène quantique permettant à Alexander de créer des passages entre les réalités, et très vite renoncé à lui apprendre comment en user seul.

— Tu es incapable de t'adapter à de nouveaux paradigmes, aussi cohérents te paraissent-ils, Xander.

En clair, il ne sait ouvrir que les portes qu'il a vues fonctionner, qu'il en soit ou non le découvreur – il est sceptique quant à sa capacité de les inventer. Sa perception du monde reste sur les rails de pensée qui lui ont permis de se forger. Par contre, quand il trouve une porte, il suffit que l'une ou l'autre bastard lui tienne la main pour, ensemble, l'actionner. Toutes se sont pliées à l'exercice, au grand dam d'Aeris lorsque son tour est venu, et toutes lui ont permis de le réussir, même Kayleen. Tant mieux, puisque toutes risquent d'être amenées à le refaire dans une situation ne souffrant pas l'échec.

Alexander doit reconnaître à Aeris une parfaite maîtrise d'elle-même. Elle n'a pas élevé d'objection, ni hésité, et sa seule remarque, ensuite, a été :

— Maintenant je sais pourquoi Bast t'a choisi.

— Je suis tout ouïe.

— J'hésite entre remords maternel et fantasme incestueux.

Alexander ne doute pas que cela soit en rapport avec Mahes et les connaissances mythologiques d'Aeris, mais personne n'est en mesure de l'éclairer. Il peut aussi s'agir d'une simple pique, sans qu'il puisse déterminer si elle s'adresse à lui, aux particularités de l'ankh ou à cette mère dont elle jalouse la puissance. Depuis que, comme Liadan, Aeris s'est rangée à la raison ou à la déraison de Vaimiti, elle est devenue parfaitement opaque à l'esprit d'analyse d'Alexander.

Toutes lui sont devenues étrangères, mues par leur instinct de fauves, prédatrices soudées par la chasse, guerrières nées se préparant au combat. Paradoxalement, il ne s'est jamais senti aussi proche d'elles.

Vaimiti l'a dit : il est temps d'en finir.

Acte XII, scène IV

Le NYPD a localisé le QG des bastards. Le FBI a rajouté deux noms dans la généalogie de Janet Bond : Lizzie et Kayleen. La CIA a retrouvé des traces de deux autres de ses descendantes : une sur les rives de la mer Rouge, l'autre dans les Andes amazoniennes, indubitablement les chimères rameutées pour protéger l'héritière et le géniteur. Et Cervantes se retrouve avec une bastard surnuméraire et, surtout un redoutable chiffre impair. Le temps de vérifier que cette Kayleen est la fausse bastard de Port Morris ou, comme Alec prenait plaisir à l'appeler, une bastard dégénérée.

Cette fois, Cervantes est obligé de s'intéresser de très près et très vite à la filiation de Janet Bond, parce que, si Bast a su tricher avec une impossible troisième génération, elle a pu commettre d'autres transgressions. Il ne parvient pas à relier la chimère amazonienne avec la Latina à roulettes, sinon par le phénotype, mais cela lui suffit. Par contre, le M15 anglais et la DCRI française lui livrent, par l'entremise de la CIA, deux liens entre la bastard dégénérée et l'autre chimère : des agressions dont la première a été victime pendant son séjour en Europe et dont tous les agresseurs ont été occis par une femme portant un masque de chat. Les deux services secrets ont un temps soupçonné la dégénérée de s'être fait justice avant de découvrir que la vengeresse, détentrice un coup d'un passeport libanais, un coup d'un passeport israélien, s'est chaque fois installée dans un hôtel proche de l'appartement de la jeune fille peu après les agressions.

Cervantes tient, en seulement quatre branches, les neuf descendantes de Janet Bond, dont les deux aînées ont été éloignées du reste de la famille. Pourquoi ? Il tourne longuement la question avant de comprendre qu'il a eu la réponse sous les yeux : Bast a anticipé le moment où son ennemi la surpasserait, où elle ne serait plus en mesure de le contenir. Elle a séparé et éloigné ses aînées pour les préserver de lui, les réserver contre lui et, surtout pour lui cacher – et peut-être aussi aux autres bastards – leur gémellité improbable. C'est de bonne guerre, mais cela n'en changera pas l'issue.

La NSA aussi a bien travaillé. À son insu, bien sûr, mais de son plein gré. Ou le contraire, ça n'a pas d'importance. La NSA collecte, recoupe, analyse, synthétise. La NSA est un bon serviteur qui se prend pour son propre maître, décide de la main qui le nourrit et la manipule, ignorant toujours qui elle alimente.

Les bastards ont lancé la première phase de leur offensive en *convoquant* leurs ennemis désignés sur le terrain de bataille qu'elles croient avoir choisi.

L'affrontement final est imminent, et Cervantes est seul à savoir ce qu'il engagera et à connaître ses enjeux. Il n'en est pas pour autant serein, juste prêt.

Acte XII, scène V

Pour des raisons de maniabilité et de poids, Kayleen préfère sa Triumph, mais, compte tenu de l'ouverture, par le NYPD, de la chasse aux Street Triple R, elle n'a rien à redire au choix d'Aeris : quoique moins nerveuse et moins agile, la Ducati 1098 Streetfighter S est plus puissante et, aux mains d'un pilote expert, difficilement prenable. Une petite virée la nuit précédente a malheureusement démontré que, si Aeris fait bonne figure, le pilotage de Shania est tout juste honorable et celui des autres à peine suffisant pour décrocher un automobiliste amateur dans un embouteillage.

— Tu exagères !

Alexander a raison. L'acuité visuelle, les réflexes et la témérité font que toutes les bastards s'en sortent mieux qu'un motard quinquagénaire du NYPD, père de famille et ravi de voir la retraite approcher. Il n'empêche que Kayleen se serait bien passée de confier la quatrième moto à Hermeline et la cinquième à Asuncion. Cette nuit, en cas de retraite précipitée, elles auront plus de chances de manger le goudron avec leurs passagères que d'échapper à d'éventuels poursuivants.

La mauvaise humeur de Kayleen tient aussi au fait que, bien avant le passage à l'action, elle doit véhiculer Vaimiti pendant qu'Aeris a la charge d'Alexander. Non que la sécurité d'Alexander soit en de mauvaises mains – le peu qu'Aeris pourrait envier à Kayleen en matière de voltige à deux roues est anecdotique par rapport à sa supériorité au combat – mais parce que Kayleen ne parvient pas à cerner Vaimiti et que ses poils se dressent quand celle-ci l'approche. Et cela n'a aucun rapport avec Asuncion, au passé comme au présent. Vaimiti sonne faux. Derrière son apparente indifférence, Kayleen ne perçoit que calcul. Comparativement, Aeris fait figure d'ingénue.

— Tu exagères encore.

Et Alexander a encore raison. Aeris ne donne pas sa part au chien et il n'est pas impossible qu'elle se cache derrière la concorde qu'a réussi à instaurer Vaimiti dans la famille. Néanmoins, Kayleen craint celle-ci, et cela ne s'arrange ni avec les quelques mots échangés lorsque, dès l'aube, elle la conduit à La Guardia, ni lorsqu'elle la récupère à Newark Liberty, dans l'après-midi, pour rejoindre Aeris et Alexander à Mahwah.

Par politesse, Kayleen demande :

— Ça s'est bien passé à Chicago ?

L'air étonné, Vaimiti répond :

— Ça t'intéresse vraiment ?

— Disons que je suis concernée.

— Ça s'est bien passé.

Si, pour ne pas attirer l'attention, Kayleen ne devait pas se contraindre à respecter la limitation de vitesse sur les 55 km qui séparent l'aéroport du data center du NYSE[1], elle effectuerait le trajet en moins d'un quart d'heure à seule fin d'abréger une conversation aussi

1. New York Stock Exchange.

laconique que pénible. En tout cas, elle regrette amèrement que les casques soient équipés d'interphone.

— Leen, je ne parviens pas à trancher. Tu te méfies tant que ça de moi ou c'est seulement que tu ne m'aimes pas ?

— Je n'aime pas les gens dont je me méfie.

— Nous avons toutes ça dans les gènes.

— Tous les animaux ont ça dans les gènes. C'est l'instinct de survie, que seul l'apprentissage permet de contourner.

— Pour les êtres humains, on parle d'éducation.

— Enseigner à quel qu'être que ce soit à tolérer une souffrance pour subvenir à un besoin vital n'est pas de l'éducation mais du dressage. Réguler soi-même ses instincts, ça, c'est de l'apprentissage.

Les kilomètres défilent lentement. Heureusement, les silences sont longs.

— Tu as peur de moi, Leen ?

— Non.

— Mais tu sens que tu devrais.

— Il y a de ça.

— Pourquoi ?

— Tu es une arme d'autant plus redoutable que tu fais cavalier seul et que tu manipules tout le monde.

— Oh ! Je comprends mieux ta défiance.

— Je pense aussi que tu souffres d'un trouble dissociatif de l'identité.

Comme Vaimiti ne réagit pas immédiatement, Kayleen pense en avoir fini avec le sujet et être tranquille pour quelques minutes. Elle se trompe.

— Tu es une excellente diagnosticienne, la surprend sa passagère. Puis-je te confier mon sentiment à ton égard ?

— C'est un retour de politesse acceptable.

— D'une part, tu es trop servile pour que ton insoumission soit prise au sérieux. D'autre part, ton endurance exceptionnelle ne satisfait que ceux qui en usent.

Kayleen crispe sa main sur la poignée d'accélérateur pour ne pas lâcher brutalement les gaz.

Acte XII, scène VI

Alexander a l'impression d'être devenu le portier officiel de Wonderland. Il ne comprend toujours rien à ce qu'il fait, mais cela fonctionne et, comme cela fonctionne de mieux en mieux, il y prend un plaisir de gosse qui vient de découvrir que lui aussi peut changer le programme simplement en actionnant la télécommande de la télévision. C'est magique : il appuie sur un bouton et l'écran affiche une scène différente. Du moins, ce le serait si c'était aussi simple que ça, mais, même s'il est incapable de se passer de l'assistance d'un adulte pour faire mieux qu'éteindre ou allumer la télé et que l'adulte doit guider ses doigts pour que le programme réponde à son attente, c'est excitant et gratifiant.

Aeris le promène dans tout le Financial District. Ils descendent Wall Street, depuis la Bank of New York jusqu'à la Citybank, en passant entre autres par le New York Stock Exchange. Puis ils bifurquent dans Water Street, s'attardent au 55, naviguent dans le Lower Manhattan et remontent Greenwich Street jusqu'au WTC7. Dans tous les bâtiments qu'ils visitent, Alexander transforme des portes anodines en portes Houdini. Rien de glorieux. Des toilettes, la plupart du temps, des locaux techniques, des placards à balai et des ascenseurs. Puis Aeris l'aide à ouvrir ces portes et cela devient beaucoup plus intéressant.

Pour Alexander, chaque ouverture est une découverte, mais Aeris ne semble pas moins surprise que lui. Ils débouchent dans des corridors, des caveaux, des mines, des sanctuaires, des salles immenses ou minuscules, de véritables réseaux de galeries, des escaliers, un labyrinthe et même un toboggan se déversant dans un collecteur d'égout. C'est toujours différent, toujours déroutant, surtout lorsqu'il s'agit de trouver une issue ou, comme ne cesse de le répéter Aeris, de l'inventer et de s'arranger pour qu'elle donne sur leur réalité, de préférence à l'extérieur et sans surgir au milieu de la foule. À cette fin, elle a chargé dans sa tablette numérique des centaines de photos, prises en grande partie par Emily, et elle en choisit une sur laquelle tous deux se concentrent chaque fois qu'ils ouvrent une sortie. Cela se déroule bien jusqu'à ce qu'ils passent d'un souterrain à des catacombes.

— Oups ! s'exclame Alexander.

— Oups, vraiment ? Tu peux me dire à quoi tu pensais ?

Alexander désigne l'ossuaire.

— Pas tout à fait à ça, mais…

Il laisse la phrase en suspens et fait une mimique coupable. Aeris lève les yeux au ciel.

— D'accord, dit-elle. Comme tu t'en doutes, je n'ai aucune idée d'où nous sommes. Je ne suis sûre que d'une chose : nous ne pouvons pas sortir d'ici directement, il faut revenir au point d'où nous sommes partis.

— Le souterrain ?

— Le souterrain.

— Je ne l'ai pas très bien en tête. Il était assez… euh… quelconque.

— Tout provient de ce que tu as en tête, Xander. Une grande partie, en tout cas. Tu peux faire le vide ?

— Le vide ?

— Arrêter de penser, verrouiller ton imagination, te focaliser sur ce que moi je peux avoir en tête.

— J'ignore ce que tu as en tête.

— Que moi je le sache est suffisant. Toi, tu dois juste me faire confiance. Tu t'en sens capable ?

— Je pense, oui.

Aeris soupire.

— Nous nous en contenterons. Crée une porte.

Alexander n'est pas certain que le souterrain dans lequel il débouche soit le même que celui qu'ils viennent de quitter, mais Aeris est satisfaite, et soulagée.

— Pour être franche, j'étais persuadée que ça ne marcherait pas, avoue-t-elle.

— Tu es sûre que…

Elle lui fait signe de se pencher et lui montre un objet au sol.

— C'est quoi ?

— Une amulette de la collection de Lizzie. J'en laisse une dans tous les passages que nous visitons.

Alexander ramasse et étudie le talisman. Égyptien et antique, mais sans rapport avec l'ankh.

— On dirait un cafard.

— Très drôle. C'est khéper, le scarabée du cœur, symbole des cycles de la vie et du soleil.

— Pourquoi en laisses-tu partout ?

— Pour que l'aube prochaine soit mémorable.

— C'est là que, moi aussi, je dois dire : « Très drôle » ?

Elle penche la tête et sourit énigmatiquement.

— C'est aussi une boussole et un aimant. Repose-le. Nous devons encore passer par la centrale électrique sous le WTC7 avant de rejoindre Leen et Vaimiti à Mahwah.

— Il y a quoi à Mahwah ?

— Le plus gros data center du New York Stock Exchange, un monstre qui fonctionne sous SFTI[1] doté d'une redondance de sauvegarde à Chicago.

— C'est à lui que Vaimiti rendait visite ce matin ?

— Oui.

— Sans moi ? Enfin, pas moi, je voulais dire…

— Elle y a ses entrées.

1. SFTI (se prononce Safety), Secure Financial Transaction Infrastructure, réseau sécurisé pour les transactions électroniques et l'accès aux données des marchés financiers.

Acte XII, scène VII

Dès que l'horloge de l'ordinateur affiche « 7:00 pm », Shania se recule dans son siège, croise les bras et surveille l'écran. Sauf imprévu, Vaimiti et Alexander sont entrés dans le data center de Mahwah. Dans un moment, Vaimiti remplacera un serveur lame par un autre. Presque immédiatement, une séquence cryptée apparaîtra sur l'écran de Shania, à laquelle elle répondra par une ligne de code. C'en sera fini de l'intégrité du système, mais nul ne s'en apercevra avant de longues heures, après que, pendant un bref moment, il aura inondé tous ses clients et la plupart des places boursières d'informations erronées. Tout est programmé, Shania n'aura plus à intervenir sur ce système. Liadan, Lizzie et elle pourront se consacrer au lancement de leurs autres attaques informatiques. Même Emily participera.

Liadan et Lizzie, elles aussi suspendues à cette ligne de code, sont aussi calmes que Shania. Emily masque son impatience à grand-peine. Elle n'a pourtant rien de passionnant ni de compliqué à faire, mais elle ne s'attendait tellement pas à être invitée dans ce qui n'est, pour elle, qu'un jeu. À part physiquement, elle n'est pas immature, en tout cas moins que Shania ne l'était à son âge, mais elle entretient son insouciance avec une volonté qui n'a d'égale que son imagination, cet espace dans lequel se sont réfugiées les dernières miettes de son enfance. Elle est Pippi Longstocking[1] et elle le restera jusqu'à ce qu'elle n'ait plus le choix. Ce n'est, au plus tard, qu'une question de semaines, maintenant. Shania sent d'intenses modifications dans son système endocrinien.

Mais, pour cette nuit encore, Emily est une enfant. Qui devra tuer pour ne pas être tuée ou pour protéger ses proches. Quoi qu'en pense Emilio, quoi qu'il reproche à Shania, c'est le sort des bastards. Il n'est ni bon, ni mauvais. Il est inhérent aux responsabilités que leur confèrent leur quadruple hélice ADN et leur éducation. Même l'exhérédée tuera sans hésiter.

Pas l'exhérédée. Elle ne l'est plus. Shania comprend aujourd'hui qu'elle ne l'a jamais été, qu'il s'agit du message de Bast adressé à toutes par embryon interposé. Elle regarde vers Lizzie. Lizzie lui sourit. Lizzie, l'aînée de la deuxième génération – de *cette* deuxième génération – la seule capable de presque égaler Liadan et Shania. La mère de Kayleen, la fille d'Aeris. Le sang de Bast coule puissamment dans la lignée de la première née.

Shania se tourne vers Liadan, immobile, patiente, prête à distiller la démence dans les ordinateurs et chez les informaticiens du NYPD, du FBI, de la CIA, de la NSA, du DOD, de l'ODNI, de la Maison Blanche, du Pentagone et de nombreuses entreprises privées, Doe & Roe en tête.

Un petit DDOS[2] pour se mettre en train. Seule originalité technique, l'inondation des réseaux concernés

1. Nom en anglais de *Pippi Långstrump (Fifi Brindacier* en français).

2. Distributed Denial of Service (attack) : (attaque par) déni de service.

s'effectuera entre eux, grâce aux failles découvertes dans chaque système. Vu le nombre de machines interconnectées dans les différents départements, la résolution du problème devrait occuper les informaticiens une partie de la nuit. Le temps nécessaire et suffisant pour réveiller le malware implanté en amont, une variante très distrayante de Flame, le descendant de Stuxnet, fruit d'une coopération des services américains et israéliens pour paralyser la centrale nucléaire iranienne de Bouchehr. Shania considère particulièrement immanente la justice qui transforme des cyberattaquants en cyberdéfenseurs par le biais de leurs propres armes, soigneusement customisées. Il serait étonnant, au moins pour les émanations du gouvernement, que les spécialistes consacrent davantage que le reste de la nuit à annihiler l'attaque. C'est largement suffisant. Il ne s'agit que de les affoler un peu, et de les occuper beaucoup.

Le véritable combat aura lieu sur un autre terrain, à moins de cinq minutes en moto. Là où le Serpent a eu l'obligeance de réunir plusieurs têtes de l'Hydre pour contrer la vague d'attentats qu'elles n'ont jamais projeté de commettre. De simples assassinats, d'ailleurs, mais certains milieux ont un remarquable sens de la publicité quand leurs insignifiantes personnes sont visées.

— Shania ? lance Liadan pour attirer son attention sur la séquence cryptée qui vient d'apparaître sur leurs quatre écrans.

— J'ai vu.

Elle pose ses paumes sur le bord du clavier et se met à compter mentalement. Vaimiti a demandé deux minutes pour extraire Alexander et s'éloigner du data center.

Acte XII, scène VIII

20 h 13, le NYPD informe le FBI de New York que son réseau informatique vient de sauter et demande l'assistance de celui-ci pour parer au plus urgent. Cervantes sourit d'un coin de lèvres.

20 h 31, le FBI new-yorkais informe le siège à Washington qu'il subit une attaque, manifestement de type DDOS. Cervantes s'offre le luxe d'un sourire complet.

20 h 46, le siège de DC fait savoir à ses agents new-yorkais qu'il est lui aussi touché et que cela semble être le cas d'autres bureaux fédéraux. Cervantes ricane sans vergogne.

À 20 h 52, son humeur s'égaie encore du déni de service imposé au réseau principal de la CIA et, deux minutes plus tard, que Doe & Roe n'a pas échappé à l'agression.

Il se retient de se frotter les mains lorsque, dans la demi-heure suivante, il apprend coup sur coup que la NSA, le Pentagone et la Maison Blanche sont atteints. Certes partiellement, mais suffisamment pour que tous les spécialistes de la cyberguerre soient rappelés dans leurs officines.

Comme c'était prévisible, les bastards lancent leur première offensive sur le terrain virtuel. Cervantes n'est pas même surpris par l'ampleur de l'assaut : Janet Bond était très compétente, il n'y a aucune raison que ses rejetons le soient moins, surtout avec le legs qu'elle leur a fait. Paniquer les huiles en malmenant les jouets dont celles-ci ne savent plus se passer est toujours une stratégie payante.

Et celle-ci paie, mais pas immédiatement. Dans le QG de North Hills tout le monde attend gentiment que les bastards surgissent pour se faire cueillir par le bataillon équipé d'armes à la légèreté douteuse. Les ordres circulent bien. Les hommes sont mobilisés, les machines parées, l'état d'alerte maximal depuis 20 h 32. Le problème est qu'il dure, voire qu'il s'éternise, et que la vigilance se refroidit en même temps que le doute s'installe.

À 1 h 00, il devient évident que l'attaque DDOS masquait une offensive informatique d'ampleur peut-être moindre mais beaucoup plus dévastatrice. Un ver dérivé de l'opération Olympic Games orchestrée par la NSA en collaboration avec Shmone Matayim[1]. Cervantes trouverait ça très drôle si cela ne contribuait pas à déstabiliser, sinon à démobiliser le personnel de North Hills.

Plus la nuit avance, plus la vigilance s'étiole. En pros, les hommes font leur job, mais ils ne sont plus sur le qui-vive. Ce n'est pas vraiment grave. Cervantes veille, et ses sens sont beaucoup plus affinés que ceux des détecteurs en tout genre qui surveillent le périmètre.

1. *L'unité 8200* de l'armée israélienne, spécialiste du renseignement d'origine électromagnétique et du déchiffrement de code.

Il entend le bruit des motos alors qu'elles doivent encore être à un kilomètre. Cinq motos. La NSA vient d'annoncer qu'elle a éradiqué le ver.

Il est 5 h 30. Le jour ne se lèvera pas avant une heure. Beaucoup dans l'enceinte de l'ancienne clinique psychiatrique ne le verront pas.

Acte XII, scène IX

C'est une nuit idéale, sans lune. Liadan voit distinctement le bâtiment principal sur la butte et le sommet des autres, le reste est caché par le mur d'enceinte. Un mur à peine moins haut que celui d'une prison, à peine moins barbelé aussi. Deux des câbles qui supportent les pointes sont électrifiés. La crête du mur est truffée de tessons de verre. Il ne devait pas être facile de quitter l'hôpital sans l'autorisation des psychiatres. Il ne l'était pas davantage de s'y interner sans être invité. Tous les vingt mètres, un pylône supporte deux projecteurs, pour l'instant éteints, surmonté d'une caméra en fonction. Sur chaque pylône, un projecteur est tourné vers le parc, l'autre vers l'extérieur, la caméra est amovible. Certains pylônes existaient avant la fermeture du centre : un sur cinq, environ, mais ils étaient nettement moins bien équipés. Dans l'enceinte elle-même, il y a d'autres projecteurs, disséminés autour des bâtiments, et à peine moins de caméras.

Le bâtiment principal pourrait revendiquer le titre de manoir, les autres celui d'écuries, de grange, de maison de gardien. À la fin du XIXe siècle, après avoir été un corps de ferme, l'ensemble est devenu un haras relativement modeste qui a enrichi son propriétaire au fil des victoires de ses poulains. C'est lui qui en a fait cette gentilhommière de nombreuses fois rénovées par ses acquéreurs suivants. De rénovation en rénovation, les structures d'origine ont été redessinées, enfouies, oubliées, pendant que la superficie de la propriété fondait au fil des crises et des flambées immobilières.

Les fosses septiques, les puisards, le bassin de décantation, celui de récupération des eaux de pluie, les anciens collecteurs d'eaux usées ont été oubliés. Certains sont pourtant raccordés au système actuel, au mépris des règles sanitaires. À la longue, les gains de temps et les petites économies peuvent coûter très cher.

Cent cinquante mètres à l'extérieur de l'enceinte, après un vague dragage, le vieux bassin d'épandage et le réservoir sont devenus un étang qualifié de naturel, principalement alimenté par l'eau qui descend de la butte, en grande partie via les anciens réseaux de drainage, de récupération des eaux de pluie et de collecte des eaux usagées. L'une des canalisations rejoint directement la vieille fosse septique, sous les caves du manoir. Inondée au moins au départ, elle est beaucoup trop étroite pour un adulte.

Liadan aide Emily à enfiler sa combinaison de plongée.

Acte XII, scène X

Allongé sur le toit des anciennes écuries, Cervantes est totalement invisible, même aux projecteurs et aux caméras qui surveillent la cour. Ses yeux et ses oreilles s'efforcent de percer l'obscurité et le silence, en vain. Il ne voit et il n'entend rien d'anormal. Certes, sa vision et son ouïe sont très inférieures à celles des bastards, mais il a d'autres sens. Les motos se sont tues depuis plusieurs minutes. Les bastards prennent leur temps.

Puis la cour plonge dans le noir. Toutes les lumières, intérieures et extérieures, s'éteignent en même temps. Le QG est déconnecté du réseau électrique. Dans les secondes qui viennent, le cadre de garde de la compagnie de distribution se fera passer un savon. Il rappellera après quelques minutes pour expliquer qu'aucune anomalie ne s'affiche sur ses écrans de contrôle et que des techniciens sont déjà en train de vérifier l'ensemble du réseau. Ils ne trouveront rien, sinon, dans plusieurs heures, un virus dans leurs ordinateurs.

Une intuition pousse Cervantes à ouvrir son mobile. Pas de réseau. Il parierait volontiers que la téléphonie câblée aussi est HS, mais il n'a personne avec qui parier et il déteste les gains faciles.

À part les interpellations d'usage entre gardes pour s'assurer que tout va bien, Cervantes n'entend toujours rien, mais, cette fois, c'est anormal. Les générateurs de secours auraient dû se mettre en route et le bourdonnement de leurs moteurs diesel devrait être parfaitement audible.

Les bastards sont dans la place.

Le carnage peut commencer.

Acte XII, scène XI

Pour Shania, franchir le mur est une formalité. Un peu d'élan, un bond, et elle retombe sur la pelouse trois mètres derrière. Résister à l'impulsion de se précipiter pour rejoindre Emily, seule dans les bâtiments, est plus difficile, mais elle patiente le temps qu'Asuncion couvre les barbelés d'un carré de kevlar molletonné, roule par-dessus et la rejoigne. De toute façon, Emily sait ce qu'elle doit faire et Liadan s'est engagée à veiller sur elle. Le rôle de Shania consiste à dégager le terrain pour qu'Asuncion mette en panne les véhicules ennemis.

Shania n'aime pas commencer une opération en protégeant leur fuite au cas où le combat tourne en leur défaveur. Pourtant elle a dû se ranger à l'évidence : elles n'ont aucune idée de ce qu'elles auront à affronter. Elles ne connaissent ni le nombre de leurs opposants, ni la nature de leur équipement. Elles ignorent même le nombre exact de *têtes* que le Serpent a rassemblées.

Elles avaient envisagé la présence d'un hélicoptère. Il est bien au rendez-vous, à quelques mètres de trois Chevrolet Tahoe flambant neufs. Les autres véhicules doivent se trouver dans le hangar qui fut jadis une grange et que gardent deux hommes.

— Je sais par où commencer, murmure Asuncion.

Shania aussi. Asuncion s'élance sur la pelouse.

Asuncion est une sprinteuse d'exception. Shania la laisse littéralement sur place.

Vaimiti réapparaît moins de trente secondes après s'être éclipsée. Elle est entrée en sautant le mur, elle sort par le portail. Elle ne l'a fait coulisser que sur un mètre, juste de quoi passer une moto. En poussant sa Ducati à l'intérieur, Kayleen découvre que le portail ne s'ouvrira pas davantage. Vaimiti a détruit le mécanisme qui permet de l'actionner manuellement et elle est en train d'en déboîter une extrémité avec une barre métallique pour qu'il ne glisse plus entre ses rails.

Hermeline et Lizzie entrent juste derrière Kayleen et s'évanouissent dans l'obscurité. En calant la moto sur sa béquille, Kayleen remarque deux corps allongés.

— Morts ? demande-t-elle par principe.

La mimique de Vaimiti vaut réponse.

— Je n'ai aucune consigne à te remémorer, j'imagine, s'assure-t-elle en ramassant les armes de ses deux victimes pour les tendre à Kayleen.

— Aucune.

— Tant mieux. Tu restes à côté de la moto, tu te tiens prête à évacuer Xander, tu ne grimpes pas là-haut.

— J'ai dit : aucune.

— Alors je me contenterai de te rappeler que tu es une bastard.

Elle s'est volatilisée avant que Kayleen puisse répondre qu'en avoir conscience est insuffisant. Aujourd'hui, elle, qui n'a jamais envié ceux de ses cousines, aimerait avoir des griffes et des crocs. Elle doit se contenter de glisser les armes dans son blouson.

Il n'y a que trois portes sur la face arrière de la maison, mais toutes sont gardées par un homme armé d'un pistolet-mitrailleur. Alexander les distingue à peine tellement il fait sombre, mais eux ne peuvent pas le voir, ni Aeris, à ses côtés dans le massif de rosiers.

— Nous sommes très attendus, souffle Aeris. Mais ils n'ont pas prévu que nous couperions aussi les générateurs et ils n'ont pas de lunettes de vision nocturne. Ce qui m'ennuie, ce sont les types à l'étage.

Même en se concentrant, Alexander n'aperçoit personne derrière les fenêtres.

— Nous allons devoir attendre la diversion, reprend Aeris.

— Quel genre de diversion ?

— Des coups de feu, de l'autre côté. Dès que ça commence à mitrailler, tu fonces vers la porte de gauche. J'espère que tu cours vite.

Alexander évalue la distance à cinquante mètres. Vu son état de forme, environ dix secondes. Elles vont être longues.

Emily déteste le contact de la combinaison de plongée contre sa peau, et l'odeur que celle-ci dégage l'insupporte encore davantage. Une puanteur mélangée de relents d'égout et de gasoil. Les miasmes sont ceux des eaux qui, suintant dans le puisard qu'elle a remonté, ravivent ceux d'excréments anciens. Les vapeurs de gasoil proviennent de la nappe qui a envahi la chaufferie depuis qu'elle a ouvert les vannes de vidange des cuves, avant de rendre inopérants les carburateurs des deux générateurs, que deux hommes, éclairés à la torche électrique, sont en train d'examiner. Ce ne sont manifestement pas des chauffagistes ni des lumières. Après cinq minutes, ils n'ont toujours pas compris que la fuite de fuel provient des cuves, pas des générateurs.

Emily les observe depuis la bouche d'aération dans laquelle elle s'est réfugiée, un mètre au-dessus d'eux. Elle est vraiment à l'étroit et, surtout, elle ne peut pas sortir. Si la grille intérieure a été facile à ôter, celle extérieure est scellée dans la pierre. Elle doit attendre que les deux hommes admettent leur incompétence et quittent la pièce, ou prendre un risque. Elle n'a pas son lance-pierre, elle ne dispose que d'une miséricorde et d'un Glock 26, ultracompact, léger, mais bruyant. Coincée dans le bâtiment, elle se voit mal ouvrir le feu la première.

Après avoir grimpé la butte ventre à terre, Liadan approche le manoir plus prudemment. Son pelage noir est presque invisible dans la nuit, mais elle a besoin d'évaluer la situation avec tous ses sens. Elle aperçoit beaucoup d'hommes en armes et elle en entend de nombreux autres. Elle sent de multiples odeurs, dont certaines qu'elle apparente à l'adrénaline et une qui les couvre presque toutes : le gasoil. Les émanations proviennent d'un côté du bâtiment hors de son champ de vision.

Liadan a un mauvais pressentiment et un sentiment d'urgence qui lui font frémir les moustaches. Elle contourne la bâtisse à distance, examine la façade qui l'intéresse. Une seule porte, deux fenêtres aux volets métalliques abaissés, deux soupiraux, les vapeurs de gasoil sortent de l'un d'eux, celui d'où émane aussi une vague lumière dans laquelle se découpe la silhouette recroquevillée d'Emily derrière une grille. À chaque extrémité du mur, un soldat, le PM en bandoulière. Ils gardent les angles, pas la porte, celle-ci doit être blindée. Trois fenêtres à l'étage au-dessus, un homme dans l'ombre derrière chacune. Trois lucarnes à l'étage supérieur, trop hautes, même pour elle.

Si Liadan doit entrer, ce sera par une fenêtre du premier, mais il lui faut d'abord éliminer les gardes à l'extérieur. Risque qu'elle ne peut pas prendre tant qu'Hermeline n'a pas donné le signal que toutes sont en place.

À l'instar des chats et plus que toute autre bastard, Hermeline aime les positions en hauteur. Cette fois, elle s'installe dans un cèdre, presque à la cime, à la jonction d'une fourche divisant le tronc en deux. Elle n'a pas vraiment le choix, c'est le seul arbre qui domine les toits et lui offre une vue dégagée sur la cour entre les bâtiments. Les bâtisses constituent un U évasé dont aucune branche n'est en contact avec les autres. De là où elle se tient, debout, adossée au tronc, elle a une vue parfaite sur les façades avant du manoir et des anciennes écuries. Du hangar, par contre, elle ne voit que le toit et l'arrière, de trois quarts. À défaut d'être parfaite, la situation est appréciable. Sa plus longue distance de tir n'excède pas les deux cent cinquante mètres et elle peut ajuster toutes les fenêtres et les portes donnant sur la cour.

Elle aperçoit Asuncion, couchée sous l'hélicoptère, Shania se glissant entre les 4×4, Liadan à l'arrêt, prête à bondir, et Lizzie, agenouillée derrière une haie. Impossible de voir Aeris et Alexander de l'autre côté du bâtiment principal, mais elle finit par repérer Vaimiti, plaquée contre un mur, presque à l'angle du manoir derrière lequel se trouve un des hommes que guette Liadan. Au passage, elle a compté dix soldats à l'extérieur, tous en tenue de commando, et un quasiment derrière chaque fenêtre au premier étage du manoir. Dix-huit hommes, en tout, mais ils sont assurément davantage.

Elle engage un chargeur dans le SVU, épaule le fusil et se fige.

Il y a quelqu'un sur le toit des écuries. Ton sur ton. Immobile.

Hermeline sourit. Pour donner le coup d'envoi, c'est une cible parfaite.

Acte XII, scène XII

Dans l'air, une balle de 7.62 se déplace presque trois fois plus vite que le son, mais trois cent mille fois moins que la lumière. Sur un peu plus de deux cents mètres, c'est presque imperceptible. Cela sauve néanmoins Cervantes : l'avantage de percevoir l'infrarouge et de se mouvoir très vite. Il roule sur le côté et se laisse tomber du toit, entre les écuries et le hangar, à l'abri.

À l'abri ! Une bastard l'a contraint à se mettre à l'abri avant même que les réjouissances ne débutent. Il y a de quoi se vexer. Cervantes préfère se considérer comme simplement averti, sans frais. Il a repéré l'arbre d'où le coup de feu est parti, c'est déjà ça. Il sait comment échapper à l'angle de visée de la tireuse. Cela pourrait lui poser des problèmes pour mettre les autres hors jeu, mais celles-ci vont avoir beaucoup à faire avec le comité d'accueil. Le vrai. Celui que le responsable de la base tient en réserve. Celui sans qui l'AAPEP n'aurait pas accepté de risquer ses trois seconds couteaux les mieux placés dans l'administration américaine, dont un secrétaire d'État. Des marionnettes, selon le point de vue de Cervantes, parfaitement remplaçables mais, il veut bien l'admettre, très pratiques.

Au-dessus de la cour, les balles sifflent et les vitres volent en éclat. La tireuse s'en donne à cœur joie et la riposte est modeste. Quelques coups tirés au hasard, pas du tout dans la bonne direction. Cervantes tend l'oreille. Les tirs ne proviennent pas du manoir, mais de la cour elle-même. Les hommes en faction à l'extérieur se défendent contre des attaquants au sol. *Cherchent* à se défendre. Il est temps que leur supérieur en chef réagisse.

Alors, enfin, Cervantes pourra se mêler à la pagaille. Toutefois il peut déjà enlever une petite pierre à l'édifice.

Acte XII, scène XIII

Au premier coup de feu, Aeris jaillit du massif. Alexander suit avec un temps de retard, bras au corps, droit sur la porte qu'elle lui a désignée. Il se concentre sur l'homme qui fait le planton devant. Il ne regarde ni d'un côté, ni de l'autre. Il a vu Aeris en action dans le cimetière. Sa confiance en elle est absolue. Il n'a de toute manière pas d'alternative. Il n'entend rien, il ne voit pas grand-chose, il court.

Quand il atteint la bâtisse, le garde gît sur le perron et celle qui s'appuie au battant n'est plus tout à fait une femme. Elle donne un coup de tête vers la poignée. Alexander pose la main sur la sienne. Ensemble, ils ouvrent la porte.

Les deux hommes sont sortis précipitamment de la chaufferie dès les premiers coups de feu. Emily s'apprête à sauter dans la mare de gasoil quand Liadan apparaît derrière la grille. Elle a le museau ensanglanté, mais pas de son sang.

— Je me débrouille, affirme Emily. (Liadan ne bougeant pas, elle ajoute :) Va aider maman. La voie est libre, je peux repartir par où je suis arrivée.

Elle n'en a aucune intention, mais Liadan n'a pas de raison de s'en douter. Emily est une petite fille raisonnable, n'est-ce pas ? Sauf aujourd'hui, alors que, à l'autre bout de la cave, à côté de la chaudière à mazout, il y a une vieille chaudière à bois et une boîte d'allumettes à peine plus récente. N'est-ce pas ce que Vaimiti préconisait : craquer une allumette pour mettre le feu à toute la boîte ? Le fuel s'allume mal et se consume lentement, mais il brûle.

Shania faisant le vide autour d'elle, Asuncion ne se préoccupe pas de ce qui se passe dans la cour. Après avoir dévissé le rotor de queue de l'hélicoptère, elle sectionne les arrivées de liquide de freinage et crève les réservoirs d'essence. C'est du sabotage à l'emporte-pièce, mais elle n'a pas le temps de fignoler et se moque qu'il soit découvert avant l'utilisation des véhicules.

Elle est sous le dernier Tahoe quand un grincement l'alerte. Elle tourne la tête vers le hangar, voit le portail coulisser latéralement, découvre les camions et les hommes qu'il cachait, aperçoit Shania se précipitant vers eux, roule sur elle-même, se redresse entre deux 4×4, se met à courir elle aussi vers le hangar, se retrouve presque aveuglée par les projecteurs des camions.

Elle plonge au sol juste avant que les pistolets mitrailleurs lâchent leur première rafale,

La kalachnikov de Lizzie s'oriente vers le hangar dès que le portail commence à s'ouvrir. Elle est prête à canarder tout ce qui en émerge, mais rien n'en sort, sauf, brutalement, une lumière infernale. Elle baisse les yeux pour s'acclimater et ne les relève que lorsque ses pupilles se sont étrécies.

La cour s'est illuminée, les 4×4 projetant des ombres s'étirant jusqu'au manoir. Shania charge et dévie sa course. Asuncion se jette à terre. Les MP5[1] entonnent leur staccato caractéristique.

L'AKI2 de Lizzie est beaucoup plus puissant, mais, si elle est mieux positionnée qu'Hermeline, elle n'aperçoit qu'une partie des soldats et aucun des projecteurs. Elle va devoir bouger et s'exposer, elle aussi, à la lumière. Pour l'éteindre.

Kayleen n'a aucun besoin d'être versée en matière d'armement pour faire la différence entre la voix du fusil d'Hermeline et la cacophonie de détonations qui suit immédiatement l'illumination de la cour. La lumière est si intense qu'elle distingue nettement Lizzie jaillir d'une haie et se précipiter vers la grange. Liadan et Aeris peuvent aller se faire voir avec les consignes que Vaimiti lui a rabâchées avant de disparaître. Lizzie est sa mère.

Kayleen saute sur la Ducati, met le contact, enclenche la première et démarre en trombe.

Dans l'ombre du mur, Liadan est en train d'évaluer la situation quand l'odeur de gasoil se modifie. Elle tourne le crâne vers le soupirail, voit la lueur et les volutes sombres qui s'en échappent. Quelqu'un vient de mettre le feu à la chaufferie. Quelqu'un qui n'a encore ni griffes, ni crocs, mais qui se prend pour Catwoman.

Liadan prend un peu de recul, se ramasse sur elle-même et s'apprête à bondir vers une fenêtre du premier étage. Une main se pose sur son col, lourde, puissante. Vaimiti.

— Je m'en occupe. Sors As de là.

---

1. Pistolet-mitrailleur de Heckler & Koch.

Liadan grogne mais s'exécute. Sous sa forme féline, elle sera plus efficace à l'extérieur que dans le bâtiment.

Hermeline a cessé de tirer. Paradoxalement, la lumière la gêne : elle ne voit plus ce qui se passe derrière les vitres du manoir et elle n'a pas de cible dans la cour. Elle ajuste la porte principale. En toute logique, des hommes en sortiront pour prendre Asuncion et Shania en tenaille. Le moteur de la moto la surprend. Kayleen en a assez de jouer les figurantes.

Hermeline balade sa mire métallique de la porte aux volets, très vite. Personne ne bouge de ce côté. Ce n'est pas normal. Tactiquement, c'est même aberrant.

Une balle frappe le tronc à côté de son épaule gauche. Elle se baisse. Un autre projectile s'écrase à l'endroit qu'occupait sa poitrine. Se débarrasser de la tireuse dans l'arbre avant de risquer une sortie, ça, tactiquement, c'est excellent. Deux autres balles élaguent de petites branches au-dessus de sa tête avant de se ficher dans le tronc. Réducteur de son, environ deux cents mètres, le sniper est sur le toit de la grange, il ne peut la voir qu'en visée infrarouge. Hermeline s'allonge sur la branche qui lui servait de perchoir. Quand le cinquième projectile frappe celle-ci, Hermeline se laisse tomber. Le sixième lui traverse l'épaule gauche juste avant qu'elle ne percute la branche en dessous. Elle rebondit, ne parvient pas à s'accrocher, bascule dans le vide.

La caverne est immense. Ses parois sont couvertes de dessins préhistoriques. Des stalactites descendent de la voûte et rejoignent par endroits les stalagmites qui s'élèvent du sol. Il y règne une lumière diffuse dont la source est invisible.

— Trouve une porte, enjoint Aeris.

Alexander promène sa main sur la paroi, là où l'humidité suintant de la roche a effacé les représentations archaïques d'animaux disparus.

— Vite ! le presse Aeris.

Il avance presque à marche forcée, la paume glissant sur la paroi.

— Je ne sens rien, s'excuse-t-il.

Aeris fronce les sourcils.

— Qu'est-ce que tu cherches ?

Alexander ne comprend pas.

— Une ouverture, évidemment.

— Plus précisément ?

— Une poignée, un bouton, un levier, je ne sais pas. Dans une grotte préhistorique, que veux-tu que je trouve ?

— Je vois. (Elle soupire.) Tu ne cherches pas une porte, mais un mécanisme. Je n'ai pas le temps de te convaincre que ce n'est qu'un symbole, et il me faudrait l'aide d'Hermeline, alors nous allons dénicher un mécanisme.

Elle plisse les yeux, arpente la grotte, se fige devant une formation de stalagmites, l'étudie, les attrape une à une, puis se retourne vers Alexander, triomphante.

— J'ai trouvé !

— Tu as trouvé quoi ?

— Ton levier. Toutes les stalagmites sont immobiles, sauf celle-ci. Tu paries que c'est un système d'ouverture ?

Alexander préfère se contenter de le croire. Comme il lui paraît prudent de ne pas imaginer que le couloir, distribuant les chambres du personnel dans les combles, ne ressemble plus du tout à celui de la seule photo en leur possession, datée de 1934.

Acte XII, scène XIV

Cervantes repose le fusil dans le chéneau du hangar. Il ne pense plus en avoir besoin – il a placé plusieurs armes à d'autres endroits stratégiques – mais on ne sait jamais : la violoniste embusquée n'était sûrement pas la seule surprise concoctée par les bastards. Il espère seulement qu'elle n'était pas la mère porteuse, ou, dans le cas contraire, que le fœtus aura survécu. Après quarante mètres de chute, même freinée par le branchage, un sac amniotique n'amortit pas tout. Pour la mère, il est moins inquiet : les chats retombent toujours sur leurs pattes, qu'ils se brisent de manière souvent très handicapante, mais leurs organes sont suffisamment plastiques pour encaisser les chocs violents. De toute manière, il a seulement besoin qu'elle survive jusqu'à la récupération du fœtus.

Cervantes fait un rapide tour d'horizon, constate que deux des bastards sont en très mauvaise posture, bientôt trois avec celle qui pilote la moto, décide de les laisser aux forces spéciales et saute entre la grange et les écuries, dont une partie – les box – a été réaménagée en chambres d'hôte pour ennemis de la nation et le reste en stand de tir, de l'autre côté d'un large couloir qui traverse toute la bâtisse. Les cellules sont inoccupées, le directeur de la section new-yorkaise a jugé prudent, pour l'occasion, de transférer les prisonniers vers un autre centre de l'agence, tout aussi secret, en Pennsylvanie. Le stand de tir, dans lequel on pratique aussi le recueil d'informations, avec des méthodes aussi éprouvées qu'éprouvantes, a été laissé à la discrétion de Cervantes. Il en a fait un refuge pour gros chats et il est prêt à y accueillir, avec les égards qui leur sont dus, toutes celles qui voudront bien l'y suivre.

On ne peut pénétrer dans les écuries que par l'une des deux portes latérales, côté manoir ou côté grange. Aucune des deux n'est verrouillée. Cervantes entre côté grange, après s'être assuré qu'une paire d'yeux jaunes l'a bien remarqué. Dans sa précipitation calculée, il laisse la porte béante… et se plaque contre le mur juste derrière elle, pour la refermer dès que le superbe puma l'a franchie.

L'obscurité est totale. L'animal peut l'entendre, sentir son odeur, mais pas le voir. Sa nyctalopie est insuffisante. Cervantes, lui, jouit d'une vision thermique parfaite. En entendant la porte claquer, le félin s'est brutalement retourné et ramassé sur ses pattes avant, mais il ignore où frapper. Charitablement, Cervantes se fait un plaisir de lui donner une indication :

— Bonjour, petit chat.

La bastard bondit avec une précision extraordinaire. Ses mâchoires se referment à l'endroit exact où se trouvait le visage de Cervantes, ses griffes lacèrent le plâtre du mur contre lequel il s'appuyait.

— Trop lente, lâche Cervantes en lui assénant un coup de poing sous les côtes.

Avant qu'elle touche le sol, il l'agrippe par la peau d'une cuisse et l'envoie valdinguer à plusieurs mètres.

Elle est en train de se remettre sur pattes quand il lui fouette le crâne d'un pied, puis de l'autre. Il se recule, l'entend grogner, la voit secouer la tête.

— Beaucoup trop lente.

Elle bondit et, cette fois, il ne s'écarte pas. Il referme ses mains sur sa gorge, pivote sur lui-même, l'écrase contre le mur d'une cellule, lui donne deux coups de genou dans l'abdomen et la projette sur le mur de verre du stand de tir. Elle rebondit mollement, se relève, titube, s'éloigne à l'aveuglette, percute une chaise, bute contre un mur. Elle sait qui il est et elle connaît ses limites. Elle cherche moins une issue ou un refuge qu'un peu de répit et de lumière. Elle n'aura ni l'un, ni l'autre.

Cervantes a assez joué. Il marche droit sur elle, allonge son cou, déforme ses vertèbres, laisse ses crochets percer sa mâchoire. Sa gueule n'émet plus que des sifflantes :

— Tu ne sais pas te cacher, petit chat.

Acte XII, scène XV

Juste avant de se retrouver dans la lumière des phares, alors qu'Asuncion rampe pour en sortir, laissant une traînée de sang sur le bitume, Lizzie voit le corps de la jeune femme rouler, poussé par une rafale qui lui déchire le côté droit. La kalachnikov en appui sur la ceinture, Lizzie ne ralentit sa course que pour mitrailler l'ouverture du hangar. Faire péter ces putains de projecteur est la seule assistance qu'elle puisse porter à sa cousine. Son index écrase la queue de détente. Six cents coups minute, son chargeur sera vide avant qu'elle sorte de la fenêtre de tir.

Elle ne vise pas vraiment, elle arrose en passant à hauteur de calandre, les camions et les hommes. Les phares explosent, les hommes tombent, mais il y a trop d'hommes et des projecteurs aussi sur les cabines des véhicules. Elle sent un choc à la cuisse, un autre au bassin. Sa jambe gauche ploie, son pied bute, elle bascule vers l'avant. Trop loin de l'ombre. Son élan ne suffira pas. Et elle encaisse un choc encore plus violent entre les épaules.

Aeris et Alexander émergent dans un couloir vide, distribuant de nombreuses pièces fermées. Dehors, c'est l'enfer. Ils n'ont pas besoin de voir, ils entendent les rafales d'armes automatiques. De nombreuses armes.

Aeris attrape le bras d'Alexander, le tire jusqu'à une autre porte, pose la main de l'écrivain sur la poignée et la sienne par-dessus.

— Ouvre et ne pense pas !

Alexander est dans un tel état de choc qu'il est de toute façon incapable de réfléchir, complètement paralysé, mais l'ordre claque si fort qu'il appuie sur la poignée par réflexe.

Emily est acculée. Elle a profité du mauvais éclairage, tout en bougies et en lampes à batterie, pour passer entre les jambes du premier homme, le faisant basculer vers l'arrière en se relevant, un pied du pantalon de celui-ci dans chaque main. Puis elle a percuté le deuxième de plein fouet, tête en avant, à l'entrejambe, et elle a escaladé le troisième en lui courant dessus, le couchant d'un coup de genou au menton. Mais les hommes en armes sont trop nombreux dans le hall et elle n'a pu atteindre la porte.

Maintenant, elle est dans l'escalier, à mi-hauteur de la volée de marches qui mène au palier intermédiaire. Deux soldats en descendent. Deux autres montent. Un civil la tient en joue entre les barreaux de la rampe. Aucun autre n'a songé à sortir son arme. Lui n'a pas hésité une seconde. Il se contrefiche qu'elle paraisse à peine 10 ans, ou il sait quelle enfant elle est. Qu'importe. Elle est l'ennemie dans la maison, celle qui a mis le feu à la chaufferie. Il ne lui laissera aucune chance.

Emily se demande s'il vaut mieux mourir d'une balle en pleine tête ou grillée dans un bâtiment en flammes. Car cela viendra. Le fuel brûle lentement, certes, mais il peut monter très haut en température. Emily sourit au civil.

— Tu ne trouves pas qu'il fait chaud, monsieur ? demande-t-elle en s'asseyant sur une marche.

Liadan bondit sur le toit de la grange, aperçoit un homme à l'autre bout qui en saute, se précipite, voit Shania s'engouffrer derrière lui dans les écuries, fait volte-face au moment où Lizzie apparaît en pleine lumière, entend le moteur de la moto hurler, calcule son saut, s'élance. Elle atterrit juste à côté d'Asuncion, la saisit à pleine gueule par le blouson et la sort de la zone éclairée. Les balles ne suivent sa trace que lorsqu'elle est hors de portée.

Elle dépose Asuncion derrière la haie où se cachait Lizzie, remarque un corps immobile au pied du cèdre en contrebas. Elle sait qu'il s'agit de sa fille. Elle devine ce qui s'est produit. Une demi-seconde, elle hésite. Puis la moto surgit. Liadan s'élance derrière elle.

Sa fille ne risque plus rien. D'autres ont besoin d'aide.

Lizzie trébuche sous un feu nourri. Kayleen pousse le moteur de la Ducati en surrégime, tend le bras tout en écrasant la pédale de frein. La roue arrière se bloque, le pneu fume, la moto dérape en zigzaguant. Kayleen attrape Lizzie par le col, l'arrache du sol, l'assoit derrière elle et relâche simultanément le frein et l'accélérateur. La Ducati glisse un peu, raccroche le goudron, entre dans l'ombre, tressaute en grimpant sur la plate-bande devant les écuries. Kayleen débraie et plante le pied dans la pelouse pour contraindre la moto à un demi-tour sur place.

— On y retourne, dit simplement Lizzie.

Kayleen l'entend remplacer le chargeur de la kalachnikov, voit Liadan débouler dans la cour un peu moins illuminée. Elle embraie, passe la première, lâche les gaz, laisse la moto se cabrer. Le bloc-moteur encaissera mieux les balles que le réservoir.

La porte s'ouvre sur un local plongé dans le noir qu'Alexander pressent immense. Seule la lumière du musée improbable, qu'ils viennent de traverser au pas de course, en éclaire une partie, dessinant un trapèze lumineux d'une dizaine de mètres de longueur sur un sol dallé. Sur la gauche, des portes métalliques semblent s'enchaîner tous les trois mètres. Sur la droite, un mur de verre réfléchit vaguement la lumière. Au centre un couloir. Les yeux d'Alexander s'acclimatent plus lentement que ceux d'Aeris à la pénombre.

— La porte doit rester ouverte, souffle-t-elle en lui tendant un pistolet. Tu la gardes.

Elle a vu quelque chose qui lui a échappé, qu'il commence à deviner. Une forme noire, au pied du mur de verre qui s'étire vers l'obscurité. Pendant qu'elle s'en approche, la forme remue légèrement, une tête féline en émerge, se tourne dans leur direction et retombe. Shania ou Liadan, Alexander ne peut décider, mais il est certain que la gueule aperçue est sanguinolente et que sa mâchoire fait un angle bizarre.

Aeris s'arrête un peu avant d'atteindre le puma. Elle est toujours dans son entreforme, comme dit Kayleen. Femme de corps, chatte de crâne, les griffes qui ne demandent qu'à jaillir au bout de membres dont l'humanité se mélange à la félinité à partir des poignets et des chevilles.

Sur sa gauche, une silhouette sort de l'obscurité. Alexander la distingue mal, mais il est sûr qu'elle n'est pas humaine, pas complètement. Il plisse les yeux, s'efforce de mieux focaliser, essaie de mettre en mots ce qui lui apparaît, n'en trouve qu'un. Serpent.

Aeris le laisse approcher, figée, comme paralysée. Non. Hypnotisée.

Le crâne ovoïde s'élève doucement au-dessus d'elle, et s'abat, crochets en avant.

Le type en costume tire Emily par le bras dans une pièce éclairée par des lampes de camping. Il la projette au sol et lance à trois autres civils affalés dans des fauteuils :

— Notre saboteuse.

— Elle pue, commente un homme dans la cinquantaine.

Dehors, la mitraillade reprend après une courte accalmie. Emily distingue le bruit d'un moteur. Celui d'une moto. C'est la deuxième fois qu'elle l'entend. Cette fois, cela ne dure qu'un bref instant. Quand il se tait, après avoir hurlé en grimpant dans les aigus, le vacarme extérieur se calme, les rafales s'espacent. Il lui semble alors percevoir une cavalcade à l'étage, puis des détonations retentissent dans le bâtiment lui-même. Le silence revient, les coups de feu reprennent presque aussitôt, au rez-de-chaussée. Six, presque simultanés.

L'homme au pistolet se jette sur Emily, lui braque son arme sur la tempe. Deux corps s'effondrent derrière la porte. Celle-ci s'ouvre à la volée. L'homme tire deux fois dans l'ouverture puis ramène le canon du pistolet sur la tête d'Emily et recule vers les autres en la serrant si fort à la gorge qu'elle ne peut plus respirer.

Vaimiti apparaît dans l'encadrement. Femme et chatte dans toute sa splendeur. Emily ne peut pas tourner la tête pour voir celle des quatre hommes, mais elle sent l'odeur de la terreur chez trois d'entre eux. Seul celui qui lui écrase le larynx conserve son sang-froid. Il est armé, bien entraîné, et il a un otage.

— Ma vie contre la sienne, dit-il froidement.

Sa vie, par *leurs* vies. Vaimiti penche la tête avec une lueur d'amusement dans son regard jaune.

— Deal ! fait-elle.

Même pour les yeux d'Emily, elle se déplace si vite qu'il est impossible de la suivre. Une seconde après que Vaimiti a accepté le marché de celui qui menaçait Emily, celle-ci sent l'étreinte se desserrer sur sa gorge. Elle se dégage, regarde les deux bras de l'homme rebondir sur le carrelage, sectionnés au coude, se fait la remarque que le sang ne saurait davantage souiller la combinaison que ne l'ont fait la merde et le gasoil, passe en revue les trois cadavres égorgés dans leurs fauteuils et se promet de ne jamais marchander avec Vaimiti sans lui avoir arraché des garanties très précises.

— Liadan et ta mère vont te passer un savon, laisse tomber Vaimiti en la poussant hors de la pièce.

Emily descend la fermeture éclair de sa combinaison, glisse les deux mains sous le néoprène, les ressort avec la miséricorde et le Glock.

— J'avais gardé des jokers.

Dans le hall, elle s'oriente vers la porte principale. Vaimiti lui désigne l'escalier.

— Second, dit-elle. Xander et Aeris nous ont concocté une porte moins en vue que celle-ci.

Liadan et la Ducati se croisent en franchissant le portail. Kayleen couche la moto, qui glisse sur son élan en fauchant plusieurs hommes pendant que Lizzie mitraille les projecteurs sur les camions. Liadan passe deux mètres au-dessus d'elles, dans un bond qui la porte au milieu des soldats de l'autre côté des véhicules.

Furie de griffes et de crocs, Liadan lacère, égorge, broie sans se soucier des projectiles qui la manquent, l'effleurent ou la pénètrent. Deux fois, peut-être trois. Ce n'est pas le groupe dans lequel elle a atterri qui parvient à la toucher. Ce sont les hommes que le mur cachait, embusqués dans l'ombre, agenouillés, le fusil-mitrailleur à l'épaule. Ils ne sont pas nombreux. Ils sont juste à distance, bien à l'abri derrière leurs armes.

Jusqu'à ce que le dernier projecteur explose.

Jusqu'à ce que Liadan, seule, jouisse encore du sens de la vision.

Kayleen lâche le guidon, laisse la Ducati partir, balayer les quilles humaines et constate avec effroi que sa mère n'a pas pu se dégager, une jambe coincée sous la moto. Elle voit les hommes agenouillés dans la pénombre au fond du hangar, entend l'ordre d'ouvrir le feu. Elle roule sur elle-même, plonge les mains dans son blouson, en extrait les pistolets que Vaimiti lui a donnés, se redresse, vise un projecteur, tire, manque.

Kayleen jette un regard désespéré vers Lizzie, qui percute avec la moto le pneu d'une jeep dans l'ombre, passe sous le châssis de celle-ci, s'arrête enfin de glisser. La fusillade la suit sans se préoccuper de Kayleen. Cela ne durera pas.

Kayleen ferme les yeux, deux secondes, comme le fait Alexander pour se maîtriser. Mais ce n'est pas Alexander qu'elle entend. C'est Vaimiti :

Alors je me contenterai de te rappeler que tu es une bastard.

Kayleen rouvre les yeux, tend les bras, rapproche les armes, presse plusieurs fois les détentes. Un projecteur s'éteint. Reste trois. Elle les aligne un par un, des deux pistolets, soigneusement, sans se préoccuper des balles qui peuvent l'atteindre, de celles qui pourchassent sa mère, de celles qui claquent du côté de Liadan. Et l'obscurité, enfin, reprend le contrôle de la grange. Cette obscurité que craignent tant les hommes et que ses yeux de bastard percent avec une acuité que Kayleen ne se connaissait pas.

Lizzie n'est plus sous la jeep que les soldats continuent à mitrailler. Elle est en train de les contourner, sur trois pattes. C'est très rare, une once noire, et c'est beaucoup moins puissant qu'un puma, mais c'est terriblement silencieux.

Jamais Aeris n'a pensé avoir un jour la chance d'affronter le Serpent en personne. Jamais elle ne l'a imaginé autrement qu'animal, ainsi qu'il est représenté. Et elle le découvre semblable à elle, mi-humain, mi… autre. Elle ne ressent aucune peur, elle est fascinée. Elle regarde la tête ovoïde se dresser, la gueule s'entrouvrir, les crochets apparaître, et lui allonge un back-fist remontant quand il frappe.

Le crâne triangulaire part en arrière, mais le Serpent ne décolle pas les pieds du sol, comme si toute l'énergie du coup s'était dissipée dans ses vertèbres cervicales surnuméraires. Il ramène sa tête vers l'avant, dessine un S avec son cou, frappe une deuxième fois. Aeris fait un quart de tour, abat son poing sur le crâne offert, double d'un coup de coude dans le plexus, se baisse et pivote pour le faucher aux jambes. Il s'affale lourdement, roule vers l'arrière et retombe sur ses pieds, debout.

Il n'est ni sonné, ni troublé, seulement intrigué. L'obscurité totale a dû lui permettre de venir à bout de Shania si facilement qu'il en a oublié la première qualité des félins : la vitesse. Aeris lui jette un regard négligent, s'approche de Shania et s'agenouille près d'elle. Ses oreilles seules continuent à surveiller le Serpent. S'il bouge avant qu'elle se relève, elle mettra cette fois les griffes.

Shania est en piteux état. De nombreux os brisés, dont une patte à plusieurs endroits avec fracture ouverte. Elle n'a plus beaucoup de côtes indemnes, ses cloisons nasales sont défoncées, sa mâchoire inférieure déboîtée, un de ses crocs cassé et un autre pratiquement arraché.

— Nous sommes arrivés à temps, dit Aeris pour Alexander.

Le Serpent a compris le sens de la trêve, il ne l'attaque que lorsqu'elle se relève. Elle y est prête, mais elle n'a plus affaire au même combattant. Il ne se jette pas la tête en avant, il cogne des pieds et des mains, il anticipe l'esquive, il ne s'offre pas à la riposte, il multiplie les feintes et les contre-feintes. Il prend la mesure d'Aeris, pas seulement celle de sa vitesse comme il l'a fait les deux premières fois. Il jauge sa technique, la bouscule dans sa suffisance, la pousse dans ses retranchements, la contraint à puiser dans ses réserves. Il est aussi rapide qu'elle et il accélère encore. Puis vient le moment où, à chaque retard, à chaque erreur, il la punit.

Ce sont des coups qui l'atteignent, de plus en plus souvent, de plus en plus puissants. Ce sont les crochets à venin qui se plantent dans sa chair quand, trop concentrée pour contrer ou éviter ses pieds et ses poings, elle les oublie.

Morsure après morsure, goutte après goutte, les neurotoxines diffusent dans le sang d'Aeris, s'infiltrent dans ses muscles, ralentissent son système nerveux, bloquent sa respiration. Elle transpire, voit trouble, tremble, devient cotonneuse, n'entend plus que les coups qu'elle encaisse, comme la vibration de tambours assourdis et lointains. Puis elle tombe et c'est lui qui la relève, pour la jeter contre un mur, la relever encore et lui fracasser le visage sur la vitre.

La dernière chose qu'elle voit avant de perdre conscience, c'est le pistolet dans les mains d'Alexander. Aussi dérisoire qu'elle.

Acte XII, scène XVI

Cervantes ouvre la main, laisse la chimère glisser contre la vitre, s'effondrer tel un pantin que le marionnettiste abandonne. Son champ visuel de 135° lui permet de surveiller l'écrivain sans tourner la tête. Il serait étonné que celui-ci use de l'arme, mais il a déjà été surpris plusieurs fois cette nuit et il préfère se laisser une marge.

L'écrivain ne tire pas. Il baisse même le bras. Attendu. Comme le demi-tour qu'il effectue pour s'enfuir. Sauf qu'il se contente de fermer la porte et de les replonger dans l'obscurité qu'affectionne tant Cervantes.

La porte se rouvre aussitôt, et ce n'est pas une lueur artificielle qui en émane, mais une puissante lumière solaire, dans laquelle se découpe la silhouette de l'autre chimère et de la bastard enfant. La gamine s'arrête à côté de l'écrivain, lui prend la main. La chimère continue droit sur Cervantes. La moindre des choses est de l'accueillir avec respect. Celui qu'on doit aux morts, par exemple. Cervantes avance à sa rencontre.

Il s'immobilise en même temps qu'elle, quand ils ne sont plus qu'à un mètre l'un de l'autre. Elle regarde derrière lui, ses sœurs inertes.

— Ce qui t'attend, siffle-t-il.

Elle ramène son regard sur lui.

— Tu m'ennuies, laisse-t-elle tomber.

Elle le balaie d'un revers de bras. Si soudain qu'il ne le voit pas venir. Si rapide qu'il ne peut l'éviter. Si fort qu'il le projette contre la vitre. Il retombe sur ses pieds, mais cette bastard ne concourt assurément pas dans la même catégorie que les deux poupées chiffonnées qui gisent en vrac à côté de lui. Cervantes va devoir puiser dans ses ressources. Un petit peu.

Elle s'accroupit près de sa jumelle, à un mètre de lui, sans même accorder un coup d'œil à Cervantes. Puis elle fait de même avec la panthère en charpie. Il lui laisse prendre la mesure de ce qu'il lui réserve.

— Emily, lance-t-elle en se redressant, tu veux bien fermer la porte, s'il te plaît ?

Elle le provoque ! Et elle est tellement sûre d'elle qu'elle le fait dans son domaine : l'obscurité. Avant qu'il ne reste plus qu'un nombre négligeable de photons dans l'air, Cervantes s'est mis hors de portée, certain qu'elle se jetterait immédiatement sur lui.

Elle n'a pas bronché. Il la voit parfaitement. Il lit la température de chaque centimètre carré de son corps avec une précision d'un dixième de degré, du violet au rouge. Elle sonde les ténèbres, le visage penché, les oreilles pointées, mobiles, et elle attend la charge. Elle ne peut compter que sur son ouïe, or la précipitation est bruyante. Cervantes ne chargera pas, pas avant d'être si près d'elle qu'elle ne pourra plus se défiler ni se protéger. Il préfère se rapprocher lentement, de biais, et surveiller l'orientation que prennent les oreilles de la chimère. Il sait être très silencieux. Il sait aussi que, si les oreilles se figent ne serait-ce qu'une demi-seconde dans sa direction, il risque de devoir douloureusement admettre qu'il ne l'est pas autant qu'il le pense. Après, quand il l'aura frappée une fois, quand les crochets auront délivré leur venin, il pourra être plus direct.

Il est à deux mètres d'elle et elle continue à fouiller la nuit de ses oreilles. Il allonge son cou, élève lentement la tête, ouvre la gueule. Elle en est encore à écouter le silence. Il se propulse. Sa tête heurte la vitre pendant qu'un poing s'enfonce dans ses entrailles et que des griffes lui labourent le cou. Puis elle le soulève et le balance dans le couloir.

Il glisse sur le ventre, se récupère tant bien que mal, se relève, pivote et la découvre face à lui.

— Tu pues, crache-t-elle.

Elle ne le voit pas, elle ne l'entend pas, elle le sent, mais il ne pense pas que ce soit une question d'odorat.

Il recule de quelques mètres, se décale sur la droite, revient au centre du corridor, se baisse, avance de côté, se redresse, fait deux pas de côté. La tête féline l'accompagne dans tous ses déplacements, suit même les mouvements de son crâne reptilien.

La vision thermique de Cervantes n'étant plus un avantage, il décide d'en finir autrement, tout en puissance.

— Emily, tu peux rouvrir ? De ce côté de la réalité, cette fois, s'il te plaît.

Cervantes charge à l'instant où la porte restitue la faible lumière nocturne de North Hills. Il percute la bastard de plein fouet, elle ne bouge pas d'un millimètre. Il lui plante les crochets dans le bras quand elle l'attrape au cou, elle ne le lâche pas. Il lui injecte une dose létale de neurotoxines, elle se contente d'affermir sa prise sur son cou et de serrer.

Alors, enfin, il comprend.

— Bastet, souffle-t-il.

Les yeux de la chimère virent du jaune au doré, ses épaules s'élargissent, son buste gonfle, tout son corps grandit pendant que son crâne abandonne sa finesse abyssine et devient celui d'une lionne.

— Avant de m'appeler Bast, les hommes me nommaient Sekhmet.

Acte XII, scène XVII

Bast ou, plutôt, Sekhmet traîne le Serpent derrière elle, les griffes profondément enfoncées dans le cou de celui-ci, à l'arrière du crâne. L'une d'elles s'est glissée entre deux vertèbres, jusqu'à la moelle épinière. Elle ne l'a pas sectionnée, mais il n'a plus l'usage de ses membres. Pour l'instant, cela suffit.

Elle l'assoit sur le capot du seul suv Chevrolet que les balles n'ont pas mis hors d'usage, l'adosse contre le pare-brise, côté passager. Une aile du manoir est en flammes jusqu'au premier étage. Le feu se répandra très vite, ne laissera rien d'intact, n'épargnera aucun des hommes qui auraient survécu au déchaînement meurtrier de celle qui était encore un peu Vaimiti. Qui l'est toujours, en dessous de son premier niveau de conscience, mais qui n'a plus qu'un rôle d'observatrice.

De la famille de Janet, Vaimiti est la première à avoir donné sa vie pour piéger le Serpent. Bast n'a rien demandé. La mort de Janet Bond était inévitable, Bast avait besoin d'un réceptacle. Vaimiti, elle, avait besoin de se racheter, elle s'est proposée pour l'accueillir. Cela s'est discuté par mail, entre le moment où Emilio a raccompagné Emily chez Madame Janet et celui où Liadan a ramené Shania, blessée à la poitrine par Alec. Ensuite, tout s'est enchaîné avec la logique froide de la guerre, quand deux stratèges implacables se confrontent. Janet est morte, Bast s'est incarnée en Vaimiti. Maintenant, Bast va devoir expliquer, s'expliquer. Non, pas maintenant. Plus tard. D'abord, elle a un cadeau à offrir.

Aeris sort ensuquée des anciennes écuries, appuyée sur Emily. C'est qu'elle a les épaules solides, la petite Emily. Précoce, même pour une bastard, maligne et impitoyable. Un jour, un jour qui arrivera très vite, elle sera aussi futée qu'Aeris. Bast ne saurait dire quand celle-ci a percé son secret – elle n'a jamais su décrypter l'intelligence de la fille aînée de Janet – mais elle est sûre que cela ne date ni d'aujourd'hui, ni d'hier.

— Tu as mis le temps, lui reproche Aeris en s'appuyant contre le Chevrolet.

— Tu voulais l'affronter.

— Et tu voulais que je me casse le nez sur le mur de mes propres limites.

À peine le combat contre le Serpent terminé, Aeris reprend le duel avec celle dans laquelle sa mère s'est incarnée. Ce qu'elle croit être un duel.

— Non, j'espérais que tu ferais jeu égal, que tu lui apprendrais à se méfier de toutes mes filles. Tu es la première à en avoir le potentiel.

Aeris est ahurie.

— Tu es sérieuse ? Il m'a balayée.

— Sans son venin, c'est lui qui aurait passé un sale quart d'heure.

Alexander les rejoint. Shania, femme et nue, dans les bras. Elle est en piteux état, tuméfiée partout, le visage déformé par le déboîtement de sa mâchoire inférieure, une fracture ouverte à un tibia, mais le seul œil qu'elle peut ouvrir pétille de vie. Alexander se sert de l'ankh comme analgésique. Il va avoir beaucoup de travail, et Kayleen aussi. Kayleen qui revient avec Asuncion sur l'épaule.

Autant Alexander et Shania sont impressionnés par l'apparence de Sekhmet, autant Kayleen n'en a cure.

— La portière, ordonne-t-elle en donnant un coup de tête vers le flanc du suv.

Emily se précipite. Bast l'arrête :

— Pas tout de suite, Emily. Leen, pose As à côté de notre ami.

Kayleen ne la regarde même pas.

— La portière, Emily, répète-t-elle.

Les yeux d'Emily passent du visage de la lionne à celui de Kayleen. Ce qu'elle lit sur les deux lui laisse supposer qu'il est préférable de contrarier sa grand-mère plutôt que Kayleen. Elle ouvre la portière. Kayleen allonge Asuncion sur les sièges, la cale sur son côté indemne, revient se planter sous le museau de Sekhmet.

— Trois impacts au bras, un à la hanche, un au fémur, deux au tibia, une balle dans l'intestin grêle. J'ai arrêté la seule hémorragie. Elle se remettra rapidement, si je peux l'opérer rapidement.

Elle se détourne, s'approche d'Alexander, examine brièvement Shania.

— Tu as mal ? s'enquiert-elle.

La mâchoire de Shania l'empêche de parler. Elle secoue la tête.

— C'est toi ? demande Kayleen à Alexander.

— Euh… moi quoi ?

— Qui la soulage.

— Je crois. J'essaie en tout cas.

— Alors continue.

En deux gestes très rapides, elle remboîte la mâchoire de Shania.

— Le tibia, c'est de la chirurgie qui attendra que j'aie recousu les tripes d'As, décrète-t-elle. (Elle se tourne vers Sekhmet.) Pourquoi le capot ?

— J'ai quelque chose à vous montrer. Quelque chose qu'aucune d'entre vous ne voudrait rater.

Kayleen revient à Shania.

— Tu te sens ?

Cette fois, Shania hoche la tête. Kayleen désigne le capot à Alexander, qui y dépose précautionneusement Shania. Puis, comme Kayleen, il aperçoit Lizzie et Liadan sur la pelouse en contrebas. Toutes deux, aussi nues que Shania, clopinent sur une jambe et demie, Hermeline installée sur leurs bras en croix, la tête appuyée sur l'épaule de sa mère. Kayleen et Alexander rejoignent les trois femmes en courant. Bast entend distinctement Lizzie :

— Une cheville et un poignet cassés, une balle dans l'épaule. Rien de grave. Prenez-la. Liadan et moi pouvons nous entraider.

La jambe gauche de Lizzie est sérieusement amochée. Liadan pisse le sang en plusieurs endroits. Bast fond sur le groupe et rattrape Liadan, lorsque déchargée du poids d'Hermeline par Alexander, elle s'effondre.

— Occupe-toi de ta mère, dit-elle à Kayleen.

Tandis qu'ils remontent vers la cour, Bast sent le mélange de colère et d'admiration dans le regard que Lizzie ne détourne pas d'elle. Liadan détaille seulement les traits de Sekhmet.

— C'est très impressionnant, hoquette-t-elle en crachant du sang, et très laid.

Bast reprend son visage de chatte. Les seuls qui l'ont aimée en Sekhmet sont morts de leur propre soif de sang. Pourtant, c'est aussi de Sekhmet que Kayleen tient son art de soigner.

L'aube se rapproche, mais le ciel est encore d'un noir profond, parsemé des rares étoiles que la pollution lumineuse de la cité toute proche ne masque pas. Puis, de Lower Manhattan jaillit une lueur verte, intense, qui grimpe comme une tornade et s'évase au-dessus de l'île. Bientôt, c'est tout le firmament qui baigne dans une cascade fluorescente.

Bast, un peu en retrait, observe l'émerveillement de ses filles et l'ahurissement du Serpent.

— Qu'est-ce que c'est ? demande Emily.

— Une aurore boréale, répond Alexander.

— À cette latitude ? s'étonne Kayleen.

— Cela arrive lors de certaines éruptions solaires.

Toutes sont éblouies. Le regard d'Alexander est presque extatique, celui du Serpent effaré.

— C'est impossible, marmonne-t-il. Impossible.

Le nuage lumineux se sépare en anneaux concentriques qui s'étendent, comme des vagues provoquées par la chute d'un objet dans l'eau calme, et se rassemblent pour former un globe d'où descendent des éclairs bleutés.

— Impossible, répète le Serpent.

Bast profite du spectacle au même titre que les autres. C'est la plus belle aurore polaire à laquelle elle a assisté, mais elle n'est pas tout à fait polaire, ou très partiellement.

— C'est toi ! l'accuse le Serpent. C'est toi qui fais ça !

Tous les visages se tournent vers elle, interrogatifs, sauf celui d'Aeris, pour la première fois de sa vie admiratif.

— Moi ? s'amuse Bast. Tu ne lis pas les journaux ? Cette éruption solaire était annoncée depuis des mois. Les astronomes redoutaient même que ce soit la plus puissante depuis celle de 1859. Certains prédisaient même des orages magnétiques d'une telle intensité que tous les réseaux d'électricité et de télécommunication en pâtiraient. Le soleil ne pouvant seul vérifier leurs prédictions, je lui ai adjoint un assistant.

— Les portes ! s'exclame Kayleen. Les portes qu'Aeris et Xander ont ouvertes un peu partout !

Bast sourit.

— Pas partout, et surtout pas n'importe où. Juste dans le Financial District de la belle ville de New York, et dans quelques-unes de ses dépendances.

— À Mahwah et à Chicago, par exemple, laisse tomber Kayleen.

— Les talismans scarabées ! comprend Alexander.

— Khéper, précise Bast, ma boîte de Pandore personnelle. Je m'en suis servi pour apporter un peu de lumière dans les lieux obscurs dont notre ami est friand. Par leur intermédiaire, le soleil s'est levé derrière chaque porte que tu as créée. (Elle incline la tête vers Kayleen.) Le soleil d'une de ces autres réalités qui jouxtent celle-ci. Un soleil dont les éruptions viennent d'effacer la mémoire de tous les réseaux informatiques de Wall Street et de leurs réseaux liges. La finance internationale et le lobby bancaire vont se réveiller pendant longtemps avec une sacrée migraine. Une catastrophe naturelle très sélective, en quelque sorte.

Elle s'approche du Serpent, goûte l'effroi dans son regard et l'arrache du capot pour le projeter contre le hangar.

— Il est temps d'aller soigner nos blessures, décrète-t-elle en soulevant délicatement Shania pour la rentrer dans la voiture.

Acte XII, scène XVIII

Ce n'est plus une villa, c'est un hôpital. Alexander a rendu son uniforme de portier pour endosser la blouse d'assistant infirmier. À mi-temps, comme le chahute Lizzie quand sa fatigue devient trop apparente. Douze heures par jour, donc. Il ne s'en plaint pas. Il parvient même à grappiller sur ses heures de sommeil pour écrire. Il est trop proche du point final pour dormir plus que le strict minimum.

Asuncion est la plus mal en point, mais Liadan a perdu beaucoup de sang et elle était moins bien rétablie des blessures de Port Morris qu'elle ne le laissait paraître. Les autres se remettent à une vitesse ahurissante. Shania et Hermeline, surtout, sont impressionnantes. Shania, grâce à l'efficacité de son métabolisme. Hermeline avec la seule force de sa volonté. La violoniste veut rejouer de son instrument et elle est pressée.

Lizzie récupère moins vite, mais elle ne se ménage pas. Épaulée par Emily, elle délivre la plupart des soins infirmiers. Kayleen s'occupe presque exclusivement d'Asuncion et d'Emilio, et de la formation d'Alexander qui l'assiste de son mieux, de mieux en mieux.

— Un jour, c'est peut-être moi qui serai étendue sur le billard. Si Lizzie n'est pas là, il faudra bien que tu me charcutes tout seul.

Alexander n'aime ni qu'elle tienne ce genre de propos, ni ce qu'ils sous-entendent. Ils ne sont pas à l'abri. Ils ne le seront jamais. Et les balles n'épargneront pas toujours Kayleen quand elle se prend pour une de ses tantes. Or elle n'en a pas la constitution. Enfin, peut-être pas. Même Bast reconnaît qu'elle n'en sait rien. Ou le prétend. C'est ce qui ressort de la discussion que Kayleen provoque pendant l'un des rares moments que Bast-Vaimiti passe à la villa.

Bast et Aeris sont souvent absentes. La moitié des journées et les deux tiers des nuits. Elles ne parlent pas de ce qu'elles font et personne n'ose poser de question ou, comme Alexander, ne veut savoir. Même Kayleen, lorsqu'elle dispose enfin d'un répit pour coincer Bast dans la chambre qu'elle partage avec Alexander, choisit de l'entraîner sur un autre terrain :

— Que m'as-tu fait ?

Bast-Vaimiti s'assoit sur la table, à côté de l'ordinateur d'Alexander.

— Que t'ai-je fait, ma fille ?

Kayleen ouvre la bouche.

— C'est ça ! s'exclame Alexander comme s'il venait de découvrir la poussée d'Archimède.

Kayleen et Bast le regardent d'un air surpris. Il s'explique :

— C'est ce que tu as dit quand As a demandé si la tête principale pouvait n'avoir aucun lien avec les autres.

— Et qu'ai-je pu dire qui te met subitement dans cet état ?

— Ma fille. Tu l'as appelée « ma fille ». Deux fois. Pas comme la mère, que Vaimiti n'est pas, mais comme tu les appelles toutes pour n'afficher aucune préférence et les empêcher de se battre. Et ça a marché, parce que, à travers As, tu t'adressais au clan entier et que le réflexe pavlovien a joué sans qu'elles en aient conscience. Cela aurait dû me sauter aux yeux.

Bast sourit comme le faisait Madame Janet.

— Aux oreilles, l'écrivain, aux oreilles. Cela dit, tu as raison, j'avais besoin de l'unité et peu de moyens pour l'obtenir sans faire appel à leur subconscient. Une autre chose aurait dû te mettre la puce aux yeux.

Nouveau sourire gentiment ironique.

— L'attitude de Szif, acquiesce Alexander. (Il aperçoit une lueur d'agacement dans les yeux de Kayleen, se sent coupable.) Excuse-moi, Leen. Je ne t'interromprai plus.

Kayleen lui prend la main.

— Tu m'interromps quand tu veux, dit-elle, mais toi... (Elle pointe un doigt rageur sur Bast...) Toi, tu arrêtes de faire l'innocente et tu me dis pourquoi tu as provoqué ma grossesse et ce qu'il va advenir de ma fille.

Bast pince les lèvres et hoche deux fois la tête.

— Je vois, dit-elle. Je vois, mais je pensais que tu me connaissais mieux et que tu étais plus intelligente. Qui as-tu en face de toi, ma fille ?

— Mère-Grand, en pleine possession de son art de manipulatrice.

— Tu vas finir par me blesser, tu sais ? C'est toujours douloureux de passer pour ce qu'on n'est pas auprès de quelqu'un pour lequel on ressent autant d'amour que d'estime. Regarde mieux, ma fille. (Elle laisse ses mains couler le long de son visage.) Je suis Mère-Grand, oui, et je suis Vaimiti. Elle a souhaité que ma conscience éradique la sienne pour que je lave son corps de tous les péchés qu'elle croyait devoir assumer. J'ai refusé et j'ai dû négocier pied à pied pour qu'elle m'accompagne dans l'existence qu'elle m'a offerte. J'ai même dû promettre de l'annihiler à sa demande, et je tiendrai parole. Je suis un monstre très différent de l'idée que tu t'en fais.

Elle se tait. Kayleen la dévisage, sourcils froncés.

— Tu as annulé ma stérilité.

— Non. J'ignore qui de l'ankh ou de toi en est responsable, probablement un peu des deux, mais je n'y suis pour rien.

Kayleen et Alexander échangent un regard sceptique.

— Qu'entends-tu par un peu des deux ? demande Kayleen.

— L'ankh t'a donné le pouvoir d'agir sur ton corps et tu l'as fait. Inconsciemment, bien sûr, de la même façon que, inconsciemment, Xander s'est servi de l'ankh pour te le permettre. Vous vous êtes choisis… malgré moi, j'en conviens, j'aurais préféré que Xander s'intéresse à Herm. Pourtant, jamais je ne me suis immiscée dans vos choix. Je ne suis coupable que de vous avoir laissés vous précipiter dans les anneaux du Serpent.

— De nous y avoir poussés, corrige Alexander.

Bast soupire.

— Fais un effort de mémoire, l'écrivain. Certes, j'aurais pu vous en empêcher ou intervenir plus tôt, mais *vous* avez fait le choix.

— Tu t'es servie de nous.

— Oui, ma fille. Sans hésitation mais pas sans vergogne.

— Et tu te sers encore de nous. (Kayleen caresse son ventre.) Comme tu te serviras d'elle.

Bast donne l'impression de devoir se contrôler. Alexander comprend dès ses premiers mots qu'elle ne fait que mesurer les conséquences de ses révélations :

— Tu veux savoir qui sera votre fille ? Le fruit de votre éducation et des rencontres qu'elle fera en dehors de vous, comme n'importe quel enfant. À une différence près. Elle va et vous allez devoir assumer qu'elle ne sera pas une de mes filles, mais la première d'une nouvelle lignée, comme je l'ai été moi il y a plus de cinq mille ans. (Elle ne les laisse pas respirer :) Pour l'aider, ma fille, il va falloir que tu te décides à être la bastard que tu sembles devenue. Si vous estimez que mon expérience peut vous être utile, je serai toujours à votre disposition.

Cette nuit-là, Kayleen et Alexander dorment très peu et parlent beaucoup, mais ne prennent aucune décision. La décision vient le surlendemain, après une nouvelle discussion avec Bast, qu'elle provoque elle-même en débarquant pendant leur sommeil dans leur chambre et qu'elle entame d'une curieuse manière :

— Comment se portent tes patients, ma fille ?

— Tous évoluent bien, chacun à leur rythme bien sûr. Asuncion a déjà rattrapé Emilio et Liadan comme Shania gambaderont probablement avant eux, à peu près en même temps que Lizzie et Hermeline. Pourquoi ?

— Il est temps de laisser New York à son destin et de poser nos valises ailleurs. Chacun où il l'entend, bien sûr.

— Tu crains le Serpent ? s'enquiert Alexander.

— Pourquoi l'as-tu laissé derrière nous ? ajoute Kayleen.

— Parce que je ne peux pas le détruire, ma fille. Je peux le tuer, bien sûr. Les mythologies exagèrent, mais je l'ai déjà occis une centaine de fois, comme lui s'est débarrassé de Janet et moi d'Alec. L'annihiler, par contre, est du seul ressort de l'humanité. (Elle soupire.) Malheureusement l'humanité aurait plutôt tendance à l'alimenter. Cela dit, la tendance pourrait s'inverser. Pour ne parler que d'ici, Occupy Wall Street et le mouvement des 99 % annoncent peut-être son déclin. Et je sens un frémissement plus général. Je pense que nous pouvons donner un petit coup de pouce. Pas vous ?

Épilogue

Extrait de *Chronicles of the Cat who Watched Men*
traduit par Sara Doke
avec l'aimable autorisation d'Alexander Byrd
et des éditions Au diable vauvert

La nuit disparaît sous une lueur orangée qui s'évapore très vite, comme si l'aube était pressée de confier New York à l'astre solaire. Celle d'un peintre raclant sa toile au couteau, à grands traits horizontaux. Il se repent de ses humeurs sombres, rappelle d'autres jours à la lumière, cherche la couleur que le temps a grisée. Sa main tremble. La lame émoussée du couteau laisse des copeaux de ténèbres, creuse des sillons trop profonds. L'œuvre qu'il dévoile n'a jamais existé. Elle s'assemble tel un patchwork de remords plus anciens, de repentirs oubliés.

Au loin se découpent arrogance, opulence, déchéance et misère des vaisseaux immobiles que l'homme a plantés tels les arbres géants d'une forêt infertile. Certains étincellent de verre et d'acier, d'autres achèvent de ternir, la plupart rouillent ou s'effritent par plaques disséminées. Le flambant neuf et le vétuste s'entremêlent, se bousculent, se fondent dans une vision hétéroclite du temps qui passe. Manhattan s'écoule.

Les saisons se brassent elles aussi. Le ciel est bleu d'hiver. L'air a la verdeur du printemps et la douceur des aurores estivales. Central Park flamboie de ses couleurs d'automne. Le raffut des oiseaux est d'une harmonie délicate, le silence des hommes assourdissant. La ville de nuit dort déjà, celle de jour n'est pas encore éveillée. C'est un moment unique, une heure hors des heures, un cadeau de Calliope ou Clio au peintre qui découvre son tableau. L'œuvre de toute une vie à laquelle il a mille fois renoncé, dans laquelle se côtoient toutes les réalités qu'il ne voulait pas voir.

La main s'affermit, le couteau pèle les couches avec précision, l'œil lit les détails avec une acuité qui ne cesse de croître.

Il y a quelqu'un dans Central Park.

Un homme, la quarantaine, tient la main d'une femme plus jeune, au ventre arrondi. Ils sont entrés quelque part sur 59th St., remontent vers Harlem, ne s'embarrassent pas des chemins.

Le couteau gratte un peu, dégage la prairie autour du couple.

Derrière lui, un autre couple, plus jeune, et une femme âgée, très alerte. Devant, entourée de chats, une enfant le nez dans un livre. Plus loin encore, une jeune violoniste.

Le couteau volette sur la toile, aérien, subtil. Il creuse, taille, frotte, époussette. Doucement, le tableau s'anime et se révèle enfin.

Les chats accourent de partout, se joignent au groupe, abandonnent New York City, entraînés dans la danse du violon.

Deux de ces chats, des femelles, pèsent plus de soixante kilos, mesurent soixante-dix centimètres au garrot. Elles en accompagnent deux autres, magnifiques, aux visages félins, abyssins, aux corps parfaits de femmes.

Le peintre reconnaît la plus grande des deux.

Elle était la fée marraine de New York.

Elle quitte la Grosse Pomme.

Pour Détroit.

Du même auteur
aux éditions Au diable vauvert :

LE CHANT DU DRILLE, 2003.
TRANSPARENCES, Prix du polar Michel Lebrun 2004, Grand Prix de l'Imaginaire 2005, 2004.
DEMAIN, UNE OASIS, Grand Prix de l'Imaginaire 1993, 2006.
BALADE CHOREÏALE, 2009.
CHRONIQUES D'UN RÊVE ENCLAVÉ, 2009.
LA BOHÊME ET L'IVRAIE, 2010.
MYTALE, 2010.
RÉSURGENCES, 2010.
L'HISTRION, 2011.
RAINBOW WARRIORS, 2013.
LE CYCLE DE CYBIONE (intégrale), 2015.
SEXOMORPHOSES, 2016.

PAPIER À BASE DE FIBRES CERTIFIÉES

Le Livre de Poche s'engage pour l'environnement en réduisant l'empreinte carbone de ses livres. Celle de cet exemplaire est de :
650 g éq. CO_2
Rendez-vous sur
www.livredepoche-durable.fr

Composition réalisée par Belle Page

Imprimé en France par CPI
en janvier 2016
N° d'impression : 3015336
Dépôt légal 1re publication : février 2016
LIBRAIRIE GÉNÉRALE FRANÇAISE
31, rue de Fleurus - 75278 Paris Cedex 06

82/6682/3